Die Wagenlenkerin

Das Buch

Angeblich haben die griechischen Götter den Frauen verboten, an den Olympischen Spielen teilzunehmen. Alexandra, eine junge Griechin aus altem Adel in Elis, glaubt daran. Aber dann flüstert der Halbgott Pan ihr ein, sich für das Wagenrennen der 211. Olympiade zu melden.

Wo soll Alexandra üben? Die Flucht vor dem gewalttätigen Bruder Paidikos macht ihr die Entscheidung leicht: natürlich bei den Lykäischen Spielen, verkleidet und unter einem Männernamen, was leider ein schweres Verbrechen ist ... Bei einem Opfer auf dem heiligen Berg Lykaion erscheint auf einmal der Gott Apollon und nimmt unter seltsamen Ritualen den Altar der Göttermutter in Besitz. Und Alexandra bemerkt zu ihrem Entsetzen, daß die unheimliche Erscheinung eine Maske trägt. Als kurze Zeit später ihre geliebte Tante Baukis auf grausame Weise zu Tode kommt, ist dies nur der Anfang einer Kette verhängnisvoller Vorgänge, die alle nur ein Ziel zu haben scheinen: Alexandras Teilnahme an den Olympischen Spielen zu verhindern ...

Die Autorin

Kari Köster-Lösche, geboren in Lübeck, hat als Tierärztin zahlreiche wissenschaftliche Bücher veröffentlicht, bevor sie mit ihren spannenden Erfolgsromanen wie *Die Hakima* und *Die Erbin der Gaukler* ein begeistertes Publikum gefunden hat. Für die Recherchen zur *Wagenlenkerin* erhielt sie ein Stipendium des Auswärtigen Amtes.

Von Kari Köster-Lösche sind in unserem Hause bereits erschienen:
Das Deichopfer
Die Hakima
Die Heilerin von Alexandria
Die Hexe von Tondern
Hexenmilch
Die Raubritterin (Trilogie 1)
Die Reeder
Die Tochter der Raubritterin (Trilogie 3)
Tod allen Reichen (Trilogie 2)

Kari Köster-Lösche

Die Wagenlenkerin

Roman

List Taschenbuch

List Taschenbücher erscheinen im Ullstein Taschenbuchverlag, einem
Unternehmen der Econ Ullstein List Verlag GmbH & Co. KG, München
1. Auflage 2002
© 2000 by Econ Ullstein List Verlag GmbH & Co. KG, München/List Verlag
Umschlagkonzept: HildenDesign, München – Stefan Hilden
Umschlaggestaltung: Hauptmann und Kampa Werbeagentur, CH–Zug
Titelabbildung: Hauptmann und Kampa Werbeagentur, CH–Zug
unter Verwendung des Gemäldes »Die Rosse des Sonnenwagens« (um 1758)
von Giovanni Battista Tiepolo (1696–1770)
Druck und Bindearbeiten: Clausen & Bosse, Leck
Printed in Germany
ISBN 3-548-60211-8

INHALT

Prolog: Der Olymp 7

Im dritten Jahr der 210. Olympiade:
Die Steinigung 11

Im vierten Jahr der 210. Olympiade:
Die Spinne im Netz 131

Im fünften Jahr der 210. Olympiade:
Der Mann mit der Maske 211

Im sechsten Jahr der 210. Olympiade:
Asyl im Tempel 263

Im Jahr der 211. Olympiade:
Die Spiele 335

Nach der Olympiade:
Apollon 427

Epilog: Der Olymp 474

Nachwort 476
Worterklärungen 479

Prolog: Der Olymp

Vielleicht war sie zu beleibt für einen Streitwagen. Oder war es das dumme Gefühl, daß eine Waffe aus Asia für eine griechische Göttin unpassend sei?

Aus Asia kamen aufregende Neuerungen. Allerdings auch unangenehme, zum Beispiel dieser Apollon.

Apollon lachte am lautesten. Der Sonnengott Apollon, ein Gast am olympischen Herdfeuer, an ihrem Herdfeuer, lachte am lautesten.

Die Allmutter rümpfte die Nase. Sie war alt, unbeweglich und sah nicht mehr besonders gut. Aber ihr Gehör war ausgezeichnet. Ihre Ohren sagten ihr, daß der Sonnengott sich auf dem Olymp bereits breiter gemacht hatte, als ihm zustand.

Es blieb ihr nicht verborgen, daß er ihre Kinder durch seine Geschichten köstlich unterhielt; auf der Plattform unter ihr gab es Gelächter, Geschrei und Trinksprüche. Alle mochten Apollon. Nur sie nicht, weder seine Geschichten noch seine Lieder.

Gaia beugte sich vor und spähte aus ihren kurzsichtigen Augen hinunter in die Täler am Olymp und in das flache Land zwischen Meer und Bergen.

Dort war es still. Auffallend still. Seit Apollon im Lande war, krochen die Menschen wie zweibeinige Schnecken umher. Auf den Altären zerrissen sie die eigenen Säuglinge, ließen das Blut ihrer Herdentiere fließen und sagten die Zukunft aus dem Geschlinge des Gedärms voraus.

Freudlos. Immer in Angst. Und die Frauen in Schwarz.

Früher waren sie bunter und fröhlicher gewesen. Sie hatten zu Lyra und Flöte gesungen und getanzt. Und zuweilen hatte sie, Gaia, sich von diesen Frauen unterhalten lassen.

Jetzt war es da unten langweilig. Mit einer Ausnahme vielleicht, ebendiese Streitwagen, die die finsteren Männer im Gefolge Apollons mitgebracht hatten. Mit ihnen waren die Fahrer fast so schnell wie ihr Urenkel Hermes.

Gaia rutschte auf ihrem steinernen Thron herum. Er war unbequem, und sie konnte ein wenig Abwechslung wirklich gut gebrauchen, denn die Kinder kamen nur selten freiwillig herauf. »Zeus, mein Junge«, rief sie.

Als erstes fegte ein blendender Blitz den schroffen Abhang hoch, was Gaia auch nicht anders erwartet hatte. Dann schwang Zeus sich selbst nach oben, lachend und übersprudelnd gut gelaunt. »Was ist, Großmutter?«

»Ich habe beschlossen, mich zu amüsieren«, verkündete Gaia. »Ich werde es einmal mit einem Streitwagen versuchen. Aber erst muß ich wissen, ob er für Frauen taugt. Ich werde mir unter den Menschen eine suchen, die es ausprobiert.«

»Ich weiß zwar nicht genau, was du planst, Großmutter, aber es hört sich nach unzulässigem Aufmischen von Menschen an«, sagte Zeus höflich.

»Wenn du es so nennen willst. Mir gleich.« Sie wartete.

»Die Frauen dort unten sind daran gewöhnt, sich in ihren Häusern zu verstecken«, sagte Zeus mit unbehaglicher Miene.

»Erst seit kurzem. Ich finde, sie sollten jetzt wieder herauskommen«, widersprach Gaia. »Jedenfalls brauche ich für meinen Plan einen kleinen Wirbelwind, der ansprechend aussieht und mir zur Hand gehen kann. Hast du so einen? Wenn nicht, sehe ich mich woanders um.«

Zeus zuckte die Schultern und ließ den Blitz um seinen Kopf schwirren, bis ihm etwas einfiel. Er schnalzte mit den Fingern. Neben ihm tauchte ein kleiner Junge mit lockigem Haar auf. Er legte ihm den Arm über die Schultern. »Er eignet sich für das Aufmischen. Pan heißt er.«

»Dieser Knirps?« Gaia ließ Skepsis durchblicken.

Zeus aber klopfte seinem Enkel zärtlich auf die Schulter. »Er muß noch viel lernen. Aber er hat gute Anlagen. Er ist ein Sohn *unseres Briefträgers. Hermes' Sohn. Er kann laufen, Botschaften ausrichten und Dinge durcheinanderbringen.«*

»Meine nicht! Es reicht, wenn er läuft.« Gaia musterte den kleinen Bengel mit wachsendem Interesse. Er würde sich schon herausmachen. »Also komm her, Pan, und laß dir erklären...« Mit einem Wink entließ sie Zeus.

Gaia erläuterte Pan, was sie wollte. Er hörte bereitwillig zu. »Und? Siehst du etwas?« fragte sie schließlich.

Pan setzte sich auf den Felsen neben die Allmutter und betrachtete die Welt der Menschen, sorgfältig und genau. Schließlich streckte er den Arm aus und deutete mit einem ziemlich schmutzigen Zeigefinger nach unten. »Dort. Dort ist die Frau, die du suchst, Ururgroßmutter.«

Im dritten Jahr der 210. Olympiade
Die Steinigung

Kapitel 1

Es war der sechste Tag des Monats Thargelion im dritten Jahr der zweihundertzehnten Olympiade. Einer der Tage, an denen die Sonne des Frühlingsmorgens die Haut sanft wärmt und der Wind, der von den Bergen Arkadiens herunterweht, die Nase mit dem frischen Duft von Kiefern und Myrtensträuchern erfreut.

Alexandra seufzte vor Behagen, rückte sich auf den schmalen Latten des Zauns unter ihren Oberschenkeln zurecht und schloß die Augen. In ihrer Nähe hörte sie die gedämpften Geräusche der weidenden Pferde und ihr gelegentliches Schnauben, das wie ein zufriedenes Zwiegespräch über das saftige Gras klang. Die Pferde ihres Vaters genossen den Morgen nicht weniger als sie selbst.

Ein Windstoß erfaßte sie von hinten.

»*Stell dir vor*«, sagte eine artige Stimme an ihrem Ohr, »*dieser Jubel der Zuschauer, wenn der Ölbaumkranz über dein Haar gelegt wird! Dann das Siegesmahl im Prytaneion unter den Augen des römischen Kaisers. Und deine Statue im Heratempel!*«

So ein Unsinn, dachte Alexandra. Das Übermaß an Bildung begann ihre Gedanken zu verwirren. So sprach nur ein geschulter Rhetoriklehrer. Vielleicht sollte sie doch gelegentlich an Spinnrad und Webstuhl denken.

»*So würde Urururgroßmutter sprechen. Ich aber sage dir: Brüllen werden sie, wenn du im Streitwagen bei den Olympischen Spielen gewinnst, und sie werden die Tribünen vor Begeisterung zertrampeln. Würde dir das gefallen?*«

Alexandra schüttelte erstaunt den Kopf. »Wer spricht denn da so rotzfrech?« fragte sie laut.

»*Pan! Halbgott. Wenn nicht Ganzgott.*«

Alexandra warf den Kopf zurück und lachte. Jemand erlaubte sich einen Scherz, vielleicht die kleinen Jungen des Nachbarn. Aber sie war bereit, mitzuspielen. »Wenn die Götter – die anderen, die großen, meine ich – es nicht verboten hätten, würde ich es tun!«

»*Blödsinn!*« schob Pan ein.

»Aber«, fuhr Alexandra mit erhöhter Lautstärke fort, »sie haben es nun mal verboten. Es ist deshalb nicht üblich, daß Frauen an Spielen von Männern teilnehmen. Ganz abgesehen davon, daß die Götter sich hüten würden, mich siegen zu lassen. Sie sind auch nur Männer.«

»*Frauen mit festem Willen finden einen Weg. Und wie du dich ärgern wirst, wenn du es nie versucht hast! Wenn dein Vater dich erst einmal verheiratet hat, ist es zu spät. Verheiratete Frauen lassen sie ja nicht einmal als Zuschauerinnen zu! Dann ist es ZU SPÄT!*«

Es war ein blöder Scherz. Aber endlich war Ruhe. Alexandra schüttelte sich. Den Duft der Pferde in der Nase, begann sie wieder über den neuartigen Kehlriemen nachzudenken.

»*Und was heißt, nicht üblich? Hast du noch nie von Juliana aus Kappadozien gehört, die mit dem Viergespann gewann? Und von Severa, die auf dem Fohlen drei Mal siegte?*«

Alexandra wurde aufmerksam. Sie hatte sich geirrt. Die Nachbarjungen bekamen keinen Unterricht. Von solchen Dingen konnten sie nichts wissen. »Das sind doch Römerinnen, soviel ich weiß!« wandte sie höflich ein.

»*Wo ist der Unterschied zwischen dir und ihnen?*«

»Ich habe bessere Pferde.«

»*Eben.*« Pan kicherte.

Alexandra errötete. Gut, daß ihr Rhetoriklehrer die danebengegangene Diskussion nicht gehört hatte. Dann blickte sie mit gerunzelten Augenbrauen um sich. Sie sah nichts, aber Pans Stimme mischte sich unter das Rauschen der alten Eichen. Irgendwo über den Wipfeln verwehten seine Abschiedsworte.

»*Wahrscheinlich traust du dich nur nicht.*«

»Es ist eine Unverschämtheit, mir Angst zu unterstellen«, schnaubte sie. »Das gestatte ich nicht einmal Ganzgöttern.« Und dann fiel ihr noch etwas Aufregendes ein. »Woher weißt du, daß Nero teilnehmen wird, Pan?« Aber nur noch die Zweige der Eichen bogen sich unter dem Gewicht des hinwegschwebenden göttlichen Bengels.

Der Zauber des Morgens war dahin.

Anscheinend suchte Pan eine junge, unverheiratete Frau, um sie zu den Olympischen Spielen zu schicken. Und sie hatte das Angebot ausgeschlagen. Er würde sich ein anderes junges Mädchen suchen. Jetzt ärgerte sie sich gewaltig.

Ihr Blick fiel auf die Pferde.

Hirten und Schafherden pflegten Angst vor Pan zu haben. Von Pferden war das nicht bekannt. Trotzdem hatten die Pferde aufgehört zu grasen und die Köpfe gehoben. Ihr Lieblingsfuchs Aethon legte die Ohren sogar feindselig nach hinten.

Alexandra betrachtete ihn verwundert. Noch bevor sie sich darüber klar wurde, was es zu bedeuten hatte, zischte etwas an ihr vorüber, und sie spürte einen brennenden Schmerz am Arm.

»Scher dich in die Frauengemächer!« fluchte die heisere Stimme ihres Bruders. »Habe ich dir nicht verboten, dich bei meinen Pferden herumzutreiben?«

Alexandra drehte sich nicht um. Wenn sie keine Angst zeigte, würde er sich noch mehr ärgern. Ohne die Hände zu Hilfe zu nehmen, rutschte sie langsam von der obersten Latte herunter. Sie biß die Zähne zusammen. Zwischen ihren Fingern, die sie auf die Wunde preßte, tropfte Blut und zog eine lange rötliche Spur über ihren hellen Peplos.

Ihr Bruder schwang sich über den Zaun und bückte sich nach dem Pfeil, der im Gras steckengeblieben war.

»Die Pferde unseres Vaters«, stellte Alexandra richtig, sobald sie ihre Stimme wieder gebrauchen konnte. Sie betrachtete seine gedrungene Gestalt, die ihrer eigenen, zierlichen so unähnlich war, obwohl sie zur selben Zeit von der gleichen Mutter geboren worden waren. Noch ein paar Jahre, und der unverdünnte Wein würde einen massigen Koloß aus ihm machen. Sie gönnte es ihm.

»Das ist ein und dasselbe«, erwiderte Paidikos mit dem albernen Grinsen, mit dem er wie üblich versuchte, ihr seine Überlegenheit zu demonstrieren, und schob den Pfeil in den Lederköcher zurück. Sein Blick biß sich an ihrem Gesicht fest. »Sie sind mein, wenn Vater tot ist.«

»Vater wird diese Pferde überleben. Es sei denn, du planst, auch auf ihn zu schießen.« Alexandra lächelte süffisant und versuchte den Schmerz zu ignorieren.

»Was das betrifft, so ist es natürlich unvernünftig von dir, dich dort herumzutreiben, wo ich jage. Aber wer erwartet schon Verstand bei einer Frau? Du bist genauso dämlich wie Mutter. Sie hätte dich sofort nach deiner Geburt töten lassen sollen!«

Alexandra zuckte zusammen. Warum in aller Welt kamen die Menschen nie auf den Gedanken, von neugeborenen Zwillingen den Jungen zu töten? Sie wäre auf einem sonnendurchglühten Felsen ausgesetzt worden, wenn ihr Vater zu Hause gewesen wäre. Ihr Leben verdankte sie dem Fieber ihrer Mutter, und Paidikos liebte es, sie daran zu erinnern.

»Es würde dir nichts nützen, Vater von deinem Jagdunfall zu erzählen«, fuhr Paidikos fort, ohne sie aus den Augen zu lassen. »Er würde mir glauben. Nicht dir.«

Nur zu wahr.

Einige Wimpernschläge lang ließen Paidikos' weit auseinanderstehende Augen sie nicht los. Dann warf er seine rabenschwarze Mähne wie ein ungeduldiger Esel nach hinten und ging auf den Fuchs zu.

Alexandra starrte ihm mürrisch nach. Seine flach ausgestreckte Hand log Aethon etwas vor. Er würde doch nicht so dumm sein, an einen Leckerbissen zu glauben ...

Nein, Aethon legte die Ohren an, drehte sich um und keilte mit der Hinterhand aus. »Ich verkauf dich in die Marmorbrüche zum Steinerücken, du Mähre!« drohte Paidikos, wich den Hufen behende aus und griff nach der hellen Mähne. Aber das Pferd gab einen Laut wie ein Lachen von sich und galoppierte davon.

Wenigstens ihr Pferd gab ihr recht. Paidikos brachte für Pferde nicht besonders viel Verständnis auf. Vergeblich versuchte er, mit dem Hengst Schritt zu halten. Der Bogen behinderte ihn. Als Pferd und Bruder unter den tiefhängenden Eichenzweigen des Hains verschwunden waren, kletterte Alexandra über das Gatter zurück.

Dann machte sie sich auf den Heimweg durch die grüne Landschaft von Elis, die so lieblich war, daß schon die mykenischen Eroberer von Kreta sie besungen hatten. Aber sie beachtete sie nicht. Ihr war schlecht vor Schmerz.

Noch brannte die Sonne nicht auf die Häuser des Landguts herunter, vor allem das Wohnhaus wurde von einer uralten, riesigen Pinie beschattet. Einige Hütten der Arbeiter lagen im Morgenlicht; ein dünnes Rauchfädchen am Küchenhaus bewies, daß jemand auf sein mußte. Hoffentlich, dachte Alexandra. Sie brauchte jetzt Chiron, den Kenner der Heilkräuter. Die Wunde an ihrem Arm brannte und pochte.

Sie fand ihn vor der Koppel, wo die trächtigen Stuten weideten. Mit dem Kinn auf den verschränkten Armen, beobachtete Chiron sie zwischen den obersten beiden Latten hindurch.

»Chiron«, sagte sie kläglich.

Der Verwalter des Großgrundbesitzers Melanthios und ältester Sklave des Hofes, fuhr herum. Die Falten in seinem Gesicht vertieften sich. »Du bist blaß«, sagte er besorgt. »Hat Paidikos dir …?«

»Woher weißt du?« fragte Alexandra und nahm ihre Hand vom Arm, um ihm die Wunde zu zeigen. »Er war es, aber er würde es abstreiten.« Zu ihrer Verwunderung schien der alte Mann eher erleichtert, als er behutsam den dünnen Stoff ihres Gewandes beiseite zog und den Riß im Fleisch betrachtete.

»Das sieht dem ungestümen jungen Gebieter ähnlich. Die Götter mögen uns behüten, wenn einmal der alte Herr nicht mehr da ist.« Er stieß einen abgrundtiefen Seufzer aus, faßte ihren Unterarm und führte sie behutsam an die Hausmauer, wo eine Bank stand. »Nur einen Augenblick, Herrin, ich bin gleich wieder bei dir«, sagte er aufmunternd.

Alexandra lehnte den Kopf an die kühle Steinmauer, die im Schatten des Daches lag, und war zugleich froh darüber, daß die Sonne ihre Knie ein wenig wärmte. Vergeblich versuchte sie ein Zittern zu unterdrücken. Niemand konnte ihren Bruder in Schach halten. Wenn sie ehrlich mit sich selber war, mochte sie ihn nicht besonders. Aber das zählte nicht. Er war ihr Bruder.

Chiron setzte sich neben sie. »Trink das erst einmal«, sagte er und drückte Alexandra einen Becher in die Hand. »Der Trank der Göttin, die uns das Vergessen lehrt. Er nimmt den Schmerz.«

Der verdünnte Wein schmeckte nach Harz und nach ungewohnten Kräutern. Alexandra überließ Chiron ihren Arm und lehnte sich zurück.

Chiron arbeitete schweigend und konzentriert, als ob sie ein Pferd sei, wie die meisten seiner Patienten. »Der Riß ist tief und das Fleisch so ausgefranst, daß du eine Narbe behalten wirst. Es sieht Paidikos ähnlich, solche grausamen Pfeilspitzen zu verwenden«, brummelte er.

Alexandra nickte und sah gleichgültig zu, wie er die Wunde mit dem Saft der Heilpflanze auswusch, ihr eine weingetränkte Leinenbinde um den Arm wickelte und ihn schließlich mit einem großen Tuch an ihrem Oberkörper festband. Sie war froh, daß er es nicht für nötig hielt, das Fleisch zusammenzunähen.

Als Chiron sein Handwerkszeug zusammenpackte, schien Alexandra zu schlafen. Ihre nußbraunen Locken ringelten sich über ihre Stirn und über die schmalen Schläfen, und das Schmerzmittel wischte die Eigenwilligkeit aus ihren Zügen und ließ ihren wachen Verstand zur Ruhe kommen. Übrig blieb eine junge Schönheit, das Ebenbild ihrer verstorbenen Mutter, der er aus dem rauhen Thessalien auf den Peloponnes gefolgt war.

Chiron lächelte sie zärtlich an und rieb sich nachdenklich seine knollige Nase. Alles wiederholte sich im Leben. So wie um Alexandra, hatte er sich schon um ihre Mutter gekümmert, bevor sie den adeligen Gutsbesitzer Melanthios geheiratet hatte.

Seine Treue hatte er von der Herrin auf die Tochter übertragen, und es bekümmerte ihn mehr als den Vater, daß Alexandra jetzt schon vier Olympiaden erlebt hatte und immer noch nicht verheiratet war. Platon, der es sehr mit der spartanischen Sitte der Dorer vom Peloponnes hielt, hätte es gutgeheißen. Aber er war nicht Platon; und wenn er selbst es daran maß, was heutzutage üblich war, gab es nur eine Schlußfolgerung: Ihr Vater vernachlässigte sie.

Jedoch war das nicht das Schlimmste. »Du mußt Paidikos aus dem Wege gehen, Herrin«, flüsterte er. »Eines Tages...« Er brach ab.

Alexandra strich sich die Haare aus dem Gesicht und sah ihm in die Augen. »Warum, Chiron? Was befürchtest du?«

Der Verwalter zuckte zusammen und verwünschte seine vorlaute Zunge. Schweigend hob er den Krug mit dem restlichen Heilmittel auf und ging zur Koppel hinüber, wo eine Stute ihm entgegentrabte. Ihr Fohlen stakte neben ihr her.

Chiron war ein sparsamer Mann. Er ließ die letzten Tropfen des Suds über eine Schürfstelle im seidigen Stutenfell laufen. Paidikos ist der Fluch der Familie, dachte er. Wie lange noch? Wie lange noch muß ich Alexandra bewachen? Wann ist sie außer Gefahr?

Kapitel 2

Zielsicher traf Paidikos die empfindlichen Lenden mit den in die Peitsche eingebundenen Bleikugeln. Die Hengste galoppierten mit weiß schäumenden Mäulern unter den Pinien durch; die Räder des Streitwagens schlitterten um eine Hausecke. Neben den Säulen des Vordaches parierte ihr Lenker sie mit harter Hand zum Stehen durch. Er sprang nach hinten ab und warf die Zügel einem kleinen Jungen zu. Dann eilte er ins Haus.

Melanthios wandte sich vom Fenster ab und beugte sich widerwillig über das Schreibpult. Mit gerunzelter Stirn dachte er längst wieder über die Zahlen nach, die er einer halb aufgerollten Buchrolle entnahm, als er die Stimme seines Sohnes in der Halle hörte. Er versuchte sie zu ignorieren. Die Zahlenkolonnen des Handelshauses Melanthios von Elis bestätigten Niederlagen auf der ganzen Linie; ein Schiffbruch vor Messina brachte ihn um seinen Gewinn an sorgfältig ausgesuchten Skulpturen aus dem ganzen Land.

Einen Augenblick starrte er in das Flämmchen seiner Öllampe, bis das Licht ihm in den Augen weh tat. Ganz Griechenland ließ er durch seine Agenten nach Statuen, Skulpturen und Tempelfriesen absuchen; diese römische Modeerscheinung war Gold wert, solange sie anhielt, Nero sei gepriesen. Er wünschte dem Kaiser eine immerwährende Regentschaft.

Mit seinem Großeinkauf von Kupferbarren hatte er hingegen den Markt selbst falsch eingeschätzt, was dem ärgerlichen Verlust noch eine Komponente von persönlicher Schuld hinzufügte. Und alles zur gleichen Zeit. Nahm man es genau, stand er so gefährlich nahe vor dem Ruin wie noch nie.

Melanthios preßte die Lippen aufeinander und ließ die Rolle zusammenschnellen, als sein Sohn mit der für ihn üblichen Lärmentfaltung in das stille Arbeitskabinett einbrach. Sein heller Chiton war grün von Grasflecken, auf der Sandale klebte ein halber Pferdeapfel. Mochten die Götter wissen, wo er sich wieder herumgetrieben hatte. Pferde pflegten immerhin nicht in Streitwagen hineinzuäpfeln. Er war ziemlich nachlässig, sein Sohn, und es war eine mühselige Arbeit, ihm das Benehmen eines Landadeligen beizubringen.

»Deine Tochter ist nicht ausreichend beaufsichtigt«, warf Paidikos seinem Vater hin. »Überall treibt sie sich herum! Was macht sie auf einer Pferdekoppel, wenn sie in der Spinnstube sein sollte?«

Melanthios warf beide Hände in die Höhe und beendete die mißbilligende Inspektion. »Was weiß ich? Es interessiert mich nicht. Ich stehe einem Handelsunternehmen vor, nicht einem Frauentrakt.«

»Eben deshalb wird es Zeit, Schwesterchen loszuwerden«, versetzte Paidikos übel gelaunt. »In ihrem Alter haben andere Frauen schon drei Kinder! Säuglingsgeplärr würde sie wenigstens von den Pferden ablenken. Kauf ihr endlich einen Mann, Vater! Es wird Zeit. Deine Haare werden in letzter Zeit schnell grau.«

Melanthios schleuderte die Rolle ins Regal. »Du mischst dich in Dinge ein, die dich nichts angehen, Paidikos. Noch bin ich nicht tot, und noch bist du nicht der Vormund deiner Schwester.«

Paidikos sah seinen Vater argwöhnisch an.

Melanthios brauchte nicht viel Phantasie, um zu ahnen, welche Gedanken er wälzte. Paidikos machte sich Sorgen, ob er Alexandras Mitgift, die von ihrer Mutter stammte und deshalb ihr persönliches Eigentum war, mit Geschäftskapital aufstocken würde. Mit anderen Worten: von seinem Erbe abzweigen, um ihr eine besonders gute Partie zu verschaffen. Er lächelte milde und streichelte liebevoll das Tonpferdchen, das seinen Platz auf dem Pult hatte. Er selber hätte als Erbsohn nicht anders gedacht.

»Mit wem verhandelst du, Vater?«

»Es gibt«, versetzte Melanthios würdevoll, »gewisse Vorabsprachen. Aber ich werde sie dir nicht auf die Nase binden.«

»Ich werde meine Freunde fragen. Bestimmt ist es einer von den Archonten von Elis«, riet Paidikos grinsend. »Ich kann mir nicht denken, daß du es darunter tust. Das wäre ja dumm, und so dumm bist du, mit Verlaub, Vater, nicht.«

Melanthios atmete tief ein und begann das Pferdchen mit einem Zipfel seines Chitons zu polieren. Es hatte eine Zeit gegeben, zu der er seinen Sohn für solche Worte verprügelt hätte. Aber diese Zeit war vorüber. Paidikos war mit breiten Schultern und einem bemerkenswerten Mangel an Ehrfurcht ausgestattet. Und leider wurde er seine überschüssigen Kräfte nicht einmal auf dem Streitwagen los. »Vier Jahrhunderte alt«, sagte er. »Einfach wunderbare Kunst. Was wir dagegen heute erschaffen... Na, ja. Hast du deine Pflichtübungen durchgeführt?«

»Ach, woher! Ich habe einfach keine Lust mehr«, antwortete Paidikos sorglos. »Was macht das halbe Jahr schon aus?«

»Unser Stammvater Perseus hat die gymnastischen Übungen für die Jugend bis zum achtzehnten Jahr vorgeschrieben, und er wußte, warum.«

»Ich bin gut genug trainiert.« Paidikos streckte den Arm vor und ballte die Faust. Das Gewand war kurzärmelig, und seine Muskeln spielten unter der Haut wie bei einem Jungbullen von Euböa. »Glaubst du nicht?«

Melanthios verzog angewidert sein Gesicht. »Und die Namen der Steinmetzen? Hast du sie behalten? Kaiser Nero hat große Ehrfurcht vor den Künstlern.«

»Wozu«, murmelte Paidikos und zog sich zur Tür zurück. »Sie liegen doch im Wasser. Du hättest einen zuverlässigeren Schiffsführer nehmen sollen.«

Melanthios beobachtete ihn finster. Vermutlich stand es auch nicht so gut um die Fortschritte seines Sohnes in Rhetorik und Dialektik. Aber er unterließ die Frage, um Paidikos nicht bloßzustellen. Seine Verlegenheit sagte alles.

Als Paidikos' Hand die Wand ertastete, machte er einen großen Schritt, um sich hinter der Tür in Sicherheit zu bringen.

»Paidikos!«

Das Stöhnen hinter der Tür war leise, aber unverschämt. Immerhin steckte Paidikos den Kopf noch einmal in das Arbeitszimmer herein. »Ja, Vater?« sagte er vorsichtig.

Melanthios lächelte boshaft. »Ich werde wieder heiraten. Du bekommst eine Stiefmutter.«

Paidikos starrte seinen Vater ungläubig an. Aber es fehlte ihm an Schlagfertigkeit. Nur seine stumme Wut blieb im Raum schweben, als er die Tür zufallen ließ.

Melanthios spürte sie mit leisem Triumph. Er fühlte sich noch lange nicht so alt, wie Paidikos ihm unterstellen wollte. Zwar hatte er gerade etwas Pech gehabt, aber immerhin gehörte er dem Rat von Elis an und war Schiedsrichter von Olympia. Bald würde er eine junge Frau sein eigen nennen. Und seinen Sohn, der ihn schon lange nicht mehr fürchtete, würde die Aussicht auf einen Rivalen bei der Erbschaft das Fürchten lehren. Das war ein Spaß, der ihn leise glucksen ließ.

Alexandra verbarg sich hinter einer dicken Eiche und trat erst in die Sonne hinaus, als sie ganz sicher war, daß Chiron den Wagen lenkte. Diesen Weg, der sich nach Elis schlängelte, benutzte auch ihr Bruder, wenn er im Hippodrom trainieren, oder, was öfter vorkam, seine Freunde in der Stadt besuchen wollte.

Tatendurstig ließ sie den ledernen Sturzhelm in der Hand baumeln, während der Verwalter behutsam zum Schritt durchparierte und anhielt. Sie brauchte sein unzufriedenes Kopfschütteln gar nicht zu sehen. Er war nie damit einverstanden, daß sie fuhr. »Ich weiß es, Chiron«, sagte sie lachend und stieg neben ihn in den leichten Wagenkasten. »Mach kein so mißmutiges Gesicht, du bringst mich doch nicht davon ab.«

»Und dein Arm, Herrin?« fragte der alte Mann vorwurfsvoll. »Wenn die Wunde durch die Anstrengung wieder aufreißt? Dann muß ich nähen!«

»Nicht nötig! Deine Kräuter sind ganz ausgezeichnet, Chiron, wirklich!«

»Und wenn dich nun jemand erkennt?«

Alexandra schüttelte den Kopf. »Das ist nicht wahrscheinlicher als bisher auch. Man wird mich für Paidikos halten.«

Der alte Knecht grunzte und tupfte mit allen vier Zügeln auf die Pferderücken, um die Hengste zum Trab zu ermuntern.
»Wie kannst du so blind sein zu glauben, daß man dich in der Bahn auf ewig mit deinem Bruder verwechseln wird? Ihr seid unterschiedlich wie Tag und Nacht, trotz Sturzhelm und Wagenlenkergewand.«

Alexandra antwortete nicht. Sie ließ sich den Fahrtwind um die Nase wehen; er war herrlich morgenfrisch und noch ein wenig feucht. Ihre Frisur hatte sie gelöst, und die Haare flogen ihr um den Kopf, ein Vergnügen, das sie sich nur fernab der väterlichen Besitzungen auf dem Streitwagen erlauben durfte.

Nichts von dem, was ihr Freude bereitete, schickte sich. Aber sie weigerte sich, von all den Menschen auf dem Hof, die wußten, was sich gehörte und was sich nicht gehörte, Befehle entgegenzunehmen. Allenfalls Ratschläge, die aber nur von Chiron und Melissa, die den Haushalt führte. Die Mutter fehlte ihr.

Aber statt einer Mutter hatte sie ja neuerdings ihren persönlichen Begleiter Pan. Er kam eindeutig, um sie zu ärgern. Sie verzog verärgert die Lippen, als er sich schon wieder in ihre Gedanken einschlich wie ein Dieb in ein verschlossenes Haus.

»*Du fährst auch besser als er.*«

»Paidikos fährt sogar das Viergespann, ich nur eine Biga«, sagte Alexandra laut.

»Was meinst du?« fragte Chiron und wandte ihr fragend sein Gesicht zu. »Willst du jetzt etwa auch das Viergespann deines Bruders ...?«

»Nein, nein, natürlich nicht. Es ist mir nur so rausgerutscht.«

»Wenn dir etwas herausrutscht, ist es meistens Zeit, zu den Waffen zu greifen«, sagte Chiron laut, um gegen den Fahrtwind anzureden.

»Wirklich nicht, Chiron«, sagte Alexandra nachdrücklich und versuchte ihn ein wenig abzulenken. »Glaubst du, daß jemals Frauen bei den Olympischen Spielen Streitwagen fahren werden?«

»Willst du dich jetzt sogar mit den Göttern anlegen? Ich bitte dich, sei nicht so respektlos, Herrin ...«

»Du hast heute schlechte Laune«, sagte Alexandra vorwurfsvoll. »Ich kann sagen, was ich will ...«

»Du machst mir angst. Die Götter könnten dich allein für solche Erwägungen strafen...« Chiron starrte verbissen über die Felder, auf denen der junge Flachs in die Höhe schoß. Dabei schüttelte er schon wieder nachdrücklich seinen Kopf, und Alexandra war sicher, daß er heute gar nicht mehr damit aufhören würde.

Sie hatte sich nämlich gerade entschlossen, festzustellen, ob die Hengste gut genug für einen Wettbewerb waren. Nur mal angenommen es fände sich jemand, der mit ihnen ein Wagenrennen bestreiten wollte. Wie sie sich wohl unter Konkurrenten schlagen würden, die für panhellenische Spiele gemeldet wurden?

Das Hippodrom lag glücklicherweise an ihrem Wege, und sie mußten nicht erst durch die Stadt fahren. In Elis ging es zuweilen lebhaft zu wegen der vielen Fremden, die vom Ruf der Stadt als Austragungsort der Ausscheidungswettkämpfe für Olympia angelockt wurden; aber sie war klein und die Familie Melanthios zu bekannt, um Alexandras Anonymität zu gewährleisten.

Die ovale Bahn war leer, als sie durch das Tor einfuhren. Nur ein Raubvogel, der im Sand saß, entschloß sich, mit seiner Beute abzuheben, und als das Fauchen seiner Schwingen verklungen war, war es totenstill.

Chiron hielt in der Mitte der Bahn. Während er das Geschirr der Hengste, die Speichen und die Radnaben überprüfte, wanderte Alexandra in gewohnter Weise mit ihm um das Gespann herum. Nach der Inspektion setzte sie den Helm auf, sprang auf den Wagen und rollte an.

Alexandra fuhr von Runde zu Runde schneller. In ihren Händen spürte sie jede kleinste Reaktion der Pferde, unter den Sandalen jedes Steinchen und im Gesicht den scharfen Wind. Sie genoß die wilde Fahrt aus tiefstem Herzen.

Bei der sechsten Runde stand Chiron in den Staubfahnen vor ihr und ruderte mit den Armen, um sie zum Halten zu bringen. »Bei den Göttern des Geschwindigkeitsrausches, halt an, Alexandra«, flehte er inbrünstig.

Sie lachte und wich ihm aus. Schon die angehobene Fahrpeitsche reichte aus, um das Tempo noch ein wenig zu steigern.

Erst nach der zwölften Runde hielt Alexandra an. Wie berauscht sprang sie ab. Es war großartig gewesen. Chiron kam humpelnd herbeigerannt. Seine Knollennase glühte vor Wut.

Die Hengste zitterten in den Flanken und waren schwarz vor Schweiß. Aber ihre Ohren spielten und richteten sich aufmerksam gegen Chiron, und sie fingen sofort an, in den Falten seines Gewands nach Leckerbissen zu schnobern.

»Sie waren schnell wie der Wind«, lobte Alexandra. Sie durfte Chiron erst gar nicht zu Wort kommen lassen, dann würde er sich von selbst beruhigen. »Und erschöpft sind sie auch nicht.«

»Nicht wahr?« Chirons Verärgerung schmolz weg und ging in Stolz über, während er mit der Handkante die weißen Schaumflocken aus dem Fell der beiden Pferde strich.

Er war der Leithengst. Manchmal half er Fohlen auf die Welt, sofern die Stute seine Hilfe wollte, und immer konnte er voraussagen, ob sie für den Wagen oder zum Reiten oder nur zum Verkauf taugten. Er hatte vorausgesagt, daß diese beiden die besten ihres Jahrgangs werden würden. »Dein Verdienst«, sagte Alexandra.

Chiron nickte und machte ein Gesicht wie ein Berglöwe, der schnurren will.

Alexandra sah ihn zufrieden an. Sie konnte ihn um den Finger wickeln. »Erzählst du mir nachher eine Geschichte aus Thessalien?« fragte sie einschmeichelnd. »Vorher möchte ich nur noch ein bißchen mit den beiden arbeiten...«

Aber natürlich ließ er sich so leicht nicht übertölpeln. Chiron holte Luft, um ihr gehörig den Kopf zurechtzurücken. Sein Schimpfen blieb Alexandra nur erspart, weil er durch das Rattern von Rädern unterbrochen wurde. Ein gelb bemalter Wagenkorb, gezogen von zwei Rappen mit wehenden Schweifen und Mähnen, schwenkte in die Rennbahn ein.

»Schick!« sagte Alexandra anzüglich. »Sieht aus wie eine Raupe auf Reisen. Wem gehört der denn?«

»Ich finde, der Lenker ähnelt dummerweise Psamenias von Elis«, flüsterte Chiron mit bissiger Miene.

Oh, ihr Götter, dachte Alexandra und schlüpfte hinter ihre eigenen Pferde, während sie sich mit zitternden Händen den Helm wieder auf den Kopf stülpte und die Haare darunterstopfte. Schenkt ihm auf der Stelle einen Sieg über Adler und bärtige Pane und laßt ihn zur Siegerehrung auf den Olymp entschwinden, dachte sie inbrünstig.

Aber zu ihrem Pech beabsichtigte der Neuankömmling keineswegs, sofort zu gewinnen, sondern hielt auf ihr Gespann zu und parierte daneben durch.

»Der Brand von Melanthios, wie ich sehe«, sagte die Stimme eines alten Mannes, während Alexandra auf dem Boden hockte, an den Riemen ihrer Sandalen nestelte und sich bemühte, möglichst unsichtbar zu sein. »Paidikos will sich also nicht mehr für das Rennen der Quadrigen melden.«

»Doch, Herr, das will er«, antwortete Chiron ehrerbietig. »Ich selber übe mit unserem Nachwuchs jedoch lieber im Zweigespann.«

Der Sand knirschte. Schwarz behaarte Schienbeine in hochgeschnürten Sandalen erschienen in Alexandras Blickfeld und blieben direkt vor ihr stehen. Sie starrte die gekrümmten gelben Zehennägel mit angehaltenem Atem an.

»Seltsames Üben, bei dem der Zuschauer den Helm trägt. Hast du dir einen jungen Liebhaber genommen, Chiron, der vor deinem Ungestüm geschützt werden muß?«

Chiron stöhnte kaum hörbar, und Alexandra litt mit ihm, weil sie wußte, wie sehr er die altdorischen Sitten verabscheute. Sie schoß in die Höhe und riß sich den Helm vom Kopf.

Plötzlich erfaßte sie, daß alles viel schlimmer war, als sie anfangs gedacht hatte. »Charaxos!« murmelte sie und spürte, wie ihr Gesicht vor Zorn und Verlegenheit dunkelrot anlief. Psamenias hatte seinen Vater mitgebracht. Einer der Mächtigen der Stadt, steinreicher Besitzer zahlreicher Flachsspinnereien. »Chiron hat deine Ironie nicht verdient, ehrwürdiger Charaxos. Solltest du deinen Hohn unbedingt loswerden müssen, schütte ihn über deinen Sohn aus.«

Psamenias, dick wie eine Meerbarbe, lümmelte im Wagen herum. Zwischen seinen fleischigen Lippen wippte ein Grashalm, und selbst Alexandras anzügliche Bemerkung wischte nicht das dümmliche Grinsen aus seinem Gesicht. Ihn hatte sie noch nie leiden können, genausowenig wie seine jüngere Schwester, die strohdumme und hochnäsige Philotis. Die ganze Familie war zum Davonlaufen.

Das war das einzige, was sie nicht konnte.

»Wieso?« schnarrte Charaxos und widerstand mit Mühe der Versuchung, sich umzudrehen. Er umschloß seinen altmodischen dorischen Spitzbart mit der Hand und zog die schwarzen Haare glatt, während er mit überheblicher Miene auf ihre Antwort wartete. In seinem Gesicht spiegelte sich die Unverschämtheit, die sie begangen hatte, indem sie ihn zu attackieren wagte.

Alexandra zeigte schadenfroh auf ein Rad. »Er hätte euch leicht zu Tode bringen können. Sieh dir bloß mal die Speichen an.«

Psamenias hängte sich so schnell über die Kante des Wagens, daß der ganze Kasten schaukelte. Die drahtige Mauleselmähne auf seinem Kopf berührte schon die Sandbahn, bevor es ihm gelang, sich an der Kante festzuhalten und sich zurück in den Wagen plumpsen zu lassen.

Alexandra war mit ihrem Erfolg zufrieden. Vater und Sohn machten sich lächerlich.

»Ich hatte dir gesagt, daß das Rattern unnormal klingt«, zischte der Alte.

Der Jüngling winkte mit einer lässigen Geste ab. »Der Wagen ist in Ordnung! Der Stellmacher hat geschworen, daß er so gut wie neu ist! Die Götter mögen mir beistehen, damit ich nicht in Versuchung gerate, auf Ratschläge von Weibern zu hören! Und deine Ohren sind nicht mehr die besten, Vater.«

Der Archon schob den Unterkiefer vor und maß Alexandra mit seinen vorstehenden Augen vom Kopf bis zu den Füßen. Er war wütend.

Alexandra war vorsichtig genug, um ihn nicht weiter zu reizen. Womöglich maß er dieser kleinen Auseinandersetzung genug Gewicht bei, um zu ihrem Vater zu eilen und sich zu beschweren. Aber sie stemmte die Arme in die Seiten und starrte zurück. Es ging ihn nichts an, was sie tat, und er hatte kein Recht, Chiron herunterzuputzen.

»Wenn du schon zu meiner Verwandtschaft gehörtest, Weib...«, sagte Charaxos mit unüberhörbarem Drohen.

In ihm klangen alle Strafen an, die sich schon die alten Dichter für selbstbewußte, eigenständige Frauen ausgedacht hatten, die nichts anderes taten als die Männer ihrer Zeit, also hier und da ein wenig Morden, Blenden oder Fremdgehen. Und was hieß das schon? Alexandra hätte Charaxos gerne erzählt, daß früher auch alte unnütze Männer um ihr Leben gezittert hatten.

»Es wird ja nicht mehr lange dauern«, fügte der Archon mit mißmutig gespitzten Lippen hinzu, »obwohl es mir nicht gefällt, ein Weib wie dich in der Familie zu haben!«

Alexandras Nackenhaare sträubten sich wie bei einem wütenden Hund, und ihre aufreizende Miene verlor sich. Sie blieb mit offenem Mund stehen.

Kapitel 3

Psamenias begann seine erste Runde, während Alexandras Sandalen auf der Sandbahn wie festgeklebt schienen. Erst als ein mitleidiger Blick von Chiron sie traf, kam wieder Leben in sie.

Er hatte es auch verstanden. Es konnte nur bedeuten, daß sie diesen gräßlichen Jüngling heiraten sollte, dem sie so gleichgültig war wie Schweinefutter im Trog. Seine Pferde behandelte er nicht besser; schon in der ersten Kurve schlug er auf sie ein.

Charaxos drehte sich im Kreis, um den Wagen seines Sohnes im Auge zu behalten. Da er mager wie eine getrocknete Makrele war, warf er kaum Schatten. Nur das Nicken seines Kopfes zeichnete sich im Sand ab. Er schien sehr zufrieden.

»Er hat keine Ahnung vom Fahren«, murmelte Alexandra.

»Genausowenig wie sein Sohn. Er wird sich verletzen, wenn er bei dem Tempo aus dem Wagenkasten fliegt, aber meine Hilfe bekommt er nicht. Steig ein, Alexandra«, forderte Chiron sie auf. »Laß uns fahren.«

»Ja. Zu meinem Vater«, ergänzte Alexandra in schwärzester Stimmung und stellte sich neben Chiron. Ohne dem gräßlichen Kerl, der mit Gebrüll über den Sand preschte, noch einen Blick zu schenken, verließen sie die Rennbahn. »Wenigstens meine bevorstehende Hochzeit hätte er mir mitteilen können, wenn er auch sonst kaum mit mir spricht. Zum Hades mit der ganzen gräßlichen Sippe von Charaxos! Wahrscheinlich wird diese Philotis den ganzen Tag in meinen Gemächern herumhängen und mich mit ihrem Geschwätz anöden.«

»Vielleicht wird es nicht so schlimm«, sagte Chiron beschwichtigend.

»Es wird noch viel schlimmer. Ich kenne sie. Wirst du mit mir in das Haus von Charaxos kommen, Chiron?«

Er schüttelte unglücklich den Kopf. »Dein Vater wird mich nicht freigeben. Die Pferdezucht ist ein verläßlicher Teil seines Geschäftes.«

»Für den Krieg«, schnaubte Alexandra. »Kaiser Nero führt kaum Kriege, was ich nicht besonders schlimm finden kann. Die Römer brauchen die Pferde meines Vaters nicht.«

»Vielleicht nicht, vielleicht doch«, sagte Chiron. »Es heißt, daß die Judäer sehr unruhig sind.«

»Aber ich brauche dich mehr als Nero, Chiron! Und Sokrates und Platon! Mit Philotis müßte ich am Ende noch über die Klauen ihres Vaters diskutieren. Ich hatte sie einen einzigen endlosen Nachmittag ganz allein am Hals. Sie schwatzte so lange über ägyptische Gesichtsschminke, daß ich eindöste, und nachdem sie mich wachgerüttelt hatte, war sie erst bei ihren Fingernägeln angelangt. Sie war wütend wie eine Hornisse. Bis zum Einbruch der Dunkelheit erreichten wir die Enthaarungssalbe für ihre Waden. Es gibt gar keinen Zweifel, daß sie beim nächsten Zusammentreffen mit mir über ihre Zehen zu diskutieren wünscht. Erst über ihre – dann über seine, womöglich ...«

Chiron lachte, daß es ihn schüttelte. Die Hengste fielen in einen gemächlichen Trott. »Vergiß nicht, du wirst als Frau dieses Archontensprößlings in der Stadt wohnen. Du mußt dich nicht ständig mit Philotis abgeben. Verwende deine Mitgift für etwas Sinnvolles: Stifte einen Aquädukt, oder eine Palästra. Nur sei schlau genug, dein Vermögen nicht ohne schriftlichen Vertrag an die Archonten auszuliefern! Und verlange ein staatliches Amt für das Geld! Es soll so etwas schon in verschiedenen Städten geben, habe ich gehört.«

Alexandra klammerte sich fest, weil das Wagenrad in eine ausgefahrene Spur geriet und der Wagen umzuschlagen drohte. Als Chiron ihn wieder im Griff hatte, lachte sie leise. »Glaubst du, sie würden es zulassen? Und wie kommt es, daß du mir nicht zehn Kinder aufzuschwatzen versuchst?«

»Es gibt Frauen, für die sind römische Sitten besser als hellenische«, sagte Chiron beunruhigt. »Ich weiß, daß du dich in den Frauengemächern eingesperrt fühlst. Du schlägst deiner Tante nach.«

Alexandra spielte ihren letzten Trumpf aus. »Meiner geheimnisvollen Tante Baukis! Hat es mit ihr zu tun, daß du mich bewachst wie eine Henne die Küken? Und wie willst du mich bewachen, wenn du nicht bei mir bist?«

»Wenn du erst verheiratet bist, ist es nicht mehr nötig, den Göttern sei Dank!« antwortete Chiron inbrünstig. »Dabei fällt mir ein: Hast du die Abhandlung von Mago über die Behandlung der Fesseln und Hufe gelesen?«

»Ja«, sagte Alexandra. Wieder einmal hatte er auffällig hastig das Thema gewechselt. Über Baukis lag ein Tabu, und da sie in diesem Augenblick in den väterlichen Hof einfuhren, war die Gelegenheit vorbei, ihm ein weiteres kleines Bröckchen zu entlocken. Sie stieß einen abgrundtiefen Seufzer aus. »Ich wünschte, er hätte sich auch über andere Fesseln ausgelassen. Ich wette, für mich hält die Ehe die eisernen bereit. Keine Pferde mehr, keine Streitwagen...«

Chiron wollte wie üblich den Weg zu den Stallungen einschlagen, aber Alexandra zeigte auf das Wohnhaus. »Wenn mein Vater mich auf diese Weise loswerden will, soll er ruhig sehen, wie ich mit dem Streitwagen vorfahre. Damit er sich gleich darauf einrichtet, daß ich nicht als friedliche Tochter komme.«

Chiron nickte verblüfft und hielt vor den Säulen an.

Alexandra stürmte ins Haus. Hinter sich hörte sie gerade noch, daß Chiron die Pferde zu den Ställen zockeln ließ. Auch deren Hufschlag hörte sich bekümmert an.

Alexandra schlug den Arm des persönlichen Sklaven ihres Vaters beiseite, als er sie daran hindern wollte, die Räume des Hausherrn zu betreten.

Das Arbeitszimmer war leer, die Öllampen waren gelöscht und die Buchrollen zusammengerollt und in Regalen verwahrt. Sie bekam Angst, daß er plötzlich auf Reisen gegangen sei, wie so oft, aber dann hörte sie aus dem Schlafzimmer ihres Vaters Gelächter. Sein tiefes Lachen und dazwischen die helle Stimme einer Frau.

Hetären waren oft bei ihrem Vater zu Gast. Besser, als wenn er sich wieder verheiratet hätte und sie unter der strengen Aufsicht einer fremden Hausfrau hätte leben müssen. Hetären waren unwichtig. Es machte Alexandra gar nichts aus, diese gekaufte Zweisamkeit zu stören.

Unter den furchtsamen Augen des Sklaven, der ihr zögernd gefolgt war, stieß sie die Tür auf, um auf den ersten Blick festzustellen, daß zwar die Frau nackt war, ihr Vater aber nicht.

Alexandra hob sich gegen die Helligkeit des Innenhofes ab. Dem Vater entfiel der Weinpokal. »Bist du von allen Göttern verlassen?« schrie er und tat einen Schritt nach vorne, wo er in der Weinlache ausrutschte. Der restliche Tadel blieb ihm unartikuliert in der Kehle stecken.

Recht geschieht dir, dachte sie aufgebracht und ergriff die Gelegenheit beim Schopf. »Der Archon Charaxos hat mir zu verstehen gegeben, daß es eine Verbindung unserer beider Familien geben wird. Warum hast du mir nichts davon gesagt, Vater? Müßte ich nicht die erste sein, die es erfährt?«

Ihr Vater stieß den silbernen Pokal mit den nackten Zehen beiseite und zog sich am Bett hoch. Er sah nicht gut aus. Er hatte in letzter Zeit Fett angesetzt; und unter seinen Augen lagen tiefe bläuliche Tränensäcke. Anscheinend hatte er Sorgen.

»Warum?« fragte Melanthios schneidend. »Habe ich dich je um Rat gefragt? Glaubst du, ich werde dich je fragen?«

Seine Antwort kam ihr seltsam vor. »In den wenigen Wochen bis zur Hochzeit? Sicher nicht, das bilde ich mir nicht ein«, sagte sie weniger forsch.

Die Augenbrauen ihres Vaters schossen in die Höhe, während er sie schlecht gelaunt betrachtete. »Und danach? Trägst du dich mit Fluchtgedanken? Glaube nur nicht, daß mein Bruder dir helfen würde! Er würde dich wie ein verschnürtes Opferferkel bei mir abliefern. Und an Baukis solltest du gar nicht erst denken!«

Alexandra schüttelte verständnislos den Kopf.

»Ich habe mich zu wenig um dich gekümmert, Paidikos hat recht. Dein Verstand ist der einer Sechsjährigen«, sagte Melanthios unwirsch. Er richtete seinen beringten Daumen auf seine Brust und stieß mehrmals auf das gefältelte Leinen hinunter. »Ich werde«, sagte er betont langsam, »heiraten. Die Tochter des Archonten Charaxos von Elis. Philotis heißt sie, glaube ich.«

»Du wirst heiraten?« stieß Alexandra ungläubig aus und sank auf den nächsten Scherenhocker. Ihr Blick wanderte von ihrem Vater zu der üppigen Hetäre auf der Liege. Deren blasse Haut ringelte sich um ihren Bauch wie die Wurstpelle beim Stopfen, und unterhalb der Ringe schimmerte dunkel das rasierte Schamdreieck.

»Aber ich habe dich doch immer zufriedengestellt, Gebieter«, murmelte sie beleidigt und warf sich auf die Seite, daß die Spanngurte knarrten.

Alexandra starrte stumm auf das weiße Hinterteil, das breit war wie das einer thrakischen Stute. Chiron würde sie als untauglich für die Zucht von Rennpferden verkauft haben.

Innerhalb einer einzigen Stunde war ihre Zukunft schwarz wie eine Nacht im Hades geworden. Jede Ehefrau würde eine erwachsene Stieftochter so schnell wie möglich aus dem Haus werfen.

Kapitel 4

Die Vorbereitungen für die Hochzeitsfeierlichkeiten wurden in den nächsten Tagen mit Nachdruck begonnen. Die Frauen schlugen die Wandteppiche aus und putzten die Öllampen gründlicher als sonst, und in der Küche drängten sich außer der Köchin Jannina die Helferinnen. Unaufhörlich lieferte der kleine Esel Holz an, und der Backofen vor dem Küchenhaus wurde überhaupt nicht mehr kalt.

Alexandra ärgerte sich immer noch, daß ihr Vater sie so lange im unklaren gelassen hatte, und verzog sich häufig zu den Pferden, auch wenn die Sonne vom Himmel brannte und sie wie eine Sklavin schwitzen ließ.

Paidikos grinste, wenn er ihr begegnete, als sei alles ein für ihn inszenierter Spaß. »Psamenias ist noch frei und ledig...«

»Gaia sei Dank«, sagte Alexandra, »und was mich betrifft, werde ich diesen Zustand auch nicht ändern.«

»Du magst ihn nicht«, stellte Paidikos erfreut fest. »Und er liebt die Weiber nicht. Es wäre wirklich ein Spaß, euch miteinander zu verheiraten. Vor allem, weil der alte Charaxos so scharf sein soll. Je jünger die Frauen sind, desto besser. Es ist ja auch gleichgültig, von wem die Sprößlinge stammen, solange es nur in der Familie bleibt. Findest du nicht?«

»Du hast völlig recht«, antwortete Alexandra kühl. »Allerdings würde es Psamenias wohl nicht behagen, sein väterliches Erbteil mit seinem eigenen Sohn teilen zu müssen. Er wird schon aufpassen. Dabei fällt mir ein: Erbteil teilen. Philotis möchte ganz sicher einen eigenen Sohn haben, und Vater wird es ihr nicht abschlagen.« Sie lauschte hingerissen. Sie meinte,

ihn mit den Zähnen knirschen zu hören, bevor er sich wieder fing.
»Vielleicht stirbt sie ja. Oder es wird nur ein Mädchen.«
»Die stirbt nicht. Und ihr Vater hat ihr bestimmt beigebracht, was ihre Pflicht ist.« Alexandra lächelte aufreizend und ließ ihren Bruder stehen. Männer!
Mürrisch schlenderte sie über den Hof, der jetzt im gleißenden Sonnenlicht lag, um im Lagerhaus einen Krug Honig für die Küche zu holen. Der Frühling war in diesem Jahr spät gekommen, aber jetzt war es schon sehr heiß. Sie kniff die Augen zusammen und trat in die Schwärze hinein, dankbar für die Kühle und die Ruhe. Die Vorratstöpfe waren an der Längswand eingegraben.
Während sie den Gewichtsstein beiseite räumte und den Deckel abhob, fragte sie sich, warum ihr Vater sie noch nicht verheiratet hatte. Nicht, daß sie sich danach gedrängt hätte. Mit dem Deckel in der Hand ließ sie sich zwischen zwei Gefäßhälsen auf den gelben Lehmboden sinken. Ihre Erziehung war oberflächlich gewesen. Nicht ihr Vater, sondern sie selbst hatte sich um einen Lehrer für Mathematik und Musik gekümmert. Und das, obwohl Melanthios Kreisen angehörte, in denen es üblich war, Töchtern eine gute Ausbildung zu geben, damit man sie angemessen verheiraten konnte. Wahrscheinlich war alles eine Folge des frühen Todes ihrer Mutter. Im Grunde war ihre Anwesenheit hier überflüssig, und sie war es seit ihrer Geburt. Es gab ja Paidikos.
Plötzlich spukte ihr die Idee mit einer Stiftung im Kopf herum. Vielleicht sogar ein staatliches Amt. Gewiß ließe sich eine Tätigkeit finden, die ihr auf Dauer mehr Ehre einbringen würde, als ein verlorenes olympisches Rennen. Denn verlieren würde sie, ganz bestimmt sogar. Sie war ja noch nicht einmal bei einem der Wagenrennen der Männer von Elis mitgefahren. Und andere Frauen, die selbst lenkten, kannte sie überhaupt nicht.
Alexandra schoß hoch und rannte aus dem Schuppen zu Chiron hinüber, der auf der Weide neben einer Stute hockte und mit einer Hand ein neugeborenes Fohlen stützte.
»Bleib stehen«, warnte er in verhaltenem Ton. »Ich kann dich im Augenblick nicht gebrauchen.«

Alexandra nickte düster. Niemand konnte sie gebrauchen.

Nervös trat die Stute auf der Stelle, bis Chiron es schaffte, den kleinen Hengst an das mütterliche Euter zu leiten. Als Chiron aufstand und sich zurückzog, war Alexandra mindestens so erleichtert wie die Stute.

Sie packte den Verwalter und zog ihn mit sich in den Lagerraum. »Chiron, weißt du, warum mein Vater mich noch nicht verheiratet hat?«

»Welche Frage!« sagte er ausweichend. »Und warum glaubst du, ich müßte es wissen? Bist du plötzlich auf Philotis neidisch?«

»Diese dumme Schnecke! Du weißt doch sonst alles. Du kanntest Mutter. Und ich frage mich allmählich, was mein Vater mit mir vorhat.«

»Dann solltest du ihn fragen.«

Alexandra sah ihn verwundert an. Seine Stimme war dünn. Es mußte einen bestimmten Grund geben. Ihre eigene Kehle war plötzlich wie ausgetrocknet. »Ja, dann...«, murmelte sie und brachte ein hohles Lachen zustande. Immerhin war sie besser dran, den greisen Charaxos zum Schwager zu bekommen, als zum Schwiegervater. Oder, Gaia sei davor, als Ehemann.

Aber besonders wohl war ihr nicht zumute.

Alexandra befahl einem der Stalljungen, den Wagen für die Fahrt nach Elis fertigzumachen. Selbst zu lenken wagte sie nicht, aber sie hatte auch keine Lust, wie ein Bauer auf einem Maulesel zu reiten.

Sie brauchte ein Hochzeitsgeschenk, etwas Ausgefallenes, also teuer. Es würde den größten Teil ihres Geldes kosten. Aber wenn sie die Ausgabe scheute, würde sie sich selber auf den Stand einer geduldeten armen Verwandten stellen. Einer Tochter, die nicht verheiratet werden konnte.

Immer noch mißmutig, schürzte sie ihr langes Gewand, das ausreichend elegant für eine junge Frau aus vornehmer Familie war, und stieg neben den Jungen auf den Wagen. Die Hengste waren nicht richtig eingefahren, einer galoppierte, während der andere unregelmäßige Sprünge machte. Aber sie starrte verbissen auf die Hügelkette auf der anderen Seite des Tals und ließ den Jungen an den Zügeln zerren und schwitzen. Neben dem Weg blühten Rosen und Glyzinien, aber Alexandra beachtete auch sie nicht.

Dann kamen die scharfe Kurve und das Hippodrom, und dahinter war bereits die hohe Stadtmauer aus Ziegelsteinen zu erkennen. Der Junge stieß einen Seufzer aus, als er im Bogen vor der »Säulenhalle der Wirte« vorfuhr und Alexandra endlich heil absetzen konnte.

»Wenn die Sonne dort steht«, sagte sie milde und gestikulierte zum Meer hin, »holst du mich am ›Turm der Winde‹ ab.«

»Ja, ja«, sagte er und wendete erleichtert.

Alexandra stürzte sich entschlossen ins Gewühl des Marktes, das hauptsächlich aus laut feilschenden Männern bestand. Ihre Laune hob sich, als sie in den Gerüchen baden konnte, die von Bergen sprachen, von der See und von den Wüsten jenseits des Meeres.

»Sie kennen Spiele und Wettrennen bis in das flache Kilikien hinein, sogar bis nach Antiochia! Und eine Siegerin heißen sie überall willkommen!«

Tatsächlich, dachte Alexandra versonnen und fühlte sich geschmeichelt, daß Pan sie trotz ihrer Ablehnung umwarb. Es klang ungemein verlockend. Sie würde alles mit eigenen Augen sehen können, wenn sie nur ja sagte.

Aber langsam gewann ihre Vernunft wieder Oberhand. Es ging nicht. Hellenische Frauen fuhren nicht im Streitwagen Rennen in Antiochia. »Husch, weg mit dir!« sagte sie leidlich höflich. Immerhin war er ein Halbgott.

»Ich habe meinen Stand erst seit kurzem hier, Herrin«, antwortete eine Männerstimme. »Auf keinen Fall werde ich mich entfernen. Schon gar nicht durch Huschen.«

Alexandra hätte schwören können, daß sie belustigt klang. Sie fuhr herum. Ihr verwunderter Blick blieb an einem Töpfer hängen, der von verkaufsfertigen Amphoren und Krateren jeder Größe umgeben war. Obwohl er auf einem niedrigen Schemel saß, befand sich sein kantiges, hellhäutiges Gesicht fast auf gleicher Höhe mit ihrem. Ein Riese mit krausem Bart wie ein Philosoph. Seine Haare hatten die Farbe von frisch geschnittenem Birnenholz, aschblond, mit rötlichen Strähnen. Und seine Sprache war kein elischer Dialekt, sondern die Sprache eines gebildeten Mannes.

Aber die Birnen, die sie kannte, schmeckten holzig. Und seine Augen waren grün. Überhaupt: sie konnte ihm keine Sympathie abgewinnen. Außerdem suchte sie keine Töpferwaren. Trotzdem war seine Ware einen kurzen Blick wert. »Deine Keramik sieht ganz anders aus als die gewöhnliche«, sagte sie nachdenklich.

»Fällt es dir auf, Herrin?«

»Hältst du mich für beschränkt?« fragte sie eisig. Als ob er sie für nicht fähig hielte, das Pferd, das er gerade auf den grauen glänzenden Untergrund auftrug, von den klotzigen gerillten und geriffelten Gefäßen von Attika zu unterscheiden! Oder gar von den geschmacklosen Vasen mit angeklebten Figuren!

»Nicht direkt, Herrin«, antwortete er.

Alexandra versuchte ihn mit einem niederschmetternden Blick in seine Schranken zu weisen, aber es erwies sich, daß er gar keine Schranken kannte. Er lächelte freundlich und sah sie unverändert grün an. »Na, dann eben nicht«, murrte sie. »Dann erkläre mir, warum du einen Rappen auf einen dunklen Untergrund malst.«

Ein breites Lächeln ging durch sein Gesicht, während er die Borsten seines Malpinsels in das Näpfchen zu seinen Füßen tauchte und dem Schweif des Pferdes einen letzten Schwung gab. »Der Rappe wird durch den Brand ein Fuchs«, sagte er, als er endlich zufrieden war und den Pinsel weglegte. »Der Untergrund wird schwarz. Es ist eine alte Methode aus Korinth, die die heutigen Töpfer aufgegeben haben. Sie gelingt nicht immer.«

»Aber man kann davon ausgehen, daß sie dir gelingt«, ergänzte Alexandra schnippisch. Daß ein Mann sich selbst so unverblümt loben konnte! »Übrigens solltest du bei der nächsten Schale darauf achten, daß sich die Zügel nicht überkreuzen! Sonst kommt dein Wagenlenker nicht weit.«

Aus dem Augenwinkel nahm sie wahr, daß der junge Töpfer bestürzt auf sein Gemälde starrte, während sie sich mit forschem Tempo beinahe in einen Stapel Keramik verirrte. Sie war froh, daß er ihren Fuß nicht sah, den sie still aus einer Opferschale mit Löwendekor entfernte. Gar zu gerne hätte sie eine kleine, gesondert stehende Deckelschale genauer betrachtet, die eine Braut auf der Liege zeigte; eine Sklavin hielt den Spiegel, und im Hintergrund wartete schon der Ehemann. Ein hervorragendes Hochzeitsgeschenk!

Aber nachdem sie den Töpfer endlich erfolgreich auf seinen Platz verwiesen hatte, konnte sie wohl kaum Interesse für seine Ware zeigen. Sie suchte ja auch nichts aus Ton, Dreck, um ganz genau zu sein, sondern etwas Edles aus Silber.

Die Silberschmiede hatten ihre Stände nicht auf dem Markt, sondern in einer Gasse, die mit gespannten Tüchern gegen die Sonne geschützt wurde. Alexandra tauchte in ein Halbdunkel ein, in dem blechernes Scheppern widerhallte, und drängte sich mit unzähligen anderen Käufern, Neugierigen, Fremden und Taschendieben durch die Schlucht. Sie legte ihre Hand fest auf ihren ledernen Geldbeutel und schob aus Leibeskräften mit. Der Markttrubel machte ihr Spaß. Fort waren die trübsinnigen Gedanken über falsche Hochzeiten, ausbleibende Heiraten und langweilige Schwägerinnen. Sie würde es schon meistern.

Es dauerte nicht lange, bis sie in einem schmalen Gewölbe etwas Aufregendes erblickte, ein Spielbrett aus Silber mit Spielsteinen, die in einem bestickten Ledersäckchen aufbewahrt wurden. »Wunderschön«, sagte sie anerkennend zu dem Handwerker, der mit verschränkten Armen in seinem Eingang stand und sich umsah.

»Doch, ja«, stimmte er uninteressiert zu. »Soll ich dir Trinkbecher, Armbänder oder Ringe vorführen, Herrin? Hübsche, erschwingliche Gegenstände?«

Aha, er meinte also, ihren Geldbeutel beurteilen zu müssen. »Ich brauche ein Hochzeitsgeschenk«, erklärte Alexandra zuvorkommend. »Was kostet das Spiel?«

»Herrin, es ist ein Spiel für Fürsten aus einem Land, das jenseits dem der Skythen liegt; die Spielfelder sind mit Lapislazuli ausgelegt. Ich weiß nicht, ob du so viel Geld ausgeben kannst. Vielleicht solltest du deinen Gemahl...«

»Wieviel?« fragte Alexandra.

Der Silberschmied zuckte mit den Schultern. »Zwanzigtausend Drachmen.«

Alexandra sperrte den Mund auf. Dann nickte sie ihm so hochmütig zu, wie sie konnte, und machte sich mit glühenden Ohren davon.

Die Gasse der Silberschmiede schlängelte sich noch ein Stück weiter, bis sie sich auf die Agora der Römer und Syrer öffnete. Sie bot Dutzendware, weit und breit nichts Aufregendes. Nein, ihr Ehemann brauche kein Rhinozeroshornpulver, beteuerte sie einem Spitzbuben, der ihr etwas Stinkendes unter die Nase hielt.

Irgendwie mußte sie im Kreis gegangen sein. Nach einiger Zeit fand Alexandra sich neben dem Stand des korinthischen Riesen wieder. Der Kerameus nickte ihr freundlich zu und arbeitete still weiter.

Immerhin ließ er ihr Zeit, sich umzusehen, ohne ihr etwas aufschwatzen zu wollen. Ihre Hand streckte sich nach der Deckelschale aus. Die Malerei gab in ganz zarten Strichen sogar die Freude der jungen Frau auf dem Brautbett wieder. Die Glasur war tiefschwarz und das ganze Gefäß einfach vollkommen. Es würde wunderbar zum Anlaß passen.

»Wie kommt es, daß dir die fehlerhafte Zügelführung auffiel, Herrin, obwohl es sogar Töpfern schwerfällt, bei dieser Technik Einzelheiten zu erkennen?«

Alexandra kräuselte abweisend die Lippen, bevor sie ihm die Ehre erwies zu antworten. »Ich kenne mich mit Pferden und Streitwagen aus. Meinem Lehrer ist die Sicherheit auf dem Streitwagen wichtiger als Schnelligkeit. Schlampige Zügelführung würden wir nie dulden! Bevor ich losfahre, überprüfe ich sogar die Befindlichkeit der Pferdeäpfel.«

»Schlampige Zügelführung, so, so.«

Trotzdem hatte Alexandra den Eindruck, daß er grinste, frech sogar, wenn sie es genau nahm. Der Töpfer ließ den winzigen Krug, an dem er gerade arbeitete, auf seine Schürze sinken. Seine Augenfarbe spielte jetzt ins Blaue.

»Du lenkst selbst bei Wagenrennen?«

»Ich lenke selbst«, antwortete Alexandra schroff, »allerdings nicht bei Rennen.« Plötzlich ärgerte sie sich, das zugeben zu müssen und beschloß, es ihm heimzuzahlen. »Was meinst du damit, daß du die Einzelheiten nicht erkennen kannst? Siehst du schlecht?«

»Es dreht sich nicht um mein Sehvermögen. Bei schwarz auf schwarz wird leicht etwas vergessen«, meinte der Töpfer und machte eine entschuldigende Geste mit der freien Hand. »Eine Wolke vor der Sonne, das Licht von der falschen Seite – schon hat man ein Detail übersehen und die Figur ein Loch. Man merkt es erst nach dem Brand.«

Also kein Eigenlob, sondern eine Tücke der Technik. Selbst das mit der Sonne stimmte. Alexandra nickte widerwillig. »Wieviel nimmst du für die Hochzeitsschale?«

»Achtzig Drachmen.«

»Sechzig«, bot Alexandra.

»Neunzig.«

Alexandra zwinkerte, weil sie glaubte, sich verhört zu haben, und öffnete den Mund, um ihr Angebot zu wiederholen. Aber er schüttelte so warnend den Kopf, daß ihm die Locken über die Augen fielen. Er warf sie nach hinten, ohne seine Hände zu Hilfe zu nehmen, die durch Schlicker und Farbe fast schwarz waren, und arbeitete konzentriert weiter.

»Also gut. Achtzig«, sagte Alexandra resignierend. Sie wollte die Schale jetzt unbedingt haben, und wer konnte voraussagen, ob dieser seltsame Töpfer sie nicht plötzlich für unverkäuflich erklären würde.

Der Töpfer unterbrach seine Arbeit. Er betrachtete die Schale ein letztes Mal, als ob es ihm leid täte, sie fortzugeben. Dann wickelte er sie behutsam in ein weiches Tuch ein.

Alexandra zählte schnell die Münzen ab und reichte sie ihm. Endlich fiel ihr noch etwas Wichtiges ein. »Wie heißt du? Meine neue Verwandte wird den Namen des Künstlers wissen wollen.«

»Ich pflege auf dem Boden zu signieren. Ich nehme an, daß du lesen kannst.« Er grinste wieder, diesmal spöttisch. »Antenor von Korinth.«

»*Männern entgegentretend*«, übersetzte sie überrascht. »Ich habe praktisch den gleichen Namen: Alexandra. Alexandra Melanthios.«

Antenor nickte ernsthaft. »Die *Männerabwehrerin*. Ich glaube, er paßt zu dir. Du machst es deinem Ehemann nicht leicht, fürchte ich.«

»Bestimmt nicht«, sagte Alexandra und strahlte ihn gewinnend an. »Nur habe ich gar keinen.« Sie schritt davon, ohne sich umzusehen, sehr zufrieden mit sich selbst an diesem erfolgreichen Morgen. Auch zufrieden mit sich, daß sie es sich verkniffen hatte, ihn zu fragen, ob er *der* Antenor sei.

Wahrscheinlich. So viele bekannte Entgegentreter konnte Korinth gar nicht haben. Philotis würde sich bestimmt ärgern, wenn sie wüßte, daß ausgerechnet Alexandra ihn kennengelernt hatte. Solche Dinge waren ihr wichtig. Ein wenig peinlich war nur, daß sie den Töpfer so von oben herab behandelt hatte. Eine überflüssige Tochter aus einem unbedeutenden adeligen Haus war mit einem höchst angesehenen Techniten umgegangen wie ein Athener mit einem Metöken. Oje!

Aber zum Glück mußte sie ihm ja nicht mehr begegnen.

Kapitel 5

Die Hochzeitsfeierlichkeiten waren ein einziger Wirbel von trinkenden und tanzenden Männern, glücklich schluchzenden Frauen, von gespielter Entführung durch aufgeregte Jünglinge, von Prozession und Opferfeier. Das Geblöke der Opfertiere, die Hitze, der Staub und die am Straßenrand gaffenden Menschen brachen wie ein Vulkanausbruch über Alexandra herein. Viel lieber hätte sie am Rand der Hengstkoppel gesessen und Mago studiert oder geträumt.

Den ganzen Tag wurde in Elis gefeiert. Erst abends fuhr die Hochzeitsgesellschaft hinaus auf das Landgut des Bräutigams. Hier blieben die Frauen unter sich, und Alexandra fand erstmals an diesem Tag Zeit, zu Atem zu kommen.

Sie saß Schulter an Schulter mit Baukis, der Schwester ihrer Mutter. Baukis, die immer von guten Düften umgeben war und eben auch von diesem Geheimnis, über das niemand reden wollte. Alexandra war sich sicher, daß es sich um etwas Aufregendes, Mutiges, vielleicht auch Anrüchiges handelte, und liebte sie dafür sehr. Vor vier Jahren, als sie ihre Tante das letzte Mal gesehen hatte, war sie noch zu kindlich gewesen, um es herauszubekommen. Jetzt war sie es nicht mehr.

Sie schwatzten miteinander, beobachteten die anderen und lachten zusammen. »Mir ist vor einigen Tagen der Kerameus Antenor begegnet«, erzählte Alexandra. »*Der* Antenor. Kennst du ihn?«

»Ja, doch«, sagte Baukis leichthin.

»Er ist ein merkwürdiger Mann. Ein bißchen zu groß und zu thrakisch für meinen Geschmack. Wie ein Bär aus Urwäldern.«

Baukis lächelte nachsichtig.

»Und wie er sprach, war auch nicht normal.«

»Er ist anders als die meisten Männer. Aber er ist natürlich kein Thraker.«

»Du kennst ihn also näher?« Alexandra bekam zu ihrer Enttäuschung weder Zustimmung noch Verneinung, aber sie ließ sich nicht entmutigen. Sie würde schon noch alles herausbekommen. »Ich wäre auch gerne berühmt«, fuhr sie fort und verlor sich in etwas trüben Gedanken über ihre Zukunft, bis sie durch den Eintritt der Braut abgelenkt wurde.

Wahrscheinlich dachte auch sie gerade über ihre Zukunft in diesem Haus nach. Obwohl sie jetzt verheiratet war, war Philotis inmitten des Trubels allein.

Sie sank an der Wand auf eines der Kissen und zog sich den Schleier vom Kopf. Eine Kaskade von rotem Haar ergoß sich über ihre Schultern. Sehr schön, dachte Alexandra neidlos; sie kann froh sein, daß man ihr nicht nach alter Art die Haare geschoren hat. Wie zu erwarten, sah sie erschöpft aus und hatte offensichtlich Tränen vergossen, denn die schwarze Schminke der Augen hatte sich mit der roten auf den Wangen vermischt.

Alexandra spuckte dezent ein paar Schalensplitter in ihre Hand und kaute. »Die dort...«, fuhr sie leise fort und stieß Baukis mit der Schulter an, um sie aufmerksam zu machen, »soll Philotis' einzige weibliche Verwandte sein. Verstehe ich nicht. Lauter Frauen hier, die kein Mensch kennt.«

Baukis lachte herzlich und betrachtete die zahnlose alte Frau, die in ihrer Nähe hockte und Feigen in sich hineinschaufelte, als hätte sie an diesem Tag noch nichts gegessen. »Das ist immer so, Alexandra. Sie sind Freundinnen von Freundinnen. Meistens sehr hungrige Freundinnen.«

Philotis hätte heute möglicherweise gerne eine Vertraute an ihrer Seite gehabt. Alexandra fand zum eigenen Erstaunen, daß sie ihr ein wenig schwesterliche Freundschaft schuldete, inmitten der neuen Familie, in der sich der Bräutigam nicht um sie kümmerte.

Und Baukis sah müde aus. Sie war erst am selben Morgen angekommen und würde sicher dankbar sein, einen Augenblick für sich zu sein. »Ich gehe mal zu Philotis hinüber«, flüsterte Alexandra ihr ins Ohr. »Vielleicht sorgt sie sich vor der Nacht. Und den Anforderungen meines Vaters; neulich hatte er eine Frau in seinem Bett mit einem Hinterteil wie eine Zuchtstute für römische Truppen.«

Baukis sah nur für einen winzigen Augenblick schockiert aus, dann lächelte sie verschmitzt. Seltsam, dachte Alexandra betroffen, Mutter würde ganz genauso aussehen, wenn sie noch lebte. Die Schwestern waren Zwillinge.

Sie bahnte sich ihren Weg durch die Frauen, die auf dem Boden saßen, und die Sklavinnen, die mit Schüsseln und Platten aus der Küche kamen. Alexandra winkte der pferdeartigen Hetäre fröhlich zu.

Philotis hob den Kopf, als Alexandra sich zu ihr setzte, und lächelte verloren.

»Aufregend?« fragte Alexandra.

»Der wichtigste Tag in meinem Leben«, antwortete Philotis und wedelte hektisch mit den Händen. Unter der Gesichtsschminke brachen rote Flecken sich allmählich Bahn. Der Wein im Becher, den sie vor sich stehen hatte, sah nicht besonders verdünnt aus, fand Alexandra. »Und die Nacht erst! Ich werde meinem Ehemann einen Sohn schenken.«

»Dann mußt du dich aber beeilen, wenn das bis morgen erledigt sein soll.«

Philotis war unempfindlich für freundlich gemeinten Spott. »Dann habe ich meine Pflicht erfüllt. Vielleicht sollte ich mich danach um den Haushalt kümmern. Sklaven taugen nicht zum Führen eines Haushalts. Einem Mann stehlen sie den Besitz unter den Fingern weg.«

»Bei euch im Haus vielleicht«, sagte Alexandra verblüfft. »Bei uns nicht. Melissa leitet unseren Haushalt seit vielen Jahren. Ich kann für sie die Hand ins Feuer legen.«

»Melissa heißt sie also?« murmelte Philotis. »Ich fand sie sehr überheblich, als sie mich willkommen hieß.«

Alexandra betrachtete ihre neue Verwandte neugierig. Sie hatte gar nicht geweint; die Farbe war nur verschmiert wie bei einem kleinen Kind. Philotis war zwei Jahre jünger als sie selbst und hätte ohne Maske wie ein neugeborenes Kalb ausgesehen.

Und ihr Vater, der frischgebackene Bräutigam, mußte ungefähr dreißig Jahre älter sein. Ein wenig tat Philotis ihr leid. »Ich habe für dich eine kleine Hochzeitsschale ausgesucht, die dich immer an diese wichtigste Nacht erinnern soll«, fuhr sie aufmunternd fort. »Der Künstler heißt Antenor und ist noch jung, aber schon sehr bekannt.«

Philotis runzelte die Stirn und versuchte sich zu erinnern. »War das dieses altmodische schwarze Ding mit Deckel?« fragte sie schließlich. »Ich hab es an eine von euren Sklavinnen weitergegeben, aber trotzdem danke. Mein Bruder ließ mir eine Hochzeitsschale anfertigen, ganz modern, weißt du, eine mit plastischen Köpfen von Dionysos und seinen ... seinen ...«

»Satyrn«, half Alexandra aus und wünschte Dionysos und seine gehörnten kleinen Lieblinge in den Hades.

»Ja, genau«, stimmte Philotis gleichgültig zu. »Einer heißt Pan und paßt so schön auf eine Hochzeitsschale, weil alle Götter sich bei seinem Anblick freuen und lachen, sagt man. Findest du nicht auch, daß es eine gute Idee von Psamenias war?«

Alexandra betrachtete sie unschlüssig, während sie sich erhob. »Sein Pan hat Hörner und Spaltklauen, ist geil wie ein Ziegenbock und boshaft. Er ist nicht nur hinter den Mädchen her wie jeder gewöhnliche Satyr, sondern auch hinter kleinen Jungen. Glaubst du nicht, daß Psamenias' Gedanken etwas unanständig waren?«

Philotis' Miene gefror. »Am besten gehst du jetzt.«

»Daran hatte ich auch schon gedacht.« Alexandra biß die Kiefer zusammen und entfernte sich hocherhobenen Hauptes. Jetzt brauchte sie Luft und den Nachtwind. Die rasende Sippschaft von Dionysos statt einer Künstlerschale mit Signatur! Also wirklich!

Draußen ging es hoch her. Fackeln erleuchteten die Nacht; einige Männer tanzten in ihrem Schein zur Musik einer Doppelflöte. Auf langen Bänken saßen die weniger Tanzlustigen, manchem war bereits der müde Kopf auf den Tisch gesunken.

Alexandra nutzte den tiefen Schatten des Hauses, um sich an ihm entlang aus dem hellen Hofbereich hinauszustehlen.

»Ärgerst du dich etwa?«

»O ja«, sagte sie wütend. »Aber misch du dich da nicht ein! Gegen den Pan, den einer vom Schlage des Psamenias meint, bist du nur ein vorwitziger kleiner Junge.«

Sie lauschte. Er war beleidigt, und das geschah ihm ganz recht. Sie war auch beleidigt worden. Außerdem war er wehleidig. Er stöhnte leise und raschelte unter dem Olivenbaum an der Rückseite des Stutenstalles. »Hast du dir jetzt dein Bocksfüßchen umgeknickt?« murmelte sie und schlich hin, um ihn zu überraschen.

Sie stolperte über etwas, das auf dem Boden lag und sich ekstatisch bewegte wie ein Satyr auf der Nymphe. Und die Nymphe jammerte wie ein Kind.

»Du tust mir weh!«

Alexandra biß sich auf die Lippen. Ein Liebespaar. Es konnte Blutvergießen geben, wenn man sie erwischte. Und sie selbst würde sich Schwierigkeiten aufhalsen, wenn sie es war, die die Hochzeit des Melanthios zu einem Skandal machte. Sehen konnte sie nichts. Unter den tiefhängenden Zweigen des alten Baums war es stockdunkel.

Wenn die junge Frau verheiratet war, würde ihr Ehemann sie verstoßen müssen, selbst wenn sie nicht ganz freiwillig unter diesen Brocken von Mann geraten wäre. War es aber eine Verführung, wären sie beide schuldig, und der Ehemann würde außerdem den Liebhaber umbringen müssen.

»Nein!« Die Stimme des Mädchens war schrill vor Angst.

Alexandra schlüpfte hinter den Stamm. »Aethon! Aethon, Pyrois!« schrie sie und stapfte geräuschvoll in einem weiten Bogen um den Baum herum zur Pferdeweide.

Ein heimliches Paar hatte jetzt Zeit genug, um sich unerkannt davonzumachen. Die Hände auf der nachtkühlen, feuchten obersten Holzplanke, wartete Alexandra mit angehaltenem Atem auf das Rascheln von Chitons, das Schaben von Sandalen und die eiligen Schritte von zwei Verliebten, die sich in Sicherheit brachten.

Kein Laut. Weniger Nachtgeräusche als vorher. Der Gesang der Zikaden war verstummt, und schlaftrunkene Vögel waren wach genug, um nicht mehr zu piepsen.

»Ist dort jemand?« rief Alexandra scharf und lief zum Baum.

Der Schatten auf dem Boden war schneller. Er schoß hoch und verschwand geräuschvoll hinter der Hausecke, nicht mehr ganz sicher auf den Beinen.

Er ließ einen kleinen Hügel von Tuch zurück, der vor sich hin wimmerte. Als Alexandra in der Schwärze des Baumschattens umhertastete, fühlte sie schlaff ausgestreckte Arme und Beine inmitten eines derben Kittels. »Wer war der Mann?« flüsterte sie.

»Der junge Gebieter.« Die Worte kamen keuchend.

Alexandra nahm wortlos die kleine Gestalt in die Arme und stemmte sich mit ihr hoch. Sie nahm den anderen Weg nach hinten zum Küchentrakt, nicht den durch den Hof, in dem man feierte. Wo mit Sicherheit der Mann, der ein kleines Mädchen vergewaltigt hatte, zwischen den Gästen saß und seinen Rausch vergrößerte. Ihr Bruder Paidikos.

Der Kücheneingang war von Fackeln erleuchtet. Entsetzt erkannte Alexandra in dem Mädchen die neunjährige Tochter der Köchin.

Jannina wendete gerade in einer riesigen Pfanne zerteilte Hühnchen, und das Olivenöl knisterte leise und verbreitete in dem niedrigen Raum einen würzigen Duft, der die Tür erreichte. Die Flammen unter der Pfanne flackerten und hüllten alles in eine Glocke von Hitze und orangefarbenem Licht ein.

Aber was Alexandra auf dem Kittel sah, war kein Widerschein von Licht, sondern echtes und nasses Blut, und ihr wurde fast schlecht vor Entsetzen. Sie stolperte über die Schwelle, und die Köchin drehte sich um.

Erschöpft strich Jannina sich braune Haarsträhnen und Schweiß aus dem Gesicht. Es versteinerte, als sie ihre Tochter in den Armen von Alexandra bemerkte. Sie stieß eine schmale Brettertür auf und wies mit einem knochigen Finger hinein. »Laß uns bitte allein«, bat sie tonlos, als Alexandra die Kleine auf ihr Lager abgelegt hatte. Das Mädchen schlug für einen Augenblick die Augen auf und sah sich um. Sie zitterte wie Espenlaub, und die Augen fielen ihr wieder zu.

Daß das Mädchen die Stimme ihrer Mutter erkannt hatte, gab ein wenig Hoffnung. »Soll ich dir zur Hand gehen?« fragte Alexandra, voll von Scham über ihren Bruder. Bestimmt war er betrunken gewesen, aber das war keine Entschuldigung.

»Nein«, sagte Jannina mit harter Stimme. »Du wärst die letzte, der ich das erlauben würde. Wenn du etwas tun möchtest, hole Chiron.«

Ja, Chiron. Alexandra dachte erleichtert, daß er einer der wenigen war, der auch heute nicht mittrinken würde. Genügsam essen, mehr nicht. Er machte sich immer Sorgen um seine Pferde. »Ich hole ihn sofort«, versprach sie.

Chiron, den sie kurz danach bei einer Stute fand, verzog keine Miene, als Alexandra ihm von dem Unglück berichtete. Es ist beinah so, als hätte er darauf gewartet, daß so etwas passiert, dachte sie. Dabei hatte sie ihm den Täter nicht einmal genannt. Und wieder einmal fragte sie sich, was er ihr alles verschwieg.

Am nächsten Morgen war das Mädchen tot. Die Hochzeitsgäste, die sich am späten Vormittag im Hof versammelten, erkundigten sich erschrocken, wem die Totenklage gelte, die aus dem Küchenhaus drang.

»Nur einer Sklavin«, rief Melanthios. »Kein Grund, sich zu beunruhigen.«

»Sie wurde vergewaltigt!« Alexandra sah nicht ein, daß man darüber nicht sprechen sollte, und sie hätte noch mehr dazu gesagt, wenn das Gesicht ihres Vaters nicht vor Zorn rot angelaufen wäre.

»Was soll's?« brummte neben ihr einer der Hochzeitsgäste. »Die Männer müssen sich schließlich irgendwie Erleichterung verschaffen. Den Göttern Dank, wenn bei einem so rauschenden Fest nicht die Gäste umkommen.«

»Eben. Es ist alles in Ordnung«, verkündete Melanthios aufgeräumt, »deswegen bin ich bestimmt niemandem böse. Die Sklavin hatte keine Ausbildung und besaß noch keinen Wert.«

»Und zudem war sie dumm. Jeder konnte doch sehen, was hier los war. Vermutlich hat sie ihren ersten und letzten Liebhaber herausgefordert.«

Das anschließende Gelächter zog einen Schlußstrich unter ein alltägliches Vorkommnis. Es hörte sich nach Psamenias an, fand Alexandra und spähte zwischen den hellen Festtagsgewändern hindurch. Sein Vater Charaxos nickte beifällig. Was war sie froh, daß sie nicht in diese Ehe gezwungen worden war! Sie zuckte zusammen, als sich jemand bei ihr einhängte.

»Warum bist du so schreckhaft?« fragte Baukis und betrachtete sie unter Stirnrunzeln. »Zu viel unverdünnter Wein? Zu wenig Schlaf? Oder ist es der Todesfall? Weißt du Näheres darüber?«

Alexandra legte verstohlen den Finger über die Lippen und zog ihre Tante beiseite, an den Rand der Gesellschaft, die dabei war, sich zu verabschieden, Kinder einzusammeln, in vorfahrende Karren zu steigen und auf Esel zu klettern.

Ihr Bruder und Psamenias orderten lauthals bei den Stallsklaven ihre Streitwagen. Genauso laut verabredeten sie ein Wettrennen bis vor die Stadtgrenze. Der Rest ihrer Unterhaltung bestand aus Flüstern und anzüglichem Gelächter.

Trotz ihrer finsteren Gedanken winkte Alexandra und machte ein heiteres Gesicht, bis der letzte Wagen hinter der Biegung verschwunden war und der Staub sich wieder auf die Fahrspur gelegt hatte.

Ihr Vater stand noch auf dem Hof, aber ihm stieg bereits die Gier auf seine junge Frau in die Augen. Seine Hände schmiegten sich unter Philotis' Brüste. Mit seinem ein wenig vorgewölbten Bauch schubste er sie vor sich her zum Hauseingang. Sie tauchten in der Schwärze des Ganges unter.

Endlich war Alexandra mit ihrer Tante allein.

Baukis hörte ihr still bis zum Ende des Berichtes zu. »Paidikos war auch als Junge kaum zu bändigen, irgendwie aus der Art geschlagen. Manchmal könnte man Angst vor ihm bekommen«, sagte sie bekümmert.

»Er ist mein Bruder. Aber diese Tat muß er sühnen!« sagte Alexandra heftig.

Baukis schüttelte bedächtig den Kopf. »Dein Vater hat ihm schon früher nichts abschlagen können. Glaubst du wirklich, er wird jetzt anfangen, ihn zu bestrafen?«

»Bald«, sagte Alexandra und wandte den Blick zum Haupthaus, »ist er möglicherweise nicht mehr der einzige Erbe. Vielleicht jetzt schon nicht mehr.«

»Jiiih!« brüllte Paidikos und ließ die Peitsche knallen. Die jungen Pferde vor seinem Wagen zuckten zusammen; viel fehlte nicht, und sie wären ihm durchgegangen. »Wo bleibst du, Psamenias? Soll ich dir meinen Pferdestachel leihen?« Sein Gelächter übertönte das Rattern der Räder.

Irgendwann merkte Paidikos, daß Psamenias nicht mehr hinter ihm war. Er hielt im Schatten eines Olivenbaums an und wartete. Hinter ihm legte sich allmählich der Staub auf die schmale, steinige Straße. Richtigen Spaß machte das Wettrennen nur, wenn er dabei Psamenias' neidische Blicke sehen konnte.

Psamenias kam nach langer Zeit, er glühte vor Wut. »Die Verwandtschaft zwischen uns sollte mir wenigstens gute Pferde einbringen, meinst du nicht?«

»Warum nicht? Überbiete die Konkurrenz, dann kannst du Alexandras Pferde kaufen. Einen neuen Wagen hast du ja schon.« Paidikos grinste. Er hätte sich krummlachen können. Der alte Charaxos war sprichwörtlich geizig und hielt seinen Sohn stadtbekannt knapp. Das hatte seinen Freund schon seit längerem reizbar gemacht, sofern er überhaupt Gemütsbewegungen zeigte.

»Gebraucht, der Wagen. Und wir sind verwandt! Ich kann verlangen, daß ihr mir Pferde schenkt!« brüllte Psamenias. »Die Leute werden sich die Mäuler über euch zerreißen, wenn ich mit meinen Mähren umherfahre.«

Paidikos zuckte mit den Schultern. »Was heißt verwandt? Bei Geld gibt es keine Verwandtschaft. Beschaff dir Geld, dann reden wir darüber. Ich wette, du hast nicht einmal genug für eine Hure. Wenn doch, kannst du ja nachkommen. Ich brauche jetzt zur Abwechslung eine, die mich einschlürft wie Charybdis.« Er ließ seine Pferde davonschießen und johlte so lange ein bekanntes Spottlied, wie er glaubte, daß Psamenias ihn hören konnte.

»Komm, Alexandra, wir sehen uns die Hochzeitsgeschenke an. Das wird dich aufmuntern.« Baukis legte den Arm um ihre Nichte und drückte sie aufmunternd. »Der Tod der Kleinen ist gemein und barbarisch, und doch müssen Frauen seit Tausenden von Jahren mit genau der gleichen Situation fertig werden. Nie sind es die Männer, die durch Frauen zu Schaden kommen, erniedrigt oder getötet werden. Die Opfer sind immer Frauen. Aber das hat die Frauen zu einem starken Geschlecht gemacht, innerlich stark wie Gaia.«

Alexandra nickte widerwillig. »Ich hätte lieber anerkannte Rechte wie Zeus als innere Stärke wie Gaia, um ehrlich zu sein. Aber meinetwegen, laß uns den Tand ansehen.« Sie war ihm bisher aus dem Weg gegangen, damit Philotis nicht etwa auf die Idee käme, sie sei neidisch.

Die Geschenke waren in dem Raum zur Schau gestellt worden, in dem man im Winter aß. Vor der Tür wachte ein aufmerksamer Sklave.

Die Sitzbänke entlang der Wände waren durch Berge von Gaben belegt, dazu hatten die Sklaven noch Bretter auf Schragen aufschlagen müssen. Der Tisch zog Baukis am meisten an. Die Diademe, Ketten und Becher interessierten sie wenig, aber Alexandra sah, daß sie sofort zu einem goldenen Schrein griff. Er stand auf zierlichen Füßen, und in seinen Deckel war ein blauer Stern eingelegt.

»Philotis ist eine reiche Frau«, stellte Baukis sachkundig fest. »Dabei sieht sie doch gar nicht so übel aus, daß ihr Vater ihr das Geld nachwerfen müßte, um ihr einen Mann zu verschaffen. Mit etwas weniger hätte Melanthios auch zufrieden sein können.«

»Ihre Mutter ist tot«, erklärte Alexandra und hielt sich bewußt fern von dem klotzigen Ding, das Psamenias als Hochzeitsschale verschenkt hatte. Sie hätte sie nicht einmal als Grabamphore haben wollen. »Bestimmt hat sie auch ein Erbteil bekommen. Ist der Stern aus Lapislazuli?«

»Aber ja«, sagte Baukis. »Er ist wunderschön.«

»Wieviel mag ein solches Kästchen kosten?«

Baukis schob die Unterlippe vor, wiegte den Kopf und schlug dann den Deckel auf. »Viertausend Drachmen, schätze ich. Ohne das Geld im Kasten, natürlich.«

Alexandra holte tief Atem. »So viel!« stieß sie aus.

»Nun ja, gräme dich nicht«, sagte Baukis tröstend. »Deine Mutter hat dir auch ein schönes Erbe vermacht. Unser Vater konnte uns glücklicherweise gut ausstatten, obwohl wir zu zweit waren. Dafür bin ich ihm heute noch dankbar.«

Alexandra drehte sich um sich selbst und suchte Antenors Deckelschale. Ach nein, eine Sklavin hatte sie ja geschenkt bekommen. Im Wert von achtzig Drachmen. Es war, verglichen mit all dieser kostbaren Pracht, ein sehr bescheidenes Geschenk gewesen. Aber sie hatte nicht viel mehr besessen. Sie kaute an der Innenseite ihrer Wange. »Baukis, würdest du es als ungehörig ansehen, wenn ich dich frage, wieviel du und Mutter bekommen habt?«

Die Tante richtete sich von einem Diadem auf und sah Alexandra überrascht an. »Muß ich daraus schließen, daß dein Vater dir nie gesagt hat, wie hoch deine Mitgift sein wird?« Als Alexandra beschämt nickte, fuhr sie entrüstet fort: »Zwölftausend Drachmen für jede von uns. Da deine Mutter wenige Tage nach eurer Geburt starb, wäre diese Summe siebzehn Jahre lang jährlich mit achtzehn vom Hundert zu verzinsen gewesen.« Sie zauberte eine Wachstafel aus ihrem Gewand, schob kurzerhand einige Geschenke beiseite und setzte sich auf die Bank, wo sie anfing zu rechnen.

Alexandra starrte wie betäubt auf sie hinunter, ohne etwas zu sehen.

»Man müßte es sorgfältig ausrechnen«, sagte Baukis nach einer Weile. »Überschlägig handelt es sich um mehr als zweihunderttausend Drachmen.«

»Und wenn ich heirate, würde mein Vater mir das ganze Geld mitgeben?«

»Das müßte er. Es gehört alles dir. Nach dem Recht ist es ein Verbrechen, die Mitgift einer Ehefrau und das persönliche Erbe der Tochter anzutasten.«

Alexandra atmete so scharf ein, daß ihr die Brust weh tat.

Baukis' Lippen wurden schmal. Sie faßte ihre Nichte am Arm. »Ich dachte, daß du auf dein eigenes Betreiben hin noch unverheiratet bist«, flüsterte sie. »Und ich fand es gut.«

»Ich dachte auch, daß es im großen und ganzen meine eigene Entscheidung war. Bis eben. Jetzt bin ich nicht mehr so sicher.« Alexandra wischte die Sachen auf der Bank unachtsam beiseite und ließ sich neben ihre Tante sinken. »Was macht mein Vater mit meinem Erbe, Baukis?«

Kapitel 6

Alexandra war beklommen zumute, als sie sich am nächsten Morgen durch den Sklaven bei ihrem Vater anmelden ließ. Melanthios war willens, einen kleinen Augenblick für sie zu erübrigen. Wie üblich stand er an seinem Pult, aber die Schreibfläche war leer.

Alexandra fuhr mit der Zunge über ihre Oberlippe. »Es ist wegen des Mädchens, das vorige Nacht zu Tode gekommen ist«, sagte sie.

Melanthios nickte gönnerhaft. »Hattest du sie haben wollen? Hast du keine Sklavin, die für deine Kleidung sorgt? Ich werde sehen, was sich machen läßt.«

»Nein, ich habe keine Sklavin. Aber das ist es nicht. Vater, Paidikos hat die Kleine mißbraucht. Sie sagte es mir selbst.«

»Ach. Mir hat man erzählt, daß die Mutter es nicht wüßte.«

Alexandras Nackenhaare kribbelten. Sie war ganz sicher gewesen, daß Jannina Bescheid gewußt hatte. Deswegen hatte sie sich von niemandem aus der Familie helfen lassen wollen. »Dann hat man dich angelogen.«

Melanthios hob die Stimme. »Außerdem will ich nicht, daß du deinen Bruder verleumdest!«

»Vater, er hat einen Menschen getötet!«

»Eine Sklavin. Sie war weniger wert als jeder Maulesel! Fängst du an, in deiner Eifersucht auf meine Frau streitsüchtig zu werden?«

»Im Gegenteil, Vater. Deine Frau interessiert mich überhaupt nicht. Ich fordere Gerechtigkeit für eine andere Frau, besser:

für ein Mädchen!« sagte Alexandra unbeirrt. »Er hat kein Recht, deine Sklavinnen zu mißbrauchen. Soll er doch zu den Huren gehen! Die werden ihm seine Grenzen schon zeigen.« Sie holte tief Luft. »Und wo wir nun schon dabei sind, Dinge klarzustellen, wüßte ich gerne, wie hoch meine Mitgift sein wird.«

Seine Augen wurden schmal wie die einer Katze und glitzerten. »Die Frage stammt von Baukis, stimmt's? Ich wußte, daß sie einen schlechten Einfluß auf dich haben würde.«

»Sie ist die Schwester meiner Mutter«, sagte Alexandra aufgebracht. »Sie entstammt einer bekannten und begüterten Familie.«

Melanthios schoß hinter seinem Pult hervor und baute sich vor ihr auf. Sein Gesicht war vor Wut verzerrt, als hätte sie ihn eines Vergehens bezichtigt. »Deine Mutter durfte froh sein, daß ich sie geheiratet habe«, zischte er ihr ins Gesicht. »Sie war längst über das vernünftige Heiratsalter hinaus!«

»Sie hatte eine gute Mitgift. Ein Teil davon steht mir zu«, sagte Alexandra hartnäckig und musterte intensiv die Reihen der Buchrollen. »Ich möchte nur wissen, wieviel es ist. Ich bin sicher, daß es in einer dieser Rollen verzeichnet ist.«

Ihr Vater hob die Hand, als wollte er sie schlagen. Dann ließ er sie resignierend sinken. Seine Miene wandelte sich von Mordlust zu tiefer Gekränktheit.

Es ärgerte Alexandra maßlos, daß er ihr wieder einmal eine Pose vorführte. Er war weder jähzornig noch gewalttätig. Aber er liebte das Theater. Nero bewunderte er, weil er sich auf die Bühne wagte, was er selbst nie getan hätte. Sie dachte gar nicht daran, sich darauf einzulassen.

Als er es merkte, zuckte Melanthios gleichgültig mit den Schultern. »Ich weiß es nicht«, knurrte er. »Vielleicht tausend Drachmen. Oder etwas weniger. Mein Schreiber kann nachsehen. Bitte ihn darum, wenn ich wieder auf Reisen bin. Jetzt nicht, er hat zu tun. Und was die Sklavin betrifft, würde ich sie an deiner Stelle nicht erwähnen. Paidikos läßt sich zu Recht von dir nicht bevormunden.«

Alexandra starrte ihn sprachlos an.

Der Vater griff nach einer Rolle. »Geh jetzt.«

Sie wurde wütend. »Genau das werde ich tun! Baukis möchte, daß ich sie für einige Wochen besuche. Ich werde sie nach Megalopolis begleiten.« Genaugenommen hatte sie den vergangenen Abend gebraucht, um Baukis zu beschwatzen.

Melanthios zupfte nachdenklich an seiner Unterlippe. Alexandra spannte ihre Nackenmuskeln. Er würde ablehnen, wie immer. Aber sie würde um die Erlaubnis kämpfen. Erstmals.

»Meinetwegen, fahre. Nimm Chiron zu deinem Schutz mit.«

Das Angebot, das fast wie ein Befehl klang, verwirrte Alexandra, weil es so unerwartet kam. Sie hörte sich selber danken, während sie sich fragte, warum der Vater erleichtert ausgesehen hatte. Trotz des schlechten Einflusses, den Baukis angeblich auf sie ausübte, schien er es auf einmal eilig zu haben, sie loszuwerden.

Sie war noch nie in Megalopolis gewesen. Plötzlich freute sie sich riesig auf die Reise und rannte los, um Baukis Bescheid zu sagen.

Alexandra nahm die Reisevorbereitungen selbst in die Hand. Sie besprach mit Jannina, welche Vorräte sie einpacken sollte, ließ sich von Melissa wegen der Kleidung beraten und ging dann zu Chiron.

»Den Füchsen wird die kühle Bergluft guttun«, sagte sie. »Ich möchte sie mitnehmen. Und dich auch, zu meinem Schutz. Vater hat es befohlen.«

Chiron zog seine grauen Augenbrauen in die Höhe und nickte. In seinen dunklen Augen spiegelte sich Heiterkeit. »Die Füchse, gut. Und dein Streitwagen? Soll er sich ebenfalls erholen?«

»Jawohl. Er hat es verdient«, behauptete Alexandra und eilte davon. Es war ja noch so viel zu tun. Der Peplos hatte eine Wäsche nötig, der Helm mußte gefettet werden, und, und ...

Zum Glück wurde der Vater so von seiner jungen Frau beansprucht, daß er keine Gelegenheit fand, sich einzumischen. Trotzdem war Alexandra froh, als der Morgen der Abreise anbrach.

Auf dem Hof ging es zu wie auf einem Marktplatz. Die Sklaven rannten hin und her, das Packmaultier wurde beladen, ein weiteres vor den zweiräderigen Karren von Baukis gespannt. Es war noch kühl, denn die Sonne war gerade erst aufgegangen. »Fertig?« fragte Alexandra Chiron.

Er blinzelte ihr zu und deutete mit dem Daumen hinter sich. Alexandra hörte Aethon und Pyrois hinter der Hausecke schnauben, außer Sicht vom Eingang. Baukis' Sklave hatte die Zügel schon in der Hand; sie selbst saß hinter ihm im Wagenkasten. Alexandra kletterte hoch und setzte sich neben ihre Tante. »Dann auf«, sagte sie frohgestimmt.

Ein Mädchen reichte ihr den Korb mit dem Proviant nach, und Alexandra verstaute ihn zu ihren Füßen, als Jannina herbeischlurfte. Sie beugte sich über das Rad in den Wagen.

Die Köchin strahlte etwas Düsteres aus, das jenseits von Trauer lag. »Fluch über dich und deine Sippschaft«, murmelte sie Alexandra ins Gesicht. Janninas weit auseinanderstehende Augen glühten vor Haß. »Dein Fleisch soll in den Schluchten Arkadiens verdorren, und deine Gebeine sollen zu Staub zerfallen!«

Alexandra fuhr erschrocken zurück und wischte sich einen Speicheltropfen aus dem Gesicht. »Ich entschuldige deinen Ausbruch, weil du in Trauer bist«, sagte sie beherrscht und wandte sich ab. »Laß uns fahren.« Sie war froh, als die Pferde anzogen.

Am Abend des ersten Reisetages erreichten sie Pyrgos. Müde, aber glücklich musterte Alexandra die Taverne, die die reiseerfahrene Baukis ihnen ausgesucht hatte, und zeigte auf einen Tisch, von dem sie ausgezeichnete Aussicht auf die Straße haben würden. Nicht nur wegen des Panoramas: Immer noch fürchtete sie ein wenig, daß der Vater sie zurückholen würde.

Der Wirt forschte sichtlich nach einem männlichen Leiter der Reisegesellschaft, fand aber unter den vier Bewaffneten, die Baukis gemietet hatte, keinen, der seinen Vorstellungen entsprach. Baukis blinzelte Alexandra zu. Als der Wirt ihnen im Vorübergehen ein Tischchen in einer Ecke zuwies, lächelte sie spöttisch und ging zu dem Platz, den Alexandra ausgesucht hatte.

Es dauerte lange, bis der Wirt zurückkam. Die Bewaffneten

hatten längst die ersten Becher geleert und würfelten bereits; Chiron, der mit dem Lenker des Karrens die Pferde, Maultiere und Esel versorgt hatte, aß.

»Haben die Männer ihren Wein bezahlt?« fragte Baukis den Schankwirt.

»Sie sagten, du würdest bezahlen«, antwortete er nicht eben höflich.

»Eben. Und ich wünsche auch, zuerst bedient zu werden! Merk es dir für das nächste Mal.« Baukis fixierte den Mann unnachgiebig.

Begreifen schlich sich in seine Augen. »Jawohl, Herrin. Wie du befiehlst.«

Als er im Haus verschwunden war, sagte Alexandra: »Du läßt nichts durchgehen, Baukis, oder?«

»Nein, nicht von Männern. Zu viel habe ich durchgehen lassen in zu vielen Jahren. Es wurde als Schwäche ausgelegt und trug mir keinen Respekt ein.«

Alexandra sah nachdenklich in den Becher, den der Wirt vor sie stellte, zusammen mit Brot, Oliven und Käse. Seine Arbeitsgeschwindigkeit hatte sich beträchtlich erhöht, und er blieb abwartend stehen, bis Baukis ihm erlaubte, sich zurückzuziehen.

»So«, sagte Baukis, als sie den ersten Durst gelöscht und den Heißhunger gestillt hatten, »jetzt sage mir, was dich so dringend nach Megalopolis treibt, Alexandra! Die Gesellschaft einer alten Tante bestimmt nicht. Und deine Mitgift hätten wir auch in Elis ausrechnen können.«

Alexandra stieß einen Seufzer aus und bröckelte sich ein Stück vom Ziegenkäse ab. Baukis ließ sich nicht hinters Licht führen, und das hatte sie vorher auch schon gewußt. Aber nur einen Reisetag von Elis entfernt: das war eigentlich zu früh für Geständnisse. Noch konnte die Tante sie zurückschicken. »Ich will zu den Lykäischen Spielen«, bekannte sie leise.

»Sicher«, stimmte Baukis aus vollem Herzen zu, »und deine Pferde und dein Streitwagen sollen in den Ehrensitzen neben dir lümmeln und ebenfalls zuschauen.«

»Ich will natürlich mitmachen«, flüsterte Alexandra eigensinnig. »Irgendwo, wo mich niemand kennt. Ich muß üben,

Baukis! Unter normalen Wettkampfbedingungen, verstehst du? Alles andere ist wie Wäschewaschen im Trockenen!«

»Alexandra! Frauen sind dort nicht zugelassen. Die Götter werden dich strafen, wenn du bei den Heiligen Spielen unter einem Männernamen antrittst. Und wenn die dich übersehen: ihre Priester bestimmt nicht. Und wofür um Himmels willen üben? Als ob der Lykaion nicht genug wäre!«

Alexandra holte so tief Luft, daß ihr die Brust schmerzte. »Ich werde mich für ein Rennen bei der 211. Olympiade im nächsten Jahr melden. Dort können sie mich nicht ablehnen, denn auch Römerinnen melden Gespanne, habe ich gehört. Übrigens wird der römische Kaiser Nero teilnehmen, und das ist eine gute Gelegenheit, ihm Vaters Zucht vorzuführen!«

Zwischen ihnen blieb es still. Baukis knetete ihre Hände, blickte aufs Meer hinaus und dann in die Platanenkrone, unter der sie saßen. Nur das Hügelland im Osten mied sie.

Alexandras Gedanken aber trieb es mit Macht dorthin, wo die grünen Kuppen der Hügel von Olympia im letzten Schein der Sonne aufleuchteten. »Ich bin so gut wie ein Mann«, sagte sie trotzig.

»Und du hast vor, als Mann an den Start zu gehen, das ist mir klar. Hätte ich das geahnt, ich hätte dir nie erlaubt, mitzukommen! Du bringst jeden in Gefahr, der von dieser Sache weiß, Alexandra! Es gibt in Megalopolis noch ganz andere Dinge, von denen du nichts ahnst ...«

»Niemand außer dir und Chiron wird es wissen«, unterbrach Alexandra sie und schlug dabei einen zuversichtlichen und beruhigenden Ton an. Und ein kleiner Appell an die Vernunft der Tante konnte auch nicht schaden. »Fort mußte ich ohnehin. Ein paar Tage das Täubchen Philotis um mich herum, und mein Gemüt wäre zerrüttet. Von Paidikos ganz abgesehen: er schießt neuerdings auf mich, und auch Vater war nicht sehr gut auf mich zu sprechen, als ich nach meiner Mitgift fragte. Von meinen zweihunderttausend Drachmen stecken anscheinend einhundertneunundneunzigtausend in seinen Geschäften, und er zeigte nicht die geringste Lust, darüber Auskunft zu geben.«

»Die Mitgift, ja«, stimmte Baukis lakonisch zu. »Ja, das ist ein Argument.«

Alexandra knetete die Hand ihrer Tante. Deren strenge Miene begann sich zu verlieren und ging in Besorgnis über. »Paidikos schießt auf dich?«

»Ja. Nichts Ernstes, es macht ihm nur Spaß. Aber mir nicht. Ich bin übrigens schlanker als Paidikos. Es ist gar kein Problem.«

Baukis schüttelte zweifelnd den Kopf. Alexandra atmete ganz flach und ließ sie nicht aus den Augen. Plötzlich lächelte die Tante belustigt. »Du wolltest damit sagen, daß du ihm ähnlicher siehst, als er sich selbst!«

Alexandra nickte erleichtert. Sie wußte, wann sie gewonnen hatte.

Jenseits des Alpheios bogen sie von der Küstenstraße ins Gebirge ab. Die Pappeln, Birken und Weiden des Schwemmlands wurden von Orangen und Olivenbäumen abgelöst; der Weg wand sich zwischen gelbem Ginster, Kiefern und Zypressen allmählich in die Höhe, und aus Hügeln wurden Berge.

Chiron sprang von seinem Maultier ab und führte die Pferde; dafür entlastete Alexandra den Karren und stieg auf das Maultier um.

In den Bergen war es merklich kühler; im Hintergrund trugen die Bergspitzen weiße Gipfel. Das Wetter wechselte rasch; plötzlich gab es Schauer aus tiefen Wolken, und dann schien die Sonne wieder. Zuweilen trafen sie auf eine wandernde Schaf- und Ziegenherde und gelegentlich eine ärmliche Hütte.

Nach mehreren Tagen öffneten sich plötzlich die Berge und gaben den Blick auf ein weites Tal frei. Megalopolis.

Es dauerte noch einige Stunden, bis sie in der Stadt waren. Baukis wurde vom Karren gehoben und behutsam in ihr Bad getragen. Die Mägde warteten bereits mit dem heißen Wasser, seitdem der Bote die zwei Frauen angekündigt hatte. Alexandra ging selbst, steifbeinig und mit zusammengebissenen Zähnen. Sie fand ihre Meinung bestätigt, daß Maultiere nur für Bauern taugen.

Am nächsten Tag war alles vergessen. Die Schmerzen in den Muskeln waren wie fortgeblasen, und Alexandra war fest entschlossen, sich Megalopolis anzusehen. Mit einer Sklavin der

Tante als Begleitung, die Iambe hieß. So lieb ihr Chiron auch war, als Netzträger für Einkäufe eignete er sich nicht. Iambe aber hatte nichts dagegen, schwenkte das Netz und ihren Kittel und schaute sich kokett um.

Aber, bei allen Göttinnen, nach wem eigentlich? Auf den breiten Straßen, die einst für die geballten Spartanergegner gebaut worden waren, zirpten die Zikaden, und feigengroße Schnecken schleppten ihre Gehäuse herum. Eine Schafherde zog durch die Stadt, um sich die Wanderung um die lange Mauer herum zu ersparen, bewacht von zwei Ziegen und einem Hirten.

Baukis hatte sie vorgewarnt. Sie hatte es nicht glauben wollen. Schließlich war Megalopolis eine berühmte Stadt mit Gebäuden, die man auch in Elis aufzuzählen wußte!

Eins der wichtigsten war das größte Theater Griechenlands; auf der anderen Seite des Flusses öffnete sich das Halbrund der Sitzreihen zum Wasser. Aber Alexandra konnte auch erkennen, daß die Bäume auf dem Abhang zum Teil abgestürzt waren und auf den Sitzen gelbblühende Blumen leuchteten. Sie sah sich nach ihrer Begleiterin um.

Iambe kauerte regungslos zwischen weißen Quadersteinen. Wie ein Raubvogel mit dem Schnabel hieb sie mit der Hand zu. Dann lachte sie triumphierend. Als sie zu Alexandra zurückkam, baumelte eine zerquetschte Eidechse zwischen ihren Fingern.

Alexandra verbarg ihren Abscheu und zeigte auf einen Wald von Säulen vor dem Theater. »Ist das die berühmte Versammlungshalle, wo Demosthenes gesprochen hat?«

Iambe machte große Augen. »Den Demosthenes kenne ich nicht. Seitdem der Herr tot ist, kommt selten jemand zu uns ins Haus. Der Markt ist dort.« Sie schleuderte das tote Tier ins Gestrüpp und winkte in die entgegengesetzte Richtung.

Alexandra lächelte auf den braunen Kopf hinunter. Natürlich kannte Iambe den berühmten Redner nicht. Sie machte sich mit raumgreifenden Schritten auf den Weg zur Agora, während Iambe neben ihr her hopste. Wahrscheinlich insgeheim auf der Suche nach dem nächsten Schafhirten. Dabei konnte sie nicht viel älter als die Tochter von Jannina sein.

»Kaufst du mir etwas zum Naschen?« fragte Iambe. »Die Herrin Baukis ist so geizig mit Süßigkeiten.«

Eigentlich wollte Alexandra nichts zum Naschen kaufen, weder für sich selbst noch für eine Sklavin, die ein wenig dreist war. Aber der Fluch von Jannina wollte ihr nicht aus dem Sinn gehen. Irgendwie hatte sie ihr die *Schuld* gegeben. Womöglich verlangten die Götter, daß sie einen Teil der Verantwortung ihres Bruders übernahm. Seufzend kramte sie eine Münze hervor und gab sie Iambe.

Iambe verschwand zwischen den Ständen und kam nach einer Weile mit Honigbällchen zurück. Alexandra sah staunend zu, wie sie sich eins nach dem anderen in den Mund stopfte; am Ende war sie im ganzen Gesicht klebrig und gelb vom Safranstaub.

Sonst gab es auf dem Markt nichts Aufregendes, nichts, um das sich zu feilschen lohnte. Und auf gar keinen Fall gab es hier Töpfer, die etwas anderes als Massenware verkauften. Alexandra bummelte zum Haus ihrer Tante zurück.

Das ungekalkte Gemäuer aus gelben Bruchsteinen wirkte wehrhaft. Fenster wie Schlitze und ein massives Tor, an dem die Eisenriegel und Buckel Verzierungen nicht einmal vorzutäuschen versuchten. Was einst als Abschreckung gegen die Spartaner gebaut worden war, war jetzt genauso unsinnig wie die Doppelmauer um die Stadt.

»Warum bleibst du eigentlich hier?« fragte sie ihre Tante, die ihr im Innenhof entgegenkam. »Das Haus ist für dich allein ebenso zu groß, wie die Mauer für die Stadt. Wie ein Armreif, den man am Finger trägt.«

Baukis lächelte wehmütig. »Besser ein zu großer Ring am Finger, als ein Ring in der Nase. In dieser vergessenen Stadt zwingt mir kein Archon einen Vormund auf. Es fehlte mir noch, daß so einer mir bei meinen Geschäften dazwischenredet!«

Alexandra begann schallend zu lachen und ließ sich auf den Rand des kleinen Zeusaltars fallen, auf dem sich statt Asche ein Krug mit frischgeschnittenen Blumen befand. Baukis setzte sich verwundert neben sie, während Alexandra sich die Lachtränen aus den Augen wischte. »Und ausgerechnet du wundertest dich, daß ich einmal ein echtes Rennen fahren möchte. Chiron sagt, daß ich gut fahre – im Gegensatz zu Paidikos, dessen Teilnahme bei den Olympischen Spielen niemand in Frage stellt. Warum also sollte ich nicht fahren?«

Alexandras Heiterkeitsausbruch beeindruckte Baukis überhaupt nicht, im Gegenteil, sie warf ihr einen langen, zweifelnden Blick zu. »Auf geschickte Art einem Archonten aus dem Wege zu gehen, ist etwas völlig anderes, als Priester zu täuschen! Eine Priesterschaft, die sich betrogen sieht, könnte möglicherweise noch gefährlicher sein als der Archon.«

Alexandra blieb jeder Protest im Halse stecken. Neben allem anderen entging ihr nicht, daß Baukis gerade einen Zipfel ihres Geheimnisses gelupft hatte. »Du meinst einen bestimmten Archonten. Wie hieß der denn?« murmelte sie und machte ein harmloses Gesicht.

»Idaios«, sagte Baukis knapp. »Idaios, der Tückische. Der Bedrohliche. Du müßtest den Apollontempel von Bassai sehen, dann wüßtest du, was ich meine. Idaios ist so furchterregend wie sein Gott.«

Kapitel 7

Das Messer war schneller als der Eichelhäher. Der Rumpf klatschte in den Fluß, während der Kopf auf einen Ast prallte und zu Boden fiel. Idaios wischte sorgfältig die wenigen Blutstropfen am Gras ab, bevor er sein Messer, das nicht breiter als ein Grashalm war, wieder hinter dem Nacken verwahrte. Seine Hand war noch sicher genug, obwohl er zuweilen schon befürchtet hatte, daß sie nachlassen würde.

Dann stampfte er durch das Gestrüpp der unteren Terrasse am Fluß auf eine efeubehangene Eiche zu, um dem Pfad zum Apollontempel zu folgen. Steine rollten unter seinen Füßen, und Schneckenhäuser zersplitterten, aber er merkte nichts.

Er starrte mit zusammengepreßten Lippen auf die andere Seite des Helisson. Strahlend weiß erhoben sich dort die Säulen des Zeustempels aus dem gelben Lehm des Steilufers. Einige Priester und Männer in Festtagskleidung bummelten durch den Tempelgarten, gelegentlich blieben sie stehen und schwatzten miteinander. Die übrig gebliebenen Reichen und Mächtigen der Stadt, die es vorzogen, dem Zeus zu opfern, würden es allerdings Konversation nennen.

Apollons Tempel aber befand sich in der Nachbarschaft des städtischen Mülls, Unrat und Schafdung lagen überall im Gras. Idaios opferte in diesem Tempel.

Er zuckte die Schultern. Im Grunde interessierte es ihn nicht mehr. Mittelbar auch nur noch, daß sich Megalopolis in den letzten Tagen eines Zustroms von Gästen erfreute. Und von Streitwagen, Lenkern und Knechten.

Ihm kam es deshalb entgegen, weil das Geld der Fremden

die Stimmung der Stadtbewohner hob. Vorübergehend. Nie wieder würden die Tempel wie in früheren Zeiten in Blütenmeeren ertrinken, gepflegt von Heerscharen von Sklaven. Jetzt gab es nur noch die Packesel der Besucher, die am Ginster und an den Zistrosen zupften. Irgendwann würden auch sie verschwinden.

Idaios verzog sein faltiges Gesicht zu einem freudlosen Grinsen. Diese Stadt war so gut wie tot, und ihre Einwohner wollten es nicht wahrhaben. Er stolperte über eine Säulenbasis, die im hohen Gras verborgen war. Schwerfällig fing er sich wieder, während er versuchte, die Stimmung im Tempel zu erahnen.

Heute war Wahl des Phratriarchen der Apollonverehrer, und er beabsichtigte diese Wahl zu gewinnen. Er schlug eine gelbblühende Mistel beiseite, die ihm aus einer Eiche heraus im Weg hing, und betrat die unterste Tempelstufe.

Vorbei an dem roh behauenen Stempel, der eine in sich zusammengebrochene Säule ersetzte, sah er, daß sich eine unerwartet große Anzahl von Gläubigen eingefunden hatte; in der ganzen Cella drängten sich feierlich weiße Chitons. Die Armen der Stadt hatten sich herausgeputzt.

Die verstohlenen Blicke der Männer begleiteten ihn. Er hielt sich nicht auf. Er brauchte die letzten Augenblicke des wichtigsten Tages in seinem Leben, um sich zu konzentrieren. Er verspürte so etwas wie Triumph, gemischt mit Verachtung. Diese Männer von Megalopolis waren wie Schneeflocken: der Wind trieb sie vor sich her. In der Wärme einer neuen Sonne würden sie schmelzen und verschwinden.

Wind und Sonne war er.

Im letzten Jahr hatte er sich den Respekt der Apollonverehrer durch seine Unnachgiebigkeit und Strenge bei der Wahrung der religiösen Pflichten verschafft. Er galt als hart und war nicht beliebt, zumal er ein Zuwanderer war. Jedoch war er zäh und erfolgreich.

Die Versammlung teilte sich vor ihm wie von selbst.

»Sei gegrüßt, Idaios«, murmelten einige Männer höflich.

Der kümmerliche Priester, der neben der Apollonstatue wartete, sah unendlich erleichtert aus, während Hierokles, sein

Rivale um das Amt, zu bedauern schien, daß er nicht auf dem Herweg unter Räuber oder Wölfe gefallen war. Idaios nahm seinen Platz ein und nickte dem Priester zu, der beflissen begann.

Die Zeremonie interessierte Idaios wenig. Mit gesenktem Kopf und ineinander verschränkten Händen ließ er das fromme Gesäusel über sich ergehen, während er auf seinen Auftritt wartete.

Mit grimmigem Vergnügen dachte er daran, daß sich in diesen Tagen das Schatzhaus des Gottes wie in alten Zeiten gefüllt hatte. Doch die derzeitige Flut der Opfergaben konnte nicht darüber hinwegtäuschen, daß der Einfluß des Kultvereins mit dem Niedergang der Stadt gewaltig abgenommen hatte. Megalopolis war einmal die wichtigste Neugründung des Peloponnes gewesen; sie war als politisches Machtzentrum geplant, und es verstand sich von selbst, daß dort die Götter durch den Mund der Priesterschaft ein gewichtiges Wort mitzusprechen hatten.

Aber die Götter hatten nicht lange gesprochen. Derzeit pfiff hauptsächlich der Wind über das öde Stück Ebene, das von einer Mauer umgeben war und Megalopolis hieß.

Idaios hob unmerklich seinen Kopf und beobachtete die Gläubigen. Er hatte das letzte Halbjahr damit verbracht, mit vielen von ihnen zu sprechen. Die meisten hatten ihm ihre Stimme bei der Wahl zugesagt. Die Namen derer, die es nicht getan hatten, hatte er sich gemerkt. Noch bevor er Megalopolis verließ, würden sie feststellen, daß sie auf den Falschen gesetzt hatten.

Auf der Altarplatte stieg weißer Rauch in die Höhe und wirbelte um Apollons Gesicht. Idaios machte sich bereit, die Versammlung zu leiten.

»Apollon Phratrios hat das Opfer angenommen«, verkündete Idaios feierlich, als der Priester sich zurückzog. »Wir werden nunmehr mit der Wahl des Phratriarchen beginnen. Wer noch kein Stimmtäfelchen hat, soll sich eins besorgen.«

Während im Hintergrund die Menge in Bewegung geriet, hob Hierokles die Hände, um für Ruhe zu sorgen. »Nicht so schnell«, rief er mit seiner hellen, jugendlichen Stimme. Sie zitterte ein wenig.

Die Männer blieben stehen und sahen sich neugierig nach ihm um. Und dann wieder zu Idaios hinüber.

»Wie steht es mit den Finanzen des Vereins? Versuche nicht, dich aus einem Amt in das nächste zu stehlen, ohne Rechenschaft abzulegen! Und zwar vor der Wahl, damit es überhaupt etwas zu entscheiden gibt!«

Idaios maß seinen Konkurrenten. Mühsam schluckte er nach einer Weile seine Wut. Zwei Jahre war er für die Finanzen verantwortlich gewesen. »Seit Epameinondas' Zeiten hat der Verein die größten Einnahmen durch die Mieten und Pachtsummen gehabt«, antwortete er gespielt gleichmütig. »Sie haben seit langem abgenommen, weil viele Häuser in der Stadt leerstehen. Ihr wißt es. Die Weiden sind verwildert, die Olivenbäume werden nicht gepflegt und sterben ab; die Zitrusfrüchte werden immer saurer. Es hat keinen Sinn, die Augen vor der Tatsache zu verschließen, daß die Stadt, die einmal Griechenland einen sollte, immer mehr verarmt.«

»Wessen Aufgabe ist es, das Vermögen der Apollonverehrer zu vermehren?« fragte Hierokles schrill. Sein pickeliges Gesicht lief unter Idaios' vorwurfsvollen Blicken rot an.

»Möchtest du die Ernsthaftigkeit der Frommen, die heute gekommen sind, in Zweifel ziehen, Hierokles? Du weißt so gut wie jeder hier, daß die Verwaltung der Gelder meine Aufgabe ist. Und ich habe sie gut angelegt.« Idaios schwieg einen Augenblick. Der Anblick eines unreifen Jünglings, der sich gegenwärtig verzweifelt an einen anderen Ort wünschte, aber seine Bewerbung nicht zurückzuziehen wagte, sollte sich den Nächststehenden ein für allemal einprägen. »Aber die Abwanderung der Bewohner kann ich nicht verhindern.«

Die Bürger nickten, und leises Gemurmel kam auf.

»Die Verwaltung des Geldes ist eine Sache«, sagte Hierokles verbissen, »die Leitung des Kultvereins eine ganz andere. Wer sich für das Amt des Phratriarchen bewirbt, muß sich etwas einfallen lassen, damit der Kult des Apollon von Megalopolis nicht bedeutungslos wird.«

»Du sagst es, Hierokles«, sagte Idaios zustimmend und lächelte beziehungsvoll. »Du wolltest damit doch nicht etwa andeuten, daß du eine Idee hast?«

»Ich wollte damit andeuten, daß du der Phratrie etwas Besseres bieten mußt, als stümperhafte Versuche, Weinberge zu verkaufen und Stimmen zu kaufen.« Hierokles stemmte die Arme in die Seiten und sah Idaios herausfordernd an. »Du weißt, was ich meine, nicht wahr? Du hast Wählerstimmen mit den Geldern des Kultvereins bezahlt.«

Ein eisiger Luftzug schien durch den Tempel zu ziehen; er wehte den Duft von gebratenem Lamm zwischen die Kultmitglieder. Der Gastgeber dieses Abends, der draußen vor dem Tempel unbekümmert mit seinen Gerätschaften am Herd gewerkelt hatte, stellte das Klappern ein.

Idaios lachte leise. »Man muß schon tollkühn sein, um eine solche Behauptung aufzustellen. Ich glaube nicht, daß du dich mit dieser Eigenschaft zum Leiter der Phratrie empfiehlst, Hierokles. Du bist zu unbesonnen für ein wichtiges Amt. Übe dich erst einige Jahre in überschaubaren Pflichten, zum Beispiel als Aufkäufer von Tauben und Lämmern für die Opfer.«

Der Gastgeber nutzte das Stichwort, um das Fleisch hereintragen zu lassen. Es gab einige Lacher, während die Männer herandrängten, um ihren Anteil in Empfang zu nehmen. Die meisten ignorierten Hierokles.

»Aber ich lasse dir den Vortritt, was die Ideen betrifft«, fuhr Idaios gelassen fort und machte eine auffordernde Handbewegung. »Trag vor, wir lauschen.«

Hierokles' Gesicht verfärbte sich von Braun zu Dunkelrot. »Ein Orakel«, stammelte er. »Ein Erdorakel wäre gut ...«

»Aber wir haben keines. Und wir werden auch keines bekommen. Willst du die Gläubigen betrügen?« fragte Idaios scharf. »Ich sage dir, wenn überhaupt Hilfe zu erwarten ist, dann nur von den Göttern. Und sie haben bereits geholfen, wenn ich nicht irre.« Er legte eine Pause ein, die die Männer aufhorchen ließ. »Wir haben gestern die Losstäbchen befragt.«

Die Kultmitglieder wechselten verstohlene Blicke. Einige brachten die Knochen nach wenigen Bissen zu den Abfallkübeln und wischten sich die fettigen Finger ab. Die Spannung im Raum wuchs.

»Die Losstäbchen sprachen von großen Ereignissen unter den olympischen Göttern. Niemand weiß, worum es sich handelt und wann es eintreten wird. Aber der Berg Lykaion wird im Zentrum der Ereignisse liegen.«

»Der Zeustempel auf dem Lykaion«, höhnte Hierokles. »Ausgerechnet! Apollon hat dort keinen Tempel, wie jeder weiß.«

Idaios lächelte nachsichtig und blickte den kleinen Priester auffordernd an.

Dieser nickte mit glücklichem Gesicht. »Eben nicht Zeus!« rief er. »Wir wissen nicht, was geschehen wird. Sicher ist nur, daß Apollon handeln wird, nicht Zeus. Vielleicht wünscht er, daß wir ihm auf dem Lykaion einen Tempel bauen wie die von Phigaleia in Bassai! Wir werden es erfahren. Idaios in seiner Bescheidenheit hat vergessen, euch mitzuteilen, daß Apollon ihn als Botschafter ausersehen hat. Es gab nicht ein einziges Losstäbchen, das sich nicht auf ihn gerichtet hätte.«

»Wenn die Vorzeichen sich bewahrheiten«, rief Idaios, »mache ich euch zum wichtigsten Koinon von Apollon in ganz Griechenland. Apollon von Megalopolis und vom Lykaion wird zum Nabel der Hellenen werden. Die Abwanderung wird aufhören, glaubt es mir! Heimkehrer und Zuzügler werden nach Megalopolis strömen. Wir werden gar nicht genug Häuser haben, um sie alle unterzubringen. Ich sehe eine glänzende Zukunft im Zeichen von Apollon, dem Gott der Weissagung und des Häuserbaus. Der Strahlende wird seinen Glanz wieder auf Megalopolis legen...«

Als die Stimmtäfelchen neben dem Altar ausgeschüttet und ausgezählt worden waren, war Idaios mit nur einer Gegenstimme zum Phratriarchen gewählt. Der Priester legte ihm mit feierlichem Gesicht die purpurfarbene Schärpe über die Schulter. Die Gratulanten drängten sich, um Idaios die Hand zu schütteln und ihn ihrer Loyalität zu versichern.

Idaios lieh jedem sein Ohr und bemühte sich, unentwegt aufgeschlossen und interessiert zu wirken. Er versprach gelegentlich detaillierte Auskunft über seine Pläne, bedankte sich für das Vertrauen und folgte mit den Augen seinem abgeschlagenen Konkurrenten. Hierokles mußte das Opferfleisch wie ein galliger Bissen in der Kehle gesteckt haben. Aber das war wenig, verglichen mit dem, was Dares mit seiner Kehle machen würde.

Und dann schweiften seine Gedanken zurück in die Vergangenheit. Eine Frau hatte ihn zum Narren gemacht. Aber was bedeutete sie schon? Sie war ein Nichts, während er zu einem der mächtigsten Männer von Megalopolis aufgestiegen war.

Sie hatte seinen Weg gekreuzt und ihn als angeblichen Emporkömmling auf diese selbstverständliche Art der Adeligen aus minoischen Zeiten abgelehnt. Ausgerechnet diese Frau hatte es abgelehnt, ihn zu heiraten …

Als das Feuer auf dem Altar verglommen war, verließ Idaios den Tempel und wanderte in Gedanken versunken zu seinem Haus zurück.

Für ihn begann jetzt das große Unternehmen, mit dem er Hellas verändern würde. Im Namen seines Gottes Apollon.

KAPITEL 8

Alexandra spähte aus der winzigen Fensteröffnung, die einer Festung Ehre gemacht hätte, auf die Straße. Leute, Esel, Ochsengespanne und wieder Menschen. Anscheinend waren die meisten von ihnen Gäste. Nicht alle kamen wegen der heiligen Spiele. Sie hatte auch schon Gerüchte über den Apollontempel gehört; in dem wilden Gelände dahinter richteten sich ganze Familien ein, um dort auf irgend etwas zu warten.

Aber die Männer, die sich im Peplos der Wagenlenker bewundern ließen, kamen eindeutig wegen der Spiele. Und jeder von ihnen wollte gewinnen; sie auch. »Aber nur für mich ist es schon ein Sieg, wenn ich teilnehme, ohne daß sie mich erwischen«, sagte sie leidenschaftlich, unbekümmert um die Ohren der Hausklaven, und sprang vom Hocker. Warum gestatteten die Götter solche Ungerechtigkeit?

Sogar beim Konditionstraining ihrer Pferde im Hippodrom mußte sie Chiron die Zügel überlassen. Nur, wenn die Pferde außerhalb der Stadt in gemächlichem Tempo arbeiteten, um sie an die Höhenluft zu gewöhnen, durfte Alexandra es wagen. Sie war trotz dieser Widrigkeiten sehr zufrieden mit den Hengsten.

Und dann kam der Tag, an dem alle kleineren Sorgen überflüssig schienen. Schon als Alexandra Chirons Keuchen unten im Innenhof hörte, wußte sie, daß etwas nicht stimmte, denn ohne Pferd war er unbeholfen wie ein Delphin auf Land und pflegte nicht zu rennen.

»Aethon ist schwer krank!« rief er und machte auf der Treppe kehrt.

Alexandra war schneller als er. Als sie in den Stall schlüpfte, lag Aethon auf dem Rücken und streckte die starren Beine von sich. Er stöhnte wie ein Mensch, der unerträgliche Schmerzen hat. »Oh, ihr Götter«, sagte sie und preßte die Hände an ihre Wangen.

»Geh nicht zu ihm! Er wälzt sich vor Schmerz und kennt dich nicht mehr«, warnte Chiron.

Alexandra nickte. Aethon lag in diesem Augenblick da wie tot. Aber wenige Atemzüge später rollte er herum, sprang auf und biß sich in die Flanke. Sein rotes Haar war dunkel von Schweiß.

»Er ist aufgebläht wie ein gefüllter Ziegenschlauch«, sagte Chiron aufgewühlt. »Anders als sonst. So schlimm habe ich es noch nie gesehen. Deswegen habe ich dich geholt, Herrin. Entscheide du, ob ich stechen soll.«

Alexandra ballte die Hände zu Fäusten. Es war zu spät, bei Mago von Karthago über das Für und Wider einer solchen Behandlung nachzulesen. Ihr Blick ging zum Messer, das neben einem Schilfrohr und einem Blasebalg auf einem sauberen Tuch bereitlag. Aus. Alles war aus.

Wenn Chiron stach, würde Aethon für den Augenblick gerettet sein, aber wahrscheinlich an den Nachwirkungen sterben. Die meisten Pferde, denen man die Luft aus der Flanke abließ starben.

»Nein!« sagte sie nachdrücklich. »Ich glaube, daß es nicht anders ist, sondern nur schlimmer.«

Der Verwalter blickte sie abwartend an.

»Chiron!« sagte Alexandra ungeduldig, »versuche ihn zu führen, wie immer! Ich mache den Einlauf fertig. Ich nehme an, daß ich in Baukis' Küche bekommen kann, was ich brauche.«

»Versuchen wir es«, murmelte Chiron.

Während Alexandra zur Küche rannte, hörte sie hinter sich schon das nervöse Trappeln von Aethons Hufen, der sich das Halfter nicht umlegen lassen wollte, und Chirons beruhigende Worte.

Die Sklavinnen eilten mit Gurken, Salz, Wein und Olivenöl umeinander und halfen Alexandra in höchster Aufregung beim

Pressen des Gurkensaftes. Iambe war überall zugleich; sie war eine echte Hilfe, wie Alexandra zugeben mußte. Schließlich konnten sie die fertige Mischung in den Balg abfüllen. Alexandra rannte hinaus auf die Straße, wo Chiron mit Aethon auf und ab marschierte.

»Ich glaube, der Gott der Winde hat sich seiner schon angenommen«, keuchte Chiron und stemmte sich dem Hengst entgegen, um ihn anzuhalten. »Seine Flanken fliegen wenigstens nicht mehr, und das Weiße seiner Augen ist auch wieder sichtbar.«

»Sieht so aus«, sagte Alexandra knapp und half Chiron, den Hengst in den Hof zurückzuführen. Dort übernahm sie die Position am Kopf des Pferdes. Sie strich ihm über die Nüstern und flüsterte ihm ins Ohr; schmeichelhafte Worte über seine bemerkenswert feinbehaarte Schwanzwurzel, über hübsche kleine Hufe, die schön auf dem Boden bleiben mußten, und über seinen bevorstehenden Sieg über sämtliche Hengste von Griechenland, von Rom, von Asia, von Syria und Ägypten.

»Und Numidien«, sagte sie erschöpft und erleichtert, als Chiron einen Schritt zurücktrat und den Balg über dem festgestampften Boden des Hofes ausschlenkerte. »Der Sieg über die Rappen von Afrika müßte einen Fuchs aus Hellas doch besonders freuen!«

Nur wenige Tropfen des Arzneimittels waren nicht in Aethons Darm gelandet. Sie konnten mit sich zufrieden sein.

»Göttliche Düfte wie vom Olymp!« säuselte Chiron plötzlich und schnupperte verzückt am Hengst herum, als diesem vernehmliche Geräusche entwichen. Aber dieses Mal kamen sie vom Schwanzende und veranlaßten Aethon stolz zu blicken, wie auf eine großartige Leistung.

Sie brachen beide in Lachen aus.

Die hörbare Entspannung lockte die erschrockenen Sklaven zurück auf die Galerie und Baukis in den Hof. Die Tante mußte sich erklären lassen, was vorgefallen war, denn sie hatte von all der Aufregung nichts mitbekommen. Das Gesinde war so still, daß man im Stall den Esel äpfeln hören konnte.

»Am meisten Angst hatte ich, daß Aethon ausschlagen würde«, beendete Alexandra schließlich ihren Bericht. »Wir hatten keine Zeit, ihm Fesseln anzulegen. Aber er stand wie ein Standbild, er ist ja so klug.«

Baukis nickte. Um Pferde kümmerte sie sich im allgemeinen wenig, aber sie zweifelte nicht, daß es kluge und weniger kluge Exemplare gab. Wie bei Menschen.

In diesem Augenblick kehrte Chiron zurück, der den Fuchs an seinen Platz in den sonst kaum benutzten Stall gebracht hatte. Er zwirbelte eine graue Haarlocke um einen Finger. »Eins möchte ich wissen, Herrin«, sagte er gedehnt. »Ich war der Meinung, Aethon hätte eine Krankheit, die ich nicht kannte, eine Vergiftung vielleicht ... Woher wußtest du, daß es das nicht war? *Nicht anders – nur schlimmer*, waren deine Worte.«

»Oh, Chiron, ich wußte es nicht. Ich habe es vermutet. Die weite Reise, das neue Futter ... Außerdem haben wir mit den Pferden hart gearbeitet, und du hast sie im Fluß getränkt. Mit Gebirgswasser. Es ist kälter als das Wasser zu Hause. Alles in allem genug Umstellungen, daß ein empfindlicher Magen darauf mit Aufblähung antwortet. Jedenfalls der von einem klugen Pferd. Nur eben schlimmer als sonst.«

Chiron grinste. »Ich dachte, es ginge mit ihm zu Ende. Auf meine alten Tage werde ich schreckhaft wie ein junges Mädchen, glaube ich.«

Baukis verdrehte die Augäpfel nach oben. »Na, ob diese Feststellung ganz passend ist, Chiron ... Komm, Alexandra, bevor die Fleischbällchen kalt werden. Und ihr geht bitte wieder an eure Arbeit«, sagte sie freundlich, aber bestimmt, und das Gesinde zerstreute sich.

Das Essen wartete bereits, ausnahmsweise nicht am Herd im Untergeschoß, dem Sitz der Göttin Hestia, die jeden Abend die Hausgemeinschaft zu einem gemeinsamen Mahl versammelte. An diesem Abend lud Baukis ihre Nichte in ihren privatesten Raum, wo sie rechnete und Korrespondenz für ihr Geschäft erledigte.

Aber Alexandra sah sich nicht lange zwischen den Schriftrollen um, und über die Geldkiste streiften ihre Blicke nur hinweg. Mit ihren Gedanken war sie schon wieder beim Rennen. Sie nippte an ihrem verdünnten Wein, den die Küche des Hauses zu den Köstlichkeiten des arkadischen Landes servierte. »Den Göttern sei Dank«, sagte sie inbrünstig. »Vielleicht haben sie geholfen, weil Aethon ein Hengst ist. Wahrscheinlich werden sie auch allen Männern unter den Lenkern helfen«, sagte sie und schnitt eine Grimasse.

»Ach, was das betrifft, so werden sie wahrscheinlich durch den weiblichen Peplos zu verwirrt sein, um Männer und Frauen zu unterscheiden. Aber du gehst am besten nur noch im Chiton aus und nimmst den Schleier, wie es sich gehört«, riet Baukis.

Alexandra grinste aufreizend. Die kleinen Schritte, zu denen der ionische Chiton sie zwang, hatten keine Ähnlichkeit mit ihrer gewohnten Art zu gehen. »Warum die Strafe auch noch?« fragte sie und schüttelte sich.

Baukis antwortete nicht. Sie saß in tiefem Ernst auf ihrem Sessel und aß ohne Genuß. »Du darfst die Pferde auf keinen Fall mehr selbst trainieren. Es gibt überall aufmerksame Menschen, die sich hauptsächlich für das interessieren, was andere tun.« Ihr Tonfall signalisierte Unnachgiebigkeit.

»Bei Gaia!« murrte Alexandra laut und rümpfte die Nase. Sie fand ihre Tante verwirrend widersprüchlich. Erst war sie dagegen gewesen, jetzt gab sie Ratschläge. »Ich habe nicht gedacht, daß es so schwer sein würde!«

»Du kannst diese Sache nicht halbherzig durchführen, Alexandra! Ich mußte es auch lernen, und es hat Lehrgeld gekostet.«

»Viel?« fragte Alexandra erschrocken.

Baukis lächelte in sich hinein, bevor sie bedächtig antwortete. »Ja, sehr viel. Aber es bekam ihm nicht. Er hat das Zehnfache zurückzahlen müssen, und ich habe es ihn merken lassen, damit es hundertfach schmerzte. Den Luxus gönnte ich mir.«

Alexandra knetete eine Olive in der Hand und ließ ihre Tante nicht aus den Augen. »Alles in deinem Goldhandel?«

»Gold und Schmuckstücke, ja. Mein Geschäft macht mir viel Freude, Alexandra! Ich habe gegenüber jedem Mann den Vorzug, daß ich außer dem Wert des Materials auch den Wert beurteilen kann, den das Stück für eine Frau haben muß. Verstehst du?«

Alexandra schüttelte stumm den Kopf, während Baukis aufstand und neben der Kiste niederkniete, die aussah, als hätte sie auf Reisen manchen Schlag erhalten. Einer der eisernen Handgriffe war durch ein mehrfach geflochtenes Tau ersetzt.

Baukis öffnete die Schlösser. »Die Männer wollen nicht, daß wir uns am Handel beteiligen. Wir könnten ja besser sein als sie.«

»Du bist also besser als die Männer auf deinem Gebiet«, sagte Alexandra.

Baukis schlug den Deckel auf. »Genau das. Für Männer ist Gold gleich Gold; es kann auch aus Klumpen bestehen. Sieh her, Alexandra. Dieses sind handwerklich erlesene Stücke. Mit ihnen kann ich die Schönheit jeder Frau ins rechte Licht setzen. Jeder Hautton, jede Haarfarbe fordert den passenden Schmuck. Aber Männer werden es nie wissen.«

Alexandra hörte ihrer Tante hingerissen zu. Im Hause ihres Vaters wurden diese Dinge nicht erwähnt, denn man *tat* sie nicht. Eine Frau hielt sich ganztägig im Hause auf und erzog still und unauffällig den Sohn. Sobald dieser auf eigenen Füßen stehen konnte und dem Ehemann überantwortet wurde, war es für die Frau des Hauses Zeit, fett und träge zu werden und höchstens noch die Hausklaven zu beaufsichtigen.

Eine Welle von Traurigkeit ging plötzlich über Alexandra hinweg. Ihre Mutter hatte vermutlich sehr unter Melanthios zu leiden gehabt. »Wußte Mutter das auch alles?«

Baukis nickte mitfühlend. »Ja, wir sprachen oft darüber. Aber sie verstand es besser als ich, ihre Gedanken zu verbergen, wenn es nottat. Bei der Gelegenheit: Weißt du, daß dein Vater eine ganze Schiffsladung mit Skulpturen, die für den Kaiser bestimmt waren, verloren hat?«

»Er hat mir nichts davon gesagt.«

»Das dachte ich mir«, sagte Baukis trocken und verschwieg die Gerüchte, die wie üblich in der Geschäftswelt der Großkaufleute brodelten, über Melanthios wie über jeden anderen, dieses Mal aber in alarmierender Dichte und Genauigkeit.

Nein, dachte Alexandra, Baukis wird niemals fett oder träge werden. Sie hat einfach keine Zeit dafür.

Als könnte sie ihr die Gedanken vom Gesicht ablesen, sagte Baukis: »Es war nur wenig Liebe zwischen mir und meinem Mann, und einen Sohn habe ich nie bekommen. Glücklicherweise starb er, bevor er mich aus Verärgerung darüber aus dem Haus werfen konnte – der knappe Akt, den man Scheidung nennt und der uns Frauen umgekehrt nicht erlaubt ist.«

Alexandra war sprachlos. Noch nie hatte sich jemand in ihrer Gegenwart derart despektierlich geäußert. Klar, daß der Vater stets Baukis' Besuche verhindert hatte.

»Aber ich will nicht abschweifen«, sagte Baukis in Alexandras Gedanken hinein. »Es gelang mir gestern, unseren Chiron zwischen Hafermaß und Achsenfett in eine einsame Ecke zu zerren.«

Alexandra richtete sich kerzengerade auf. Dieses Gespräch war mehr als die Weitergabe von nicht alltäglichen Erinnerungen.

»Ich habe Chiron ausgefragt. Er sagt, daß du ausgesprochen begabt im Umgang mit Pferden bist. Wie ich mit Schmuck. Ich möchte, daß du das Rennen gewinnst.«

»Die Allmutter selbst soll dir helfen«, sagte Baukis, voller Begeisterung. »Dafür werde ich sorgen.«

Alexandra kamen erst Bedenken, als sie erfuhr, daß der Altar sich gar nicht in Megalopolis, sondern auf dem Berg Lykaion befand. »So viel Zeit bleibt mir vielleicht nicht«, wandte sie unschlüssig ein. »Und ich kann von meinen Pferden nicht fort. Stell dir vor, es passiert noch einmal so etwas. Ich möchte Chiron die Verantwortung nicht aufbürden.«

»Keine Sorge! So viel Zeit bleibt. Hippodrom und Altar sind nicht weit voneinander entfernt, beide auf dem gleichen Gipfel. Wir gehen am Abend vor dem Rennen zum Altar. Zusammen mit all den anderen Frauen. Was meinst du, was dort los ist, zu solchen Anlässen wie den Spielen! Ich war allerdings erst einmal dort. Bin ja nicht so fromm...«

»Na gut«, murmelte Alexandra. Wenn Baukis meinte... Auf jeden Fall war sie froh über ihre Hilfe. Sie kannte sich da oben aus, außerdem konnte sie ihr beim Kleiderwechsel helfen. »Doch, es ist gut.«

Trotzdem schlief Alexandra in der Nacht vor dem Aufbruch schlecht, wälzte sich herum und wurde von einer Schlange mit gelben Giftzähnen verfolgt.

Sie fuhr hoch und saß stocksteif auf ihrem Lager. Die Allmutter mit ihrer Schlange! Welch schreckliches Omen! Sie wagte kaum, sich zu rühren und auch nicht, Licht zu schlagen. Die Zimmerwände schienen im spärlichen Schimmer der Sterne bedrohlich an sie heranzurücken. Es dauerte lange, bis sie sich beruhigte.

Am Morgen fand Alexandra eine tote Eidechse auf dem Fußboden.

Übernächtigt grübelte sie darüber nach, ob die Schlange ein Traum gewesen war oder nicht. Und die Eidechse? War es Zufall, daß das Tier ausgerechnet in dieser Nacht gestorben war?

»Du bist ja so bleich. Hast du Angst vor deinem eigenen Mut bekommen?« fragte Baukis munter, als sie vor dem Tor auf den Abmarsch des Gespanns warteten.

Alexandra holte tief Luft, um ihr den Traum zu erzählen. Aber möglicherweise hätte die Tante die ganze Sache abgebrochen. Außerdem fühlte sie sich von Iambe gestört; sie klebte ihr am Chiton wie eine Bremse am Pferd, und ihr ständiges Lächeln war aufdringlicher als das Summen der Bremsen. Für Bekenntnisse ihrer Art war eine Sklavin nicht das richtige Publikum.

Dann führte Chiron das Maultier mit dem zerlegten Streitwagen auf dem Lastsattel an ihnen vorbei auf die Straße, und der Augenblick, in dem sie das Unternehmen hätte anhalten können, war vorüber.

Wenige Augenblicke später waren sie selbst auf dem Weg. Es erwies sich, daß der Zeitpunkt gut gewählt war. Aus der Stadt und aus den Weilern jenseits des Helisson waren schon viele Menschen zum Festspielort unterwegs. Alexandra schüttelte ihr Unbehagen ab, es war alles in Ordnung.

Kurz hinter der Stadt bogen die Leute vor ihnen auf eine schmale Straße ein, die sich über buchen- und eichenbewachsene Hügel wand. Dahinter wuchsen steile Berge in die Höhe.

Was Bergheiligtümer betrifft, wären Ziegenfüße nützlicher

als ein heiliger Friede, dachte Alexandra und kicherte vor sich hin. Unter den Augen von so vielen Leuten konnte man gar nicht von Räubern erschlagen werden.

Baukis sah erstaunt zu ihr herüber.

»Ich werde es den Männern schon zeigen, daß auch Frauen fahren können«, sagte Alexandra ihrer Tante ins Ohr.

Kapitel 9

»Bist du auch Maultier-Ärztin, Herrin?«

Alexandra fuhr herum und sah einem Burschen ins Gesicht, der sich bis zu ihr durchgefragt haben mußte und jetzt in der armseligen Herberge auf halber Höhe zum Lykaion auf eine Antwort wartete. Er gefiel ihr nicht, und draußen war es dunkel und kalt. Während sie fieberhaft nach einer glaubhaften Ablehnung suchte, fiel ihr der argwöhnische Gesichtsausdruck von Baukis auf.

»Ich wollte dich nicht erschrecken«, sagte der Jüngling. Sein hageres Gesicht unter dem kahlgeschorenen Schädel wirkte auffällig harmlos. Wie ein Geier, der als Hahn durchgehen möchte. Während er darauf wartete, daß Alexandra ihre Inspektion beendete, kaute er gemächlich auf einem zerfaserten Hölzchen, das ihm zwischen den Lippen hing. »Bist du fertig, und bin ich dir angenehm? Kannst du jetzt zuhören?«

Alexandra erlaubte sich eine Grimasse, die ihn zu amüsieren schien.

»Mein Herr hat erfahren, daß ein Pferdearzt nach Megalopolis gekommen ist, und er möchte wissen, ob du auch Maultiere behandelst.«

»Bist du nicht der Sklave des Schiedsrichters Idaios?« fragte Baukis dazwischen.

Der Jüngling warf ihr einen scharfen Blick zu. »In erster Linie bin ich der Verwalter seines Hauses, Herrin Baukis. Von den Besitzverhältnissen her sein Sklave, das ist richtig. Mein Name ist Dares.«

Seine Höflichkeit blieb an der Oberfläche. Wahrscheinlich

haben sie Verdruß, und er muß ihn ausbaden, dachte Alexandra und schlug einen bedauernden Ton an. »Ich verstehe leider nichts von Maultieren. Ihr Gemüt und ihr Inneres sind so ganz anders als von Rennpferden und Kriegspferden. Versteh, sie sind unterschiedlich wie ägyptische Katzen und Löwen. Es tut mir leid für dich.«

Seine Augen verengten sich eine Spur, und er spuckte das Hölzchen aus. »Ich brauche kein Mitleid, Herrin. Du wirst kommen, könnte ich mir denken. Es sind die Hufe, und die sind bei Pferd und Maultier gleich. Wie Krallen bei ägyptischen Katzen und Löwen. Mein Herr wies mich ausdrücklich an, dich darauf aufmerksam zu machen...«

Er hatte sie in ihrer eigenen Falle gefangen. Auch ohne den Hinweis von Baukis verabscheute Alexandra den Knecht und den Herrn bereits jetzt von Herzen. Wäre Chiron zur Hand gewesen, hätte sie ihn geschickt. So aber war es vernünftig, Aufsehen zu vermeiden und sich dreinzuschicken. Sie wechselte einen resignierten Blick mit der zutiefst beunruhigten Baukis und gab dem Sklaven einen Schubs. »Zeig mir also den Weg«, befahl sie schroff.

Das Dorf erstreckte sich längs des Weges; seine Häuser klebten am Berg. Es war dunkel. Alexandra rutschte auf einer Efeuranke aus und stieß sich an einer Felsnase. Wasser gurgelte in nächster Nähe, Männer schwatzten vor einem Haus, und in einiger Entfernung schwankte eine Laterne neben einem Hauseingang im Wind. Der Sklave zeigte schweigend darauf.

Aha, das war also die bessere der beiden Herbergen im Ort. Baukis' Instinkt war richtig gewesen, in der anderen nach einem Nachtlager zu fragen. Auch Alexandra war nicht der Meinung, daß sie dem Schiedsrichter begegnen müßte. Sie überlegte sich, welches der Stall der Herberge sein mußte, und betrat die Treppe, die zu ihm hinunterführte.

Dares blieb auf der Dorfstraße stehen. »Mein Herr würde dich gerne kennenlernen.«

»Bei Hufen eilt es meistens. Darauf muß ich dich meinerseits hinweisen«, widersprach Alexandra scharf und stieg hinunter. Zumindest schrieb Mago es so. Überhaupt wußte sie nicht mehr, als in seinen Büchern stand.

Sie zog unter dem Türsturz den Nacken ein und stand sofort neben dem gepeinigten Maultier, dessen Hinterbeine weit unter den Leib gestellt waren. Die Vorderbeine hatte es bis an die Wand des Schuppens vorgeschoben, und sein Gewicht schien hauptsächlich auf den struppigen Haaren der Fesseln zu ruhen. »Fußgicht!« sagte sie mitleidig. »Hat die Stute heute schweres Gepäck oder deinen Herrn getragen?«

Dares schob sich hinter ihr durch den Eingang und hängte seine Laterne an einen Haken. Er deutete mit dem Kopf zur Herberge. »Ihn. Und ich das Gepäck«, knurrte er. Dann drehte er sich um und klatschte dem Maultier auf die Kruppe, das ächzend zur Seite taumelte.

»Grobes Benehmen ist bei euch wohl Sitte«, bemerkte Alexandra. »Ist dein Herr schwer von Gewicht?«

»Er ist einen Kopf größer als ich und so breit.« Die ausladende Bewegung von Dares ließ auf einen mittleren Bären des Hochgebirges schließen.

Alexandra nahm nach oben Maß. »Dann wird er sich kaum in diesen Stall bemühen«, sagte sie. »Du kannst also frei deine Meinung sagen. Weiß er nicht, daß er zu schwer für die Stute ist? Oder will er sie überzeugen, daß er's nicht ist?«

»Er hat sie schon einmal geritten.«

»Aber nicht so lange, auf so steinigem Weg und bergauf.«

»Da hast du völlig recht, Herrin.« Dares warf einen kurzen Blick aus dem Stallgebäude und senkte die Stimme. »Mir wäre auch lieber, sie hätte das Gepäck getragen. Aber mein Herr duldet keinen Widerspruch und Vorschläge auch nicht. Die Stute darf dankbar sein, daß er sie noch nicht den Abhang hinuntergejagt hat.«

»Was sie vermutlich nur dem Umstand zu verdanken hat, daß dein Herr kein zweites Reittier mit sich führt. Welch ein abscheulicher Herr, dein Herr«, sagte Alexandra heftig.

Die gelbbraunen Augen von Dares glitzerten kalt im Laternenlicht. Er verzog keine Miene, aber Alexandra hätte schwören können, daß er ihr recht gab. Das machte ihn auch nicht sympathischer.

Sie wandte sich der Stute zu. »Möglicherweise sind die Hufe noch zu retten. Es kann aber sein, daß die Stute ausschuht und stirbt. Das beste Gegenmittel ist kaltes Wasser. Führe die Stute in den Bach und laß sie dort stehen, bis die Lichter im Dorf gelöscht sind. Dann bringst du sie in den Stall zurück, läßt sie auf trockenem Stroh stehen und mit Beginn der Morgendämmerung wieder für einige Stunden im Bach. Essen bekommt sie nicht und nur ganz wenig Wasser! Trockenes Stroh, vergiß es nicht, aber laß sie daran nicht knabbern.«

»Der Rabe soll dich holen! Was für ein Vorschlag! Du verlangst am Ende noch von mir, daß ich selber stundenlang im Wasser stehen soll!«

»Das wirst du wohl, wenn es dir nicht gelingt, es ihr zu erklären. Versuch es einfach mal mit Freundlichkeit. Maultiere sind nicht dumm.«

Dares grinste breit. »Ich wollte es nur von dir hören. Ich persönlich glaube nicht, daß du etwas von Hufen verstehst, und auf keinen Fall von Bergen. Hier kann man ein Pferd nicht in den Bach stellen. Zu schmal, zu steinig, zu steil. Verstehst du?«

»Dann borge dir einen Bottich und stell sie hinein. Wechsele das Wasser öfter!« Alexandra schob ihn beiseite, um sich an ihm vorbei hinauszudrängen. Sie hatte genug von ihm. Er hatte sie nicht aus Mitleid mit der Stute, sondern aus Furcht vor Idaios dem Tückischen unter Druck gesetzt.

Der Ausgang war blockiert. Ein feingewebtes schwarzes Gewand füllte die Öffnung, und in seiner Mitte ruhten zwei ineinander verschränkte Hände. »Ich bin Idaios«, verkündete eine tiefe Stimme.

»Ich grüße dich, Idaios«, murmelte Alexandra resignierend. Und dann betrachtete sie mit wachsendem Zorn die untere Hälfte dieses Mannes, der so selbstverständlich ein Tier zugrunde richtete. »Deine Maultierstute hat Fußgicht. Wenn du Wert auf ihr Leben legst, mußt du morgen den Rest des Weges gehen.«

»Ich bin Schiedsrichter dieser heiligen Spiele!«

»Schön. Und was bedeutet das?«

»Daß ich reite.«

»Ja, gewiß«, sagte Alexandra mühsam. »Nur nicht diese kranke Stute, Schiedsrichter Idaios. Für dich wäre ein Elefant angemessener.«

Idaios bückte sich. Im Schein der Laterne sah Alexandra ein schroffes, düsteres Gesicht von braungrauer Farbe. Es war von Furchen durchschnitten wie Berge von Tälern. Die stark vorgewölbten Augen wurden von schweren Lidern fast verdeckt. Neben seinen Mundwinkeln hingen Barthaare herab, struppig wie Misteln. Sein Kopf war kahl. »Wieso glaubst du eigentlich, das beurteilen zu können?« fragte er mißtrauisch. »Als Frau.«

»Du glaubtest, daß ich es beurteilen kann! Du hast mich rufen lassen. Ich habe deinem Knecht mitgeteilt, daß ich von Maultieren nichts verstehe«, erwiderte Alexandra und versuchte ihre Stimme auf dem schmalen Grat entlangzubalancieren, der zwischen Abscheu und Furcht vor diesem Mann lag. »Aber Mago kann es, und auf ihn berufe ich mich.«

»Welcher Mago? Ich kenne keinen Mago!«

»Mago von Karthago.«

»Du Tölpel«, schnaubte Idaios an Alexandra vorbei ins Innere des Stalls hinein. »Du hast den falschen Maultier-Arzt gebracht!«

»Mago lebt nicht mehr.«

Dares kümmerte sich nicht um Alexandras Erklärung. »Ich sollte denjenigen bringen, der den aufgeblähten Fuchshengst gesund gemacht hat. Das ist sie, Gebieter.«

»Niemand hat mir mitgeteilt, daß der Pferdearzt eine Frau ist. Ich kenne dich nicht, Frau. Wer bist du?«

Der Schweiß lief in Strömen über Alexandras Rücken. »Ich bin Alexandra Melanthios aus Elis«, antwortete sie gepreßt.

»Melanthios aus Elis«, wiederholte Idaios nachdenklich. »Bist du mit der Kauffrau Baukis aus Megalopolis verwandt?«

»Ich bin ihre Nichte«, bekannte Alexandra. »Ich begleite meinen Bruder Alexandros, der morgen zu Ehren von Zeus ins Rennen gehen wird.«

Idaios rieb sich mit dem ringgeschmückten Daumen über den Bogen seines Nasenrückens. »Alexandra und Alexandros. Ziemlich einfältige Namensgebung. Und du mußt ja sehr an deinem Bruder hängen, wenn du für ihn den weiten Weg aus Elis auf dich genommen hast.«

Irgend etwas schien ihn zu belustigen, Alexandra wußte

nicht, was. Aber seine Antwort klang eine Spur weniger abweisend als bisher. »O ja«, sagte sie mit Schwung, um ihn in seinem Wohlwollen zu bestärken, »ich liebe ihn sehr, er ist mein Zwillingsbruder, und ich werde ihn im Hippodrom anfeuern, so lange mein Atem es hergibt.«

Endlich öffnete der Mann die Augen. Sie waren schwarz wie eine tiefe Schlucht. Alexandra hatte das bestürzende Gefühl, hineinzufallen.

»Du willst in das Hippodrom ... also bist du noch unverheiratet. In dem Alter! Und es gibt euch doppelt? Dein Vater hat dich am Leben gelassen? Wie dem auch sei: Deine ganze Familie scheint nicht im Einklang mit den Sitten zu leben. Von den Verwandten der Händlerin Baukis kann man das wahrscheinlich kaum erwarten. Vielleicht seid ihr gar nicht gebürtig aus dem Peloponnes?«

Die Angst schnürte Alexandra die Kehle zu. Bestimmt hatte sie sich durch ihr Geschwätz in seinem Gedächtnis eingenistet, statt sich als Frau unauffällig daraus zu entfernen. Es kostete sie Mühe, ihm einigermaßen unbefangen standzuhalten. »Mein Vater entstammt einem alten achäischen Geschlecht, meine Mutter ist Ionierin«, stotterte sie.

»Adelig ist sie auch noch! Mit großem Besitztum, natürlich, so wie ich die elischen Adeligen kenne. Und du bringst sie hierher, Dares, in diesen Schmutz! Schämst du dich denn gar nicht?«

»Gebieter, wenn du es befiehlst, schäme ich mich.« Dares stieß ein Lachen aus, das dem Meckern einer Ziege ähnelte.

Idaios fiel röhrend ein. Im übrigen schien er auf ihre Verteidigung zu warten. Den Gefallen würde sie ihm nicht tun. »Du hast keinen Grund, mich oder meine Familie zu beleidigen«, sagte Alexandra aufbrausend. Sie hielt Idaios die Handfläche hin. »Dankbar solltest du mir sein! Und ich bekomme von dir zehn Drachmen.«

»Seit wann kostet Bachwasser etwas?« Dares' vorgereckter Hals ließ ihn mehr denn je wie ein Geier aussehen.

Idaios wischte seinen Einwand beiseite. Die Unterlippe vorgeschoben, musterte er Alexandra eine Weile. »Junge Frau, du hast im Gegenteil Grund, mir dankbar zu sein, wenn ich dir den Zutritt zu den heiligen Spielen gewähre. Wer weiß, ob nicht das Lügen auch zu den Gepflogenheiten deiner Familie zählt? Wer weiß, ob du wirklich unverheiratet bist?«

Plötzlich glaubte sie ihm, daß er die Macht hätte, sie von den Spielen fernzuhalten. Stumm vor Wut, senkte sie ihren Kopf und drängte nach draußen in die Sicherheit der dunklen Nacht.

Idaios hielt sie nicht auf.

Während Alexandra den Berg hinunterlief, wurde ihr bewußt, wie riskant ihr Plan geworden war. Wenn man entdeckte, daß eine Frau den Wagen lenkte... Verkleidet und im heiligen Bezirk ertappt... Sie konnte nicht einmal beweisen, daß sie unverheiratet war. Zumindest würde ihr niemand glauben!

Aber es war zu spät für einen Rückzieher. Wenn sie es tat, würde es Gerede in Megalopolis geben, vielleicht auch eine Untersuchung durch die Archonten. Mit Sicherheit würde Baukis Schwierigkeiten bekommen.

Ja, jetzt mußte sie als Alexandros aus Elis an den Start gehen. Oh, Gaia, dachte sie beklommen.

Kapitel 10

Baukis blickte über ihre schmale, gerade Nase hinweg auf Alexandra, die mit gekreuzten Beinen auf dem gegenüberstehenden Bett saß und Bericht erstattete. Ihre Stirn umwölkte sich immer mehr und gab Alexandra das Gefühl, daß sie in eine Katastrophe hineingeschlittert war.

Zwischen ihnen auf dem Fußboden hockte Iambe. Wie immer machte sie ein fröhliches Gesicht und hörte hingerissen zu.

Neugierige Gans, dachte Alexandra. Dies ist kein Spaß. Nicht einmal für Sklavinnen in der Gefolgschaft von Adeligen, die unangenehm aufgefallen sind. Aber sie verkniff sich jede Bemerkung. Wenn jemand Bemerkungen verdiente, dann sie selbst.

»Zu dumm«, sagte Baukis schließlich. »Dieser Schiedsrichter Idaios ist ein einflußreicher Mann. Mit der Zunge huldigt er den Göttern, aber außerhalb der Tempel ist er ein Dreckskerl. Hoffentlich hast du nicht seine Aufmerksamkeit auf dich gezogen.«

Das hatte sie bestimmt. Und ihn möglicherweise noch beleidigt. Wenn sie an ihre leichtfertige Bemerkung über den Elefanten dachte...

»Er vergißt nie. Und er ist rachsüchtig.«

Alexandra zog den Kopf unmerklich ein. »Er sieht aus wie ein Eunuch aus Asia«, bemerkte sie ausweichend. »Obenherum.«

»Ja, aber ich kann dir versichern, daß er keiner ist. Er setzte körperliche Gewalt ein, als es ihm nicht gelang, mich übers Ohr zu hauen.«

»Ah, so«, murmelte Alexandra verständnislos und brachte nicht den Mut auf, über diesen Mann weitere Worte zu verlieren.

Baukis begann, sich für die Nacht fertigzumachen. Als sie ihre Decke aus Ziegenhaar ausgebreitet hatte, schickte sie die Kleine nach unten, um in der Schankstube Käse, Brot und Wein zu holen.

Der bröckelige Käse schmeckte nach Baumrinde, der Wein war eine verwässerte Spülbrühe und das Brot alt und klebrig. Es muß der Berg sein, der aufs Gemüt drückt, dachte Alexandra beunruhigt.

»Das war mein Brot!«
»Du hast es mir gestohlen!« geiferte eine Frau, die so alt war, daß ihr Gesicht nur aus Falten und Warzen bestand, und die zwischen schwarzen Zähnen Spucke versprühte.

Heilige Spiele! Diebe und Lügner. Welch unschöner Anfang. Baukis und Alexandra wechselten einen Blick und machten sich wortlos wieder auf den Weg. Auch andere Pilger waren schon auf den Beinen. Die meisten mußten neben der Straße geschlafen haben.

Es war früher Morgen. Weiter oben am Berg, wo die Bäume niedriger waren und spärlicher standen, wehten Fetzen von Nebelschwaden, und die Wolken verdichteten sich zu schwarzen, bedrohlichen Haufen.

Nach einigen Stunden erreichten sie einen Paß. Jenseits davon sahen sie plötzlich eine winzige Hochfläche mit einigen Olivenbäumen. Zwischen hölzernen Rinnen, in denen Wasser floß, grasten Schafe.

»Die Schafsquelle«, sagte Baukis dankbar. »Dann ist es nicht mehr weit.«

Iambe führte den Esel bis zu der in Steine gefaßten Quelle, an der sich schon die ersten Pilger drängten, und half ihrer Herrin herunter. Alexandra ging, um wie alle anderen ihren Ziegenbalg mit Wasser zu füllen und sich zu erfrischen. Das Wasser war kalt und schmeckte gut. Jemand stimmte ein Lied an. Auf einmal hob sich die Stimmung. Frauen reichten Brot und Käse herum.

Nach einer Weile brachen die ersten auf. Der Weg schlängelte sich zwischen weißem Gestein, das mit niedrigen Steineichen bedeckt war, am Hang entlang, stieg aber kaum mehr an und wirkte nicht anstrengend. Baukis kletterte seufzend auf ihren Esel, aber sie gab Alexandra ein aufmunterndes Lächeln.
Der Weg zog sich um den Berg herum und endete an einer kahlen Bergnase, auf der Zelte aufgeschlagen waren. Alexandra legte den Kopf in den Nacken. Oberhalb von ihnen war der Tempel des Zeus Lykaion.
»Komm«, drängte Baukis, »wir brauchen als erstes Schlafplätze. Danach kannst du dich umsehen.« Sie zeigte auf eine kümmerliche Hütte neben einem Olivenbaum. Alexandra folgte ihr und half ihr abzusteigen. »Es ist die einzige Herberge für Gäste, die keine Ehrengäste sind, wie Idaios und seine Amtsbrüder.«
Das Haus mußte uralt sein; im halb verfallenen Stall sprangen braune Ziegen ein und aus. Aber sie hatten Glück. Sie bekamen tatsächlich Schlafplätze zugewiesen, wahrscheinlich, weil Baukis bereit war, den horrenden Preis zu bezahlen, den der Wirt ihr abverlangte.
»Die Klippe hätten wir gemeistert«, sagte Baukis erleichtert. »Für ein Zelt bin ich zu alt.«
»Ja.« Alexandra schaute sich zweifelnd um. Ob sie hier heißes Wasser bekommen konnte? Für die Athleten gab es gewöhnlich Wandelhallen, Ruheräume und Bäder. Für halb oder ganz nackte Männer. Nichts davon kam für sie in Frage, selbst, wenn es sie hier oben tatsächlich gab, was sie bezweifelte. Aber in jedem Fall trat sie unter erschwerten Bedingungen an.
Alexandra fing den skeptischen Blick ihrer Tante ein.
»Noch kannst du zurück. Dein Bruder erkrankt, Chiron fährt ab, und die Sache ist erledigt«, sagte Baukis.
»Nein, ich glaube nicht, daß es so einfach ist«, sagte Alexandra nachdenklich. Ihr fiel rechtzeitig ein, daß sie überzeugend wirken mußte, um Fragen zu entgehen. »Ich will gewinnen, und Gaia wird mir helfen!«
Baukis schwieg, und die braunen Augen der kleinen Iambe rollten. Es schien, als ob sie ihr beide nicht glaubten.

An der Herberge liefen ständig Leute vorbei. Alexandra hörte sie und sah sie, als sie auf Zehenspitzen aus der Wandöffnung lugte.

Baukis begann sich zum Ausgehen fertigzumachen. »Die Männer gehen alle zu Zeus«, sagte sie zu Alexandra. »Sie lassen sich von prachtvollen Tempeln, Säulen und Adlern beeindrucken. Die männlichen Götter anscheinend auch. Wir zwei werden zum Gipfel des Lykaion hochsteigen. Gaia hat ihren Altar hinter dem Zeustempel. Ohne Adler, natürlich.«

Alexandra hatte die goldenen Adler auf Säulen neben dem Zeusaltar schon gesehen. Sie war überrascht, eine Spur von Verächtlichkeit in den Worten ihrer Tante zu hören. Niemand ließ sich je einfallen, die Götter zu kritisieren. Über Frömmigkeit sprach man nicht, man besaß sie. Und es war unvorsichtig von ihr, so offenherzig in Gegenwart einer Sklavin zu reden.

Iambe rannte mit Decken und Kleidung eifrig hin und her, um es ihnen für die Nacht bequem zu machen, und ihre Ohrmuscheln stellten sich wie Schiffssegel nach dem leisesten Windhauch.

»Zeus hat seinen Altar hier unten neben dem Hippodrom, und Apollon besitzt auf dem Lykaion gar keinen, Gaia sei Dank«, fuhr Baukis fort, während sie ihren Schleier über den Kopf legte und feststeckte. »Wir können also Gaias Altar gar nicht verfehlen. Mir ist es ganz lieb, daß wir keinen Führer benötigen.«

Als es zu dämmern begann, traten sie aus der Tür der Herberge. Iambe trug ihnen Brot, Öl und ein Bündel Getreide nach. Wo der Pfad auf den Gipfel abzweigte, wollte Alexandra ihr die Opfergaben abnehmen, aber die Kleine weigerte sich.

»Soll sie mitgehen?« fragte Alexandra verwundert.

»Iambe, du bleibst hier!« sagte Baukis sanft, und da erst gab Iambe nach.

Als Alexandra sich nach einer Weile umdrehte und hintersah, stand das Mädchen immer noch unten. »Ist Iambe wirklich vertrauenswürdig? Ich meine«, sagte sie zögernd, »sie ist so schrecklich neugierig, und wenn die Archonten wüßten, wie du über einige der Götter denkst, würden sie möglicherweise dich und nicht mich wegen Götterfrevels anklagen.«

Baukis pustete vom Anstieg, und ihr Lachen war angestrengt. »Aber, Alexandra! Ich glaube, ich habe dich angesteckt mit meiner Sorge. Iambe ist eine kleine Naschkatze, aber mir treu ergeben, ich habe sie schon lange.«

Ja dann, dachte Alexandra und begann wieder in die Höhe zu klettern. Am Rand eines Pinienhains reichte sie ihrer Tante die Hand und half ihr über die Baumwurzeln. Es wurde allmählich dunkler, aber sie konnte auf der gegenüberliegenden Bergnase zwischen den Felsen, den Wacholderbüschen und Myrtensträuchern noch mehr Frauen in die Höhe steigen sehen. Das Opferfeuer tief unter ihnen auf dem Zeusaltar war noch nicht angezündet worden.

Der schwarze Umriß des Tempels zeichnete sich vor dem Himmel ab. Als sie oben angelangt waren, flammte in der Senke hinter der Kuppe eine Fackel auf, und in ihrem Schein erkannten sie ein niedriges viereckiges Gebilde. Alexandra seufzte laut vor Erleichterung. Sie hatten den Altar der Gaia gefunden, ohne sich in diesem unwirtlichen, felsigen Gelände zu verirren.

Alexandra und Baukis stellten sich zu den Gläubigen, die einen Kreis um den Altar gebildet hatten. Sehen konnten sie wenig, aber sie hörten das Knacken der Flammen.

Dann stimmten Frauen einen verhaltenen Gesang an. Alexandra starrte auf ihre Sandalen und lauschte den heiligen Worten. Eine besonders tiefe Stimme löste den Chor für eine Weile ab, dann waren wieder die Frauen an der Reihe.

Nach einiger Zeit fand Alexandra den Wechselgesang langweilig. An den Nutzen glaubte sie auch nicht so recht. Gaia würde ihr entweder helfen, oder auch nicht. Morgen abend um dieselbe Zeit würde sie es wissen.

Ihr Blick fiel auf Baukis' Sandalen. Ihre Tante trat von einem Bein auf das andere. Mit gefurchter Stirn suchte sie eine Lücke, durch die sie zum Altar spähen konnte. Alexandra spürte, wie Anspannung und Unruhe auf sie selbst übersprangen.

Sie war größer als Baukis. Sie stellte sich auf Zehenspitzen und starrte zum Altar. Im Schein des Feuers schlängelte sich vor dem Stein eine Schlange, Gaias ehrwürdige Schlange. Dabei hatte sie gar nicht gewußt, daß es Altäre gab, an denen Gaias Priesterinnen noch lebende Schlangen hielten.

Es war ein Moment, den sie nicht vergessen würde. An den uralten Bräuchen, die sich in den Bergen erhalten hatten, haftete noch die Frömmigkeit früherer Zeiten. Sie ging durch die Haut, im Gegensatz zu dem Getue bei Heras eleganten und vornehmen Feiern in Elis. Alexandra war jetzt froh, hierhergekommen zu sein.

Und dann fuhr auf einmal eine Art Gabel auf den Kopf der Schlange hinunter, klemmte ihren Hals fest und schleuderte sie in die lodernden Flammen. Die Frauen schrien und drängten vom Feuer fort. Einen Moment lang herrschte Verwirrung und Aufregung, doch plötzlich brachen die Schreie ab.

Der Gott Apollon wuchs neben dem Altar in die Höhe.

Alexandra gab ein erschrockenes Japsen von sich.

Aber Apollon war heute nicht als Rächer gekommen. Mit ausgestreckten Armen blickte er zum sternenübersäten Nachthimmel hoch und wartete darauf, daß die Frauen sich angesichts seiner Schönheit beruhigten und Vertrauen faßten. Seine hellen Haare wehten im Schein des Opferfeuers wie Flammen.

Die meisten Frauen sanken auf die Knie, einige warfen sich der Länge nach auf den Boden.

Alexandra suchte Baukis' Hand und umklammerte sie. Einen Augenblick später zog Baukis sie schon nach unten. »Komm!« hauchte sie in einem Befehlston, der Alexandra erschauern ließ.

»Die Göttin Gaia hat den Berg Lykaion verlassen«, rief Apollon. Seine Stimme brach sich an den Felsen und kehrte zurück. »Verlassen, ... lassen, ... lassen. Aber fürchtet euch nicht! Den Olympiern gefiel es, mich zu schicken, damit ich dem Drachen Python den Garaus mache und eure Gaben entgegennehme.« Er wandte den Kopf nach Norden, wo sich der Olymp befand.

Alexandra hörte ein gleichförmiges Murmeln, wie ein Bach oder wie das Meer. Apollon sprach mit Zeus, dem Vater der Götter und Menschen. Jedes andere Geräusch erstarb. Das Knistern des Feuers verstummte, und die Flammen stiegen senkrecht in die Höhe. In der Ferne zuckte ein Blitz.

»Zeus«, flüsterte jemand.

Apollon schwieg, bis die Blitze zu einem schwachen Schein am Horizont verblaßten. Dann drehte er sich um, verschränkte die Hände über der Brust und wirkte beinahe menschlich. Im Hintergrund setzte der Chor der Priesterinnen mit einem leisen Gesang ein.

Er untermalte Apollons Ansprache. »Der Göttervater Zeus hat mich beauftragt, ein ganz besonderes Band zwischen euch und den olympischen Göttern zu knüpfen«, sagte er.

Alexandra kroch in sich zusammen. Seine Worte bohrten sich in ihren Kopf; seine Stimme klirrte vor Kälte. Baukis war weiß wie eine Wand.

Irgend etwas stimmte nicht.

Alexandra preßte ihre Faust an den Mund. Einen Augenblick lang versperrte ein wehender Schleier ihr die Sicht nach vorn.

Ein Schrei zerriß die Stille, die sich wieder über den heiligen Platz gesenkt hatte. Zwischen den hocherhobenen Händen des Gottes strampelte ein kleines Kind. Dann stach Apollon ihm mit einem blitzenden Messer ins Herz, und der Schrei endete in einem Gurgeln.

Das Blut gefror Alexandra in den Adern, als die Hand des Gottes sich in die Brust des Kindes wühlte, das Herz herauszerrte und in die Flammen warf. Danach gab er den Leichnam an einen Priester ab, und Alexandra verlor ihn aus den Augen.

Mit den anderen Frauen, die einem ihnen bekannten Ritual zu folgen schienen, erhob sie sich auf die Füße und schwenkte um die eigene Achse, Baukis vor sich, sie hörte ihr keuchendes Atmen. Schritt für Schritt rückte sie inmitten der Frauen an den Altar heran. Das Scharren der Sandalen auf der dünnen Erdkrume, die den Felsen bedeckte, war das einzige Geräusch. Und gelegentlich pfiff der Wind in einer scharfen Bö.

Nein, sie wollte nicht. Alexandra blieb stehen.

Baukis' Hand stahl sich nach hinten, packte eine Falte von Alexandras Himation und zog sie mit sich. »Weiter«, murmelte sie mit seitwärts gewandtem Kopf, »es wäre lebensgefährlich, aufzufallen.«

Alexandra unterdrückte ein Schluchzen und setzte mechanisch einen Fuß vor den anderen.

Irgendwann waren sie vor dem Priester angelangt. Er hatte bis zu den Ellenbogen blutige Hände. Er mußte sie im Blut des Kindes gewaschen haben, denn mit dem Opfermesser ging er geschickt wie ein Schlachter um. Aufgespießt auf das Messer, überreichte er Baukis ein Stückchen Fleisch, nicht viel mehr als eine Nußschale voll. Unter den Augen des Gottes verspeiste sie es, dann war sie entlassen und tauchte in der Dunkelheit hinter dem Altar unter, wohin auch alle anderen Frauen entschwunden waren.

Alexandra war plötzlich mit Apollon allein. Sie sah ihm ins Gesicht. Seine Augen glänzten schwarz im Widerschein des Feuers und sogen sie förmlich in seinen Kopf hinein. Er versuchte, sie zu verschlingen, wie die Gläubigen den Knaben. Seine jungen, glatten Gesichtszüge waren von metallischer Härte. Er war so kalt, wie nur ein Gott sein konnte, dem die Menschen gleichgültig waren.

Alexandra spreizte die Finger gegen ihn, um sich gegen seine Macht zu wehren. Diese schrecklichen Augen! Und ihr Kopf dröhnte vom Gesumme der Priesterinnen.

Willenlos tat sie einen Schritt nach vorn. Gegen ihre Hand stieß das kalte Messer mit dem blutigen Klümpchen Fleisch. Und mit plötzlicher Klarheit wußte sie es: Apollon trug eine Maske aus Metall.

Benommen zupfte sie das, was vor kurzem noch zu einem lebendigen Kind gehört hatte, von der Spitze und schob es sich unter die Zunge.

Apollon hob den kleinen Finger ein wenig. Seltsam, wie schwarz behaart er war.

»Iß«, drängte der Priester leise. Alexandra schrak zusammen und kaute. Er nickte, und sie durfte gehen.

Starke Arme fingen sie auf, bevor ihre Beine nachgaben, trugen sie beiseite und setzten sie auf dem unebenen Felsboden ab. Baukis hielt Alexandras Hand, während sie sich erbrach.

»Ich könnte einen Eid darauf ablegen, daß hier ein fürchterliches Verbrechen vor sich gegangen ist«, flüsterte Baukis, als sie in ihre Herberge zurückgekehrt waren. Die Wände bestanden nur aus getünchtem Flechtwerk, und nebenan wohnte auch jemand.

Alexandra versuchte mühsam, die grausigen Bilder des Berges von sich fernzuhalten. »Das Kind?«

»Nein, das Kind am wenigsten. Es geschieht nicht sehr oft – aber Kinder werden hier in Arkadien noch geopfert. Ob die Eltern die Kinder nun auf dem Sklavenmarkt verkaufen, sie aussetzen, selber töten oder sie opfern...« Baukis machte eine entschuldigende Handbewegung. »Nein, ich meine diese gewaltsame Übernahme von Gaias Altar durch einen Gott in Zusammenarbeit mit einem fingerfertigen Opferpriester. Durch Apollon, dessen Geburtstag heute ist. Die Tötung der friedlichen Schlange Gaias, als sei sie der Drache Python... Es ist alles so... so logisch. Wie zwei und vier Drachmen sechs Drachmen ergeben. Aber seit wann handeln Götter logisch?«

Alexandra schloß die Augen. Nein, Götter waren nie logisch. Aber darum ging es gar nicht. »Unter der Maske steckte ein Mann«, stammelte sie.

»Ich weiß«, murmelte Baukis. »Mir ist, als ob ich ihn kennen müßte. Deshalb wollte ich auch näher heran, selbst, wenn wir hätten fortlaufen können...«

Alexandra schlug die Augen wieder auf und sah sie sprachlos an. Baukis hatte den Betrug früher als sie selbst bemerkt.

»Aber wir konnten nicht«, bekräftigte Baukis. »Wahrscheinlich hätte man uns morgen zerschmettert in der Schlucht gefunden, unkundig des Weges natürlich, abgestürzt im Dunkeln, leichtsinnig, wie Frauen nun mal sind. So etwas kommt vor. Niemand spricht über solche Dinge. Alle haben Angst.«

»Worüber spricht niemand?«

»Über die verborgenen Dinge der Kulte, ihre Geheimnisse. Über die Strafen, wenn jemand ausschert.«

Ausscheren. Genau das hatte sie versucht. Wenn nicht Baukis gewesen wäre... Der Gedanke daran ließ Alexandra frösteln.

»Die Kulte nehmen unterschiedlich viel Geld ein«, setzte Baukis flüsternd fort. »Du weißt, sie bekommen Opfertiere, Öl, Wein, Weihrauch und was es so alles gibt. Die Priester verkaufen, was nicht verbraucht wird. Manche Tempel werden ungeheuer reich dabei. Natürlich nicht die Priesterinnen der Gaia. Sie ist dankbar für das Gedenken an sie und den guten Willen und nimmt schon für das kleinste Rauchwölkchen auf ihrem Altar die Wünsche einer gläubigen Frau mit auf den Olymp.«

»Und Apollon?« fragte Alexandra nach einer Weile.

»Apollon ist ein hochmütiger Gott aus den Bergen von Asia. Er ist der Wolfsgebieter, der Eidechsentöter und der Rachsüchtige. Und raffgierig.«

Alexandra hielt den Atem an. Die Eidechse! War es ein Omen des Gottes gewesen? Oder hatte jemand in seinem Auftrag eine Eidechse neben ihr Bett gelegt? Als Warnung? Sie wandte den Kopf und begegnete den großen staunenden Augen von Iambe. Sie sah nichts als kindliche Unschuld und Neugier.

»Mir ist noch nicht eingefallen, wer der Mann unter der Maske sein könnte«, fuhr Baukis fort und zog die Decke um sich, die Iambe ihr hingelegt hatte. »Sie haben mich leider auch so schnell nach hinten befördert. Laß uns jetzt schlafen. Du hast morgen einen schweren Tag.«

Und was für einen! Alexandra ließ sich todmüde auf den Rücken sinken. Aber viele Gedanken wanderten ihr durch den Kopf. Während sie sich Mühe gab, endlich einzuschlafen, beobachtete sie unter den Augenlidern Iambe.

Erst als Baukis leise Schnarchlaute von sich gab, kam das Weiße in den Augen von Iambe zur Ruhe. Und Alexandra entdeckte, daß sie ihr nicht traute, so naiv und harmlos sie auch zu sein schien.

Kapitel 11

In aller Frühe des nächsten Morgens verließ Alexandra die Herberge. Hinter der Bergkrümmung und den letzten Zelten fand sie Chiron inmitten seiner Werkzeuge. Der Streitwagen war zusammengesetzt, die Hengste und der Esel grasten zwischen den stacheligen Büschen, und ihr Kleidersack wartete auf einem Felsbrocken.

Alexandra sank erleichtert auf einen anderen Brocken. Wenigstens das war gutgegangen. Chiron nickte ihr knapp zu.

Viel Zeit durfte sie sich nicht gönnen. Sie sprang wieder auf, packte wortlos ihren Sack und verschwand mit ihm den Hang hinunter. Auf der Zunge schmeckte sie immer noch das Säuglingsblut. Ausspucken half nicht.

Chiron starrte ihren Kopf an, als sie in Fahrerkleidung nach einer Weile zu ihm hochkletterte.

»Ich mußte sie abschneiden«, erklärte Alexandra knapp. »Danke, daß du es auf dich genommen hast, Chiron. Daß ihr hier gesund angekommen seid. Für alles.«

»Wenn sie dich entlarven, sind wir beide so gut wie tot«, brummte er. »Aber ich habe deiner Mutter versprochen, auf dich aufzupassen, und bei deinen geringen Schwimmkünsten werde ich dich auch noch aus dem Wasser des Styx ziehen müssen. Zumindest da wird sie erkennen, daß ich mein Versprechen gehalten habe.«

Alexandra lächelte verdrossen. Ein wenig Ermunterung von seiner Seite hätte ihr gutgetan. Aber er hatte anscheinend beschlossen, seinen Tadel jetzt auszusprechen, wo es noch Zeit war. »Ich fahre jetzt zum Hippodrom. Du kommst nach. Vergiß nicht, daß du und Alexandros im Olivenhain an der Schafsquelle genächtigt habt. Ihr verabscheut die Athletenunterkünfte und deren Ausdünstungen ... Sie werden es hinnehmen: Kentauren sind ihnen hier im Inneren von Arkadien vermutlich unheimlich.«

»Wahrscheinlich. Anderen Leuten auch.« Chiron reichte Alexandra den Helm und rieb beiden Hengsten die Nase zum Abschied. »Macht's gut, ihr drei.«

Zum Hippodrom war es mit dem Wagen nicht weit. Alexandra umrundete den Berg, fuhr durch die kleine Zeltstadt, am Zeusaltar vorbei und hielt an der Schmalseite des Ovals, die den wartenden Wagen und ihren Lenkern vorbehalten war. Sie war die erste.

Hier im heiligen Bezirk war es noch still, nur der Wind fauchte um die Bergnase. In der Tür der Herberge stand jemand und starrte zu den Berggipfeln hoch. Sie folgte seinem Blick. Eine Nebelwand fiel von oben herab; den Zeustempel hüllte sie bereits ein.

Drei Wagenlenker im Peplos bummelten von der Herberge herbei, betont lässig und betont uninteressiert. Auch Alexandra wurde verstohlen abgeschätzt. Dann war auch das überstanden. Ihr Herzschlag normalisierte sich, als die Männer anfingen, kritisch über den Nebel zu reden.

Alexandra beteiligte sich am Gespräch nur sporadisch und nicht, ohne krächzend zu husten.

»Was frißt denn an deiner Kehle? Neid?« fragte einer der Lenker, und ein anderer entfernte sich demonstrativ aus ihrer Nähe.

Nur der Dritte hatte Mitleid. »Schone deine Stimme«, riet er freundlich. »Vor dem Rennen werden sowieso keine Höflichkeiten ausgetauscht. Hast du kein Tuch für deinen Hals?«

Alexandra nickte, warf ihm einen dankbaren Blick zu und hielt fortan den Mund.

Außer ihr waren es nur vier Lenker, mit denen sie kurze Zeit später zum Zeusaltar hinüberwanderte. Frisch gebadet, scharf rasiert und eingeölt warteten dort schon die Läufer, die gleichzeitig mit den Streitwagen starten sollten. Sie zitterten in der Kälte.

Dann schritten die Priester heran, und ihr stockte der Atem. Der kahle Schädel des Maultierschinders Idaios überragte alle anderen Köpfe. Er trug eine Schärpe, aber im übrigen sah er aus wie ein Priester. Zum Glück nahm er keine Notiz von ihr.

Bei Tageslicht wirkte er noch viel unsympathischer als in der Nacht. Über der Nasenwurzel lag wie ein Band eine blaue Spur. Wahrscheinlich ist er gegen einen Türsturz gerannt, dachte Alexandra plötzlich schadenfroh. Zumindest das konnte ihr nicht passieren.

Nachdem die Athleten von einigen Ordnern für die Prozession aufgestellt worden waren, durfte jeder seinen Palmwedel entgegennehmen. Die Priester an der Spitze des Zuges stimmten ihren Gesang an und zogen los.

Es ging bergauf zum Zeustempel, dessen Inneres nur die Priester betreten durften. Nach einer kurzen Zeremonie kamen sie wieder heraus und führten die Athleten zurück nach unten, wo sie am Altar von Zeus haltmachten.

Ein Helfer schaffte ein Lämmchen herbei, das gar nicht aufhören wollte zu blöken. Dann gurgelte es. Als das Blut in Stößen über seine weiße Wolle sickerte, begann Alexandra zu zittern.

Der unfreundliche Lenker rammte ihr seinen Ellenbogen in die Rippen. »Was ist los, Kerl?« fauchte er. »Du machst die Priester auf uns aufmerksam. Ich will nicht wegen unwürdigen Benehmens ausgeschlossen werden!«

Nein, ich auch nicht, dachte Alexandra erschrocken. Der Adlerschnabel von Idaios zeigte schon in ihre Richtung. Sie hustete, um das unkontrollierbare Beben ihres Körpers zu verschleiern. Sie fühlte sich hundeelend und fror erbärmlich. Der Nebel hatte sich inzwischen zum Nieseln verdichtet.

Endlich war das Lamm in Rauch verwandelt, die Wettkämpfer schworen gemeinsam einen Eid, der Oberpriester verkündete den Beginn der Spiele und entließ die jungen Männer, nicht ohne sie zum Schluß zu ehrenhaftem Verhalten ermahnt zu haben.

Auch Alexandra.

Sonst hätte sie über einen solchen guten Witz gelacht. Heute nicht. Als sie ihr Gespann von Chiron in Empfang nahm, konnte sie kaum die Fahrpeitsche halten.

»Du Tölpel!« brüllte ihr Gegner; ausgerechnet gegen diesen frechen Kerl mußte sie starten.

Vor Schreck bog Alexandra so weit aus, daß das Außenrad von der Sandbahn auf das spärliche Gras geriet und auf dem Felsen rutschte. Sie biß sich auf die Lippen. Anfängerfehler! Die Zuschauer, denen sie fast über die Füße gefahren wäre, brüllten Protest.

In der nächsten Runde wickelte sie um ein Haar den Wagen um den Pferdeschreck. Aber sie kam mit mehr Glück als Können frei.

In den nächsten Runden bemühte sie sich krampfhaft, wenigstens ihre Hengste nicht zu stören. Ich kann froh sein, wenn ich am Ziel ankomme, dachte sie bitter. Sie war wie gelähmt. Ihr einziger Gegner in dieser kleinen Bahn, die nur zwei Wagen zugleich erlaubte, war ihr mehrere Wagenlängen voraus.

Der Beifall für ihn war schon verklungen, als ihre Füchse durch das Ziel liefen. Alexandra blickte stur geradeaus und lenkte ihren Wagen an den Gratulanten vorbei, die sich um den Sieger drängten. Die Wagenlenker, die neben ihren Wagen auf ihr eigenes Rennen warteten, grinsten sie höhnisch an. »Warum mußtest du deinen Pferden die Schande antun, im Korb zu hocken?« schrie ein eckiges Gesicht mit schwarzen Locken.

Brüllendes Gelächter ersparte ihr eine Antwort.

Chiron nahm seine Pferde außerhalb des heiligen Bezirks schweigend in Empfang. Er sah sie nicht an. Alexandra riß sich den Helm vom Kopf und war dankbar, daß wieder Wind aufkam, der die Hitze von ihren Wangen und die Wolken vom Berg vertrieb.

»Machen wir, daß wir nach Hause kommen.« Chiron zeigte überdeutlich seine Erleichterung, daß alles zu Ende war.

»Du bist froh, daß ich verloren habe«, sagte sie. »Gib es zu!«

Chiron schüttelte seinen grauen Kopf.

»Wahrscheinlich hätte auch Platon nicht gewollt, daß eine Frau im Rennwagen siegt!« fauchte Alexandra.

»Vielleicht nicht. Vielleicht doch. Er äußerte sich nicht dazu. Nur zu Läuferinnen. Er ermutigte sie, nackt zu laufen.«

»Das fehlte mir noch!« Alexandra sah ihn aus riesigen Augen

an. Im nächsten Augenblick strömten ihr die Tränen die Wangen herunter. Sie fiel Chiron um den Hals und verbarg ihr Gesicht an seiner Brust.

»Nimm es nicht so schwer«, sagte Chiron zärtlich und klopfte ihr sanft auf den Rücken. »Es kann jedem passieren.«

»Aber nicht jeder«, schluchzte Alexandra. »Das hätte einfach nicht sein dürfen. Es ist so ungerecht. Ich hätte siegen müssen!«

»Schhh«, machte Chiron, wie früher, als er Alexandra nach kleinen Mißgeschicken und großen Unglücken noch auf dem Schoß gewiegt hatte.

Sie merkte es. Aber sie war kein Kind mehr, das bei einer Niederlage getröstet werden mußte. Außerdem schauten Leute schon belustigt herüber. Sie ließ ihn los und trocknete ihre Tränen. »Ich muß bis zur Schlußfeier bleiben«, sagte sie mürrisch. »Alles andere wäre zu auffällig.«

»Wenn du meinst... Ich bin an der Stelle, wo ich heute früh war. Das Gras dort ist nicht schlecht. Und man kann in Ruhe über den Willen der Götter nachdenken.« Chiron sprang auf und schnalzte mit der Zunge.

Alexandra sah ihm erbittert nach. Sie würde als Beispiel für das größte Versagen im Hippodrom von Lykaion in die Legende eingehen. Aber daß Zeus Lykaion seine Hände im Spiel hatte, glaubte sie nicht.

Eher Apollon. Sie sah sich um. Die Menschen drängten in die Rennbahn. Oder von ihr weg. Gebrüll kam von den niedrigen Wällen, auf denen die Zuschauer saßen. Sie hatten einen neuen Helden. Für die Leute war es ein Fest, und sie waren in guter Stimmung.

Für sie war das Fest zu Ende. Sie würde sich in den Trubel, der kaum den eines gewöhnlichen Markttages in Elis übertraf, werfen und sich ablenken. Es gab einige Andenkenstände mit greulichem Kitsch und zwei Garküchen, aus denen es nach Lamm roch. Für sie heute aber nur Oliven und Käse! Und Wein – unverdünnt!

Über der Menge schwebte ein Adlerschnabel heran. Genau in Alexandras Richtung. Die Vorrunden mußten beendet sein, sonst hätte Idaios das Hippodrom nicht verlassen können. Sie drehte sich um und floh in Richtung auf den Zeusaltar. Mit diesem Mann wollte sie ganz bestimmt nicht sprechen.

»Alexandros aus Elis!« erklang es hinter ihr und »*paß auf, Alexandra!*« an ihrem Ohr. Etwas schwirrte daran vorbei und verschwand.

Keine Zeit, sich bei Pan zu bedanken. »Ja«, sagte sie heiser und sah sich suchend um, bis Idaios vor ihr haltmachte.

»Warum läufst du vor mir davon?« fragte er.

»Ich habe keinen Grund, vor dir davonzulaufen«, sagte Alexandra mit gekränkter Würde. »Wer bist du, daß ich laufen sollte? Oder warte! Sage nichts. Du bist einer der Schiedsrichter, natürlich. Ich bin heute krank, du mußt entschuldigen, daß ich dich nicht sofort erkannte.«

Idaios konnte sogar lächeln. Er nickte wohlwollend und legte Alexandra seinen Arm um die Schulter. »Dieses Rennen«, sagte er kopfschüttelnd. »Deine Pferde sind nicht schlecht, aber sie gehören in eine kundige Hand. Die hast du, mit Verlaub gesagt, noch nicht. In zwei, drei Jahren, vielleicht. Aber bis dahin sind die Füchse verbraucht.«

Nur, wenn man sie reitet, dachte Alexandra patzig. Die Mäßigung, die sie sich auferlegte, um ihm dies nicht ins Gesicht zu brüllen, zwang ihr Röte und Schweiß ins Gesicht. Außerdem mußte sie seine Hand loswerden. Nicht auszudenken, wenn er ihren Busen spürte! Sie bellte los.

Idaios ließ ihre Schultern fahren und betrachtete sie während ihres Hustenanfalls bekümmert. Erst als sie sich erholt hatte, erfuhr sie, daß die Begegnung kein Zufall war. »Ich wäre bereit, dir die Pferde abzukaufen. Ich könnte dir auch die Hilfe der Flößer vom Alpheios vermitteln. In ihrem Schutz kommst du problemlos ins Flachland zurück.«

Alexandra beobachtete seine unruhigen Hände, während sie sich die Tränenspuren aus den Augenwinkeln rieb. Er war nervös und gespannt. Er wollte die Hengste unbedingt haben. »Die Pferde gehören meinem Vater«, erklärte sie wahrheitsgemäß und war zum ersten Mal darüber glücklich. »Ich glaube nicht, daß er sie verkauft.« Das allerdings entsprach nicht der Wahrheit. Solange Paidikos sie nicht haben wollte, standen sie zum Verkauf.

»So, so«, grummelte Idaios. »Deine Schwester wird dir vielleicht erzählt haben, daß ich Pferde und Maultiere besitze. Solltest du dein Gespann also irgendwo unterstellen wollen, um doch lieber schnell nach Hause zu reisen – du solltest in die milde Luft von Elis zurück –, wäre ich trotzdem bereit, dir zu helfen.«

Alexandra fühlte seine Hand schon wieder vertraulich auf ihrer Schulter. Dieses Mal war nur eine kurze Hustenattacke ausreichend, um ihn zu belehren. »Mit meiner Schwester habe ich nicht gesprochen; sie glaubt dauernd, mich bemuttern zu müssen«, sagte sie abweisend.

»Weiber! Du gehst ihr aus dem Weg«, hauchte Pan.

»Weiber! Bei Herakles, ich gehe ihnen aus dem Weg, wann immer ich kann.«

Idaios lachte herzhaft. »Das verstehe ich. Dabei siehst du ja selbst nicht gerade wie ein Ringer aus.«

»Man muß nicht wie ein Ringer aussehen, um Gesellschaft zu haben.«

»Das macht dich mir sehr sympathisch«, sagte Idaios langgezogen und winkte einem Bekannten zu. »Vielleicht komme ich darauf zurück.« Er schlug ihr auf die Schulter und trollte sich.

Bei Gaia! Abgesehen von einem unbestimmten Gefühl in der Magengrube war Alexandra ganz zufrieden mit sich. Alles war erklärt, sogar, daß er Bruder und Schwester nicht zusammen sehen würde.

»Und ich? Habe ich keinen Dank verdient? Ohne mich wärst du in die Falle gelaufen!«

»Pan! Du hast mir die Idee mit dem Wettrennen doch erst aufgeschwatzt«, zischte sie. »Es ist wohl das mindeste, daß du mir aus Patschen hilfst, in die du mich bringst!«

»Das stimmt nicht. Du hattest die Idee, bevor ich kam. Gib es zu! Deshalb habe ich dich ausgesucht.«

»Götter! Göttliche Bengel, wenn man es genau nimmt!« Alexandra spürte den Luftzug am Kopf, als Pan abhob, beleidigt, natürlich.

»Ich nehme mir frei, bis du bessere Laune hast«, flötete er.

Apollon und Pan! Götter waren keinen Hauch besser als gewöhnliche Männer! Alexandra begann, sich rücksichtslos durch die Männerhorde hindurchzuboxen. Grimmig nahm sie zur Kenntnis, wie schnell sie ausweichen konnten. Dann fiel ihr ein, daß Gaia ihr auch nicht geholfen hatte. Sie konnte auf sie alle verzichten!

Verzichten können hätte sie auch gerne auf die Hand, die sich ihr schon wieder auf die Schulter legte. Lauter Bekannte, jetzt, wo sie so jämmerlich verloren hatte. Sie drehte sich um.
»Aaa ...«, sagte sie und biß sich auf die Zunge.
Antenor überragte sie um zwei Köpfe; im Stehen war er so groß wie der grausige Apoll. Er bückte sich zu ihrem Ohr herunter. »Ich grüße dich. Bist du der Bruder von Alexandra von Elis? Du siehst ihr verblüffend ähnlich.«
»Ah, ja doch«, stammelte sie, und jetzt kam das Krächzen ganz natürlich und ohne Anstrengung. Was machte er denn ausgerechnet hier, wo man ihn am wenigsten vermutet hätte, und überhaupt hatte sie bereits genug Komplikationen. Sie schob ihn von sich. Er musterte sie nachdenklich.
In dieser klaren Höhenluft schimmerten seine Augen wie ein Bergsee. Einer von denen, die zum Baden einladen und den Schwimmer dann mit eiskaltem Wasser lähmen. Dank Chirons Warnungen würde sie auf so etwas nicht hereinfallen. »Sieh mich gefälligst nicht an wie ein Schlachtlämmchen«, schnaubte sie. »Ich verabscheue Lämmer!«
Der Töpfer nickte. »Ich weiß, du liebst Pferde. Tut mir leid, daß du verloren hast.«
Alexandras Miene wurde frostig. Sie befand sich wieder auf sicherem Boden. »Wer bist du eigentlich?« fragte sie unwirsch.
Statt einer Antwort zog er die Augenbrauen nach oben. Alexandra war versucht, ein Lächeln in seinen Mundwinkeln zu erkennen. Aber wie sollte er sie erkannt haben?
»Ein Töpfer mit Ware, die deine Schwester in Elis eines zweiten Blickes für würdig befand.«
»Hast du sie hier? Vielleicht sollte ich ihr ein Andenken mitbringen«, überlegte Alexandra laut vor Erleichterung.
»Ich bin hier, um zu verkaufen. Allerdings nicht mit meinen besten Sachen. Aber das macht ja nichts, da du deine Schwester sowieso nicht leiden kannst.«

Er belauschte sogar Gespräche. Was war er doch für ein unausstehlicher Zeitgenosse! Alexandra beschloß, fortan zu schweigen. In diesem schneebedeckten Gebirge fühlte sie sich fehl am Platze wie ein Fisch auf dem Trockenen.

»Wenn du mitkommen möchtest?« fragte Antenor einladend. »Ich habe meinen Stand noch nicht eröffnet. Die Ware ist noch in meinem Zelt.«

Sie nickte nur. Während sie sich neben ihm durch das Getümmel schob, warf sie einen vorsichtigen Blick auf seine Hände. Nein, schwarze Behaarung am kleinen Finger war nicht sichtbar. Die Hände waren grau von Lehmstaub.

Jetzt, wo die Schmach des Rennens nicht mehr zu ändern war, dachte sie wieder mehr an die Nacht am Altar. Der Mann in der Maske war hier auf dem Platz, wo sonst, wenn er Opfergaben einstreichen wollte? Ohne es zu wollen, geriet Alexandra ins Grübeln.

»Hier entlang«, sagte Antenor und schlug den Pfad zum Zeustempel ein. »In der Nacht kann ich so viele Menschen nicht um mich herum ertragen.«

Bei Tage auch nicht. Alexandra wurde plötzlich mißtrauisch, als Antenor den Pfad zum Tempel verließ und sie mitten in den heiligen Hain von Pan führte. Den Lärm des Festes hörte man weit unten, aber sie sah keinen Menschen. Nicht einmal die Vögel waren von hier geflüchtet.

Antenor bog den tief herabhängenden Zweig einer Pinie hoch, um Alexandra in die zeltartige Schwärze ihrer Äste hineinzulassen. Seine weißen Zähne leuchteten bedrohlich wie ein Raubtiergebiß.

Eine Ahnung kommenden Unheils flog Alexandra an. Sie bückte sich, und danach wurde es Nacht um sie.

Das Fest war einfach berauschend. Gaia, die sich kaum jemals mehr von ihrem Thron entfernte, weil es ihr zu viel Mühe bereitete, sah den kleinen und großen Göttern wohlwollend von oben zu. Alle waren sie da!

Sie winkte dem kleinen Knirps, der gerade Hera im Tanz bis an den Rand der Plattform schob, dem Sohn von Hermes. Wie hieß er noch gleich? Pan, ja, Pan.

Kapitel 12

»Alexandra! Alexandra, wach auf!« Die Stimme an ihrem Ohr war laut und erschreckend wie ein Steinschlag in den Bergen, und sie rückte entrüstet beiseite.

»Ich werde Gaia ein Dankopfer spenden«, flüsterte jemand erleichtert.

Baukis. Alexandra fuhr mit geschlossenen Augen in die Höhe. Sie hielt ihren Kopf fest, der im Begriff war, irgendwohin zu rollen und an eine Wand zu prallen. »Aber nicht auf dem Lykaion«, murmelte sie. »Nur in Megalopolis! Oder in Elis. Am besten in Rom.« Sie hörte auf zu reden. Irgendwie war ihr schlecht. Wieder einmal.

»Sie erinnert sich sogar.« Baukis' Dankbarkeit war gar nicht zu überhören. Alexandra schlug ihre Augen auf, um zu erfahren, mit wem sie sprach.

Das Zimmerchen drehte sich in einer weißen Spirale. Als es damit aufhörte, erkannte Alexandra, daß sie immer noch in der Herberge auf dem Berg war, und daß Baukis und Chiron vor ihr standen wie die Füchse im Gespann. Sie machten so glückliche Gesichter, daß sie gelacht hätte, wenn ihr nicht alles weh getan hätte. Plötzlich fiel ihr auch alles andere ein. »Wer hat mich niedergeschlagen? Und warum?«

»Wir wissen es nicht. Man weiß nicht einmal, ob du überhaupt niedergeschlagen wurdest«, antwortete Baukis bekümmert. »Du wurdest in Pans Hain gefunden, wo große Bäume mit niedrigen Ästen stehen... Allgemein glaubt man, daß du gegen einen davon gerannt bist. Sie behaupten es.«

»Ich...« Alexandra beschloß spontan, den Töpfer nicht zu

erwähnen. Als Frau hätte sie gar nicht mit ihm gehen dürfen. »Ich glaube das nicht«, sagte sie mühsam und tastete vorsichtig über den Verband auf ihrem Kopf. Darunter befand sich eine Beule, die mächtig schmerzte. »Für solche Äste bin ich nicht ausreichend groß und nicht beschränkt genug. Ich wurde niedergeschlagen.«

Chiron sah Baukis bedeutungsvoll an. »Ja, wurdest du. Überhaupt hat mir die Sache nie gefallen. Jetzt siehst du, warum.«

»Ihr glaubt mir nicht«, sagte Alexandra verzweifelt und wußte selber nicht, warum es so wichtig war. »Wurde mein Helm gefunden?«

»Auch nicht. Aber ich glaube nicht, daß die Schiedsrichter für einen verlorengegangenen Helm einen Ordner losgeschickt hätten. Für sie war es ein Unfall eines beschränkten Wagenlenkers. Und nach der Siegesfeier interessierte sich dafür sowieso niemand mehr. Die Athleten sind alle abgereist, soviel ich weiß.«

Alles vorbei, dachte Alexandra.

Chiron nickte bedächtig. »Ich habe deine Abwesenheit bei der Siegesfeier dem geehrten Schiedsrichter Idaios erklärt. Er hat nur ungern auf dich verzichtet...«

»Warum?« unterbrach Alexandra ihn.

»Der einzige außer dir, der im Vorlauf scheiterte, wenn auch nicht so katastrophal wie du, war Idaios' Liebhaber, und dem hätte er die Schande gerne erspart, bei der Ehrenrunde am Schluß zu fahren.«

»Oh«, sagte Alexandra. Da hatte sie noch einmal Glück gehabt.

Chiron war noch nicht fertig. »Als Idaios dich ohne Bewußtsein hier liegen sah, mußte er notgedrungen darauf verzichten, dich mit Gewalt zu holen. Er war der Meinung, du wolltest dich drücken.«

»Er war hier?« fragte Alexandra alarmiert. »Warum?«

»Er ist mißtrauisch wie ein alter Hecht. Aber dies ging weit über normales Mißtrauen hinaus«, sagte Baukis. Ihre Nasenflügel bewegten sich noch schneller als sonst, wenn sie beunruhigt war. »Ich kann es mir auch nicht erklären. Ich habe jedoch das Gefühl, daß du so schnell wie möglich nach Hause fahren solltest.«

»Wenn sie wieder in Ordnung ist. Weiter als Megalopolis schafft sie es noch nicht.«

Baukis zog voll Ungeduld die Augenbrauen nach oben. Aber gegen Chirons Machtwort in Fragen der Gesundheit gab es keine Auflehnung.

Alexandra ließ sie reden. Sie fühlte sich noch so benommen. Während sie auf die Nackenrolle sank, besprachen die beiden ihren Rücktransport wie die Beförderung eines Stückes Gepäck.

»Bitte suche meinen Helm, Chiron, es ist wichtig«, flüsterte sie, bevor sie einschlief. Denn wenn er ihren Helm suchte, würde er dabei auch Antenor finden, dessen Leichnam vielleicht dort irgendwo zwischen den Bäumen lag, und das wäre weniger schlimm gewesen als der Verrat, den sie ihm unterstellen mußte. Aber konnte es denn überhaupt möglich sein, daß ein Mann einen Menschen bewußtlos schlug, um festzustellen, wie er unter dem Peplos beschaffen war?

Hätte sie nicht lange schlanke Beine gehabt, wäre die Rückfahrt vielleicht gar nicht so schlimm gewesen. So aber bestand sie aus Rattern und Träumen und Holpern und Schmerzen überall, und das, obwohl Chiron die Hengste ganz vorsichtig führte.

Die Nacht im Bergdorf blieb nicht in Alexandras Erinnerung. Richtig wach wurde sie erst in Megalopolis, im Gästezimmer von Baukis, und das war drei volle Tage nach ihrer Ankunft.

Nein, versicherte Chiron, den man sofort zu ihr holte, den Helm habe er auch nach sorgfältigem Absuchen des Geländes nicht gefunden. Nein, auch sonst nichts. Oh, es war gut, daß Antenor lebte, aber sie schwor Rache. »Was sagtest du?« fragte sie erschrocken.

»Der ehrenwerte Idaios war hier und hat nach dir gefragt.«

Schon wieder! Alexandra runzelte die Stirn und versuchte ihre Schritte zwischen Bett und Fenster zu beschleunigen, um die Beine zu kräftigen. »Nach Alexandra oder Alexandros?«

»Nach demjenigen, der ihm die Pferde verkaufen könnte. Als ich ihm sagte, daß Alexandros abgereist sei, interessierte er sich nicht mehr für ihn.«

Dieser Mann wurde lästig. Aber immerhin, es ging nicht um einen Frevel bei den Spielen, sondern um Pferdehandel, was irgendwie beruhigender war.

Jetzt ging es mit Alexandras Genesung schnell vorwärts. Baukis begann die Abreise ihrer Nichte zu planen. Sie sollte unauffällig von statten gehen. Vielleicht am Mittag, wenn niemand auf der Straße war.

»Kann Iambe meine Sachen packen?« Alexandra rieb sich vorsichtig die Schläfen. Noch bekam sie leicht Kopfschmerzen, wenn sie sich bückte.

»Sie ist nicht mehr da«, bekannte Baukis, und Alexandra konnte leicht erkennen, wie beunruhigt sie war. »Sie verschwand, kaum daß wir zurück in der Stadt waren. Und du solltest auch verschwinden.«

»Was?« Alexandra ließ sich auf ihr Bett sinken. Sie ließ in ihrem Kopf die Merkwürdigkeiten der letzten Tage passieren, aber sie konnte keinerlei Zusammenhang sehen. Da war einfach keiner. »Was befürchtest du?«

»Eigentlich nichts«, antwortete Baukis nach kurzem Zögern. »Ich halte still wie ein Mäuschen und entfalte meine Handelstätigkeit nur außerhalb der Stadt und, so oft es geht, durch Agenten. Wenn alle opfern, opfere ich auch. Mein Mann war städtischer Beamter... Daß ich mich niemals am Weben des heiligen Peplos beteiligt habe, hat mir nie jemand vorgeworfen, und auch nicht, daß ich mich erfolgreich gegen einen Vormund gewehrt habe. Nein, ich wüßte nicht, daß ich etwas befürchte.«

»Du siehst aber so aus.«

Baukis widersprach Alexandra nicht. Sie starrte entschlußlos auf ihre Hände, die sie in den Schoß gelegt hatte. Auch seltsam.

»Meinst du nicht«, sagte Alexandra mit vorgetäuschter Frische, »daß man den Archonten mitteilen müßte, was oben auf dem Berg geschehen ist? Immerhin saßen die meisten Besucherinnen der Spiele dem Betrug auf. Welche Frau war denn nicht dort? Für einen so heiligen Ort war es ein gewaltiger Frevel! Oder ist es schon rum?«

Baukis erwachte aus ihrer Lethargie. »Nicht nur die Frauen dieser Nacht wurden betrogen! Alexandra, ich bin noch einmal am Altar der Gaia gewesen. Die Schlange auf der Vorderseite des Altars wurde durch einen Wolf ersetzt. Die ältesten Spiele Griechenlands gehören jetzt Apollon Lykeios und Zeus Lykaion. Ich habe gar keinen Zweifel, daß das Koinon der Verehrer des Apollon von Megalopolis Bescheid weiß.« Baukis preßte die Lippen zusammen, die alle Farbe verloren.

Alexandra stockte für einen Augenblick der Atem. Sie verstand, was Baukis damit sagen wollte. »Dann könnte die städtische Kultgemeinschaft ja selbst dahinterstecken«, sagte sie schroff.

»Möglich. Das Koinon der Apollonverehrer war einmal sehr reich, einflußreich ist es immer noch. Vor einigen Tagen wurde eines ihrer bekanntesten Mitglieder mit durchschnittener Kehle auf der anderen Seite des Flusses gefunden. Hierokles hieß der Mann, als er sich noch um ein hohes Amt bewarb. Seitdem er tot ist, will ihn kaum einer gekannt haben... Ja, die Lykäischen Spiele zu Ehren des Apollon auszurichten, würde der Kultgemeinschaft von Megalopolis mächtig gut gefallen, glaube ich. Andere Götter sind da im Wege.«

»Sogar Zeus?« flüsterte Alexandra.

Baukis schloß langsam die Augenlider. Es war wie eine Bestätigung, die nicht einmal sie laut zu äußern wagte.

Alexandra nagte an der Innenseite ihrer Wange. »Bestimmt wurden gerade sehr schöne Perlen aus Indien in Korinth angeliefert, meinst du nicht? Ich glaube, du solltest mitkommen, Baukis. Das Bergland ist ungesund bei Erkältungskrankheiten. Jedenfalls meint der ehrenwerte Idaios das.«

Baukis schüttelte Kopf. »Was Idaios meint, interessiert mich nicht. Nicht mehr. Und was das Sehen betrifft, so haben wir das gleiche gesehen, wie Dutzende anderer Frauen auch. Wahrscheinlich wird in den nächsten Tagen darüber geflüstert werden; wenn ich angesprochen werde, werde ich meine naive Meinung abgeben, und das war's dann schon. Nur Gaia gibt es hier nicht mehr.«

»Naiv«, murmelte Alexandra und sprang auf. »Wer soll dir das glauben, Baukis?« Sie rollte ihre Wolldecke zusammen, während sie das Gefühl beschlich, sich beim Packen beeilen zu müssen.

Die Sonne stand über den Bergwipfeln im Westen, und Alexandra ließ sich von den letzten Strahlen bescheinen, als Idaios vor dem Haus vorfuhr, in einem hübschen kleinen Streitwagen mit zwei Hengsten davor. Die Bodenfläche bog sich unter ihm. Er warf dem herbeieilenden Sklaven von Baukis die Zügel ins Gesicht und kam auf Alexandra zu.

Sein frostiges Lächeln war wahrscheinlich das Äußerste, was er an Freundlichkeit aufbringen konnte, aber sie hätte die Berge Arkadiens lieber ohne ihn betrachtet.

»Sonnenuntergang bewundern? Ein letztes Mal vor der Abreise? Dann bin ich wohl gerade rechtzeitig gekommen, um dir unter die Arme zu greifen. Ich bin bereit, eure Pferde in meinen Stall zu stellen, bis dein Vater sich entschieden hat. Mit deinem Bruder habe ich schon gesprochen.«

Der Sonnenuntergang hörte schlagartig auf, schön zu sein. Alexandra wandte sich wütend ab. Es war wirklich dreist von ihm, derart über ihre Pferde bestimmen zu wollen. »Woher weißt du eigentlich, daß mein Bruder ohne die Pferde nach Hause gereist ist?«

»Ja, woher weiß ich das?« fragte er und zog seine Frage wie einen klebrigen Teig in die Länge. »Ich bin in Megalopolis ein angesehener Mann, mußt du wissen. Es gibt nicht vieles, das mir entgeht. Darüber hinaus habe ich auch Männer, die für mich Auge und Ohr sind, wie ich gerne zugeben will. Gehen wir hinein?«

Alexandras Herz klopfte plötzlich wild. Bluffte er? Wenn er wirklich Spione ausgeschickt hatte, wußte er, daß es einen Alexandros nicht gab. Sie folgte ihm wortlos durch das Tor in den Hof, um eben noch einen Blick auf Baukis' erschrockenes Gesicht zu werfen, die von oben heruntersah.

Idaios blieb stehen, um die Hausherrin am Fuß der Treppe zu erwarten. »Ich grüße dich, Baukis. Wie ich sehe, hast du auch Zeus Herkeios aus deinem Hof verbannt. Es ist wohl sehr ungewöhnlich, sich außerhalb des Schutzes der Götter zu stellen. Ich nehme also an, daß du die Gesetze der Gastfreundschaft selber garantierst.«

»In meinem Haus ist noch keiner zu Schaden gekommen«, erwiderte Baukis kühl. »Und Zeus bekommt regelmäßig sein Opfer. Trotzdem ziehe ich Blumen einem Aschenhaufen vor.«

Alexandra atmete ganz flach. Dieser Mann hatte seit seinem Eintritt in den Hof außer versteckten Drohungen kein Wort geäußert, das man von einem Gast erwarten würde. Er kam als Feind und kaschierte es nicht einmal.

»Es kann auch nur einem Mann einfallen«, fuhr Baukis fort, »aus Knochenasche auf persönliche Sicherheit zu schließen. Eine Frau wäre da eher mißtrauisch.«

Alexandra beobachtete Idaios verstohlen. Das hatte gesessen. Baukis war wohl der gleichen Meinung wie sie und hatte nicht vor, sich Drohungen bieten zu lassen.

»Nun gut. Ich komme wegen der Pferde«, warf Idaios der Hausherrin hin, als ob er keine Lust hätte, sich mit ihr auf eine weitere Diskussion einzulassen. Aber während sein Blick über den Hof glitt und überall dort hängenblieb, wo Baukis' Sinn für Schönheit ein besonderes Detail zur Wirkung kommen ließ, versuchte er, sie mit seinem verächtlichen kleinen Lächeln zu verunsichern.

Alexandra konnte es so leicht erkennen, als hätte er es ausgesprochen. Ihr eigener Bruder wandte schließlich die gleiche Taktik an.

»Die Statue ist neu. Und kostbar. Du bist noch reicher geworden, Baukis.«

»Du warst lange nicht hier, Idaios«, entgegnete Baukis ruhig.

»Ich hätte es mir anders gewünscht. Aber jeder macht mal Fehler.«

»Meinst du dich oder mich?«

»Dich, Baukis. Ich mache keine Fehler. An meiner Seite hättest du die wichtigste Frau von Megalopolis werden können.«

Alexandra schnappte so hörbar nach Luft, daß sich Idaios' Aufmerksamkeit vorübergehend auf sie richtete.

»Ich komme wegen der Pferde, wie gesagt. Ich würde sie gerne in meine Obhut nehmen und damit Alexandra aus Elis von der Verantwortung befreien. Ihr Vater wird mir dankbar sein, nehme ich an.«

»In jedem anderen Fall wäre ein Vater dir dankbar«, stimmte Baukis kühl zu. »Alexandra aber kann mit Pferden umgehen, wovon du dich selbst überzeugen konntest.«

»Das Maultier ist gestorben.« Idaios drehte sich erneut zu Alexandra um. Seine Haltung war ein einziger Vorwurf.

Alexandra kochte. »Glaubst du wirklich, mein Vater würde jemandem kostbare Pferde anvertrauen, der Maultiere zuschanden reitet? Ich habe deinem Knecht gesagt, wie er die Stute behandeln soll und daß es möglicherweise zu spät ist, sie zu retten. Hat er es überhaupt versucht?«

Idaios betrachtete sie ausdruckslos. »An deiner Stelle würde ich nicht ablehnen. Wahrscheinlich wird dein Vater dir wegen eines entgangenen Geschäftes Prügel verpassen. Die Preise fallen, wenn es sich erst herumspricht, daß ein Handelsunternehmen bankrott ist.«

Das war nicht wahr. Er bluffte schon wieder. Aber Alexandra wagte nicht zu widersprechen. Da war dieser Schiffsuntergang gewesen, von dem Baukis berichtet hatte, und dazu wechselte ihre Miene plötzlich von Verärgerung über den Besucher zu Mitgefühl, das Alexandra galt. Sie verbarg ihr Erschrecken. Ihr Wunsch, diesen Mann loszuwerden, wurde übermächtig. »Es ist alles verabredet«, sagte sie mühsam. »Ich reise in sicherer Begleitung. Morgen. Mit meinen Pferden.«

»Wie du willst.« Idaios neigte scheinbar gleichgültig den Kopf und schlurfte zum Tor. »Übrigens hat man die Leiche eines Mädchens auf einer Sandbank im Helisson gefunden. Zweifellos ertrunken. Jemand behauptete, er hätte die Kleine bei dir im Hause gesehen, Baukis. Leb wohl.«

In Sichtweite des Hauses wartete Dares. Lautlos schloß er sich Idaios an. »Herr?« fragte er.

»Die Pferde sind noch im Haus, die Frau auch«, sagte Idaios mürrisch. »Stelle fest, ob ein Alexandros aus Elis die Stadt verlassen hat. Der Mann müßte krank ausgesehen haben und ist ganz sicher in Begleitung eines Bewaffneten gewesen. Das sind reiche Leute.«

»Ja, Herr.« Dares wollte sich im Schatten eines kleinen Tempels entfernen, aber Idaios bedeutete ihm herrisch, dazubleiben.

»Keine Fehler mehr, Dares! Du weißt, wie Leute enden, die in meinem Dienst Fehler machen.«

Über Dares' Gesicht ging tiefes Erschrecken. Er beugte demütig den Nacken. »Der Töpfer war sauber, Gebieter, keine Botschaften, keine Anweisungen, nichts. Seine altmodische Ware war zum Gruseln. Den kleinen Wagenlenker hielt ich für seinen Liebhaber... Ich wußte nicht, daß du an ihm Interesse hattest.«

»Beim nächsten Mal überzeugst du dich, ob der Liebhaber Mann oder Weib ist«, zischte Idaios. »Jetzt verschwinde!«

»Nein, nein, es muß Zufall sein«, sagte Baukis, beide Fäuste an die Wangen gepreßt. Aber ihre Hände flogen derart, daß sie die Wangenmuskeln in Bewegung setzten. »Alles muß Zufall sein. Sie ist ertrunken! Wie man eben so ertrinkt.«

Alexandra nickte und glaubte ihr kein Wort. Die Angst ihrer Tante wirkte auf sie beängstigender als der Besuch des Schiedsrichters. Seine Dreistigkeit hatte sie lediglich in Zorn versetzt. »Sollen wir lieber noch einige Tage hierbleiben, Chiron und ich? Ich werde eine andere zuverlässige Begleitung finden. Ich würde lieber alles geklärt wissen, bevor ich abreise.«

Baukis schüttelte nachdrücklich den Kopf. »Fahre du nur. Dann bin ich eine Sorge los, womit ich nicht sagen will, daß du sonst für mich eine Sorge warst. Aber im Augenblick... Es wird sich übrigens bestimmt herausstellen, daß sie einfach unvorsichtig war. Die Klügste war sie ohnehin nicht.«

Alexandra nickte zweifelnd. Baukis war gewohnt, auf sich aufzupassen. Trotzdem hätte sie ihr gern geholfen.

Am anderen Morgen stellte sie fest, daß die Leute, denen sie sich anschließen sollte, redlich und handfest wirkten. Sogar eine Frau war dabei, die ihren Ehemann, einen Baumeister, ins Flachland begleitete, um dort für einige Zeit zu leben. Sie selbst wurde auch abgeschätzt und akzeptiert, weil sie Chiron mitbrachte, der mit seiner Steinschleuder einen wehrhaften Eindruck machte.

»Also alles bestens«, sagte Alexandra und umarmte Baukis, die vor das Tor ihres Hauses mitgekommen war. Es schien fast, als hätte sie in dieser kurzen Zeit einige Sorgenfalten mehr bekommen, aber sie wehrte lachend ab. Wie so oft.

Danach abfahren und winken, das Geräusch von Rädern und Füßen und die tastenden Bemerkungen von Menschen, die sich nicht kennen, aber wissen, daß sie in der Not aufeinander angewiesen sein werden. Auf dem Hügel oberhalb der Stadt blickte Alexandra noch einmal zurück. Auf der Agora schienen mehr Menschen versammelt zu sein, als sie bisher in Megalopolis gesehen hatte.

Baukis' Knie gaben nach, als Alexandra außer Sicht und sie wieder in die Sicherheit ihres Hofes zurückgekehrt war. Sie setzte sich auf den Altar und ging sorgfältig in Gedanken durch, was sie in letzter Zeit in der Öffentlichkeit geäußert hatte.

Mit Ausnahme des Unternehmens auf dem Lykaion hatte sie sich nichts zu schulden kommen lassen. Auf dem Berg hatten sie nutzlosen alten Gebräuchen ein Schnippchen geschlagen, erfolgreich, obwohl Alexandra gescheitert war. Baukis verlor sich in Träumereien. Seitdem sie verstanden hatte, daß Fahren eine Kunst und kein Kraftakt war, war sie sich sicher, daß Frauen den Männern auch bei Wagenrennen überlegen sein konnten.

Als eine Magd sie fragte, ob sie heute selbst auf dem Markt einkaufen wolle, fand Baukis in die Wirklichkeit zurück. »Heute lieber nicht«, sagte sie nach kurzer Überlegung. »Macht unter euch aus, wer gehen darf.«

Die junge Frau nickte und zog sich zurück, und Baukis blieb immer noch sitzen. Idaios hatte das Interesse an ihr als möglicher Ehefrau verloren. Diese Phase seiner Pläne gehörte der Vergangenheit an. Soviel war sicher. Was weniger sicher war, war die Echtheit seines Kaufangebotes für Alexandras Pferde. Auf jeden Fall hatte Neugier ihn in den Hof getrieben, in dem er Hausverbot hatte. Hätte sie sich mit ihrem Schwager Melanthios besser verstanden, würde sie ihm eine Warnung geschickt haben. Idaios war als Geschäftspartner eine gefährliche Bekanntschaft.

»Herrin«, sagte der Verwalter ein zweites Mal, und weil es so drängend klang, wurde Baukis endlich aufmerksam.

»Ja?«

»Herrin, vor dem Tor ist ein Mann, der dich zu sprechen wünscht.«

»Ja, gewiß. Laß ihn eintreten«, sagte Baukis freundlich.

Der Verwalter mühte sich mit sperrigen Worten ab. »Er möchte nicht hereinkommen. Er bittet dich, hinauszugehen.«

»Heute nicht«, sagte Baukis entschieden. »Er soll in ein paar Tagen wiederkommen.«

Der alte Mann, der so viele Jahre in Baukis' Diensten stand, fiel vor ihr auf die Knie. »Herrin«, flüsterte er. »Er wird dich aus dem Haus holen, wenn du nicht freiwillig kommst, hat er gesagt.«

Baukis krampfte ihre Hände auf dem Schoß zusammen. Idaios!

Sie hatte sich geirrt. Sie war Idaios nicht gleichgültig geworden. Sie war ihm so wichtig, daß er sie aus dem Weg räumen würde. Aller Wahrscheinlichkeit nach durch einen in der Öffentlichkeit vollzogenen Tod im Namen des Gottes Apoll. Andernfalls hätte ihre Leiche längst im Fluß oder in einer Felsspalte gelegen. Sie blickte auf.

Ihrem treuen Hausgenossen liefen Tränen die runzeligen Wangen herunter. Ja, es war soweit. Wenn sie jetzt nicht hinausginge, würden alle Menschen, die zu ihrem Oikos gehörten, mit ihr sterben. Sie wischte ihm sanft eine Träne aus dem Gesicht. Dann stand sie auf und ging Schritt für Schritt zum Tor.

Es öffnete sich vor ihr wie von selbst. Als sie die eisenbeschlagene Tür hinter sich zugezogen hatte, flog der erste Stein.

Kapitel 13

Am Nachmittag des zweiten Tages stieß ein Nachzügler zu den Wanderern, die in der kargen Bergwelt Arkadiens zügig und ohne Überfälle durch Räuber vorangekommen waren.

Antenor, der Töpfer, mit seinem dampfenden Maultier, dessen eilige trippelnde Schritte sie hörten, bevor er um die Ecke gebogen war. Er wirkte erhitzt, als ob er stundenlang ohne zu rasten in hartem Tempo unterwegs gewesen wäre. Den Unterkiefer schob er vor wie einer, der zornige Gedanken wälzt.

Alexandra blickte demonstrativ über Antenor hinweg, während er mit dem Führer der Gruppe verhandelte. Sie wollte nichts mehr mit ihm zu tun haben und hoffte, daß er es bemerkte. Sein gleichgültiger Blick streifte sie nur. Er tat, als kenne er sie überhaupt nicht, was sie wiederum empörend fand.

Er durfte sich anschließen, und nach der Verhandlungspause brach die Gruppe sofort wieder auf.

Alexandra hielt sich mit Chiron weiter vorne, während Antenor am Schluß ging. Erst am Abend, als die Berge in sanftere Hügel übergegangen waren und ihr Führer als Rastplatz für die Nacht eine Gruppe von Olivenbäumen bestimmt hatte, ergab sich die Gelegenheit zu einer Begegnung.

Antenor trat ihr am Bächlein, das über die Felsen perlte, grob auf die Füße und entschuldigte sich wortreich und lautstark. Danach sprach er Belangloses über die heiße Sonne, die würzige Luft und die späte Blüte der weißen Lilien, füllte seinen Ziegenbalg und ging.

Alexandra starrte ihm wütend nach. Als sie sich später in

ihre Decke wickelte und einzuschlafen versuchte, schwor sie sich, nie wieder mit ihm zu reden. Was dachte er sich eigentlich bei dieser Komödie? Dann hörte sie das Knirschen von Schritten.

Chiron plumpste neben ihr ins schüttere Gras. »Er will mit dir sprechen«, flüsterte er. »Halte dich morgen am Schluß der Gruppe.«

»Unsinn!« fauchte sie.

»Bitte!« Chiron blieb hartnäckig sitzen. »Und laß dir auf keinen Fall anmerken, daß du ihn kennst. Hat er befohlen.«

»Er hat nichts zu befehlen«, schnaubte Alexandra. »Also, meinetwegen. Und jetzt laß mich schlafen.«

Mit mürrischem Gesicht trödelte sie am nächsten Morgen so lange herum, bis die anderen mit fertig gepackten Lasttieren auf dem Weg standen. Chiron schloß sich mit beiden Pferden und dem Maultier an. Er verschwand gerade um eine Felsnase, als Antenor den Gurt endlich nachgespannt hatte und zusammen mit Alexandra aufbrach. Sie waren die letzten.

Antenor lachte gezwungen, wie ein Schauspieler auf der Bühne.

Wie albern, dachte Alexandra. Dann fiel ihr ein, daß für die Mitreisenden jetzt klar sein mußte, daß sie sich etwas Komisches erzählten. Sie spannte ihre Nackenmuskeln.

»Erschrick nicht, Alexandra«, sagte Antenor, »in Megalopolis sind nach deiner Abreise Dinge vorgefallen, die du wissen mußt.«

Alexandra holte tief Luft. Sie fragte sich, ob er wußte, daß es keinen Alexandros gab.

»Zunächst: deine Tante Baukis ist tot. Sie wurde gestern früh aus ihrem Haus geholt und wegen Frevels gegen die Götter vor die Archonten gebracht. Sie haben sie für schuldig erklärt...«

»Und dann?« fragte Alexandra mit dünner Stimme.

»Sie wurde gesteinigt. Es waren viele, die sich beteiligten...« Antenor schwieg, um ihr Zeit zu lassen.

»Frevel gegen die Götter!« wiederholte Alexandra.

»Nein!« sagte sie einige Maultierlängen später, als sie ihrer Stimme wieder traute. »Baukis hat Hestia und Zeus im Haus geopfert und hat sich auch an öffentlichen Opfern beteiligt.«

»Ja, gewiß. Aber man munkelte von einer Zeugin aus ihrem eigenen Haus, die im Prytaneion über dem Feuer der Hestia geschworen hat, daß ihre Herrin die Götter verleugnet und verleumdet hat. Man hätte sie Baukis gegenübergestellt, wenn sie nicht einen tödlichen Unfall gehabt hätte.«

»Iambe! Sie ist vor drei Tagen ertrunken.« Der Harzgeruch der Nadelbäume war plötzlich bitter und schmeckte nach Versagen. Sie hätte bei Baukis bleiben sollen. Ihre Tante hatte Angst gehabt und sie fortgeschickt, damit sie nicht hineingezogen wurde in eine Angelegenheit, von der sie bisher nur wenige Bruchstücke in eine vernünftige Ordnung einpassen konnte. Aber irgendwie hing alles zusammen. »Zumindest ist sie angeblich ertrunken. Wie Baukis schon auf dem Berg sagte: es ist alles zu logisch, um glaubhaft zu sein.«

»Du kanntest die Zeugin gut?« fragte Antenor mit einem vorsichtigen Seitenblick.

»Nein, das nicht. Aber im Gegensatz zu Baukis traute ich ihr nicht. Baukis war unvorsichtig, wenn sie in ihrer Gegenwart respektlos über die Götter sprach. Jetzt haben die Götter sich gerächt.« Sie würde den Fehler keinesfalls wiederholen. Sie traute auch Antenor nicht. Es war sicherer so.

»Manchmal schicken die Götter jemanden aus, der handfeste Interessen hat«, murmelte Antenor abwesend.

Alexandra erschrak. Das hätte auch Baukis gesagt haben können.

»Ich frage mich, ob dieser Überfall im Pinienhain etwas mit Baukis zu tun hat«, fuhr er gedankenvoll fort. »Oder waren die Männer einfach nur Räuber von Töpferwaren, denen der Frieden im Heiligtum nicht heilig genug war? Allerdings fehlte nichts außer meinem Wasservorrat. Meine Sachen waren nur gründlich durchwühlt worden.«

»Du wurdest auch überfallen, wie mein Bruder?«

Antenor verzog verdrossen die Mundwinkel. »Du kannst mit der Verwechslungskomödie aufhören.« Er drehte sich um und schob die Haare nach oben, um ihr einen raschen Blick auf eine blaue Erhebung am Hinterkopf zu ermöglichen. »Was dachtest du eigentlich von mir? Daß ich dich niedergeschlagen hätte? Oder fortgelaufen sei, statt mich um dich zu kümmern?«

Aber Alexandra zog es vor, mit den Achseln zu zucken. Noch war das Knäuel von Verdächtigungen nicht aufgedröselt.

»Als ich aufgewacht war, ging ich, um in deinem Helm Wasser für dich zu holen. Als ich zurückkam, warst du nicht mehr da. Und das Schiedsrichterkollegium teilte mir auf meine Fragen mit, Alexandros sei krank und abgereist. Worauf ich mich nach Megalopolis aufmachte. Aber meine Erkundigungen ergaben, daß dort niemand einen Alexandros aus Elis kannte.«

Allmutter, steh mir bei, dachte Alexandra. Er ist herumgelaufen und hat alle aufmerksam gemacht, daß sie einen Alexandros nie gesehen haben. Aber eine Alexandra! »Hast du meinen Helm dabei?«

Antenor deutete mit dem Kinn auf einen Tragkorb. »Über wen äußerte sich Baukis eigentlich abfällig?«

»Über männliche Götter. Sie drängen Gaia aus dem Gedächtnis der Menschen, obwohl sie die Urmutter ist. Gaia kann den Respekt der anderen Götter und der Menschen verlangen.«

»Baukis meinte gewiß Abullu, Herakles und Dionysos. Sie sind sehr wilde Zeussöhne und in ihrer Dreifaltigkeit sehr mächtig. Man sollte ihnen aus dem Weg gehen. Baukis war unvorsichtig.«

»Maß dir kein Urteil über Baukis an«, sagte Alexandra gekränkt.

»Sie war zu klug, um über diese gefährlichen Götter von Nachbarin zu Nachbarin zu schwatzen. Sie muß etwas Bestimmtes über sie gewußt haben. Einen Verdacht vielleicht ... Hat sie nicht mit dir ...?«

»Nein, hat sie nicht«, widersprach Alexandra entschieden. Die Frauen hätten Angst, hatte Baukis gesagt. Jetzt verstand sie diese Angst. Das Mißtrauen, das sie schon auf dem Berg gegen diesen Mann empfunden hatte, verstärkte sich. Er wollte auf etwas Bestimmtes hinaus. »Wie nennst du ihn?« fragte sie ausweichend. »Abullu?«

»Ja, es ist der Name, mit dem sie Apollon in seiner Heimat anrufen: das Große Tor. Wer sich ihm verpflichten will, hängt einen Zweig an sein Tor.«

»Du weißt sehr viel über ihn«, sagte Alexandra und verbarg mit Mühe ihren Widerwillen.

»Ja.«

Alexandra biß sich auf die Lippen.

»Die Frage ist, warum sie gewartet haben, bis du fort warst. Haben sie gewartet, oder ist es Zufall?«

»Zu zufällig, um zufällig zu sein«, murmelte Alexandra.

»Das meine ich auch«, stimmte Antenor zu. »Was nur bedeuten kann, daß sie dich nicht als Zeugin haben wollten – oder daß sie dich später, zu einem passenden Zeitpunkt, anklagen wollen. Schließlich hat deine Tante keine Selbstgespräche geführt, und du mußt zugestimmt haben. Zumindest hast du es ja nachweislich unterlassen, Klage über Baukis' angeblichen Frevel bei den Archonten zu führen.«

»Es ist freundlich von dir, daß du mir dies alles berichtet und mich gewarnt hast«, sagte Alexandra förmlich. »Ich sollte mich jetzt wieder Chiron anschließen, denke ich.« Sie schürzte ihren Umhang und rannte los, als ob irgend etwas Böses hinter ihr her wäre. Und so war es ja auch. Nichts war mehr sicher, sogar der vom nächtlichen Regen weiche Boden gab nach. Ihre Knie beinahe auch. Antenor hatte über ihren geplanten Tod so nüchtern gesprochen wie ein Fischhändler über eine ausgenommene Meeräsche.

»Was, ich habe alles verpaßt? Das ganze schöne Rennen?« Die Ururgroßmutter war bestürzt.

Pan nickte und zwirbelte verlegen sein rechtes Hörnchen. Es war zierlich und ragte kaum über die roten Locken hinaus.

»Und sie hat verloren?« Gaia lachte schallend und schlug sich auf die umfangreichen Schenkel, die gespreizt waren und auf dicken Federkissen ruhten.

Pan drehte und wand sich, aber es gelang ihm nicht, unter ihr Gewand zu lugen. Dabei mußte gerade da die Fleischesfülle besonders interessante Merkmale aufweisen.

Statt dessen drohte die Ururgroßmutter ihm mit dem Finger. Er lachte und legte seine Hand quer über beide Augen, und sie verzieh ihm auf der Stelle.

»Das hätte ich gerne gesehen! Ach wie schade«, seufzte Gaia. »Aber es wird sich bestimmt eine neue Gelegenheit bieten. Wir suchen für Alexandra ein anderes Wagenrennen, hörst du, Pan?«

Er nickte und schaute sie gespannt an.
Ihr gestreckter Finger verwandelte sich in einen winkenden Haken. Pan kam folgsam heran und lugte in die Schachtel, in der sich immer eine kleine Überraschung für alle größeren und kleineren Götter fand.

Es war eine einsame und traurige Rückreise. Alexandra hielt sich von Antenor fern und begegnete ihm, wenn es sein mußte, genauso distanziert wie den übrigen Mitreisenden. Auch mit Chiron wagte sie nicht offen zu sprechen.

Als sie in das schilfbewachsene weite Tal des Alpheios abgestiegen waren, stand Alexandras Entschluß fest. Die Küstenstraße war belebt genug, um ungefährlich für Alleinreisende zu sein. Sie würden jetzt allein schneller vorankommen.

Während die Reisegesellschaft in Sichtweite von Pyrgos absattelte, baute Chiron den Streitwagen zusammen. Alexandra ging an den grasenden Packtieren vorbei zum Baumeister, dem Führer der Reisegesellschaft, um ihn zu informieren.

Antenor hob gerade die Lastkörbe von seinem Maultier und schwatzte dabei leise mit ihm. Alexandras Herz klopfte heftig, aber sie schenkte ihm nur ein eiliges und flüchtiges Lächeln. Er war ein höflicher und ganz angenehmer Mann, aber sie wußte immer noch nicht mehr über ihn als auf dem Marktplatz in Elis.

Dann war es soweit. Die Männer und die Frau, mit denen sie aus Arkadien gekommen war, und die sie in der unterschiedlichsten Weise schätzen- oder weniger schätzengelernt hatte, blieben hinter ihnen zurück.

Chiron lenkte, die Räder ratterten gleichmäßig, und das Maultier trabte hinter ihnen her. Alexandra wischte sich verstohlen Tränen von den Wangen. Gerne hätte sie die ganze unglückselige Fahrt aus ihrem Gedächtnis gestrichen. Aber es war unmöglich. Baukis war tot, und in der Tiefe ihres Herzens fühlte sie sich schuldig. Vielleicht würde Baukis noch leben, wenn sie nicht zu diesen Spielen gefahren wäre.

»Eines weiß ich genau«, sagte Chiron plötzlich, als sie an all den Orten vorüber waren, wo die Tintenfische auf so besondere Art nach Walnüssen und Sultaninen geschmeckt hatten, wo ein kleines Mädchen ihr eine Zitrone in die Hand gedrückt hatte und von wo man so tief bis in die Hügel von Olympia blicken konnte.

Alexandra wartete.

»Baukis würde wollen, daß du nicht aufgibst. Vor allem, weil du auf solch dramatische Art verloren hast. Kein Mittelplatz, nein, und auch nicht unauffällig: das ist nichts für unsere Alexandra aus Elis. Sie zieht es vor, sämtliche Augen auf sich zu lenken, indem sie es fast schafft, den Wagen umzuwerfen, obwohl sie behäbig wie eine Schnecke zum Ziel kriecht. Das Gelächter der Götter und der Hellenen ist ihr damit auf ewig sicher!«

Alexandra erstickte beinahe an ihrer Wut. Für einen Augenblick vergaß sie den Tod von Baukis und alles, was mit ihm zusammenhing. Sie brauchte Revanche. Sie mußte zeigen, daß sie fahren konnte. Ihm und anderen.

Sie atmete tief durch, um sich zu beruhigen. Der Abendwind aus den Hügeln brachte einen süßen Duft von Rosen mit sich.

»Wahrscheinlich wäre es am vernünftigsten für mich zu heiraten und die Hengste zu verkaufen«, sagte sie trotzig.

»Aber?« Chiron beschleunigte das Tempo. Es wurde jetzt schnell dunkel. Die Pferde schienen zu wissen, daß sie heute noch ihre heimatliche Weide erreichen würden.

»Ich bin nicht vernünftig.«

»Du warst noch nie vernünftig. Du schlägst Baukis mehr nach als deiner Mutter.«

»Ach, ja?« fragte Alexandra erstaunt. »Aber Baukis ist die vernünftigste Frau, die ich jemals kennengelernt habe.« Plötzlich war sie stolz darauf, ihrer Tante ähnlich zu sein. Bis ihr einfiel, daß Baukis gerade gesteinigt worden war. Weil sie sich anders verhielt, als die Männer wollten. Oder hatte sie tatsächlich etwas entdeckt, womit sie jemandem gefährlich werden konnte?

Es war bereits tiefe Nacht, als sie Elis erreichten. Sogar die Schenken und Bordelle hatten ihre Lichter gelöscht. Chiron parierte die Hengste zum Schritt durch. Innerhalb von Siedlungen streunten stets Hunde oder Katzen, die Pferde durchgehen lassen konnten, wenn sie ihnen bei schneller Fahrt zwischen die Beine gerieten.

Alexandra gähnte laut.

»Müde?« fragte Chiron. »Die Pferde auch. Ich bin froh, wenn wir zu Hause sind.«

»Hungrig und durstig bin ich. Und dann will ich erst einmal ausschlafen.« Und nachdenken. Vor allem das. Aber nicht mehr heute.

Am Tempel des Poseidon Hippios, der erste einer Reihe von Heiligtümern zwischen dem Rathaus und dem Hippodrom, schnalzte Chiron leise mit der Zunge.

Alexandra lächelte verstohlen. Es war ein guter Ort, die ausgezeichnete Pferdezucht von Elis vorzuführen. Poseidon, der Gott der Pferde, würde sich freuen. Ihr zweites Gähnen blieb ihr im Halse stecken. Sie hörte Geräusche, die nicht zur Nacht paßten. Sie fiel Chiron in den Arm und deutete zu den Tempeln des Zeus Soter und der Hera hinüber.

Zwischen den Säulen des Heratempels waren Schemen zu sehen. Einen Augenblick später hörten sie das dumpfe Geräusch eines fallenden Körpers.

Chiron hielt den Wagen an und sprang ab. Er führte das Gespann in den tiefen Schatten eines Hauses, hängte den Tieren Futtersäcke vor die Mäuler und kam zu Alexandra zurück.

Es waren drei Männer. Sie stimmten ein johlendes Gelächter an.

»Alles halb so schlimm«, flüsterte Alexandra erleichtert. »Kein Überfall, nur ein Streich.«

Die Männer trollten sich zum Tempel von Zeus hinüber. Einer blieb bei der Hermesstatue stehen und hob den Chiton. Schwankend schlug er sein Wasser ab.

»Halb so schlimm? Es ist ein Frevel gegen die Götter, das ist viel schlimmer!« Chiron kroch aufgebracht aus der Schlinge der Steinschleuder heraus, die ihm über der Schulter hing.

Wenn man es nüchtern betrachtete, waren die Hermen Steinklötze. Und die drei Jünglinge kräftige Kerle. Alexandra fand Chirons Anteilnahme reichlich gefährlich. Sie packte seine Hand und versuchte sie festzuhalten.

Der junge Mann, der es nicht zum nächsten Oleanderstrauch

geschafft hatte, holte mit dem Arm schwerfällig aus, um seine Freunde herbeizuwinken. Er war sturzbetrunken. Alexandra preßte die Hände vor den Mund. Ihr Bruder Paidikos!

Chiron hatte ihn auch erkannt. Er brach die Verteidigung der Götter sofort ab und trat den Rückzug an, gefolgt von der erleichterten Alexandra, indessen die jungen Männer offenbar in Streit gerieten. Kurz danach ertönten erneutes Gelächter und laute Hammerschläge.

Für ihr eigenes Leben bestand keine Gefahr mehr. Die Schänder der Götter waren zu betrunken, um schnell zu reagieren. Chiron versetzte beiden Hengsten einen Schlag über die Kruppe und jagte das Gespann an den Tempeln vorbei durch das offene Tor in die ländliche Dunkelheit.

Alexandra sank in ihr Bett mit dem festen Vorsatz, dem Vater mit der vollen Wahrheit vor die Augen zu treten. Mit einem Bericht und mit einer Frage. Baukis würde es so wollen.

Aber dann verschlief sie den nächsten Tag und wurde erst bei Einbruch der Nacht wach. Sie schnitt ein Gesicht, als sie das Lachen von Philotis durch alle Wände hindurch hörte. Wie die Hetäre damals. Und die Stimme ihres Vaters, die wieder jugendlich frisch klang.

Am nächsten Morgen setzte sich Alexandra neben die Tür und ließ sich von der frühen Sonne aufwärmen. Sie war gerade erst über dem Hügel erschienen.

»*Gut, wieder zu Hause zu sein*«, seufzte Pan neben ihr.

»Wo kommst du denn jetzt her?« schimpfte Alexandra leise. »Unterwegs, da hätte man deine frechen Bemerkungen schon mal gebraucht. Oder eine vernünftige Ansicht über gewisse Vorkommnisse. Aber ein Knirps, der sich für einen Gott hält, macht sich aus dem Staub. Du kannst verschwinden. Hier benötigt man dich nicht!«

»*Warum so grantig?*« maulte Pan. »*Ich wette, du brauchst mich doch! Und bist ganz froh, daß ich wieder da bin.*«

»Überschätze dich nicht. Du bist lästig.« Um ihn loszuwerden, setzte sich Alexandra andersherum. Ihr Blick fiel auf Apollon Agyieus, der den Eingang bewachte. Wie es eben so üblich war, daß dort ein Gott stand.

Aber jetzt sah sie ihn mit anderen Augen. Abullu mit dem lockigen Haar. Es gab auch Haustüren, an denen statt dessen Hermes stand. Am Haus von Baukis hatte weder Apollon noch Hermes gewacht. Baukis hatte sich auf kräftige Bohlen und Eisenbänder verlassen.

Sie hatte also doch in aller Öffentlichkeit die Götter geleugnet. Alexandra schnappte nach Luft. Baukis' Todesurteil war keine Bestrafung aus aktuellem Anlaß gewesen. Sie, wer auch immer sie waren, hatten ihren Tod von langer Hand vorbereitet. Die Zeugenaussagen von Iambe rundeten das Bild für die Ankläger wahrscheinlich nur ab. Das ließ die ganze Tat noch viel fürchterlicher erscheinen.

Zugleich mußte es bedeuten, daß sie selbst höchstwahrscheinlich außer Gefahr war; um ein Haar wäre sie zu einer Zeugin geworden, aber man hatte vorgezogen, sie laufenzulassen.

Wer hatte Baukis verurteilt? Und wer war *man*? Alexandras Magen zog sich zu einer kalten, harten Kugel zusammen.

»Du kannst jetzt kommen. Dein Vater erwartet dich.« Der Leibsklave von Melanthios schaute um die Ecke.

»Ja«, sagte Alexandra und verschluckte einen Seufzer. Sie war schon halb im Haus, als jemand von hinten an ihrem Peplos zog.

Chiron. »Erwähne Paidikos nicht«, flüsterte er. Danach schickte er Alexandra mit einem sanften Stoß los.

Nach ihren früheren Erfahrungen mit der Nachsicht ihres Vaters Paidikos gegenüber hatte sie das auch nicht vorgehabt. Aber es war empörend, welche Schonung ein Erbe von allen Seiten genoß!

Melanthios empfing sie ausnahmsweise nicht in seinem Arbeitszimmer, sondern auf der Liege in seinem Schlafraum. Er wand sich in Lachen, während seine junge Frau ihm die Zehen knetete und kitzelte.

Alexandra blieb betroffen stehen. Eigentlich wollte sie keinen Einblick in das Eheleben ihres Vaters bekommen.

»Du wolltest mich sprechen?« fragte Melanthios. »Oder nur mitteilen, daß du wieder hier bist? Das wäre nicht nötig gewesen. Nicht wahr, Philotis?« Mit einem plötzlichen Schwung setzte er sich auf, drehte einen Finger in Philotis' Locken und zog ihr Gesicht zu sich heran, um sie zu küssen.

Philotis entwand sich ihm und brachte es fertig, zu Alexandra zu schielen, um ihre Reaktion zu beobachten. »Du hast recht, Gebieter, wir kommen gut ohne sie aus.«

»Du Morgenröte meiner mittleren Jahre«, flüsterte Melanthios und biß zärtlich in das Ohrläppchen seiner Frau.

Alexandra betrachtete die beiden stumm. Hier gab es jetzt ganz neue Töne. Sie gefielen ihr nicht.

»Also sag, was du zu sagen hast.«

»Meiner Tante Baukis ging es gut, während ich in ihrem Hause war«, erklärte Alexandra kurz und bündig. »Aber zwei Tage nach meiner Abreise wurde sie gesteinigt und starb.«

Melanthios' Hand krallte sich in die roten Haare, und Philotis verzog ihr Gesicht weinerlich. »Ich hoffe, ihr Vormund ist ehrlich. Ihr Vermögen ist beachtlich groß.«

Keine Trauer, noch nicht einmal vorübergehendes Mitgefühl oder die Frage nach dem *Warum*. Alexandra hatte wenigstens eine Spur von allem erwartet, so viel, wie es gewöhnliche Höflichkeit erforderte. Ihre Enttäuschung ließ ihre Antwort spröde und dürftig ausfallen. »Baukis hatte keinen Vormund. Sie sperrte sich erfolgreich gegen die Versuche, ihr einen zu verpassen.«

Melanthios' Miene signalisierte Verärgerung. »Deine Wortwahl ... Gut, daß ich ihre Besuche hier immer verhindert habe. Ich wußte, daß sie keinen guten Einfluß auf dich haben würde ...«

»Du hättest sie nie nach Megalopolis reisen lassen dürfen, mein Gebieter!« Philotis erlaubte sich, Alexandra kopfschüttelnd zu mustern.

Ihr Vater warf seiner Frau einen schmachtenden Blick zu. »Du weißt, warum ich es tat, Philotis«, säuselte er. »Für dich!«

Alexandra war verblüfft. Sie hatte gedacht, es wäre ihm nur darum gegangen, der Frage der Mitgift aus dem Wege zu gehen. Aber sie hatte auch die junge Ehe gestört ...

»Ich bin übrigens wohl ihr nächster Verwandter.«

»Nein, ich«, widersprach Alexandra.

»Frauen zählen nicht, wenn es um Geschäftsvermögen geht. Aber einer muß sich darum kümmern. Ich. Ich muß nach Megalopolis.«

Alexandra schluckte eine ungehörige Antwort hinunter, während Enttäuschung und Erbitterung sich zu einem nie dagewesenen Widerwillen gegen ihren Vater mischten. »Bei der Gelegenheit«, sagte sie matt, »hat dein Sklave inzwischen festgestellt, wie hoch meine Mitgift ist? Sie müßte sich nach meinen Berechnungen auf etwa dreihunderttausend Drachmen belaufen.«

»Da siehst du es«, kreischte Melanthios, flatterte wie ein erschrockener Hahn von der Liege hoch und stürzte an die Truhe. »Sie hat dich aufgewiegelt! Du bist mißtrauisch und eifersüchtig und überhaupt mißraten...« Die Worte gingen ihm aus, während er Kleidungsstücke aus der Truhe zerrte und durch das Zimmer warf. Dann rief er nach seinem Leibsklaven.

Alexandra zog sich verständnislos bis zur geöffneten Tür zurück, um nicht von Sandalen und anderen harten Gegenständen getroffen zu werden.

Plötzlich nahm sie hinter sich ungewöhnliche Geräusche wahr, Lärm auf dem Hofplatz, ein Pferd im Galopp, Geschrei und die Antwort einer Frauenstimme. Gleich darauf stürmte ein Mann den Gang entlang, den sie an seinen Insignien als Boten der Stadt Elis erkannte. Alexandra wich ihm aus und lenkte ihn mit ihrem Zeigefinger in den Schlafraum.

»Archon«, sagte der Mann, ohne sich lange mit Höflichkeit aufzuhalten, »Elis verlangt deine Anwesenheit. Ein ungeheurer Frevel wurde an den Hermen begangen. Sie wurden umgestürzt, ihre männlichen Glieder abgeschlagen und entwendet. Der ganze gestrige Tag war nötig, um den Umfang der Ungeheuerlichkeit festzustellen. Jetzt muß beraten werden, was zu tun ist. Die Götter müssen versöhnt und die Schuldigen gefunden werden.«

»Ein Frevel«, wiederholte Melanthios tonlos. »Ich kann jetzt nicht kommen. Ein Todesfall...«

»Ich muß dich nicht erinnern, Herr, daß die Götter der Stadt von größter staatspolitischer Bedeutung sind«, widersprach der

Bote unbeirrt. »Du weißt, daß es keine Ausnahmen gibt, es sei denn, du selbst wärest der Todesfall...«

Melanthios spreizte die Finger, um das Unglück von sich abzuwenden. »Wenn das so ist, komme ich natürlich sofort«, sagte er und begann sich hastig anzukleiden.

Alexandra sah ihn entsetzt an. Auf dem Lykaion war eine Göttin vertrieben worden, und niemand trat für sie ein. Hier wurden steinerne Zipfel gestohlen, mit dem Säulen namens Hermen sowieso nichts anfangen konnten, und die Greise der Stadtregierung wurden in höchste Aufregung versetzt.

Und plötzlich waren auch dem Vater steinerne Geschlechtsteile wichtiger als alles andere. »Ich glaube, man hat Baukis unter einem Vorwand ermordet, Vater«, sagte sie nachdrücklich, während ihr Tränen die Wangen entlangliefen.

Aber Melanthios verließ mit strenger Miene sein Schlafzimmer, ohne seine Tochter zu beachten, gefolgt von dem elischen Boten, der federnd und tatendurstig hinter ihm herschritt, die Hände auf dem Rücken.

Im vierten Jahr der 210. Olympiade

Die Spinne im Netz

Kapitel 14

Alexandra wartete ungeduldig auf die Rückkehr ihres Vaters. Er war von Elis nach Megalopolis weitergefahren, ohne vorher nach Hause zurückzukehren. Seine junge Frau machte der Hausgemeinschaft Schwierigkeiten, und es war seine Aufgabe, sich um Philotis zu kümmern, nicht ihre.

Es gab täglich kleine Reibereien, und ihre eigene Position im Haus war schwach. Sie bemühte sich sehr, der Hausfrau aus dem Wege zu gehen, aber natürlich konnte es nicht ständig gutgehen.

»Ich wünsche nicht, daß du dir an den Vorratsräumen zu schaffen machst!« Philotis' Stimme lag knapp an der Grenze zur Hysterie. Sie schrillte über den ganzen Hof.

Alexandra war nicht die einzige, die sich erstaunt nach ihr umsah. Aber die einzige, die in der Tür zum Vorratsraum stand, einen Zopf Zwiebeln in der Hand. Gedankenverloren hob sie ihn in Augenhöhe, um ihn zu betrachten. Ein letztes Mal. Es gab eine Grenze für Duldsamkeit.

Sie ging auf Philotis zu, griff nach ihrer Hand und rieb ihr eine halbierte Zwiebel in die gepflegte Innenfläche, die einen zarten Duft von Jasmin verströmte. Jedenfalls bis dahin. »Ich wünsche es ebenfalls nicht«, sagte sie mit süffisantem Lächeln. »Es ist die Aufgabe der Hausfrau, dafür zu sorgen, daß die Vorräte zur rechten Zeit in die Küche gelangen. Ich bin hier nur Tochter.«

Philotis ließ mit geschwärzten, überrascht aufgerissenen Augen die Zwiebel fallen, schnupperte vorsichtig an der Haut und zog ein übertrieben angewidertes Gesicht. »Wie kannst du nur so abscheulich zu mir sein?« sagte sie beleidigt. »Ich werde meinem Ehemann jedes Wort mitteilen, das du von dir gegeben hast. Jede einzelne Beleidigung!«

»Es wird ihn nicht interessieren, aber versuch's nur«, sagte Alexandra einladend. Hocherhobenen Hauptes wollte sie sich entfernen, als sie eine harte Hand im Nacken spürte. Sie zwang ihren Kopf nach unten, bis sie dastand wie eine orientalische Sklavin vor dem Herrscher.

»Hebe sie auf und entschuldige dich!« Paidikos' Stimme war rauher als sonst.

Alexandra preßte die Lippen zusammen und leistete Widerstand. Aber der Pranke von Paidikos mit seinen Bärenkräften war sie nicht gewachsen. Schließlich stieß ihre Schläfe gegen seinen Hüftknochen. Sein kurzer Chiton stank nach Blut und Angst. Er war offensichtlich gerade auf Jagd gewesen. Jetzt war er schon wieder auf Jagd, aber seine Beute war eine andere. Sein kurzer Chiton beulte sich verdächtig aus.

»Heb das Zeug auf, sage ich. Und übergib es der Hausfrau auf anständige Art!«

»Nein!«

Paidikos angelte mit der freien Hand einen langschäftigen Pfeil aus seinem Köcher und ließ ihn mit der Spitze voran auf Alexandras Fußrücken fallen. Sie zuckte zusammen. »Manchmal wird einem die Zeit beim Jagen lang. Aber irgendwann findet jeder Pfeil seine Beute.«

Die Spitze des Pfeils bohrte sich unter Paidikos' Gewicht tiefer in den Spann hinein. Alexandra versuchte, ein Keuchen zu unterdrücken. Es tat weh. Blut quoll neben dem Eisen heraus. Er erwartete Winseln um Gnade und Unterwerfung. So erzog er Pferde und Jagdhunde. Aber sie war kein Hund.

Die alltäglichen Verrichtungen auf dem Wirtschaftshof erstarrten; die Handmühle gab ihr Qietschen auf, und ein Karren blieb stehen. Auf dem Sand knirschten Sandalen. Chiron kam.

Er bückte sich und hob den Zwiebelzopf auf, um ihn Philotis zu überreichen. »Du hast dein Gemüse verloren, Herrin«, sagte er höflich.

Paidikos ließ los. Alexandra konnte sich endlich aufrichten.

Sie wurde Zeugin, wie Philotis säuerlich lächelte und einen Blick mit Paidikos wechselte, der sie sehr merkwürdig berührte. Einer Stiefmutter stand es nicht zu, ihren Stiefsohn wie einen Geliebten zu betrachten. Und dem Chiton eines Stiefsohns standen keine verdachterweckenden Ausbuchtungen zu.

»Hat sich dein Ehemann schon gemeldet, Philotis?« fragte Paidikos gleichmütig, während er den Pfeil abwischte und zu den anderen in den Köcher schob.

»O ja. Es wird mindestens noch eine Woche dauern, bis er aus Megalopolis abreist. Erbschaftsangelegenheiten wären so schnell nicht erledigt, sagte der Bote.«

Und wäre sie eine Katze, hätte sie geschnurrt, dachte Alexandra erbost. Dann schätzte sie die Entfernung ab und taumelte unbeholfen gegen ihren Bruder. Trotz ihrer Verletzung traf ihr Knie gut. Ungefähr die Stelle, an der den Hermen jetzt ihr wichtigstes Körperteil fehlte.

Paidikos hielt den Atem an vor Schmerz. Aber unter den Augen von Philotis und des Gesindes wagte er nicht, sie niederzuschlagen.

»Habe ich dir weh getan, Paidikos? Ich verlor mein Gleichgewicht, weil mein Fuß von deinem Pfeil taub ist. So eine Unachtsamkeit von dir aber auch«, säuselte Alexandra. »Ich hoffe, er war nicht vergiftet.«

»Ich hoffe, er war«, versetzte Philotis.

Paidikos starrte Alexandra wütend an und konnte nicht verhindern, daß sein Gesicht rot anlief. Er konnte Kritik nicht ausstehen, und schon gar nicht, daß man ihm Ungeschicklichkeiten zuschrieb. Nervös nagte er an seiner Oberlippe.

»Und schieb den Kiefer nicht so vor. Wenn du ein Hund mit zu kurzem Oberkiefer wärst, würde Mago es als Ergebnis schlechter Zucht bezeichnen.« Alexandra humpelte befriedigt davon. Zumindest mit Worten war sie ihm überlegen.

Aber ihre Gedanken wandten sich sofort wieder ihrem Verdacht zu. Philotis hatte eindeutig ein Signal an ihren Bruder ausgesandt. Sie hatten ein Bündnis geschlossen, das sich gegen sie richtete. Hoffentlich kam der Vater bald zurück! Das Leben auf dem Hof war kaum mehr auszuhalten. Jede Ehe würde erträglicher sein, als ihr Dasein als unverheiratete Tochter.

»*Und die Olympischen Spiele?*«

Die hatte sie in ihrem Zorn ganz vergessen. Bis dahin durfte sie gar nicht heiraten! Alexandra warf im Gehen die Hände nach oben und stöhnte vernehmlich.

Hinter der Hausecke wartete Chiron auf sie. »Was ist mit dir los?« fragte er verärgert. »Reize die junge Herrin nicht dauernd! Dein Vater wird dich auf der Stelle verheiraten, wenn es ständigen Unfrieden zwischen euch gibt. Oder willst du deinem Bruch mit den olympischen Göttern noch einen Frevel hinzufügen, indem du als Ehefrau in den Streitwagen steigst? Da mache ich nicht mit, Alexandra! Deine Mutter hat gewiß nicht gemeint, daß ich dir bei allen Tollheiten folgen soll. Sie hat den Göttern den Respekt gezollt, den sie verlangen können.«

»Ich werde nicht heiraten, bevor ich in Olympia gesiegt habe«, versetzte Alexandra knapp und staunte selber, weil sie sich plötzlich von Sieg sprechen hörte. »Eine verheiratete Frau hat überhaupt keine Rechte mehr. Sie darf sich schon gar nicht für die Spiele melden, wie jedermann weiß! Die Pest über diese Sitten!« setzte sie nachdrücklich hinzu, als sie meinte, ihn etwas von ionischer Überheblichkeit brabbeln zu hören. »Warum müssen wir Frauen immer zwischen zwei Dingen wählen? Warum können wir nicht alles haben wie die Männer?«

»Weil ihr es euch nicht nehmt«, antwortete Chiron laut hinter ihr her. »Platon sagt, daß die höhere gesellschaftliche Stellung des Mannes allein auf seiner überlegenen Körperkraft beruht.«

»*Wer ist dieser Platon, Pan?*« *fragte Gaia.* »*Er scheint ein sehr vernünftiger Mann zu sein. Sofern man bereit ist, den Menschen überhaupt Vernunft zuzugestehen.*«

»*Ein Wagenlenker, Ururgroßmutter, bestimmt.*«

»*Ich hätte es mir denken müssen*«, *sagte Gaia erfreut.* »*Diese Rennwagen sind einfach ...*«

»*Sensationell, Ururgroßmutter.*«

»*Genau. Eine schöne Beschreibung für Rennwagen. Und ihre Lenker sind auch sensationell. Aber an den Frauen, die an die Zügel wollen, müssen wir noch arbeiten. Alexandra muß dreist wie Platon werden, sonst wird sie verlieren.*«

Weil wir es uns nicht nehmen! Alexandra war verblüfft, wie einfach des Rätsels Lösung war und wie simpel die beiden Philosophen Chiron und Platon in Worte gefaßt hatten, was sie jetzt tun mußte.

Am nächsten Tag schon bestieg sie in aller Offenheit auf dem Hof den Streitwagen und brauste davon, um zum Hippodrom zu fahren. Und das würde sie von jetzt ab regelmäßig tun.

Sie begann intensiv zu trainieren, jeden Nachmittag, und kümmerte sich nicht um die jungen Männer von Elis, die dort ebenfalls übten. Sie versteckte ihre Figur nicht und auch ihre Haare nicht mehr, die kurz waren und es für lange Zeit bleiben würden; schließlich war es jedermann bekannt, daß Sklavinnen keine Streitwagen fuhren.

Es sprach sich herum, daß neuerdings die Tochter des Melanthios regelmäßig im Streitwagen übte. Die Zahl der jungen Männer, die sich im Wagen oder auf den Tribünen des Hippodroms für Rennen interessierten, nahm auffallend zu. Was deshalb günstig war, weil Alexandra nun fand, was sie vor den Lykäischen Spielen vergeblich gesucht hatte: Konkurrenz.

Alexandra arbeitete umsichtig mit ihren Pferden; es fiel ihr nicht ein, sie wegen der neugierigen Jünglinge zu jagen. Immer öfter gewann sie gegen andere, je mehr ihre eigene Erfahrung wuchs. Bald merkte sie, daß die Taktik mindestens so wichtig war wie gute Pferde.

Wenn sie das schon damals gewußt hätte, wäre sie im Lykäischen Hippodrom gar nicht an den Start gegangen. Nach einer solchen Nacht, wie sie sie damals hinter sich hatte, hatte sie verlieren müssen. Sie aber hatte geglaubt, es reiche, das Zittern ihrer Hände zu verbergen.

Leider begann das Zittern auch wieder, als eines Tages Antenor in der zufällig fast leeren ersten Zuschauerreihe saß. In der nächsten Runde gab Alexandra auf und parierte durch. Die Hengste trabten schnaubend vor den Töpfer.

»Du störst«, beschwerte sie sich. »Ich kann nicht fahren, wenn ich an die scheußlichen Dinge denken muß, die mir mit dir passiert sind.«

Antenor breitete die Arme über die Lehnen der Nachbarsitze aus und schlug die Beine übereinander. »Da wäre der stille Spaziergang zu zweit im Hain von Pan; dann erinnere ich mich an Arkadiens Berge, wo es so nach Harz roch, weißt du noch? Die Eichelhäher zwischen den Bäumen, die Falken in der Luft, die Rinnsale über den Felsen. Und unten in der Schlucht das Rauschen des Alpheios! Alles Attraktionen, für die die Römer monatelange Reisen in Kauf nehmen. Und Gedichte darüber schreiben. Was ist daran scheußlich?«

Was wußte er denn von lateinischen Gedichten? Er nahm den Mund ganz schön voll. Über die Scheußlichkeiten wollte er hingegen nicht reden. Auch das war in Ordnung. »Warum bist du hier?« fragte Alexandra unwillig.

»Ich wollte dich beim Fahren stören«, erklärte er, als hätte sie ihm das nicht eben noch vorgeworfen.

Alexandra staunte mit offenem Mund.

»Herrin, mach den Mund zu. Du erregst Aufsehen. In jeder Beziehung, übrigens. Ich bin gekommen, weil du für Gesprächsstoff in Elis sorgst. Du mußt aufhören zu gewinnen. Die jungen Adeligen stören sich weniger daran, daß du fährst, das finden sie ganz unterhaltsam. Aber wenn du ihnen zeigst, daß du besser bist, werden sie ärgerlich.«

»Laß sie doch!« Sie stemmte trotzig die Arme in die Seiten und fand, daß seine Augen jetzt auffallend den Gewässern von Arkadien ähnelten, dort wo eiskalte grüne Bergbäche schäumend zu Tal stürzten und weiße Schaumkämme über die Kieselsteine schoben. Sie lächelte spöttisch über sich selbst.

»Die Verärgerung des städtischen Adels ist nichts, worüber du dich amüsieren solltest, Alexandra. Sie werden dir Steine in den Weg werfen, wenn du darauf bestehst, über ihre rotznäsigen Erbsöhne zu siegen. Wahrscheinlich sorgen sie dafür, daß du als Närrin weggesperrt oder nach Makedonien verheiratet wirst.«

Beim Gedanken an solche Folgen blieben Alexandra sämtliche forschen Antworten im Halse stecken. »Glaubst du wirklich?« fragte sie beklommen.

»Ich höre es tagtäglich. Märkte sind gute Orte, um die Stimmungslage in Städten zu erkunden. Beim Einkaufen schwatzen die Männer wie junge Mädchen am Brunnen, sogar die

Archonten. Sie fragen sich, warum dein Vater noch keine Ehe für dich abgesprochen hat, obwohl er selbst doch wieder geheiratet hat. Sie fragen sich auch, warum er drei junge Leute auf dem Hof allein läßt. Und wann ihr euch in die Haare geraten werdet. Die Eleer lauern geradezu darauf, daß etwas passiert.«

Antenor erhob sich und strich seinen Chiton glatt. »Sei umsichtig bei der Verfolgung deiner Pläne, Herrin. Vor allem, wenn du beabsichtigen solltest, dich für die Olympischen Spiele zu melden.« Er schlenderte mit den Daumen im Gürtel über die Sandbahn davon und ließ Alexandra sprachlos zurück.

Sie schaute ihm stumm nach. Woher kannte er ihre geheimsten Wünsche? Dann schüttelte sie die Zügel glatt und fuhr in Gedanken versunken an. Erst nach einer Weile merkte sie, daß Aethon trabte und Pyrois galoppierte.

»Du machst mich lächerlich bei meinen Freunden!« brüllte Paidikos.

Alexandra hatte ihn vom Wagen aus stehen sehen. An die steinernen Türlaibungen gestützt, wie um seine dionysische Wut zu kühlen, hatte er verfolgt, wie seine unsägliche Schwester schnittig und ohne die Spur von Schamgefühl in den Hof gerollt kam. Mit ihren kurzen Haaren und dem Lenkergewand hätte sie ganz bestimmt für den Hoferben durchgehen können.

Doch, sie konnte seine Wut verstehen. Und sie fand sie spaßig. »Was reden sie denn?« fragte sie neugierig, während sie sich den Staub aus dem Peplos schlug und mit ihm Antenors Warnungen. Für ihren Bruder galten sie sowieso nicht. Und wenn sie es ganz genau betrachtete, war der Ärger der elischen Reichen sogar eine Anerkennung ihrer Fahrkünste. »Ich hoffe, nur Gutes. Schließlich habe ich manchen von ihnen geschlagen. Ich meine: gewonnen.«

Paidikos schnaubte nur.

Alexandra betrachtete ihn kühl. Als kleines Mädchen hatte sie ihn geliebt, nicht nur, weil es ihre Pflicht als Schwester war, sie hatte ihn zeitweilig sogar bewundert, weil er mutig und tapfer war, auf Jagd ging und ein Nachfahre des Helden Achill hätte sein können.

Aber sein Mut hatte dazu gedient, ein Kind zu vergewaltigen und heilige Symbole der Hellenen in den Dreck zu zerren. Von ihrer früheren Bewunderung war nichts übriggeblieben.

»Ich werde es Vater sagen!«

Alexandra stemmte die Hände in die Seiten. »Tu das. Ich werde ihm dann erzählen, wer den Frevel an den Hermen begangen hat.«

Der Rat der Archonten war zu keinem Beschluß gelangt. Es hatten sich keine Zeugen gemeldet, und Paidikos hatte sich die ganze Zeit sicher fühlen können. Jetzt wurde er um den Mund herum blaß.

»Du und deine sauberen Freunde! Was meinst du, wird der Rat der Stadt tun, wenn er erfährt, wer es war?«

»Warst du das in diesem verdammten Wagen?«

Alexandra nickte.

Paidikos rieb seine Schneidezähne aufeinander. Alexandra ließ ihm Zeit, die Beweislage und die Bedrohung von allen Seiten zu durchdenken. Zu ihrer Genugtuung brauchte er ziemlich lange; dann legte sich ein Grinsen über sein Gesicht. »Du glaubst doch selbst nicht, daß mein Vater mich bei den Archonten anzeigt!«

»Er wird nicht anders können«, sagte Alexandra leise, »weil er es sich nicht leisten kann zu schweigen. Er will ganz bestimmt als Archon von Elis und als Hellanodike in Olympia wiedergewählt werden. Vater hängt an Ehrenämtern, möglicherweise mehr als an einem Sohn, der nicht unersetzlich ist. Jetzt nicht mehr...«

Paidikos riß seine braunen Augen so weit auf, daß Alexandra rötliche Stippen im Weißen sehen konnte.

»Alles klar?« fragte sie und bückte sich, um einen Welpen zu streicheln, der gerade vorübertollte. »Also höre auf, mir zu drohen!«

»Du, du...«, stammelte Paidikos.

»O ja«, gab Alexandra mit umwölktem Blick zu. »Aber du hast es dir selbst zuzuschreiben. Und jetzt laß mich hinein. Staub und Schweiß unter Wolle sind eine unerträgliche Mischung, wie du selbst weißt. Wenn du es noch weißt.«

Paidikos nahm stillschweigend die Arme herunter und trat beiseite. Er hatte wenig trainiert in letzter Zeit, das konnte er nicht bestreiten. Er war wütend. Und er fand sie unverschämt. Dagegen hatte sie nichts einzuwenden. Vor allem war es gut, wenn er wußte, daß sie kein gefügiges Schaf war.

»Du hast nicht das geringste Recht, mich zu kritisieren, Weib«, murrte er. »Bis zu den Olympischen Spielen habe ich meine Pferde allemal soweit.«

Alexandra drehte sich nochmals zu ihm um. »Ach ja? Übrigens, was die Olympiade betrifft: Ich werde die Biga des Melanthios von Elis mit seiner Tochter Alexandra als Lenkerin für das Rennen der Zweigespanne melden. Ich werde es Vater selbst mitteilen, ohne deine Mithilfe, und ich trainiere meine Pferde bereits jetzt.«

»Für die heiligen Spiele von Olympia? Du bist ja wahnsinnig!« Paidikos brach in ein schallendes Gelächter aus. »Zeus benötigt keine Frauen, die zu seinen Ehren kämpfen. Dir hätte man wahrhaftig einen anderen Namen verpassen müssen! *Die den Göttern und Männern Verdruß bereitende*, zum Beispiel! Oder: *Die Männermordende*! Oder: *Die helltönende Götterschlächterin*!«

»Und dich *Der Götterentmanner*!« schnaubte Alexandra und rauschte davon. Sie hatte ihn bei einem Götterfrevel erwischt, auf den Todesstrafe stand, und er besaß tatsächlich die Unverfrorenheit, über sie zu lachen, obwohl sie ihn in der Hand hatte.

»So ein unverschämtes Bürschchen«, murmelte Gaia und lehnte sich wieder zurück. Es hätte ihr noch gefehlt, daß diese zähe kleine Ionierin plötzlich für Zeus ins Rennen ging! Auch sie besaß einen Altar im heiligen Hain von Olympia, nicht den schönsten, zugegeben, aber den ältesten!

Schon wieder brauchte sie die Hilfe dieses kleinen Schlingels. Sie sah sich um. Eben war er doch noch dagewesen. Jetzt war er fort. Männer! Knirpse!

Nachdem Alexandra sich gewaschen und umgezogen hatte, zog sie sich in ihren eigenen kleinen Raum zurück. Sie holte ganz willkürlich eine Rolle vom Regal und warf sich mit ihr auf die Liege.

Aber sie war unkonzentriert. Vor die schwarzen Buchstaben schoben sich grüne Flecke, die immer größer wurden. Endlich gab sie es auf, Lesen vorzutäuschen und dachte nach. Antenor beunruhigte sie auf merkwürdige Art. Was wollte er? Warum tauchte er so oft dort auf, wo sie war? Überwachte er sie im Auftrag von Idaios? Von Apollon?

Alexandra fröstelte und zog die dünne Decke über sich.

Seine Anwesenheit auf dem Markt bei den Lykäischen Spielen war durch seinen Beruf erklärbar. Aber nicht, daß er so groß und so breit war wie der Mann in der Maske.

Kapitel 15

Philotis schirmte ihre Augen mit der Hand ab und sah sich um. Dann ging sie mit trägen Bewegungen auf die Sklavinnen zu. Melanthios mochte es gerne, wenn sie mit schwingenden Hüften vor ihm auf- und abspazierte, vor allem nackt. Und sie selber genoß es, daran zu denken, wie sie ihn schon mit einfachen Tricks erregen konnte. Wenn sie wollte. Wenn sie wollte, war er Wachs in ihren Händen.

Die Sklavinnen sahen argwöhnisch auf und unterbrachen ihre Arbeit. Die jüngere von beiden robbte auf Knien ein Stück zurück.

»Was macht ihr denn?« fragte Philotis scharf und blickte auf den Boden. Zwischen blutigen Fleischfetzen balgten zwei dieser unsäglichen Hunde miteinander. Ihre Lefzen waren rot.

»Wir nehmen eine Schildkröte aus, Herrin.«

»Das sehe ich selbst, du Holzkopf! Wozu, will ich wissen. Ich esse keine Schildkröten.«

»Nein, Herrin, ich weiß. Chiron bat uns darum. Er möchte sich eine neue Lyra bauen.«

Philotis rümpfte ihre kleine, wohlgeformte Nase. »Entsetzlich! Verbrennt dieses stinkende Zeug auf der Stelle und macht euch an die Arbeit! Chiron hat euch nicht zu befehlen, das merkt euch!«

»Es war nur eine kleine Bitte«, bemerkte die ältere Sklavin ruhig. »Und wir hatten Zeit dafür.«

»Wage nicht, mich darüber zu belehren, wann du Zeit hast«, fauchte Philotis. »Zur Strafe erhältst du zehn Stockschläge.« Sie rauschte davon.

Hinter ihr spuckte das junge Mädchen auf den Boden, aber das bemerkte Philotis nicht.

»Die Herrin Philotis bringt unsere Arbeitseinteilung durcheinander, Herrin Alexandra«, klagte die ältere der beiden Frauen leise.

»Philotis wird es lernen. Ihr fehlt noch die Erfahrung«, erklärte Alexandra unter Mühe.

»O ja! Sie lernt täglich dazu. Ihre Tücke wächst und gedeiht.«

Alexandra sah das junge Mädchen strafend an und ging wortlos ihrer Wege. Wenn Philotis so etwas zu Ohren käme, würde sie bestraft werden. Sie selbst konnte sich nicht erinnern, daß es auf dem Hof früher Prügelstrafen gegeben hätte. Aber die Hausfrau durfte tun, was sie für richtig hielt. Der Vater würde sich nicht einmischen.

Als Alexandra ins Haus zurückkehrte, hörte sie schon Philotis mit lauter Stimme in der Webstube Kommandos erteilen. Sie steckte ihren Kopf zur Tür hinein.

Melissa war gerade dabei, eine unfertige Webarbeit vom Rahmen zu spannen. Ein Anflug von schlechtem Gewissen befiel Alexandra. Sie selbst hatte die Hausfrau darauf aufmerksam gemacht, daß sie zu befehlen hatte, und damit vertrieb sie sich anscheinend seit neuestem die Zeit.

Schweigend rollte Melissa das braun-weiß gestreifte Tuch zusammen. Ihr ausdrucksloser Blick ging an Alexandra vorbei. Sie würde nie Widerworte geben, nicht aus Angst, sondern weil es sich für eine Sklavin der Herrschaft gegenüber nicht schickte.

Aber Alexandra wußte, daß das Ziehen von Kettfäden mehrere Tage dauern würde. Sie unterhielt sich oft mit Melissa, wenn sie webte, und bewunderte ihre Kunstfertigkeit, denn sie war eine wahre Künstlerin in der Zusammensetzung von Farben und Mustern.

»Ich möchte einen Schal in gelber Farbe haben«, befahl Philotis. »Gelb ist die Farbe des Hauses Charaxos. Nicht wahr, Alexandra, in Gelb würde er mir gut stehen!«

Alexandra sah sie erstaunt an; Philotis fragte sie sonst nie um ihre Meinung. »Ich weiß nicht recht«, antwortete sie zögerlich. »Ich könnte mir nicht vorstellen, daß Chiron gelbe Bänder für die Mähnen der Füchse verwenden würde. Gelb paßt irgendwie nicht zu Rot.«

Philotis machte eine Grimasse des Abscheus. »Du vergleichst mich mit Pferden? So etwas kann auch nur dir einfallen. Paidikos hat bestimmt recht.«

»Ich verstehe von Farben nicht soviel wie du«, gab Alexandra mit ernsthafter Miene zu. »Ich bekam in dieser Richtung keine Unterweisung. Mutter starb früh, wie du weißt.«

Um Melissas Mund spielte Erheiterung.

»Stimmt. Nicht jedem wird Talent in die Wiege gelegt«, versetzte Philotis zufrieden. »Also gelb, Melissa. So breit, wie mein Arm von den Fingerspitzen bis zum Ellenbogen mißt. Und du, was willst du schon wieder, Jannina?« Beim Anblick der Köchin in der Tür machte sie ein Gesicht, als ob Gewürm über ihren Fuß liefe.

Jannina ließ sich nicht entmutigen. »Wir haben keinen Safran mehr, Herrin«, bekannte sie.

»Aber der Pilaw muß gelb sein«, bestimmte Philotis. »Sonst ist es keiner! Ich habe dir deutlich erklärt, was ich will.«

Alexandra seufzte und betrachtete die geweißte Decke. Ihr Verhältnis zur Köchin hatte sich nicht gebessert, seitdem sie aus Megalopolis zurück war, dennoch tat sie ihr mit Maßen leid. Philotis würde gleich anfangen zu schreien, sie war außerordentlich unbeherrscht, und dann konnte keiner mehr ein vernünftiges Wort mit ihr wechseln.

»Herrin, meinst du nicht, daß der Herr gerne von deinem ausgezeichneten Pilaw kosten würde? Sollten wir ihn nicht erst zubereiten, wenn er wieder zu Hause ist? Bis dahin haben wir den Safran besorgt. Eigentlich hätte Alexandra mich darauf aufmerksam machen müssen, daß er zu Ende geht.«

Die Stimme der Köchin floß angenehm wie gewärmtes Öl, und ihr Blick war treuherzig. Philotis schmolz dahin. »Es ist gut, Jannina. Mach, was du willst.«

Jannina drehte sich auf dem Hacken um, nicht ohne einen triumphierenden Seitenblick in Alexandras Ecke abzuschießen.

Alexandra starrte ihr verdrossen hinterher. Die Sache mit

dem Safran war natürlich gelogen. Sie hatte niemals die Verantwortung für die Vorräte übertragen bekommen; dagegen hatte ihr Philotis neulich vor aller Ohren untersagt, sich um die Vorräte zu kümmern. Aber Philotis lauerte geradezu darauf, einen Anlaß wie diesen zum endgültigen Zerwürfnis auszubauen. Und dann: Lebewohl, Olympia!

Die Köchin Jannina ergriff jede Gelegenheit, sich der neuen Hausherrin anzudienen. Alexandra beobachtete verwundert, daß sie die Küche immer öfter verließ, um sich Rat bei Philotis zu holen. Sie selbst hielt sich dafür trotz der anzüglichen Bemerkungen von Philotis wegen des Müßiggangs bestimmter Hausmitglieder öfter bei der Haushälterin auf.

»Philotis hat in ihrem väterlichen Haus die Küche wahrscheinlich niemals von innen gesehen«, riet Alexandra, befeuchtete Daumen und Zeigefinger mit Spucke und versuchte ungeschickt eine Wollflocke mit einem schon gesponnenen Fadenende zusammenzuwirbeln.

Melissa nickte still. Graue Haarsträhnen stahlen sich an diesem Tag unter dem zarten Gewebe ihres Kopftuches hervor. Sie war ausnahmsweise nicht die perfekte Hausfrau, sondern ein Mensch, der sich Sorgen machte. Ihr gerieten sogar die Fäden beim Spannen durcheinander. Wie Antenor die Zügel auf der Schale.

Alexandra gab ihre Versuche auf und legte abwartend die Hände in den Schoß.

»Und doch«, meinte Melissa nach einer Weile, »ist es mir lieber, wenn Jannina bei der Herrin ein- und ausgeht, als daß Paidikos es tut.« Ihre Schultern sackten nach unten, und sie sah Alexandra hilflos an.

»Paidikos?« fragte Alexandra, entsetzt darüber, daß es auch für andere schon so offensichtlich war.

Melissa nickte. »Noch ist nichts Unziemliches geschehen, hoffe ich, aber wenn der Herr nicht bald zurückkehrt... Der junge Herr umwirbt Philotis jedenfalls schamlos. Wer weiß, ob Philotis widerstehen kann? Sie ist noch sehr unerfahren.«

Aber sie lernt. Ihre Tücke wächst und gedeiht, hatte die Magd mit dem losen Mundwerk gesagt... »Bei allen Göttern!

Glaubst du, er bringt es fertig, seinem eigenen Vater unter den Augen der Hausgemeinschaft Hörner aufzusetzen?«

»Er ist so gedankenlos, manchmal geradezu rücksichtslos! Alexandra, wäre es nicht möglich, daß du mit Philotis sprichst? Du bist die einzige, die es kann... Jemand muß sie warnen, damit sie sich nicht ins Unglück stürzt. Es gäbe einen Skandal, den dein Vater nicht überleben würde.« Melissa nahm ihre Arbeit am Webstuhl mit einem Seufzer wieder auf.

Alexandra verließ stumm den Raum. Was Melissa angedeutet hatte, konnte eine ganze Familie zerstören.

Alexandra hielt in den kommenden Tagen die Augen offen und fand Melissas Verdacht bestätigt. Als sie Philotis weit weg wußte, schlüpfte sie wieder in den Webraum. »Du hast recht gehabt«, sagte sie zu Melissa. »Aber ich denke gar nicht daran, mit ihr zu sprechen! Sie landet doch wieder bei ihren Fingernägeln.«

Melissa zog stumm die Schultern nach oben. In ihren Augen lag ein Ausdruck, den Alexandra nicht deuten konnte. Erst als die Haushälterin sich wieder ihrer Arbeit zugewandt hatte, das gelb leuchtende Schiffchen durch die Kettfäden schob, und sich ein sehnsüchtiges Lächeln auf ihre Lippen legte, ahnte Alexandra plötzlich, daß Melissa den Vater liebte. Sie wollte ihn nicht durch seinen Sohn verletzt wissen.

»Könntest du nicht selbst mit Philotis sprechen?« schlug sie vor. »Wie eine Mutter mit ihrer Tochter, meine ich. Vor dir hat im Hause jedermann Respekt.«

»Außer ihr, Alexandra, und du weißt es. Sie würde mich ohrfeigen.«

»Mm«, murmelte Alexandra. »Und mich würde sie auslachen. Und über Fingernägel... Na ja, du weißt schon. Oder Lockrufe nach Paidikos ausstoßen.«

»Ja, ich fürchte es auch.« Melissa versank in Gedanken.

Einige Stunden später kehrte Melanthios zurück. Es sprach sich in Windeseile herum, daß er schlechte Nachrichten mitbrachte.

»Wenn du mir die volle Wahrheit gesagt hättest, würde ich jetzt nicht als Verwandter einer Gotteslästerin dastehen!« herrschte Melanthios Alexandra an.

Er hatte auch Paidikos und Philotis in sein Arbeitszimmer gebeten, im Unterschied zu seiner Tochter, der er zu erscheinen befohlen hatte. In ihrer Überraschung hockte sie stumm auf der vorderen Kante einer Kiste und ließ die Augen umherwandern.

Philotis hatte ihre Beine unter sich gezogen und schickte sich an, die Hinrichtung einer Nebenbuhlerin und die Aufmerksamkeit des Hausherrn zu genießen, während Paidikos einfach nur erstaunt schien, daß von allen denkbaren Vorwürfen kein einziger ihn traf. Er saß mit gespreizten Beinen auf einem Scherenhocker und stützte die Ellenbogen auf die Knie. Er langweilte sich.

»Ich hätte mich nämlich gar nicht in die Einöde bemühen müssen. Die Erbschaft ist fort...« Melanthios zog die Schultern nach oben und breitete die Hände aus. »Sie werden mit dem Geld die Götter zu versöhnen versuchen.«

Paidikos hob die Augenbrauen.

Alexandra beherrschte sich mühsam. »Hast du versucht, Baukis Genugtuung zu verschaffen, Vater? Ich meine, den Vorwurf zu entkräften? Dann wäre die Erbschaft nicht verloren...«

Melanthios beugte sich vor, um ihr aus nächster Nähe ins Gesicht zu starren. »Bist du jetzt auch von den Göttern verlassen? Wie kann man jemandem, der wegen Gottesfrevels gesteinigt wurde, Genugtuung verschaffen! In einer so frommen Stadt wie Megalopolis, wo es von Priestern nur so wimmelt! Erkläre mir das mal. Vielmehr muß man sich entschuldigen, daß man zur Verwandtschaft gehört. Ich konnte dem Archonten Idaios immer nur wieder beteuern, daß ich nicht gewußt habe, was deine Tante Baukis da oben in Arkadien trieb.«

Alexandra schoß in die Höhe und verlor die Kante unter ihren Oberschenkeln. Sie tastete nach ihr und ließ sich unbeholfen hinunterplumpsen. »Ein Archon Idaios?« fragte sie gepreßt. »Ist der Mann wuchtig wie eine Kyklopenmauer?«

»Er ist der Mann, der einen Dialekt aus dem Norden spricht und beim Gehen schlurft. Warum?«

Tiefe Röte überzog Alexandras Gesicht. »Baukis muß einen fürchterlichen Ärger mit ihm gehabt haben. Als er versuchte, deine Pferde zu kaufen, habe ich sie ihm verweigert. Er wußte, daß ich ihre Nichte bin. Vielleicht war es seine Rache an Baukis«, sagte sie unsicher.

»Dann hatte er ja allen Grund, von Verächtlichkeit nur so zu triefen. Und du hättest ihm die Pferde besser verkauft! Ich habe dich nicht ermächtigt, meine Geschäfte zu verhindern!« Melanthios legte die Hände auf den Rücken und blieb wie die in Stein gehauene Rechtschaffenheit vor Alexandra stehen.

Alexandra starrte zu ihm hoch. In der frisch gewaschenen und von Melissa liebevoll geglätteten Chlamys war er jetzt ganz der strenge Vater, der sein Kind bei einer Verfehlung gegen die göttliche Ordnung erwischt hat. Verzweifelt erkannte sie, daß er gar nicht begriffen hatte, worum es ging. Der Archon Idaios war aktiv am Tod ihrer Tante beteiligt, und jetzt regelte derselbe Archon ihre Finanzen. »Hat der Archon Baukis' ganzes Vermögen?« würgte sie heraus.

Melanthios' Augen schossen Blitze. »Warum hast du sie ihm nicht verkauft?« fragte er schneidend.

Alexandra atmete tief durch. Die Pferde waren in diesem Augenblick völlig unwichtig. Aber Melanthios konnte nicht anders, in manchen Dingen war er fürchterlich schwerfällig. »Er ist kein Mann, dem man Pferde anvertrauen darf. Er verschleißt sie in kurzer Zeit.«

Auf dem Gesicht von Melanthios malte sich Verachtung. »So? Er fuhr ein hervorragendes Gespann. Ein Kenner. Ein sehr ehrenwerter Mann, der in seiner Stadt Archon ist, vor kurzem zum Phratriarchen der Verehrer des Apollon gewählt wurde und außerdem Schiedsrichter bei den Lykäischen Spielen ist.«

Alexandras Herz schlug wild. Wenn Idaios ihrem Vater jetzt auch noch wegen Alexandros' Versagen beim Rennen kondoliert hatte...

Aber Melanthios verlor sich in Grübeln.

Aus irgendeinem Grunde mußte Idaios geschwiegen haben, wie er sich offenbar auch zu der Verkaufsverhandlung nicht geäußert hatte. Alexandra rieb sich mit gesenktem Kopf behutsam den Schweiß von den Innenflächen ihrer Hände.

»Also«, warf Paidikos ein, »Alexandra war jedenfalls bei einer ganz interessanten Feststellung angekommen, Vater. Kann es sein, daß dieser Idaios das Vermögen meiner Tante eingestrichen hat? Ohne daß du dagegen vorgegangen bist?«

Melanthios schnellte herum wie zu einem neuen Gegner. »Man muß sehen, ob man jetzt überhaupt noch etwas tun kann«, sagte er mit erkennbarer Nervosität. »Wenn Baukis nicht gegen alle Grundpfeiler der griechischen Gesellschaft verstoßen hätte, wäre der Archon Idaios zum Vormund für Baukis ernannt worden. Er hätte sie bei ihren Geschäften beraten und verhindern können, daß sie wegen ihres Geschäftsgebarens in aller Munde geriet.«

In aller Munde geriet! Alexandra biß die Zähne zusammen, um dem Vater ihren Protest nicht ins Gesicht zu schreien.

»Das ist alles gut und schön«, sagte Paidikos. »Aber was interessiert mich ein Vormund, der keiner ist? Was tust du, damit das Erbe in die richtigen Hände kommt, will ich wissen?«

»Es gibt für uns nichts zu tun«, schnauzte Melanthios. »Der Archon Idaios hat alles in seine Hände genommen. Er wird das Geschäft auflösen, die Götter versöhnen und uns den uns zukommenden Teil auszahlen, sofern etwas übrig ist. Baukis hatte hohe Schulden, wie er sagte.«

»Aber das stimmt doch gar nicht!« Alexandra konnte sich nicht mehr zurückhalten. »Baukis ging es hervorragend, und sie war mit ihren geschäftlichen Unternehmungen sehr zufrieden!«

»Ich glaube nicht, daß du das beurteilen kannst!«

»Vater!« Paidikos sprang erregt auf. »Kann es sein, daß diese Gebirgskröte Idaios versucht, das Vermögen zu schlucken? Und dich zu übertölpeln? Du mußt die Geschäftsunterlagen von Baukis selbst überprüfen!«

»Ich erbitte mir mehr Frömmigkeit gegenüber dem Archonten Idaios«, schrie Melanthios leidenschaftlich.

Jedermann sah ihn erschrocken an. In der plötzlichen Stille hörte man, wie Philotis sich ihre Fingernägel säuberte.

Melanthios warf ihr einen angewiderten Blick zu. Dann fuhr er ruhiger fort: »Ich werde mir selbstverständlich alle Unterlagen vorlegen lassen. Aber ich bin sicher, Idaios ist ein ehrenwerter Mann, jetzt... Er wird die Füchse bekommen. Es ist besser so.«

»Aber sie sind noch nicht fertig ausgebildet!« Alexandras Stimme war am Kippen. Ihr gingen die Argumente aus. Sie sah hilfesuchend zu ihrem Bruder hinüber.

Paidikos, der längst wieder saß, hatte die Beine von sich gestreckt, drehte die Daumen umeinander und gähnte die Balkendecke an. Als Melanthios sich abwandte, blinzelte er Philotis zu. Sie warf ihren Kopf zurück und fuhr sich kokett über die Haare.

Also keine Hilfe von dieser Seite. Alexandra kroch eine lähmende Kälte von den Zehen bis in den Nacken. Wenn der Vater in eine Geschäftsverbindung mit Idaios trat, erhöhte sich die Gefahr beträchtlich, daß der Megalopoleer hinter ihr Geheimnis vom Berg kam. Und nach der Einschätzung von Baukis würde er es bestimmt nicht stillschweigend übergehen. Irgend etwas würde er mit einem solchen Wissen anfangen.

Kapitel 16

»Was sagen die Männer, Dares?« fragte Idaios. »Was sprechen sie über mich?«

»Daß du vom Gott selbst ausgewählt wurdest, und daß du einen großen Plan verfolgst. Unser Oberpriester bestätigt es ihnen.«

»Und die Frauen?«

»Anfänglich haben sie über den Apollon vom Lykaion geflüstert, aber ihre Männer haben ihnen den Mund verboten. Diese Dinge sind zu heilig, als daß Frauen darüber reden sollten.«

»Gut so. Mach weiter. Ich habe es jetzt eilig.« Idaios ging in seinen Schlafraum, um das Wichtigste einzupacken. Das Barvermögen. Niemand hatte gewagt, ihn nach seinen Zielen zu fragen, als er sich für die Zeit seiner Abwesenheit von Megalopolis einen Stellvertreter aussuchte und einen beträchtlichen Teil des Vermögens des Koinon aushändigen ließ. Er würde sich im Dienst des Vereins der Apollonverehrer ein halbes Jahr in der Ebene aufhalten, hatte er gesagt, und sein Haus für diese Zeit schließen.

Soweit war alles bestens organisiert. Den Rest konnte er Dares überlassen. Der ließ sich inzwischen vorzeigen, was die Köchin dem Maulesel aufzupacken gedachte. Idaios konnte seine ruhige Stimme, mit der er ablehnte oder zustimmte, bis hier oben hören.

Die Frau kochte gut, aber sie war zu geschwätzig. Sie kommentierte ohne Unterlaß, brauchte dieses und jenes, fand die ganze Reise überflüssig und ließ sich von ihrer halbwüchsigen Tochter bestätigen, daß sie recht habe.

Idaios kehrte zu seinem Bett zurück und setzte sich auf die nackten Spanngurte. Er streckte seine Hände waagerecht aus und betrachtete sie eine Weile. Sie zitterten nur wenig; er lächelte befriedigt. Dann kramte er ein mit Bast verschnürtes Päckchen aus seinem fertig gepackten Sack, öffnete es, schüttete sich graues Pulver auf die Handfläche und leckte es auf.

Das größte Abenteuer seines Lebens brach soeben an. Er durfte jetzt keine Fehler machen, vor allem keine Spuren hinterlassen. Die beiden Frauen würden in den Schluchten Arkadiens verlorengehen. Nur er und Dares würden in Elis ankommen. Und eine Kiste. Eine Kiste voll Zukunft.

Als letztes nahm er sein Himation vom Haken und schulterte den Packsack. Ohne Wehmut verließ er die Räume, in denen er zehn Jahre seines unruhigen Lebens verbracht hatte.

»Was hält die alte Schildkröte, verdammt noch einmal, davon ab, endlich nach Megalopolis zu reisen?« Paidikos schäumte einmal mehr, und Philotis nickte zustimmend.

Sie kümmerten sich beide nicht darum, daß Alexandra ihre Kritik am Hausherrn hörte. Ausnahmsweise fand sie, daß ihr Bruder recht hatte. Melanthios war am Morgen für eine wochenlange Geschäftsreise nach Norden aufgebrochen. Man hätte beinahe auf die Idee kommen können, daß auch er Angst vor Idaios hatte. Sie lächelte trübe. Erst Baukis. Dann sie. Jetzt der Vater?

Das Gute an der Reise des Vaters war, daß ihre Pferde in dieser Zeit vor dem Verkauf sicher waren.

Alexandra drehte sich um und ging zur Hengstkoppel zu Chiron hinüber. Hinter ihr rollten Paidikos' Lachsalven über den staubigen Hof und mischten sich mit Philotis' albernem Kichern. Die Vertraulichkeit zwischen beiden ging entschieden zu weit. Sie warf Chiron verzweifelte Blicke zu. Er zuckte traurig mit den Schultern.

Als Alexandra am Nachmittag wieder vom Training zurückkam, sah sie zu ihrem Erstaunen Philotis in der Sonne stehen. Für gewöhnlich hütete sie sich, ihre weiße Haut der Sonne auszusetzen. Aber es ging ja auf den Herbst zu, da verlangte sie wohl nicht mehr dauernd nach dem Schutz eines Sonnenschirms.

Alexandra achtete nicht auf die Hausherrin, sprang vom Wagen ab und überließ ihn einem der halbwüchsigen Sklaven.

»Und ruf mir Chiron herbei«, befahl Philotis ihm schrill.

Alexandra drehte sich verwundert zu ihr um, weil jetzt sogar ohne Anlaß Hysterie aus ihrer Stimme klang. Seit Melanthios so oft fort war, erlaubte Philotis sich immer öfter, ihren Launen nachzugeben.

Die Welpen von Paidikos, die inzwischen zu tolpatschigen Junghunden mit flatternden Ohren und langen Schwänzen herangewachsen waren, balgten sich knurrend und zähnefletschend miteinander. Ein Esel mit Körben an den Seiten war am langen Strick an einem Ring angebunden; er trippelte nervös zur Seite, als ein wolliges Knäuel auf ihn zurollte.

»Diese stinkenden, verflohten Tiere«, schimpfte Philotis und erwartete offensichtlich von Alexandra Beistand.

Alexandra ersparte sich eine Antwort. Sie hatten immer Hunde auf dem Hof gehabt. Die rauhbeinige Art ihres Bruders verschliß die Rüden bei der Jagd; er brauchte viel Nachzucht und hatte stets welche in unterschiedlichem Ausbildungsstand. Sie fühlte sich nicht von ihnen gestört.

Der krummbeinige Verwalter bog um die Hausecke. »Du hast mich rufen lassen, Herrin.«

»Sorge dafür, daß diese Köter verschwinden!« befahl Philotis. »Ich will nicht ständig befürchten müssen, in ihren Dreck zu treten.«

Chiron runzelte die Stirn und sah sie nachdenklich an. »Wie meinst du das, Herrin?«

Philotis rümpfte die Nase. »Mach sie tot oder verschenke sie!«

»Sie gehören dem jungen Herrn«, erwiderte Chiron unbewegt. »Er muß es mir schon selbst sagen.«

»Du widersetzt dich meinem Befehl?« Philotis' Augen funkelten vor Ärger.

»Keineswegs. Ich versuche dich vor einem Irrtum zu bewahren, Herrin, der Anlaß zu einem Zerwürfnis zwischen dem jungen Herrn und dir werden könnte.«

»Erzähle Paidikos deinen Kummer, Philotis«, schlug Alexandra vermittelnd vor.

»Ich denke gar nicht daran! Und dir sieht es ähnlich, dich auf die Seite eines Sklaven zu stellen«, fauchte sie. »Nicht nur bei Hunden sollte man alle außer einem im Wurf ertränken!« Alexandra schwieg verärgert. Es hatte keinen Zweck. Philotis wurde täglich schwieriger. Vielleicht war sie schwanger.

»Von welchen Hunden außer meinen Welpen sprichst du, Philotis?« Paidikos schlenderte um die Ecke und warf seinen Bogen und den Köcher neben dem Esel auf die Bank, der einen Satz zur anderen Seite machte.

»Ach, Alexandra hat es schon verstanden. Alles andere ist unwichtig, Paidikos.« Philotis drehte sich mit einem aufreizenden Lächeln zu ihm um, legte ihre Hand auf Paidikos' braungebrannten Unterarm und zog ihn sanft zu sich heran. »Du mußt sie beseitigen«, verlangte sie. »Ich kann keinen Schritt tun, ohne ihren Dreck zu riechen. Sie beleidigen meine Nase. Wie kannst du das nur dulden?«

»Ach, das bißchen! Einer der Sklaven kann doch den Schmutz wegputzen«, sagte Paidikos sorglos.

»Nein! Ich will die Hunde entfernt haben!« Sie brachte es fertig, gleichzeitig einen unmißverständlichen Befehl auszusprechen und Paidikos klarzumachen, daß er ihr unmöglich diese kleine Bitte abschlagen konnte.

Paidikos machte ein mürrisches Gesicht.

Die junge Hausfrau dampfte vor Sonnenwärme und Erregung. Sie bewegte die Nasenflügel sacht und ließ Paidikos nicht aus den Augen. Sie legte ihre Hand auf ihre Stirn. Ihre Fingernägel schimmerten rosig und wölbten sich vorbildlich.

Alexandra rieb versonnen mit dem Daumen über ihren vierten Finger, wo der harte Zügel wieder eine Ecke eingerissen hatte, und beobachtete sie verstohlen. Die unverhüllte Gier der beiden aufeinander war ein Skandal. Sie zog sich auf Zehenspitzen zurück. Chiron betrachtete betreten den Staub auf seinen Sandalen.

Philotis stöhnte und blinzelte in die Helligkeit. »Ich vertrage heute die Sonne nicht«, klagte sie mit plötzlich matter Stimme und schwankte auf den Füßen.

Also doch ein Kind. Noch konnte man nichts sehen. Bei dem Glück, das Philotis zu haben pflegte, würde es sicherlich ein Sohn werden. Aber wenigstens erklärte sich so ihr ungebührliches Verhalten.

»Ich bringe dich hinein.« Paidikos legte fürsorglich seine Hand unter ihren Ellenbogen.

Als der dunkle Hausflur sie verschluckt hatte, ging es Philotis bereits besser. Ihre Stimme klang wieder lebhaft.

Als Alexandra sich umdrehte, bemerkte sie, daß Jannina hinter ihr stand. Die Köchin lächelte voll Stolz. Und das war ja wohl ziemlich übertrieben, denn bisher hatte sie dem Herrn Melanthios gegenüber noch nie besondere Zuneigung gezeigt. Aber das Zeugen eines Sohnes durch einen alternden Gebieter war wohl etwas Besonderes.

Zornig hinkte Chiron am nächsten Morgen über den Hof. »Ich habe alle bis auf einen erschlagen müssen«, knurrte er in Alexandras Richtung. »Den mit der weißen Schwanzspitze nahm sie aus. Die fand sie niedlich.«

Ich auch, dachte Alexandra und bückte sich, um den Welpen zu klopfen. Ahnungslos um die Gefahr, der er entgangen war, sprang er neben Chiron her. Sie hatte sich kaum jemals Gedanken um die Hunde gemacht; sie gehörten zum Hof wie die Pferde auf der Weide und die Esel vor dem Kücheneingang. Aber jetzt fand sie es unerhört, daß sie plötzlich hatten sterben müssen.

»Wenn Vater erst wieder da ist«, sagte sie unbehaglich, »hat Philotis weniger Zeit, sich um Dinge zu kümmern, die sie nichts angehen. Und wenn dann noch das Kind kommt ...«

»Welches Kind?« fragte Chiron staunend.

Alexandra sah dem Hund nach, der einer Hummel hinterhersprang, und erhob sich wieder. »Ihr Kind. Philotis erwartet ein Kind, dachte ich. Sie benimmt sich seltsam.«

Chiron schüttelte den Kopf. »Bestimmt nicht. Sie ist nur unglaublich verwöhnt und gefällt sich selbst darin, Befehle zu erteilen, mögen sie noch so unsinnig sein.«

Alexandra drehte sich überrascht zum Fenster um, hinter dem Philotis sich meistens aufhielt, um sich die Nägel polieren und die Haare kämmen zu lassen. Sie traute Chiron fast alles zu. Aber eine Hebamme war er nicht. Frauenangelegenheiten konnte er nicht beurteilen.

Der Hund, der längst kein Welpe mehr war, aber immer noch so tolpatschig wie vor einigen Wochen, richtete sich auf seinen stämmigen Hinterbeinen auf und schlug mit den Vorderpfoten nach der Hummel. Sein Gesicht war weiß und braun gefärbt, und er schien ein pfiffiges Kerlchen zu sein.

»Niedlich«, sagte Alexandra weich.

In diesem Augenblick erschien Philotis im Eingang. Als sie den Hund bemerkte, stoppte sie ihren eiligen Schritt, aber es war zu spät. Gefährlich knurrend, mit dem Insekt zwischen den Zähnen, kippte der kleine Hund wieder auf die Vorderpfoten und riß mit einer Kralle einen flatternden Winkel in das zarte Gewand der Hausherrin.

»Ich habe mich geirrt«, sagte Philotis kalt. »Dieser Welpe wird auch getötet.«

An dem Tag, als Alexandra ihren Bruder bei beginnender Morgendämmerung fast nackt aus dem Flügel der Frauengemächer herausschleichen gesehen hatte, brach sie nach der dritten Runde ihr Training ab und fuhr nach Elis hinein. Ihre Nerven flatterten.

Aber selbst auf dem Markt fühlte sie Blei in Händen und Füßen. Was würde ihr Vater tun, wenn er den Betrug entdeckte? Würde es ihm jemand sagen? Oder würde er selbst dahinterkommen? Und was dann? Rache an den Ehebrechern zu üben wäre Melanthios' Pflicht. Aber Paidikos war nicht der Sohn, der sich erschlagen ließ. Wahrscheinlich würde der Vater auf der Strecke bleiben und Paidikos ins Ausland fliehen.

Die Katastrophe im Hause Melanthios war kaum noch aufzuhalten. Sie bedauerte zutiefst, Melissas Ratschlag nicht gefolgt zu sein. Hätte sie es wenigstens versucht! Eine Träne lief ihr über die Wange. Noch bevor sie sie abgewischt hatte, wurde sie auf den süffisanten Ton der Stimme aufmerksam, die sie von Herzen haßte.

»Den Göttern sei Dank, daß griechische Frauen nicht bei Wettrennen fahren.«

Alexandra fuhr herum und stieß an die markante Nase von Idaios, der sich zu ihr herunterbeugte.

»Die Pferde würden bis über die Hufe in Tränenpfützen stehen, wenn ihre Lenkerinnen verlieren.«

»Wenn sie dich vorher tragen mußten, wäre es eine brauchbare Art, sie zu retten«, versetzte Alexandra giftig. Sie haßte dieses zerfurchte Gesicht, das schon wieder einen blauen Querstreifen trug. Es mußte ein Dauerzustand sein, daß er ständig gegen Türstürze prallte. »Du Maultierschinder!«

»Oh, wir sind ungehalten.« Idaios schnalzte mitleidig mit der Zunge und schüttelte den Kopf. Dann versuchte er, den Arm um ihre Schulter zu legen.

Alexandra fand seine Anschmiegsamkeit abscheulich. Was wollte der Kerl eigentlich immer? Eine unbestimmte Angst vor ihm ließ sie zurücktreten, bis sie etwas Hartes in ihrem Rücken spürte.

Ihr Blick flog umher. Sie war zwischen den Rückwänden von geschlossenen Verkaufsbuden gefangen. Idaios stützte die Hände beiderseits neben ihrem Kopf flach auf das Holz und brachte sein Gesicht dicht an ihres. Seine Zähne waren gelb, und er roch nach Wein und Knoblauch.

Niemand achtete auf sie beide. Um Hilfe konnte sie nicht schreien. Die spitzen Kommentare der einkaufenden Männer konnte sie sich problemlos ausmalen: *Eine Frau, die Streitwagen fährt, zieht auch Männer in ihren Bann wie Skylla und Charybdis.* Sie starrte ihm wie gelähmt ins Gesicht.

»Ach, Herrin«, ertönte von der Seite Antenors Stimme mit der Begeisterung eines erfolgreichen Marktschreiers, »ich suche dich schon überall. Ich vergaß ganz, dich nach deinem Wunsch für die Grundglasur zu fragen: rot oder schwarz. Verzeih, Herr«, schwatzte er weiter. »Ich störe, ich weiß es, und es ist mir wirklich unangenehm, einen vornehmen Bürger wie dich bei einer Plauderei zu unterbrechen. Aber du verstehst: die Herrin Alexandra wird dringend an meinem Stand benötigt. Sieh dich kurz zwischen Gemüse und Lederwaren um, und im Handumdrehen habe ich sie dir wieder zurückgebracht!« Antenors lehmige Töpferpranke schmiegte sich um Alexandras Handgelenk.

Oh, Antenor! Sein aufdringliches Geschwätz war irgendwie

peinlich. Aber er war genau zur rechten Zeit gekommen. Sie drückte Idaios' behaarten Arm beiseite und schlüpfte in die Freiheit.

Seine Kiefermuskeln wurden hart und flach, und die Bartstoppeln schimmerten schwarz. Aber er erhob keinen Einspruch.

»Da wir nichts zu besprechen haben, verabschiede ich mich jetzt gleich von dir, Archon«, sagte Alexandra. Ihre Beklemmung war wie fortgeflogen. Er hatte es versucht, und es war danebengegangen. »Ich muß gestehen, daß ich mich in deiner Nähe nie besonders wohl fühle. Meiner Tante brachtest du die Nachricht, daß ihre Sklavin tot sei; mir brachte man die Nachricht, daß Baukis auf Betreiben der Archonten von Megalopolis, zu denen du gehörst, gesteinigt wurde.«

Idaios gluckste. »Nachrichten über Nachrichten! Und jetzt bringe ich dir die Nachricht, daß du das schöne Gespann bei der Wasseruhr demnächst verlieren wirst.«

Alexandras Herz raste wieder. Am liebsten wäre sie mit Fäusten auf ihn losgegangen. Antenor schob sie resolut um eine Ecke. Sie klammerte sich an ihn, und er hielt sie geduldig. Als sie ihre Fassung wiedergewonnen hatte, fragte sie: »Mußt du ihn unbedingt vor mir schützen?«

Der Töpfer grinste still über ihren Kopf hinweg.

Antenor führte Alexandra auf dem kürzesten Weg zu seinem Stand, wo ein kleiner Junge die Keramik argwöhnisch im Auge zu behalten versuchte.

»Es ist sicherer so«, erklärte Antenor, nun wieder ganz ernst und geschäftsmäßig. »Womöglich schickt Idaios uns einen Spion hinterher. Wenn du dich hier umgesehen und dich scheinbar für eine Glasur entschieden hast, bringe ich dich zu deinem Gespann.«

Alexandra sah zu ihm hoch. Wie ein Fels in der Brandung stand er vor ihr, und der Strom der Marktbesucher teilte sich an ihm und ließ sie selbst wie auf einer geschützten Insel stehen. »Danke«, sagte sie leise. »Warum tust du das?«

»Vielleicht brauche ich hin und wieder jemanden, der mir bei der Zügelführung Ratschläge gibt.«

»Das ist ein Fehler, den man nur einmal macht.« Alexandra unterzog den Töpfer einer sorgfältigen Betrachtung. Zu den wilden Philosophen gehörte er nicht. Sein Bart war akkurat geschnitten und die übrige Haut vor kurzem erst scharf rasiert. Er war geradezu penibel gekleidet; trotz des Bartes wirkte er wie ein Mann von Adel. Beinahe einschüchternd.

»Stimmt. Meistens macht man Fehler, die man nicht vorausgesehen hat. Nimm dich vor Idaios in acht. Er ist nicht aus Zufall in Elis. Vielleicht nicht einmal wegen deiner Pferde.«

Alexandra atmete tief durch. Sein Hinweis war rechtzeitig genug gekommen, um sie erneut daran zu erinnern, daß mehr hinter der Angelegenheit steckte. Es gab eine Verbindung zwischen Antenor und Idaios.

Er brachte sie wortlos an den Wagen. Alexandra fuhr in rasendem Tempo nach Hause. *I-dai-os* ratterten die Räder. Sie mußte die Fettbuchsen von Chiron überprüfen lassen. Aber ihre Angst vor Idaios würde er nicht beheben können.

»Du schlägst über die Stränge!« zischte Chiron. »Überschätze deinen Wert hier im Hause nicht!«

Jannina legte einen Zeigefinger an das untere Lid ihres linken Auges, zog es herunter und machte eine hämische Grimasse.

Der Verwalter ließ die lange Schnur seiner Fahrpeitsche unschlüssig durch die Luft fächeln. Dieses Weib fühlte sich zu sicher, seitdem sie in Philotis eine Verbündete im Haus gewonnen hatte. »Der Herr wird dich verkaufen, wenn er feststellt, daß du Intrigen spinnst. Dieses Mal wird er es tun!« drohte er.

Die Köchin ließ ihre Hand herabrutschen und verzog ihr Gesicht zu einem freudlosen Grinsen. »Er wird mich nie verkaufen. Du wirst mich gegen eine solche Anschuldigung verteidigen, nicht wahr, Chiron? In deinem eigenen Interesse. Auch du möchtest nicht verkauft werden. Oder sterben.«

Chiron sah sie schweigend an. Seit siebzehn Jahren wünschte er dieses Weib tot, aber die Götter waren der Hausgemeinschaft nicht gnädig gesonnen. Sie war alt geworden, ihre Gesichtshaut hatte eine braune Tönung angenommen, und er fragte sich, ob sie krank war, oder ob im Alter das Erbe der Vorfahren stets sichtbarer wurde. Auch er sah schließlich mehr denn je wie ein Kentaur aus. Ihre Wiege mußte in den Bergen des Ostens oder Nordens gestanden haben, bei solch weit auseinanderliegenden, etwas schrägen Augen.

»Außerdem wird Melanthios ihr jeden Wunsch erfüllen, verstehst du? Eine Prise eines geheimen Gewürzes in seinem Essen...«, fuhr die Köchin mit satter Genugtuung fort. »Und meine Wünsche sind ihre Wünsche.«

Der Verwalter begann vor Wut rot zu sehen. Diese Frau mit dem Gehirn eines Spatzes war mit Worten nicht in ihre Schranken zu weisen. »Hast du auch Paidikos mit deinen Zaubermitteln gefügig gemacht?«

Aus Janninas Kehle stieg ein Lachen wie das Gluckern eines unbeschwert fließenden Baches empor, und ihre breiten Wangen glätteten sich im Triumph. Sie trat dicht an Chiron heran. »Habe ich das nötig?« flüsterte sie. »Nach wem schlägt Paidikos wohl? Nach wem...?«

Chiron drückte der Köchin seine schmutzige Hand mit einem Fluch über den Mund, bis er nur noch ihren heißen Atem zwischen den Fingern spürte. Dann packte er sie mit einem Griff am Rücken, der für das Niederwerfen von Fohlen beim Brennen taugte, und schleuderte sie über sein linkes Knie. Er verdrosch sie unbarmherzig mit dem Griff der Peitsche. Erst als sie anfing, vor Schmerz zu winseln, schob er die Frau von sich fort und schmetterte die Peitsche in den Staub. »Damit du dich an deinen Schwur erinnerst!« brüllte er sie an. »Es würde mir nicht schwerfallen, dich totzuschlagen!«

»Welcher Schwur?«

Chiron fuhr herum. Sein zornrotes Gesicht begann blaß zu werden, als ihm klar wurde, daß Alexandra Zeugin von Worten geworden war, die nicht für sie bestimmt waren. »Eine alte Rechnung, Herrin«, murmelte er. »Jannina und ich verstehen uns nicht besonders. Kümmere dich nicht darum.«

Alexandra sah ihn lange nachdenklich an.

Kapitel 17

Philotis lag nackt neben Paidikos. Er schlief, und sie betrachtete sein Gesicht voll Neugier und ohne Hemmungen. Gut sah er nicht aus, aber wer verlangte schon gutes Aussehen bei einem Stier?

Sie wollte ihn, und sie hatte ihn bekommen. Er war die einzige Abwechslung, die es zwischen einem albernen alten Mann und einem staubigen Gutshof mit Pferden gab.

Paidikos liebte sie nicht. Er liebte niemanden. Einmal war ihr der Gedanke gekommen, daß sie Teil eines Planes sein könnte, den er entworfen hatte. Als ob er wie ein Gott an Fäden zog, die sie nicht sehen konnte, aber deren Klebrigkeit sie auf der Haut spürte. Unbesonnen hatte sie Paidikos danach gefragt, und er hatte ihr mit dem Handrücken ins Gesicht geschlagen. Seitdem überlegte sie, bevor sie sprach.

Philotis begann Paidikos zu liebkosen. Selbst im Schlaf reagierten seine Sinne. Und dann fuhr er hoch und nahm sie wie im Rausch.

»Hat es dir gefallen?« fragte sie unterwürfig, als er fertig war.

»Nicht besonders«, antwortete er mürrisch und ohne die Augen zu öffnen. »Du bist nicht besser als ein Sandsack, an dem ein Mann sich erleichtert. Laß dir etwas einfallen. Oder frage Jannina um Rat; das alte Weib kennt mehr Geheimnisse, als einem lieb sein kann.«

Jannina. Philotis schmiegte sich an Paidikos und begann über die Rolle der schmierigen alten Küchenfrau in diesem Haus nachzudenken. Sie war allmählich fast zu ihrer Vertrauten geworden. Obwohl, oder vielleicht sogar, weil sie Angst vor ihr hatte.

Bei dem sonderbaren Streit zwischen Chiron und Jannina hatte Alexandra fraglos das Entscheidende verpaßt. Der Verwalter hatte nie jemanden geschlagen. Obendrein hatte er gedroht, Jannina zu töten, wenn sie... Wenn sie was? Sie würde es herausbekommen.

Es mußte stimmen, daß Jannina Paidikos ein Aphrodisiakum ins Essen mischte, vielleicht sogar auf Anweisung der Hausherrin, bei der sie inzwischen ein und aus ging. Und weder Philotis noch Paidikos kümmerten sich darum, daß jeder im Haus wußte, daß sie ein Liebespaar waren. Allerdings ließen sie sich nie bei Zärtlichkeiten erwischen, wie Alexandra zugeben mußte.

Alexandra spürte, daß die Stimmung der Hausbewohner sank. Melissa wurde stiller und Chiron mürrisch. Sie war unendlich dankbar, als ein Bote den Hausherrn ankündigte.

Sie behielt den Zufahrtsweg zum Gut im Auge, während sie auf ihren Vater wartete. Was war, wenn Idaios ihn in Elis abgefangen hatte? Gerüchte sprachen davon, daß sich der Mann aus Megalopolis inzwischen in Elis niedergelassen hatte, aber niemand wußte, warum. Die Ausrede mit der Gesundheit wirkte fadenscheinig.

Alexandra winkte ihrem Vater und lief ihm entgegen, als sein großer Reisewagen wenige Stunden später auf den Hof rollte.

Melanthios beachtete sie nicht. »Und ich will sie sofort!« brüllte er. Er verschwand im Haus, bevor Alexandra sich überhaupt bemerkbar gemacht hatte. Sein Schreibsklave zerrte mit verbissenem Gesicht eine eisenbeschlagene Kiste an den Rand der Ladefläche.

Chiron kam heran und half ihm, sich die Kiste auf die Schulter zu wuchten. »Ist etwas?« fragte er leise. »Und wen will er sofort?«

Der Mann machte eine Grimasse. »Oh, frage nicht«, flüsterte er. »Ein römischer Händler hat den Herrn betrogen. Wir haben es in Elis erfahren. Der Herr wird immer unvorsichtiger. Er braucht eine bestimmte Abrechnung.«

Alexandra wechselte einen besorgten Blick mit Chiron. Hoffentlich bedeutete dieser Verlust nicht, daß der Vater trotz des beginnenden Winters wieder fort mußte.

In den nächsten Stunden strich sie wie ein lauernder Fuchs um den Eingang zum Arbeitsraum des Vaters. Hinter der verschlossenen Tür war seine erregte Stimme zu hören und gelegentlich die seines Sklaven. Einmal mußte sie Platz machen für die neue Küchenhelferin, die Jannina mit Wein, dampfendem Brot, Oliven und Käse sandte.

Die Dunkelheit senkte sich über den Hof. Der Vater hatte inzwischen nicht einmal nach seiner Frau geschickt. Alexandra ließ sich an der Wand entlang auf den Boden gleiten und schlug die Arme um die Knie. Unter der Tür sickerte das flackernde Licht der Öllampen heraus, und zuweilen knirschten Schritte. Viel zuviel Aufwand und Aufregung für einen einzelnen entgangenen Gewinn. Allmählich kroch ihr die Angst um den Hof, die Pferde, ihr ganzes künftiges Leben den Rücken hoch. Und um die Olympischen Spiele. Ihr Wunsch, daran teilzunehmen, war mächtiger denn je.

Es war kühl auf dem Lehmboden, und trotzdem begann Alexandra beinahe einzuschlafen, als die Tür aufflog. Der Schriftführer verließ mit einigen Rollen unter dem Arm das Arbeitszimmer. Sie rappelte sich ein wenig benommen hoch, machte einen großen Schritt hinein und zog die Tür hinter sich zu.

Melanthios stand mit grauem Gesicht am Pult und starrte auf die Deckenbalken. Seine kostbare Pferdestatuette lag unbeachtet zwischen Papyrosrollen.

Alexandra erschrak. Es war ein denkbar ungünstiger Zeitpunkt für ihr Anliegen, aber sie hatte keine Wahl. »Vater. Herr«, sagte sie leise.

Melanthios holte hörbar Luft und kehrte in die Wirklichkeit zurück. »Ja, Alexandra. Was ist?«

Auch seine Höflichkeit war beängstigend. Alexandra überspielte ihre Verblüffung. »Vater, ich möchte mein Gespann für die Teilnahme an den Olympischen Spielen melden«, sagte sie fest.

Melanthios schloß die Augen halb.

Hoffentlich weigerte er sich nicht, sich jetzt mit den Festspielen zu befassen. Alexandra wurde immer nervöser.

»Ausgeschlossen. Das Viergespann reicht.«

»Aethon und Pyrois sind bestens eingefahren und haben große Chancen zu siegen«, sagte sie. »Gegen die stärkste Konkurrenz. Der Kaiser wird selbst auch fahren.«

»Er ist ein Römer«, murmelte Melanthios und kräuselte voll Abscheu die Lippen.

»Ja, aber kein Römer wie alle. Nero liebt Griechenland. Er hat hohe Preisgelder für alle Pferdewettbewerbe zugesagt.«

»Preisgelder wie in der römischen Zirkusarena für einen Sieg zu Ehren der Götter des Olymp? Welch ein Verfall der Sitten! Von den hellenischen Idealen ist nichts mehr übrig, wie mir scheint!« Melanthios schaute angeekelt drein.

»Werden die Hellanodiken wagen, Preisgelder abzulehnen, wenn das Angebot vom Kaiser kommt, Vater?«

»Bisher haben wir sie abgelehnt.«

»Aber die Zeiten ändern sich«, sagte Alexandra leise. »Außerdem: Wäre es nicht besser, ein Grieche würde das Preisgeld eines Römers einfahren? Je mehr Meldungen von Hellenen, desto besser.«

Melanthios fuhr sich mit der Zunge über die Lippen. »Wahrscheinlich wäre der Kaiser sehr erzürnt. Und ob wir uns das leisten können? Ja, die Zeiten ändern sich wirklich. Wie hoch ist das Preisgeld?«

»Es ist noch nicht bekanntgemacht worden«, antwortete Alexandra bedächtig. »Aber es sollen Tausende für jeden Sieg sein. Die Boten des heiligen Friedens müssen in wenigen Wochen kommen. Sie werden es wissen.«

»Ich war lange fort. Zu lange.« Alexandra nickte nachdrücklich, aber Melanthios rieb sich mit dem Zeigefinger die Unterkante der Nase, starrte auf den Boden und bemerkte es nicht. »Was hältst du von Paidikos' Chancen?«

»Er wird verlieren«, sagte Alexandra nüchtern.

»Keine Aussicht auf einen Preis?«

»Nicht die geringste! Er wird schon in den Ausscheidungsrunden hinausfliegen.« Hoffentlich kam der Vater jetzt nicht auf die Idee, Paidikos ihre Pferde zu überlassen! Sie verkrampfte ihre Hände hinter dem Rücken und atmete ganz flach.

»Also wird er eine Lachnummer. Für meine eigene Zucht! Wer wird dann noch Pferde von mir kaufen?«

Voll Schrecken dachte Alexandra daran, daß sie selbst genau das geworden war. Trotz Begabung, trotz perfekter Pferde. »Es braucht wahrscheinlich nicht viel dazu. Es kann alles mögliche von Beginn an schiefgehen«, meinte sie versöhnlich.

»Wahrscheinlich. Und ganz bestimmt, wenn weder der Fahrer, noch die Pferde trainiert haben. Wer wird dein Gespann lenken?«

Er ließ ihr keine Zeit, ihre Freude auszukosten. Bestimmt überlegte er hinter seiner gerunzelten Stirn, ob er den jungen Mann kannte. Alexandra schluckte ihre Beklemmung hinunter, die wie ein dicker Kloß in ihrem Halse saß. »Ich selbst.«

Melanthios ließ sich auf einen Scherenhocker sacken. Er gab einen gequälten Laut von sich und stützte den Kopf in die Hände. »Das ist ein Frevel gegen die Götter«, flüsterte er.

»Aber keine Lachnummer«, sagte Alexandra verbissen zu der beginnenden Glatze ihres Vaters und ging.

Wieder einmal schlief Alexandra schlecht. Und die Nachrichten, die Melissa aus Elis nach Hause brachte, waren auch nicht geeignet, zu ihrer Beruhigung beizutragen. Sie berichtete, daß in der Stadt die erstaunlichsten Gerüchte über den Gott Apollon umgingen.

»Er soll in Arkadien auf einem Berg erschienen sein, und am Tempel stehen die Männer herum, um Näheres zu erfahren. Aber die Priester machen es unter sich aus. Sie lassen sich von einem Phratriarchen aus Megalopolis aus erster Hand informieren.«

»Ich kenne ihn«, murmelte Alexandra.

»Ach, und eine solche berühmte Bekanntschaft wolltest du wohl für dich behalten, du hochmütige Schnepfe!« schimpfte Philotis hinter ihr und rauschte davon. Die Tür zu ihrem Raum fiel krachend hinter ihr zu.

Alexandra zog die Schultern hoch und seufzte tief. Es hatte keinen Zweck, dazu etwas zu sagen. Sie wechselte das Thema.

Überraschend schnell stürmte Philotis wieder aus ihrem Zimmer. Sie hatte sich fein herausgeputzt; ihre Augenlider waren in der Eile viel zu schwarz geraten. »Man muß zeigen, daß man fromm ist«, stieß sie im Vorübergehen hinaus. »Wir haben schließlich Verpflichtungen der Polis gegenüber. Nur Alexandra nicht. Welchen Nutzen hat sie überhaupt?«

»Soll ich die verschlissenen Bettücher allein durchsehen, Herrin? Ich könnte sie dir dann heute abend vorlegen, und du entscheidest darüber.«

»Mir gleich«, rief Philotis über ihre Schulter und eilte hinaus. »Eigentlich interessieren sie mich sowieso nicht.«

Alexandra sah Melissa, die Friedfertige, dankbar an. Aber irgendwann mußte es zum endgültigen Bruch zwischen ihr und Philotis kommen.

Abends konnte Alexandra dem Wagen nicht mehr ausweichen, als er auf den Hof rollte.

Philotis' vornehme elische Frisur war zerzaust, und ihre Augen funkelten erregt, als sie herunterstieg. Sie stellte sich Alexandra in den Weg. »Dieser Mann ist unglaublich interessant«, sagte sie in vorwurfsvollem Ton. »Warum hast du mir nicht von ihm erzählt? Er war als Gast im Chor der Apollonverehrer. Eine Stimme hatte er! Stundenlang hätte ich ihm zuhören können.«

»Warum bist du dann nicht dortgeblieben?« fragte Alexandra verdrossen. »Er hätte dir sicher dankbar vorgesungen.«

»Aus Rücksicht auf deinen Vater, natürlich. Ich hätte wirklich gerne einige Worte mit einem so bekannten Phratriarchen und Archonten gewechselt«, sagte Philotis betont.

»Wahrhaft fromme Frauen sprechen nicht mit fremden Männern«, versetzte Alexandra tugendsam. »Schließlich bist du verheiratet und aus bester Familie!« Sie unterdrückte ein Lachen, als Philotis durch die Nase schnaubend ins Haus schritt.

Zwei Tage später kam Idaios auf das Gut. Er sprang von seinem Wagen wie ein junger Götterbote, raffte sein teures Himation unter den Arm und entbot Apollon Agyieus seinen Gruß, bevor er in den Hauseingang rauschte. Und alles, ohne Alexandra nur einen Blick zu gönnen, obwohl sie neben dem Eingang stand. Sie ballte die Fäuste. Es handelte sich um eine Vorführung. Ein Schauspiel des frommen Phratriarchen Idaios für die ungläubige Alexandra Melanthios.

Sie versuchte sich zu beruhigen. Es hing so unglaublich viel von diesem Gespräch zwischen ihrem Vater und Idaios ab. Hoffentlich blieb der Vater bei seinem Wort!

Alexandra sah sich um. Einer von Chirons Helfern schleppte Wasser für den Tränketrog der Stuten. Sonst war niemand draußen. Sie rannte in ihre Kammer, griff sich die Handspindel und ein Körbchen mit Wolle und kehrte um. Draußen schlenderte sie an der Wand entlang.

Zufällig stand unterhalb des Arbeitszimmers ihres Vaters ein Holzklotz, den Chiron auf ihre Bitte hin beizeiten hingeschafft hatte. Das Gespräch war durch die unverschlossenen Fensteröffnungen leicht zu verfolgen.

Die Spindel hatte eine große Scheibe, die Alexandra in einen gemächlichen Schwung versetzte. Unter ihren Fingern entstand ein so unregelmäßiger Faden, daß Melissa ihn zurückweisen würde. Sie lauschte hingebungsvoll.

Noch war der wichtigste Politiker der Weltstadt Megalopolis nicht über die Qualität der diesjährigen Weinernte im Helisson-Tal hinausgelangt.

»Was willst du, Idaios?« fragte Melanthios mit einem Anflug von Ungeduld. »Ich habe nicht erwartet, dich hier noch einmal zu sehen.«

»Du hast nicht erwartet, mich überhaupt noch einmal zu sehen, stimmt's?« Idaios lachte leise. »Aber jetzt, wo uns der Zufall so angenehm zusammengeführt hat, ist es mir wieder eingefallen, welch freundlicher Mensch du bist. Ich will deinen Hof haben, aber das hat Zeit. Im Augenblick will ich nur die Füchse.«

Alexandra riß der Faden. Der Hof, dachte sie entsetzt. Wieso? Und woher kennen sie sich?

»Meine Tochter fährt sie«, murmelte Melanthios. »Sie ist ohne Mutter aufgewachsen und etwas eigensinnig.«

»Um so schlimmer. Wenn du sie jemals verheiraten willst,

mußt du zusehen, daß du die Hengste verkaufst. Sonst wirst du deine Tochter nie los! Oder willst du dir alle drei zugleich vom Halse schaffen?«

»Wenn das ein Angebot ist«, sagte Melanthios zögernd, »so könnte man eine Verbindung möglicherweise ins Auge fassen. Allerdings nicht jetzt und nicht im nächsten Jahr.«

Idaios brüllte vor Lachen. »Wenn ich eine Verbindung will, lasse ich es dich wissen. Jetzt will ich die Hengste, wie gesagt.«

Alexandras Hände zitterten wie Spinnweben im Wind. Hoffentlich lebte Idaios' Frau noch! Immerhin hatte er sie als Pferdeärztin kennengelernt.

»Aber«, fuhr Melanthios mit hörbarer Irritation fort, »ich habe ein gutes Verhältnis zum Kaiser. Ich halte es für möglich, daß sich Nero selbst für meine Zucht interessieren könnte. Die Füchse stehen derzeit nicht zum Verkauf.«

Gaia sei Dank!

»Du kannst andere Pferde haben.«

Von Idaios kam keine Antwort. Statt dessen ein Klirren, das Alexandra durch Mark und Bein ging.

»Mein Pferdchen«, schrie Melanthios schrill. Ein Hocker wurde verschoben, gefolgt von einem dumpfen Geräusch, als ob ihr Vater jetzt auf die Knie gefallen wäre.

Alexandra schlug die Hände vor das Gesicht.

»Nur der Anfang, Melanthios. Ein kleiner Hinweis. Solltest du dein Geschäft noch vor der Olympiade auflösen wollen, bin ich bereit, sie zu bezahlen. Später nicht mehr. Apollon sei mit dir.«

Eine Tür schlug zu.

Alexandra war so gelähmt, daß sie sitzenblieb.

Idaios trat aus der Tür. Sein Blick suchte sie, als hätte er die ganze Zeit gewußt, daß sie dort lauschte. Als er um die Hausecke gebogen war, sackte sie in sich zusammen. Erstmals kam es ihr in den Sinn, daß es besser gewesen wäre, wenn sie nie einen Gedanken an Olympia verschwendet hätte.

Nach einer Weile verließ Melissa das Haus. In ihren behutsam zusammengelegten Händen brachte sie die Scherben der Tonstatuette zu Chiron hinüber, als ob er imstande wäre, auch solche Pferde zu heilen.

Paidikos beobachtete beunruhigt das Geschehen auf dem Hof. Mit den Zahlenkolonnen auf den Wachstäfelchen hatte der Sklave des Vaters ihn ausgiebig gelangweilt. Aber wenn es um wirklich wichtige geschäftliche Transaktionen ging, zog ihn niemand ins Vertrauen; er hatte keine Ahnung, warum dieser Klotz von Mann nicht warten konnte, bis sein Vater wieder in Elis war.

Und warum saß seine unsägliche Schwester unterhalb des Fensters und lauschte? Sie mußte ja Anlaß dafür haben, also wußte sie etwas. Er beschloß, seinen Jagdausflug zu verschieben, und ging ins Haus zurück.

»Junger Gebieter«, stammelte entsetzt eins der vielen unnützen jungen Weiber, die zum Haushalt gehörten, und rannte den Gang des Frauentraktes entlang, als ob sie einen Spuk gesehen hätte.

Unbeirrt ging Paidikos weiter. Der Alte hatte zu tun. Er stieß die Tür zu Philotis' Gemach auf und trat ein. Sie war allein. Müßig saß sie auf ihrer Liege.

Trotz der dicken Schicht von Schminke konnte Paidikos erkennen, daß Philotis sich freute. Sie streckte ihm die Arme entgegen und zog ihn neben sich. Ihre Hitze brannte ihm entgegen. Es machte vieles wieder gut. Er war der Herr des Hauses, und der Alte merkte es nicht einmal.

Paidikos machte sich nicht die Mühe, seine Gier zu unterdrücken. Er wischte ihr die durchsichtigen Fetzen von den Schultern und griff hart nach einer Brust. Philotis schrie vor Schmerz und schob ihm die braune Warze vor die Lippen, bis er anfing, an ihr zu lutschen. Ihre Finger krallten sich fordernd in seinen Nacken.

Paidikos grinste. Jannina hatte ihr einiges beigebracht. Nach einer Weile gelang es ihm, sich zu zügeln und ihre Hand zu entfernen. »Wer ist er?« flüsterte er.

»Der Besucher?« stammelte Philotis, während sie mit zitternden Fingern die Spangen an ihren Schultern löste und ihre Beine von dem anschmiegsamen Stoff der Chlamys freistrampelte. Ihr rasiertes Schamdreieck schimmerte rötlich in einem Sonnenstrahl, als sie sich ihm entgegenhob.

»Wer sonst?« Nach gewohnter Art warf er sich auf Philotis

und drang ohne Vorbereitung in sie ein. Sie war feucht und prall wie eine Eselstute.

»Idaios, der Archon von Megalopolis«, sagte sie in sein Ohr und umschlang ihn.

Der Beinahe-Vormund seiner närrischen Tante also. Der Mann, der das Vermögen von Baukis verwaltete. Erleichterung durchflutete ihn. Wenn er jetzt kam, mußte es bedeuten, daß alles geregelt war. Das Familienvermögen würde sich beträchtlich erhöhen. Seins...

Sein künftiges Glück machte ihn stark wie ein Bulle. Paidikos spürte den Druck von Philotis' Hacken in seinem Kreuz, roch den brünstigen Duft, den ihre Achselhöhle verströmte, und stieß und stieß.

Dionysos konnte sich nicht zufriedener fühlen als er. Paidikos schlenderte über den Hinterhof, um sich abzukühlen. Praktisch unter den Augen von Melanthios hatte er bei dessen Frau gelegen.

Hinter dem Stutenstall stieß er auf den Wagen, mit dem der unbekannte Archon gekommen war. Sein Lenker schnarchte im Schatten eines Olivenbaums.

Paidikos betrachtete die Pferde kritisch, während er auf den Mann wartete. Kräftig, aber nichts Besonderes. Er fand, daß ihm Informationen über die Erbschaft zustanden, und er würde sie sich beschaffen. Der Vater glaubte, Geschäft und Gut noch voll in der Hand zu haben, dabei war er für beides zu alt. Es war höchste Zeit, sie ihm abzunehmen. Die Frau hatte er schon.

Er lachte leise und rieb einem der Pferde mit den Fingerknöcheln hart über den Nasenrücken. Es schnaubte, entzog sich der Hand und schüttelte den Kopf.

»Was erheitert dich an meinen Hengsten, junger Mann?« Idaios betrachtete ihn von Kopf bis Fuß.

Paidikos würdigte ihn keiner Antwort.

»Ich mag es nicht, wenn sich jemand über etwas lustig macht, das zu meinem Oikos gehört«, setzte Idaios mit leisem Drohen hinzu.

»Die Pferde sind in Ordnung, Idaios«, sagte Paidikos träge. »Ich lachte über etwas, das dich nichts angeht.«

»Aha«, sagte der Archon. »Dann sei gegrüßt. Du weißt, wer ich bin, also gehörst du zur Familie. Ich bin im Nachteil dir gegenüber.«

Auch das schien er nicht leiden zu können. Vermutlich fühlte sich dieser Mann aus den Bergen Arkadiens in den Städten der Küste unwohl. Paidikos erlaubte sich ein gönnerhaftes Lächeln, bevor er die Neugier des Gastes stillte. »Ich bin Melanthios' Sohn und Erbe Paidikos.«

Idaios zog überrascht die Augenbrauen nach oben und betrachtete Paidikos ein zweites Mal intensiv.

Paidikos wippte auf den Zehen hin und her, die Hände auf dem Rücken. »Mir geht es ähnlich wie dir«, sagte er schließlich. »Mir gefällt es nicht, wenn ich gemustert werde wie der Sklave auf dem Sklavenmarkt.«

Der Archon wischte sein Unbehagen beiseite, indem er ihm auf den Rücken klopfte. »Ach, was, mein junger Freund«, sagte er jovial. »Solche Gefühle sollte ein Mann, der einst ein großes Vermögen verwalten will, nicht haben. Nein, was mich betrifft, war es reine Neugier. Ein Geschäftsfreund sprach von Melanthios' Zwillingen. Es gibt also noch einen zweiten Sohn. Einen, der der Tochter Alexandra ähnlicher sieht als du.«

Paidikos grinste. »Sie ist meine Zwillingsschwester. Die Götter haben gnädig verfügt, daß ich nicht so kümmerlich geworden bin wie sie.«

»Aah so«, sagte Idaios und zwinkerte ihm verständnisvoll zu. Paidikos fühlte seine Schultern für einen kurzen Augenblick zwischen zwei Pranken eingeklemmt, dann sprang der Archon mit erstaunlicher Behendigkeit auf seinen Streitwagen und fuhr an. Sein Lenker schoß in die Höhe und trabte los, als sei er es gewohnt, hinterherzulaufen.

Paidikos stemmte die Arme in die Seiten und sah ihnen nach. Er hatte seinen seltenen Auftritt als Erbsohn des Archonten und Hellanodiken Melanthios von Elis genossen, aber es blieb das nagende Gefühl zurück, daß er diesem arkadischen Bären gar nicht überlegen war. Er hatte sogar versäumt, seine Frage nach dem Vermögen von Baukis anzubringen.

Auf dem Rückweg über den Hof sah er Jannina mit grauem Gesicht im Kücheneingang stehen. »Du siehst aus als wäre dir eine Erinnye aus der Pfanne entgegengekommen«, rief er ihr zu. »Wisch dir mal den Staub aus dem Gesicht!« Er ging unter brüllendem Gelächter weiter.

Philotis rief schrill nach ihrer Sklavin, die sich um ihre persönlichen Bedürfnisse und ihre Kleidung kümmerte. »Warum kommst du nicht, Erinna?« schrie sie in höchster Wut. Sie brauchte heißes Wasser, Parfüm, frische Schminkfarben, bevor Melanthios sie rufen ließ. Wenn das Geschäft glänzend gelaufen war, würde er sie begehren, gewissermaßen als krönenden Abschluß. Und er wußte, wie sie auszusehen pflegte, hinterher... Seitdem sie gelernt hatte, die Liebe zu lieben, war sie noch Stunden später rosig wie ein vollreifer Pfirsich.

Die Mädchen waren nie da, wenn man sie brauchte. Philotis' Nerven begannen zu flattern.

Irgendwo schlug eine Tür. Ihr Entsetzen wuchs, als die tappenden Schritte ihres alternden Mannes vor ihrem Schlafzimmer verstummten. Philotis preßte ihre Hand vor den Mund und hielt den Atem an.

»Melissa. Mein Pferdchen...« Es klang wie ein Seufzer.

»Ja, Gebieter«, antwortete Melissas Stimme. »Chiron kümmert sich darum.« Danach entfernten sie sich zusammen.

Philotis sank auf ihr Bett. Das war knapp gewesen. Kurze Zeit später wagte sie nochmals, nach dem dummen Ding zu rufen.

Die Tür öffnete sich. Janninas dunkle Augen glänzten im Türspalt. »Herrin, was ist?« fragte sie gedämpft.

Philotis ignorierte den vertraulichen Unterton und das wissende Lächeln. »Ich brauche ein Bad!«

»Sofort, Herrin«, versprach die Köchin. Philotis hörte erleichtert, daß ihre Sandalen vor Eile klapperten.

Nicht lange danach holte die kleine Küchengehilfin sie. Ungewöhnlich. Aber Philotis war es egal. Wenn sie erst einmal im Wasser war, konnte Melanthios sie nicht mehr zurückrufen.

Sie rauschte durch den Gang. Als die Tür des Bades hinter ihr zufiel und sie das dampfende Wasser sah, atmete sie auf.

»Ich helfe dir heute«, sagte Jannina. »Ich weiß nicht, wo Erinna ist...«

»Schon gut«, sagte Philotis spröde und warf das dünne Gewand ab. Sie glaubte Jannina nicht. Wahrscheinlich hatte sie selbst die Kleine mit einem Auftrag fortgeschickt. Oder Melissa.

Als Philotis in den Bottich steigen wollte, sah sie den breiten Schleimfaden an ihrem Oberschenkel. Er war bereits angetrocknet. Paidikos war an diesem Tage bis zum Bersten mit Säften gefüllt gewesen. Zu dumm, daß sie sich in der Eile nicht einmal notdürftig gesäubert hatte.

»Helfen dir meine kleinen Kniffe, Herrin?« Jannina reichte Philotis ein Leintuch.

Aber sie benutzte es nicht und ignorierte die Frage. Sie ließ sich ins Wasser gleiten. Das Badeöl zog auf der Oberfläche Schlieren, und Jasminblüten schmiegten sich an ihre Schenkel. Die verräterischen Flecken lösten sich zwischen den Essenzen auf. Philotis seufzte vor Wohlbehagen.

»Ich habe Kräuter für und gegen alles, Herrin. Solltest du einmal ihrer bedürfen ...«

Philotis verschloß ihre Ohren vor dem Geschwätz der alten Frau und preßte die Lippen zusammen. Sie würde Mittel zur Abtreibung von Ungeborenen nicht anwenden; sie hatte gehört, welche Schmerzen sie verursachten. Beim Gedanken daran geriet sie fast schon in Panik.

Als sie zu Jannina hochsah, schien es ihr, als ob die alte Vettel ihre Gedanken gelesen hätte. »Hinaus!« fauchte sie.

Kapitel 18

Alexandra bekam keine Luft; sie fühlte, wie ihr Kopf unter Paidikos' Händen anschwoll und zu platzen drohte. Er raste. Er war wie einer jener Götter, die außer sich geraten und keinen menschlichen Worten mehr zugänglich sind.

Plötzlich schleuderte er sie von sich. Ihre Rippen prallten auf einen Stein, und der Schmerz schickte schrille Blitze hinter ihre geschlossenen Augenlider. Aber sie konnte wieder atmen. Sie sog die köstliche, frische Morgenluft tief in ihre Lunge ein.

»Du machst mich unmöglich!« brüllte Paidikos. »Frauen von Hellas nehmen nicht an den Olympischen Spielen teil. Vater hat mir gestanden, daß er dir seine Erlaubnis gegeben hat. Wer soll die Familie Melanthios noch ernst nehmen?«

Noch war Alexandra damit beschäftigt, am Leben zu bleiben. Sie schloß matt die Augen und spürte, wie die Feuchtigkeit des Grases durch ihren wollenen Peplos drang. Bienen summten laut in den Fliederblüten.

»Verflucht! Du sollst versprechen, daß du aufgibst!«

Gaia sei Dank. Sein Wutanfall war vorüber. Alexandra schlug die Augen auf, um ihn zur Sicherheit zu beobachten. Auch wenn ihr die Kräfte fehlten, sich gegen ihn zu wehren.

»Nein«, sagte sie schwach, aber mit unbeugsamem Willen. »Ich gebe nicht auf. Vater braucht das Preisgeld, weil er hohe Verluste hatte. Vielleicht kann ich helfen sein Geschäft zu retten.« Sie gab sich keinen Illusionen hin; für ihn war es der einzige Grund gewesen, ihr seine Erlaubnis zu erteilen.

Paidikos, der breitbeinig vor ihr stand, schob den Hals vor und betrachtete sie ungläubig. »Willst du damit sagen, daß du wegen des Geldes antreten willst? Du verkaufst dich wie eine Hure? Bei heiligen Spielen?«

Alexandra verspürte das Bedürfnis zu lachen. Sein Einwand war so unglaublich absurd. Aber ein Blick auf sein Gesicht schnürte ihr die Kehle erneut zu. Seine Schläfenadern pulsierten, und seine Haut nahm wieder die Röte eines Betrunkenen an, die sie so fürchtete. Niemand konnte ihr hier helfen. Sie waren einander ganz zufällig bei der Weide der Jährlinge begegnet, die auf dem Hügelabhang in einiger Entfernung vom Gut lag.

»Hör mal, Paidikos«, sagte sie vorsichtig, als der Krampf nachließ. »Vater muß einem Betrüger aufgesessen sein. Wahrscheinlich ist sogar dein Erbe gefährdet. Könntest du dich nicht entschließen, ihm zu helfen? Zu deinem eigenen Vorteil?«

Er sah sie lauernd an, aber das machte ihr weniger aus als dieser entrückte Zustand, in dem er für jeden anderen gefährlich war. »Seit wann liegt dir an meinem Vorteil?«

Alexandra seufzte. »Dein Vorteil ist auch mein Vorteil. Sieh dich doch um. Der Olivenhain am Fuß des Hügels gehörte früher der Familie. In den letzten Jahren mußte Vater immer wieder Land verkaufen. Ich fürchte, er ist kein guter Geschäftsmann. Er braucht Hilfe!«

Paidikos sah belustigt auf sie herab. Es gefiel ihm nicht übel, daß sie endlich einmal zugegeben hatte, er könnte tauglich sein für etwas, das über ihre Fähigkeiten ging.

»An was denkst du?«

Ja, an was dachte sie? Alexandra begann, fieberhaft nach einer zufriedenstellenden Aufgabe für ihn zu suchen. Eigentlich hatte sie ihn lediglich ablenken wollen. »Vielleicht könntest du dich mit dem römischen Händler unterhalten, der Vater hereinlegte.«

»Erschrecken, also.«

Paidikos grinste häßlich und jagte Alexandra wieder Furcht ein. Aber alles war besser, als hier unter seinen Händen zu sterben. »Vielleicht«, sagte sie zögernd.

»Gut, ich tu dir den Gefallen«, sagte er. »Dafür verzichtest du auf Olympia.«

Alexandra preßte die Lippen zusammen. Sie sah genau, daß

Paidikos der Meinung war, sie würde jetzt nachgeben. Ihre Antwort wartete er gar nicht ab.

Als Paidikos verschwunden war, erhob sich Alexandra stöhnend aus dem Gras. Ihre Freude an den Jährlingen war im Augenblick sehr gedämpft. Zwei der jungen Hengste schienen ähnlich gute Anlagen wie Aethon zu haben. Sie wagte nicht, länger bei der Weide zu bleiben, um die übrigen in Augenschein zu nehmen. Paidikos war nicht berechenbar; er konnte zurückkommen.

Alexandra schleppte sich den Weg hinunter, der sich hügelabwärts bis zum Gut durch Weideland mit einzelnen Olivenbäumen wand. Auf dem Hof lief sie prompt Chiron in die Arme.

»Hast du sie dir angesehen, Herrin?« fragte er.

»Ja, sehr gut«, antwortete Alexandra einsilbig, um ihre rauhe Kehle zu schonen, und wollte an ihm vorbei.

»Mehr Worte hast du nicht für sie? Die beiden Rappen werden einmal unsere besten sein!« Seine vorwurfsvolle Miene ging schnell in Besorgnis über, und er hielt Alexandra am Ärmel fest. »Herrin, was ist mit deinem Hals? Hast du versucht, dich aufzuhängen?«

Alexandra schüttelte müde den Kopf. Sie hatte ihren Schminktopf nicht durch den vorderen Eingang zu erreichen versucht, weil sie dort möglicherweise ihrem Vater in die Arme gelaufen wäre. Es war ein Fehler gewesen. Chiron war aufmerksamer als Melanthios. »Paidikos.«

Chiron ballte die freie Faust. »Sein Vater war...«, sagte er unbeherrscht und verschluckte den Rest.

»Laß mich nun gehen.« Alexandra mußte jeden einzelnen seiner Finger aufbiegen, um sich vom Griff des Verwalters zu befreien, was sie befremdlich fand. Dann hielt sie seine warme, rissige Hand in ihrer fest und sah ihm plötzlich ins Gesicht. Mühsam sammelte sie Speichel im Mund und schluckte ihn mit Bedacht. »Was hast du eben gesagt, Chiron? Wiederhole es.«

Aber Chiron begann mit den Kinnbacken zu mahlen. Wie ein Pferd, das Hafer bekommen hat, dachte Alexandra erschrocken. Vielleicht stimmte es wirklich, daß die Männer in den Bergen Thessaliens Kentauren waren.

»Sein Vater Melanthios war früher auch so«, sagte Chiron flüssig, als hätte er sich vorgenommen, diesen Satz überzeugend herauszubringen.

»So, war er.« Ach, Chiron stolperte von einer unglücklichen Behauptung in die andere. Alexandra wandte sich traurig zum Hintereingang um, obwohl die Schminke gerade an Bedeutung verloren hatte. Es stimmte einfach nicht; ihr Vater war weder jähzornig noch bösartig. Nur wenn er das Gefühl hatte, an der Wand zu stehen, wurde er laut. Aus Schwäche, nicht aus zerstörerischer Lust wie ihr Bruder.

»Alexandra, Herrin!« sagte Chiron in bittendem Ton hinter ihr her. »Nimm auf solchen Gängen in Zukunft einen der Jungen mit. Geh nicht allein!«

Eigentlich gegen ihren Willen, drehte sich Alexandra noch einmal um und sah ihn forschend an. »Fürchtest du wirklich, daß er mich eines Tages töten könnte, Chiron?«

Er nickte entschlossen. »Oder noch Schlimmeres, Herrin.«

Das Schlimmere trat wenige Tage später ein. Chiron schickte am frühen Morgen einen seiner Jungen mit der Botschaft, daß Pyrois tot sei. Kurze Zeit später kam er selbst zu ihr.

»Ich möchte ihn sehen.« Alexandra warf sich einen Schleier über den Kopf.

Die betrübten Augen des Verwalters sagten nein, aber er zuckte resignierend die Schultern. »Es ist alles voll Blut«, murmelte er. Wenig später standen sie am Leichnam des Fuchses. Die übrigen Pferde drängten sich am Waldrand zusammen und wieherten unruhig.

Hellrotes Blut hatte Pyrois' Haare in einer schmalen, scharf abgegrenzten Bahn verklebt, die vom Hals bis zum Bug reichte. Als er in die Vorderknie gegangen war, hatte der Strom einen breiteren Weg zum Kinn genommen und war ins Gras getropft.

Den Pfeil mit der lanzettförmig gezackten Schneide hatte Pyrois noch abschütteln können, er lag im Gras.

»Es ist Paidikos' Pfeil«, sagte Chiron und hob ihn auf. »Ich kenne ihn.« Ein kleiner Schwarm Schmeißfliegen stob hoch und schwirrte zu den übrigen, die auf dem trocknenden Blut im Fell des Pferdes saßen.

Alexandra nickte und rieb unbewußt ihren Arm. »Ich auch.«

»Pyrois hatte so gute Anlagen«, sagte Chiron und stieß einen traurigen Seufzer aus. »Gut, daß er nicht auch Aethon getötet hat.«

Alexandra preßte die Lippen zusammen und blickte zu den Bäumen. Die Pferde kamen entgegen ihren sonstigen Gewohnheiten nicht herbei. Sie waren immer noch beunruhigt durch den Blutgeruch, der in der Luft lag.

»Vielleicht ist er zu klug für ihn«, sagte sie schließlich. »Aber mir hilft es nicht. Es gibt keine Meldung von Einspännern. Und wir können keinen Jährling laufen lassen, selbst wenn du es schaffen würdest, ihn an den Wagen und das Geschirr zu gewöhnen. Es ist vorbei. Endgültig.« Die Männer, die den heiligen Frieden für die Olympiade verkünden würden, wurden jetzt täglich erwartet.

»Wir müssen es dem Gebieter mitteilen«, sagte Chiron.

»Und der Pfeil?«

Chiron zögerte nur kurz, dann putzte er den Pfeil im Gras ab. »Der Herr muß auch das wissen.«

»Ja«, sagte Alexandra bitter. »Und trotzdem wird mein Vater jetzt vorschlagen, Aethon in das Gespann von Paidikos einzugewöhnen, um dessen Chancen wenigstens etwas zu verbessern. Mein Bruder wird nicht nur nicht bestraft werden, sondern er wird sogar eine Belohnung erhalten!«

»Ich glaube nicht. Er ist fort.«

»Er ist fort?« wiederholte Alexandra ungläubig.

»Ja«, bestätigte Chiron. »Er ist heute früh nach Elis aufgebrochen, aber er wird dort nicht bleiben. Er hat vor, nach einem Römer zu suchen, sagte er, und das könnte einige Wochen dauern.«

Jetzt erst verstand Alexandra richtig. »So ein Ungeheuer«, sagte sie und ballte die Fäuste. »Unserem Vater zeigt er, welch großartiger Sohn er ist. Im Gegensatz zu einer Tochter, die zu dumm ist, um auf ihre Pferde aufzupassen. Um zu verhindern, daß ich an den Olympischen Spielen teilnehme, ist ihm jedes Mittel recht!«

»Jedes«, bestätigte Chiron düster.
Alexandra wurde jäh auf Chirons Unbehagen aufmerksam. »Du brauchst dir wegen mir keine Sorgen zu machen. Paidikos hat jetzt erreicht, was er wollte.«
»Noch nicht«, murmelte Chiron, während Alexandra sich auf den Weg machte, aber sie konnte sich auch verhört haben.

Gaia klatschte kräftig in die Hände. Die Götter auf der Plattform unterbrachen ihr Würfelspiel und spähten zur Allmutter hoch.

»Los, Pan«, knurrte Dionysos, ohne den Würfelbecher loszulassen. »Das gilt dir!«

»Ich glaube, es gilt uns allen«, schrie Pan aufgeregt, bereits im Fluge. »Es muß etwas Schlimmes vorgefallen sein!« Gleich darauf landete er neben der alten Dame. Sie kramte in einem Korb herum, der am Sockel des Throns stand, und blickte nicht auf, als er kam.

»Auf, Pan! Wir reisen nach Rom«, rief Gaia tatendurstig, als sie ihn nach einer Weile bemerkte, und drückte ihm ihren Reisebeutel in die Hand.

»Allmächtige Mutter«, sagte Zeus entgeistert. »Das hatten wir noch nie. Ich glaube, wir sollten sie begleiten, damit sie in Rom keinen Unfug anrichtet.«

Kapitel 19

Paidikos gab den Pferden die Peitsche. Sie rasten in halsbrecherischem Tempo um die Kurve und Elis entgegen.

Der Römer sollte sich in Korinth aufhalten, und dort würde er ihn stellen, wenn er in Elis gewisse Dinge in die Wege geleitet hatte. Sein böses Gelächter trieb die Pferde an, aber er dachte gar nicht daran, ihr Tempo wegen der Rillen im Weg zurückzunehmen.

Auf dem Landgut stand alles zum Besten. Alexandra war wirksam aus dem Rennen geworfen. Jannina war zu seiner Verwunderung sofort bereit gewesen, Philotis ein Mittel gegen ein Kind zu verabreichen, sollte es die Folge ihrer Liebschaft sein.

Daß Philotis Ehebruch begangen hatte, konnte niemand bestreiten. Jeder auf dem Hof wußte es, außer seinem Vater. Und der würde es bald durch das Gebrüll eines aufgebrachten Archonten erfahren. Und auch ohne Ankündigung durch städtische Fanfarenbläser würde einen Tag später ganz Elis Bescheid wissen.

Er hatte alle Fäden in der Hand. Zufrieden fuhr Paidikos durch das offene Stadttor in Elis ein. Heute war Diasia zu Ehren von Zeus, also kein Markt. Er fand schnell einen Platz für seinen Wagen und einen Wächter.

Im Laufschritt machte er sich zum Haus des Charaxos auf. Er pflegte den frommen Archonten zu meiden wie ein Nest voll Giftschlangen. Aber es würde Spaß machen zuzusehen, wie er seine Tücke gegen den angesehenen Gutsbesitzer Melanthios ausspielte, statt Untersuchungen gegen junge Leute durch religiöse Komitees anzuzetteln.

Vor dem Haus lungerte einer dieser verwahrlosten bärtigen Philosophen herum. Von Charaxos würde er bestimmt nichts bekommen, wenn er ihn anbettelte, denn der war auch noch knauserig.

Paidikos ignorierte den Mann voll Verachtung. Und er vergaß ihn sofort, als er in das Haus des Archonten eingelassen wurde, das nach Moder und Kultgebräuchen roch, und wo er jetzt gleich das Ende der Herrschaft seines Vaters einleiten würde.

Der Archon Charaxos saß mit seinem Gast Idaios im vertraulichen Gespräch auf Dutzenden von bunten Kissen zusammen. Er hatte sich jede Störung verbeten und seinen Sohn in die Palästra zum Üben geschickt. Es war still im Haus, denn die Geräusche in den Frauengemächern und in der Küche drangen nicht bis hierher, und die Sklaven schlichen auf seinen ausdrücklichen Befehl auf Zehenspitzen umher.

»Die Archonten der Städte haben alle ähnliche Sorgen. Die Götter werden unsere Stadt beschützen, hoffe ich«, sagte Charaxos fromm. »Der römische Stadthalter in Korinth ist mir zwar lieb und teuer ...«

»Vor allem das, vermute ich«, warf Idaios verständnisinnig ein.

Der Archon zwinkerte mit den braunen Augen und machte ein pfiffiges Gesicht. »Natürlich. Elis sendet regelmäßig Abordnungen, die Geschenke bringen. Aber es lohnt sich.« Er unterbrach sich und beugte sich zu seinem Gast hinüber. »Unter dem Siegel der Vertraulichkeit ... Wir haben die Zusage des Kaisers für Preisgelder bei den Olympischen Spielen bekommen.«

»Das spricht für euch Archonten«, sagte Idaios aufmerksam und verkniff sich die Bemerkung, daß die Spatzen es schon von den Dächern pfiffen. »Und der Haken?«

»Wir müssen jetzt selbst auch Preise ausloben. Die Welt ändert sich, und ich frage mich, wo die Stadt das Geld hernehmen soll. Besonders deswegen gilt meine Sorge den Göttern. Ich fürchte, sie werden sich in Zukunft mit weniger Zuwendungen begnügen müssen.«

»Die Götter sind nur gnädig, wenn die Polis ihnen gibt, was sie ihnen schuldig ist«, bestätigte Idaios mit einem Seufzer. »Das Schicksal von Megalopolis sollte jeder griechischen Stadt eine Warnung sein. Die Stadtväter hatten die Stadt gegründet mit dem festen Willen, ein Bündnis gegen die frechen Spartaner zu schließen; alle wichtigen arkadischen Städte brachten ihre Götter mit, sie waren auf unserer Seite. Aber die Ehrfurcht der Bürger vor ihnen nahm ab, und sie haben es uns büßen lassen.«

Charaxos dachte an die menschenleeren Prachtstraßen von Megalopolis und nickte mit düsterem Gesicht. »Als Archon von Elis fühle ich eine starke Verpflichtung, die Frömmigkeit des Volkes wachzuhalten. Ich tue, was ich kann. Aber die Mitglieder der Kultgemeinschaften sind nicht mehr, was sie einmal waren – und die Priester fordern die Frömmigkeit nicht nachdrücklich genug ein.«

»Wie wahr! Hinzu kommt, daß einzelne Bürger den besonderen Unwillen der Götter hervorrufen. Sokrates, den die Athener zum Tode verurteilen mußten! In Megalopolis der Fall der Kauffrau Baukis, die ihre Verachtung der Götter öffentlich zur Schau stellte! Das gab es bis dahin noch nie. Eine Frau aus guter Familie, die sich lossagt von der Gemeinschaft der Polis und vom Glauben an die Götter! Man bedenke!« Er schüttelte den Kopf sacht.

Charaxos' Hand, die gerade Wein mischte, zitterte leicht. Seine Stimme ließ grenzenlose Mißbilligung durchblicken. »Ist das wirklich die Baukis, deren Schwester die erste Frau von Melanthios war?«

»Eben die.« Idaios legte seine breiten Hände auf die Knie und rieb sie versonnen. »Es ist ein weiter Weg von Megalopolis nach Elis, bester Charaxos. Ich habe ihn auf mich genommen, um von Archon zu Archon mit dir zu reden. Aus alter Freundschaft, gewissermaßen.«

»Wie lang ist es jetzt her?«

»Seit deinem Besuch in Megalopolis?« Idaios legte die Stirn in Falten und grübelte einen Augenblick, obwohl er die Antwort sofort bereit hatte. »Fünf Jahre, denke ich. Es war mein erstes Amtsjahr als Archon.«

»Ja, die Zeit vergeht rasch«, murmelte Charaxos.

»Ich bin gekommen, um dir die Augen zu öffnen«, setzte Idaios leidenschaftslos fort. »Mit deinem Amt dienst du deiner Stadt und ihren Göttern – aber deine Tochter hast du einem Mann zur Frau gegeben, dessen engste Verwandtschaft die Götter nicht respektiert. Hältst du das für klug?«

»Ich weiß deine Warnung zu schätzen«, murmelte Charaxos und räusperte sich die Kehle von der Bestürzung frei. »Nachdem der erste Mann, dem Philotis versprochen war, verunglückt war, schmollte sie derart, daß ich mich in aller Hast nach einem neuen Ehemann umsah. Vielleicht zu hastig ... Und was lag näher, als zwei reiche und angesehene Familien miteinander zu verbinden?«

Idaios nickte teilnahmsvoll und schnalzte zuweilen mit der Zunge.

»Allerdings hätte ich gewarnt sein sollen, als ich Melanthios' Tochter als Fahrerin eines Streitwagens entdeckte«, fuhr Charaxos fort. »Den Fehler gebe ich zu.«

»Unglauben und die Anlage zum Frevel gegenüber den Göttern sind innerhalb einer Familie nicht eben selten«, versetzte Idaios und behielt seinen Triumph für sich. Nicht übel, wenn auch ein Archon von Elis bezeugen konnte, daß Alexandra fähig war, einen Rennwagen zu lenken. Aber noch war die Zeit nicht gekommen, sich damit zu befassen. Im Augenblick hatte er andere Pläne. »Es tut mir leid für dich. An deiner Stelle würde ich die Scheidung aussprechen. Dann würde dir niemand Vorwürfe machen können. Im Gegenteil, man würde dich für deine Frömmigkeit und Standhaftigkeit loben. Du bist aus dem Holz, aus dem man die führenden Männer einer Stadt schnitzt ...«

Charaxos' Augen flackerten. »Vielleicht. Aber tun würden sie es nicht.«

»Wie meinst du das?« fragte Idaios.

Charaxos rieb und knetete seine Fingergelenke, als seien sie eingerostet. »Man wird älter«, murmelte er. »Viel Zeit bleibt nicht mehr.«

»Deine Haare sind noch schwarz genug, um ein neues Amt anzutreten. Wie schätzt du deine Aussichten ein, Archon Basileus des Zeustempels von Elis zu werden?«

»Erinnerst du dich?« fragte Charaxos bewegt.

Idaios nickte. Der Ehrgeiz des Alten war der Grund, weshalb er aus den elischen Archonten ihn ausgewählt hatte, aber das würde er ihm nicht auf die Nase binden.

»Weniger gut, denn je«, bekannte Charaxos bedrückt. »Der Archon Basileus ist todkrank. Aber die Familie der Klytiden hat zu viel Einfluß beim Demos. Als Nachfolger für den sterbenden Archon werden sie wieder einen aus ihren Reihen durchsetzen. Und ich werde wieder leer ausgehen. Ich vermute, Bendiphanes wird es werden. Der römische Statthalter ist übrigens auf ihrer Seite. Es gibt einfach keine Möglichkeit, die Klytiden auszuhebeln.«

»Möglichkeiten lassen sich für alles finden«, widersprach Idaios. »Hast du jemals daran gedacht, dich für das Amt des Archon Eponymos zu bewerben? Der Apollontempel hat heutzutage nicht weniger Ansehen als der Zeustempel. Du dürftest gemerkt haben, welchen Volksauflauf mein Bericht vom Lykaion verursachte.«

Charaxos starrte Idaios mürrisch an. »Ich verehre Zeus. Apollon hat in Olympia wenig Gewicht. Und in Elis nicht ausreichend.«

»Apollons Einfluß nimmt zu. Stürmisch, sogar. Und es ist sicher sehr ehrenvoll, Zeus und den uralten Kulten der Vorfahren zu dienen. Aber ich glaube, die jüngeren Götter haben ihre Zukunft noch vor sich. Sie sind frischer und schneller zu Taten bereit. Zeus ist, um es deutlich zu sagen, ein alter Mann, dem es um den eigenen Spaß geht. Wenn ihn die Lust ankommt, wirft er Blitze. Aber wozu?«

Charaxos lachte resignierend. »Apollon und sein Archon Eponymos! Weißt du, wie alt der Amtsinhaber ist? Er ist einunddreißig Jahre alt, in Elis gerade ein Jahr über dem Mindestalter. Er wird mich um Jahrzehnte überleben. Es ist aussichtslos.«

Idaios verzog die Lippen zu einem breiten, zuversichtlichen Lächeln. »Kennst du etwa Apollon und seinen Willen? Er ist ein sehr heftiger Gott, wie gesagt. Und er belohnt großzügig, wenn man ihm gefällig ist. Vor allem schnell.«

Charaxos schlug die Augen nieder.

Idaios bemühte sich, das Zittern seiner Hände unter Kontrolle zu halten, und wartete geduldig. Der Eleer hatte angebissen. Sein Leben lang mußte er gegen die Priesterfamilie der Klytiden gekämpft haben. Wo immer er hingeschaut hatte: Klytiden. Im Zeustempel, in den städtischen Ämtern, in römischer Gunst. Hier in Elis mußte man zu den Klytiden gehören, um mehr zu werden, als ein einfaches Ratsmitglied. Wie anderswo auch. Nur die Namen wechselten.

Charaxos spitzte die Lippen und zog seinen Bart lang. »Und wann könnte etwa die Belohnung eingefordert werden?«

»Noch vor den Olympischen Spielen«, versprach Idaios und spielte mit einer Quaste an einem Kissen. »Ich werde dir erklären, was zu tun ist.«

Der Sklave, der eine versiegelte Amphore mit Wein hereintrug, brachte auch die Information mit, daß Paidikos, Sohn von Melanthios, den Hausherrn zu sprechen wünsche.

»Ich habe bereits Besuch, wie du weißt!«

Idaios beschwichtigte den erbosten Hausherrn mit erhobenen Händen. »Wenn es Paidikos nicht stört, daß ich da bin... Mich stört es nicht. Laß uns später weiterreden. Apollon ist ein unendliches Thema.«

»Also gut«, schnaubte Charaxos. »Laß den Schnösel herein.«

Idaios hob die Augenbrauen.

»Ja, ja«, bekräftigte Charaxos. »Ein unangenehmer Bursche. Ohne jede Frömmigkeit. Treibt sich mit anderen mißratenen Jugendlichen nachts in den Tempelanlagen herum! Noch ein unnützer Verwandter!«

»Randalieren sie?« fragte Idaios. Wundern würde es ihn nicht. Melanthios' Sohn war ihm anspruchsvoll und überheblich vorgekommen. Einer, der es für selbstverständlich hielt, daß ihm ein großes Vermögen in den Schoß fallen würde. Typisch für den Landadel, den er haßte.

»Na, ja«, brummelte Charaxos. »Es wurden Hermen umgestürzt. Und an empfindlichen Stellen in ihrer Ehre gekränkt. Wir haben die Täter nie gefunden.«

»Wirklich nicht, oder wolltet ihr nicht?«

Charaxos schüttelte den Kopf. »Es gab keine Verdächtigen. Nichts Konkretes.«

»Aber jeder der Archonten könnte einen Nichtsnutz benennen, den er persönlich verdächtigen würde ... Stimmt es nicht?«

»Gut«, gab Charaxos, unangenehm berührt, zu. »Es ist bei uns, wie anderswo auch.«

»Vermutlich haben auch die Klytiden einen Burschen mit schlechtem Ruf?«

»Die Klytiden?« Charaxos, der in Erwartung von Paidikos auf die Tür starrte, schnellte zu Idaios herum. »Ich wüßte nicht.«

»Aber du könntest dir vermutlich einen denken.«

»Das könnte ich«, sagte Charaxos gedehnt. »Wenn einer, dann Egersos. Einer, der nie grüßt. Er wechselt mit Absicht die Straßenseite, wenn er mich sieht.«

»Der Klytide Egersos«, wiederholte Idaios, um sich den Namen einzuprägen.

Danach brauste Paidikos herein. Ohne jeden Respekt vor dem Archonten warf er sich unaufgefordert auf die teppichbelegte Wandbank. Er brachte einen Schwall von Pferdegeruch mit sich, der in der Luft stehenblieb. Er nickte knapp zu Idaios hinüber.

Charaxos rümpfte die Nase, aber er enthielt sich jeder Kritik mit Worten und gab sich gelassen. »Du bist ungehalten, junger Verwandter. Darf ich den Grund erfahren?«

Paidikos legte die Hände zwischen die Knie und starrte auf den Boden, während er zu überlegen schien, was er sagen sollte.

Idaios beobachtete ihn neugierig.

»Ich habe Angst um deine Tochter, ehrwürdiger Archon«, sagte Paidikos endlich. »Seitdem Vater sie geheiratet hat, verbraucht er seine Kräfte schnell. Er wird kindisch und mißtrauisch. Meiner Schwester erlaubt er, sich für die Olympischen Spiele als Lenkerin eines Streitwagens zu melden, und mir wirft er allen Ernstes vor, daß ich versuche, Philotis zu verführen.«

»Für Olympia«, stammelte Charaxos und schnappte nach Luft. »Er ist wahnsinnig geworden! Und Philotis? Was ist mit ihr? Wirft er ihr vor, dich zu erhören?«

Paidikos machte eine abweisende Grimasse. »Ich weiß nicht, was zwischen ihnen besprochen wird. Deine Tochter und ich wahren den Abstand, wie es zwischen einem Sohn und der Stiefmutter schicklich ist. Ich selber werde von meinem Vater täglich mehr schikaniert. Ich befürchte sogar, daß er mich wegen der angeblichen Verführung töten wird. Ich muß erst einmal fort.«

»Er wird Philotis verstoßen und die Mitgift einbehalten! Das könnte ihm so passen«, giftete der Alte. »So hat er sich das also gedacht!«

Idaios strich sich verblüfft mit der Hand über das Gesicht, um seine Gedanken sorgfältig zu verbergen. Dieser Junge kam ihm ja wunderbar entgegen. Als Vater einer Hure zu gelten, konnte sämtliche Karrierepläne von Charaxos vereiteln; da reagierten die Bürgerschaften empfindlich. Der Eleer würde alles tun müssen, um auch nur den Anschein einer Verbindung zwischen ihm und der Familie Melanthios zu vermeiden. »Was hast du jetzt vor, Paidikos?« fragte er höflich, um Charaxos Zeit für alle diese Überlegungen zu verschaffen.

»Ich werde nach Korinth gehen«, antwortete Paidikos in gleichgültigem Ton. »Ich werde versuchen, aus dem danebengegangenen Geschäft meines Vaters mit einem Römer zu retten, was zu retten ist. Er saß einem Betrüger auf. In der Zwischenzeit sieht Vater seinen Irrtum vielleicht ein.«

Charaxos nickte anerkennend. »Du erweist dich möglicherweise doch noch als echter Nachkomme deines Großvaters, der die Grundlage eures Ansehens schuf. Ich wünsche dir Glück dabei.«

»Danke, ich werde es brauchen. Was meinen Vater betrifft, so wäre er vor einem Jahr noch einem derart zweifelhaften Geschäftspartner aus dem Weg gegangen...« Paidikos schüttelte resigniert den Kopf und erhob sich. »Ich wollte nur, daß du Bescheid weißt, ehrwürdiger Charaxos. Vielleicht kannst du etwas unternehmen, bevor er Philotis verstößt.«

»Bevor? Es kommt nur sofortige Scheidung in Frage! Ich werde jetzt gleich hinausfahren. Du verstehst, Idaios«, murmelte der Hausherr und stemmte sich ächzend aus den Kissen. »Solche Dinge haben Vorrang.« Er verschwand mit eiligen

Schritten in einem schwach beleuchteten Gang, während Paidikos in die andere Richtung stürmte.

Idaios verzog sein Gesicht zu einem spöttischen Lächeln. Nur zu gut verstand er, daß es im Augenblick wichtig war, die Mitgift zu retten.

Nachdenklich schlenderte Idaios auf demselben Weg wie Paidikos zum Ausgang. Je näher er der Haustür kam, desto mehr änderte sich seine Meinung über ihn. Er hatte sich von diesen Augen, die dem Jungen das Aussehen eines Idioten gaben, verleiten lassen, ihn zu unterschätzen. Aber dumm war er nicht. Versuchte der junge Mann, den Gerüchten in Elis zuvorzukommen und durch diesen Angriff seine Unschuld zu beweisen?

Er glaubte es nicht ganz. Dares hatte Informationen aufgeschnappt ... Paidikos verfolgte offenbar einen Plan, und es würde nicht unwichtig sein, ihn zu kennen. Nichts, was in Elis geschah, war zu diesem Zeitpunkt seiner eigenen Pläne unwichtig.

Trotz seiner Grübeleien fiel Idaios auf der anderen Straßenseite der junge Mann mit den hellen Haaren und der thrakischen Athletenstatur auf, der ihm Alexandra entführt hatte.

Der Töpfer beachtete ihn nicht, aber Paidikos sah er nach, bis dessen Wagen um die Ecke gerattert war. Dann rückte er ein kurzes Schwert in eine bequeme Position und ging seiner Wege.

Idaios fluchte leise. Dares erlaubte sich in letzter Zeit Unaufmerksamkeiten und Fehleinschätzungen. Er hätte ihm längst melden müssen, daß der schäbige Töpfer, der auf dem Berg Lykaion angeblich unverdächtig gewesen war, die Geschwister Alexandra und Paidikos beobachtete.

Ein freier Bürger, der bewaffnet war und heimlich Beobachtungen anstellte, war alles andere als unverdächtig. Hinzu kam sein dummes Geschwätz auf dem Marktplatz, das sich in diesem Licht eher wie ein Monolog im Theater ausnahm und weniger wie die betuliche Fürsorglichkeit eines Irren.

Alles zusammen rückte den Mann jedenfalls in die Phalanx seiner Gegner. Antenor war ein Feind, den er bisher übersehen hatte.

Kapitel 20

Melissa saß am Webstuhl, als Alexandra hereinkam. Sie warf sich auf einen Hocker und sah der Haushälterin zu. Dann lehnte sie ihren Kopf an die Wand hinter sich und schloß die Augen. Paidikos hatte ihr den Boden unter den Füßen weggezogen, als er ihr Pferd tötete. Für Handarbeiten war sie nicht begabt.

»So schweigsam, Alexandra?« fragte Melissa behutsam.

Alexandra schlug die Augen wieder auf und nickte düster. »Alles hat sich in so kurzer Zeit verändert. Seitdem Philotis im Haus ist, um genau zu sein.«

»Philotis, ja.« Melissa seufzte. Sie zog einen blauen Faden durch weiße Kettfäden.

»Kein Gelb mehr?« fragte Alexandra.

»Nie wieder gelb! Ich finde Gelb neuerdings scheußlich!« Melissas Hände arbeiteten jetzt energisch.

»Du hast recht gehabt wegen Philotis. Aber ich hätte es auch nicht ändern können, glaube ich.« Trotzdem hatte Alexandra das dumme Gefühl, daß sie es wenigstens hätte versuchen sollen. Jetzt war es zu spät.

Melissas Gesicht verzog sich schmerzlich. Alexandra sah sie scheu an. Daß der Vater so betrogen wurde, traf im Augenblick sie am allermeisten. »Wie lange bist du eigentlich im Haus, Melissa?«

Die Haushälterin sah auf und lächelte. »Siebzehn Winter. Deine Mutter habe ich nie kennengelernt, aber ich bin sicher, daß ich gerne für sie gearbeitet hätte. Sie verstand es auf ihre feine und vornehme Art, den Haushalt so zu leiten, daß sie von allen geliebt wurde.« Sie stockte und verfiel in Schweigen.

»Außer?«

Melissa zuckte ein wenig mit den Schultern. »Mit Jannina soll es Schwierigkeiten gegeben haben. Ich glaube, deine Mutter verlangte von Melanthios, daß er sie verkaufte, weil sie kein Vertrauen zu ihr hatte.«

Na, so etwas! Alexandra legte den Kopf wieder grübelnd an die Wand. Da war dieser Schwur gewesen, den Jannina vor Chiron abgelegt hatte; und wenn seine geliebte Herrin mit der Köchin Differenzen gehabt hatte, war der Schwur ganz sicher nicht seine Privatangelegenheit gewesen, sondern hatte mit ihrer Mutter zu tun. »Aber mehr weißt du darüber nicht?«

»Nein. Das war, bevor ich ins Haus kam. Bald danach starb deine Mutter. Und diese Zeit war für den Gebieter so voll Leid, daß darüber im Haus nicht gesprochen werden durfte. Außerdem sind aus dieser Zeit nur noch Chiron und Jannina da.«

»Und danach kamst du also«, sagte Alexandra auffordernd.

»Der Herr wurde auf einer seiner Reisen aufgehalten. Als er zurückkehrte, war deine Mutter tot; dafür wart ihr Zwillinge da. Außerdem war Janninas Söhnchen geboren worden und gleich wieder gestorben. Für euch besorgte der Gebieter eine Amme und für den Haushalt mich.«

»Ich wußte gar nicht, daß Jannina einen Sohn hatte«, sagte Alexandra betroffen. »Sie hat also zwei Kinder hier im Haus verloren. Wer war der Vater?«

»Ihres Sohnes? Das habe ich nie erfahren. Wie gesagt, Alexandra, niemand sprach darüber. Der Herr hat eine Decke darüber gebreitet, so fest wie ein Wachssiegel auf einer Grabamphore, und jedermann hat seinen Wunsch respektiert. An deiner Stelle würde ich es auch tun.«

Ein Geheimnis, über das nach siebzehn Jahren immer noch nicht gesprochen werden durfte? Aber Alexandra nickte, um Melissa nicht zu beunruhigen. Es gab immerhin noch Chiron, der Bescheid wußte. Und die Köchin. »Zeig mir, wie man ein Muster berechnet«, bat sie.

Während Charaxos sich auf dem unebenen Weg durchrütteln ließ, fand er Zeit nachzudenken. Der junge Paidikos schien ihm nun gar nicht mehr so übel. Möglicherweise hätte er seine

Tochter besser mit dem Sohn als mit dem Vater verheiratet. Aber es war zu spät. Mit zornig gerunzelter Stirn klammerte er sich am Wagenkasten fest und legte sich dabei den Gesprächsablauf zurecht.

Zufällig stand Melanthios vor der Tür, als der Wagen vorfuhr. Er stürzte auf Charaxos zu und küßte ihn herzhaft auf beide Wangen. Dann erst bemerkte er, daß der Besucher sich steif wie ein Brett hielt. »Laß uns erst einmal hineingehen. Dann erzählst du mir deinen Kummer«, sagte er gönnerhaft.

»Unter vier Augen«, verlangte Charaxos kühl.

»Gewiß. Wie sonst?« Melanthios wirkte überrascht. »Paidikos ist auf Reisen.«

»Ich dachte mehr an meine Tochter«, knurrte Charaxos und ließ sich auf der vorderen Kante eines Klappstuhls nieder. »Du sollst ihr in meiner Gegenwart deine Vorwürfe ins Gesicht sagen. Damit sie weiß, warum ich eure Scheidung verlange. Aber erst nachher. Jetzt will ich allein mit dir sprechen.«

Melanthios' Unterkiefer klappte herunter.

Während er Charaxos ungläubig ansah, dachte dieser, daß er doch in letzter Zeit sehr gealtert war. Seine Frau war zu jung und munter für ihn. Charaxos verkniff sich seine Erheiterung.

»Wovon sprichst du überhaupt?« Melanthios hatte sich nach einer Weile wieder gefaßt und tat zu Charaxos' Unwillen unschuldig wie ein Kind.

»Du wirfst meiner Tochter und deinem Sohn vor, daß sie dir Hörner aufsetzen«, sagte Charaxos geradeheraus. »Bevor du sie als Hure verstößt, verlange ich die Scheidung, das ist dir doch wohl klar. Als Hure wäre sie so gut wie tot. Und dafür habe ich sie nicht großgezogen. Lieber verheirate ich sie mit einem verarmten Adeligen. Schließlich hat Philotis genügend eigenes Vermögen, um jedem Ehemann ein angenehmes Leben zu ermöglichen.«

Melanthios' Gesichtsausdruck wechselte über zu maßloser Verärgerung. »Da hat dir aber einer einen Bären aufgebunden, der mir und dir gewaltig übelwollte. Und meinem Sohn Paidikos auch. Wer war es?« schnaubte er.

»Dein Sohn Paidikos«, schnaubte Charaxos zurück.

Der Hausherr fiel in den Sessel zurück, aus dem er sich halb erhoben hatte. Er griff sich an seine Brust und atmete laut rasselnd.

Charaxos ließ ihn sich beruhigen. Er benötigte Melanthios' Eingeständnis, daß es sich um eine Verleumdung handelte. Es würde sich bei der nächsten Eheabsprache besser machen.

»Er muß irgend etwas völlig falsch verstanden haben«, keuchte Melanthios nach einer Weile. »Ich habe nie einen solchen Vorwurf erhoben, weder ihm noch Philotis gegenüber. Und ich habe nicht die Absicht, mich von ihr zu trennen.«

»Aber ich habe die Absicht, sie von dir zu trennen«, entgegnete Charaxos entschlossen. »Ich verlange hiermit eure Scheidung!« Verunsichert schwieg er, als sich auf Melanthios' eingefallene Wangen ein befremdliches Grinsen legte.

Dann brach Melanthios in ein hohes Lachen aus, das Charaxos in den Ohren schrillte. »Wirklich?« fragte er höhnisch, als er es abrupt beendet hatte. »Auch ohne Mitgift? Es ist keine Drachme mehr da.«

Charaxos' Chiton war naß von Schweiß, und ihm war eiskalt, als er seinen Besuch ergebnislos beendete.

Alexandra starrte auf Philotis' Rücken und konnte kaum glauben, was die junge Frau herausstammelte. Der Archon, ihr Vater, war auf dem Hof im Kreis herumgelaufen, hatte auf den Boden getrampelt, Melanthios verflucht und Paidikos beschimpft.

Dann hatte er sie auf den Wagen gezerrt, war abgefahren und hatte sie im Fahren wieder hinuntergestoßen. Die junge Ehefrau war so durcheinander, daß sie selbst nicht wußte, ob sie in ihr Vaterhaus zurück oder bei ihrem Ehemann bleiben wollte. Und jetzt lag Philotis auf Alexandras Bett und weinte sich aus.

»Beabsichtigst du, in meinem Bett zu bleiben, bis du dich entschieden hast, Philotis?«

Keine Antwort, nur das Schluchzen verstärkte sich.

Alexandra wanderte mit grimmiger Miene um das Bett herum. Philotis' Schleier war zerfetzt wie bei einer Frau in Trauer um einen Angehörigen. Aber sie dachte nur an sich selbst; an ihren zusammengebrochenen Ehemann wandte sie keinen Gedanken.

Alexandra war ihrem Vater gerade im Gang begegnet, den er mit blauen Lippen entlanggetappt war. »Es kann nicht sein«, hatte er gemurmelt, »nicht wahr, Alexandra, es kann nicht sein!«

Voll Mitleid hatte sie ihn sanft überredet, sich auszuruhen und danach Melissa zu ihm geschickt.

Das Merkwürdigste an der ganzen Sache war, daß die beiden Männer sich über den Verdacht gestritten, aber weder Philotis noch sonst jemanden im Haus gefragt hatten. Sie wußten tatsächlich nicht, daß es stimmte.

Wenn aber bereits die Anschuldigung ihren Vater in diesen Zustand versetzte, war es völlig ausgeschlossen, ihm die Wahrheit zu sagen; sie würde ihn ins Grab bringen.

»Am schlimmsten ist der Verrat von Paidikos«, schluchzte Philotis. »Warum hat er das getan?«

»Ich weiß es nicht«, sagte Alexandra kühl. »Er ist eben eine Bestie, die versucht, den eigenen Vater zu einem bestimmten Zweck zu betrügen. Und du bist ein Schaf, das beim Betrug mitgeholfen hat.«

Philotis trommelte außer sich vor Wut mit den Fäusten auf die Nackenrolle.

Alexandra verließ ihren Raum. Philotis' Geheul war nichts als Selbstmitleid, und sie dachte gar nicht daran, sie zu trösten. Viel wichtiger war nachzusehen, wie es ihrem Vater ging.

Sie schlüpfte leise in sein Zimmer.

Melissa hatte Melanthios inzwischen ein warmes Kräuterkissen herrichten lassen und es dicht vor seine Wange gelegt. Er schnorchelte beim Atmen, aber die Atemzüge waren gleichmäßig, und die Brust hob und senkte sich anscheinend ohne Beschwernisse. Seine Lippen waren blaß, aber nicht mehr blau.

»Wie geht es ihm?« flüsterte Alexandra.

»Es geht besser«, sagte Melissa erleichtert und rieb die Finger des Kranken zwischen ihren sanften Händen. »Sie werden langsam warm, ebenso wie seine Füße, und er atmet normal. Aber es hat ihn erschöpft. Trotz der Aufregung schläft er.«

»Wahrscheinlich, weil er spürt, daß du bei ihm bist«, sagte Alexandra spontan.

»Meinst du?« Melissa lächelte sie zärtlich an. »Du hast sicherlich viel von deiner Mutter, Alexandra. Sie würde sich darüber freuen.«

Bevor Alexandra in ihrer Verlegenheit antworten konnte, schoß Philotis zur Tür herein, immer noch verheult und mit verwirrten Haaren. Sie beachtete weder Melissa noch Alexandra und warf sich neben dem Krankenlager auf die Knie.

»Herrin«, sagte Melissa entsetzt. Aber sie wagte nicht, die Hausfrau anzurühren, auch nicht, als Philotis ihrem kranken Ehemann auf den Arm klopfte, immer wieder und unbarmherzig wie ein kleines Kind.

Mit sichtlicher Anstrengung schlug Melanthios die Augen auf.

»Gebieter, Melanthios«, rief Philotis ihm ins Ohr. »Ich bin fast sicher, daß ich den neuen Erben erwarte. Deinen Erben. Es wird bestimmt ein Sohn! Freust du dich?«

Kapitel 21

»Nein«, widersprach Alexandra entschieden, »du, Aristodikos, hilfst als erstes Neaira, das Maultier für den Markt zu beladen. Anschließend kannst du den Backofen kalken.«

»Ja, Herrin«, sagte der Mann und ging.

Alexandra drehte sich zu Philotis um. »Und worum wirst du dich kümmern?«

»Kümmern?« Philotis riß die Augen auf. »Ich bin in anderen Umständen.«

»Wir sind alle in anderen Umständen«, versetzte Alexandra verärgert. »Vater ist schwer krank, Paidikos ist fort, und ich selbst muß hinaus zu den Schafen. Arbeit gibt es nicht weniger als sonst.«

»Kann Melissa denn nicht …?«

»Nein. Melissa kann nicht. Sie wacht bei Vater, was eigentlich deine Aufgabe wäre. Aber Vater erholt sich vermutlich schneller ohne deine Mithilfe.«

Philotis verzog ihr Gesicht zu einer Grimasse und schob eine Strähne roter Haare unter den leichten Schleier. »Dann komme ich mit dir«, bot sie an.

Alexandra zuckte mit den Schultern und machte sich auf den Weg. Zwischen den Bäumen sah sie Chiron, der mit seinen Burschen Pfähle einschlug.

»Ich müßte heute noch nach Elis«, teilte Philotis ihr von hinten mit. »Mir wird der *Duft der tausend Nächte* knapp. Ganz bestimmt würde Melanthios sich grämen, wenn er wüßte, daß ich ausgerechnet jetzt Mangel leide.«

»O ja«, murmelte Alexandra. »Möglicherweise findet Vater

Gelegenheit, sich zu grämen, sobald er aufgehört hat, mit dem Tod zu ringen.«

»Melanthios liebt mich über alles. Glaubst du, daß er mich liebt, Alexandra?«

»Nein«, sagte Alexandra.

»Ich bin froh, daß du mir zustimmst«, sagte Philotis. »Du kennst ihn besser als ich.«

Alexandra sah sich nach ihr um. Wie sie es sich gedacht hatte: Philotis hörte gar nicht hin. Sie interessierte sich nicht für die Antworten, ein Echo hätte ausgereicht.

»Wenn er mich liebt, ist ihm die Höhe der Mitgift bestimmt unwichtig gewesen. Dabei weiß ich gar nicht, wieviel mein Vater mir mitgegeben hat«, bekannte Philotis reuig.

»Mindestens viertausend Drachmen«, bemerkte Alexandra gleichgültig. »Und noch einige Hunderttausend in Form von Kleinigkeiten.« Still befaßte sie sich erneut mit der Frage, ob sie versuchen sollte, ein Jungpferd gegen ein Stück Wild einzutauschen, oder lieber zwei Schafe schlachten lassen sollte. Paidikos, der einzige Jäger des Hofes, fehlte. Es war überhaupt das erste Mal, daß er ihr fehlte.

»Ja. Obwohl: weg ist weg. Da ist es auch gleichgültig, wieviel es einmal war, findest du nicht auch?« fragte Philotis und sah sich um. »Was wollen wir denn hier?«

»Schafe ansehen«, antwortete Alexandra zerstreut. »Sag mal, hast du eben andeuten wollen, daß deine ganze Mitgift von Vater ins Geschäft gesteckt wurde und er sie verloren hat?«

»Was heißt andeuten? Darum geht es doch die ganze Zeit. Es ist alles dahin. Alles! Melanthios hat es meinem Vater ins Gesicht geschleudert! Wir sind völlig verarmt! Vermutlich, jedenfalls.« Philotis blickte Alexandra mit ihren sorgfältig geschminkten Augen an. Sie blitzten in der Sonne voll Genugtuung.

Alexandra unterdrückte ihre Wut. Philotis, diese dumme Gans, triumphierte, weil es ihr endlich gelungen war, jemandes uneingeschränktes Interesse zu wecken.

Sie drehte sich um und wanderte mit langen Schritten am Zaun entlang. Ihre Aufmerksamkeit für die Schafe war momentan erlahmt. Ihre eigene Mitgift war bis auf die letzte

Drachme den gleichen Weg wie Philotis' Mitgift gegangen. Sie war nicht durch Transaktionen gebunden, sie war fort! Jetzt hatte sie es endlich begriffen.

Deshalb hatte Melanthios ihr gestattet, sich für die Olympiade zu melden. Weil sie ihr eigenes Gespann lenken wollte, durfte sie nicht heiraten. Und wenn sie nicht heiraten wollte, gab es keinen Grund, die Mitgift zur Sprache zu bringen. Ihr Vater hatte auf Zeit gespielt und vielleicht sogar gehofft, den Verlust unauffällig ausgleichen zu können.

Aber er hatte alles verloren. »Kannst du mir sagen, warum verheiratete Männer sich für die Olympischen Spiele melden dürfen?« fauchte sie. »Und Frauen nicht?«

Philotis wich vor ihr zurück. Sie machte Augen wie eins der schwarzhaarigen gelockten Lämmer aus Persien. »Es gehört sich nicht. Die Götter wollen es nicht«, sagte sie verängstigt.

Idaios konnte sich denken, daß Alkinoos, Oberpriester des Apollontempels von Elis, darauf brannte, mit ihm zu sprechen. Aber er ließ ihn absichtlich warten, bevor er zu ihm ging.

Alkinoos war kurzbeinig und rundlich, eine fette kleine Made. Aber Idaios beging nicht den Fehler, ihn zu unterschätzen. »Ich überbringe dir die ehrerbietigsten Grüße der Verehrer des Apollon von Megalopolis«, sagte er. »Ich hatte guten Grund, die Aufmerksamkeit der Gläubigen zunächst nicht gleich auf deinen Tempel zu richten.«

»So?« Alkinoos zeigte ein schmales, hartes Lächeln, fast nur eine Andeutung von Entgegenkommen.

»Vielleicht könnten wir an einem Ort miteinander reden, an dem uns niemand hört?«

In den Augen des Oberpriesters blitzte Interesse auf. Er neigte zustimmend den Kopf, steckte die Hände in die weiten Ärmel seines Gewandes und ging voraus. Sie verließen den Tempel über Stufen, die auf eine weite, von Zitronenbäumen beschattete Terrasse führten. Eingefaßt von Oleander, standen überall Kübel mit blühenden Pflanzen; abgeschlossen wurde das Tempelgelände von knorrigen, sorgfältig gepflegten Olivenbäumen. Alkinoos machte oberhalb eines plätschernden Gewässers halt.

»Ein Ort, wie er Apollon, dem Heilbringer, angenehm sein

dürfte«, bemerkte Idaios bewundernd. »Ich wünschte, er hätte noch mehr mit Reichtum gesegnete Tempel.«

»Ich wünschte, er hätte noch mehr Tempel«, versetzte Alkinoos und betrachtete Idaios nachdenklich.

Idaios lächelte rätselhaft und wartete einen Augenblick, um die Spannung zu erhöhen. »Deswegen bin ich hier«, sagte er endlich. »Die Verehrer des Apollon von Bassai und von Megalopolis schicken mich. Sie finden es tief betrüblich – um nicht zu sagen, sie sind bestürzt –, daß Apollon in Olympia ihrer Meinung nach immer noch nicht angemessen verehrt werden kann. Sie haben eine Menge Geld zusammengetragen, um dies zu ermöglichen, und ich bringe es dir.«

»Du bringst ... Aus Megalopolis und von Phigaleia ... Apollon hat wirklich treue Anhänger in den Bergen«, sagte Alkinoos überwältigt. »Wir werden einen Tempel in Olympia bauen können? So meintest du es doch?«

»Ich meinte ein Theokoleon«, berichtige Idaios gedehnt, »ein großes, bequemes Haus nur für die Priester des Apollon.«

»Ein Theokoleon«, wiederholte Alkinoos bedächtig. »Statt eines Tempels?«

Idaios schüttelte den Kopf. »Für den Tempel. Es scheint so etwas wie einen Irrtum im Heiligtum von Olympia zu geben. In eine Stätte der Verehrung von Zeus, von Herakles, von Hermes und den anderen männlichen Göttern paßt Hera nicht hinein. Und Apollon nur auf einem Altar opfern zu können, ist beleidigend. Es erhebt ihn ja kaum über die Stellung einer Nymphe!«

Alkinoos richtete seine teerschwarzen Augen auf ihn.

»Das Geld steht euch sofort zur Verfügung. Unter gewissen Bedingungen, natürlich.«

»Versteht sich«, sagte Alkinoos. »Sprich weiter.«

»Gaia hat sich aus Olympia bereits zurückgezogen. Für Hera wird es jetzt Zeit!«

Alkinoos rieb sich die Nasenspitze. Plötzlich lächelte er schief. »Du willst mir zu verstehen geben, ich solle den Priesterinnen der Hera mitteilen, sie möchten sich aus Olympia nach Elis zurückziehen?«

»Die Götter haben dich mit scharfen Ohren ausgestattet,

Alkinoos. Einen Tempel für Apollon und ein Theokoleon für seine Priester. In Olympia. Ja, so meinte ich es.«

»Das gefällt mir«, sagte Alkinoos. »Und wenn es gelingt, ist es ein Beweis dafür, daß es auch den Göttern wohlgefällig ist.«

Idaios blickte in den klaren blauen Himmel und reckte seine flach ausgestreckten Hände nach oben. »Es wird gelingen. In dieser von den Göttern gesegneten Landschaft wird alles gelingen. Man muß nur den Willen dazu haben.«

»Und deine Bedingung?«

»Ah, ja, meine Bedingung. Du wirst dafür sorgen, daß der Mann zum Archon Eponymos gewählt wird, den ich dir nennen werde.«

Philotis verlor bald die Lust, hinter Alexandra herzulaufen. Und dem Hausherrn ging es ganz allmählich besser. Melissa verließ sein Lager öfter und begann sich wieder dem Haushalt zu widmen. Auch gut, dachte Alexandra. Nun hatte sie wieder mehr Freizeit. Freie Zeit, mit der sie nicht viel anfangen konnte.

Sie war gerade auf dem Weg nach draußen zur Stutenweide, als Melissa in ungewöhnlicher Hast hinter ihr vorbeirannte. Vorweg tobte die jüngste Sklavin, als handele es sich um ein Spiel.

Alexandra machte kehrt und folgte ihnen zu Philotis' Schlafraum. Schon von weitem hörte sie ihr Stöhnen. Wieder einmal zieht sie die Aufmerksamkeit des ganzen Hauses auf sich, dachte sie verdrossen. Aber der Vater würde nicht kommen. Er war wirklich noch zu schwach, nur wußte Philotis das natürlich nicht.

Philotis saß auf der Kante ihrer Liege, kreidebleich, und kreuzte die Hände über ihrem Unterleib. In einem heftigen Krampf krümmte sie sich nach vorne und stieß dabei klagende Schreie wie ein sterbendes Tier aus. Melissa hielt sie an den Schultern fest und verhinderte, daß sie auf den Fußboden kippte. Ihre Augen begegneten denen von Alexandra.

»Das Kind?« formulierte Alexandra tonlos mit den Lippen.

Melissa nickte besorgt.

Nicht das auch noch, dachte Alexandra, des vielen Unglücks

allmählich überdrüssig. Eine solche Nachricht würde den Vater wieder in die Krankheit zurückwerfen.

Philotis tastete mit geschlossenen Augen in der Luft herum, und die kleine Sklavin hielt ihr schnell die Schüssel vor den Mund. Die Hausherrin erbrach sich lange und ergiebig.

Alexandra zog sich in den Gang zurück. Bei kranken Pferden kannte sie keine Hemmungen, aber dieses hier war etwas anderes. Es dauerte eine Weile, bis sie sich wieder zurücktraute.

Inzwischen hatte Melissa die Hausherrin auf ihr Lager gebettet. Von einem dünnen Tuch bedeckt, lag sie mit angezogenen Beinen auf dem Rücken. Von Zeit zu Zeit lüpfte Melissa die Decke und schaute darunter.

»Werde ich mein Kind verlieren?« fragte Philotis in die Stille.

Melissa wiegte unschlüssig ihren Kopf. »Ich hoffe nicht.«

»Warum?« fragte Philotis. »Warum ich?«

Erstmals wandte Melissa den Kopf von der Kranken ab. Ihr Blick ging in eine Zimmerecke, aber Alexandra hatte das unbestimmte Gefühl, daß er durch die Wand hindurchging, auf die andere Seite des Hofes. Zum Küchentrakt. Sie schrak zusammen.

»Ich weiß nicht«, sagte Melissa. »Es kommt vor. Manchmal nur beim ersten Kind, und die Schwangerschaft des nächsten verläuft völlig problemlos.«

»Aber ich brauche dieses Kind«, flüsterte Philotis mit Verzweiflung in der Stimme. »Ein nächstes will ich nicht.«

Sie war ein berechnendes Luder. Alexandra biß die Backenzähne zusammen, um es ihr nicht ins Gesicht zu schreien, und verzog sich wieder nach draußen. Erst als sie sich beruhigt hatte, kehrte sie zurück.

Nichts hatte sich geändert. Philotis jammerte leise, versuchte zu erbrechen, sank wieder auf den Rücken und starrte an die Deckenbalken.

»Brauchst du mich?« fragte Alexandra Melissa.

Melissa schüttelte den Kopf. »Es kann noch Stunden dauern. Ich komme allein zurecht. Geh du nur.«

Alexandra nickte dankbar. Eine Weile wanderte sie draußen ziellos herum, dann fand sie sich an der Koppel der Stuten wieder. Die Hände am Gatter, dachte sie nach. Auch die Stuten verfohlten gelegentlich. Aber selten. Erbrochen hatten sie nie.

Es fragte sich, ob das Erbrechen bei Philotis nicht ein Beweis dafür sein konnte, daß ihr jemand ein Mittel gegeben hatte. Jemand, der nicht wollte, daß der Liebling, Erbe und einzige Sohn von Melanthios, Konkurrenz bekam. War es wahrscheinlich, daß eine Frau einer anderen dies antat? Obwohl der Liebling die Tochter auf dem Gewissen hatte?

Es war schon dunkel, als Alexandra wieder zu Philotis ging. »Die Krämpfe haben nachgelassen«, berichtete Melissa, etwas zuversichtlicher als zuvor. »Sie schläft jetzt schon eine ganze Weile ruhig. Ich glaube, ihr könnt alle gehen. Ich werde die Nacht über bei ihr bleiben.«

Die Sklavinnen schlichen dankbar auf leisen Sohlen hinaus. »Aber kein Wort zum Gebieter«, befahl Melissa hinter ihnen her.

Philotis erholte sich, ohne das Kind zu verlieren. Aber sie verlangte viel Aufmerksamkeit von Melissa, die oft an ihrem Bett sitzen mußte, gelegentlich abgelöst von Melanthios, dem man über die Natur der Erkrankung nichts erzählte.

»Ich glaube, Jannina war es«, hatte Melissa Alexandra im frischen Entsetzen der ersten Nacht anvertraut. »Entweder im Auftrag von Paidikos oder einfach aus Liebe zu ihm.«

Aber später bereute sie wohl ihre Offenherzigkeit und gab sich verschlossen, als Alexandra ihr von den Überlegungen draußen bei den Stuten erzählen wollte. Also behielt Alexandra sie für sich. Sie beschäftigte sich jetzt wieder mit dem Haushalt. Mit den langweiligsten Dingen, die es überhaupt gab. Mit staubigen Hülsenfrüchten, mit Zwiebeln und mit Knoblauch, die noch von der vergangenen Ernte übrig waren. Gräßlich!

Alexandra gab einen Stoßseufzer von sich, zupfte trockene Schalen ab und quetschte rücksichtslos an den Zehen, um weiche und faulende Teile auszusondern. Nach der Szene auf dem Hof hatte die Hausherrin sich nie mehr um die Vorräte gekümmert.

Was wollte Philotis nun eigentlich wirklich? Hausherrin sein, oder ohne Pflichten im Luxus leben? Ganz bestimmt aber war das Leben außerhalb der Stadt für sie nicht das richtige. Sie langweilte sich. Von ganz anderer Art war Baukis gewesen. Auch ohne Kind hatte sie eine Arbeit gehabt, die ihr Freude machte und dabei noch Geld einbrachte. Wie einem Mann, der seinen Lebensunterhalt mit den Händen verdienen mußte.

Ihre Gedanken wanderten zurück zu jener längst vergangenen Zeit. Wo war Antenor abgeblieben? Wären da nicht Idaios und das zusammengesetzte Pferdchen gewesen, hätte sie meinen können, alles geträumt zu haben.

Hinter ihrem Rücken gab es Lärm. Er interessierte sie nicht, aber er störte sie. Wahrscheinlich stritten zwei Knechte. Ein Streit war immerhin brauchbar als Vorwand für eine Unterbrechung. Alexandra warf die Zwiebel mit Schwung in den Korb zurück und trat mit energischen Schritten in den Hof.

Anscheinend waren die meisten Landarbeiter von den Feldern hereingekommen. Sie umdrängten jemanden, den Alexandra nicht sehen konnte. Als sie kam, machten die Knechte eine Gasse für sie frei. Ihr Herz machte einen freudigen Satz. Die olympischen Boten waren angekommen.

Danach erst fiel ihr ein, daß die Olympiade ohne sie stattfinden würde.

Alexandra strich schnell ihr Gewand glatt und fuhr sich über die Haare. Die Fremden trugen staubige Chitons und Sandalen, in den Händen Wanderstöcke und über der Schulter einen Ölbaumzweig. In Abwesenheit ihres Vaters war es ihre Aufgabe, sie auf dem Hof willkommen zu heißen, und sie wünschte, sie hätte es unter glücklicheren Bedingungen tun dürfen.

Brot und Salz langten im Korb des Küchenmädchens zugleich mit ihr bei den Gästen an. »Ich heiße die Boten des Olympischen Friedens im Hause meines Vaters, des Archonten Melanthios von Elis, willkommen«, verkündete Alexandra feierlich und brach das Brot.

Beide Männer tunkten es in das Salz und kauten langsam und zeremoniell. »Wir danken dir für den freundlichen Gruß, Tochter des Archonten Melanthios von Elis«, sagte der Ältere.

Als sie von Fremden zu Gästen geworden waren, nahmen

sie die silbernen Zweige von den Schultern und breiteten sie auf dem Boden aus. Die Landarbeiter starrten nach unten und vergrößerten ihren Kreis. Alexandra wartete bestürzt auf eine Erklärung.

Der ältere Mann blickte sie betreten an. »Wir hätten euch gerne den Gottesfrieden verkündet, der jedem Besucher auf seinem Weg nach Olympia Gefahrlosigkeit zusichert.«

Alexandras Mund wurde trocken.

»In diesem Jahr gibt es keinen Gottesfrieden, denn die 211. Olympiade wird verschoben. Wir wurden geschickt, um es deinem Vater mitzuteilen.«

Wieder brach Lärm auf dem Hof aus. Alexandra mußte die Leute schließlich beschwichtigen. »Warum?«

Der Mann verschränkte die Arme vor dem Leib. »Nero, der Kaiser, hat um eine Verschiebung von zwei Jahren gebeten«, sagte er nachdenklich. »Die Priester von Olympia konnten nicht anders, als sie zu gewähren.«

»Es ist ein griechisches Fest!« wandte einer der Arbeiter erbost ein.

»Es ist ein panhellenisches Fest. Der römische Kaiser ist der Herrscher von Griechenland. Und doch hat Nero die Priesterschaft respektiert. Er hat gebeten, nicht befohlen.«

»Wir müssen die Dinge nehmen, wie sie sind«, stimmte Alexandra ihm zu und lud die beiden Männer ins Haus ein.

Während sie die Gäste ins Haus brachte, hörte sie hinter sich das Gerede und die Proteste der Landarbeiter. Natürlich waren sie besonders enttäuscht, denn einige von ihnen bekamen jeweils die Erlaubnis, nach Olympia zu wandern und den Spielen zuzuschauen.

Erstaunt sah Alexandra, daß der Vater den Gästen am Arm seines persönlichen Sklaven entgegenkam. Melissa hatte es fertiggebracht, ihn in aller Eile zu kleiden, wie es einem Archonten und Hellanodiken der Olympischen Spiele zukam, wenn er die olympischen Friedensboten in seinem Hause empfing.

Als Melanthios mit den Boten in seinem Raum verschwunden war, raffte Alexandra ihr Gewand zusammen und rannte hinaus. »Chiron«, schrie sie. »Wo bist du? Wo sind die Jährlinge? Wo ist Aethon?«

Der Verwalter tauchte schreckensbleich aus einem Nebengebäude auf. »War es wieder Paidikos?«

Alexandra stürzte freudestrahlend auf ihn zu und packte ihn an den Schultern. »Nein! Diesmal war es Nero! Die Olympischen Spiele sind verschoben! Wir müssen anfangen zu trainieren! Heute noch. Wir haben zwei Jahre Zeit!«

Sie tanzte mit Chiron über den Hof, und er machte ungelenk mit, ein breites glückliches Grinsen auf dem Gesicht. Nichts war verloren. Alles begann wieder von vorne. Sie hatte eine neue Chance für die Olympiade bekommen! »Ach, Gaia, Allmutter. Danke!« rief sie überschwenglich. »Mit deiner Hilfe werde ich gewinnen!«

»Das will ich doch hoffen!« brummte Gaia zufrieden und erlaubte sich, ein wenig einzunicken. Die Reise war anstrengend gewesen. Nero hatte man leicht überzeugen können. Aber sie hatte ständig auf Zeus aufpassen müssen, der mit Iuno anzubandeln versuchte.

Kapitel 22

»Gotteslästerung ausgerechnet in der Familie der Klytiden! Nicht zu glauben!« Die Männer, die am Rande der Agora auf umgedrehten Körben und Klapphockern saßen und schwatzten, klatschten mit den Händen auf die Knie und brüllten vor Gelächter.

Idaios beobachtete sie verstohlen. Er kannte die Männer nicht, und anders als sie genoß er auch nicht das beschauliche Hin und Her der einkaufenden Eleer. Er sondierte die Stimmung in der Stadt, während er an dem stark verdünnten Wein nippte, den er sich vom Tavernenwirt hatte bringen lassen.

Nebenan kniete ein Junge auf der Straße und hieb klatschend einen Tintenfisch auf den sonnengedörrten Lehmboden, um ihn genießbar zu machen. Ein Frühsommertag wie viele, mit einem kleinen Unterschied. Apollon warf seinen Schatten auf die Stadt Elis.

»Bist du sicher? Die Klytiden sind doch so fromm, daß die Götter auf dem Olymp schon über sie lachen. Vor allem Zeus, der alte Spötter.«

»Was weißt du denn über die Götter?« brummte jemand ungläubig.

Derjenige, der die ganze Geschichte aufgebracht hatte, spuckte aus und räusperte sich. »Na, nun halt mal dein Maul und laß mich erzählen. Sie haben sich den Jungen tüchtig vorgenommen, sagt man. Ein Archon und ein Priester. Aber Egersos leugnet natürlich.«

»Jeder weiß doch, wie Fünfzehnjährige sind. Waren wir auch!«

»Bist du vielleicht ein Klytide? Was du tust, schert niemanden.«

»Aber wenn er's doch war! Und ausgerechnet Hermen! Das ist schließlich kein einfacher Streich. Da muß dieser Egersos schon ein schlimmes Früchtchen sein, wenn er es fertigbringt, eine solche Anklage vor einem Priester zu leugnen«, stimmte einer dem Sprecher zu.

»Ich bin neugierig, ob sie ihn verurteilen.«

Idaios goß sich einen letzten Rest des Weins in den Becher. Er war auch neugierig. Und vor allem zufrieden. Er hatte einige Zeit gebraucht, um das Gerücht geschickt zu plazieren. Aber sobald es gegriffen hatte, quollen Vermutungen und Anschuldigungen gegen die Klytiden aus der Stadt wie Lava aus einem Vulkan. Die Anforderungen an sie waren höher als an andere Bürger, und ihr Ansehen sank schneller als eine Sternschnuppe.

»Verzeih, Herr«, sagte eine Stimme neben ihm, »bist du nicht der Phratriarch Idaios aus Megalopolis, der die Nachrichten vom Lykaion brachte?«

»Ja«, sagte Idaios und rückte seinen Stuhl gesprächsbereit herum. »Und jetzt erhole ich mich in eurer wunderbar milden Witterung, bevor ich wieder zurückkehre.« Der Mann, der fragte, war derjenige, der Egersos für ein schlimmes Früchtchen hielt. Abgesehen von seiner markanten Hakennase wirkte er unscheinbar. Er machte ein ehrerbietiges Gesicht.

»Du hast sicher von der Anklage gegen Egersos aus der Familie der Klytiden gehört«, fuhr der Eleer fort. »Du weißt bestimmt auch, wie verfahren wird, wenn einer wegen Gottesfrevels angeklagt wird. Kannst du es uns erklären? Solange ich lebe, gab es so einen Fall in Elis nicht.«

»Oh«, sagte Idaios mit erstaunter Miene. Die Männer hingen plötzlich alle an seinen Lippen. Er blickte in das junge Weinlaub über ihm und ließ sich Zeit mit der Antwort. »Ja, das ist ein schwerwiegendes Verbrechen«, bestätigte er schließlich. »In Megalopolis wird Frevel an den Göttern mit dem Tode bestraft. Männer haben durch Gift zu sterben, Frauen durch Steinigung. Ist der Beschuldigte, um den es geht, alt und verwirrt?«

»Ein Knabe ist er! Ein dummer Junge!«

»Nichts ist bewiesen!« Der Sprecher knallte den Becher neben sich auf den Boden. »Es wird keine Spur eines Beweises geben!«

Idaios hörte ihm aufmerksam zu und nickte bedächtig. Er war sich im Gegenteil sicher, daß man im Verlauf der Untersuchungen den Beweis finden würde. Die steinernen Gemächte waren im Hausgarten von Egersos' Vater vergraben. Spuren legen war eine von Dares' Spezialitäten.

»Die Archonten konnten bei ihrer Untersuchung damals keinen einzigen Zeugen finden. Und jetzt auf einmal diese Gerüchte! Da steckt doch eine Absicht dahinter!«

»Vielleicht ließen sich die Gerüchte nicht länger unter dem Deckel halten«, fiel der Mann neben Idaios ein und machte eine obszöne Geste. »Archonten! Bestimmt hat jemand etwas gesehen! Aber natürlich schützt ein Klytide seinen Verwandten, und wenn er hundertmal den Beweis hätte, daß es der Junge war!«

»O nein«, widersprach Idaios mit bekümmerter Miene. »Selbst ich als geduldeter Gast in Elis habe schon von den Klytiden gehört. Sie sind sehr fromm und begehen keine Fälschungen. Und wer so viel Land besitzt, lebt im Wohlwollen der Götter; das kann ja jeder sehen.«

»Vielmehr suhlen sie sich in ihrem Gold«, murrte jemand.

»Ich bin sicher, daß sie ihre Ämter in Ehren bekleiden«, fuhr Idaios mit erhobener Stimme fort. »Daß sie ihre Besitztümer redlich erworben haben und sich an alle heiligen Eide halten.«

»Dein Glaube an Anstand und alte Sitten ehrt dich, Phratriarch von Megalopolis«, sagte ein anderer respektvoll. »Aber wir sind hier nicht in Arkadien. Hier im Flachland sind alle wichtigen Familien korrumpiert. Durch die Römer, weißt du?«

»Die Zeuspriester haben sich auch nicht dagegen gewehrt, daß die Olympiade verschoben wird. Keinen Muckser haben sie getan. Als ob der olympische Zeus für sie nicht mehr zählt.«

»Genau. Jupiter und Iuno tun's ja auch, werden sie sagen! Die Römerfreunde regieren!«

Idaios sah den Mann, der die Politik so sarkastisch kritisierte, ungläubig an und schnalzte ausgiebig mit der Zunge. »Und Apollon? Gilt er hier denn gar nichts?«

Der Kritiker zuckte nur mit den Schultern, die anderen antworteten gar nicht.

»Bedauerlich«, sagte Idaios leise und erhob sich, während er in seinem Gewand umständlich nach einer kleinen Münze grub, die er schließlich auf seinem Hocker deponierte. »In Megalopolis richten wir nach göttlichem Gebot. Vor einem Jahr starb eine Frau wegen Verleumdung der Stadtgottheiten. Darin sind wir Verehrer des Apollon unnachsichtig. Bei uns wäre eine Verschiebung von heiligen Spielen nicht in Frage gekommen. Schon gar nicht auf Befehl eines Römers. Es steht mir nicht zu, mich über euren Stadtrat zu äußern – aber ich würde mich für ihn schämen.«

Die finsteren Mienen gaben ihm recht.

»Elis würde es gut bekommen, wenn Männer wie du das Sagen hätten. Du müßtest dich für die Wahl zum Archon aufstellen lassen. Ich bin sicher, du würdest viele Stimmen bekommen.«

Über Idaios' Gesicht glitt ein mildes Lächeln. Er sagte nichts, aber er klopfte dem freundlichen Nachbarn wohlwollend auf die Schulter. »Danke für dein Vertrauen. Dazu müßte ich erst einmal Bürger sein. Ich habe schon darüber nachgedacht. Diese weiche Luft von Elis vertreibt meinen Husten, wie ich merke...« Er legte eine wohlberechnete Pause ein und sagte, schon im Gehen: »Aber wer weiß, ob die Archonten von Elis meiner Einbürgerung zustimmen würden?«

»Wozu gibt es wahlberechtigte Männer und Wahltäfelchen?« rief man hinter ihm her.

Idaios ging gespielt nachdenklich seiner Wege, ohne sich umzudrehen. Er hatte erst ein paar Schritte getan, als sich eine Hand auf seinen Arm legte. Er sah auf. »Oh, du bist es. Der Mann, der alles genau wissen will. Hoffentlich weiß Elis einen gründlichen und umsichtigen Bürger wie dich zu würdigen.«

»Vielleicht entdeckt man mich noch«, erwiderte der Eleer geschmeichelt und folgte mit dem Zeigefinger seiner gekrümmten Nase, bis er ihn plötzlich auf Idaios richtete. »Ich wollte dir einen Vorschlag machen, Idaios, noch von Megalopolis. Du solltest das Bürgerrecht von Elis beantragen. Für den Rest sorgen wir.«

»Meinst du es im Ernst?« Idaios ließ Zweifel durchblicken.

Der Eleer sah ihm in die Augen. »Wir sind viele, die die Klytiden nicht leiden können. Alkinoos vom Apollontempel ist ein sehr frommer Mann. Aber er kann nicht viel ausrichten, solange er aus dem Stadtrat keine Unterstützung erhält. Der Archon Eponymos von den Apollon-Verehrern ist nachgiebig wie ein halbgefüllter Ziegenschlauch, wenn du verstehst, was ich meine. Aber die Klytiden stehen unter Druck. Im Augenblick sind sie schwächer als je ...«

Idaios lächelte ihn an. »Ich verstehe. Ich werde es mir überlegen. Mehr kann ich dir nicht versprechen.«

»Das reicht mir im Augenblick. Ich werde schon mal mit einigen Leuten reden.«

Idaios nickte. Zu viel Bereitschaft wäre der Sache nicht förderlich gewesen. Als er sich einen Block weit vom Marktplatz entfernt hatte, blieb er stehen. Der Triumph machte seine Knie weich. Er zog ein Tütchen aus einer verborgenen Innentasche und schluckte sein graues Pulver.

Nach wenigen Augenblicken setzte er seinen Weg mit elastischen Schritten und glänzenden Augen fort. Diese Klytidengegner würden zum Grundstock seiner Hausmacht in Elis werden. Die Stadt war reif für Apollon. Danach war die Familie Melanthios an der Reihe.

Im fünften Jahr der 210. Olympiade

Der Mann mit der Maske

Kapitel 23

Melanthios hatte seinen kleinen Sohn im Arm und ließ ihn zusehen, wie Chiron den Wagen anschirrte. Der Junge war jetzt ein halbes Jahr alt und hatte noch keine sonderliche Beziehung zu Pferden, aber er patschte mit den kleinen Händen glücklich auf den fast kahlen Schädel seines Vaters.

Alexandra lachte, Melanthios kitzelte Glaukias am Bauch, und selbst Chiron schmunzelte, als er das Krähen des Kleinen hinter seinem Rücken hörte.

»Ich glaube, man sollte Kinder erst in die Welt setzen, wenn man älter geworden ist«, sagte Melanthios zu Alexandra. »Erst dann hat man richtige Freude an ihnen. Paidikos' Kindheit ging wie im Fluge an mir vorüber. Ich bin glücklich, daß Glaukias seinem Bruder so ähnlich sieht, das macht einiges wieder gut.«

»Und meine Kindheit? Ich hatte ebenfalls eine.« Alexandra setzte ihren Helm auf.

»Ach, so. Um Mädchen kümmern sich Väter nicht«, sagte Melanthios gleichgültig. »Aber jetzt kannst du dich nicht beschweren. Ich nehme regen Anteil an deinen Fortschritten.«

»Ja, das stimmt«, gab Alexandra zu und sprang auf den Wagen.

»Sogar so sehr, daß ich davon abraten würde, an diesem Tag nach Elis zu fahren. Was ich von dort höre, ist bedenklich. Die Priester des Apollon werden immer stärker. Sie diktieren neuerdings den Festtagskalender. Sie haben jetzt zum ersten Mal den Tag des Herakles, des heroischen Gründers von Olympia, als Feiertag in Elis eingesetzt.« Die Stimme von Melanthios verlor sich in Grübeleien.

»Der Gründer ist Pelops«, widersprach Alexandra mürrisch. »Die Archonten können doch nicht glauben, daß wir Pelops plötzlich vergessen und durch Herakles ersetzen. Ich jedenfalls nicht.«

»Herakles hat den Kentauren Chiron getötet«, warf der Verwalter Chiron ein.

»Genau! Das spricht wirklich nicht für ihn«, sagte Alexandra, nickte kurz, ohne noch weiter auf die Ängste ihres Vaters einzugehen, und hob zum Abschied die Peitsche. Hinter ihr rollte der Wagen von Paidikos an, der von Chiron gefahren wurde.

Sie fuhren zum Hippodrom. Was gingen sie die Tempel und Priester an? Ihr Vater hätte an der staatlichen Feier eigentlich teilnehmen müssen, aber er hatte sich mit seiner schwachen Gesundheit entschuldigt. Überhaupt war er seit seiner Krankheit vorsichtig geworden.

Auch geschäftlich. Vielleicht war Idaios' Drohung wegen des Hofes heilsam gewesen. Und dann waren Melanthios die Götter oder der Zufall zu Hilfe gekommen, als Nero sich entschlossen hatte, sich in Olympia eine Villa bauen zu lassen. Ausgestattet mit Statuen, die Melanthios lieferte.

Ihr Vater war geschäftlich wieder auf die Beine gekommen, Idaios hatte sich nicht mehr gemeldet, und Nero besaß seitdem Alexandras uneingeschränkte Zuneigung.

Sie tupfte behutsam auf den rotbraunen Rücken von Aethon und nahm gleichzeitig das Tempo des feurigen jungen Wanax, eines Schwarzbraunen, mit der Zügelhand zurück. Sie hatten sich sehr schön aneinander gewöhnt in diesen zwei Jahren. Und sie waren gut, sehr schnell. Dennoch war Alexandra beim Gedanken an die Olympischen Spiele etwas beklommen zumute.

Hinter ihr ratterte Paidikos' Wagen. Auch seine vier Pferde gingen jetzt gut zusammen, am besten leider ohne ihn. Ihr war es gleich, aber dem Vater nicht. Melanthios liebte seinen ältesten Sohn über alles, seitdem er versucht hatte, das verpatzte Geschäft mit dem Römer rückgängig zu machen. Das Geld hatte er nicht zurückgebracht, und der Römer war dabei zu Tode gekommen. Obwohl der Vater ihm diesen Mißerfolg nicht vorwarf, stritt Paidikos dauernd mit ihm. Er wurde immer fordernder und anmaßender.

Als Alexandra von der Straße abbog und langsam in das Hippodrom einfuhr, wehten Musikfetzen von der Stadt herüber und rissen sie aus ihren Gedanken. Das städtische Fest. Sie konnte die Festteilnehmer von hier aus sogar erkennen. Eine geballte Gruppe von weißen Chitons, durchmischt mit den bunten Tupfern der Wimpel, war über der Stadtmauer zu sehen, die dort zum Fluß hin abfiel. Wahrscheinlich befanden sie sich im Theater.

Heute würde sie keinen Trainingspartner haben; die Söhne der vornehmen Eleer mußten an der Prozession teilnehmen. Alexandra lachte leise, während sie in der Mitte der Bahn zum Stand durchparierte, um wie üblich ihren Wagen und das Geschirr der Pferde zu überprüfen. Sie gönnte es ihnen.

Ein Schatten fiel auf die Radspeichen. Alexandra sah auf. Ihre Peitsche rutschte langsam zu Boden.

»Ich grüße dich, Alexandra«, sagte Antenor. »Ich dachte, ich sollte mal wieder vorbeikommen.«

Alexandra starrte ihn an. Antenor war aus ihrem Leben verschwunden gewesen, seitdem er auch auf dem Markt nicht mehr aufgetaucht war. Mit der Verschiebung der Olympiade waren wie ein Spuk alle die beunruhigenden Gestalten aus der Zeit vor Pyrois' Tod fort gewesen. Und jetzt war er wieder da. Was hatte er mit den Olympischen Spielen zu tun?

Sie schluckte und überprüfte mit leisem Räuspern das Funktionieren ihrer Stimme, indes sie vom Wagen stieg. »Warum?« fragte sie spröde.

Er grinste und warf seine Haare nach hinten. Sie waren länger geworden, aber der Bart war so kurz wie früher geschnitten. »Ich wollte mit dir über Götter reden.«

»Ach, Antenor«, sagte Alexandra mit einem Anflug von Verzweiflung und zeigte auf die Schaum kauenden Pferde. »Ich wollte gerade jetzt trainieren. Außerdem haben wir hinreichend über Götter gesprochen. Vielleicht erinnerst du dich.« Ihre Süffisanz beeindruckte ihn natürlich nicht. Er konnte beharrlich wie ein böotischer Stier sein. Sie zupfte an einem der Zügel, damit er glatt über die Kruppe lief, und stöhnte demonstrativ.

»Ich weiß noch jedes Wort. Trotzdem.«

Alexandra spitzte die Ohren. Lag ihm etwas an den Gesprächen mit ihr, oder hatte er andere Gründe? Sie drehte sich um und lehnte sich mit dem Rücken an Wanax. »Also?« sagte sie kühl.

»An deiner Stelle würde ich mich des Beistands der Götter für das olympische Rennen versichern. Der Göttinnen, um genau zu sein. Gaias.«

»So, würdest du. Ich weiß wirklich nicht, warum du dich um mich kümmerst, Antenor«, sagte Alexandra und begann allmählich wütend zu werden. Er gab sich, als hätte er ein Recht, ihr Vorschriften zu machen. »Welche Idee, überhaupt! Ich kann dir sagen, daß meine letzte Begegnung mit Gaias Altar mich nicht gerade zu einer Wiederholung ermuntert.«

Antenor nickte. »Ich kann dich verstehen. Trotzdem.«

Alexandra sah ihm irritiert in die Augen. »Wieso kannst du mich verstehen? Warst du da?«

Antenor gab ihr keine Antwort. Schweigend begann er, die Baumwipfel auf dem Hügel zu mustern, über die soeben ein scharfer Pfiff gegangen war.

»Du kannst aber pfeifen, Urururgroßmutter«, rief Pan begeistert und bremste so scharf, daß die Wolke unter seinen Hacken zerstob. Gerade hatte er sich mal wieder auf den Weg zu Alexandra gemacht, und schon rief sie ihn zurück. Aber er war ihr nicht böse. Gaia war seine Lieblingsurururgroßmutter. »Was liegt an?«

»Was hat Alexandra an meinem Altar erlebt?«

»Ich weiß es nicht«, bekannte Pan verlegen. »Damals hatte niemand Zeit, die Welt der Menschen zu beobachten, weil alle mit der Vorbereitung des Festes beschäftigt waren.«

»Du auch, Pan? Solltest du nicht auf Alexandra aufpassen? Wo warst du?«

»In meinem Gärtchen«, gab Pan kleinlaut zu. »Habe ein bißchen nach dem Rechten gesehen.«

»Du hast kein Gärtchen!«

»Doch! Meinen kargen Hain hoch oben auf dem Lykaion. Ein günstiger gelegenes Wäldchen trauen sie mir noch nicht zu. Ich habe da gesessen und den Falken zugewinkt und mich auf das Fest gefreut...« Er zog die Schultern nach oben und sah so entzückend schuldbewußt aus, daß es das Herz jeder Ururgroßmutter erweichen mußte.

»Und beim Fest habe ich Hera den neuen Tanz gezeigt, den sie in Rom auch schon kannten, weißt du noch? Es war ein wahrhaft göttliches Fest! Wir sollten es wiederholen und die Gaien nennen«, setzte er keck hinzu.

»Fest, Tanz!« Wieder runzelte Gaia ihre Stirn. »Hier geht es um Höheres! Erkundige dich, Pan, und berichte mir. Auch, wer dieser junge Mann ist. Er wird doch Alexandra nicht vom Fahren ablenken wollen?«

»Vielleicht ist er ja auch ein Wagenlenker«, sagte Pan hoffnungsvoll. »Wie Platon.«

»Das kann natürlich sein.« Bei dem Gedanken beruhigte sich die Ururgroßmutter wieder. »Und über die Gaien reden wir noch.«

»Der Altar der Gaia im Heiligtum von Olympia ist der ehrwürdigste und älteste, den es dort gibt«, fuhr Antenor fort, als er niemanden sah. »Er hat keine Priesterinnen mehr, soviel ich weiß, oder höchstens noch eine. Ganz im Gegensatz zu den Altären der übrigen Götter. Die haben alles im Überfluß, Priester und Vermögen. Obwohl – nun, ja. Der Zeustempel von Elis verliert an Ansehen, höre ich. Am besten geht es dem Apollontempel. Die Macht seiner Priester wächst anscheinend von Tag zu Tag. Am Ende muß man sich sogar vor ihnen in acht nehmen. Ich meine nur, weil wir so ausführlich über Apollon gesprochen haben...«

»Du und dein endloses Geschwätz! Ich weiß einfach nicht, was du von mir willst!« Alexandra warf ihm einen bitterbösen Blick zu, sah noch, wie er zusammenzuckte, und dann gab sie Aethon die Peitsche, und die Pferde gingen ihr beinahe durch.

Während sie sie einfing, flog durch ihren Kopf, daß Antenor wie ihr Vater ein Steckenpferd ritt. Was dem einen die Statuen waren, waren dem anderen die Tempel. Beide wollten ihre Aufmerksamkeit auf ihre Lieblingsobjekte lenken. In ihren Augen: völlig überflüssig. Sie war weder fromm noch kunstsinnig.

Voll Verärgerung über Antenor schoß sie aus dem engen Tunnel zwischen den Sitztribünen auf die Straße. Zum Üben hatte sie jetzt keine Lust mehr.

Zu ihrer Überraschung befand sie sich plötzlich mitten in der Prozession der Eleer, in einer Lücke, die zwischen der auf mehreren Schultern getragenen Apollonstatue und den nachfolgenden Priestern entstanden war. Und dahinter eine unendliche Reihe von feierlich gekleideten frommen Leuten.

Heute blieb ihr wirklich nichts erspart. Die Eleer waren jetzt auf dem Weg in die Dörfer, um das Wohlwollen des Stadtgründers und Gründers der Olympischen Spiele auf ihr Gebiet zu lenken. Sie hatte sie völlig vergessen!

Die schwankende Apollonstatue konnte sie nicht überholen. Alexandra lenkte ihren Wagen vorsichtig zwischen die kopfgroßen Steine auf den Grünstreifen neben der Straße und blieb stehen. Verdrossen wischte sie sich den Schweiß mit dem nackten Arm aus dem Gesicht. Ein schwarzer Schmutzrand blieb an ihm hängen. Die Pferde dampften bei dieser Hitze auch schon wieder. Dicht hinter sich hörte sie das leise Schnauben der Pferde von Chiron; sie befanden sich glücklicherweise noch in der Einfahrt zum Hippodrom.

Die Priester des Apollon in langen schwarzen Gewändern schritten feierlich heran. Einer trug eine hohe goldene Kopfbedeckung. Er stimmte einen feierlichen Gesang an, in den die anderen Priester einfielen und sich kurze Zeit später die Fanfaren der Eleer mischten.

Die Priester zogen an ihr vorbei, ohne sich um sie zu kümmern. Danke, Gaia, murmelte Alexandra in Gedanken.

Gerade, als ihr Gespann von den nachflutenden Eleern wie eine Fliege vom Harz eingeschlossen wurde, hob Aethon den Schweif. Seine Äpfel plumpsten auf einen Felsbrocken und zerplatzten. Und natürlich entwich ihm das Knattern, das in diesem Augenblick besonders fehl am Platze war. Alexandra hielt vor Schreck den Atem an.

»Dein Vater sollte hier im Festzug sein«, zischte ein dunkelhäutiger Mann mit Hakennase, der sie schon von weitem ins Auge gefaßt hatte. Sie hatte ihn noch nie gesehen, aber trotz seiner ärmlichen Kleidung gab er sich wie jemand, der in Elis etwas zu sagen hatte. »Glaubt er vielleicht, Herakles würde seine Abwesenheit nicht bemerken?«

»Was geht das dich an?« fauchte sie zurück. »Vielleicht ist er auf Reisen! Oder krank.«

»Vielleicht. Vielleicht zeigt er Herakles und Apollon aber auch seine Verachtung!« Der unbekannte Mann blieb stehen. »Was bist du doch für ein gottloses Weib, daß du es wagst, eure Pferde ausgerechnet in Herakles' Festzug hineinzulenken! Nicht einmal eine billige Hure hätte das gewagt!«

Alexandra starrte ihm sprachlos in die braunen Augen, die sich auf gleicher Höhe mit ihren befanden, und sah dann an sich selbst herunter. Seit wann trugen Huren einen Peplos? Daß ihre Arme nackt waren, konnte sie allerdings nicht bestreiten.

Während der Prozessionszug in gleichmäßigem Tempo fortschritt, blieb der fromme Eiferer an ihrem Wagen kleben wie eine Zecke an der Haut. Er beugte sich vor, bis seine Nase beinahe ihre Wange streifte. »Es gibt Männer in der Stadt, die diese Gleichgültigkeit gegenüber Göttern und städtischen Helden in Zukunft nicht mehr dulden werden. Das merke dir!«

Alexandra zitterte vor Wut. Herakles war in Elis noch nie gefeiert worden. Der Angriff auf sie war grundlos und gehässig, und sie sah keinen Grund, sich gefügig zu geben. Sie bog sich zur Seite und holte mit der Fahrpeitsche aus.

Der dünne unterste Abschnitt des Lederriemens schnitt dem Mann wie ein Messer über die Schläfe und die Wange. Seine Hand kroch langsam über die Platzwunde, die unter Alexandras Augen anschwoll.

Sie nutzte seine Verblüffung, um ihre Pferde anzufeuern. Die Frommen wichen erschrocken ihrer Peitsche aus und gaben ihr den Weg frei.

Vor der Stadtmauer wendete sie den Wagen. Chiron war ihr zum Glück nicht nachgefahren. Bestimmt hatte er sich in das Hippodrom zurückgezogen.

Und ihr blieb nichts anderes übrig, als zu warten, bis der Prozessionszug die Abzweigung zum Landgut passiert hatte. Ganz gemächlich ließ sie ihre beiden Pferde zum Hippodrom zurückspazieren.

In ihren Gedanken mischten sich Herakles und Apollon zu Schreckgespenstern. Herakles ging durch das große Tor und verfolgte sie. Wie kam es nur, daß Antenor ausgerechnet heute wieder aufgetaucht war? Hatte er sie in der Rennbahn aufhalten sollen, damit sie zum öffentlichen Ärgernis wurde?

Das nächtliche Erlebnis auf dem Lykaion stand ihr wieder so deutlich vor Augen, als ob es erst gestern gewesen wäre. Sie hatte versucht, es zu verdrängen, und das war nicht gerade von Erfolg gekrönt gewesen.

Ihr fiel ein, daß Baukis vor ihrem Tod gesagt hatte, daß sie nicht wüßte, wer der Mann unter der Maske war. Aber es hatte geklungen, als ob sie glaubte, daß es ihr noch einfallen würde. Hatte der Mann unter der Maske dies geahnt und deshalb ihre Steinigung veranlaßt?

Ihre Zügelführung ließ zu wünschen übrig. Alexandra sah Aethons Auge, als er den Kopf ein wenig nach hinten wandte. »Es ist alles in Ordnung«, versicherte sie dem Hengst. »Aber beim nächsten Mal werde ich Antenor fragen, ob er Baukis kannte. Wahrscheinlich nicht, und das würde mich doch beruhigen, denn dann kann er nicht der Mann mit der Maske sein.«

Am Hippodrom schloß Chiron sich ihr an. »Du weißt, wie gefährlich es sein kann, sich mit Priestern anzulegen«, sagte er ungehalten.

Alexandra schob den Unterkiefer vor. Schließlich antwortete sie ihm. »Ich weiß es.«

»Leider hast du weniger Tanten, als du besuchen könntest.«

»Außerdem pflegen sie zu sterben, wenn ich sie besuche«, schnaubte Alexandra und schnalzte heftig mit der Peitsche. »Auch leider.« Sie ließ die Hengste in scharfem Tempo galoppieren. Die Prozession war außer Sicht.

Kurze Zeit später fuhr sie in den väterlichen Hof ein, vorbei an einem Reisewagen, der offensichtlich gerade für eine längere Fahrt vorbereitet wurde. Ein Sklave schmierte Fett in die Achsen, und ein anderer polsterte einen Sitz bequem aus.

Aha, Philotis würde wohl mit ihrem Sohn irgendwohin fahren. Für das Fest in Elis war sie allerdings ein wenig spät dran.

Alexandra sprang vor dem Wagenunterstand ab, um das Gespann dort einem der Burschen zu überlassen. Dann schlenderte sie zurück. Im Eingang überrannte der Diener ihres Vaters sie beinahe, der den Arm voller kleiner Statuen und Gegenstände hatte, die man Göttern als Dank übergibt.

»Will Philotis verreisen? Oder Vater?«

»Der Gebieter, dein Vater, will reisen«, antwortete der Sklave freundlich. »Er findet, es sei Zeit, den Göttern seinen Dank abzustatten, für seine Genesung, für Glaukias und für anderes.«

»Und wohin will er?« fragte Alexandra ahnungsvoll.

»Zu den Altären im heiligen Hain von Olympia.«

Alexandra stürmte ins Haus, um ihren Vater zu suchen. Er hörte sie schweigend an. Dann nickte er. »Es ist gut, daß du die Götter um den Sieg bitten willst«, sagte er ernst. »Du hast ihren Beistand nötiger als alle anderen.«

Etwas gekränkt ging Alexandra hinaus und setzte sich neben die Tür.

Kurze Zeit später kam ihr Vater aus dem Haus. Als er sie sah, kam er zu ihr herüber. Alexandra machte ihm widerwillig Platz. Er merkte es, aber er machte trotzdem ein heiteres Gesicht und ließ sie in Ruhe schmollen.

Nach einer Weile begriff Alexandra, daß ihr Vater sich verändert hatte. Noch vor einem Jahr hätte er sich bestimmt nicht neben sie gesetzt, um über den Hof zu schauen. Er wirkte irgendwie abgeklärt. Er war alt geworden.

»Soll ich dir etwas Schönes zeigen, Alexandra?« fragte er.

Sie nickte stumm.

»Eine Sendung von Statuen ist heute angekommen. In den nächsten Tagen werden sie nach Olympia weitergefahren, aber du darfst sie sehen, wenn du möchtest. Sind sie erst einmal im Haus von Nero aufgestellt, wirst du die Möglichkeit nie mehr haben.«

Alexandra seufzte unhörbar. Ihr stand der Sinn wirklich nicht nach Statuen. Einen Augenblick war sie versucht, ihm von dem Zwischenfall mit der Prozession zu erzählen. Dann unterließ sie es lieber. Er hatte sie gewarnt.

Melanthios eilte mit überraschend jugendlichen Bewegungen über den Hof. Es lag an den Skulpturen. Sie waren der einzige Zweig seines Geschäftes, bei dem er Erfolg hatte und glücklich war. Sie war jetzt froh, Interesse geheuchelt zu haben.

In dem Nebengebäude, in dem Melanthios seine Ware lagerte, waren zwei junge Männer dabei, Skulpturen, Friese und Töpferware aus Säcken auszuwickeln. Berge von trockenem Tang lagen auf dem Boden.

»Wir überprüfen selbstverständlich, ob sie den Transport überstanden haben«, sagte Melanthios zu Alexandra. Er zeigte auf einen jungen Mann aus Bronze, dem gerade Tücher über die Knie rutschten und an den Waden liegenblieben. »Ein sehr seltenes Stück. Meistens sind solche Überbringer von Weihegaben aus Marmor. Auch diese Kore aus Athen ist selten. Die Perser haben alle, die sie finden konnten, zerstört. Barbarische Eroberer!«

Alexandra lächelte. Man hätte glauben können, ihr Vater hätte die alten Perser noch selbst erlebt. Sie folgte ihm zu einem weiteren bronzenen Standbild eines jungen Mannes. »Er wurde vom Meister Polyklet geschaffen, den du daran erkennst, daß...«

Polyklet kannte sie noch nicht, von den anderen die meisten. Ihr Vater erklärte und erklärte. Am Ende seiner Ausführungen brummte ihr der Schädel.

»Du besitzt mehr Sinn für Statuen als Paidikos«, sagte Melanthios staunend.

Melanthios wollte nicht nur seinen Dank abstatten, sondern auch um göttlichen Beistand bitten. Auf der Fahrt erzählte er Alexandra, was ihn bekümmerte. Lauter Ärgernisse, die ihm Paidikos bereitete.

»Paidikos verlangt immer noch, daß ich mich von Philotis trenne«, sagte er.

Alexandra riß die Augen auf. »Trotz Glaukias? Er ist doch geradezu der lebende Beweis dafür, daß du und Philotis... Also, ich meine... Jedenfalls gibt es keinen Beweis dafür, daß Paidikos sich Philotis genähert hat.« Den Göttern sei Dank. Es gab keinen außer dem Wissen, das niemand preiszugeben beabsichtigte.

»Ich verstehe, was du meinst«, sagte Melanthios ruhig. »Paidikos sagt zu Recht, daß irgend jemand die Gerüchte über den Ehebruch und die anderen Verleumdungen in die Welt gesetzt haben muß. Er schwört, daß er es nicht war. Übrig bleibt nur Philotis.«

»Ja«, sagte Alexandra wortkarg.

»Aber ich tue es nicht. Ich will Philotis behalten, mich an meinen Söhnen erfreuen und meine letzten Jahre in Frieden genießen. Zum Dank möchte ich die Götter reich beschenken.«

Ihre weiteren Gespräche waren belanglos und betrafen das, was man so beim Abendessen in einer Taverne bespricht. Trotzdem hatte Alexandra das Gefühl, daß sie ihrem Vater jetzt mehr bedeutete als jemals. Erstmals hatte er von Mensch zu Mensch mit ihr gesprochen.

Am zweiten Tag waren sie beide zu gespannt, um viel zu reden. Alexandra war aufgeregt. Sie kam zum ersten Mal nach Olympia. Im Tal des Kladeios begann Melanthios, dem Lenker über die Schulter zu spähen. Obwohl er so oft hiergewesen war, hatte der heilige Ort auch für ihn wohl eine besondere Bedeutung, dachte Alexandra. Wahrscheinlich für alle Menschen auf der Welt.

Endlich öffneten sich die Hügel und gaben den Blick auf Olympia frei. Grün, das war Alexandras erster Eindruck. Dunkelgrün und silbergrün, und dazwischen schimmerte das Gelb und das Weiß der Tempel.

»Und wenn du obendrein in der Lage sein solltest, mir noch einen Sieg in Olympia zu schenken, so hätte ich ein erfülltes Leben gehabt, Alexandra«, sagte Melanthios als ob er ihr Gespräch vom Vortag fortführen wollte. »Ich hoffe um meinetwillen, daß die Götter dir wohlwollen. Du solltest nicht nur Hera, sondern auch Zeus um Beistand bitten.«

»Ich will nur zu Gaia«, widersprach Alexandra leise.

Kapitel 24

Paidikos wollte Philotis also immer noch aus der Familie vertreiben. Ganz bestimmt hatte er Jannina beauftragt, den unerwünschten Glaukias vor seiner Geburt zu beseitigen. Aber es hatte nicht geklappt.

Alexandra stapfte auf einem Pfad, der einem Wildwechsel ähnelte, in die Höhe. Tief in Gedanken, schlug sie mit einer Gerte gegen Eichen- und Kiefernstämme.

Hauptsächlich war sie wegen Paidikos so verärgert. Aber auch, weil ihr Vater einfach nicht erkennen wollte, daß Paidikos ihn zu betrügen versuchte. Nur: zu welchem Zweck?

Plötzlich ging ihr auf, wie dumm sie war, hier solchen Lärm zu machen. Sie ließ den Stock sinken. Auf dem Gaion-Hügel hatte sie nur Olivenbäume, aber keinen Altar gefunden. Sollte er wirklich hier auf dem Kronoshügel sein?

Weit unter ihr lagen die großen Tempel, die Schatzhäuser und die Altäre von Olympia. Dort war auch der Vater geblieben, der sofort von einem Priester in das vornehme Leonidaion geleitet worden war. Ihr dagegen hatten die Priester nicht mehr Aufmerksamkeit geschenkt als seinem Gepäck. Auf ihre Frage nach dem Altar der Gaia hatte man sie in die Hügel geschickt.

Alexandra suchte jetzt aufmerksamer. In einer Senke hinter dem Kronoshügel fand sie nach einer Weile einen Altar zwischen uralten Olivenbäumen. Sie beschloß, daß es Gaias sein mußte. Sie fegte ein kleines Häuflein Asche von der Steinplatte und goß einen Krug Olivenöl darüber, bis der Stein wie poliert glänzte. Mit dem würzigen Duft schickte sie ihre Wünsche in die Lüfte.

Dann setzte sie sich auf einen Stein, legte ihre Arme um die Knie und lauschte. Seitdem ihr Zorn verflogen war, waren die Vögel zurückgekehrt, zwitscherten miteinander, flogen in die Kronen der uralten Olivenbäume und wieder herunter. Überall wisperte und raunte die Tierwelt und ehrte die Allmutter auf ihre Weise.

Zufrieden schloß sie die Augen.

Alexandra spürte Schritte hinter sich. Sie drehte sich um. Eine sehr alte Frau schaute erstaunt auf sie herab. Ein Strauß weißer Blüten in ihren Armen sandte betäubenden Duft aus.

Alexandra schaute sie stumm an. Sie wußte nicht, ob sie möglicherweise als Störenfried angesehen wurde.

»Sei gegrüßt, junge Frau, an Gaias Altar«, sagte die Priesterin freundlich. »Die Allmutter wird glücklich sein an diesem Tag, an dem die kostbarsten Früchte der Erde sie von ihrem eigenen Altar aus erreichen.«

»Ich danke dir für deinen Gruß«, erwiderte Alexandra erleichtert.

»Suchst du Gaias Rat? Wolltest du zu ihrem Orakel?« erkundigte sich die Frau, während sie die Blumen auf dem Altar zu einem Strauß ordnete, den sie in nasses Moos einpackte.

Alexandra schüttelte den Kopf und änderte umgehend ihren Entschluß. »Ich wußte gar nicht, daß die Allmutter in Olympia spricht«, sagte sie verlegen. »Ich war nicht einmal sicher, ob dieses Gaias Altar ist.«

»Aber ja, doch. Ihre Schlange kriecht über den Stein, erkennst du sie? Deine Mutter muß dich doch so weit unterrichtet haben, da du mir aus einer guten Familie zu stammen scheinst.« Die Priesterin schaute geduldig auf sie herab, und in ihren Worten lag nur milder Tadel.

»Ja«, sagte Alexandra zögernd. Es wäre zu weit gegangen, die Familienverhältnisse zu erklären. »Nur ist da keine Schlange.«

»Doch, natürlich. Sieh nur richtig hin.« Dann tat sie es selbst und schüttelte ein wenig verwirrt den Kopf. »Sie ist nicht mehr da. Komm mit. Wir werden die Allmutter fragen, wo sie ihre Schlange hingeschickt hat.« Sie reichte Alexandra die Hand.

Der Weg, auf dem Alexandra der Priesterin folgte, wand sich steil in die Höhe und in die nächste Senke. Die Olivenbäume und die Kiefern blieben hinter ihnen zurück, und das Gebüsch wurde immer dichter. Irgendwo murmelte ein Bach, der lauter wurde, bis sie vor einem kreisrunden Teich standen, in den eine Quelle ihr Wasser ergoß.

Die Priesterin legte einen Finger an die Lippen und bedeutete Alexandra zu warten. Sie verschwand in einer hohen, schmalen Felsspalte, die Alexandra jetzt erst bemerkte, hinter dem Teich.

Alexandra hockte sich hin, tauchte die Hand in das eiskalte Wasser und schüttelte alle Gedanken ab. Was sie fragen wollte, würde sich ergeben.

Die Priesterin rief. Gaia war bereit.

Auf Zehenspitzen folgte Alexandra ihrer Aufforderung. Ein Öllämpchen brannte am Eingang, aber am hinteren Ende der Höhle war es dunkel. Nur der weiße Schleier der Priesterin leitete Alexandra zu dem schwarzen Schlund, an dem sie saß.

»Frage, mein Kind.«

»Wirst du mir erlauben, Gaia, zu deinem Ruhm bei den Olympischen Spielen im Streitwagen zu siegen?« Alexandra hörte sich selbst sprechen und staunte über ihren eigenen Wagemut.

Aus der Öffnung im Felsboden schlängelte sich ein graues Fädchen empor.

»Die Göttin kennt keinen Ruhm«, übersetzte die Priesterin. »Sie liebt die Tiere und die Pflanzen, die fruchtbare Erde und den erntebringenden Regen.«

Alexandra wußte einen Augenblick nicht weiter.

»Gaia liebt auch die Menschen, die ihre Liebe teilen. Sie möchte wissen, ob du diejenige bist, die als die Maultier-Ärztin bezeichnet wird.«

Plötzlich sprudelten Alexandras Gedanken wieder wie die Quelle draußen. »Ein einziges Mal«, bekannte sie und senkte den Kopf. »Und das Maultier starb.«

»*Aber das war nur, weil der ...*«

Pans aufgeregte Stimme wurde unterbrochen von einer anderen, die Alexandra unbekannt war.

»*Ich weiß, Pan, beruhige dich.*«

Alexandra schaute erschrocken zur Priesterin hinüber. Sie wiegte sich mit geschlossenen Augen vor und zurück, ganz versunken in ihr eigenes stummes Zwiegespräch mit der Göttin. Sie hatte bestimmt nicht gesprochen, vermutlich hatte sie die unbekannte Frauenstimme und Pan nicht einmal gehört.

Einen Augenblick später schon war Alexandra überzeugt, daß ihre Einbildung ihr einen Streich gespielt hatte.

»Gaia ist dir wohlgewogen«, murmelte die Priesterin schließlich.

Das Öllämpchen knisterte leise, und draußen brach ein größeres Tier durch das Gebüsch. Die weise Frau rührte sich nicht von ihrem Hocker, aber ihr ausgestreckter Arm sagte genug. Für Alexandra war es Zeit zu gehen.

Wie im Traum stieg Alexandra wieder nach unten ins Tal. Die Göttin war ihr wohlgewogen. Bedeutete es, daß sie siegen würde, oder war allein ihre Teilnahme schon ein Sieg? Ihre aufflackernde Hoffnung wurde ein wenig gedämpft durch den Gedanken an die Schlange. Wahrscheinlich war sie beseitigt worden wie die auf dem Lykaion. Nicht durch Götter, sondern durch Männer, die mit Hammer und Meißel umgehen konnten. Ein kalter Schauder überlief sie. Wer wagte, solchen Frevel zu begehen?

Augenblicke später war sie im heiligen Gelände angelangt. Der Geruch von bratendem Fleisch hing zwischen den Mauern der Häuser. War es ein Opfer für Zeus? Oder das Abendessen der Priester?

Jedenfalls hatte sie nicht das Bedürfnis, sich an diesem ehrwürdigen Ort mit Fleisch zu sättigen. Sie würde nicht zum Leonidaion gehen, das strahlend erleuchtet im Winkel zwischen den beiden Flüssen lag.

Vermutlich war dort ihr Vater. Es sei denn, er ließ sich die Villa von Nero zeigen, die jetzt bald fertig sein mußte. Die Statuen waren ja bereits auf dem Wege.

Sie schlug einen Pfad ein, von dem sie nicht wußte, wo er sie hinführen würde. Hauptsache, fort von dem Geruch.

Er brachte sie zu zwei Stufen, auf denen sie den heiligen Bezirk betrat. Zeus' Tempel erkannte sie trotz der zunehmenden Dunkelheit, dann auch Heras Tempel, und dahinter stieß sie auf die Treppe zur Schatzhausterrasse.

Die Gaben ihres Vaters würden hier aufbewahrt werden, ebenso wie die von anderen hoffenden oder dankbaren Menschen. Und von den Siegern.

Neugier erfaßte Alexandra. Sie stieg hoch und ging auf die Suche nach dem Schatzhaus der Eleer. Die Häuser sahen alle unterschiedlich aus, manche Giebel waren zierlich bemalt, andere trugen klotzige oder alberne Steinfiguren. Und zwischen den Säulen blickte sie auf zahllose kleine Statuetten aus Bronze oder Marmor.

Sie verkniff sich eine höchst unheilige Anwandlung von Mißmut. Es gab Familien, die sich arm machten, um den Göttern zu gefallen. Was fingen die Götter mit all den Kostbarkeiten an? Ihre anfängliche Ehrfurcht verflüchtigte sich. Es waren ja nicht nur die Schätze in den Schatzhäusern; auf dem ganzen Gelände glitzerte Gold, zum Beispiel am Gewand von Nike auf der dreieckigen Säule. Und an anderen Göttern und Halbgöttern, die sie nicht kannte. Und an Apollon.

Alexandra biß sich auf einen Handknöchel. Apollon stand nicht auf einer Säule. Er ging auf der Terrasse umher.

Alexandra stieß sich einen Zeh blutig, als sie sich in einem schmalen Gang zwischen zwei Schatzhäusern in Sicherheit brachte. Während der Schmerz allmählich abklang, wich ihre Furcht vor dem Gott. Statt dessen spürte sie wieder das Entsetzen wie auf dem Lykaion.

Dieser Apollon war genau so groß wie der vom Lykaion. Sollte Antenor unter der Maske stecken, würde er wissen, daß sie hier war. Also hatte es überhaupt keinen Sinn, ihm aus dem Weg gehen zu wollen.

Entschlossen schlich Alexandra den Gang weiter bis zu der Mauer vor dem Kronoshügel und an der Hinterfront der Schatzhäuser entlang.

Und dann sah sie Apollon in der Lücke zwischen den Häusern stehen. Seine goldene Maske war über den blonden langen Haaren am Hinterkopf festgebunden. Vor ihm lag ein Mann auf den gelben Bodenfliesen, das Gesicht auf dem Boden und die Arme beiderseits des Kopfes in der Demutsgeste ausgestreckt. Ein Priester war er nicht, denn er trug einen Chiton. Er wimmerte, außer sich vor Angst.

Sie hielt den Atem an. Was hatte der Mann getan? Vielleicht etwas aus dem Schatzhaus gestohlen. Und was hatte Apollon mit der Maske vor? Wahrscheinlich würde er den Dieb bestrafen. Während sie wartete, daß etwas geschah, ging ihr auf, daß es jedenfalls nicht für ihre Augen bestimmt war. Möglicherweise war auch der Mann auf dem Boden zu neugierig gewesen.

Auf einmal schien es ihr klüger zu verschwinden. Behutsam bewegte sie sich rückwärts.

In diesem Moment blitzte etwas im Mondschein auf. Der Mann auf dem Boden stieß ein Stöhnen aus und streckte sich. Die Hand des Gottes klatschte höchst menschlich an sein raschelndes Gewand aus steifem Leinen.

Alexandra biß sich auf die Unterlippe, um nicht zu schreien. Apollon hatte den Mann getötet.

Sie drehte sich um und fing an zu rennen, stieß aber sofort auf die Mauer. Ihre Sandalen fanden die Vorsprünge zum Hochklettern wie von selbst.

Jenseits der Mauerkrone war der bewaldete Hügel. Zwischen den schwarzen Schatten der Baumstämme herrschte tiefe Dunkelheit. Hinter einem breiten Olivenbaumstamm blieb sie atemlos stehen und lauschte. Zuerst hatte sie gemeint schwere Schritte hinter ihr zu spüren. Aber jetzt raschelte ein Tier auf dem Boden, Vögel rührten sich im Schlaf, und eine Brise bewegte die Baumkronen.

Es schien nicht so, als ob Apollon ihr folgte. Sie begann ihren Weg zwischen Bäumen und spärlichem Gestrüpp zu suchen, wieder zurück zum olympischen Gelände.

Irgendwann stieß sie auf den Pfad, der oberhalb des Kladeios entlangführte. Eine Mauer begrenzte ihn zum Fluß hin. Hier fühlte sie sich einigermaßen sicher. Jetzt war sie weit weg vom Kronoshügel und den Schatzhäusern an seinem Fuß.

Viel später, nachdem die Außenfackeln schon lange gelöscht worden waren, ging Alexandra zurück zum Leonidaion. Sie zwang sich zu schlendern, als ob sie den Sonnenuntergang am

Fluß genossen hätte, für den Fall, daß jemand sie beobachtete.

Endlich betrat sie die Säulenhalle des Gästehauses. Die Tür zum Speiseraum stand offen, und das Durcheinander vieler Stimmen bewies, daß die meisten Besucher noch auf waren.

In diesem Raum entdeckte sie ihren Vater, der sich mit einigen Priestern und anderen Gästen unterhielt. Sie winkte ihm, aber er reagierte nicht. Wahrscheinlich gehören sich solche Gefühlsäußerungen hier nicht, dachte sie verärgert.

Und dann begann ihr Herz wie rasend zu klopfen. Antenor saß an der Wand. Er beobachtete sie.

Alexandra verzichtete auf das Abendessen, das man hier im Leonidaion einzunehmen hatte. Ihr Schlafraum befand sich in einem Haus für einfachere Gäste. Sie spürte Antenors Blicke wie Nadelstiche, als sie sich umdrehte und entfloh.

Wenn er der Mann hinter der Maske war, hätte er reichlich Zeit gehabt, sich umzuziehen und hier wie ein gewöhnlicher Pilger zu erscheinen.

Kapitel 25

Alexandra konnte nicht einschlafen. Wahrscheinlich ging es im römischen Gästehaus während der Heraeen turbulent zu, weil hier die Mädchen ihre Schlafräume hatten, aber jetzt war es still, und sie war allein. Sie wälzte sich auf ihrem harten Lager und bekämpfte ihre Angst. Apollon war ein fürchterlicher Gott. Warum war es ihr Schicksal, ihm immer wieder zu begegnen?

Mitten in der Nacht wurde sie von einem monotonen Gesang geweckt, ein Singsang von Männerstimmen aus der Richtung zur heiligen Straße, wo sie an der Bildhauerwerkstatt vorbei auch Lichter aufblitzen sehen konnte. Er schwoll an und wurde wieder leiser. Sie saß unschlüssig im Bett.

Als nichts weiter geschah, ließ sie sich wieder auf den Rücken sinken.

Am nächsten Morgen sangen die Priester schon wieder. Oder immer noch? Alexandra fuhr hoch und stürzte an den Schlitz im Mauerwerk. Die letzten beiden schwarzen Rücken verschwanden gerade unter den Bäumen außer Sicht. Widerwillig zog sie sich an. Sie war unausgeschlafen und nervös. Aber fort konnte sie nicht. Sie mußte versuchen, sich dem Tagesablauf im olympischen Gelände anzupassen.

Als Alexandra den Gemeinschaftsraum im Leonidaion betrat, spürte sie sofort die angespannte Stille, die wie ein straffes Segel über den Köpfen der Gäste hing. Die meisten schlürften still das heiße Wasser, das jedem Gast zur Verfügung gestellt wurde, und schlangen das mitgebrachte alte Brot hastig hinunter, bevor sie sich unauffällig davonmachten. Eine gräßliche

Stimmung. Es roch nach Angst. Alexandra hätte am liebsten auf dem Absatz kehrtgemacht.

Aber sie wagte es nicht. Statt dessen setzte sie sich aufs Geratewohl auf einen der Scherenhocker, um auf ihren Vater zu warten. Er war nicht im Raum, und sie wußte nicht, wo der Wagen mit ihren Vorräten abgestellt war.

Einen Augenblick später trat Antenor in ihr Blickfeld. Ohne daß sie ihn aufgefordert hätte, stellte er Wasser und Wein bei ihr ab, setzte sich neben sie und begann, große grüne Oliven auf riesigen Platanenblättern anzurichten.

Alexandra betrachtete stumm seine Vorbereitungen. Sie konnte ihn nicht fortschicken, schon gar nicht hier, wo eine auf dem Tisch rollende Zwiebel schon Aufmerksamkeit erregte. Aber die Ungewißheit war nicht auszuhalten. Als Antenor begann, die Blattränder zum Zeitvertreib in eine gefällige Form zu zupfen, hielt sie es nicht mehr aus. Sie beugte sich zu ihm hinüber. »Was ist los?« flüsterte sie.

»Nimm nur, Herrin«, sagte Antenor laut. Mehrere Augenpaare sahen herüber. »Es sind gute Oliven aus Kalamata. Aber du mußt dich mit dem Essen ein wenig beeilen. Wir Gäste sind gebeten worden, an einem Opfer für Apollon teilzunehmen. Ich nehme an, daß du den Aufruf überhört hast.«

Alexandra zuckte zusammen und nickte. Da war es wieder. Apollon.

»Laß dir nichts anmerken«, murmelte Antenor und fuhr lauter fort. »Das Opfer ist ausnahmsweise ein Holokaust-Opfer, sagte man mir. Überhaupt sind die Umstände sehr ungewöhnlich, aber auch sehr ehrenvoll für uns zufällige Gäste.«

Alexandra konnte die Augen kaum von Antenor abwenden. Mit Mühe würgte sie zwei Oliven hinunter. Es sollte also eine Feierlichkeit sein, bei dem das ganze Opfer dem Gott durch das Feuer geweiht wurde. Ihr war es recht; sie hätte ganz bestimmt kein Opferfleisch hinuntergebracht. Noch lieber allerdings wäre es ihr gewesen, von hier zu verschwinden.

Verstohlen ließ sie ihre Augen wandern. Die Tür war aufgeschlagen und durch einen Keil festgesetzt. Auf den Stufen des Zeustempels eilten Priester hin und her, und rechts davon stieg schon eine graue Rauchsäule zum morgendlich frischen blauen Himmel auf. Die gegenüberliegende Tür führte in den Garten des Gästehauses. Über die kreisförmigen Kanäle führten Holzstege. Vielleicht konnte sie hinüber auf die andere Seite und dann an den Alpheios entwischen.

Antenor mischte den Wein mit viel Wasser. Er sprach, ohne die Lippen viel zu bewegen. »Tu's nicht, Alexandra. Sie würden dich finden. Die Sitten sind hier sehr streng. Und man hat dich zur Kenntnis genommen. Gerade dich!«

Es machte Alexandra ganz elend vor Furcht, daß er es für nötig hielt, sich wie in den Bergen Arkadiens zu verstellen. Und was meinte er denn nur? Noch bevor sie ihn fragen konnte, erschien ein jüngerer Priester in der Tür und mahnte zum Aufbruch.

Alle drängten zur Tür. Antenor hielt Alexandra am Arm fest. Jetzt will er mich auch noch handgreiflich überwachen, dachte sie glühend vor Zorn und riß sich von ihm los.

Der Altar des Apollon befand sich zwischen dem Osteingang des Zeustempels und der Bunten Halle. Schon von weitem sahen sie, daß sich am Fuß des Aschenberges eine große Anzahl von Besuchern und Pilgern versammelt hatte.

»Stille Andacht! Stille Andacht!« schmetterte einer der untergeordneten Priester mit schriller Stimme. »Betet zu Apollon, dem Friedensbringer von Olympia!«

Während sich vor aller Augen der Oberpriester neben dem Altar die Hände in einem Kupferbecken wusch, senkte sich Schweigen über den Platz. In einer abgesonderten Gruppe von Männern, offensichtlich dem Chor, erkannte Alexandra die Glatze von Idaios; abgesehen von einer violetten Schärpe, die ihm schräg über die Brust lief, war er wie ein Priester gekleidet.

Alexandra machte Antenor auf ihn aufmerksam. Er nickte nachdenklich.

Die Priester griffen in einen Korb, der auf dem niedrigen Tisch neben dem Altar stand, und verstreuten mit vollen Händen die Opfergerste über ein verhülltes, still daliegendes Opfertier, über sich selber und über die Gläubigen in nächster Nähe. Unterdessen begann der Oberpriester sein Gebet.

»Höre mich, Apollon, Bringer und Abwender von Verderben! Du hast dir heute dein Opfer selbst gewählt. Nimm es also im heiligen Rauch entgegen und beschütze den Frieden dieses heiligen Hains.«

Idaios begann zu singen und dirigierte dabei eine Handvoll Männer, die ihn begleiteten. Er hatte wirklich eine schöne Stimme, aber Alexandra hätte sehr gut auf sie verzichten können. Der feierliche Paian, den sie vorher noch nie gehört hatte, klang in ihren Ohren bedrohlich.

Auch die übrige Zeremonie war ihr neu. Der Korb, das Gefäß mit dem Weihwasser und der Krug zum Auffangen des Blutes waren zwar vorhanden, aber es gab kein Blut zum Auffangen. Die Priester schoben das längliche Paket ohne weitere Zeremonie in das Feuer auf dem Altar. Anscheinend war das Opfertier schon getötet worden.

Alexandra folgte mit den Augen den auflodernden Flammen und dem Rauch bis in die Spitze einer uralten Pinie. Als ihr Blick wieder zu den Priestern zurückgekehrt war, war deren Ordnung eine andere.

Idaios hatte seinen Platz im Chor verlassen und sich zu den Priestern gesellt. Neben ihm stand jetzt ein zweiter Mann mit einer ähnlichen Schärpe.

Alexandra schnappte nach Luft. Der zweite Kultbeamte war Charaxos, ihr Verwandter. Er trug die Schärpe eines Archon Eponymos. Sie stieß Antenor mit dem Ellenbogen an.

Antenors Gesicht war absonderlich fahl.

»Komm!« sagte Alexandra und griff nach seinem Arm. Ein Riese mit einem weichen Gemüt. Es sprach für ihn. »Der Geruch. Du mußt hier weg.«

»Laß das«, fauchte er. »Und verhalte dich unauffällig!«

Alexandra schüttelte den Kopf über so viel Starrsinn und ließ ihn los.

Als der Rauch dünner wurde, war die Zeremonie vorbei. Die Gläubigen zerstreuten sich. Die Priester umdrängten Charaxos, umarmten ihn, küßten ihm die Wangen und redeten gut gelaunt auf ihn ein. Hin und wieder bekam Idaios einen kleinen Schwall ab von der Freundlichkeit, mit der sie den Eleer überschütteten.

»Ist er heute Archon Eponymos geworden?« fragte Alexandra ahnungsvoll.

Antenor antwortete nicht. Als er Alexandra endlich packte und mit hartem Griff hinter sich herzog, war sie zu überrascht, um sich zu wehren.

Antenor zog Alexandra vorbei am Bouleuterion, schließlich hinaus aus dem olympischen Gelände. Er ließ sie los, und sie mußte laufen, um mit ihm mitzuhalten. Aber er sprach kein Wort.

Oberhalb des Alpheiosufers machte Antenor endlich halt, warf sich ins Gras und rieb sich mit den Fingerknöcheln über die Stirn. »Oh, ihr Götter!« sagte er. »Was laßt ihr zu!«

Alexandra begann am ganzen Körper zu zittern. Sie ließ sich auf einen Stein sinken. »Was ist geschehen?« fragte sie verängstigt. »War etwas mit dem Opfer?«

Antenor hob den Kopf und sah Alexandra ausdruckslos an. »Es war kein Opfertier. Es war ein Mensch.«

»Sie haben einen Menschen geopfert?« fragte Alexandra verstört.

»Nein.« Antenor schüttelte den Kopf so heftig, daß wieder die Locken flogen. »Sie haben eine Leiche verbrannt, um sie loszuwerden. Als diese ölgetränkten Leichentücher auflöderten, sah ich eine menschliche Hand. Nur kurz. Die Priester rückten sofort zusammen.«

»Allmutter Gaia! Aber warum?«

Antenor seufzte tief und zog die Schultern hoch. »Wahrscheinlich, weil sie ihn hier erschlagen haben. Aber niemand darf zugeben, daß der heilige Friede von Olympia gebrochen worden ist. Es wäre ein undenkbarer Frevel!«

Alexandra sah ihn betreten an. Er war gläubiger als sie und fühlte sich mit den Göttern verunglimpft. Aber dann begriff sie jäh, daß er nicht der Mann in der Maske sein konnte.

Ein zärtliches Gefühl überwältigte sie. Ehe sie wußte, was sie tat, kniete sie neben Antenor, zog seinen Kopf an ihre Schulter und strich ihm tröstend über die Haare.

Sie spürte, wie Antenors Rückenmuskeln unter ihrer Hand steif wurden. Dann fuhr er hoch, riß sie in seine Arme und preßte seinen Mund auf ihre Lippen. Er sah wild aus. Und schön wie der junge Zeus. Alexandra wurde ganz schwach vor Verlangen nach ihm, ein Gefühl, das sie zuvor nie gespürt hatte.

Als Antenor seine plötzlich aufgeflammte Begierde wieder beherrschte, wurde seine Umarmung gefühlvoll und zart. »Alexandra«, flüsterte er und küßte sie erneut.

Alexandra war wie berauscht. Hoffentlich würde dieser Kuß niemals enden.

Aber dann ließ Antenor sie plötzlich los. Mit verlegener Miene wirbelte er seine Haare zurecht, ohne Alexandra anzusehen. »Tut mir leid«, murmelte er.

»Mir nicht«, sagte Alexandra mit spröder Stimme. »Er wurde gestern abend umgebracht. Ich war dabei.«

»Du?« Antenor sah sie entsetzt an.

»Es war der Gott selbst, das heißt natürlich, Apollon in einer Maske. Das Messer muß dünn wie ein Schilfrohr gewesen sein.«

»Also nicht erschlagen, sondern erstochen. Jetzt verstehe ich, daß sie ihn auf diese Weise beseitigen mußten.« Antenor nagte an seinen Lippen. »Mit dem Blut haben sie den heiligen Boden von Olympia befleckt. Wenn das bekannt würde, könnten die Spiele nie mehr hier stattfinden. Ich glaube, der Zeustempel würde es verhindern.«

»Aber die Götter wissen es doch«, wandte Alexandra ein.

»Ja, die wissen es«, murmelte Antenor. »Ich hoffe, sie wissen es.«

»Und wenn es sie nicht gibt?« Alexandra stotterte vor Aufregung.

»Wenn es sie nicht gibt«, sagte Antenor und ließ seinen Blick über das heilige Gelände schweifen, »werden die Olympischen Spiele ihren Lauf nehmen. So, als ob nichts Aufregendes geschehen wäre.«

Alexandra nickte. Entweder es gab die Götter, oder es gab sie nicht. Jetzt mußte es sich zeigen. »Der Mann mit der Apollonmaske hat auf dem Berg Lykaion ein Kind geopfert. Am Altar der Gaia. Nach dem Opfer erklärte er den Altar zum Eigentum von Apollon.«

In Antenors Augen blitzte Erkenntnis auf. »Jetzt weiß ich, warum du mißtrauisch gegen mich wurdest. Du dachtest, ich wäre der Mann?«

»Na ja«, murmelte Alexandra kraftlos. »Du warst über Apollon so gut informiert. Weißt du denn, wer er ist?«

Antenor schüttelte den Kopf. »Nein. Die Frauen wollten nicht mit der Sprache heraus. Ich bin davon überzeugt, daß keine von ihnen sein Gesicht gesehen hat. Aber ich kann dir sagen, wer das tote Opfer ist, wenn es dich interessiert. Zumindest glaube ich es zu wissen.«

Alexandra sah ihn erschüttert an. »Wer?«

»Es muß der bisherige Archon Eponymos von Elis sein. Und zugleich müssen sie es geschafft haben, seinen Nachfolger zu wählen. Charaxos von Elis.«

»Charaxos«, flüsterte Alexandra. »Deshalb also. Ich habe schon gehört, daß er sich um ein hohes Amt bewerben wollte.«

»Nie um dieses. Es hat auch keine Bewerbung stattgefunden. Der Greis hätte sich lächerlich gemacht, wenn er sich um das Amt beworben hätte, das ein junger Mann einnahm.«

Wieder einmal war Alexandra verblüfft, wie gut er um diese Dinge Bescheid wußte.

»Möglicherweise hatten sie Charaxos längst als Vertreter des Archon Eponymos bestimmt, der im Fall des Todes ohne Wahl aufzurücken hatte«, sagte Antenor nachdenklich. »Das war alles genau geplant. Und mehrere müssen beteiligt sein. Einer allein hätte es gar nicht bewerkstelligen können.«

»Wer sind sie denn? Und wer bist du?« Alexandra war der Meinung, daß sie allmählich einen Anspruch auf sein Vertrauen erworben hatte. »Woher weißt du das alles?«

Antenor wich ihrem Blick aus. »Wer sie sind, ist leicht beantwortet: Männer von Apollons Tempel. Priester und Verehrer.«

»Und die zweite Frage?«

Ein kleines Lächeln huschte über seine Züge. »Die darf ich dir nicht beantworten, Alexandra.«

»Habe ich nach allem dein Vertrauen nicht verdient?«

Er nickte, als hätte er ihren Einwand im voraus gekannt. »Doch, das hast du. Aber es geht nicht um mein Vertrauen. Es ist ... mehr.«

Alexandra starrte ihn entrüstet an. Er tat, als sei er ein altgriechischer Held. Auf dem Weg in den Stall, den er auszumisten hätte. Und kein Gedanke daran, daß sonst wahrscheinlich die Mägde den Stall säuberten, weil es ihre alltägliche Arbeit war.

Als sie kurze Zeit später zu den anderen zurückkehrten, schwirrte der Gästeraum von Mutmaßungen über das ungewöhnliche Ritual. Antenor zog Alexandra auf einen Hocker herunter und versuchte sich unauffällig zu geben. Aber er horchte nach allen Richtungen zugleich in das Stimmengewirr.

Während Alexandra ihn verstohlen betrachtete, zog wie eine Prozession im Laufschritt an ihr vorüber, wo er ihr überall begegnet war: es waren stets Tage gewesen, an denen sich irgend etwas in ihrem Leben entscheidend verändert hatte. Gelegentlich hatte sie den Verdacht gehegt, daß er es war, der ... Aber es stimmte nicht, er war der stille Beobachter und Berichterstatter. Sie war erleichtert, daß nicht er Apollon war.

Leider wurde sie in ihren angenehmen Betrachtungen durch den Anblick von zwei violetten Schärpen gestört, die im Einerlei der weißen und grauen Chitons auffielen wie zwei Raubvögel in einer Schar von Tauben. Idaios, gefolgt von Charaxos, brach sich auf einem schnurgeraden Weg durch die Halle Bahn. Die Pilger und Gäste schossen mit ehrfurchtsvollen Gesichtern in die Höhe und räumten ihre Sitzgelegenheiten aus dem Weg.

Die beiden Kultbeamten hatten ein bestimmtes Ziel.

Alexandra sah sich um. Hinter ihr war die Wand. Das Ziel war sie. Sie richtete sich auf und blickte den Männern gefaßt entgegen.

Antenor beugte sich vor und vergrub das helle Haar in seinen Pranken.

Idaios blieb vor Alexandra stehen. Sein wuchtiger Körper versperrte ihr die Aussicht auf die Türen und den Säulengang, auf das Tageslicht und die bunten Blumen im Rondell. Ihr wurde die Luft knapp.

Charaxos schlüpfte an Idaios' Seite. »Ich mache mir Sorgen um deinen Vater, Alexandra«, sagte er ernst. »Er ist ein frommer Mann. Zumindest hat er den Göttern immer gegeben, was sie verlangen können. Aber beim Opfer für Apollon war er nicht anwesend. Warum?«

Eine Sandale scharrte in der plötzlichen Stille im Raum. Alexandra fand sie beunruhigend. »Ich weiß es nicht«, sagte sie zögernd.

»Vielleicht ist Melanthios ein Mann, der die Götter nur unter den Augen anderer verehrt?« fragte Idaios gedehnt. »Und sonst nichts für sie übrig hat, wie seine Schwägerin Baukis, die in Megalopolis wegen Götterfrevels sterben mußte?«

Die Stimme des großen Mannes war immer laut, selbst wenn sie flüsterte. Und jetzt wurden seine Worte wie mit einem Schmiedehammer in die Köpfe der Gäste getrieben, unter denen sich gewiß auch der ein oder andere Archon von Elis, Pyrgos oder Korinth befand.

Ein schrilles Warnsignal tobte durch Alexandras Kopf. »Er war sehr krank«, sagte sie hastig. »Er ist nach Olympia gekommen, um sich bei den Göttern für seine Genesung zu bedanken. Aber möglicherweise hält die Strapaze der Reise ihn im Bett fest. Ich werde mich sofort nach ihm erkundigen.«

»Nicht nötig«, warf jemand ein. »Ich bin sein Bettnachbar. Er ist im Morgengrauen ausgeflogen, putzmunter und gut gelaunt.«

Charaxos verzog mit schmalen Augen die Lippen, als hätte er Alexandra bei einer Lüge erwischt. »Sieh zu, daß du ihn findest«, sagte er nach einer Weile. »Er mag sich selbst vor Apollon rechtfertigen.«

Die Kultbeamten erwarteten keine Antwort. Ihre steifen Gewänder raschelten wie trockenes Pergament, als sie Alexandra, die vor Furcht stumm war, endlich in Ruhe ließen und sich auf den Rückweg machten.

Allmählich kamen die Gespräche der Gäste wieder in Gang. Charaxos und Idaios blieben immer wieder stehen, um Fragen zu beantworten oder Ratschläge zu erteilen. Vor allem Idaios wurde mit großer Ehrfurcht behandelt.

Wieso, dachte Alexandra mechanisch und zwang sich, die Lähmung von sich abzuschütteln. Er gehörte der Kultgemeinschaft eines weit entfernten Tempels an. Aber er gab sich wie ein Phratriarch von Elis höchstpersönlich. Und die Leute schienen es glauben zu wollen.

Antenor rückte wieder zu ihr heran. »Idaios hat es auf dich abgesehen. Aber vor Charaxos mußt du dich ebenfalls in acht nehmen.«

Alexandra fuhr herum. Antenor hatte ihr kein bißchen geholfen. Er konnte nur reden! Im Augenblick wünschte sie alle Männer in den Hades.

Dann machte sie sich allein auf die Suche nach ihrem Vater.

Außerhalb des Gästehauses steigerte sich Alexandras Sorge schnell zur Angst. Als sie kurze Zeit später Antenors Schritte hinter sich hörte, war sie entgegen ihrer Absicht erleichtert und blieb stehen, um auf ihn zu warten. »Antenor, es kann doch nicht mein Vater sein, der auf dem Altar verbrannt wurde, oder?«

Er sah sie mitleidig an. »Ich glaube nicht.«

»Gaia, gib, daß er es nicht war!« Alexandra sah sich verzweifelt um. Überall Gebäude! Von den Pelasgern, den Achaiern, den Aitolern, den Dorern. Sie hätte sie mit Freude in den Styx geräumt, wenn dann das Gelände übersichtlicher geworden wäre. Aber jetzt hatten die Hellenen ja noch die römischen Architekten zur Vervollständigung des Chaos an ihre Seite bekommen. »Oh«, rief Alexandra und schnippte mit den Fingern. »Neros Villa, natürlich. Daß ich die vergessen konnte! Dort muß er sein.«

»Klingt gut«, sagte Antenor zustimmend.

Sie kehrten wieder um und liefen außerhalb der Mauer des heiligen Bezirkes herum.

Die Villa lag still im Schatten von Pinien, aber von drinnen hörte man Geräusche und Stimmen, wie sie in einem leeren Haus hallen. Alexandra atmete auf. Bestimmt war Melanthios dort. Antenor schob sie durch eine unvollendete Türöffnung im Erdgeschoß, ließ sie dort stehen und nahm selbst die Treppe nach oben. »Sieh unten nach, ich suche oben«, rief er ihr zu.

Die unteren Räume waren leer bis auf einen, in dem zwei Männer auf dem Fußboden knieten und Mosaiksteinchen verlegten. Der Bau sah noch lange nicht bezugsfertig aus. Alexandra sah sich enttäuscht um.

»Gefällt es dir etwa nicht?« fragte der eine Handwerker und klopfte mit einem Schlegel ein letztes Steinchen fest. Er wischte den überflüssigen Mörtel mit der Handfläche fort und blickte neugierig zu ihr auf. »Er ist startbereit in jeder Hinsicht. Würde auch dich zufriedenstellen können.«

Die beiden Männer brachen in anzügliches Gelächter aus.

Alexandra sah einen zierlichen Läufer an der Startlinie, die Hände nach vorne gestreckt, ein Bein schon fast in der Luft. Seine männlichen Merkmale wären auch bei einem doppelt so kräftigen Mann ausreichend groß bemessen gewesen. Sie errötete vor Ärger. »Ich suche einen Mann«, sagte sie.

»Dann hast du ihn jetzt gefunden. Sogar zwei.« Die Handwerker brüllten vor Lachen.

Der jüngere von beiden legte seine mörtelgraue Hand um ihre Wade und knetete sie heftig. »Bist du Sklavin?« fragte er. »Deine Herrin hat Geschmack, was Kleidung betrifft. Du auch, wie ich sehe. Und ich mag gutgekleidete Frauen; nur um deine Hände solltest du dich mehr kümmern. Hättest du Interesse an mir? Ich könnte gut noch zwei, drei Weiber beglücken.«

Alexandra hatte Mühe, sich von der gierigen Hand zu befreien. Das Grinsen im Gesicht des Mannes erlosch, als Antenor hinter ihr auftauchte.

»War der Kaufmann Melanthios hier?« fragte er, ohne das Unbehagen der Handwerker zu beachten. »Der Mann, der die Statuen liefern soll.«

Der junge Mann klopfte den Stiel seiner Kelle auf den Boden und schwieg mit mürrischer Miene.

Alexandra erwartete, daß Antenor ihre Ehre verteidigen würde. Aber statt dessen runzelte er warnend die Stirn und schüttelte kaum merklich den Kopf.

»Na, ja«, murrte er, als er keine Antwort bekam, »wann hätte ich einen Tag keinen Ärger mit meinem Kaufmann? Komm Weib, die wissen auch nichts!«

»Einen Augenblick!« hörte Alexandra hinter sich, als sie Antenor verblüfft gefolgt war und den Ausgang fast erreicht hatte.

»Das ist so ein Kleiner mit Glatze, der die leeren Nischen wie die Goldvorräte des Kaisers betrachtet, ja?«

»Genau«, stimmte Antenor gemächlich zu und drehte sich um. »Das ist er. Wann war er hier?«

Die Mundwinkel des Handwerkers bewegten sich unschlüssig. »Ich glaube, als sie draußen das Opfer feierten«, sagte er schließlich. »Der Rauch zog hier nämlich herein. Stank erbärmlich.«

Antenor blickte zu der Tür, die sich zu einem umlaufenden Säulengang öffnete. »Der Architekt ist nicht gerade die Zierde seines Berufsstandes. Der Kaiser wird den Mann in die Verbannung schicken, wenn er hier wie eine Makrele geräuchert wird.«

»Den nicht. Der Architekt ist Römer.«

»Einer, der sich auf Gebäude in griechischem Stil spezialisiert hat«, fügte der Ältere hinzu.

Die Männer lachten dröhnend, auch Antenor. Nur Alexandra begann die Unterhaltung ziemlich einfältig zu finden. Sie verschwendeten hier ihre Zeit.

»Übrigens wartete dein Kaufmann auf jemanden. Ich bin sicher, er hatte sich mit dem Mann hier verabredet.«

»Und der kam dann?« fragte Antenor ausdruckslos.

»Ja. Sah aus wie ein Ringkämpfer. Umgekehrt wie mein Läufer: Obenherum wie ein Stier, aber zwischen den Beinen eher unterentwickelt.«

»Dann weiß ich Bescheid. Das war bestimmt sein Brudersohn aus Pisa, der hier manchmal trainiert,« log Antenor glatt, nickte den Männern freundlich zu und verließ den Raum.

Alexandra wartete, bis sie das Haus weit außer Hörweite hinter sich gelassen hatten. »Was erzählst du denn für Märchen über meinen Vater?« fuhr sie Antenor an.

»Wir haben alles erfahren, was die Männer wußten. Oder glaubst du nicht?«

Doch, sie glaubte es. Und wenn die Unterredung ihr auch nicht im geringsten gefallen hatte, so mußte sie doch zugeben, daß Antenor die Handwerker äußerst geschickt ausgefragt hatte. Wie einer, dessen Handwerk das Fragen ist. Aber daß er tatenlos zugesehen hatte, wie ein Mann ihr gegenüber zudringlich geworden war, widersprach ihrer Auffassung, wie ein ehrenhafter Mann sich verhalten sollte.

»Ich glaube, dir wäre lieber gewesen, wenn ich den Mann verprügelt hätte«, sagte Antenor ihr auf den Kopf zu. »Aber wir hätten nichts erfahren.«

Alexandra klemmte die Kiefer zusammen und schwieg. Es war ja auch völlig gleichgültig.

»In Gegenwart eines Athleten ist Melanthios aber ganz bestimmt nichts passiert«, tröstete Antenor Alexandra kurz danach, als ob er sie versöhnen wollte. »Selbst wenn der Mosaikleger sich in der Zeit geirrt hätte.«

»Aber der Mann war ein Ringer«, entgegnete Alexandra entsetzt. »Der Mann in der Maske war auch groß und breit wie ein Ringer!«

Mittlerweile hatten sie die meisten Gebäude durchkämmt, sofern sie überhaupt betreten werden durften. Manche waren nur Priestern erlaubt. Oder Göttern. Alexandra schnitt ein Gesicht, als sie daran dachte.

Sie standen auf der Terrasse der Schatzhaushallen, wo Alexandra Antenor den Ort des Mordes gezeigt hatte. Der Töpfer drehte sich zum Hügel um und sah am ansteigenden Hang in die Höhe.

»Ich kenne da oben eine uralte Eiche«, sagte er nachdenklich. »Sie soll noch aus den Zeiten des Kronos stammen. Manchmal treffen sich dort junge Leute aus dem Dorf. Wir sollten auch da nachsehen.«

Alexandra nickte stumm und folgte ihm zur Rampe, die auf den Gaion-Hügel führte. Mit wachsender Verzweiflung kletterte sie hinter ihm zwischen Kiefern und Eichen her, auf dem kürzesten Weg zum Gipfel des Kronos-Hügels. Antenor benutzte keinen Pfad, und es war anstrengend.

Die Sonnenstrahlen fielen durch das lichte Blätter- und Nadeldach und warfen schräge Schatten auf den Boden. Der höchste Sonnenstand war noch lange nicht erreicht. Alexandra wunderte sich, wieviel an diesem Morgen schon geschehen war.

Im gleichen Augenblick prallte sie gegen Antenors ausgestreckten Arm. Er legte einen Finger über seine Lippen. Alexandras Augen folgten der Bewegung seines Kinns.

Auf gleicher Höhe mit ihnen saßen zwei Männer vor einem riesigen, gespaltenen Eichenstamm. Der eine war ihr Vater. Der andere war jung, konnte aber kein Ringer sein; er war vielmehr schlank und drahtig. Sie waren in ein Gespräch vertieft, das den Eindruck einer Verhandlung machte.

Antenor zog Alexandra behutsam zu sich heran. Sie spürte seine Lippen an ihrem Ohr. »Warte hier. Ich bin gleich zurück.«

Alexandra schüttelte verzweifelt den Kopf. Es war eine unmögliche Situation, und sie würde nicht erlauben, daß er sich hinschlich, um ihren Vater zu belauschen. Was er sich nur dachte! »Wir gehen wieder!« flüsterte sie heftig.

Widerwillig fügte er sich. Nach einer Weile hörte Alexandra ihn rutschend und schlitternd hinter ihr herkommen. Sie begann die ganze abscheuliche Situation zu hassen, in die ihr Vater sie hineinmanövriert hatte.

»Dein Vater scheint ja viele Brudersöhne zu haben«, bemerkte Antenor, als sie an der Schatzhaushalle angelangt waren.

Er hatte es also auch gemerkt. Der Mann, mit dem Melanthios da oben sprach, war nicht der, mit dem er Neros Villa verlassen hatte. Aber es hatte keinen Sinn, Mutmaßungen darüber anzustellen. Etwas anderes fiel ihr ein.

»Was ich dich schon längst fragen wollte, Antenor ... Kanntest du eigentlich meine Tante Baukis von Megalopolis, bevor sie ...?«

»O ja«, sagte Antenor sofort. »Sie war eine kluge Frau.«

Es klang harmlos, aber Alexandra starrte Antenor entgeistert an. Jetzt war sie so beunruhigt wie zuvor.

Sie nickte ihm unterkühlt zu und schlug den Weg zum Gästehaus ein.

Kapitel 26

Charaxos zupfte die purpurfarbene Schärpe zurecht und liebkoste die weiche Seide mit knochigen Fingern. Er badete in Seligkeit, seitdem er zum Archon Eponymos berufen worden war.

Idaios betrachtete seine gefärbten Haare, die am Scheitel so spärlich waren, wie es seinem Alter entsprach, und behielt trotzdem unauffällig die Umgebung im Auge. Sie standen ganz allein in der Nähe des Zeusaltars. Die Tempelsklaven hatten Charaxos' neue Position bereits zu kosten bekommen, mit der Folge, daß sie den galligen kleinen Alten aus Elis bereits mieden. Aber hinter diesen vielen Mauern und Sockeln konnte sich leicht jemand verbergen. »Und?« Idaios rieb sich die Nasenwurzel, die gerötet war und juckte.

»Du hast die Abmachung voll eingehalten«, sagte Charaxos, als er endlich begriff, worum es ging. »Ich bin sehr zufrieden mit dir.«

»Ich nicht. Du hast deinen Teil nicht erfüllt.«

Charaxos' Stirn furchte sich, und ein argwöhnischer Ausdruck trat in seine Augen. »Ich habe getan, was ich konnte, Idaios. Mehr kann kein Mensch verlangen. Melanthios wollte die Scheidung nicht, und das ist nicht meine Schuld.«

Idaios lächelte eiskalt. Die Verschiebung der Olympiade hatte ihn gezwungen, auch seine eigenen Pläne zu verschieben. Aber jetzt war es soweit; jetzt mußte alles wie am Schnürchen laufen. »Mich interessiert nicht, was Melanthios will, und auch nicht, ob du dir Mühe gegeben hast. Ich werde diese Familie Melanthios von der Gesellschaft isolieren, bis sie verdorrt ist wie ein Baum ohne Wurzeln.«

Charaxos leckte sich nervös die Lippen. »Ich wußte nicht, daß dir so viel daran lag. Du hast dich nie dazu geäußert, daß es nicht klappte. Und Philotis bekam inzwischen ja auch das Kind...«

»Du hast wahrscheinlich meine Art vorzugehen noch nicht begriffen«, sagte Idaios mit der Art Freundlichkeit, die dem Archonten kalte Schauer über den Rücken jagen mußte. »Ich werde dir ausnahmsweise eine zweite Chance geben, was kaum einer von sich behaupten kann, der mit mir einen Handel abschloß.«

Die blaugeäderte Zunge kam endlich zur Ruhe und verschwand zwischen den eingeschrumpften Lippen. »Ja?« fragte Charaxos vorsichtig und mit einer Andeutung von Erleichterung.

»Sorge also dafür, daß deine Tochter endlich geschieden wird. Wenn es dir Spaß macht, mit Gerüchten und Falschmeldungen über Melanthios; das macht deine Verärgerung über ihn glaubwürdiger. Und denke an die Mitgift, die du zurückerhältst, dann bleibst du womöglich standhaft.«

Charaxos hatte nicht die Kraft, sich gegen den Hohn zu wehren. Er krampfte die Hände zu Fäusten zusammen und betrachtete erbittert die Tempelsäulen in der Nähe. »Das ist es ja. Philotis hat nicht einmal mehr den Wert einer schwarzen Bohne für mich. Melanthios hat das Geld veruntreut. Ich mache mich lächerlich, wenn ich sie zurückhaben will. Ich kann mir aber nicht leisten, daß die elische Gesellschaft über mich lacht. Und ich denke, das ist auch in deinem Sinne.«

Idaios' Augen weiteten sich für einen Augenblick. Melanthios ruinierte sich gründlicher, als er gewußt hatte. »Du könntest deine Tochter nach der Scheidung rauswerfen«, versetzte er brüsk. »Aber unter diesen Umständen ist es gleichgültig, ob sie bei ihm bleibt oder nicht. Ich verzichte. Statt dessen wirst du etwas anderes für mich machen.«

Ein leises Zittern durchlief den alten Mann. »Warst du es, der der Familie der Klytiden solche, solche...« Er krächzte vor Aufregung und mußte erst den großen Kloß von Bewunderung für Idaios und Angst um sich selbst schlucken, bevor er weitersprechen konnte. »...solche Schwierigkeiten bereitet hat?«

»Der es schaffte, daß ein ungeratener Sprößling einer bekannten Familie seine verdiente Strafe bekam, statt im Ausland in Sicherheit gebracht zu werden. War es das, was du sagen wolltest?« fragte Idaios.

Charaxos nickte beklommen. »Nur – Egersos war es doch gar nicht...«

»Aber er hätte es sein können. Jetzt weiß jeder Eleer, daß Gottesfrevel mit dem Tod bestraft wird. Glaubst du nicht, daß die Jugend in Zukunft ihre Finger von den Hermen lassen wird?«

»Doch«, stammelte Charaxos.

Idaios verbarg seinen Hohn nicht. Der Archon war mittlerweile so verschreckt, daß ihm eine Ameise Furcht einjagen würde. »Wenn du dich beim zweiten Versuch als unfähig erweist, könnte das Amt bald einen neuen Amtsinhaber benötigen.«

Charaxos krallte seine magere Hand in das Priestergewand von Idaios. »Nur das nicht«, bat er furchtsam. »Was soll ich tun?«

»Du wirst deinen Schwiegersohn Melanthios in den Tod treiben. Aber jetzt laß mich allein, ich habe noch zu tun«, befahl Idaios.

Idaios machte sich auf den Weg zur Palästra, wo es immer einige Sportler gab, die übten. Gewöhnlich waren auch Zuschauer dort, Neugierige aus den Dörfern, aber auch die Trainer der Athleten. Ein Ort also, an dem man sich unauffällig verabreden konnte.

Auf der Sandbahn übten zwei Allkämpfer Hüftschwünge. Idaios setzte sich auf eine der Bänke im Säulengang und sah zu. Seine Aufmerksamkeit galt ausschließlich dem Mann, der bei den Olympischen Spielen antreten würde. Der andere war nur ein Sklave, der Trainingspartner, ein lebender Sandsack.

Sein Mann hatte Oberschenkel wie ein Ochse und fast ebensolche Oberarme. Wie alle Pankratiasten mußte er nach Plan fressen, kotzen und wieder fressen. Idaios betrachtete ihn angewidert. Er hatte sich den Mann ausgesucht, weil er gute Aussicht hatte zu gewinnen und aus schlechten häuslichen Verhältnissen stammte.

Die Männer beendeten die Übungen und gingen zu etwas über, das einem echten Kampf nahekam. Der Sklave war an Geschicklichkeit und Kraft überlegen. Aber dann stieß der Athlet ihm die Finger in die Augen, und der Sklave ergab sich unter Gebrüll.

Idaios nickte befriedigt. Eine gewisse Schläue war Bedingung für die Angelegenheit, für die er Sosias eingekauft hatte, und die hatte der Mann jetzt bewiesen.

Der Gewinner trollte sich zur Bank hinüber, wo er sein Schabeisen und die Ölflasche abgelegt hatte, während sein Gegner im Sand saß und sich die Augen rieb. Die Zuschauer zerstreuten sich.

Sosias kam nach einer Weile angetrabt. »Ich grüße dich, Idaios«, sagte er höflich.

»Ich grüße dich auch, Sosias. Machst du Fortschritte?«

»Es kommt darauf an, welche du meinst, Phratriarch. Mit meinen eigenen bin ich zufrieden. Der Eleer muß erst noch weich geklopft werden. Er sträubt sich.«

»Gewohnheitsmäßig, Sosias. Gewohnheitsmäßig. Der Mann verdient seinen Lebensunterhalt als Kaufmann.«

»Ich denke, er gehört zum Landadel, der die kleinen Leute auspreßt«, wandte Sosias argwöhnisch ein. »Sagtest du das nicht?«

»Stimmt schon. Er ist beides. Er kauft und verkauft, Land, alte Statuen, was ihm so in die Hände fällt. Aber ein guter Kaufmann ist er nicht. Ich erwarte, daß du in deinem Fach besser bist.«

»Bin ich. Ich werde gewinnen«, prahlte Sosias. »Mit dem Freilos auf jeden Fall. Ich kenne die Burschen gut, gegen die ich antreten muß. Bei den Isthmischen Spielen und in Nemea waren es letztes Jahr die gleichen.«

»Ist es sicher, daß du das Freilos bekommst?«

Der Athlet nickte zuversichtlich. »Natürlich. Bedenken hat Melanthios nicht. Ihm geht es nur um die Höhe der Summe. Anscheinend ist er sehr klamm.«

Idaios schnaubte verächtlich. Es war keine Kunst, einen Hellanodiken zu bestechen. Und um die Höhe der Summe ging es immer. »Das stimmt, aber biete nicht auffällig viel. Der Mann wird sich am Ende mit überraschend wenig zufriedengeben. Was du sparst, gehört dir.« Er klopfte dem Athleten wohlwollend auf die verschwitzte, noch immer etwas sandige Schulter.

Das Gesicht des Mannes verzog sich zu einem breiten, glücklichen Grinsen. Danach weiteten sich seine Augen. Er versuchte, dem Daumen auszuweichen, der sich ihm schmerzhaft ins Fleisch preßte.

»Kein falsches Spiel mit mir«, drohte Idaios leise. »Ein Wort zu einem Hellanodiken über unsere Bekanntschaft, und du bist ein toter Allkämpfer! Glaubst du mir?«

Auf Sosias' Stirn traten Schweißperlen. Ein Blick in Idaios' Gesicht überzeugte ihn.

Idaios verließ die Halle, ohne sich umzusehen.

Sosias suchte Ruhm. Er war das ganze Jahr unterwegs, um seinen Lebensunterhalt mit Kämpfen zu verdienen. In Olympia bekam er als Sieger nur einen Olivenzweig, und der reichte aus, um auf den Märkten seinen Preis hochzutreiben. Das Freilos war für einen aussichtsreichen Allkämpfer so gut wie das Versprechen des Sieges. Sosias war kein Problem, solange er nur den Mund hielt.

Das übrige auch nicht. Seine eigene Aufgabe bestand darin, als eine Art Makler und Agent einen siegeshungrigen Athleten mit einem verarmten Schiedsrichter zusammenzubringen.

Idaios wurde von Gelächter geschüttelt, während er einer vorbeieilenden Sklavin ein Bein stellte. Sie entschuldigte sich bei ihm. Er hörte sie grimmig an und rieb sich dann die Hände an ihren Haaren sauber, bevor er sie entließ.

Draußen dämmerte es bereits. Idaios sah sich um und stellte zu seiner Zufriedenheit fest, daß die meisten Gäste und die Priester sich jetzt kurz vor Beginn der Mahlzeit in die Häuser verzogen hatten. Er hatte selbst einen gewaltigen Hunger.

Aber auf ihn wartete noch eine Aufgabe, die er in der Dunkelheit erledigen mußte. Wolken am Himmel, so wie jetzt, waren ihm gerade recht, und der Mond durfte noch nicht aufgegangen sein.

Gemächlich schlenderte er in den heiligen Bezirk, vorbei am

Zeusaltar zum Metroon hinüber. Als er um die Ecke bog, rannte ein Mann beinahe in ihn hinein, er konnte gerade noch ausweichen.

Idaios sah ihm nachdenklich nach. Dieser blonde große Kerl namens Antenor war vom Kronoshügel heruntergekommen, da war er sich sicher. Stumm wie ein Fisch in der Gegenwart anderer Leute, und mit Augen wie ein Adler, scharf und überall gleichzeitig. Sie beunruhigten ihn.

Irgendwie spielte der Mann sich jetzt als Beschützer der Tochter von Melanthios auf. Vielleicht benutzte er sie als Tarnung.

Dares hatte noch nichts Aufschlußreiches herausgefunden, hauptsächlich, daß der Mann kein Eleer war, obwohl er sich gelegentlich in Elis aufhielt. Zu wenig.

Idaios verzog unzufrieden die Lippen und setzte seinen Weg fort, am Apollonaltar vorbei und dann außerhalb der Mauer zum Theokoleon zurück, zum gemeinsamen Haus für alle Priester, wo man auch ihm einen kleinen Schlafraum zur Verfügung gestellt hatte. Weder in den Säulengängen noch im inneren Garten war jemand zu sehen. Trotzdem bewegte er sich auf Zehenspitzen und zog seine Tür geräuschlos zu.

Niemand hatte seine Kiste angerührt. Sie war in unscheinbare Leinenhüllen verpackt. Idaios zog sie hervor, schnitt die Schnüre durch, schlug die Tücher zurück und betrachtete den Behälter versonnen.

Der Inhalt der Kiste würde das Bündnis des Apollontempels von Megalopolis mit dem von Elis besiegeln. Es war seine Idee, ein Netzwerk von Apollontempeln zu schaffen, mit einer Verwaltung, die der einer Polis ähnelte. Mit einem einzigen Mann an der Spitze, der alles in einer Hand halten würde, Priester, Tempelsklaven und Gold. Idaios ballte seine Hand zur Faust.

Dieser Mann war er.

Idaios stemmte die Kiste auf seine Schulter. Unter dem zusätzlichen Gewicht knirschten seine Sandalen auf den Bodenfliesen des Säulengangs, aber glücklicherweise war immer noch niemand zu sehen. Die Priester mußten inzwischen drüben im Leonidaion sein. Der Gang zwischen den Priesterunterkünften und der Werkstatt der Bildhauer war düster. Alkinoos vom Apollontempel in Elis hatte dafür gesorgt, daß die Fackeln in dieser Nacht nicht brannten. Sie hatten lange und sorgfältig geplant.

Hinter dem Haus der Priester lagen Bäder, zu dieser Nachtzeit unbelebt und dunkel. Der Oberpriester sollte dort auf ihn warten, um ihm den Raum zu zeigen, in dem er seine Kiste unbesorgt unterstellen konnte. Ein Adyton wäre der sicherste Ort gewesen, aber noch besaß Apollon keinen Tempel in Olympia.

Eine Baumkrone säuselte im Nachtwind, und Sandkörner rieselten. Alkinoos. Die Zuverlässigkeit in Person. Mit solchen Männern arbeitete er gern zusammen.

Der Schatten, der vor ihm auftauchte, war nicht der kleine Priester. Idaios ließ die Kiste auf den Boden rutschen und griff zu seinem Messer. Sein Gegner hatte eine Gestalt wie ein Nubier, und die Haut glänzte silbrig von Öl. Er war nackt. Hellhäutig. Kein Nubier.

Idaios spürte, daß sein Messer in Fleisch eindrang, in gespannte, harte Muskeln wie bei einem Opfertier, das den kommenden Tod ahnt. Hätte er nur Gelegenheit bekommen, sein Messer zu werfen, statt zuzustechen, wäre der Mann tot gewesen.

Dann umfing ihn eine dröhnende Schwärze und seine Knie gaben nach.

Kapitel 27

Die Sonne war schon so weit herumgewandert, daß ihre Strahlen zwischen die Säulen auf der Südseite des Leonidaions fielen, und Alexandra wartete immer noch auf Antenor. Bisher war er nicht aufgetaucht, und möglicherweise hatte es damit zu tun, daß sie mit ihrem Vater zusammensaß. Vielleicht hatte er auch sein heißes Wasser längst getrunken.

Ihr Vater war heute strahlend guter Laune. Seine nachdenkliche, manchmal sogar bedrückte Stimmung war wie fortgeblasen.

»Freust du dich auf Glaukias?« mutmaßte sie höflich, obwohl ihr nach Unterhaltung gar nicht zumute war. Spätestens gegen Mittag würden sie abreisen.

»Was? Ja, doch, doch«, stimmte Melanthios zu. »Aber das ist es eigentlich nicht. Ich beginne wieder Mut für meine geschäftlichen Unternehmungen zu fassen. Ich fühle mich gesund und wieder kräftig genug, auf Reisen zu gehen. Der Besuch der heiligen Altäre hat mir gutgetan, glaube ich.«

»Das ist schön«, erwiderte Alexandra mechanisch und sah Antenor verblüfft nach, der gerade gekommen war und mit einem knappen, unpersönlichen Gruß an ihr vorüberging. Er bewegte sich seltsam steif, und sein Gesicht war blaß. Schminke hätte ihm gut gestanden.

Er mußte eine schlaflose Nacht hinter sich haben. Vielleicht im Bett einer Hetäre? Alexandra kämpfte gegen Eifersucht an. Sie wandte sich demonstrativ wieder an ihren Vater. »Hat es etwas mit dem Mann zu tun, mit dem du gestern gesprochen hast?« fragte sie gedankenlos.

Melanthios packte ihren Arm und erzwang ihre Aufmerksamkeit. »Wen meinst du?« flüsterte er.

Alexandra erschrak. Warum hatte sie nicht den Mund halten können? »Oh, jemand erzählte mir, daß er dich auf dem Kronoshügel zusammen mit einem jungen Mann gesehen hat. Wahrscheinlich einem Sportler, denke ich.« Zum Glück war ihr diese Ausrede eben noch eingefallen.

Aber jetzt war er erst recht wütend. Alexandra betrachtete ihn verwirrt. Für sie war es nur eine harmlose Bemerkung gewesen.

»Wer?« fragte er mit harter Stimme.

Alexandra faßte sich. »Ich glaube, einer der Tempelsklaven.« Ihre gespielte Unbekümmertheit verschwand, als sie Idaios bemerkte. Wieder war er mit seiner Schärpe als Phratriarch kenntlich gemacht. Sein offizielles Gehabe begann ihr auf die Nerven zu gehen. »Vater«, flüsterte sie ihm ins Ohr, »Idaios und Charaxos haben dich gestern beim Opfer vermißt. Sie waren wütend auf dich und fragten mich, ob ich wüßte, wo du wärst. Jetzt kommt Idaios schon wieder.«

Melanthios sah sich um. Alexandra sah seinen Adamsapfel langsam die Kehle entlanggleiten. Die Haut darüber war gespannt.

»Ich freue mich, Melanthios von Elis, daß wir uns gestern grundlos Sorgen gemacht haben und grüße dich freundlich«, sagte Idaios förmlich. »Die Priester des Apollon-Tempels grüßen dich weniger freundlich. Um die Wahrheit zu sagen: sie sind erzürnt. Sie schicken mich, um dich vor ihre Versammlung zu holen.«

Melanthios nickte mit argwöhnischem Gesicht. Dann erhob er sich widerwillig. Idaios schob ihn zwischen den Gästen durch wie einen Gefangenen. Merkwürdig, dachte Alexandra. Ohne daß sie gewußt hätte, warum, lief es ihr kalt über den Rücken.

Dann erst fiel ihr die blauschimmernde Schwellung unter Idaios' Ohr auf. Eine prachtvolle Beule. Geschieht dir ganz recht, dachte sie.

Kaum waren ihr Vater und der Phratriarch außer Sicht, ließ

Antenor sich auf den Platz neben ihr niedersinken. Er hielt den linken Arm in unnatürlicher Weise an den Oberkörper gepreßt. »Ich brauche deine Hilfe«, murmelte er.

»Sicher. Immer«, sagte Alexandra und erschrak ein wenig, als sie ihn genauer betrachtete. Sein Gesicht war bleich; Schweißperlen standen zwischen seinen Augenbrauen. »Ich sehe es. Sag mir, was ich tun soll.«

»Ich wurde verwundet. Ich brauche einen Verband.« Antenors Finger fuhr feuchten Spuren nach, die ein Weinbecher auf dem Tisch hinterlassen hatte.

Alexandra zuckte mit den Achseln. »Wenn es dir recht ist, wie ein Pferd behandelt zu werden? Etwas anderes habe ich nicht gelernt.« Anscheinend konnte selbst das ihn nicht erschrecken, denn er nickte. »Na gut, du weißt, wo unser Wagen steht. Ich werde dort auf dich warten.«

Alexandra ging voraus. Er würde nachkommen. Er wollte nicht ständig mit ihr zusammen gesehen werden. Ihr war es recht. Sie brauchte seine Begleitung genausowenig. Im Gehen überlegte sie, wie und wo sie ihn verarzten würde, auf jeden Fall unauffällig, damit sie sich nicht den Ärger der Priester zuzog. Jetzt war sie dankbar, daß Chiron sie gelehrt hatte, was bei einigen Krankheiten und Verletzungen zu tun war. Aus eigener Einsicht hatte sie immer einen kleinen Kasten mit Gerätschaften zur Pflege von Fell und Hufen sowie mit einigen Kräutern dabei.

Sie nahm den Weg, der an der Mauer des heiligen Bezirkes vorbeiführte und an den Unterständen der Wagen endete. Bis Antenor ankam, hatte sie ihren Verbandsplatz längst fertig eingerichtet.

Er ließ sich neben ihr ins Gras gleiten und wickelte einen Lappen vom Arm, dessen untere Schichten blutig waren. Fliegen stürzten sich sofort auf ihn.

»Oh«, sagte Alexandra, als sie den tiefen Schnitt zu Gesicht bekam. »Willst du nicht lieber zu den Priestern gehen? Du brauchst jemanden mit Erfahrung.«

»Du gewinnst sie an mir«, knurrte Antenor. »Bitte mach schnell. Ich muß fort von hier.«

Alexandra murrte laut und ließ an ihrer Abneigung keinen Zweifel, während sie bereits Kamillenblüten in den Krug mit

Wasser gab und ihn gut schüttelte. Dann versenkte sie ein Tuch in das Heilwasser, alles mit schnellen, erfahrenen Bewegungen, und ihr entging auch Antenors Erleichterung nicht. Wäre er nur ein Pferd gewesen, wäre sie ruhiger gewesen.

Unzufrieden betrachtete sie die geschwollenen Wundränder, nachdem sie sie vom Blut gereinigt hatte. »Der Schnitt muß genäht werden. Ich wünschte, Chiron wäre hier. Und warum mußt du gerade jetzt fort? Du solltest dich besser ausruhen.«

»Ja, aber nicht hier, wo jeder sehen könnte, daß ich heute ein wenig mitgenommen bin«, sagte Antenor zwischen zusammengebissenen Zähnen. »Kannst du nicht nähen?«

Alexandra seufzte. Dieses war eine Wunde mit langer Schnittfläche. Chiron würde sie nähen, im Gegensatz zu Stichen und Pfeilwunden. »Ich werde es versuchen.«

Während sie Nadel und Faden vorbereitete, überlegte sie, was passiert sein mochte. Der Angreifer hatte Antenors Herz verfehlt und war an die Innenseite des Oberarms geraten. »War Idaios der andere?«

»Ja.« Antenor knirschte mit den Zähnen und drehte den Kopf fort.

»Er hat heute Kopfschmerzen.« Alexandra zitterten die Hände. Aber sie brachte es fertig, die Wunde mit fünf Stichen zu schließen. Danach putzte sie den Wundkamm sorgfältig sauber. Antenor hielt jetzt still; es konnte ihm kaum weh tun.

Außerdem war sein Wundschmerz ungleich geringer als ihr eigener Schmerz. Sein Kopf hatte an ihrem Herzen geruht, und er hatte sie mit der Wildheit eines Liebenden geküßt. Trotzdem hielt er es nicht für nötig, auch nur ein Wort über alle diese Vorkommnisse zu verlieren, die sich wie ein Spinnennetz vom Berg Lykaion bis nach Olympia und Elis erstreckten und alle mit Baukis, mit ihrem Vater und mit ihr zu tun hatten. Vertrauen hatte er nur in ihre Finger.

Alexandra beendete die Behandlung unter Schweigen, aber sie war sicher, daß er es gar nicht bemerkte.

Idaios schlug den Weg zum Bouleuterion ein. Melanthios verkniff sich die Frage, was das alles sollte. Damit hätte er dem Phratriarchen aus Megalopolis die Zuständigkeit zugesprochen, die er sich ohne jede Legitimation nahm. Da schwieg er schon lieber.

Idaios hielt auf ein Gebäude zu, das hinter den beiden Apsiden des Bouleuterions lag. Melanthios war hier noch nie gewesen. Auf den Stufen versetzte er Idaios, der vor ihm ging, einen kleinen Stoß in den Rücken. »Danke, du kannst verschwinden«, sagte er. »Ich finde den Weg jetzt allein.«

Der Phratriarch drehte sich ohne Hast um. Melanthios mußte, ob er wollte oder nicht, zu ihm aufsehen. Es gelang ihm nur mit Mühe, die verächtliche Miene zu ignorieren, dann schritt er schnell an ihm vorbei in einen dämmerigen Raum.

Drinnen standen die Priester und diskutierten. Als sie ihn bemerkten, breitete sich Schweigen über die Versammlung. Melanthios sah sich verwundert um. Was in Zeus' Namen wollten sie von ihm? Den ein oder anderen kannte er noch aus seiner Zeit als Verkäufer von Gemüse auf dem Markt; der Rest entstammte wahrscheinlich den ganz unteren Schichten, mit denen Männer seiner eigenen Kreise nie zusammenkamen. Fäkaliensammler vermutlich, Eseltreiber und Ähnliches. Sie gaben sich, als ob sie von ihm Rechenschaft fordern wollten. Er schnaubte vor Verachtung.

Die Priester schlurften heran und sammelten sich um ihren Oberpriester Alkinoos, der so feist war, daß ihm der Schweiß allein durch die Anstrengung des Stehens vom Kinn troff. Ihr feindseliges Schweigen schlug Melanthios entgegen wie eine unsichtbare Wand.

»Was soll das hier sein?« fragte er hochmütig und sah sich beziehungsvoll um.

Eine Gasse öffnete sich zwischen den Männern. Charaxos trippelte hindurch, unter dem Arm eine Papyrusrolle und in der Hand eine Feder. An jedem Finger glänzte ein Ring.

Melanthios atmete auf. Was immer dieses hier vorstellen sollte: Sein Schwiegervater hatte das zweithöchste religiöse Amt der Polis inne und würde ihn vor dem Schlimmsten bewahren.

»Ich grüße dich, Melanthios«, sagte Alkinoos und faltete seine Hände über dem ausladenden Bauch. »Du wirst verstehen, daß wir diese Angelegenheit mit dir unter vier Augen besprechen wollen. Gewissermaßen.«

Melanthios sah sich süffisant lächelnd um. Es waren mindestens zehn Priester, dazu noch die beiden Phratriarchen. »Ich verstehe gar nichts.«

»Die Priesterschaft in Stellvertretung des Gottes Apollon. Und du, Vier Augen, also«, erklärte Alkinoos verständnisvoll. »Es geht um deine Abwesenheit beim Holokaust-Opfer für Apollon. Es war ein besonderes Opfer. Du hättest nicht fehlen dürfen.«

Melanthios zog die buschigen Augenbrauen nach oben.

Alkinoos löste die Hände vom Bauch und ließ die Fingerspitzen aufeinander tupfen. Er machte ein gelangweiltes Gesicht. »Muß ich dir das wirklich erklären, Archon von Elis? Etwas mehr Einsicht hätte ich von dir erwartet. Der Staatskult fordert die Anwesenheit seiner vornehmsten Bürger, wann immer an staatlichen Altären geopfert wird. Die Landarbeiter und Eseltreiber werden den Göttern davonlaufen, wenn sich schon der Adel abwendet.«

»Keine Sorge. Die Landarbeiter und Eseltreiber sind die eifrigsten Anhänger von Apollon. Neben den Kloakensäuberern«, fügte Melanthios triefend vor Verachtung hinzu, obwohl ihm klar war, daß er sie unnötig reizte.

»In der Tat«, sagte Alkinoos ernst. »Sie wissen die Götter frommer zu verehren als mancher Adelige.«

»Gerade du«, stieß Charaxos in tiefer Erbitterung aus. »In einem Augenblick, in dem ich zum ersten Mal mein neues Amt ausübe. Die Eleer werden an ein tiefes Zerwürfnis zwischen mir und dir glauben.«

»Und daran, daß der Adel insgeheim den Apollontempel mit seinen Anhängern verachtet«, ergänzte Alkinoos.

Melanthios atmete ganz flach. Sie gingen aufs Ganze. Sie wollten irgend etwas von ihm.

»Sie werden trotzdem deine Wahl nicht bereuen, Charaxos.« Der Oberpriester schlug einen gönnerhaften Ton an. »Und ich bin sicher, Melanthios wird einen Weg finden, um die Eleer davon zu überzeugen, daß die Spitzenbeamten der Stadt im Einklang mit den Göttern und in bestem Einvernehmen miteinander regieren. Vor allem auch, daß sie sich von den Ungläubigen in der eigenen Familie distanzieren.«

Der Einklang mit den Göttern rief in Melanthios ein Echo wach, das auf seiner Zunge nach Gras schmeckte, nach saftigem, nahrhaftem Gras. Mit schmalen Lippen wartete er ab.

»Die einfachen Leute weigern sich meistens, Männer in Ämter zu wählen, die sich abseits der Gesellschaft stellen. Sie verstehen nicht, daß jemand Gründe haben mag...«

Melanthios verzog keine Miene. Er versuchte zu ignorieren, daß seine Nackenmuskeln sich zusammenzogen und sein Hals sich zu verkürzen schien. Sie wagten tatsächlich, ihm zu drohen. Sie würden dafür sorgen, daß die Apollonanhänger ihm ihre Stimmen bei der Wahl der Archonten nicht mehr gaben. Auch Charaxos hatte seine Wahl getroffen: Amt statt Verwandtschaft. »Wäre der Gott versöhnt, wenn ich ihm eine gute Weide überschreibe?«

Auf Charaxos' bläuliche, eingetrocknete Lippen legte sich ein überlegenes Lächeln, das Melanthios bis ins Innerste verärgerte.

»Das wäre er.« Der Oberpriester runzelte die Stirn und sah Melanthios forschend an. »Jedoch vermute ich, daß die Weide bei deinen übrigen Besitztümern liegt. Sie hätte für den Tempel Apollons keinen Nutzen. Ich schlage deshalb vor, daß du sie uns überschreibst und dann von uns pachtest.«

Charaxos klemmte seine kleine spitze Nase zwischen die Finger und nickte ausgiebig. »Ich werde den Wert berechnen und die Pacht auf den Tag genau einziehen. Eine oberflächliche Aufstellung seiner Ländereien habe ich mir schon beschafft.« Er wedelte mit dem Schriftstück.

Du Miststück, dachte Melanthios. Strafgelder, Pacht und Bußen für den Tempel wurden vom Archon Eponymos eingesammelt, das war wahr. Aber wozu eine Verwandtschaft, wenn sie nicht einmal taugte, Summen herunterzurechnen oder Termine zu verschieben? Daß diese Angelegenheit von Charaxos ausging, konnte er nicht glauben, denn dazu hatte der Mann zu wenig Phantasie. Irgend jemand mußte in ihm einen willigen Helfer gefunden haben. Er schlug die Augen nieder, um seinen Rachedurst zu verbergen.

»Gut«, sagte Alkinoos, »der Vorfall ist damit für uns erledigt. Aber Apollon erwartet ein Zeichen der Demut.«

Melanthios fuhr zusammen.

»Auf den Boden«, belehrte Alkinoos ihn mit sanfter Stimme. Seine Priester rückten füßescharrend noch näher. Es gab kein Entkommen. Ächzend ließ Melanthios sich auf die Knie hinunter, dann auf den Bauch. Ein Fuß stellte sich auf seinen Nacken, während er Arme und Beine ausstreckte.

Nur das leise Atmen der Priester war zu hören. Eine Weile geschah nichts, dann sprach Alkinoos. »Es reicht«, sagte er. »Möge Melanthios nun im Schutz Apollons gehen.«

Jemand zerrte Melanthios auf die Füße und schob ihn zum Eingang. Geblendet von der Sonne, nahm er schemenhaft wahr, daß dort Idaios stand. Er ignorierte ihn und marschierte geschüttelt von Zorn an der südlichen Wandelhalle zwischen stacheligen Büschen und Brennesseln hindurch, um am Ufer des Alpheios seine nächsten Schritte zu überdenken.

Angefangen hatte seine Unglückssträhne mit dem Schiffsuntergang. Alles andere aber hatte Alexandra mit ihrer Weigerung, die Pferde zu verkaufen, ausgelöst. Sie hatte die Apollonpriester auf seine Spur gesetzt. Auch diese Demütigung vor Kotschmierern und Schweinehirten gehörte dazu. Wenn er seine Tochter jetzt vor sich gehabt hätte, er hätte Hand an sie gelegt.

Das Beunruhigende aber war das Gefühl, es könnte ihn noch mehr Unglück erwarten. Ohne zu blinzeln verfolgte er, wie ein Ast in einen schäumenden Strudel des Alpheios gezogen wurde. Er tauchte nirgends mehr auf.

Alexandra sah ihren Vater zum Versammlungshaus des Elischen Rates gehen, mit steifen Schultern und starrem Nacken. Irgend etwas Ungeheuerliches ging dort vor, da war sie sich sicher.

Als sie Antenor verbunden hatte, lief sie zum Bouleuterion. Dort war alles still, aber aus einem Nebengebäude drangen Stimmen. Verstehen konnte sie leider nichts.

Sie überlegte noch, ob sie in irgendeiner Weise die Fensterschlitze erreichen könnte, als sie Antenor auf demselben Weg, den sie gekommen war, heranschlendern sah. Noch etwas blaß, aber gefaßt.

Sie schlüpfte hinter eine Statue, um ihn zu beobachten.

Das Merkwürdige war, daß er den Anschein machte, als wolle er sich nur vergewissern, daß die Apollonpriester noch beschäftigt waren. Als er die Tür des Gebäudes verschlossen vorfand, hetzte er zurück.

Alexandra blieb hinter dem Statuensockel und außer Antenors Sicht. Sie folgte ihm in unauffälligem Abstand. Als er am Gästehaus abbog, wurde sie wirklich neugierig. Schließlich landete sie am Haus der Priester. Im engen Gang zwischen ihm und der Werkstatt war Antenors Maultier angebunden, das sie an seinem bunten Zaumzeug erkannte.

Nach einer Weile brachte Antenor seine Packkörbe heraus und warf sie unbeholfen auf den hölzernen Lastsattel. Er hatte Schmerzen, und sein verletzter Arm war nicht voll gebrauchsfähig. Und die Packkörbe waren riesig; vermutlich geeignet für Riesenamphoren oder Kinder.

Oder Kisten. Alexandras Hände krampften sich um die Beine des bronzenen Athleten, hinter dem sie stand, als Antenor mit dem unverletzten Arm einen schweren Kasten herbeitrug. Den Kasten kannte sie.

Sie hätte wetten können, daß er an der anderen Seite nur ein dickes Tau besaß. Als sie ihn zuletzt gesehen hatte, stand er im privatesten Gemach ihrer Tante Baukis und war gefüllt mit Kostbarkeiten.

Das Maultier ging in die Knie, als Antenor den Kasten in den Korb hievte. Anschließend krümmte der Töpfer sich selbst vor Schmerzen. Aber Alexandras Mitleid war verflogen. Kühl beobachtete sie, wie er kurze Zeit später einen Teppich über die Kiste stopfte und einige Krüge obendrauf warf. Die Schnüre verknotete er lose und unordentlich. Anscheinend kam es ihm darauf an, schnell fortzukommen. Verabschieden wollte er sich wohl nicht von ihr.

Seltsamerweise nahm Antenor nicht den Weg zum Hauptausgang, sondern zog sein Maultier hinter dem Leonidaion vorbei und schlug den Pfad ein, auf dem man zum Alpheios hinabsteigen konnte.

Alexandra folgte ihm auch jetzt. Der Pfad schlängelte sich durch eine gelb blühende Wiese zwischen Olivenbäumen hindurch. Lautes Quaken von Fröschen und Ahornbäume signalisierten ihr, daß sie in unmittelbarer Nähe des Flusses sein mußte. Dann sah sie stilles Wasser und Schilf. Und das graue Hinterteil von Antenors Maultier, das flußabwärts um eine Biegung verschwand.

Einige Maultierlängen weiter hatte sie freie Sicht über den Alpheios und seine Sandbänke. Alexandra blieb stehen und schirmte ihre Augen mit der Hand ab, um nicht von der Sonne geblendet zu werden.

Antenor führte sein Maultier offenbar hier entlang, um den Fluß an der Furt zu überqueren. Und dann in die Hügel hochzusteigen. Alexandra betrachtete nachdenklich die andere Flußseite. Hinter den Hügeln lagen die Berge von Arkadien. Und die Straße, die sie von Megalopolis gekommen waren. Wollte er wirklich dorthin?

Auf jeden Fall war er beunruhigt. Mehrere Male drehte er sich um und suchte das Gelände hinter sich ab.

Keine Sorge, Antenor, dachte Alexandra giftig. Ich verfolge dich nicht. Aber ich bekomme heraus, was du treibst.

Und dann sah sie die Verfolger.

In geduckter Haltung schlichen Antenor zwei junge Männer nach. Sobald er sich umdrehte, kauerten sie sich ins Schilf. Sie waren bewaffnet.

Das Herz schlug Alexandra plötzlich bis zum Hals. Was wollten sie? Und was wollte Antenor?

Der eine der Verfolger kam ihr irgendwie bekannt vor, aber er war zu weit weg, um sein Gesicht zu erkennen.

Im sechsten Jahr der 210. Olympiade

Asyl im Tempel

Kapitel 28

Paidikos parierte zum Stehen durch. »Dich sieht man selten einmal in der Stadt, Jannina«, sagte er finster.

»Ja, junger Gebieter«, stimmte die Köchin zu. »Ich habe alles, was ich brauche, ohne mich darum zu bemühen. Nur die Kräuter und Mittelchen nicht... Die muß ich mir schon selbst vom Markt holen, wenn du weißt, was ich meine...« Sie betrachtete ihn schamlos von oben bis unten.

»Sieh mich nicht so an, Weib«, fuhr Paidikos sie an, dem unbehaglich wurde. Er wußte nicht, was ihre grenzenlose Neugier anfachte, schließlich war sie seit ewigen Zeiten Sklavin seines Vaters. »Du wagst es, über die Mittelchen zu reden? Warum hast du nicht verhindert, daß sie das Kind bekam? Bist du der Meinung, daß mein Wort auf diesem Hof nichts gilt?«

Jannina blieb friedfertig. »Doch, gewiß gilt es. Schließlich bist du der künftige Herr auf dem Hof.«

»Da sei nicht so sicher«, knurrte Paidikos. »Mein Vater vergöttert diesen Jungen, den es nicht gäbe, wenn du aufgepaßt hättest.«

Die dunklen Augen von Jannina glitzerten, aber sie hüllte sich in Schweigen. Paidikos spürte, daß sein Vorwurf an ihr abglitt wie Regen an Öl. Seine Wut über diese anmaßende Sklavin wuchs. Mit zusammengebissenen Zähnen wickelte er die Zügel um den dafür vorgesehenen Holzpflock und stieg vom Wagen. Am liebsten hätte er sie niedergeschlagen.

Aber sie schien nicht die geringste Furcht vor ihm zu haben, und das hemmte ihn. Es gelang ihm, seine Hände im Zaum zu halten. Er brauchte sie noch. Außerdem war sie gefährlich. Er packte die Köchin an den Schultern und rüttelte sie. »Warum? Warum hast du nichts getan?« fauchte er.

»Sei ruhig, Gebieter«, sagte Jannina und befreite sich aus seinem Griff. »Ich habe etwas getan. Aber, da sie es nicht wollte, konnte ich ihr den Trank nur ein einziges Mal geben. Es hat gewirkt, aber dem Kind hat es nicht geschadet. Bei jedem weiteren Versuch hätte Philotis Verdacht geschöpft. Manchmal hat man eben Pech.«

»Pech!« schnaubte Paidikos. »Es geht um mein Erbe! Verstehst du das denn nicht?«

»Doch«, murmelte Jannina und sah beiseite. »Ich verstehe das sehr gut. Aber der alte Gebieter wirkt hinfällig; du wirst gewiß schneller Herr auf dem Hof, als du ahnst. Glaukias wird noch viele Jahre zu jung sein, um an ein Erbe zu denken. Es liegt bei dir, wie du es verwaltest...«

Paidikos stieß Jannina von sich, daß sie nach hinten taumelte. »Alte Vettel! Was dir immer einfällt. Außerdem würde seine Mutter das nicht zulassen. Sie hat zwar nicht mehr Gehirn als ein Huhn, aber auf ihre Körner paßt sie auf. Nein, der Kleine muß jetzt weg! Schaff ihn mir aus dem Weg.«

Die Köchin bebte plötzlich vor Angst. »Nein, Herr. Das nicht!« flüsterte sie.

»Aber du warst vorher doch auch dazu bereit«, schrie Paidikos sie unbeherrscht an. »Wo ist der Unterschied?«

Jannina verbarg ihr hinterhältiges Lächeln in einem Büschel eines höllisch stinkenden Krauts. Als ihr Gesicht wieder zum Vorschein kam, lief ein Anflug von Stolz über ihre faltigen Wangen.

Verschrobenes Weib! Allmählich bekam Paidikos der Verdacht, sie sei nicht mehr ganz richtig im Kopf.

»Da wußte ich noch nicht, daß er dein Sohn ist, Gebieter«, sagte sie einfach.

Mein Sohn, dachte Paidikos im Rhythmus der rollenden Räder. Wie betäubt war er auf den Wagen gesprungen. Ein lebender, wirklicher Sohn, den er anfassen konnte, war etwas anderes, als die Möglichkeit eines Sohnes, als Samen in einer Frau, die ihn nicht interessierte.

Beinahe hätte er laut gelacht. Der stolze Alte, der nach der Geburt von Glaukias wie aus einem Jungbrunnen geklettert war – ihn hatte er zum Hahnrei gemacht.

Seine eigene Planung aber war hinfällig.

Er mußte alles aufs neue überdenken. Ein Sohn brauchte eine feste Hand und ein verläßliches Erbe. Was er selbst auf keinen Fall brauchen konnte, war eine nörgelnde Schwester, die imstande war, die Besitzverhältnisse der Familie mit einem Handstreich wieder umzukehren. Durch einen gut dotierten Olympiasieg, beispielsweise. Und der anschließenden Verheiratung in eine berühmte Familie, die den geschmeichelten Melanthios zwingen würde, das verbliebene Geschäftskapital für die Mitgift zu opfern.

Ja, seit er einen Sohn hatte, war eine unverheiratete Schwester nicht mehr nur ein lästiges Insekt.

Kurze Zeit später fragte er sich, wieso Jannina so sicher sein konnte. Er hatte ihre Behauptung keinen Augenblick angezweifelt, was ihm selbst merkwürdig schien. Aber Frauen kannten wahrscheinlich eigene Wege für solche Feststellungen. Jannina traute er sowieso mehr zu als den meisten Frauen.

Auf dem Hof sprang er vom rollenden Wagen ab. Die Räder warfen Staub in die Höhe. Glaukias' Amme ließ vor Schreck den Ball fallen, den sie vor der Nase ihres Schützlings baumeln ließ, als Paidikos hereinstürmte.

Paidikos starrte sie drohend an. Sie war jung, hatte ein spitzes Kinn und pfiffige Augen. Sie wich zurück, als er den Ball aufhob.

»Paß mir gut auf den Sohn des Gebieters auf«, sagte er drohend und nahm Glaukias auf den Arm.

Die Amme nickte bedächtig. »Nicht jeder Hoferbe ist so um seinen Halbbruder besorgt wie du, Paidikos.«

»Eben. Und wenn ihm etwas zustieße, würde es auf mich fallen. Glaube mir, du würdest ihn nicht lange überleben.«

Die Verblüffung im Gesicht der Amme wurde abgelöst durch Begreifen. »Ja, Gebieter«, flüsterte sie. »Bei meinem Leben: ich passe auf ihn auf.«

Paidikos begann unbeholfen mit seinem Sohn zu spielen.

Alexandra fühlte sich höchst unbehaglich. Die Stimmung auf dem Hof hatte sich verändert, während sie und der Vater in Olympia gewesen waren. Es hatte mit Paidikos zu tun. Ihr Bruder zeigte plötzlich Interesse für das Gut. Statt auf die Jagd zu gehen, hetzte er die Knechte von einer Aufgabe zur anderen.

Und der Vater war entgegen seinem Vorsatz, wieder auf Reisen zu gehen, in eine Lethargie gefallen, die sich schon auf der Rückreise von Olympia angedeutet hatte, und zu Hause geblieben. Die kurze Zeit, in der sie sich mit ihm besser verstanden hatte, gehörte offenbar der Vergangenheit an. Ihr Vater mied sogar ihre Nähe, während er das bißchen Aufmerksamkeit, das er gegenwärtig für andere erübrigen konnte, Paidikos gab, obwohl dieser immer wieder hörbar mit ihm stritt.

Alexandra floh zu Chiron. »Weißt du, was vor sich geht?« fragte sie ihn.

»Ich weiß es, und es gefällt mir nicht«, sagte der Verwalter. »Der junge Hengst kämpft mit dem alten Hengst um die Stuten, um die Weidegründe, um alles eben...«

»Aber es wird ihm doch sowieso gehören«, wandte Alexandra betroffen ein. »Warum denn dann ein Kampf?«

Chiron striegelte die Stute in langen gleichmäßigen Strichen. Nachdem er eine lange Reihe von Staubstrichen nebeneinander an die Hauswand geklopft hatte, ließ er das Putzwerkzeug sinken und sah Alexandra an, die unschlüssig herumstand. »Bei den jungen Hengsten ist es so, daß sie auch widerspenstige Stuten beißen. Sie kennen keine Gnade, bis die Verhältnisse neu geregelt sind.«

»So«, sagte Alexandra unwirsch und trat rückwärts, bis sie an ein Hindernis stieß. Sie kam mit ihren Sorgen zu ihm, und er sprach über Pferde. Aber sie hatte nicht genügend Energie, um ihn über das Mißverständnis aufzuklären.

Sie ging.

Der Morgen war noch jung, als Alexandra ganz allein ihr Gespann für das Training fertigmachte. Der Sommer würde bald mit seinen brutheißen Temperaturen das Fahren zu einer beschwerlichen Pflicht machen. Jetzt aber war die Luft frisch und kühl, und die Hengste spielten lebhaft mit den Ohren, als sie kam.

An der Stutenweide hielt Chiron sich auf, als sie abfuhr, aber sonst zeigte sich auf dem Hof noch niemand. Der Verwalter, der ganz sicher das Wiehern und das Herausrollen der Wagenräder aus dem Unterstand gehört hatte, drehte sich nicht einmal um. Beleidigt, weil sie ihn hatte stehenlassen, schloß Alexandra bei sich selbst und hob die Peitsche.

Die Hengste verließen im Galopp den Hof. Wie immer genoß Alexandra die Schnelligkeit, das Donnern der Hufe und den Wind im Gesicht. Und wie immer war sie schneller als die trüben Gedanken und flog ihnen davon.

In ihrer Freude überhörte Alexandra die ersten Warnzeichen des rechten Rades. Es lief unrund und begann kurze Zeit später zu qualmen. Als sie es roch, war es zu spät.

Das Rad blockierte, der Streitwagen schlitterte und bockte. Alexandra flog in hohem Bogen hinaus. Geistesgegenwärtig ließ sie die Zügel sausen, bevor es um sie herum schwarz und still wurde.

Chiron hatte sich zwar nicht umgedreht, aber konzentriert nach hinten gehorcht, als Alexandra abfuhr. Jedoch hörte sich alles ganz normal an und ließ ihn beruhigt und pfeifend an die Arbeit gehen. Er tauchte das Schwämmchen in Seifenlösung und bearbeitete Stück für Stück den Zügel, um den Pferdeschweiß herauszuwaschen. Seine Helfer waren ihm nicht immer sorgfältig genug.

Er klopfte und wienerte die Lederriemen, ganz zum Schluß spülte er sie mit frischem Wasser und trocknete sie ab. Gerade als er sie im Schatten aufhängte, hörte er die Pferde, seine Pferde. Sie galoppierten in den Schutz des Hofes zurück; er konnte ihre Angst riechen, auch wenn sie nicht durchgingen. Und er hörte das Schleudern des Wagenkastens und das Schleifen des einen Rades.

Chirons Alarm rief sofort zwei junge Burschen herbei, die Alexandras Gespann einfingen. Er selbst warf sich auf den alten Zuchthengst, den in jüngeren Tagen der Hausherr geritten hatte, und preschte aus dem Gut.

Die junge Herrin hatte ihren Helm getragen, allen Göttern Dank! Trotzdem befürchtete Chiron einen Augenblick, daß sie tot sei. Kurz vor der Mündung des Gutsweges auf die Fahrstraße nach Elis lag sie regungslos ausgestreckt neben einem dicken Baumstamm, weiß wie Melissas gebleichtes Leinen.

Aber sie atmete, und an ihrem Handgelenk fand Chiron die Ader, die heftig klopfte. Als die beiden Burschen angelaufen kamen, war er schon etwas ruhiger. Er wies sie an, Holz für eine Trage zu schlagen, dann nahm er dem Hengst das Zaumzeug ab und schnitt es zu passenden Riemen zurecht. Mit Hilfe ihrer eigenen Kittel fertigte er eine Auflage. Schließlich waren sie bereit, Alexandra wie in einer Wiege nach Hause zu schaukeln.

»Wie mag ihr das nur passiert sein?« fragte einer der Pferdeknechte, als er endlich Zeit zum Überlegen fand. »Sie muß auf diesem Weg doch jede Ameise beim Namen rufen können und jede Baumwurzel kennen.«

Ja, dachte Chiron mit verkniffenem Gesicht. Genau das! Aber bevor er sich darum kümmern konnte, mußte er erst Alexandra versorgen.

Melissa wartete schon auf sie. Das ganze Haus befand sich in Aufruhr, ausgelöst durch die beiden Hengste, die vorher noch nie ohne ihre Lenkerin zurückgekehrt waren.

Alexandra begann sich zu rühren, als sie in der Vertrautheit ihres Zimmers auf ihrem Bett lag. Die Küchenhelferin brachte zwei heiße, in Tüchern eingeschlagene Steine; hinter ihr kam Jannina mit einem brühheißen Getränk. Alle hatten besorgte Mienen.

Melissa dankte Jannina und der Magd und schickte sie resolut hinaus. Sie ließ Chiron nicht aus den Augen, als sie die Schale mit dem Kräutersud zur Fensteröffnung balancierte und mit Schwung nach draußen goß.

»Genau das wollte ich auch tun«, sagte Chiron ruhig und begann behutsam Alexandras Nacken abzutasten, ohne ihre Lage zu verändern.

Melissa lächelte ihn offen an. »Ich habe es mir gedacht. Die Gelegenheit ist zu günstig, um nicht den einen oder anderen in Versuchung zu bringen.«

Chiron holte tief Atem und nickte. »Unsere Verantwortung ist groß.«

»Ich bin weder blind noch taub«, versetzte Melissa knapp.

»Ich wollte, der Gebieter wäre es auch nicht.«

»Ja, der Gebieter«, sagte Melissa traurig. »Auch er trägt eine schwere Last.«

In diesem Augenblick schlug Alexandra die Augen auf und erwachte. Chiron merkte, daß sie ihn erkannte und sofort wußte, wo sie war. Sie lächelte sogar ein wenig. »Hebe die Arme und wackele mit den Zehen«, befahl er mit vor Erleichterung rauher Stimme.

Alexandra tat ihm den Gefallen. Als sie zudem auch noch aus dem Bett steigen wollte, um ihre Gelenkigkeit zu demonstrieren, knurrte er sie wütend an. »Du bleibst liegen. Haben wir nicht genug Sorgen mit dir in letzter Zeit?«

»Ich wüßte nicht, wo ich etwas falsch gemacht hätte!« gab sie zurück. »Ob du es glaubst oder nicht, ich habe den Wagen überprüft.«

Er glaubte ihr aufs Wort. Er hatte ihn nämlich, kurz bevor sie gekommen war, ebenfalls überprüft. Beschwichtigend hob er die Hände und lächelte Melissa zu, bevor er den Schlafraum verließ. Sie würde unauffällig auf Alexandra aufpassen.

Die Hengste grasten inzwischen in Hausnähe; ausgeschirrt und abgerieben konnte niemand ihnen ansehen, daß sie vor kurzem beinahe durchgegangen wären. Chiron stellte zufrieden fest, daß er sich gelegentlich auf seine beiden Burschen verlassen konnte. Ohne sich aufzuhalten ging er zum Wagenunterstand weiter.

Der Streitwagen war alt und schwerer als mancher neue; aber Chiron wartete ihn regelmäßig, vor allem schmierte er nach jedem Gebrauch die Lagerschalen der Achse. Als er sich daranmachte, das blockierte Rad von der Achse zu ziehen, sperrte es sich. Erst nach einigen Hammerschlägen bekam er es unter Knirschen frei und konnte das Nabenlager inspizieren.

Es war voll mit Sand und Steinen, die miteinander verbacken waren wie mit römischem Zement. Chiron brach die Masse heraus und wischte mit dem Finger an der Schale aus Bronze entlang. An seiner Haut blieb grünlicher Staub hängen. Keine Spur von Fett.

Alexandra weigerte sich, Chiron zu glauben. »Das würde Paidikos nicht tun«, sagte sie hitzig. »Mich mit Pfeilen ärgern – ja. Er ist ein dummer Junge! Aber den Wagen würde er doch nicht manipulieren! Es hätte ja auch mit meinem Tod enden können.«
»Eben. Nimm wenigstens den Rat an und sieh dich vor«, knurrte Chiron. Er war immer noch aufgebracht. »Wir können dich möglicherweise nicht ständig schützen.«
»Wer ist wir?« Alexandra sah ihn überrascht an.
»Melissa und ich.«
»Melissa auch«, murmelte Alexandra. Sie hätte es sich denken müssen. Und Melissa war eine grundvernünftige Frau. Sie hatte nicht einer sterbenden Mutter versprechen müssen, auf die Tochter aufzupassen. Es machte sie nachdenklich. »Ja gut, ich sehe mich vor. Wenn du mir eine Frage beantwortest.«
Chiron runzelte die Stirn.
»Wer ist Paidikos' Vater?«
»Sein Vater?« Nun schien Chiron erst recht verblüfft.
»Sein Vater. Du hast dich einmal verplappert.« Alexandra sah ihn unnachgiebig an.
»Ich bin es deiner Mutter schuldig, darüber nicht zu reden«, sagte er endlich.
»Ich finde, du bist es ihr schuldig«, entgegnete Alexandra. »Mir auch. Es würde mich beruhigen, wenn er ein ehrenwerter Mann wäre. Woher weißt du überhaupt, daß er einen anderen Vater hat als ich? Wie kann man das bei Zwillingen erkennen?«
»Er hat viel von seinem Vater.«
Der Verwalter war nun wieder gelassener, was Alexandra eigentlich merkwürdig fand. Aber möglicherweise war er ja froh darüber, daß er das Geheimnis nicht allein bewahren mußte. Und dann schlug eine neue Woge der Beunruhigung über sie herein. »Vielleicht bin ich auch das Kind dieses ...?«
Chiron lächelte aus tiefstem Herzen. »Nein, nein, Alexan-

dra. Das bist du nicht. Du siehst dem Gebieter ähnlich, das weißt du doch.«

»Stimmt. Wer also ist er?«

Der Verwalter schüttelte den Kopf. »Läßt du mich nun gehen, Herrin?«

»Ja«, sagte Alexandra grollend.

Es war nicht von der Hand zu weisen, daß Paidikos' Versuch, ihr das Leben zu nehmen, mit ihren verschiedenen Vätern zu tun hatte. Ihren Vater deswegen anzusprechen, wagte Alexandra nicht, Paidikos selbst würde sich über ihre naive Frage krummlachen, und Chiron verweigerte die Auskunft. Es blieb nur noch Jannina.

Von der Küche hatte Alexandra sich lange Zeit ferngehalten. Jannina hatte ganz gewiß nicht damit gerechnet, daß sie kam. Ihre Augen waren leer und ihr Gesicht ohne Ausdruck, als sie sich nach dem geräuschvoll eintretenden Besucher umdrehte. Und dann flog ein solches Gemisch aus Abscheu und Haß über ihre alten Züge, daß Alexandra einen Augenblick versucht war, umzukehren.

Nein, sagte sie sich. Ich will es wissen. »Jannina«, sagte sie entschlossen, »ich habe schon oft gemerkt, daß du mich nicht magst. Dagegen hängst du an meinem Bruder Paidikos. Hat es etwas mit seinem Vater zu tun? Hast du ihn geliebt?«

Auf das gellende Gelächter der alten Zauberin war Alexandra nicht gefaßt. Als sie dann noch das lange Messer in ihrer Hand bemerkte, griff sie vorsichtig hinter sich und suchte die Türlaibung. Die Sinne der Köchin mußten sich allmählich verwirrt haben, und niemand hatte es beachtet. Aber die rotumränderten, fast wimpernlosen Augen bannten sie fest.

Es dauerte lange, bis Jannina sich beruhigte. Alexandra versuchte, ihr eigenes Zittern unter Kontrolle zu bringen. Die Köchin betrachtete das Messer, schlug es in den Holzblock und putzte sich die Hände an ihrem Gewand ab. Es hätte sauberer sein sollen.

Jannina hat viel zuviel Freiheit gehabt, dachte Alexandra.

»Ich habe ihn geliebt, ja. Jedenfalls zu der Zeit. Meine Liebe war bald erloschen, aber Paidikos ist sein Sohn.«

Alexandra atmete mehrmals tief durch, bevor sie sich an die entscheidende Frage wagte. »Wer war er?«

Jannina schniefte und rümpfte die Nase. »Wer er war? Was spielt das für eine Rolle für dich? Er ist ein Lump. Ich vergaß ihn sofort, als er fort war.«

Unter Alexandra drohten die Beine nachzugeben. Hatte sie alles falsch verstanden? Wenn der Mann ihr nichts bedeutete, welchen Anlaß hatte sie dann für ihre Liebe zu Paidikos? Dann konnte es nur noch eine Erklärung geben. Sie schob sich zu einem Schemel und ließ sich daraufsinken. »Bist du Paidikos' Mutter?« fragte sie mit bebender Stimme.

»Das wußtest du doch?« Jannina stemmte die Arme in die Seiten und sah Alexandra voll Argwohn an. »Oder etwa nicht?«

Die Augen! Paidikos hatte die gleichen Augen wie Jannina! Jetzt erst fiel es ihr auf. Es mußte stimmen. Aber Alexandra brachte kaum die Kraft auf, den Kopf zu schütteln. Oh, hätte sie doch alles auf sich beruhen lassen!

Die Köchin schäumte. »Dann geh doch zum Gebieter und erzähle ihm alles«, hetzte sie und ballte außer sich vor Wut die Faust unter Alexandras Nase. »Daß er sich seit fast achtzehn Jahren der Illusion hingibt, einen Sohn gezeugt zu haben. Einen lebenden hat er jedenfalls nicht zustande gebracht! Nicht einmal mit Philotis konnte er es. Als Vater für Söhne ist er eine taube Nuß! Geh und sag es ihm! Dann stirbt er wenigstens auf der Stelle vor Schreck, und mein Sohn erbt alles. Alles!«

Alexandra hielt sich die Ohren zu und taumelte hinaus.

Kapitel 29

Antenor atmete auf, als er die höchsten Berge hinter sich hatte. Noch waren weder die Kämpfer noch die Zuschauer nach Olympia unterwegs; Männer, die sich im Frühjahr in die Ebene verdingten, waren bereits unten, und Holzfäller hatte er nicht zu Gesicht bekommen. Abgesehen von einigen Schäfern mit ihren Herden war er allein gewesen. Und mit seinem Maultier. Er schwatzte oft mit ihm. Seit einiger Zeit trug es den Namen Alexandros.

Bis zur Stunde war er nicht sicher, daß ihm niemand folgte. Als er vor Tagen die Furt überquert hatte, hatte er gespürt, daß ihn jemand beobachtet hatte. Aber seitdem hatte er nichts Verdächtiges bemerkt. Rollendes Geröll konnte von Schafsklauen oder Wasserrinnsalen stammen.

Er schüttelte seine Locken, damit die frische Waldluft seine Kopfhaut erreichen konnte und möglicherweise auch den Ort, an dem die Beunruhigung ihren Anfang nahm. Die Kiefern des Hochgebirges wurden hier schon spärlicher; die Buckel vor ihm trugen Buchen und Wildkirschen, und die Wiesen dazwischen waren übersät mit blauen Blüten.

Und dann öffnete sich vor ihm die Ebene. In der Ferne sah er die Mauer von Megalopolis wie einen dunklen Strich vor hellen Häusern. Einige Hügel weiter machte er Rast. Er mußte bis zur Dunkelheit warten, bis er die Stadt betreten konnte.

Antenor entlud das müde Maultier und ließ es laufen. Es begann sofort zu grasen. Er selbst stärkte sich mit herzhaftem Ziegenkäse und Wasser aus einem Bach.

Ihm lief der Schweiß. Es war feucht und schwül. Über der Stadt schoben sich tiefschwarze Wolken zusammen, die sich allmählich zu Bergen türmten. Es würde ein Gewitter geben, hoffentlich mit einem tüchtigen Regenschauer, damit niemand auf der Straße war.

Dann würde es keinem auffallen, daß ein Fremder in das Haus der öffentlich bestraften Gottesfrevlerin Baukis schlüpfte.

Mit den ersten schweren Regentropfen betrat Antenor das Nordtor, das in diesen Friedenszeiten schon lange nicht mehr bei Einbruch der Dunkelheit geschlossen wurde.

Unterhalb von ihm flackerten einige Fackeln auf; wahrscheinlich kehrten Leute von den Tavernen an der Agora nach Hause zurück, oder es waren Ratsleute, die aus dem Bouleuterion kamen. Er selbst bog kurz vor der Brücke über den Helisson nach Osten ab. Und dann stand er endlich vor Baukis' Haus. Er klopfte. Drei Mal, dann eine Pause, dann vier Mal.

»Wer ist da?« flüsterte es durch das Kläppchen, und Atemluft brachte einen Schwall von Duft- und Heilkräutern mit sich.

»Du alter Weinverschmäher, mach auf«, brummte Antenor erleichtert. Der Verwalter von Baukis' Haus, der einzige, der von ihrer Dienerschaft noch übrig war, hauste tatsächlich noch hier. »Ich bin's.« Er wurde in den Hof eingelassen.

Der greise Wächter zog Antenor mit strahlender Miene an sich und küßte ihm beide Wangen, bevor er das Tor leise wieder zuschob und einen Querbalken vorlegte. »Geh schon hinein«, sagte er. »Ich kümmere mich um deinen Braven.«

»Alexandros«, murmelte Antenor und zog ihn mit sich. Er lächelte wehmütig, als er das Feuer auf dem kleinen Altar glimmen sah; Zeus Herkeios, der sich um die Gastfreundschaft zu sorgen hatte, bekam jetzt wohl keine Blumen mehr, sondern Öl, wie es üblich war. Obwohl auch in seiner Blumenzeit kein Gast zu Schaden gekommen war. Aber die Hausherrin. Doch dafür hatte nicht Zeus, sondern Apollon gesorgt.

Als Antenor sich umdrehte, um die Kiste auf die Treppenstufen zu hieven, bemerkte er, daß der alte Wächter gebückt am Tor stand, ein Ohr an das Holz gepreßt. Mit zwei lautlosen Schritten war Antenor bei ihm.

»Was ist?« hauchte er in das andere Ohr, über das silbrige Löckchen fielen, spärliche Überreste eines altmodischen Haarschnitts.

Der Alte antwortete nicht, sondern deutete mit dem Zeigefinger auf das Tor. Dann spreizte er zwei Finger.

Zwei also. Die Männer, die ihm gefolgt waren. Jäh begriff Antenor, wozu. Idaios wollte nicht nur wissen, wer ihm den Schatz abgejagt hatte, das wußte er offenbar längst, sondern wohin er ihn brachte. Um alle Mitwisser mit Stumpf und Stiel zu vernichten.

Er ergriff den alten Mann am Arm und zog ihn mit sich. »Zur Hintertür hinaus!« flüsterte er. »Ich halte sie hier auf. Lauf und bring dich in Sicherheit!«

Der Wächter schüttelte störrisch den Kopf und blieb mit gespreizten Beinen stehen. »Baukis selbst wird mich am Styx in Empfang nehmen, wenn ich für sie sterbe. Versuche du, ihr Eigentum zu retten.«

Ein Pfeil flog über die Mauer und blieb in einem Balken unterhalb der Traufe stecken. Das Dach fing sofort Feuer. Der alte Mann sah mit hängenden Schultern zu, wie die Flammen sich in Windeseile ausbreiteten, angefacht von den Böen, die mit dem Gewitter kamen und die Regenwolken forttrieben. »Es hat keinen Sinn zu löschen«, sagte er tonlos. »Alles Holz ist trocken wie Zunder.«

»Feuer!« brüllte eine Männerstimme vor dem Tor.

Antenor schlug den Balken herunter, riß das Tor auf und zerrte einen Jüngling herein, dessen Kinn schwarz von Bartstoppeln war. Trotz seines überraschten Gesichtsausdrucks zog er sofort sein kurzes Schwert. Die Verwunderung lag noch auf seinen Zügen, als er längst in seinem Blut auf dem Boden lag.

Als Antenor sich nach dem zweiten Mann umsah, drängten bereits die Männer aus der Nachbarschaft mit Ledereimern und Decken durch das Tor. Während einige nach den Flammen schlugen, andere nach Wasser und Leitern riefen, wuchs das Durcheinander im Hof zu einem unübersichtlichen Chaos.

Baukis' Verwalter verschwand im Nebengebäude. Das Maultier drängte sein Hinterteil in den tiefsten Winkel zwischen Stallflügel und Mauer. Es gab verängstigte Töne von sich, als Antenor die Zügel packte und es herauszerrte. Dann keilte Alexandros plötzlich aus, und sie bekamen Platz. Niemand hinderte Antenor, ihn schnell durch die Pforte auf die Gasse zu ziehen.

Er war jetzt sehr froh darüber, daß er dem Maultier vorsorglich Lappen um die Hufe gewickelt hatte. Und daß er mit den Stadttoren von Megalopolis ausgezeichnet vertraut war. In dem Menschenauflauf, den das Feuer auslöste, fiel er niemandem auf. Ungehindert erreichte er das Osttor.

Antenor umging die Stadt in einem weiten Bogen im Norden und schlug sich dann in das Lykaion-Massiv. Er wagte nicht, eine der großen Straßen, von denen es nur drei gab, zu nehmen. Idaios konnte seine Leute überall postiert haben. Mit einem schnellen Pferd würde jeder Bote ihn überholt haben.

Aber er benötigte Hilfe. Durch die Berge führten Pfade, die nur die Hirten kannten. Und es gab nur diese Möglichkeit, unauffällig zur Küstenstraße zu gelangen.

In einem winzigen Weiler band Antenor sein Maultier neben dem Wasserbecken an, in das ein Bach vom Felsen heruntersprudelte, und trat in eine Hütte.

Mehrere Männer saßen auf einer Steinbank und schwatzten.

»Die Götter mit euch«, grüßte Antenor.

Der Älteste der Männer musterte ihn eingehend. Dann lud er ihn mit einer Handbewegung ein, sich zu setzen. »Dich habe ich hier noch nie gesehen. Die Götter mögen auch dich auf deinen Wegen schützen, Wanderer.«

»Danke«, sagte Antenor. »Mir wäre es allerdings lieb, wenn sie sich von einem Kenner der Berge unterstützen lassen würden. Wüßtet ihr jemanden, der mich nach Phigaleia führen könnte?«

Die jüngeren Männer neben dem alten Mann versteinerten. Antenor sah, daß eine Hand sich um einen Becher krampfte. Die Stirn des alten Mannes furchte sich mißtrauisch. »Die Unterstützung der Götter könnte dich teuer kommen«, sagte er.

Antenor hielt einen Augenblick den Atem an. Jetzt würde sich entscheiden, ob er die Situation richtig oder falsch einschätzte. »Für Apollon tue ich alles.«

Die schwarzen Augen des Hausherrn blitzen auf. Er nickte bedächtig und wechselte einen Blick mit dem jüngeren, der ihm wie aus dem Gesicht geschnitten war. Dieser nickte kaum merklich.

»Zum Tempel von Bassai willst du also. Nun gut, mein Sohn wird dich morgen führen.« Trotz der Zusicherung hörte er sich abweisend an und bot Antenor auch keinen Wein an.

Antenor verstand. Er verzog sich nach draußen und rollte sich in Dorfnähe unter einem Busch in seine Decke. Die Männer würden ihn aus Furcht vor Apollon oder seinen Priestern nach Bassai bringen. Ganz bestimmt mochte man diesen Gott hier nicht.

Todmüde schlief er ein.

»Was soll ich nur tun, Melissa?« fragte Alexandra unglücklich. »Rate du mir. Vater ist so glücklich über Glaukias und freut sich außerdem noch, wie ähnlich er seinem Bruder sieht. Seinem Bruder! Von wegen!

Paidikos ist nicht Melanthios' Sohn, sondern der eines Taugenichts, der längst über alle Berge ist. Jannina ist seine Mutter. Bei der Geburt muß mein Zwillingsbruder gestorben sein, und Jannina hat die Gunst der Stunde genutzt, ihren Sohn meinem Vater unterzuschieben. Anscheinend wußte bis jetzt außer ihr nur Chiron die Wahrheit.«

»Diese Wahrheit würde Melanthios umbringen«, sagte Melissa und rang mit ihrer Fassungslosigkeit. »Ich glaube, man darf Wahrhaftigkeit nicht über ein Menschenleben stellen. Du mußt schweigen.« Sie selbst verfiel ebenfalls in Schweigen, denn im Innenhof schwebte Philotis vorbei. Sie trällerte ein sorgloses kleines Lied.

Philotis kehrte um, als sie Melissa am Webstuhl sah, und baute sich in der Türöffnung auf. »Ach, hier bist du«, sagte sie. »Ich suche meinen gelben Schal. Hast du ihn irgendwo gesehen?«

»Nein, Herrin«, antwortete Melissa.

»Und du, Alexandra?«

Alexandra gab ihr einen bitterbösen Blick. In diesem Augenblick ahnte sie, was es sie kosten würde, um des Vaters willen dauernd alles zu schlucken. Zum Beispiel, daß Philotis in Paidikos' Schlafzimmer nachsehen sollte. Oder an ihm selbst. Möglicherweise flatterte er beim Training des Gespanns ja von seinem Oberarm. »Nein«, brachte sie mühsam heraus.

»Was ist los?« fragte Philotis und zauberte ein hinreißendes Lächeln auf ihr Gesicht. »Habe ich dir eigentlich erzählt, daß mein Bruder Psamenias sich entschlossen hat, sein Gespann ebenfalls zu melden? Ich werde bei der Olympiade also zwei Familienmitglieder anfeuern.«

»Das würdest du sowieso. Mich und Paidikos. Wir sind deine Familie, nicht Psamenias«, sagte Alexandra rauh.

Philotis zog die schmalen Striche ihrer gezupften und tiefschwarz gefärbten Augenbrauen in die Höhe. »Ein Bruder bleibt ein Bruder. Dich werde ich nicht anfeuern. Daß du fährst, schickt sich einfach nicht. Bei deinem Lauf werde ich gar nicht anwesend sein.«

»Dämliche Gans«, murmelte Alexandra. Es war kindisch und albern, Philotis zu beschimpfen, aber es kam ihr aus tiefstem Herzen. Und gleich danach kam die Neugier. »Was meldet Psamenias denn?«

»Ein Zweigespann natürlich.«

Alexandra grinste. »Du willst also für ihn klatschen und gleichzeitig wegen mir abwesend sein? Oder nimmst du an, daß er die Vorläufe sowieso verliert und gegen mich nicht antreten muß?«

Philotis gab einen undefinierbaren Laut von sich, warf den Kopf in den Nacken und stolzierte davon. Erst als sie durch ausreichende Entfernung demonstriert hatte, daß sie über Logik erhaben war, blieb sie stehen und drehte sich um. »Wie wäre es, wenn du für deinen Lebensunterhalt ein wenig arbeiten würdest, Alexandra? Immerhin ist es wirklich entgegenkommend von Melanthios, eine Tochter durchzufüttern, bis sie Krähenfüße um die Augen bekommt!«

Alexandra ballte die Fäuste und lief rot an. Philotis verschwand unter lautem Gelächter zwischen den Säulen.

»Mach dir nichts draus«, sagte Melissa beschwichtigend. »Jeder im Haus weiß inzwischen, daß die Hausgemeinschaft von deinem Erbe gelebt hat, bis es verbraucht war. Und daß du das Gut geleitet hast, als Melanthios krank war. Nicht sie.«

»Ja«, knurrte Alexandra. »Aber warum brülle ich das nicht laut heraus? Und warum fällt es so schwer, jemanden zur Rechenschaft zu ziehen, der Geld veruntreut hat?«

»Das ist Liebe«, antwortete Melissa lächelnd. »Die Liebe zum Vater.«

»Nein!« Alexandra schüttelte ihren Kopf. Sie machte sich keine Illusionen. »Das ist Rücksichtnahme aus Angst. Will man darüber sprechen, erntet man Gewalt. Die Männer, die ich kenne, drohen oder werden gewalttätig, statt sich zu verantworten. Auch Vater. Aber irgendwann finde ich den Mut, es ihm zu sagen, verlaß dich drauf, Melissa.«

Die Haushälterin seufzte leise und nickte, dann nahm sie ihre Arbeit wieder auf. Im Hinausgehen fiel Alexandra ein, daß sie einen einzigen Mann kannte, der nicht drohte. Antenor. Und es gab natürlich eine Menge Menschen, die Baukis gekannt haben mußten, ohne daß sie ihr deswegen verdächtig erschienen wären. Wo er wohl so eilig hingewandert war?

Alexandra schob abrupt ihre Gedanken an ihn beiseite und wischte das alberne Lächeln fort, das sich von selbst auf ihre Lippen gestohlen hatte. Möglicherweise war Antenor einfach ein Feigling. Oder er war geflohen, weil er nicht wagte, mit dem Diebesgut in ihrer Nähe zu bleiben.

Idaios, stadtbekannter Phratriarch von Megalopolis, war von Charaxos, Archon Eponymos von Elis, eingeladen worden, in seinem Haus zu wohnen, bis er ein eigenes gefunden hatte. Sein Einbürgerungsverfahren war so gut wie abgeschlossen. Die Klytiden konnten es sich nicht leisten, nennenswerte Bevölkerungsteile zu verprellen.

»Ob es den Göttern überhaupt wohlgefällig ist, daß der Kaiser Nero teilnimmt?« fragte Charaxos besorgt, während er geschäftig Leckerbissen und Weinschalen näher zu seinem Gast heranschob. »Ich habe meine Zweifel, vor allem, weil er alle Termine verlegt hat. Sämtliche panhellenischen Spiele finden innerhalb eines einzigen Jahres statt, nur weil ein Kaiser siegen will.«

»Ja«, brummte Idaios, während er seinen eigenen Gedanken nachhing. Der Kaiser interessierte ihn so wenig wie die Tauben auf dem Marktplatz. Er hatte schlechte Nachrichten bekommen. Endlich hatte Dares herausgefunden, was der Töpfer wirklich war: Ein Räuber und Totschläger. Offenbar hatte der Töpfer gemeinsame Sache mit dem Alten aus dem Hause Baukis' gemacht. Aber jetzt war er verschwunden, und mit ihm das Gold.

»Hast du mit den anderen Schiedsrichtern gesprochen?« fragte Idaios barsch, um die Ausführungen des kleinen Wichtigtuers zu unterbrechen, der sich offensichtlich noch weiter über die Kaiser dieser Welt verbreiten wollte. Nero war einfach nur geschmacklos. Aber unwichtig für Griechenland.

Es zuckte um Charaxos' Mundwinkel. »Noch nicht«, antwortete er. »Es ist noch Zeit.«

»Für einen Mann, der plant, ist nie genug Zeit. Nur Müßiggängern ist ein Tag so langweilig wie der andere.« Idaios war scharf geworden. Er empfand Verachtung für diese Männer, die vom ererbten Vermögen lebten und nicht wußten, wie sie den Tag verbringen sollten, wenn sie das Geschwätz beendet hatten, das die Bezeichnung »Amtsausführung« nicht verdiente. Die Römer hatten ihnen das Amt verliehen und führten die Archonten am Nasenring, und diese ließen es geschehen. Er verabscheute die Archonten, und er verachtete Charaxos. Am meisten aber haßte er die Adelsfamilie Melanthios: Baukis, die sich wie eine Erinnye an seine Fersen geheftet hatte, um ihn in den Wahnsinn zu treiben. Dann Melanthios, der es gewagt hatte, sich ihm ein zweites Mal in den Weg zu stellen. Er unterdrückte einen Schauder, der ihm über den Rücken und bis in die Fingerspitzen fuhr. Er benötigte jetzt sein Pulver.

Charaxos aber begriff nicht, in welchem Spiel er mitspielte. Idaios beendete das Trommeln mit den Fingerspitzen, um das alte Schaf nicht zu erschrecken. »Also. Zweiter Teil des Kesseltreibens gegen Melanthios. Der Sachverhalt ist einfach: Einer der Schiedsrichter ist bestochen worden, und du hast dafür zu sorgen, daß er entfernt wird. Hast du das verstanden?«

Charaxos nickte.

»Du beginnst am besten mit einer Andeutung. Du machst dir Sorgen über eine geplante Bestechung, die dir zu Ohren gekommen ist, so etwa.«

Charaxos wartete ergeben auf weitere Anweisungen.

»Dann fragst du, ob man schon etwas von dem Römer gehört hat, vielmehr, ob das Geld von Melanthios aufgetaucht ist. Damit stößt du deinen Gesprächspartner mit der Nase darauf, daß Paidikos einen Mann erschlagen hat. Zwei Fliegen mit einer Klappe: der Sohn gewalttätig und dämlich, der Vater verschuldet. Es sollte mich wundern, wenn deinem Kollegen dann nicht aufginge, daß Melanthios bestochen wurde. Im Notfall mußt du deinem Verdacht einen Namen geben.«

»Das ist schlau«, sagte Charaxos bewundernd. »So werde ich es machen, obwohl Paidikos nicht ganz so schlimm ist, wie du es jetzt darstellst. Aber die Götter werden dankbar sein, wenn ein Mann wie Melanthios nicht mehr in ihrem Namen Ölbaumkränze verteilen darf; so viel ist sicher. Er ist ja zu einer Schande für uns Eleer geworden.«

Idaios lehnte sich zurück und legte seine Füße auf ein dickes Kissen, albern, wie vieles in diesem Haus, aber nicht unangenehm. »Das werden sie«, sagte er und lächelte verächtlich. Wer waren die Götter denn schon? Nützliche Erfindungen von schlauen Männern.

Einige Tage später lief ein Bote in elischer Amtstracht auf den Hof von Melanthios. Alexandra machte ein verwirrtes Gesicht, als er darauf bestand, ihr den Brief zu überreichen.

Es war keine Verwechslung. Der Phratriarch Charaxos, Archon von Elis, befahl die Tochter des Melanthios zu einer Unterredung zu sich.

»Was könnte er mit dir schon zu bereden haben?« fragte Philotis gehässig, die einiges von dem Hin und Her mitbekommen hatte und voll Neugier herankam. »Etwas Gutes jedenfalls nicht.«

Nein, das glaubte Alexandra auch nicht, aber ihre Miene war ausdruckslos, als sie dem Boten bestätigte, daß sie die Mitteilung verstanden hatte und kommen würde.

Am Nachmittag des gleichen Tages stieg sie aus ihrem Wagen auf dem Marktplatz von Elis aus. Chirons junger Bursche half ihr hinaus. Er wagte ein strahlendes Lächeln, als sie ihm dankte.

Charaxos' gekräuselter kleiner Mund war das ganze Gegenteil. Überhaupt war der ganze Mann eine einzige Verkörperung von Mißbilligung. »Da bist du ja«, näselte er und lehnte sich in seinem Scherensessel bequem zurück. Ihr bot er keinen Sitzplatz an.

»Da bin ich«, wiederholte Alexandra. Sie verschränkte die Arme vor der Brust und ließ den Helm mit einem Anflug von Ungeduld in ihrer Hand baumeln. Charaxos schnalzte entrüstet mit der Zunge. Sie lächelte ihn freundlich an, was ihn noch mehr aufbrachte.

»Man spricht darüber, daß du dich für die Olympischen Spiele melden willst, Alexandra!« schnaubte er.

»Ja? Wer spricht denn, ehrwürdiger Charaxos? Ich habe darüber nicht gesprochen.«

Für einen Moment war er aus dem Konzept gebracht. »Was weiß ich!« fuhr er sie an. »Willst du, oder willst du nicht?«

»Doch«, sagte sie sanft. »Ich will sogar siegen. Möchtest du nicht, daß es einen Sieger aus deiner Heimatstadt Elis gibt?«

»Du vergißt, daß Psamenias für Elis fahren wird!«

»Einer, der nicht merkt, daß die Achsen seines Wagens nicht geschmiert sind, wird nie gewinnen«, versetzte Alexandra.

Die verschrumpelten Lippen, die so sehr im Gegensatz zu den gefärbten Haaren standen, verzogen sich schon wieder mokant. »Gab es da nicht einen kleinen Unfall bei euch, neulich? Wegen nicht geschmierter Achsen?«

»Also gut«, sagte Alexandra, entschlossen, dem Versteckspiel ein Ende zu machen. »Was willst du von mir, Charaxos?«

Charaxos kreuzte seine Beine umständlich andersherum. »Du wirst dich nicht melden! Frauen können an Olympischen Spielen nicht teilnehmen!«

»Wer sagt das?«

»Die Götter. Zeus. Es ist völlig ausgeschlossen. Wenn du es heimlich versuchst, wirst du mit dem Tod bestraft.«

»Ich werde es nicht heimlich versuchen«, versetzte Alexandra, »sondern in aller Öffentlichkeit tun. Schließlich wird mein Vater als Sieger in die Listen eingetragen werden, denn ihm gehört das Gespann. Wer den Wagen lenkt, ist für die Götter völlig unerheblich. Außerdem bin ich unverheiratet; sogar im heiligen Bezirk darf ich mich aufhalten. Du siehst, es gibt gar keine Probleme mit mir.«

Charaxos starrte sie mit offenem Mund an. Seine Oberlippe zitterte.

»Nach meinem Sieg wirst du froh sein, daß du dich zu meiner Verwandtschaft zählen darfst«, fuhr Alexandra mit freundlichem Nachdruck fort. Sie fand es empörend, daß er einen offiziellen Boten schickte und sie zu einer amtlichen Unterredung bestellte, um seinem Sohn die Konkurrenz vom Halse zu halten.

»Verwandtschaft!« fauchte Charaxos gehässig. »Auf die Verwandtschaft mit der Familie Melanthios könnte ich gut verzichten! Gauner und Gottlose, die ganze Sippschaft!«

»Wie sprichst du denn von uns?« Alexandra war jetzt wirklich verblüfft.

Charaxos zwinkerte nervös mit den Augen und wechselte das Thema. »Wir haben einen Bestechungsfall unter den Hellanodiken. Ist dein Vater zu Hause? Kann man ihn nach Elis rufen? Oder ist er wieder krank?«

»Er ist zu Hause«, sagte sie würdevoll. »Und gesund. Er kann sein Amt jederzeit ausüben.«

»Das freut mich«, sagte Charaxos.

Der Spott in seinem Gesicht machte Alexandra für einen Augenblick unsicher. Warte, dachte sie. »Schönen Gruß an Psamenias. Wenn er fährt, soll er die Mähne seiner Pferde flechten lassen, damit sich die Zügel nicht in den Haaren verwirren. Kleiner Ratschlag von mir.« Sie ging.

»Du hörst noch von mir«, flüsterte er erbost hinter ihr her.

Sicher. Aber jetzt ist jetzt, und was dann ist, werden wir sehen. Alexandra war mit sich sehr zufrieden.

Kapitel 30

Das Bouleuterion von Elis war an diesem Abend hell erleuchtet und die Eingänge von bewaffneten Männern bewacht. Eingelassen wurde nur, wer sich gegenüber dem Alytarchen ausweisen konnte oder wer bekannt war.

Die neun Kampfrichter von Olympia erwarteten den Beginn der Verhandlung mit leidenden Mienen, während die untergeordneten Priester das Sühneopfer mit verstohlenen Handreichungen vorbereiteten, überwacht von den aufmerksamen Augen der Oberpriester von Zeus und Apollon. Die Archonten von Elis diskutierten in einer Ecke leise miteinander.

Die schleppenden Schritte von Melanthios, noch amtierender Kampfrichter von Elis, zogen die Augen aller Anwesenden auf sich. Er wurde von einem der Alyten durch eine Seitentür hereingebracht und vorläufig auf einem Hocker deponiert. Der Bewaffnete bezog neben ihm Stellung.

Der Archon Eponymos, der die Versammlung zusammengerufen hatte und leiten würde, schritt durch das Portal herein. Charaxos hielt sich straffer als sonst, seine schwarzen Haare schimmerten im blakenden Licht der Öllampen wie Rabengefieder, und die unzähligen braunen Fältchen gaben an diesem Tag seinem Gesicht den Anflug von Weisheit, nicht von Alter.

Die Priester ordneten ihre Reihen und ließen ihr Geflüster verstummen. Melanthios erhob sich.

Idaios stand mit verschränkten Armen unauffällig neben einer Säule im Hintergrund. Er lächelte in sich hinein. Der alte Narr war im Inszenieren von Schauspielen gar nicht so schlecht, wie er zugeben mußte.

Charaxos schien der geborene Tragöde zu sein. Er mimte Trauer, während er neben dem Altar des unbekannten Gottes dem stillen Opfer folgte. Als ihm die Trinkschale mit Wein angeboten wurde, vergoß er andächtig einen Teil auf dem Altar und dem Boden und nahm dann einen kleinen Schluck vom Rest. Dann tranken die Priester und Hellanodiken, und endlich ergriff er das Wort.

»Die Kampfrichter von Olympia«, sagte Charaxos mit tragender Stimme, »sind nach sorgfältiger Untersuchung zum Schluß gekommen, daß einer ihrer Kollegen bestochen worden ist. Neun von ihnen sind an mich herangetreten mit der Bitte, die Angelegenheit zu bereinigen, bevor die Olympischen Spiele beginnen.«

Jetzt würde sich eine Spur von persönlicher Betroffenheit gut machen, dachte Idaios.

Charaxos' Miene zeigte tiefes Bedauern. »Der zehnte, der Beschuldigte, ist Melanthios, Gutsbesitzer und Archon von Elis, und die Götter sind meine Zeugen, wie schwer es mir fällt, in diesem Zusammenhang den Namen eines Mannes zu nennen, mit dem ich verwandtschaftlich verbunden bin.«

Melanthios wurde von dem Wachsoldaten nach vorne geschoben. Archonten, Schiedsrichter und Priester machten ihm überhastet Platz, als trüge er einen Schwall von Abortgeruch herbei.

Idaios' Augen blitzten zufrieden. Sie hatten ihn schon verurteilt.

»Das Gesetz verlangt den sofortigen Ausschluß des Mannes, dem wir bisher vertrauten, aus dem Schiedsrichterkollegium«, fuhr Charaxos fort.

In Melanthios kam endlich Leben. »Niemand kann mir eine Bestechung nachweisen!« rief er mit zitternder Stimme.

Idaios sah sich um, während Charaxos dem Sprecher der Hellanodiken das Wort erteilte. Der Zeuge war anwesend; Dares überwachte ihn.

»Wir haben alle Sportler befragt, die in Olympia trainiert haben, während Melanthios dort war. Angeblich hat er den Göttern Opfer gebracht. Aber daneben und heimlich hat er Gespräche mit Sportlern geführt. Zwei wurden uns namentlich genannt: der Allkämpfer Sosias aus Athen und der Doppelläufer Demylos von Euböa.«

Alarmiert nahm Idaios die Arme herunter. Er hatte keinen Läufer beauftragt. Irgend etwas war schiefgegangen, und Dares hatte wieder nichts bemerkt. Aber der Blick in Sosias' Gesicht brachte keinen Aufschluß.

»Sosias ist anwesend und kann die Anklage bestätigen«, fügte der Schiedsrichter hinzu.

Sosias wurde an ihm vorbeigeführt, mit hängendem Kopf und gesenkten Schultern. Wie abgesprochen verkörperte er das wandelnde schlechte Gewissen. Idaios hatte ihm versprochen, ihn mit einer gewaltigen Belohnung nach Rom zu schicken, denn hier war seine Karriere beendet.

Der Pankratiast befreite sich vom Griff seines Begleiters und trat als freier Mann vor den Oberpriester. »Ja, ich habe mit dem Schiedsrichter Melanthios eine Abmachung getroffen«, gab er freiwillig zu. »Er sollte mir ein Freilos zuspielen, und ich wollte ihn dafür bezahlen. Aber die Götter hätten es dann immer noch in der Hand gehabt, meinem Gegner den Sieg zu schenken.«

Idaios beglückwünschte sich selbst. Die naive Argumentation mußte die Priester davon überzeugen, daß der Athlet auch zu einem durchsichtigen Bestechungsversuch fähig war.

»Ich kann nicht glauben, daß du diese Aussage unter den Augen der Götter bestreiten möchtest, Melanthios von Elis.« Der Priester des Zeus schaute den Angeklagten ernst und ohne persönlichen Zorn an.

Melanthios biß sich auf die Lippen und schüttelte den Kopf.

»Du bist damit auf Lebzeiten von allen religiösen und staatlichen Ämtern entbunden«, befand der Zeuspriester leidenschaftslos. »Dein Bußgeld wird dafür verwendet, eine Zanesfigur zu bezahlen. Auf ihr wird das Epigramm stehen: *Diese Statue lehrt alle Griechen, kein Geld für einen Sieg zu geben.* Du kannst jetzt gehen, Melanthios.«

Bis die schnellen kleinen Schritte des Geächteten verklungen waren, herrschte atemlose Stille, die noch anhielt, als die Priester die Lampen nacheinander löschten.

Idaios verließ vor allen anderen unbeachtet das Bouleuterion. Er schlüpfte in den schwarzen Schatten des benachbarten Hermestempels und beobachtete von dort aus das Rathaus. Der Platz davor und die Straßen, die dorthin führten, waren leer. Kurze Zeit später kamen die Hellanodiken und die städtischen Beamten. Sie verabschiedeten sich knapp voneinander und eilten in unterschiedliche Richtungen fort.

Auch wenn Idaios nicht an die Götter glaubte, hatte er die seltsame Atmosphäre im Rathaus gespürt, diese wachsende Distanz zwischen den städtischen Göttern und den für die Stadt verantwortlichen Männern. In dieser Nacht hatte kein Archon und kein Schiedsrichter das Bedürfnis, über den unerhörten Frevel eines Kollegen gegen die Götter der Polis in einer Taverne zu schwatzen. Gut so. So würde ihn keiner stören.

Nach einer Weile kam Sosias. Allein, natürlich. Er war nicht weniger geächtet als Melanthios. »Jetzt will ich meine Belohnung«, verlangte er grollend. »Und dann will ich dich nie wieder sehen, Idaios.«

»Nein, wir werden uns nie wieder sehen«, versprach Idaios. Die nicht einmal fingerbreite Schneide seines langen Messers fand das Herz des überrumpelten Athleten beim ersten Stich.

Idaios lud den Leichnam auf den Esel, den er hinter dem Tempel angebunden hatte, und packte ihn mit geübten Handgriffen in grobe Tücher ein. An den richtigen Stellen ausgepolstert, sah die Last harmlos aus wie zwei gefüllte Säcke.

Der Weg zum städtischen Theater war nicht weit. Zu dieser Nachtzeit war dort kein Mensch mehr. Idaios hob den Leichnam vom Esel und trug ihn über der Schulter zwischen den Sitzreihen durch nach unten. Schon vor der Bühne verlief der mit Steinen abgedeckte Kanal für Regenwasser. Er folgte ihm hinter den Bühnenaufbau, hob einen der Wartungsdeckel aus Holz ab und ließ Sosias der Länge nach hineingleiten. Selbst für dessen massigen Körper war der Abwasserkanal breit genug. Es würde lange dauern, bis man die Leiche hier fand. Wenn überhaupt. Idaios schob den Deckel zurück und stieg pfeifend die Stufen wieder hoch.

Alexandra fand keine Ruhe. Sie wälzte sich auf ihrem Bett hin und her und lauschte den Geräuschen im Gutshaus, die auch bei Nacht nie ganz verstummten. Das Gebälk knisterte, und Nachttiere huschten hin und her. Erstmals jagten sie ihr Angst ein.

Die unangenehmen und unerklärlichen Ereignisse begannen sich zu häufen. Ihr Streitwagen war plötzlich verschwunden. Und der städtische Bote hatte ihren Vater nach Elis bestellt.

Zunächst nichts Besonderes. Ein Hellanodike war bestochen worden, und der Rat war zusammengerufen worden, um über ihn zu Gericht zu sitzen. Charaxos hatte es ihr ja mitgeteilt.

Erst als ihr Vater zurückgekehrt war, entehrt und innerlich zerstört, weil man ihn in Elis aller seiner Ämter enthoben hatte, wußte sie, warum Charaxos sich amüsiert hatte. Sie schäumte innerlich vor Wut. Der Alte hatte sie nach Elis gerufen, um sich über sie lustig zu machen. Zuerst über sie, dann über ihren Vater.

Aber jetzt bei Nacht wurde ihre Wut von Angst überlagert. Das Gut war wie in einem riesigen Fischernetz gefangen, dessen Ränder die Titanen allmählich zuzogen. Unter Gelächter, und nicht ohne den einen oder anderen durch die Maschen schlüpfen zu lassen.

Aber sie stopften ihn zurück. Alles in allem mußte jemand beschlossen haben, die ganze Familie zu vernichten. Alexandra setzte sich zitternd auf. Eine kühle Brise fiel durch das Fenster auf sie herab, und sie wischte sich den Schweiß von der Stirn.

Mit erschreckender Deutlichkeit wurde ihr klar, daß es eine Kette von Ereignissen gab, die in einem Zusammenhang miteinander standen: vor Jahren der Angriff auf Baukis' Vermögen, den sie erfolgreich abgewehrt hatte, dann ihr späterer Tod. Durch einen dummen Zufall war sie selbst darin verwickelt worden, und seitdem konzentrierten sich die bösen Kräfte eines Unsichtbaren auf das Gut bei Elis.

Aber wer war es?
Und warum?
Alexandra hielt es nicht mehr aus. Sie taumelte aus dem Bett und tappte leise über den Flur in Melissas Schlafraum hinüber. Ein Öllämpchen brannte auf einer Konsole, und sie sah die

Augen der Haushälterin glänzen. Sie fuhr hellwach in die Höhe.

»Ich bin es, Melissa«, flüsterte Alexandra. »Ich kann nicht schlafen.«

»Ich auch nicht. Wahrscheinlich haben wir die gleichen Sorgen. Komm her.« Melissa machte Platz in ihrem Bett, und Alexandra schlüpfte hinein. Aneinander geschmiegt warteten sie auf den Schlaf, aber er wollte sich nicht einstellen.

Erst als die Amseln anfingen zu rufen, nickten sie ein.

Chiron entdeckte Alexandras Streitwagen zwei Tage später im Flüßchen, bis über die Achse im Wasser. Er benötigte den Maulesel mit dem Karren, um ihn auf den Hof zu holen.

Alexandra starrte ihren Streitwagen wie gelähmt an. Er würde verrostet sein, blockiert, unbrauchbar. Sie konnte ihn nicht einmal mehr benutzen, um nach Elis zu fahren und sich für die Olympiade zu melden, geschweige denn, daran teilzunehmen. Sie wandte sich ab. Sie wollte ihn nicht mehr sehen.

Chiron platzte fast vor unterdrückter Wut. »Ich bringe ihn dir wieder in Ordnung!« brüllte er und hob die Faust. »Jetzt reicht es, Paidikos!«

»Aber Chiron, sei still«, sagte Melissa und rang die Hände. »Wenn Paidikos dich hört, verkauft er dich trotz deines Alters. Der Gebieter bringt nicht mehr die Willenskraft auf, ihm zu widersprechen.«

Der Verwalter sah sie entsetzt an. »Steht es so schlimm?«

Melissa nickte. »Er schüttet den ganzen Tag unverdünnten Wein in sich hinein. Man kann nicht mehr mit ihm reden. Ich habe auch nicht viel Zutrauen, daß er sich in nächster Zeit fängt. Bis zur Heilung wird er lange Zeit benötigen. Wir wissen ja, daß er leicht zum Opfer seiner eigenen Stimmungen wird.«

Chiron stieß einen tiefen Seufzer aus. »Alexandra, du mußt fort. Wenn es so steht, bist du in Gefahr. Was auch immer von dem Geld des Hauses Melanthios noch übrig ist – Paidikos' Erbe wird größer sein, wenn du keine Gelegenheit findest, deine Mitgift zu verlangen. Er wird versuchen, dich zu töten.«

»Aber wohin, Chiron?« fragte Alexandra erschrocken.

Chiron bürstete sich sorgenvoll Rostspuren von den Fingern, während er laut überlegte. »Charaxos wird dir keine Zuflucht gewähren. Die Herrin Baukis ist tot. Vielleicht der Bruder des Gebieters Melanthios? Aber er ist ein altes Ekel!«

»Nein!« widersprach Alexandra voll Abscheu. »Zu dem nicht!«

»Ich würde mich unter den Schutz von Gaia stellen«, sagte Melissa bestimmt und unterließ es, den Verwalter wegen seiner unverblümten Ausdrucksweise zu tadeln.

Alexandra begriff. »Du meinst, ich soll um Asyl ersuchen«, sagte sie staunend. Melissa und Chiron sahen sie abwartend an, gleichermaßen besorgt und hoffnungsvoll. Sie nickte bedächtig.

Ja, sie würde zum Altar der Göttin Gaia in Olympia flüchten und sich unter ihren Schutz stellen. Möglicherweise würde es sogar helfen, den Hof zu retten, wenn sie fortginge. Denn die unerklärlichen Vorfälle hatten erst nach ihrer Rückkehr von Megalopolis ihren Anfang genommen. »Vater werde ich sagen, daß ich nach Olympia gehe, um im Hippodrom zu trainieren«, sagte sie zustimmend. »Teilweise stimmt es ja sogar.«

Der Hirte war verschlossen wie eine Muschel, aber er brachte Antenor zuverlässig auf Ziegenpfaden über die Berge. Am dritten Tag erblickten sie in der einsamen Höhe den Tempel des Apollon Epikourios der Phigaleier. Antenor bezahlte seinen Führer großzügig. »Apollon soll dich auf deinem Rückweg vor Stürzen bewahren«, sagte er freundlich, bevor er den Jungen entließ.

Der sah ihn mit widerborstiger Miene an. »Ich habe dich geführt, Fremder, weil mein Vater es wollte. Wir kennen dich nicht und möchten nicht in Streit mit den Apollonpriestern geraten. Ihre Feindschaft ist gefährlich für ehrliche Leute. Und mich wird nicht Apollon, sondern Zeus beschützen!« Er drehte sich brüsk um und sprang davon.

Antenor sah ihm eine Weile nach. Wie er es sich gedacht hatte. Aber die Leute hier in den Bergen waren verschwiegen. Nie würden sie ihm erzählen, auf welche Weise der Apollontempel Druck ausübte.

Er mischte sich unter die Pilger, die um die Bergnase herum zum Tempel hochstiegen. Der imposante graue Bau lag gerade über ihnen. Wie alle anderen Besucher kaufte er bei dem Apollonpriester einen Krug Öl und spendete ihn dem Gott. Der Mann war nicht unhöflich, aber unaufmerksam. Er sah ständig hinüber zu den grauen niedrigen Steinhütten, in denen die Priester lebten, und vergaß, das Wechselgeld auszuhändigen.

Antenor hielt ihm die Hand beharrlich vor die Nase. »Ihr habt anscheinend eure Lebensmittel geliefert bekommen«, sagte er, während sie den von Priestern umringten Mann auf einem Maulesel beobachteten. »Den Wein, vielleicht?«

Der Diener Apollons schwenkte seinen massigen Kopf zu Antenor herüber. »Wein? Bestimmt nicht. Was willst du noch?«

»Mein Geld.« Antenor nickte knapp, absolvierte seinen Pflichtbesuch im halbdunklen Tempelraum und machte sich dann bald auf den Weg nach Phigaleia. Dieser Pfad war belebt von Pilgern in beiden Richtungen, und er schloß sich Leuten an, von denen er möglicherweise etwas erfahren konnte.

Es dauerte nicht lange, bis er einige Informationen aufgeschnappt hatte. Der Mann auf dem Maulesel war ein Bote gewesen, der von einem anderen Apollontempel gekommen war. Die Botschaft kannte niemand, aber sie hatte die Priester in Aufregung versetzt. Er hätte etwas darum gegeben zu erfahren, was sich da zusammenbraute, aber niemand äußerte auch nur eine Vermutung.

Als die Berge hinter ihm lagen, bog er auf die belebte Küstenstraße ein. Zurück nach Olympia. Das Vermögen von Baukis, das in ihrem eigenen Haus jetzt nicht mehr versteckt werden konnte, würde im Zeustempel sicher sein. Auch wenn er es vorgezogen hätte, die Priester nicht in Versuchung zu führen.

Im letzten Dorf vor Olympia machte Antenor halt und gönnte sich in einer Taverne eine gute Mahlzeit, während ein Bursche in seinem Auftrag zum Zeustempel unterwegs war.

Er erlaubte sich ganz kurz, an Alexandra zu denken. Nach ihrem Sieg würde sie heiraten, wahrscheinlich einen reichen Erben, dessen Vater eine ehemals reiche Erbin akzeptieren würde, weil sie immerhin den guten Namen eines ämterübersäten

Vaters trug. Dann fiel ihm plötzlich ein, daß dieser Vater sich erst vor kurzem eine Rüge der Apollonpriester zugezogen hatte. Möglicherweise war dadurch sein Ansehen in der Stadt gesunken. Aber eine *Männerabwehrende* überstand wahrscheinlich auch solche kleinen Unannehmlichkeiten.

Kurz vor der Dämmerung war sein Bote mit einem jungen Zeuspriester namens Kallias zurück. Der Mann hörte ihm still zu und übernahm dann den Maulesel. Er würde ihn wie nach einem ganz gewöhnlichen Einkauf in Pyrgos zum heiligen Bezirk zurückbringen. Als Gärtner hätte er oft in der Stadt zu tun, sagte er.

Antenor sah ihm erleichtert nach. Kallias machte einen zuverlässigen Eindruck. Ein wenig neugierig vielleicht auch. Als die Dunkelheit sich über das Tal legte, machte er sich selbst auf den Weg, wanderte an einem Bach entlang, erkletterte den Kronoshügel an der Rückseite und stieg hinter dem Heratempel wieder hinunter in das Gebiet von Olympia.

In dem kleinen Gästezimmer des Theokoleon, das ihm die Zeuspriester zur Verfügung gestellt hatten, warteten schon seine Packkörbe. Zum ersten Mal seit vielen Nächten schlief Antenor traumlos tief.

Kapitel 31

Paidikos hörte mit teilnahmsvoller Miene seinem Vater zu, der ziellos in alten Rollen der kaufmännischen Buchhaltung wühlte. Gelegentlich schien er ein bestimmtes Schriftstück zu suchen, dann gab er es zu Gunsten einer neuen Suche auf.

»Ich bin den Göttern dankbar, daß ich dich und Glaukias habe«, murmelte Melanthios zerstreut.

Paidikos warf einen Blick auf den Weinbehälter. Sein Vater hatte sich bei Melissa in barschem Ton einen Mischkrug verbeten, obwohl sie ihn angefleht hatte, den Wein wenigstens zu verdünnen.

»Ich bin nicht betrunken!« sagte Melanthios verärgert, der dem Blick seines Sohnes gefolgt war. »Fang du nicht auch noch an!«

»Nein, natürlich nicht«, beruhigte ihn Paidikos. »Ein Mann trinkt, was ihm schmeckt.«

»Was wolltest du von mir?« Melanthios ließ sich auf einen Sessel fallen und schien bereit, ihm zuzuhören.

»Ich wollte mich erkundigen, was deine Nachforschungen über das Vermögen von Baukis ergeben haben«, sagte Paidikos mit seidenweicher Stimme. »Nach fast zwei Jahren müßte Idaios von Megalopolis alle ihre Geschäfte abgewickelt haben.«

»Idaios von Megalopolis«, wiederholte Melanthios mit dumpfer Wut. »Und jetzt bald Idaios von Elis. Wie ich den Mann hasse! Sie hätten ihn erschlagen sollen!«

Paidikos gab sich kaum Mühe, seine Verachtung für seinen Vater zu verbergen. Der Name Idaios war ein unfehlbares Reizwort, seitdem Melanthios seine Ämter verloren hatte. Er hätte gern gewußt, in welchem Zusammenhang der Kerl damit stand. Und bei welcher Gelegenheit hätten welche Männer den Megalopoleer erschlagen sollen? Er konnte sich nicht vorstellen, daß man diesen Brocken überhaupt erschlagen konnte. Außer im Tiefschlaf.

Melanthios leerte den Becher aus Ton, an dem die Glasur bereits absplitterte, und wischte sich über die Lippen, die vom süffigen Wein einen klebrigen, roten Rand hatten. Er versank in stumpfes Brüten.

»Idaios«, erinnerte Paidikos hartnäckig.

»Ja«, sagte Melanthios böse und fuhr in die Höhe. »Das Geld ist verloren, Paidikos. Wir müssen uns damit abfinden. Idaios hat noch keine Rechenschaft abgelegt, und ich sehe keine Möglichkeit, ihn zu zwingen.«

Paidikos grinste. »Ich könnte es übernehmen.«

Melanthios nahm seinen Wink auf. »So wie den Römer?« Er gab ein keckerndes Lachen von sich, dann schüttelte er den Kopf. »Ich würde es ihm gönnen. Aber es ist zu gefährlich. Der Mann ist tückischer als ein Berglöwe.«

»Nein, nein. Ich will in deinem Namen und im Namen des Rechts verhandeln«, widersprach Paidikos entrüstet. »Idaios ist kein hitziger Römer, der alle Griechen Betrüger schimpft und plötzlich zu seinem Schwert greift.«

»Das würdest du für mich tun?« Melanthios war plötzlich zu Tränen gerührt.

»Für uns«, verbesserte Paidikos. »Für das Handelshaus Melanthios.«

»Richtig«, sagte Melanthios glücklich. »Für das Handelshaus. Und da ich einen mittlerweile erwachsenen Sohn habe, wird er nunmehr die beschwerlichen Reisen übernehmen.« Er rülpste leise und dachte über die eigenen Worte nach. Als er sicher war, daß er recht hatte, glätteten sich die bläulichen, tiefen Tränensäcke.

»Ich müßte natürlich Vollmachten bekommen. Was taugt ein Bevollmächtigter eines Handelshauses ohne Vollmacht?«

»Das versteht sich«, murmelte Melanthios, und einen Augenblick später: »Tut es das wirklich?«

Paidikos wurde für einen winzigen Moment von der Angst

befallen, daß der Alte jetzt alles wieder zurücknehmen würde. Aber als Melanthios begann, den Siegelring am mageren Finger zu drehen, ließ er die angehaltene Luft langsam hinaus. »Ich könnte auch die Geschäfte in Elis für dich übernehmen, bis alle sich wieder beruhigt haben. Wenn ich mein Training für die Olympiade etwas einschränke ...«

»Du bist ein guter Sohn«, seufzte Melanthios und übergab ihm den Ring.

Paidikos machte sich nicht die Mühe, bei Philotis anzuklopfen, sondern trat einfach ein. Er war lange nicht hier gewesen. Sie lag wegen der Hitze des Frühsommers beinahe nackt zwischen ihren Kissen.

»Erweist du mir auch mal wieder die Ehre?« fragte sie kalt, ohne besonders erstaunt zu sein, und schob sich den süßen, klebrigen Traum von Blätterteig mit Nußfüllung zwischen die purpurgefärbten Lippen. Auf einem kupfernen Tablett neben ihr stapelten sich die Süßigkeiten.

Er betrachtete sie vom Doppelkinn bis zu den hennaroten Fußsohlen und ließ seine Blicke besonders lange auf ihrem Bauch verweilen, der nur unzureichend durch schleierartige Gebilde verdeckt war. Auch hier knautschten sich die Falten. Sie sah aus wie eine billige Hure, und genau so genoß sie seine Betrachtung.

»Solltest du Vater nicht ein wenig Gesellschaft leisten?« Er rümpfte die Nase. Kleidungsstücke lagen wahllos verteilt auf den zierlichen Stühlchen mit Klauenfüßchen und den mit Elfenbein und Perlmutt eingelegten Truhen, die sie Melanthios mit der Zeit abgeschwatzt hatte. Zu viel Luxus, der von seinem Erbe abging.

»Er hat Gesellschaft. Der dienstbare Geist Melissa küßt ihm wie immer die Füße. Sie wird ihn schon beruhigen.«

»Nein, sie regt ihn auf. Sie schimpft ihn aus. Es wäre besser, du würdest ihn ein wenig ablenken. Er mag üppiges Fleisch. Er hatte auch früher schon fette Huren.«

Philotis hielt mitten im Kauen inne. »Willst du damit sagen, daß ich eine fette Hure bin?« fragte sie mit vollem Mund. Ihre Entrüstung klang sehr undeutlich.

»Etwa nicht?« Paidikos legte so viel Hohn in seine Stimme, daß sie ihn verstehen mußte.

Während sie nachdachte, schloß sie den Mund und putzte sich die Kuchenkrümel aus den Mundwinkeln. »Was willst du?«

Paidikos genoß es still, daß heute alle Welt nach seinem Willen fragte. Er wischte den Tand von einer Truhe und setzte sich. »Ich habe heute die Vollmacht für das Handelshaus Melanthios übernommen.«

»Na und?« Philotis neigte den Kopf und sah ihn abwartend an. Plötzlich stieg Panik in ihre dunklen Augen.

Na endlich, dachte Paidikos. »Du wirst aufhören, unser Geld zu verschwenden! Es gibt keine Drachme mehr für Stoffe aus Persien und Ägypten, für Spiegel mit Elfenbeineinlagen und Parfüms aus Indien. Was weiß ich, was noch alles! All dieser teure Kram!«

»Ich habe eigenes Geld«, sagte Philotis trotzig.

»Wirklich?«

»Dein Vater muß mir meine Mitgift ersetzen. Er hat doch Einnahmen, oder nicht?« Philotis griff nach einem Cremeröllchen, das gegessen werden mußte, bevor es warm wurde. Dann sah sie Paidikos unsicher an und zog mitten in der Bewegung ihre zitternde Hand zurück.

Er lächelte verächtlich. »Dein Ehemann ist verschuldet. Es ist nichts da.«

»Aber ich kann nicht so dürftig leben«, schluchzte Philotis. »So ... so ärmlich.«

Paidikos stand auf und trat dicht an ihr Bett. »Dann tu, was ich dir sage!« befahl er, als er sicher sein konnte, daß sie den Siegelring des Geschäftshauses Melanthios an seiner Hand gesehen hatte.

»Ja! Was du willst!« Philotis' Hand suchte sich blitzschnell und erfahren unter dem Chiton von Paidikos ihren Weg. Sie begann ihn hastig zu streicheln. »Ist es das, was du willst?«

Er wahrte mit Mühe seine Haltung. »Eine bessere Hure als dich kann ich mir jederzeit kaufen.«

Philotis ließ ihre Hand sinken und sah ihm entgeistert ins Gesicht. »Was denn?«

Paidikos spürte die Hitze in seine Lenden steigen, als ihre spitzen Fingernägel an seinem Oberschenkel entlangstrichen.
»Du sollst den Alten beschäftigen«, sagte er gepreßt.
Sie öffnete ihren Mund und lächelte. Ihre Zunge spielte zwischen den Zähnen. Dann nickte sie langsam. »Ja, junger Gebieter des Hauses Melanthios, ich werde ihn dir vom Halse halten.«
Paidikos grätschte seine Beine und drängte sich dichter an die Liege heran. Er fühlte die Hitze ihres Körpers über seine Haut fächeln, während er ihr Handgelenk ergriff. »Komm«, flüsterte er. »Laß es wieder sein wie früher!«

Alexandras erster Gang, nachdem sie ihre Pferde untergestellt hatte, führte sie zum Altar der Gaia hinter dem Kronoshügel. Sie mußte die Göttin selbst um Asyl ersuchen, sonst wäre es nichts als ein Verstecken in Olympia.

Jetzt, wo alle Bäume und Sträucher auf der Höhe ihres Wachstums waren, war der Pfad fast zugewuchert. Trotzdem fand sie den Altar schnell. Auf dem Stein lagen braune, vertrocknete Blattreste. Die Priesterin war bestimmt seit mehreren Wochen nicht hier gewesen.

Alexandra lauschte. Es war von ihr auch nichts zu hören. Höchst besorgt bahnte sie sich ihren Weg zur Orakelhöhle. Das Gurgeln der Quelle wurde lauter, und sie fand den Teich, der still in der Sonne lag. Niemand antwortete, als sie rief. Mit angehaltenem Atem betrat sie die Höhle.

Die Priesterin lag auf dem Rücken neben dem Erdschlund. Sie konnte erst einige Stunden tot sein.

Alexandra machte sich auf den Weg zurück ins Tal. Sie bedauerte den Tod der alten Frau, aber sie war friedlich gestorben. Mehr Kummer machte ihr der Gedanke an ihr Asyl.

Die beiden Priesterinnen des Heratempels, vornehme Eleerinnen, waren in Eile. Während sie einige Besitztümer des Tempels zusammenpackten, unterrichteten sie Alexandra davon, daß sie den Tempel vorübergehend verlassen würden, um ihn vor Schaden zu bewahren. Aber immerhin versprachen sie, sich um den Leichnam zu kümmern.

Erleichtert machte Alexandra sich davon. Ziellos lief sie über das olympische Gelände und versuchte, einen neuen Plan zu entwerfen.

»Man trifft dich immer, wenn man damit nicht rechnet«, sagte eine Stimme hinter ihr, und sie fuhr herum.

»Antenor! Danke, mir geht es ganz ähnlich.«

Antenor bedachte sie mit einem finsteren Blick.

»Weißt du noch, wie du mich zu Gaias Altar geschickt hast?« Alexandra beachtete sein Nicken nicht. »Danach begannen die Priester, meinen Vater fertigzumachen, Stückchen für Stückchen, bis er alle seine Ämter verloren hatte. Jetzt ist Gaias Priesterin tot. Und du bist auch wieder da.«

»Glaubst du, ich hätte etwas damit zu tun?«

»Wer weiß? Vielleicht nicht, vielleicht doch.« Alexandra stemmte die Arme in die Seiten und sah ihm ins Gesicht. Dort las sie echtes Bedauern. Vielleicht waren ihre Gedanken zu krumme Wege gegangen. »Ich wollte Gaia durch ihre Fürsprache um Asyl bitten«, erklärte sie leise.

Antenors helle Augenbrauen gingen in die Höhe. »Du fürchtest um dein Leben?«

Sie nickte.

»An ihrem Altar bist du sicher, wie du weißt. Aber Asyl hätte sie dir ohnehin nicht gewährt. Der Gaia-Altar kann dies nicht.«

Das hatte sie nicht gewußt. »Wer darf denn Asyl geben?« fragte sie bestürzt.

Antenor seufzte. »Der Tempel von Zeus. Ich kenne die Priester. Wenn du möchtest...«

»Nein, ich möchte nicht«, sagte Alexandra unwirsch. Was hatte er nur immer mit den Tempeln und Priestern zu schaffen? Jede Erwähnung dieser mächtigen Instanzen verursachte ihr neuerdings Übelkeit. Man konnte ihnen nicht ausweichen, wenn man ihre Aufmerksamkeit durch irgendeinen Umstand erweckt hatte. So wie ihr Vater.

»Wie du willst.« Antenor nickte kurz und setzte seinen Weg auf der Terrasse der Schatzhäuser fort. Alexandra sah ihm nach. Sie erschrak, als eine Gruppe von Priestern plötzlich aus dem Gang zwischen zwei Schatzhäusern hervortrat. Antenor wich ihnen aus.

Die Priester kamen auf Alexandra zu. Idaios' Schädel ragte über alle anderen hinaus. Er blieb stehen und ließ seine Augen demonstrativ von Alexandra zu Antenor und wieder zurückwandern. Ob die Idee wirklich so gut war, hierherzukommen, fragte sich Alexandra, während sie eine Stufe hochstieg und sich an eine Säule schmiegte.

»Was führt die Tochter eines bestochenen Schiedsrichters von Olympia ausgerechnet hierher?« fragte Idaios. Seine mächtige Stimme hallte zwischen den Säulen wider.

Die Männer blieben stehen, sahen zu Alexandra und tuschelten miteinander. »Wenn du die Tochter von Melanthios aus Elis bist«, sagte schließlich der glatzköpfige kleine Mann, der das Opfer an Apollon geleitet hatte, »möchten wir dich bitten, das heilige Gelände zu verlassen. Du bringst Schande über uns. Apollon wird nicht zulassen, daß du Olympia entweihst.«

»Aber ich...« Alexandra verstummte. Niemand wollte von ihr Erklärungen hören.

Die Priester setzten sich in Bewegung. Idaios zog mit flach übereinander gelegten Händen und hoch erhobenem Kinn an ihr vorbei. Sein Blick ging fromm in die Weite, und Alexandra würgte es angesichts dieser Heuchelei in der Kehle.

»Der Glatzkopf war Alkinoos«, sagte Antenor und kam zu ihr zurück.

»Sympathisch wie ein Geier auf einer Leiche«, sagte Alexandra aus vollem Herzen.

»Und nun?«

»In den Schutz der Zeuspriester«, antwortete Alexandra grimmig und fand, daß sie alles in allem immer noch Grund hatte, ihm böse zu sein. Ständig geriet sie in Schwierigkeiten, wenn er nur in der Nähe war.

»Du bist zärtlich wie noch nie, mein Täubchen«, gurrte Melanthios und ließ sich genießerisch von seiner Frau die Waden massieren. Erstaunt fühlte er kurz darauf, daß sie sich auf seine Unterschenkel setzte, nackt, jedenfalls schlang sich das schleierartige Ding, das sie bis dahin getragen hatte, um seine Zehen. Sie überbot sich selbst heute.

Dann krochen ihre Hände gleichsam an ihm entlang, bearbeiteten seine Oberschenkel bis in die Tiefe der Knochen und gelangten schließlich an die schlaffe Muskulatur seines Gesäßes. Er stöhnte vor Wollust. Sie war besser als jede Hure, die er bisher gehabt hatte.

Er fühlte ihre Schamlippen an seiner Haut; mit ihrer knetenden Bewegung schienen sie sich zu öffnen und wieder zu schließen und ihm das Mark aus den Knochen zu saugen.

Mit geschlossenen Augen drehte er sich auf den Rücken und griff nach ihr. »Du kannst alles von mir haben«, flüsterte er. »Verschlinge mich, schlürfe mich aus, entleere mich!«

»Das werde ich, mein Gebieter«, antwortete sie ernsthaft, danach ließ sie ein kleines glucksendes Lachen hören, das ihn die Augen aufschlagen ließ.

»Machst du dich lustig über mich?« fragte er, halb erstaunt, halb argwöhnisch.

Philotis fuhr mit dem Finger eine Spirale durch die Locken seines Schamhaars. Die Muskeln seiner Hinterbacken zogen sich zusammen, und erneut spürte Melanthios dieses alles überwältigende Glücksgefühl, das ihn immer öfter einen Teil des Tages im Bett verbringen ließ.

»Du beleidigst mich, mein Gebieter«, flüsterte Philotis und senkte ihre Lippen über den Schaft seines aufrecht stehenden Gliedes.

Wie aus weiter Ferne hörte Melanthios auf dem Hof den scharfen Tadel seines Sohnes, der Chiron galt. Pferde galoppierten an, und dann bekamen seine Sinne anderes zu tun.

Jannina nahm dem Küchenmädchen den Weinkrug mit barschen Worten aus den Händen. Der Gebieter erwartete am späten Vormittag und am späten Nachmittag je einen Krug. Die Kleine zuckte zusammen und sperrte den Mund auf. Jannina sah davon ab, ihr eine Ohrfeige zu geben.

An diesem Tag ging sie mit dem Wein selbst hinüber. Beunruhigendes war ihr zu Ohren gekommen.

Sie deckte den Krug mit der Handfläche ab, während sie mit zufriedener Miene Paidikos hinterhersah, der gerade vom Hof fuhr. Die Sklaven hatten sich schnell daran gewöhnt, von ihm die Befehle entgegenzunehmen.

Selbst Chiron. Er bleckte die Zähne wie ein Wolf, als er an ihr vorbeikam.

Jannina lachte. »Hast du etwas an ihm auszusetzen? Ich finde, er macht seine Sache als Herr des Hofes gut«, sagte sie, um ihn zu ärgern.

»Sei nur still, Weib, daß niemand dich hört«, fauchte der Verwalter, ohne stehenzubleiben.

Jannina warf ihren Kopf schnippisch herum und sah ihm nach. »Wer würde wohl zu zweifeln wagen, daß Paidikos der rechtmäßige Sohn des Gebieters ist? Für Verleumdungen dieser Art ist es längst zu spät!«

Chiron erlaubte sich, sie zu ignorieren. Sie lachte gellend und setzte ihren Weg ins Haus fort. Im dunklen Gang begann sie sich auf Zehenspitzen fortzubewegen. Die Kleine hatte schon zwei Mal erwähnt, daß sie den Wein in den letzten Tagen vor der Schlafzimmertür des Hausherrn abladen mußte. Philotis war jetzt immer stundenlang bei ihm, und sie liebten sich geräuschvoll. Das gefiel ihr nicht, ganz und gar nicht.

Der Gang war leer. Jannina drückte vorsichtig ihr Ohr an die Tür. Nach der Geburt von Glaukias hatte Philotis ihren Mann in geradezu beleidigender Weise von ihrer Schwelle gewiesen. Jetzt schien es, als könnte sie von ihm gar nicht genug bekommen. Sie stöhnte lauter als er.

Jannina bebte vor Wut. Sie hatte die Dinge so sorgfältig arrangiert. Daß Glaukias das Licht der Welt erblickt hatte, erfüllte sie mit Dankbarkeit. Aber man konnte nicht erwarten, daß es noch einmal gutging. Das Weib Philotis durfte ihre Planung auf keinen Fall durchkreuzen!

In ihrem Ärger setzte sie den Krug so hart auf dem Boden auf, daß Wein herausschwappte. Sie hatte es eilig, in der Ruhe ihrer Küche die nächsten Schritte zu überdenken.

Später am Tag bekam die Küchensklavin doch noch ihre schallende Ohrfeige. Philotis rauschte zur Tür herein und schoß geradewegs auf die Kleine zu. »Beim nächsten Mal paßt du besser auf!« schrie sie und schlug zu. »Du hast mir den ganzen Tag verdorben!«

»Sie taugt überhaupt nichts, Herrin«, sagte Jannina in zustimmendem Ton und musterte die roten Flecken am Saum von Philotis' langem Kleid. »Vielleicht solltest du sie einfach verkaufen.«

Philotis sah zu ihr herüber. »Vielleicht sollte man das. Vielleicht sollte man überhaupt alle Sklaven verkaufen, die sich in die Angelegenheiten ihrer Herren mischen.«

Jannina verzog keine Miene. Als die Hausherrin die Küche verlassen hatte, ging sie hinüber in ihren Vorratsraum und unterzog die Kräuter einer genauen Inspektion. »Noch einfacher wäre es wohl, die Gebieterinnen zu beseitigen, wenn sie anfangen, lästig zu werden«, murmelte sie und begann geschäftig mit Pulvern und Tiegeln zu hantieren.

Kapitel 32

Paidikos war jetzt Leiter des Handelshauses Melanthios. Glücklicherweise gab es da die Agenten seines Vaters, die hauptsächlich im Ausland unterwegs waren, und auf die er sich weiter verließ. Solange das Geld floß, war es ihm gleichgültig, was sie machten.

Das einzige, was ihm wirklich am Herzen lag, konnten sie ohnehin nicht für ihn erledigen. Alexandra. Er mußte sie endgültig loswerden.

An einem Vormittag, an dem Philotis den Befehl hatte, seinen Vater besonders zu verwöhnen, donnerte er mit dem Gespann durch die Hohlwege nach Elis. Er lachte wie närrisch. Das war ein Spaß, den er sich schon lange gewünscht hatte. Um Nachschub für verbrauchte Pferde mußte er sich jetzt nicht mehr sorgen, denn Chiron wagte nicht, ihn zu kritisieren.

Die Sklaven des alten Charaxos hätten Verwandte von Chiron sein können. Als er in das stille Haus einbrach und den Torhüter beiseite wischte, verschwanden die übrigen lautlos wie ein Spuk. Mit festen Schritten ging er zum Raum des Alten.

Dem Archon lag der Hilferuf auf den Lippen.

Paidikos betrachtete grinsend, wie sich Speichelbläschen in Charaxos' Mundwinkeln bildeten und zerplatzten, ohne daß er einen Ton herausbrachte. »Keine Angst«, sagte er gönnerhaft und ließ sich vor Charaxos in die Kissen fallen. »Nur ein freundschaftlicher Besuch. Ich grüße dich.«

Charaxos nickte.

»Deine Sklaven waren nirgends zu sehen, und ich als dein Verwandter ... Ich möchte mit dir reden.«

Charaxos entspannte sich ein wenig, blieb aber vorsichtig.

»Wegen Vater...«, begann Paidikos und stellte voll Vergnügen fest, daß der Alte jetzt erst richtig Angst bekam. Er beugte sich vor und klopfte ihm mitfühlend auf ein Knie. »Du hast ein schlechtes Gewissen, weil du nicht verhindern konntest, daß Vater seines Amtes enthoben wurde, könnte ich mir vorstellen.« Eine Antwort bekam er nicht. »Wie dem auch sei«, fuhr er glatt fort, »ich muß den Archonten recht geben. Vater ist in keinem Amt mehr tragbar. Er wird mit jedem Tag kindischer, wie ich dir vor einiger Zeit schon sagte. Ich danke den Göttern, daß er es selbst eingesehen hat. Ich vertrete ihn jetzt in allen Geschäftsangelegenheiten.«

»Ich sehe es«, bestätigte Charaxos mit einem Blick auf den Siegelring.

»Du wirst auch bemerkt haben, daß er sich in seinem Haus verkrochen hat, seitdem er aus Olympia zurückgekehrt ist.«

»Glaubst du etwa, ich wüßte nicht, was in Elis und Umgebung vor sich geht?« fragte Charaxos hochmütig. »Ihr jungen Schnösel meint immer, ihr hättet die Welt erfunden.«

Paidikos grinste. »Ich weiß nicht, was man noch sieht oder auch nicht sieht, wenn man in deinem Alter ist.«

Dem Archonten stieg das Blut zu Kopf. »Dir mangelt es an Ehrfurcht vor dem Alter«, sagte er mit hoher Stimme. »Und vor den Göttern. Aber denke daran, wie sie Egersos bestraft haben. Ich hoffe, es war dir eine Lehre!«

»Der Klytide Egersos!« Paidikos brach in ein hemmungsloses Gelächter aus. Beim besten Willen konnte er dem zornschnaubenden Alten den Witz nicht erzählen. »Der Klytide Egersos!« Mühsam faßte er sich und beschloß, den Mann noch ein wenig zu reizen. »Zeus und Gaia und wie sie alle heißen, interessieren mich wenig.«

»Zeus...«

Wieder eine, dachte Paidikos und verfolgte, wie die Spuckebläschen platzten. »Apollon ist mein Gott«, erklärte er fromm, kurz bevor der Alte selbst zu platzen drohte, »der ist auch für junge Leute. Ich finde es gut, daß einer von meiner Verwandtschaft sein Archon Eponymos geworden ist.«

»So«, murmelte Charaxos geschlagen. »Und dein Anliegen ist welches?«

»Es ist kein Anliegen, sondern ein Angebot. Ich biete dir meine Schwester als Ehefrau für deinen Sohn und meinen Freund Psamenias an.«

»Alexandra?«

»Ja, Alexandra.«

Charaxos war so erzürnt, daß er nur den Kopf schütteln konnte. »Du bist wirklich dreist!« rang er sich schließlich ab. »Dein Vater ist so bankrott, daß eine Scheidung von meiner Tochter unmöglich ist, aber du bietest mir deine Schwester an. Ohne eine Drachme Mitgift!«

Paidikos nickte, als ob er ihm recht gäbe. »Das denkt jeder«, sagte er, streckte sich behaglich und sah sich um. »Willst du mir eigentlich nichts anbieten?«

Charaxos klatschte in die Hände, ohne Paidikos aus den Augen zu lassen.

»Das hat mein Vater gut hinbekommen. Natürlich arbeitet unser Geschäft mit Philotis' Geld. Wer macht es denn nicht so? Ich kann auch verstehen, daß mein Vater sich weder von dem Geld noch von der Mutter seines Sohnes trennen wollte. In gewisser Weise liebt er sie.«

Charaxos runzelte die Stirn. »Und deine Schwester?«

»Oh, sie hat ein großes Erbe von ihrer Mutter. Natürlich werde ich es aus dem Geschäft auslösen, wenn eine Verbindung mit einem Ehemann ins Haus steht...«

Der alte Mann wiegte seinen Kopf unschlüssig. »Aber die Ereignisse der letzten Zeit... Der Ruf der Familie Melanthios...«

Paidikos musterte eingehend die Zimmerdecke aus dunklen Balken und geweißten Zwischenräumen. »Was mein Vater war, kann ihm niemand nehmen. Archon, Hellanodike, Freund des römischen Kaisers... Jetzt ist er ein gebrochener Mann und tut Dinge, die niemand vorhersagen kann. Er ist nicht mehr er selbst.«

»Das ist wohl wahr«, murmelte Charaxos.

»Ich schimpfe oft über ihn«, sagte Paidikos und ließ Reue durchblicken. »Aber in Wahrheit tut er mir leid. Ich wollte, ich könnte das alles ungeschehen machen! Hätte er mich doch nur rechtzeitig in das Geschäft eingeführt.«

»Jetzt erkenne ich wieder den Paidikos, den ich schon einmal zu sehen glaubte«, sagte Charaxos dankbar. »Manchmal machst du es einem unnötig schwer.«

»Ich entschuldige mich.« Paidikos lächelte schmerzlich. »Und was die Mitgift betrifft: Alexandra hat ein noch größeres Erbe von unserer Tante Baukis von Megalopolis zu erwarten. Der Archon Idaios verwaltet es seit seiner Zeit in Megalopolis. Ihn kenne ich nicht so genau. Aber ich nehme an, daß es zwischen euch, die ihr beinahe Priester des Apollon seid«, fügte er beinahe ehrfürchtig hinzu, »ein leichtes ist, diese Erbschaftsangelegenheit zu jedermanns Zufriedenheit zu klären.«

»Wenn Idaios der einzige Vermögensverwalter ist, dürfte es keine Schwierigkeiten geben«, sagte Charaxos zuversichtlich und mit erkennbarem Interesse. »Wir haben ein freundschaftliches Verhältnis zueinander.«

Fein, dachte Paidikos und überlegte, wieviel wohl auf ihn fallen würde.

»Ich werde mit Psamenias reden«, versprach Charaxos.

»Entscheidet er bei euch?« Paidikos zeigte sich entgeistert. »Wenn ich das gewußt hätte, wäre ich gleich zu ihm gegangen.«

»Ich bin das Oberhaupt der Familie. Ich entscheide.«

Paidikos beruhigte sich wieder. »Gut. Wann?«

»Wir werden sehen«, antwortete der Archon ausweichend. »Aber betrachte inzwischen meinen Sohn Psamenias als den einzigen Bewerber um die Hand deiner Schwester.«

Mit Genugtuung sah Paidikos, daß der greise Archon, der vor noch nicht langer Zeit der Schrecken der Jugend von Elis gewesen war, jetzt einem ihrer wildesten Vertreter so etwas wie Achtung entgegenbrachte. Er trank den Wein aus, der mit großer Verspätung gebracht worden war, und erhob sich. »Nimm dir nicht zu viel Zeit, Charaxos.« Er nickte ihm knapp zu und ließ ihn allein.

Wo er nun schon in Elis war, bummelte er anschließend durch die Straßen der Handwerker und setzte sich später in eine Taverne. Er war mit sich zufrieden. Das heutige Geschäft war die Krönung des Übergangs des Handelshauses Melanthios in seine Hände.

»Komm, mein schöner Aias«, flüsterte Philotis und breitete die Arme aus.

»Er war der Tapferste, nicht der Schönste«, widersprach Paidikos überlegen lächelnd. »Vor Troja. Du meintest sicher Adonis. Es ist schwer für Frauen, die Helden auseinanderzuhalten.«

»Hauptsache, du kannst es«, schmeichelte Philotis. »Das reicht für uns beide. Und jetzt komm. Wir haben viel Zeit. Dein Vater schläft tief.«

Paidikos streifte seine Kleidungsstücke ab. Dann holte er mit erwartungsvollem Gesicht eine Schachtel aus einem Leinenbeutel und gab sie Philotis. »Ich habe dir etwas mitgebracht.«

Philotis öffnete sie und ließ einen Schrei des Entzückens hören, obwohl sie solche Perlen bereits zu Dutzenden besaß. »Wunderschön«, sagte sie und schmiegte sich in Paidikos' Umarmung. »Sie ist genau auf meine Hauttönung abgestimmt. Wie gut du mich kennst!«

»Ja«, murmelte er atemlos und fuhr mit den Lippen über ihr offenes Haar, das sie vor seiner Rückkehr sorgfältig wie die Mähne eines wilden Löwen geordnet hatte.

»Sie war bestimmt sehr teuer.« Philotis drehte ihren Kopf so, daß sie ihm in die Augen schauen konnte. »Es ist eine göttliche Fügung, daß Alexandra nicht da ist. Sie würde bestimmt mißtrauisch werden. Melissa hat bereits Verdacht geschöpft.«

»Das braucht dich doch nicht zu beunruhigen, kleine Philotis«, sagte Paidikos mit überraschend weicher Stimme.

Philotis ließ einige Tränen aus ihren Augen quellen, die sie verlegen an seiner Brust abwischte. Fasziniert betrachtete sie die Träne, die ein Stück weit über seine eingeölte Haut rollte und sich dann an anderer Stelle mit Paidikos' Schweiß vermischte. Sie beugte sich spontan vor und küßte ihm die feucht glänzende Haut, bevor sie ängstlich wie ein kleines Kind weitersprach. »Sie ist überall. Ihre Augen beobachten so viel. Aber mit wem spricht sie darüber, was sie sieht, Paidikos?«

Paidikos verstand sie nicht. Philotis kuschelte sich an ihn, verloren wie ein Vogel, der aus dem Nest gefallen ist. Über ihre kühle Haut ging ein leises Zittern.

»Philotis, du hast ja Angst«, sagte er ungläubig. Zärtlichkeit und der Wunsch, sie zu beschützen, wurden in ihm übermächtig.

»Aber wenn Melissa uns zusammen sieht! Und es deinem Vater sagt. Er würde mich erschlagen und dich fortjagen.« Ihre klägliche Stimme signalisierte ihm, wie leid es ihr tat, daß sie sich so gehen ließ. Aber es mußte einmal ausgesprochen werden. »Vielleicht könntest du sie verkaufen?«

Philotis spürte, wie seine Halsmuskeln sich versteiften. Noch bevor er antwortete, wußte sie, daß sie zu weit gegangen war.

»Nein, verlange das nicht von mir«, sagte Paidikos entschieden. »Sie hat mich aufgezogen, sie war wie eine Mutter zu mir.«

»Sie war, sie ist es nicht. Und du bist erwachsen, Paidikos! Du benötigst keine Mutter mehr. Du bist selbst Vater, vergiß das nicht!« Philotis hatte mit ihm über Glaukias noch nie gesprochen, und sie amüsierte sich köstlich über die Verwirrung in seinen Zügen.

»Du weißt Bescheid?« Paidikos löste sich von Philotis und stand auf.

»Sollte ausgerechnet ich nicht wissen, wer sein Vater ist?« Sie hatte Mühe, ihren Hohn zu verbergen. Ahnungslose Männer! Ein Frau wußte so etwas. Dann fiel ihr etwas ein. »Woher weißt du es denn?«

Paidikos lief unruhig hin und her. Schließlich nahm er seine Kleidungsstücke auf und begann sich anzuziehen. »Jannina hat es erwähnt«, sagte er zerstreut. »Ich muß jetzt gehen.«

Philotis nickte mit unbehaglicher Miene. Melissa war nur lästig. Jannina aber jagte ihr Furcht ein. Obwohl sie sich kaum jemals außerhalb der Küche aufhielt – außer um sich mit ihr über die Speisenfolge zu beraten, natürlich –, war sie ihr immer wie eine geheimnisvolle Oberpriesterin erschienen, der nichts Boshaftes, Bedrohliches und Tödliches fremd war. Woher bezog sie nur ihr Wissen? Nie hatte sie im Gespräch mit ihrer Herrin die Vaterschaft von Melanthios angezweifelt.

Als Paidikos fertig war, drückte er die Tür vorsichtig auf und spähte gewohnheitsmäßig den Gang entlang. Philotis schob ihn mit einem zärtlichen Stoß in den Rücken hinaus. Heute war niemand da. Sie hatte Melissa nach Elis geschickt. Bei einem Gespräch wie dem heutigen ging sie kein Risiko ein.

Dann schloß sie die Tür und wurde auf ein ungewohntes Geräusch aufmerksam; es war wie ein Kratzen an einer Wand entlang.

Philotis sah sich um. Mäuse? Eidechsen? Sie konnte es sich nicht erklären, bis ihr Blick auf den durchbrochenen Ziegelstein fiel, der die Luftzirkulation gewährleisten sollte. Solche gab es in allen Räumen.

Sie huschte zur Tür zurück und öffnete sie einen Spalt. Im düsteren Ende des Ganges sah sie eine Gestalt entschwinden. Der derbe Stoff des Kittels und der Haarknoten konnten nur Jannina gehören.

Philotis kaute nachdenklich auf ihrer Unterlippe und setzte sich auf die Bettkante. Schon manches Mal hatte sie sich gewünscht, daß ihr Vater die Scheidung ausgesprochen hätte. Wäre nur die Mitgift vorhanden gewesen, hätte sie längst ein sorgenfreies Leben mit einem vornehmen Witwer in Elis oder Korinth führen können. Statt dessen hatte sie sich in die Intrigen dieser Familie verwickeln lassen. Allmählich begann sie um ihr Leben zu fürchten.

Idaios gab sich nicht die Mühe, den Männern auszuweichen, die die neuen Möbel hereinschleppten. Um den Einzug kümmerte sich Dares.

Vor zwei Tagen hatte er das Bürgerrecht bekommen, heute bezog er sein eigenes Haus in Elis, das er sich längst ausgesucht hatte. Wunschgemäß in einer Gasse, die an der Stadtmauer endete; in passender Nähe eine Pforte, die nur noch in den Angeln hing, seitdem es keine Kriege mehr gab. Nicht weit davon entfernt war das Osttor, durch das die Ausfallstraße nach Lameia und Korinth führte.

Sein Status als Phratriarch einer anderen Stadt hatte ihm hohes Ansehen verschafft, aber er hatte nur Ratschläge geben dürfen, keine Anordnungen erteilen. Jetzt war er Bürger, war wählbar für jedes Amt und hatte eine Anhängerschaft. Ihm standen alle Instrumente zu seiner Verfügung, die er benötigte, um Apollon zum Alleinherrscher zu machen. Und ausgerechnet jetzt hatte sich das junge Weib mit der Lästerzunge, die Nichte von Baukis, in Olympia eingenistet. Als ob sie geahnt hätte, daß Olympia zum zukünftigen Zentrum der Welt bestimmt war! Die Pest über diese Familie!

»Schaff' mir Charaxos her, den Unehrenwerten«, befahl Idaios, als Dares vorübereilte.

Der junge Mann verneigte sich. »Sehr wohl, Gebieter.«

»Laß ihm keine Ausreden durchgehen!«

»Nein. Ich werde ihn Staub fressen lassen, wenn er sich weigert.«

»Das ist gut«, sagte Idaios und grinste flüchtig. »Geh jetzt.«

Idaios wanderte noch in Gedanken versunken durch sein Haus, als der Lärm am Eingang ihm den Besucher ankündigte. Kurze Zeit später erschien Charaxos in dem Raum, den er kurzerhand zu seinem Empfangszimmer bestimmte.

Der alte Mann keuchte und zwinkerte unsicher mit den Augen. »Was ist los, Idaios? Warum mußt du auf der Stelle mit mir sprechen?«

»Weil es eilt«, sagte Idaios und zeigte auf einen Stuhl. »Setz dich.«

Charaxos setzte sich, faltete die Hände über einem Knie und wartete.

Idaios konnte sehen, was im Kopf des pikierten alten Mannes ablief. Der betrachtete Elis inzwischen als seine Stadt, in der jeder ihm gehorchen mußte. Im Augenblick ärgerte er sich, daß er zitiert worden war. »Der olympische Bezirk hat gegenwärtig die Tochter des Melanthios am Hals«, knurrte er. »Sozusagen. Man muß sie unter allen Umständen vor der Olympiade loswerden. Die Tochter eines unehrenhaften Schiedsrichters von Olympia darf kein Asyl erhalten. Ich weiß gar nicht, was den Priestern des Zeus in den Sinn gekommen ist! Es wird Zeit, den Apollonpriestern in Olympia mehr Gewicht zu verschaffen!«

Charaxos befeuchtete seine Lippen. »Sie will sich sogar offiziell für die Teilnahme an den Rennen melden«, sagte er spröde. »Ich kann es nicht verhindern.«

Idaios sah ihn eine Weile aufs äußerste mißgestimmt an. »Du kannst es nicht... Aber du wirst es verhindern! Wenn Frauen sich daran gewöhnen, zu Ehren des Zeus Olympios an den Spielen teilzunehmen, bringen wir sie nie mehr davon ab.«

»Zu Ehren von Hera reicht wirklich«, stimmte der Alte kleinlaut zu.

»Nein, auch nicht. Für Hera ist im heiligen Hain kein Platz mehr.«

»Kein Platz mehr?« stammelte Charaxos.

»Apollon braucht in Olympia einen Tempel.«

Charaxos erblaßte. »Und du meinst...«

»Ja, ich meine«, bestätigte Idaios. »Hera wird ihren Tempel an Apollon abtreten. Es ist alles abgemacht.«

»Mit Hera auch?« flüsterte Charaxos.

Idaios nickte düster. »Göttinnen sind nicht anders als gewöhnliche Weiber. Man muß ihnen sagen, was sie zu tun haben. Das ist ihnen am liebsten. Heras Priesterinnen haben widerspruchslos dem göttlichen Willen gehorcht, hat mir Alkinoos berichtet. Und Alexandra wird dir gehorchen. Man stelle sich vor, eine Frau, die Asyl erhalten hat, gewinnt am Ende noch.«

»Da seien die Götter davor!« stimmte Charaxos aufgebracht zu. »Fast so schlimm, als würde eine Frau am Altar niederkommen.«

»Eben!«

»Aber«, fuhr Charaxos eifrig fort, »das wird...«

Idaios ließ ihn nicht zu Wort kommen. »Du bist ihr Verwandter. Sorge also dafür, daß sie fortkommt! Ihr Vater soll sie verheiraten!«

Charaxos machte ein erstauntes Gesicht. Dann beugte er sich vor. Plötzlich wirkte er lebhaft, fast pfiffig. »Wenn ich das für dich arrangieren soll, Idaios, will ich von dir die Zusicherung, daß ich Archon Eponymos bleibe. Keine Bedingungen und Forderungen mehr! Ich habe für dich genug getan.«

Idaios verfiel in nachdenkliches Schweigen, ohne sich von dem nervösen Archonten aus der Ruhe bringen zu lassen. Seine neue Position und die Angst um die Privilegien beflügelten den Alten anscheinend zu ungewohnter Phantasie. Es lag auf der Hand, daß er durch scheinbares Nachgeben am besten unter Kontrolle gehalten werden konnte. »Gut«, sagte er, »das Versprechen kann ich dir geben.«

»Kein Versprechen. Eine schriftliche Zusicherung, die mit deinem Siegel beglaubigt ist«, verlangte Charaxos schlau.

»Auch das«, sagte Idaios träge. Während er darauf wartete, daß Dares Papyros, Feder und Siegel im Gepäck aufstöberte, wuchs seine anfänglich eher amüsierte Verärgerung über den Mann zu einem mächtigen Zorn. Ihm hatte er zum zweitwichtigsten Amt der Polis verholfen, und trotzdem betätigte er sich jetzt mit eigennützigen kleinlichen Finten als Störenfried seines großen Plans. Natürlich durfte ein solcher Beweis nicht lange in Charaxos' Händen verbleiben.

Als Dares alles beisammen hatte, warf Idaios einige Sätze auf den Papyrus und siegelte mit seinem Ring. Dann hielt er ihn Charaxos vor die Nase. »Ist es das, was du möchtest?« fragte er triefend vor Hohn.

Charaxos sah und hörte nichts außer dem schriftlichen Versprechen, das ihn von seinem Unbehagen erlösen würde. »Ja«, flüsterte er mit bebendem Unterkiefer und griff danach.

Idaios lächelte verächtlich, während er ihm die Urkunde unter den Händen wegzog. »Du bekommst sie, wenn du mir das Heiratsversprechen zeigst.«

Kapitel 33

»Sie ist kein aus politischen Gründen verfolgter Mann!« Timaios bedauerte es nur mäßig, wie Antenor deutlich erkennen konnte. »Asyl kann sie nicht erwarten.«

»Sie fürchtet um ihr Leben. Mehr kann sich auch ein verfolgter Mann nicht fürchten.«

Timaios schwieg. Seine Miene sagte, daß Antenor sich jetzt entfernen durfte. Antenor dachte gar nicht daran. Es wurde Zeit, daß der Oberpriester sich erkenntlich zeigte.

»Frauen wenden sich an Hera.«

»Das würde Alexandra natürlich, aber Heras Priesterinnen haben den Tempel verlassen.«

Timaios strich sich über die ergrauten Augenbrauen. Seine Hand konnte nicht verdecken, daß er plötzlich sehr beunruhigt war. »Ja, das stimmt, man hat mir davon erzählt. Aber ich weiß nicht, ob das gut ist... Die Priesterinnen fassen zuweilen Entschlüsse, als ob sie gewöhnliche Hausfrauen wären. Man müßte ihnen einen Mann als Berater an die Seite stellen. Denn immerhin stand Heras ehrwürdiger Tempel schon an diesem Ort, als Zeus hier noch gar nicht verehrt wurde. Zeus hielt viel später seinen Einzug in Heras Tempel.«

»Er stand neben Hera, die auf dem Thron saß«, warf Antenor ein. »So hat man es mir jedenfalls erzählt.«

Um Timaios' Mundwinkel erschien ein unwilliger Zug. »Es stimmt. In früheren Zeiten hat man Hera mehr Ehrfurcht entgegengebracht als Zeus.«

»Dann hat Zeus ganz sicher nichts dagegen, wenn Frauen

unterhalb seiner Statue Zuflucht suchen. Wie früher im gemeinsamen Tempel«, fügte Antenor sanft hinzu.

»Also gut«, sagte Timaios nach kurzem Zögern.

Der Tag, an dem die Botschafter ausgesandt wurden, um in aller Welt den olympischen Frieden zu verkünden, war ein besonderer Tag in Olympia. Aus allen Dörfern kamen die Männer, um an der Opferfeier teilzunehmen.

Am liebsten hätte Alexandra sich an diesem Tag verkrochen oder eine dringende Besorgung auf einem der Märkte in der Umgebung vorgeschützt. Aber es war unmöglich, ein Affront gegen die Priesterschaft des Zeus.

Antenor erzählte ihr erstmals, wie seine Unterredung mit dem Oberpriester abgelaufen war, während sie auf dem Weg zum Zeusaltar waren.

»Zeus, sofern er durch den Mund seiner Priester spricht, ist nicht besonders hilfreich«, meinte Alexandra aufgebracht. »Außerdem kann ich es nicht ausstehen, ständig von dir überwacht zu werden.«

»Ich überwache dich nicht, Alexandra, ich bewache dich, damit dir nichts passiert«, erklärte Antenor.

»Wo könnte ich mich sicherer fühlen, als hier?«

Antenor hob die Augenbrauen. Alexandra folgte seinem Blick zu der alle überragenden Gestalt von Idaios. »Ich könnte mir viele Orte denken, die für dich sicherer wären als Olympia.«

Alexandra preßte die Lippen zusammen. Antenor machte ihr kaum weniger Angst als Idaios. Während er dafür gesorgt hatte, daß sie unter die Aufsicht des Zeustempels kam, hatte er kein Wort über Baukis' Kiste verloren. Irgendwie mußte er ihren Schatz in die Hand bekommen und versteckt haben. Fast vier Jahre nach ihrem Tod war das Gold wahrscheinlich längst verbraucht, verstreut in alle Welt.

Ziemlich als letzte kamen sie an den Altar. Der Rauch stieg schon in einer dicken grauen Säule senkrecht in den Himmel, und das jämmerliche Blöken eines Schafes zeigte den Beginn des Opfers an.

Alexandra war dankbar, daß sie nicht näher herangehen

mußte. In ihrer Nähe wurde es unruhig; sie rückte ein wenig hinüber, um mitzuhören, worüber die Gläubigen sich aufregten. Ein kleiner Zeitvertreib dieser Art ersparte ihr, das Verteilen des Fleisches ansehen zu müssen. Davor fürchtete sie sich immer noch.

»Das Schaf hat Angst gehabt. Hast du es gehört? Welch ein Stümper von Priester!«

Jawohl, auch Alexandra hatte es gehört.

»Kein gutes Omen für die Spiele! Die Götter werden ihnen kein Glück schenken.« Die beiden Bauern sprachen über Alexandra hinweg und beachteten sie gar nicht.

»Angefangen hat es damit, daß Nero den heiligen Termin verschoben hat. Wie konnten die Priester es nur zulassen!«

Ob die Götter den Festspielkalender kannten? Als Alexandra sich umdrehte, um Antenor zu fragen, war er nicht mehr da. Irgendwie waren sie in der Menschenmenge getrennt worden.

Endlich! Antenor und Idaios, beide wurden sie durch Frömmigkeit und Amt bei einer der langwierigen Opferhandlungen zuverlässig festgehalten. Auf diese Gelegenheit hatte sie lange gewartet.

Alexandra begann sich unauffällig ihren Weg fort vom Altar zu bahnen. Sie sah sich verstohlen um, aber sie konnte Antenor nirgendwo entdecken.

Der einzige Ort, an dem sich eine Apollonmaske befinden konnte, war das Haus der Priester. Der Zeus- und der Heratempel kamen dafür bestimmt nicht in Frage. Sie hatte sich dies alles schon längst überlegt. Um nicht gesehen zu werden, schlich sie zum Südtor hinaus und begann dann zu rennen. Hinter dem Bouleuterion vorbei, am Leonidaion, dann zur Werkstatt. Außer Atem kam sie am Theokoleon an.

Als sie sich beruhigt hatte, wehte ihr der Geruch von Fleisch in die Nase.

Die heilige Handlung würde noch einige Zeit dauern. Das Feuer auf der Spitze des Aschenturms schlug hohe Flammen. Hoffentlich war der Hammel alt und zäh, was das Kauen erschweren würde, so daß die Frommen noch eine Weile beschäftigt sein würden. Alexandra lächelte spöttisch. Seit ihrem Erlebnis auf dem Lykaion hatte sie zunehmend gottlose Gedanken. Und was passierte? Nichts!

Die Gemeinschaftsräume konnte sie sich ersparen. Statt dessen rannte sie im Säulengang zu den drei Flügeln des Gevierts, wo viele Türen andeuteten, daß es sich um die Schlafräume der Priester handeln mußte. Leider wußte sie nicht, ob die der Zeuspriester von denen der Apollonpriester getrennt waren. Sie mußte sich eine Zelle nach der anderen vornehmen.

In den spartanisch eingerichteten Räumen befanden sich jeweils ein Bett und Haken für Kleidung, dazu in manchen auch ein Bord an der Wand. Der erste Raum mußte dem Oberpriester gehören; nur dort gab es zwei purpurfarbene Schärpen. Zum Wechseln. Alexandra betrachtete sie etwas spöttisch und eilte dann weiter. Die Ausstattung wurde zunehmend kärglicher; Buchrollen kamen nach der dritten Zelle nicht mehr vor. Aber eine Apollonmaske auch nicht.

Ihre Zuversicht sank. Ein letzter Raum in der Ecke. Und wo sollte sie dann suchen?

Der letzte Raum gehörte keinem Priester. An Haken hingen ein wollenes Himation, so wie man es im Winter oder in den Bergen gebrauchte, und ein prall gefüllter Leinensack, mit kräftigen Kordeln zum Festbinden auf einem Esel- oder Maultierrücken versehen.

Alexandra lauschte einen Augenblick nach draußen und holte dann das Gepäckstück mit zitternden Händen herunter. Sie grub in ihm mit geschlossenen Augen, bis ihre Finger auf eine scharfe Kante aus Metall stießen.

Und dann hielt sie endlich die Maske des Apoll in den Händen. Sie sank auf das Bett und betrachtete sie beklommen. Ein goldener Gott auf ihrem Schoß.

Abgesehen von den Augenhöhlen, in die sich Alexandras grauer Peplosstoff hineindrückte, sah die Maske sehr lebendig aus. Die Nase hätte von einem Boxer stammen können; der Nasenrücken war scharf wie ein Messer, aber verbogen. Im übrigen waren die Gesichtszüge ganz ebenmäßig; irgendwie hatte der Künstler es geschafft, sie rechts und links neben der Nase völlig gleich zu gestalten. Die angeklebten Haare waren fein und lang wie bei einer Frau. Vielleicht war das das Geheimnis der Schönheit dieses in Bronze gegossenen Apollon.

Aber wessen Raum war es, bei allen Göttern? Sowohl Antenor als auch Idaios schliefen hier als Gäste der Priesterschaft.

Sie drehte die goldgelbe Schale um. Und erkannte sofort das zweite Geheimnis der Maske. Ihre Finger fuhren über den scharfen Grat, der vom Gießen der Bronze stammte. Der Mann mit dem roten Strich auf der Stirn!

Idaios.

Idaios verbarg sich hinter der Maske. Und dieses war sein Raum. Statt sich vor Antenor zu fürchten, hätte sie bemerken sollen, daß Idaios nie weit weg gewesen war, wenn sie Apollon gesehen hatte.

Idaios war Apollon.

»Hast du es endlich herausgefunden, du neugieriges Luder?«

Alexandra schoß in die Höhe. In der Tür stand Idaios.

Mit einem einzigen langen Schritt stand Idaios neben seinem Bett, packte Alexandra im Nacken und hob sie mühelos in die Höhe. Er riß ihr die Maske aus den Händen.

»Ich hätte es mir denken müssen«, sagte er höhnisch. »Ein Weib, das sich anmaßt, Maultier-Ärztin zu sein, hat keinen Respekt vor den geheimen Dingen der göttlichen Rituale!«

»Göttliche Rituale!« wiederholte Alexandra erstickt, teils weil er ihr den Atem abschnürte, teils vor echtem Entsetzen. »Das Zerreißen von lebenden Säuglingen ist kein göttliches Ritual!«

»Das versteht eine Frau nicht!« Er schüttelte Alexandra wie ein bösartiger Wolf seine Beute.

Ein ungeheurer Schmerz kroch Alexandra vom Rücken in jede einzelne Haarspitze. Dann näherten sich seine gebleckten Zähne ihrer Kehle. Der Mann mußte wahnsinnig sein! Sie versuchte zu schreien, aber sie brachte keinen Ton heraus.

Wie einen Stein ließ Idaios sie plötzlich fallen. Alexandra prallte auf den Boden, die Luft blieb ihr weg. Als sie röchelnd Atem geschöpft hatte, starrte sie ungläubig auf Antenor. Das Messer in seiner Hand schwebte dicht über dem Nacken von Idaios, der sich nicht zu bewegen wagte.

Noch nie war Alexandra so dankbar gewesen, Antenor in ihrer Nähe zu haben. Sie zog sich auf das Bett hoch und blieb mit angezogenen Beinen liegen. Daß sie sich so schwach zeigte, machte sie wütend, aber es kostete sie bereits Kraft, die Tränen der Erschöpfung zurückzuhalten.

»Du brichst den heiligen Frieden im olympischen Gelände«, sagte Idaios starr; er bewegte kaum die Lippen, um Antenor nicht zu reizen. »Darauf steht der Tod.«

»Wenn ich den Priestern erzähle, was du gebrochen hast, stirbst du lange vor mir«, sagte Antenor kalt. »Noch ist deine Position in Elis und Olympia nicht über alle Traditionen und Wertvorstellungen erhaben. Alexandra, komm zu mir! Nimm dich vor seinen Händen in acht.«

Ihre Kehle tat weh, und sie quälte sich mit einem trockenen Schluchzen ab. Aber sie achtete darauf, außerhalb der Reichweite von Idaios zu bleiben. Schließlich war sie am Ende des Bettes angekommen. Antenor zog sie hoch und schob sie in den Gang hinaus.

Erst draußen unter den Pinien fiel Alexandra auf, daß Idaios Antenors Behauptungen mit keinem Wort bestritten hatte. Irgend ein Umstand versetzte Antenor in die Lage, Druck auf den Mann aus Megalopolis auszuüben.

»Du wußtest doch, daß Idaios der Mann in der Maske ist?« fragte Alexandra, um sich abzulenken. Ihr war noch schwindlig, aber sie spürte Antenors Arm an ihrem Rücken. »Hast du mich angelogen?«

»Nein. Aber ich ahnte es seit einiger Zeit. Trotzdem bin ich nicht so tollkühn gewesen, danach zu suchen«, sagte Antenor mißmutig. »Es schien mir besser, Idaios in der Sicherheit zu wiegen, daß niemand sein Spiel durchschaut. Nun wiegt er sich auch in Sicherheit, aber anders, und das wird ihn gefährlich wie eine Viper machen. Für uns beide.«

»Du meinst, es war nicht gut, daß ich...«

»Nein, es war gar nicht gut. Ich kann dich nicht Tag und Nacht bewachen.«

Alexandra zuckte die Schultern. »Es ist zu spät.«

»Ja. Aber in den nächsten Tagen ist die Gefahr möglicherweise nicht so groß.« Antenor verbreitete unerwartete Zufriedenheit, und das Ungeschick von eben schien vergessen. »Der Kaiser hat sich angesagt. Bei seiner Angst vor Verschwörungen bringt er bestimmt eine Legion von Wachleuten und Spionen mit. Da wird Idaios schön stillhalten, um nicht versehentlich als Staatsfeind von Rom erlegt zu werden.«

»Nero?« fragte Alexandra erschrocken.

»Ja. Er kommt aus Korinth herüber, um sein Haus zu besichtigen. Vielleicht kommt auch dein Vater?«

Alexandra biß sich auf die Lippen. »Bestimmt nicht«, sagte sie bitter. »Sollte man ihn wirklich benachrichtigt haben, wird er trotzdem nicht kommen. Er kann dem Kaiser doch nicht als unehrenhafter Schiedsrichter von Olympia entgegentreten.«

»Dann mußt du ihn vertreten! Neros Nähe wäre übrigens dein bester Schutz, noch besser als seine geheimen Agenten.«

Alexandra lachte verhalten. »Ach, Antenor. Wie stellst du dir das vor? Es ist eine dumme Idee.«

»Kennst du die Statuen?«

»Mein Vater hat sie mir einmal gezeigt«, antwortete Alexandra unwillig. »Soll doch der Architekt sie erklären. Er wird dem Kaiser ganz sicher an den Hacken kleben.«

»Der römische Fachmann für griechische Architektur kennt sie bestimmt nicht besser als eine gebildete Griechin. Außerdem ist es klüger, wenn du sie vorführst.« Antenor schob Alexandra in den Eingang des römischen Gästehauses, dann kehrte er wieder um. Ohne jede Erklärung ging er den Weg zurück, den sie gekommen waren, winkte ihr nur kurz zu.

Alexandra schleppte sich in ihr Zimmer und legte sich auf das Bett. Was sollte daran klug sein, einem Kaiser Statuen zu erklären? Wahrscheinlich hielt nur Antenor sich für klug.

Es mußten einige Stunden vergangen sein, als Alexandra aufwachte. Neben ihrem Bett stand ein junger Mann in priesterlicher Kleidung.

Als sie in Panik hochfuhr, hob er beschwichtigend seine erdigen Hände und trat zurück. »Kein Grund zur Aufregung, Herrin Alexandra! Ich bin friedlich wie ein Maulwurf bei Tag. Sie schicken mich, um dich zur Villa des Kaisers zu holen.«

Alexandra ließ sich zurücksinken. Ihr Herz beruhigte sich einigermaßen. »Nein, ich komme nicht. Ich habe es Antenor mitgeteilt. Und ich habe bei Tag noch keinen Maulwurf gesehen. Entschuldige bitte, aber im Augenblick machen mir sogar Maulwürfe Angst ...«

»Maulwürfe bei Tage sind ungewöhnlich«, gab der junge Mann mit einem strahlenden Lächeln zu. »So ungewöhnlich wie eine Frau, die sich mit männlichen Statuen auskennt und in unserem Asyl lebt. Der Kaiser wartet schon auf dich. Ich wette, er ist neugierig! Ich war es auch.«

»Und jetzt?« fragte Alexandra.

»Jetzt bin ich noch neugieriger und wünschte, ich wäre Kaiser. Du würdest mir den ganzen Nachmittag Statuen erklären. Oder ich dir Maulwürfe.«

Alexandra schüttelte lächelnd den Kopf über ihn. Einen unterhaltsamen Priester hatte sie noch nicht kennengelernt. »Du meinst also, ich soll wirklich gehen?« vergewisserte sie sich zögernd.

»O ja, ganz bestimmt!«

Er verließ ihren Raum nicht einmal, als sie aufstand und sich fertigmachte. Vielmehr verfolgte er genau, wie Alexandra ihren Peplos glattstrich, sich die Haare kämmte und einen Schleier überlegte. Wie ein kleiner Bruder, dachte sie verwirrt. Oder hat etwa Antenor ihm befohlen, mich nicht aus den Augen zu lassen?

Vermutlich dies, denn auf dem Weg schloß sich ihnen wie selbstverständlich Antenor an. Alexandra sah ihn nur grimmig an.

Der Geruch nach Steinstaub und Mörtel in Neros Villa war von Räucherwerk und undefinierbarem Parfüm abgelöst worden, die polierten Fußbodenmosaiken glänzten, und die Nischen waren mit Statuen besetzt. Aber zu mehr als einem flüchtigen Rundblick ließ ihnen der lustige junge Priester keine Zeit, denn er bog sofort zu dem großen Raum ab, in dem sie damals mit den Handwerkern gesprochen hatte.

An einer der Türen zum Garten stand ein kleiner blonder Mann, der heftig mit den Händen gestikulierte, und neben ihm ein würdiger älterer Priester des Zeustempels. Ein Jüngling in römischer Tunika wanderte mit den Händen auf dem Rücken vor der Statue eines Ringers hin und her.

Alexandra wandte sich zu Antenor um und zog die Augenbrauen in die Höhe. Er deutete mit dem Kinn zur Tür.

»Bist du die Tochter des griechischen Händlers? Warum ist er selbst nicht hier?« fragte Nero, die Mundwinkel mißmutig herabgezogen.

»Hättest du uns deine Ankunft früher mitgeteilt, Erhabener«, fiel der Priester in leidendem Ton ein. »Wie hätte man ahnen können...«

»Bist du es, oder nicht?«

»Ja, gewiß. Erhabener«, murmelte Alexandra. Wie ging man mit einem Kaiser um? Hoffentlich gab der Priester ihr die richtigen Stichworte!

»Gut. Wer ist das? Und wer hat ihn gegossen?« Nero nickte kantig zur Nische hin, neben der der junge Römer inzwischen das Gemächt von allen Seiten inspizierte.

Alexandra holte Luft. »Das ist der Ringer Kephisodoros. Der Künstler war Myron, er hat...«

»Danke, das ist mir bekannt. Myron, also. Ich habe es mir fast gedacht, nicht wahr, Sporus?«

Der Jüngling sah auf und nickte. »Gewiß, Nero.«

»Endlich jemand, der Bescheid weiß! Ich habe es ihnen nicht glauben wollen. Und wenn du eine Römerin wärst, hätte ich auch recht behalten. Aber du bist Griechin, das ist der Unterschied!« Nero lachte breit und schlenderte auf Alexandra zu. »Komm. Erkläre mir die anderen Statuen. Wenn dein Vater auch nicht hier ist, sein Geschmack ist ausgezeichnet. Ich bin zufrieden.«

»Darüber wird er sich freuen, erhabener Kaiser«, sagte Alexandra vorsichtig, aber sie begann sich zu entspannen. Der Kaiser war noch blonder als Antenor. Allmählich gewöhnte sie sich an diesen Menschenschlag.

»Ist er wenigstens während der Spiele hier?«

»Wahrscheinlich nicht. Er ist sehr krank. Aber wenn du Einzelheiten von ihm erfahren möchtest, kann ich sie natürlich in Erfahrung bringen. Ich selbst bin hier, solange die Wagenrennen dauern. Wenn ich nicht in der Vorentscheidung schon verliere«, setzte Alexandra hinzu und wünschte, sie hätte nicht so siegessicher gesprochen.

Neros schlaffe Züge strafften sich plötzlich. »Du fährst selbst? Oh, wie kühn! Ich wußte es! Es ist das Land, in dem die Schönheit von Männern in Bronze und Stein gebannt wird, wo Frauen mit edlen Pferden wetteifern und doch herrlich anzuschauen sind wie Göttinnen! Hellas!«

Alexandra wagte sich nicht nach Antenor umzuschauen, während der Kaiser ihren Arm nahm, seine Schulter vertraulich gegen ihre lehnte und sie dazu brachte, im Gleichschritt mit ihm in den nächsten Raum zu wandern. Führte er ein Schauspiel mit vorgegebenem Text auf? Sie hatte schon Seltsames von diesem kunstsüchtigen Kaiser gehört.

»Sporus, ich hatte wieder einmal recht: In einem solchen Land gibt es weder Verräter noch Meuchelmörder. Hier brauche ich keine Agenten und Denunzianten, nicht wahr?« Der Kaiser plauderte nach hinten, ohne Alexandra zu meinen, und sie hielt den Mund.

»Gewiß, Nero. Hier braucht man keine Agenten.«

Der Kaiser blieb stehen. »Und der hier?«

Das galt wieder ihr. »Er heißt Milon von Kroton. Er war Periodonike ...«

»Und weißt du, junge Schöne, daß auch ich einen Sieg bei allen vier panhellenischen Spielen anstrebe«, unterbrach Nero Alexandra und sah sie freudig erregt an.

»Ich wünsche es dir, erhabener Nero.«

»Ja, ja, ja. Wer wünscht einem Kaiser nicht den Sieg? Aber ...« Betroffenheit malte sich in seinem Gesicht. »Ich wünsche dir auch einen Sieg. Allerdings nicht über mich! Worin startest du denn?«

»In der Biga«, antwortete Alexandra mühsam.

»Köstlich, köstlich!« rief Nero und strahlte über das ganze Gesicht. »Ich wußte gar nicht, daß die Hellenen jetzt auch ihre Frauen an den Start gehen lassen. Für dich werde ich das Preisgeld erhöhen! Und ich hoffe, daß du beim Essen der Sieger neben mir sitzen wirst. Du bist in deiner Klasse ganz sicher siegreich. Ich spüre es genau. Ich habe eine sehr empfindsame Natur. Nicht wahr, Sporus?«

»Gewiß, Nero.«

»Wer ist eigentlich der schweigsame Mann, der dir immer auf den Hacken bleibt?« fragte der Kaiser und betrachtete Antenor neugierig vom Kopf bis zu den Füßen. »Nicht, daß er mich etwa beunruhigte. Ich fühle mich in Griechenland sicher wie sonst nirgendwo. Ist er dein Leibwächter?«

»Heil dem Schutzherrn Griechenlands«, schmetterte Antenor zackig, während er Haltung annahm wie die Männer von der Stadtwache.

»Ja«, bestätigte Alexandra verdutzt.

»Ich verstehe dich vollkommen. Mir geht es in Rom ebenso. Und daß eine Frau ihre Tugend so sichtbar schützen läßt, ist bewundernswert.« Der anfängliche Verdruß des Kaisers war nach und nach in Wohlwollen umgeschlagen. »Wir beide haben verwandte Seelen, glaube ich.«

Alexandra nickte und hoffte darauf, daß er sie entließ, bevor er womöglich entdeckte, daß die Verwandtschaft doch nicht so groß war.

»Ich habe Hunger, Sporus«, sagte Nero.

»Es ist alles vorbereitet, erhabener Kaiser«, warf der Priester im Hintergrund beflissen ein. »Ein kleines, bescheidenes Mahl wartet auf dich im Prytaneion.«

»Na gut, gehen wir ein bescheidenes Mahl einnehmen«, sagte Nero heiter, ließ Alexandra stehen und schwebte mit flatterndem Gewand aus dem Raum. Der Priester und Sporus machten lange Schritte, um nicht zurückzubleiben.

»Was sagst du dazu, Antenor?« Alexandra war immer noch überwältigt, vor allem, weil die Sache mit der Seelenverwandtschaft doch gestimmt hatte. Kaum hatte sie es gewünscht, war Nero schon auf und davon.

»Prächtig!« Er wirkte irgendwie erleichtert.

»Wieso prächtig? Und warum wolltest du unbedingt mein Leibwächter sein? Die ganze Vorführung war ziemlich albern.«

»Prächtig, weil es besserging, als ich erwartet hatte«, erklärte Antenor. »Und dein Leibwächter mußte ich sein, weil Nero es sich so wünschte. Es paßt in sein Bild von Griechenland. Du bist in seinen Augen eine freie, künstlerisch gebildete Frau. Nicht frömmelnd wie eine Athenerin aus früherer Zeit und nicht auf sportliche Höchstleistung getrimmt wie eine Spartanerin. Aber du bist mutig genug, dich mit Männern zu messen und vorsichtig genug, um einen eigenen Leibwächter zu haben. Du bist das Gegenteil einer allzu freien Römerin. Also das Ideal einer Frau. Daß Nero das Preisgeld wegen dir erhöht, verbessert deine Chancen für die Teilnahme.«

Alexandra war eine Weile sprachlos, wütend und verwirrt zugleich. Er glaubte immer noch nicht, daß sie teilnehmen würde! »Und das hast du dir in aller Geschwindigkeit ausgedacht«, sagte sie endlich. »Oder wußtest du es vorher schon?«

Er nickte bedächtig. »Ich rechnete es aus; es gehört zu meinem Beruf.«

»Als Töpfer«, sagte Alexandra zustimmend. »Natürlich. Da rechnet man sich die Kaiser dieser Welt aus.«

KAPITEL 34

Der Schrei brach schnell ab, aber er war so grauenvoll, daß Paidikos das Blut in den Adern gefror. Er hetzte auf den Gang hinaus und stieß vor dem Schlafraum der Hausherrin mit seinem Vater zusammen.

»Ist etwas geschehen?« Melanthios bebten die Hände derart, daß er die Tür nicht aufbekam. Paidikos nahm zwei Schritte Anlauf und trat sie auf.

Philotis wälzte sich neben ihrem Bett; sie krümmte sich zusammen und kreuzte die Arme vor dem Magen. Das gräßliche Geräusch, mit dem sie japsend Atem holte, ließ Paidikos Schauder des Entsetzens den Rücken hinunterlaufen.

Melanthios sackte neben seine Frau, hob ihren Kopf an und versuchte unbeholfen, ihr mehr Luft zuzuwedeln. »So tu doch etwas!« rief er seinem Sohn zu.

Aber Paidikos' Sandalen klebten am Boden. Er spürte, daß er mit offenem Mund hilflos hinunterstarrte und auch, daß er außerstande war, seine Muskeln unter Kontrolle zu bringen.

Endlich kam Melissa. Sie schob ihn achtlos aus ihrem Weg und kniete sich neben Philotis. Resolut packte sie ihre bleichen, unbekleideten Arme, streckte sie und bog sie wieder zurück auf die Brust. Paidikos sah neugierig zu. Eine Sklavin wußte tatsächlich mit solchen Situationen umzugehen.

Philotis gab einen Schnaufer von sich und atmete tiefer, aber Melissa setzte ihre Bemühungen unverdrossen fort. Anscheinend glaubte sie weniger an ihren Erfolg als Paidikos.

Nach einiger Zeit wurden die Pausen zwischen Philotis' Atemzügen länger. Schaum sammelte sich auf ihren Lippen.

»Stirb mir nicht«, jammerte Melanthios in hohen, greisenhaften Tönen.

Aber der Atem seiner jungen Frau setzte nach einem letzten mühsamen Zug aus. Melissa legte ihr still und sanft die Hände auf die Brust und drückte ihr die Augen zu.

Wider Erwarten regte sich in Paidikos' Brust so etwas wie Bedauern. Ihre Schenkel waren weich und warm gewesen, und immerhin war sie die Mutter seines Sohnes.

Aber jetzt war sie tot. Als er sich zum Gehen umwandte, sah er, daß die Sklaven sich im Flur eingefunden hatten. Ihre Blicke waren voll Furcht, und sie richteten sich fragend auf ihn, als sei soeben der alte Gebieter gestorben.

Paidikos drehte sich nochmals um. Ja, es war kaum glaubhaft, daß das Wrack auf dem Boden namens Melanthios sich jemals soweit erholen würde, um den Sklaven einen vernünftigen Befehl zu geben.

Der Hof und das Geschäftshaus waren jetzt sein.

Als er wieder aufsah, stand Jannina neben ihm. Ein kleines grausames Lächeln umspielte ihren Mund.

Melissa näherte ihre Nase dem Becher so langsam, als könnten ihr die letzten Tropfen gefährlich werden. Sie schnupperte behutsam darüber hinweg. Unter dem starken Duft des geharzten Weins ahnte sie einen anderen, süßeren Geruch. Er erinnerte sie an Mandelblüten im Frühling.

Melanthios lag noch auf dem Boden neben seiner Frau. Sie seufzte und betrachtete seinen Rücken. Sie wußte nicht, ob er Philotis wirklich geliebt hatte. Möglicherweise nahm er lediglich Abschied von einem Stück seines Lebens, in dem er sich durch sie einen Rest von Jugend bewahrt hatte. Aber eines wußte sie ziemlich genau: Es lag jetzt an ihr, die Familie Melanthios zusammenzuhalten. Sie war die einzige, die es konnte. Ohne sie würde die Familie auseinanderfallen und der Besitz von einem unehrenhaften Sohn, der keiner war, verschleudert werden.

Melissa rief. In der Tür erschien der Leibsklave von Melanthios. »Bitte Jannina wieder her«, befahl sie ihm. »Wir alten Frauen müssen uns um die Aufbahrung kümmern, dies ist zu schrecklich für die jungen Mädchen. Und sorge dafür, daß ein Bote nach Olympia zu Alexandra geschickt wird. Sie soll kommen, so schnell sie kann.«

Der Mann nickte und ging wieder. Melissa bückte sich und sprach dem Hausherrn flüsternd zu; es gelang ihr, ihn auf die Beine zu stellen und behutsam in seinen Raum zu führen, wo sie dafür sorgte, daß er sich hinlegte.

Als sie zurückkam, stand die Köchin mitten im Raum, die Hände in die Seiten gestemmt. Jannina sah sie an mit ihren schwarzbraunen Augen, die an modernde Baumpilze erinnerten, giftig und wie erfroren im ersten Frost.

Schweigend hoben sie Philotis auf ihr Bett. Sie versuchten, ihre verkrampften Arme und Beine zu strecken und die Finger aufzubiegen. Dann entfernten sie die blutigen Speichelspuren, säuberten die zerbissene Zunge, wuschen ihren Leichnam und rieben ihn mit Lavendelöl ein.

Melissa ging trotz ihrer Trauer alles leicht von der Hand. Philotis war nicht die erste Tote, die sie für ihre Fahrt über den Styx fertigmachte. Aber zweifellos die am grausamsten Gestorbene. Und eine Totenwäsche durch eine Frau, die so unwirsch und unfromm wie Jannina war, hatte sie auch noch nicht erlebt. Sie wagte es kaum, verstohlene Blicke auf ihre verbissenen Züge zu werfen. Ihr Schweigen war unendlich feindselig. Melissa fragte sich wieder einmal, ob die Feindschaft sich gegen das ganze Haus Melanthios richtete oder ausschließlich gegen Philotis, die sie doch einmal so eng an sich gebunden hatte, fast wie eine Freundin. Aber man konnte es auch andersherum betrachten und vermuten, daß Jannina aus erster Hand informiert sein wollte, was die junge, unerfahrene Hausfrau dachte und plante.

Viele Möglichkeiten konnten einem unter solchen gräßlichen Umständen durch den Kopf gehen. Melissa atmete auf, als Philotis, in weiße Trauergewänder gehüllt, mit einem Leichentuch und Bändern umwickelt, von den Männern abgeholt wurde, um auf dem Totenbett in der Eingangshalle aufgebahrt zu werden.

Als letzte verließ sie das Sterbezimmer und machte die Tür hinter sich fest zu, obwohl es keinen eigentlichen Nutzen hatte. Der Becher, den sie auf den kupfernen Tisch gestellt hatte, war schon bei ihrer Rückkehr verschwunden gewesen.

Alexandra traf vier Tage später am Mittag ein, zusammen mit einem jungen, großen Mann, der sich schweigsam im Hintergrund hielt. »Antenor«, stellte Alexandra ihn kurz angebunden Melissa vor. »Er hat sich vorgenommen, mich zu bewachen. Wenn er das gerade nicht tut, ist er ein bekannter Vasenmaler.«

Melissa nickte erstaunt und war plötzlich froh über diesen Gast. Ein Mensch weniger, um den sie sich in dieser Familie sorgen mußte. Aber sie fragte sich, woher er von der möglichen Gefahr für Alexandra wußte. Sie schien nicht besonders angetan von seiner Begleitung.

Aber sie selbst lächelte ihn an, und Antenor gab das Lächeln spontan und offen zurück, um sich dann taktvoll hinter die Ställe zu verziehen. Er gefiel ihr. »Ich bin erleichtert, daß dieser Mann auf dich aufpaßt, du magst es glauben oder nicht«, sagte Melissa und zog Alexandras Arm unter den ihren.

»Ausgerechnet über Antenor bist du froh!« Alexandras Haltung war steif vor Abwehr. Von Melissa hatte sie Mitgefühl erwartet, nicht die prüfende Aufmerksamkeit einer Verwandten. Ihr Blick ging zu der Vase, die während der Trauertage vor der Tür aufgestellt worden war, damit die Trauergäste sich waschen konnten, bevor sie die Halle betraten.

»Nein, komm bitte erst mit mir«, sagte Melissa leise. »Ich muß dir etwas sagen.« Sie spazierte mit der Tochter des Hausherrn aus dem Hof hinaus in Richtung Elis. Jeder unvoreingenommene Besucher hätte annehmen müssen, daß sie versuchte, Alexandra zu trösten. Sie sprach erst, als sie außer Hörweite vom Hof waren. »Ich glaube, daß Philotis vergiftet wurde, Alexandra.«

Alexandra blieb stehen, aber Melissa zog sie weiter. »Vermutlich mit Bittermandeln. Philotis hat es wohl über den Harzgeschmack im Wein nicht gemerkt. Außerdem war sie in letzter Zeit häufig aufgekratzt, geradezu erregt ...«

»Glaubst du, daß es Paidikos war?« fragte Alexandra erschrocken. »Ich weiß, daß er lange versucht hat, sie von Vater zu trennen. Aber auf diese Weise?«

»Vielleicht, weil der Gebieter sie mit jedem Tag mehr liebte. Aus Eifersucht, oder um zu verhindern, daß sie weitere Erben gebar.« Melissa schüttelte zweifelnd den Kopf. »Und doch glaube ich nicht, daß er etwas damit zu tun hat. Ich habe Jannina in Verdacht. Sie hat den Becher mit dem Giftrest verschwinden lassen.«

Alexandra nickte. »Dann müssen wir es Vater sagen.«

»Im Augenblick ist er nicht ansprechbar. Vielleicht nach der Verbrennung«, schlug Melissa vor. »Ich wollte dich nur wissen lassen, wie die Dinge hier stehen. Jetzt solltest du ins Haus gehen und mit den übrigen Frauen trauern.« Sie lächelte Alexandra aufmunternd an und schlug den Weg zur Rückseite des Anwesens ein.

Über ihre Schulter sah sie Alexandra zum Halleneingang gehen und an der Schwelle die Gesten des Waschens vollziehen. Als sie zögernd eingetreten war, erschollen nur noch die Klagen und das Weinen der weiblichen Verwandten am Totenbett über den leeren Hof.

Am neunten Tag nach dem Begräbnis faßte Alexandra sich ein Herz und bat ihren Vater um ein Gespräch. Sie waren gerade vom Festmahl an Philotis' Grab zurückgekehrt; Melanthios hatte nur verdünnten Wein getrunken und wirkte weder schläfrig noch verzweifelt. Der Zeitpunkt schien günstig zu sein. »Melissa wird bei unserem Gespräch anwesend sein«, setzte Alexandra hinzu.

Melanthios nahm es gleichgültig zur Kenntnis und beachtete die Haushälterin nicht sonderlich, als sie sich dazusetzte. »Fang an«, sagte er verdrossen.

Alexandra räusperte sich. Die Anklage eines Mitglieds ihres Oikos forderte ihren ganzen Mut. »Vater, wir sind der Meinung, daß Philotis nicht an einer Krankheit starb, sondern durch Gift.«

Melanthios hob seinen Kopf und sah seine Tochter mit überrascht geweiteten Augen an. »Glaubst du das? Ja, mir ist die Idee selbst auch schon gekommen. Sie strotzte vor Gesundheit und Liebe in letzter Zeit.« Er brach ab und lächelte auf seine Hände hinunter, die er auf dem Schoß gefaltet hatte. Alexandra hielt den Atem an, bis es ihm gelang, die Welle von Traurigkeit zu überwinden, die über ihn hereinbrach. »Sie hätte alles von mir haben können! Was gab ich um einen Ochsen, wenn ich ihr Glück über einen neuen Ring mit ansehen durfte«, fügte er wehmütig hinzu.

Alexandra schielte zu Melissa hinüber. Ihre schmal werdenden Lippen bestätigten, daß der Vater zu viele Ochsen verkauft und zu viele Ringe gekauft hatte. »Das Gift«, stammelte sie und wußte einen Augenblick nicht weiter.

Melanthios aber wurde lebhaft. »Ja, bestimmt war es Gift! Ich glaube, Philotis, die sich in letzter Zeit so bemühte, mir zu Gefallen zu sein und auch den Haushalt perfekt zu leiten, ist an etwas geraten, das sie nicht kannte. Vielleicht ein Gift gegen Ratten. Sie hat bestimmt probiert, wie es schmeckt, ob es als Würze taugt ... Sie war wißbegierig und nicht dumm.«

Das muß eine andere Philotis sein, als ich kannte, dachte Alexandra verstimmt.

»Bestimmt. So war es.« Melanthios schlug die Hände vor das Gesicht, um seine Tränen zu verbergen.

Alexandra wechselte einen verzweifelten Blick mit Melissa. Die Haushälterin zog die Schultern hoch und signalisierte, daß es möglicherweise besser wäre, das Gespräch zu beenden.

Aber Alexandra wollte nach Olympia zurück. Nur noch wenige Monate ... Sie mußte trainieren und wollte jetzt alles aussprechen, was ihr auf der Seele lag. »Vater«, sagte sie sanft. »Es gibt noch eine andere Erklärung. Wir beide, Melissa und ich, glauben, daß deine Frau mit Absicht vergiftet wurde.«

Melanthios riß sich die Hände vom Gesicht. In seinen Augen stand Wut. »So etwas kannst auch nur du vermuten!« sagte er heftig. »Du, ungeratene Tochter einer Frau aus den Wäldern des zurückgebliebenen Thessalien! Es gab niemanden im Haus, der Philotis nicht geliebt hätte. Mit Ausnahme von dir vielleicht!«

Alexandra konnte vor Schreck keinen Laut herausbringen.

»Stimmt es, Melissa?« fragte Melanthios scharf.

»Gebieter!« keuchte Melissa verstört.

Allmählich sammelte sich in Alexandra der Zorn über des Vaters anhaltende Blindheit an und brach sich urplötzlich

Bahn. »Hast du denn gar nicht gemerkt, was hier im Haus getrieben wurde, Vater? Paidikos hat die Geschäfte übernommen, während du dich dem Wein hingegeben hast! Oder Philotis.«

Von Melanthios fielen Trauer und Wut ab wie trockene Zwiebelschalen. Er federte auf die Füße. Alexandra kam sich plötzlich klein vor unter seinem vernichtenden Blick. So muß früher einmal der Geschäftsmann Melanthios ausgesehen haben, dachte sie fröstelnd.

»Und wer, sagst du, soll Philotis vergiftet haben?«

Sie schluckte. »Jannina«, brachte sie unter Ächzen aus ihrer ausgedörrten Kehle heraus.

Melanthios sah verächtlich auf sie herab, dann drehte er sich zu Melissa um. »Deswegen bist du also hier«, sagte er. »Ich hatte mich schon gefragt, warum. Jetzt soll also Alexandra deiner Eifersucht ihre Stimme leihen. Du bist auf Jannina eifersüchtig gewesen, vom ersten Tag deiner Anwesenheit in meinem Hause, Melissa, und du hast meine erste Frau zu überreden versucht, daß ich sie verkaufe.«

»Das war vor meiner Zeit«, entgegnete Melissa zitternd. »Alexandras Mutter starb bevor ich kam.«

Ihre Einwände interessierten den Hausherrn nicht. »Und Alexandra hat ihre eigenen Eifersüchte auf ihren Bruder«, sprach er weiter. »Schon von kleinauf.«

Alexandra gab auf. Es hatte keinen Zweck. Ihr Vater war Gefangener seiner eigenen Vorstellung, und er war dabei, sich noch tiefer hineinzusteigern.

»Ich will endlich Ruhe in meinem eigenen Haus haben!« schrie er und schlug mit beiden Handflächen gegen die Wand. Etwas ruhiger, drehte er sich plötzlich zu den Frauen um und sprach im schärfsten Ton, den Alexandra jemals von ihm gehört hatte.

Sie kroch beinahe in sich zusammen.

»Ich dulde keine Frauen, die beständig Unruhe stiften! Dieses Mal werde ich euch hart bestrafen, alle beide! Alexandra weise ich aus dem Haus. Sie darf meinetwegen gehen, wohin sie will. Melissa wird auf dem Sklavenmarkt verkauft.«

Wie ein Lauffeuer ging die Neuigkeit durch das Gut. Als Alexandra hinauslief, um Antenor von den Weiden heimzuholen, auf denen er wahrscheinlich in Gedanken versunken herumlief, war er bereits dabei, die Pferde anzuspannen.

Chiron sah ihm über die Schulter und zeigte auf einen Riemen im Geschirr. Gleich danach zog er Antenor mit sich zu einem nagelneuen, mit eleganten Lilien aus Kupfer verzierten Streitwagen, der neben der Hauswand stand. Das war der neue Wagen von Paidikos, Alexandra hatte schon von ihm gehört; der Vater besaß jetzt einen Olivenhain weniger.

»Wir fahren...«, sagte Alexandra tonlos.

»Schon dabei«, antwortete Antenor.

Alexandra lief ins Haus zurück, um zu packen. Sie fand gerade noch Zeit, sich von Melissa zu verabschieden, als Antenor nach ihr rief. Er stand bereits auf dem Wagen.

Dann umarmte sie Chiron. »Bei den Rennen sehen wir uns wieder«, murmelte sie in seinen Kittel, der vertraut nach Pferd roch und nach dem ehrlichen Schweiß eines Kentauren. »Jetzt werde ich erst recht fahren. Und gewinnen!«

Chiron drückte Alexandra schweigend. Erst als sie neben Antenor aufgesprungen war, fand er seine Worte wieder. Seine schwieligen Hände umklammerten den Wagenkasten. »Antenor, paß mir auf Alexandra auf! Ihre Mutter läßt mich im Hades noch vierteilen, wenn ich zulasse, daß ihr etwas passiert! Und dasselbe...«

»... machst du mit mir. Ich weiß, Chiron, und ich würde es verdienen. Ich verspreche es dir.« Antenor schnalzte mit der Zunge und fuhr an.

In einem Wirbel von Abschiedswehmut und Sorge ging Alexandra durch den Kopf, daß sie wahrlich keinen Vormund brauchte. So wenig wie Baukis. Melissa und Chiron glaubten von Antenor, daß er sie wie einen Schatz behüten würde.

Sie hatten keine Ahnung, daß Antenor bereits einen Schatz in seinen Besitz gebracht hatte. Vielleicht sammelte er Schätze. Und Olympia war jetzt nicht mehr nur Ort ihres Asyls, sondern auch Ort ihrer Gefangenschaft. Eine Heimat hatte sie nicht mehr.

Im Jahr der 211. Olympiade

Die Spiele

Kapitel 35

Der Raum, in dem sich Charaxos für gewöhnlich aufzuhalten pflegte, diente sowohl seiner Bequemlichkeit, als auch der Repräsentation. Seitdem er als Phratriarch zu einem der wichtigsten Männer der Stadt Elis geworden war, legte er auf die luxuriöse Ausstattung noch mehr Wert als vorher und gefiel sich darin, sie auch zu zeigen. Es hatte ihn geradezu beleidigt, daß Idaios es vorgezogen hatte, ein eigenes Haus zu beziehen.

Charaxos lehnte in einem Berg von Seidenkissen, naschte honigsüße Feigen und andere köstliche Kleinigkeiten, die seinen Magen nicht überlasteten, und dachte nach. Du wirst noch begreifen, wer in dieser Stadt herrscht, Idaios von Megalopolis, dachte er.

Idaios! Idaios? Wer ist Idaios? Der Mann war nützlich gewesen, aber mehr auch nicht. Die Eleer würden ihm nie verzeihen, daß er nicht in Elis geboren war. Die Aufmerksamkeit, die er gegenwärtig genoß, würde bald abebben. Für seine eigene Machtposition war Idaios nicht gefährlich.

Eher mußte er sich um seinen Sohn Gedanken machen. Es war notwendig, daß sie Hand in Hand arbeiteten, sozusagen in einer einzigen Fahrspur fuhren. Man durfte jetzt keine Fehler machen.

Er klatschte in die Hände. »Schicke Psamenias zu mir«, befahl er dem jungen Diener, der schnell wie der Blitz erschien. Er spitzte zufrieden die Lippen, als der Mann wieder fort war. Das exemplarische Brandmarken eines einzigen säumigen Sklaven zeigte Wirksamkeit. Zu lange Zeit war er zu gutmütig gewesen.

»Was ist, Vater?« fragte Psamenias mit hörbarer Ungeduld, trat ein paar Kissen beiseite und setzte sich im Schneidersitz auf den nackten Boden. »Ich wollte gerade zum Hippodrom.«

»Sehr gut!« stimmte Charaxos zu. Er legte soviel Zufriedenheit in seine faltigen Gesichtszüge, wie er konnte. Man mußte die Jugend hart strafen, wenn sie über die Stränge schlug, aber er zog es vor, seinen reizbaren Sohn zu loben, weil er sich selbst damit Ärger ersparte. »Ich bin überzeugt, daß du siegen wirst, aber es kann nicht schaden, für den Sieg zu arbeiten.«

»Du übersiehst eine Tatsache, Vater. Es gibt gute Pferde. Und es gibt meine«, entgegnete Psamenias fast verächtlich und legte den Kopf zurück, um sich eine Handvoll Pistazien in den Mund zu schütten. »Eigentlich muß man sich schämen, mit diesen Mähren bei panhellenischen Spielen zu starten. Mach mir keine Vorwürfe, wenn ich verliere, von wegen Schande, und so! Ich habe dir beizeiten mitgeteilt, daß ich Pferde brauche! Ich verstehe nicht, daß du dir von deinem eigenen Schwiegersohn keine geben lassen konntest.«

Charaxos runzelte nun doch besorgt die Stirn. Er konnte Pferde nicht beurteilen und war sicher gewesen, daß sein Sohn es auch nicht konnte. Die Klagen über die Pferde hatte er der Mäkelei zugeschrieben, die er von Psamenias gewohnt war.

»Ich kenne mindestens zwei Gespanne, die meinem überlegen sind«, fuhr Psamenias zunehmend mürrisch fort. »Alexandra Melanthios hat das beste.«

»Wenn es nur das ist!« Charaxos sank, von Gelächter geschüttelt, zwischen die roten Kissen. Seine Erheiterung stieg noch, als er seinen Sohn anblickte. Dessen Mund stand so weit auf, daß er die Nüsse hätte zählen können. »Mach den Mund zu und vergiß Alexandra. Sie stellt keine Gefahr für dich dar!«

Psamenias machte ein angewidertes Gesicht. »Das kann ich wohl besser beurteilen, Vater! Deine Ämter verstellen dir den Blick auf die Tatsachen.«

Charaxos stellte sein Lachen ein. Bei Licht besehen, war es lächerlich, daß Idaios glaubte, ihm befehlen zu dürfen, über die Heiratspläne zu schweigen. Psamenias' Befürchtungen waren überflüssig wie ein Kropf, und er entschloß sich, es ihm zu erzählen.

Dann fielen ihm die Gerüchte über Idaios ein. Und die Sache mit Egersos, an der er nicht ganz unbeteiligt war. Zwar war es für die Klytiden eine Warnung gewesen, nicht über die Stränge zu schlagen, dennoch dachte er nur mit Unbehagen daran.

»Sag einmal, ihr jungen Leute habt doch bestimmt über Egersos eure eigene Meinung. Wer außer ihm hat sich an den Hermen vergangen, damals...«

»Wie kommst du jetzt darauf, Vater! Natürlich haben wir eine Meinung.« Psamenias beugte sich vor und strich sich mit der Handkante wahllos Süßigkeiten in die andere. »Da habt ihr den falschen erwischt. Aber was macht es schon aus?«

»Den falschen! Woher weißt du das?« Charaxos versuchte, sich seine Wißbegier nicht anmerken zu lassen, aber es fiel ihm schwer.

»Das möchtest du wohl wissen«, sagte Psamenias mit einem Grinsen. »Na, gut, ich sag es dir. Paidikos und ich waren es, und ein dritter, den du nicht kennst. Wir hatten über den Durst getrunken, das entschuldigt uns.«

»Das entschuldigt euch«, stammelte Charaxos erbleichend. Unter diesen Umständen hielt er es doch für besser, nicht gegen die Anordnung von Idaios zu verstoßen. »Um auf die Pferde von Alexandra zurückzukommen«, sagte er mühsam, »ich verspreche dir, daß du dir über das Weib keine Gedanken zu machen brauchst.«

»Ich glaube, du meinst wirklich, was du sagst.« Psamenias fuhr sich durch die Haare, die er seit einiger Zeit wachsen ließ. »Handelt es sich um eine Wunschvorstellung von dir, oder erstreckt sich deine Macht inzwischen auch auf die Götter von Olympia?«

Charaxos lächelte geschmeichelt. Sein Unbehagen verflog. Selbst sein an Politik nicht interessierter Sohn hatte registriert, wie sehr sein Ansehen zugenommen hatte. Die Familie der Klytiden dagegen verdorrte unter Apollons Sonne allmählich, trotz ihrer guten Beziehung zum römischen Statthalter. Er wiegte den Kopf und schloß die Augen halb. »Keine Wunschvorstellung«, murmelte er. »Alles ist lenkbar und absehbar. Sogar, daß du den Kaiser kennenlernen wirst.« Es fügte sich sehr gut, daß Alexandra Nero kannte.

»Was gebe ich denn um den?« Psamenias kräuselte verächtlich die Lippen.

»Er ist wichtig für uns, auch wenn wir ihn verachten. Du wirst dein Leben nicht als Lenker eines Rennwagens beenden. Die Bekanntschaft mit dem Regenten des Reiches ist nutzbringend, sieh dir Melanthios an. Obwohl sein guter Ruf endgültig dahin ist, macht er Geschäfte mit dem Kaiser.«

»Melanthios! Vater, ich muß jetzt gehen.« Psamenias schnellte in die Höhe. »So wichtig war es wohl auch nicht, was du mir zu sagen hattest.«

»Doch«, beharrte Charaxos. »Ich brauche deinen Sieg nicht weniger als du, als Archon Eponymos dieser Stadt nämlich, und habe entsprechend meine Fühler ausgestreckt. Laß dich durch nichts entmutigen, ganz gleich, was geschieht! Sei zuversichtlich. Du wirst gewinnen! Ich wollte dich hauptsächlich wissen lassen, daß ich alles für deinen Sieg tue.«

»Und was wirst du tun?« fragte Psamenias verblüfft.

»Ich werde die Losstäbchen für dich werfen lassen«, sagte Charaxos zufrieden. Die abfällige Grimasse seines Sohnes störte ihn nur am Rande. Als Psamenias fort war, sank er nachdenklich in die Kissen zurück. Wenig später rief er nach seinem Schreibsklaven.

Während Charaxos wartete, überdachte er noch einmal die Formulierung, mit der er Idaios in sein Haus geladen hatte. Kein Zeitpunkt. Aber: eine Ladung, keine Bitte. Es war Zeit, diesen Mann einmal nachdrücklich, wenn auch mit duldsamer Freundlichkeit in seine Schranken zu weisen.

Der Erfolg gab ihm recht. Schon wenig später hörte er Lärm im Hauseingang und danach die tiefe Stimme von Idaios. Er zog die Beine an sich und legte sein Gesicht in würdevolle Falten.

Idaios schob sich ins Zimmer und ließ sich dem Hausherrn gegenüber in die Kissen sinken. »Zufällig habe ich in der Nähe zu tun«, behauptete er atemlos, »also bin ich gleich gekommen. Was gibt es?«

»Was es gibt...«, wiederholte Charaxos ein wenig konsterniert, »nun, ich habe alles in die Wege geleitet, wie wir es besprochen haben. Alexandra Melanthios kann in Olympia nicht mehr antreten.«

»Ah, das war es! Ausgezeichnet!« lobte Idaios. »Und, wer ist der glückliche Ehemann?«

Charaxos sah seinen Besucher mißbilligend an. Obwohl er gerade erst das Bürgerrecht erhalten hatte, war er zu hochmütig, zu großspurig und zu großmäulig. Er hatte ihn nicht kommen lassen, um ausgefragt zu werden. »Es war nicht einfach, wie du dir denken kannst. Alexandras Vormund sträubte sich zuerst. Er weiß, daß sie noch nicht heiraten will. Und sie fügt sich nicht gerne, wie wir beide wissen.«

»Ich hoffe, daß du keine Fehler gemacht hast«, sagte Idaios boshaft. »Nur wenn die Schlange ahnungslos ist, kann man ihr ein für allemal die Zähne ziehen. Wenn nicht, wird sie immer weiter Gift spritzen.«

»Nein, habe ich nicht!« Charaxos begann zu kochen. Die Unterredung hatte er sich anders vorgestellt. Vor allem hatte er Anerkennung erwartet.

»Wer ist also der Ehemann?«

»Mein eigener Sohn Psamenias«, schnaubte Charaxos. »Du siehst, ich komme deinem Wunsch weit entgegen, indem ich meine eigene Familie zum Einsatz bringe!«

Idaios formte die Lippen zu einem Pfiff, ohne einen Ton hinauszulassen. »Psamenias, also. Bei allen olympischen Göttern, die Idee ist ausgezeichnet! Welch ein Aufsehen wirst du erregen, wenn du im Augenblick des Starts als einziger den Hinderungsgrund für Alexandras Teilnahme am Rennen nennen kannst! Alle anderen werden dastehen wie Tölpel, die sich um nichts gekümmert haben.«

Charaxos zupfte an imaginären Falten seines Chitons. Er war fast wieder versöhnt. Daß er selbst eine wichtige Rolle bei den Ereignissen spielen würde, wäre ihm beinahe entgangen. Der Effekt würde verpuffen, wenn er vor den Spielen eingriff. »Ich würde vorziehen, Psamenias meinen Plan zu erklären«, sagte er zögernd.

Idaios schüttelte den Kopf. »Tu es nicht. Ich habe Psamenias als impulsiven jungen Mann kennengelernt. Ich vermute, daß das unerwartete Ausscheiden von Alexandra ihn beflügeln wird. Er wird vor lauter Begeisterung fahren wie der Götterbote höchstpersönlich. Glaube mir, den Augenblick, in dem du zu höchstem Ansehen steigst, wird er dadurch ehren, daß er sein Rennen gewinnt.«

Charaxos versuchte sich nicht anmerken zu lassen, daß er sich geschmeichelt fühlte. Die Aufregung jagte Wellen kleiner Schauer über seine Haut. Als er sich wieder in der Gewalt hatte, sagte er: »Du hast recht. Ich glaube, daß die Götter den frommen Menschen zur Seite stehen, so daß sie den Sieg davontragen.«

»Eben«, setzte Idaios hinzu.

»Dann«, sagte Charaxos, »hätte ich jetzt gerne das Schreiben.«

Idaios lächelte spöttisch und zog die Rolle widerspruchslos aus einer Falte seines Gewandes. Er legte sie auf die Knie seines Gastgebers.

Charaxos überprüfte kurz den Text, nickte zufrieden und krabbelte dann auf die Füße. Unter den Augen von Idaios verwahrte er die Rolle in einer mächtigen Truhe, die mit einem eisernen Schloß gesichert war. Er dachte gar nicht daran, Idaios zum Bleiben zu nötigen, als dieser sich kurz darauf verabschiedete.

Es sollte eine Opferfeier im kleinsten Kreis werden. Außer Charaxos und Psamenias nahmen nur der Oberpriester Alkinoos und der Beschaupriester daran teil, und sie machten in Apollons großem Tempel einen verlorenen Eindruck, während sie auf den Beginn der Zeremonie warteten.

Aber Charaxos machte sich daraus nichts. Es war das erste Mal, daß er als Archon Eponymos eine private Feier bestellt hatte, und schon jetzt konnte er einen gewaltigen Unterschied zu derjenigen eines einfachen Gläubigen registrieren. Es mochte auch mit der Höhe der Spende zu tun haben, die er dem Tempel im Namen des Kultvereins gemacht hatte. Unwillkürlich strich er über den weichen Stoff seiner Amtsschärpe und blinzelte zu Apollons Gesicht hoch.

Im Hintergrund ertönte leiser Gesang von Priestern, die nicht zu sehen waren. Alkinoos schritt zum Tischchen, auf dem das Herz und die Leber des Opfertieres lagen, und begann sich mit göttlichen Dingen zu befassen, deren Sinn und Reihenfolge nur er kannte.

Das restliche Fleisch des Tieres würden sich die Priester teilen. Charaxos hatte den größten und fettesten Widder geordert, der sich auftreiben ließ. Als er das Tier von der Größe eines Löwen im Gehege neben dem Tempel besichtigt hatte, war er sehr zufrieden gewesen. Der Priester, dem die Tierhaut mitsamt der Wolle als Bezahlung zustand, auch.

Im Eingang zum Adyton sah Charaxos den Orakelpriester mit den Losstäbchen warten. Plötzlich wünschte er sich eine schnelle Entscheidung herbei. Aber noch war die Opferung nicht angemessen beendet.

Alkinoos reichte erst ihm und dann Psamenias ein Stück Leber. Charaxos errötete vor Ärger, als er sah, wie Psamenias ungeniert am Fleisch entlangschnupperte, es für gut befand, und sich alles auf einmal in den Mund schob. Der blutige Saft troff von seinen Mundwinkeln herab auf den Boden.

Plötzlich knatterte das Opferfeuer. Es gab Schläge von sich wie eine kleine, harte Trommel. Charaxos erschrak. Sein Herz schmerzte vor Enttäuschung. Apollon wies seine Gabe ab.

Er schloß die Augen und bemühte sich, tief und ruhig zu atmen. Nach einer Weile ließ das Ziehen in seiner Brust nach, und es gelang ihm, sich zu entspannen.

Staunend sah er vor sich Alkinoos, der die Arme zur Statue des Gottes ausstreckte. Der Widerschein der Flammen ließ Dankbarkeit und Freude in seinem Gesicht aufleuchten. Charaxos wagte das Glück kaum zu begreifen. Es war ein günstiges Omen!

Alkinoos neigte seinen Kopf vor der Statue und drehte sich zu Charaxos um. »Apollon äußert sich sonst nie in dieser Weise. Es ist ein außergewöhnlich heiliges Zeichen«, sagte er ehrfürchtig.

»Vielleicht hat er auch nur Hunger gehabt«, brummelte Psamenias.

Charaxos hätte ihn am liebsten geschlagen, aber zum Glück wandte sich Alkinoos dem Orakelpriester zu, der bisher nur aufmerksam zugehört hatte und sich jetzt von den Säulen löste und herbeikam.

Nachdem der Tisch sorgfältig abgewischt worden war, winkte er Charaxos und seinen Sohn zu sich heran. Dann warf er die Stäbchen auf die steinerne Platte.

Charaxos sah verblüfft nach unten. Die Stäbchen hatten sich wie ein Fächer verteilt, ihre Spitzen vereinten sich dort, wo Psamenias stand. Er hörte, wie Alkinoos leise schnaufte, und wenn er sich nicht irrte, war es ein Laut der Überraschung gewesen.

Aber der Opferpriester wirkte außerordentlich zufrieden. Er richtete seinen Blick auf Apollon, dessen Gesicht weit oben im Halbdunkel nur schwach erkennbar war. »Ein großes Ereignis steht deinem Sohn Psamenias bevor«, murmelte er. »Wenn ich auch nicht alles deuten kann, glaube ich doch, daß es die Stadt Elis erschüttern wird. Apollon nimmt wohlwollend Anteil an dir und deiner Familie.«

Der Triumph sprengte fast Charaxos' Brust. Er konnte es kaum erwarten, mit Psamenias endlich allein zu sein. »Du wirst siegen«, keuchte er, als er die Stufen des Tempels vorsichtig hinunterstieg, seine Hand an den fleischigen Arm seines Sohnes geklammert. »Psamenias, du wirst ganz bestimmt siegen! Apollon hat mehr Macht als Zeus!«

Idaios ließ seine Hände nach unten hängen, öffnete und schloß sie wieder, und bewegte vorsichtig seinen Nacken. Er lag auf dem Bauch auf einer schmalen, ledergepolsterten Liege. Den gemieteten Masseur hatte er hinausgeschickt für die Zeit, in der er Dares instruierte.

»Wiederhole noch einmal«, befahl er und bettete seinen Kopf so, daß er seinen Sklaven im Auge hatte. Wie immer, fieberte Dares geradezu, loszukommen, wenn es um Aufgaben ging, bei denen er sich als Meister fühlte. Und gegenwärtig fühlte Idaios sich so zufrieden, daß er ihm die Fehler der letzten Zeit verzieh. Er lächelte ihn träge an.

Dares grinste tatendurstig zurück. »Ich warte, bis im Haus alle Lichter gelöscht sind. Ich muß absolut lautlos sein, damit meine Anwesenheit nicht bemerkt wird. Selbst im Notfall darf ich niemanden töten; in diesem Fall muß ich mich ohne den Wisch zurückziehen.«

»Richtig«, stimmte Idaios zu. »Und ich will, daß du weißt, warum. Mit dieser Urkunde im Haus wird Charaxos bei einem vermeintlichen Einbruch, bei dem niemand zu Schaden kommt und auch nichts fehlt, aus Klugheit den Mund halten. Andernfalls würde er sich lächerlich machen, und das verträgt sich nicht mit seiner neuen Würde. Außerdem ist er sowieso ein eitler Dummkopf. Wird aber jemand verletzt oder getötet, ist ein Geschwätz darüber in der Stadt gar nicht zu vermeiden.«

»Verstanden. Die Urkunde befindet sich in dem Zimmer mit den vielen Kissen in der großen Truhe. Ich finde den Raum, wenn ich das Feuer der Hestia zur rechten Hand habe und mich dann ...«

Idaios hob die Hand und gähnte. »Die Beschreibung der Räumlichkeiten ersparen wir uns. Ich habe in dem geschmacklosen Protz gelebt. Das reicht mir.«

Dares nickte und federte in die Höhe. »Dann mache ich mich jetzt auf den Weg. Alte Männer pflegen früh ins Bett zu gehen.«

In Idaios' Magen wühlte vorübergehend der Ingrimm wie ein Knäuel von Würmern. Gelegentlich nahm auch Dares sich zuviel heraus, vor allem, wenn er wußte, daß sein Herr vom Kraut schläfrig war. »Unterschätze die Aufgabe nicht! Er hat einen Sohn. Der junge Mann lebt im Haus, hat einen Haarschnitt wie ein Maultier und ist bei weitem dämlicher. Aber darauf würde ich mich nicht verlassen. Außerdem sind da noch männliche Sklaven. Und jetzt ruf mir diesen Tölpel von Masseur wieder herein«, murmelte Idaios verdrossen. »Ich glaube, er hat mir den Kopf falsch herum angesetzt.«

Die Morgendämmerung hatte eingesetzt, als Idaios durch eine Bewegung neben seinem Lager erwachte. Das Messer war schon in seiner Hand, als er gegen das graue Licht Dares erkannte. Er setzte sich auf. »Nun?« fragte er scharf.

»Gebieter, die Urkunde war nicht in der Truhe. Sie war im ganzen Haus nicht zu finden«, bekannte Dares und rutschte auf Knien zum Bett seines Herrn. Die Todesangst stand ihm ins Gesicht geschrieben.

»Verflucht!« brüllte Idaios unbeherrscht. Die blinkende Klinge fuhr neben Dares' Ohr vorbei und blieb im Geflecht von Stroh und Lehm der gegenüberliegenden Wand stecken. Er winkte mit dem Handrücken.

Dares robbte auf den Knien rückwärts bis zur Tür.

Idaios warf sich auf den Rücken. Mit weit offenen Pupillen, die nichts sahen, dachte er nach. Dieser Hasenfuß von Greis hatte tatsächlich die Schlauheit besessen, die Urkunde noch am gleichen Tag an einem anderen Ort zu deponieren, wahrscheinlich in einem Tempel. Damit hatte er nicht gerechnet.

Eine ganz andere Sache war, daß Charaxos außerdem glaubte, ihn an der Nase herumführen zu können. Das hatte noch keiner überlebt.

Kapitel 36

Alexandra saß erhitzt im Schatten einer großen Eiche oberhalb des Alpheios. Der Fluß floß jetzt im Frühsommer träge zwischen vielen Sandbänken dahin. Das Wasser der Schneeschmelze und der Frühlingsregen hatten sich schon längst in das Meer ergossen.

Alexandra hatte ihr Trainingsprogramm für diesen Tag absolviert und war ganz zufrieden mit sich. Ein wenig träumerisch ruhte ihr Blick auf Antenors Händen. Unter seinem feinen Pinsel sah sie den Windgott entstehen.

»Wie kommt es eigentlich«, fragte sie plötzlich, »daß irgendein Bursche dir plötzlich Töpferware herbringt? Und du sitzt hier auf dem olympischen Gelände und malst, als hättest du deine Werkstatt hier aufgeschlagen!«

»Ich habe meine Werkstatt hier aufgeschlagen.« Antenor hielt das Gefäß am langen Arm vor sich und betrachtete es kritisch. »Und der Bursche war nicht irgendein Bursche, sondern mein Gehilfe. Er lernt bei mir, wenn ich in Korinth bin.«

»Deine Werkstatt... Ist sie groß?«

Antenor zog die Augenbrauen hoch und lächelte sie an. »O ja. Fünfzehn Keramiker arbeiten bei mir. Dazu an die zwanzig Helfer, junge Burschen, die wir bei Bedarf einsetzen.«

»Fünfzehn?« fragte Alexandra konsterniert. »Und es ist wirklich deine Werkstatt?«

»Ja.«

Alexandra verfiel in Schweigen. Sie hatte sich nicht sehr viele Gedanken um diese Seite seines Lebens gemacht. Nur gelegentlich hatte sie es sonderbar gefunden, daß er ein berühmter Töpfer sein sollte. Manchmal hatte sie mit dem Gedanken an eine Namensverwechslung gespielt. »Das verstehe ich nicht«, sagte sie endlich. »Warum bist du in diesem Fall nicht ständig in deiner Werkstatt und führst Aufsicht?«

»Ein Mann hat zuweilen noch andere Verpflichtungen«, sagte Antenor knapp.

»Bin ich deine Verpflichtung?« Alexandra war überrascht und ein wenig verletzt zugleich.

Der Töpfer lachte vor sich hin. »Jetzt sollte ich *ja* sagen, um dich zu ärgern. Aber dann würdest du morgen schlecht fahren, deswegen tue ich es nicht.«

Alexandra sprang auf und stemmte die Hände in die Seiten. Sie war in Stimmung, ihm gehörig den Kopf zu waschen. »Männer«, sagte sie lautstark. »Immer darauf aus, Frauen zu bevormunden! Was geht es dich überhaupt an, wie ich morgen fahre?«

Antenor ließ sich zu ihrem steigenden Ärger nicht aus der Ruhe bringen. »Soll denn mein ganzer Aufwand vergeblich gewesen sein? Ständig bin ich zwischen Korinth und Megalopolis unterwegs, wenn ich nicht in Elis oder Olympia bin – alles wegen dir! Und dann sagst du mir ins Gesicht, daß es mich nichts angeht, wie du fährst!«

Alexandras Hände fielen ihr an die Seiten, dann sank sie ins Gras. »Ich dachte, du bist hier, weil …, nun, weil du eben hier bist. Aus Zufall.«

»Deine Tante Baukis wollte, daß du gewinnst. Und ich sorge dafür, daß dir zumindest vorher nichts zustößt, wie sie es mir aufgetragen hat. Gewinnen mußt du natürlich selbst.«

»Hat sie mit dir über mich gesprochen? Warum?« fragte Alexandra atemlos. »Wer bist du?«

»Antenor, der Töpfer«, sagte er.

Sein verschmitztes Grinsen ließ Alexandras Herz plötzlich laut schlagen. »Und weiter? Woher kennst du sie? Wie lange?«

»Baukis richtete mir die Werkstatt ein, weil sie zu erkennen glaubte, daß ich Talent habe. Sie liebte es, Leute mit bestimmten Begabungen zu fördern. Ich statte ihr meinen Dank ab. Allerdings ist es nicht ganz so einfach, wie ich dachte, weil du dich so leicht bevormundet fühlst. Aber glaube mir, das liegt mir fern. Damit würde ich Baukis keinen guten Dienst erweisen. Ich weiß ja, wie sie darüber dachte.«

Eine Mischung aus Erleichterung und Wut erfaßte Alexandra. Sie riß ein Grasbüschel mit einem Erdklumpen daran aus und warf es ihm an den Kopf. »Warum konntest du mir das nicht eher sagen!« schnaubte sie. »Ich habe solche Angst gehabt.«

Antenor schüttelte verständnislos den Kopf. »Euch Frauen kann man nie etwas recht machen.«

Alexandra fühlte einen dicken Kloß von Tränen in ihrer Kehle. Es hätte ihr noch gefehlt, vor Antenor in Tränen auszubrechen. Sie schoß hoch und rannte über die Uferwiese davon.

Am nächsten Tag blieb Antenor unsichtbar. Wo er war, wußte Alexandra nicht. Am zweiten und dritten Tag kam er ebenfalls nicht. Sie beschloß bei sich selbst, daß es ihr gleichgültig war.

Sie hatte sich schon bei Beginn ihrer Asylzeit vor einem halben Jahr angewöhnt, alles zu bestimmten Zeiten zu tun: Füttern, Putzen und Hufpflege, danach Training mit dem Streitwagen. Jetzt in der warmen Jahreszeit ließ sie die Pferde mittags auf die Weide am Flußufer und legte sich selbst in den Schatten.

Die Regelmäßigkeit kam ihr jetzt zugute. Trotzdem schienen ihr die Tage völlig leer zu sein, seitdem Antenor fort war. Es gab kaum jemanden, mit dem sie reden konnte. Die Priester wollten in geradezu beleidigender Weise von ihr nichts wissen, die Herapriesterinnen waren nach Elis gegangen, und die Sklaven rannten vor ihr davon.

Zwei Tage, bevor sie nach Elis aufbrechen mußten, um rechtzeitig zum Beginn der Ausscheidungswettkämpfe einzutreffen, die traditionell dort abgehalten wurden, setzte sich Alexandra unter Antenors Baum und wartete. Jetzt reichte es ihr.

Ein wenig verdrossen schaute sie über den Alpheios, der nur noch träge floß. Ein blauer Gegenstand fing ihr Interesse ein, der zwischen einigen Baumstämmen mit dem Strom trieb. Er trennte sich von ihnen und drehte sich gemächlich im Kreis.

Alexandra sprang auf, außer sich vor Entsetzen und Zorn.

In diesem schwimmenden Halbrund hatte sie noch am Morgen gestanden. Sie sah ihrem Wagenkorb nach, bis er hinter der Flußbiegung verschwand. Wie in aller Welt hatte er allein aus dem Wagenunterstand zum Fluß rollen und sich dort seiner Räder entledigen können, um ein Bad zu nehmen? Und warum war ausgerechnet jetzt Antenor nicht da?

Am nächsten Tag stand Antenors Maultier wieder neben ihren Pferden und knabberte an Strohhalmen. Er selbst verließ gerade das Haus der Priester.

Alexandra lief ihm entgegen. »Mein Wagen ist fort!« rief sie.

Antenor machte ein zerknirschtes Gesicht. »Ich war zu sicher, alles bedacht zu haben. Du wurdest bewacht, deine Pferde wurden bewacht. An den Wagen habe ich nicht gedacht.«

»Es ist nicht deine Schuld«, sagte Alexandra mutlos. »Du bist nicht für mich verantwortlich. Vielleicht gestattet Paidikos ja, daß ich seinen Wagen ausleihe. Es ist immerhin eine Möglichkeit...«

»Ausgerechnet Paidikos! Auf eurem Hof hat er doch deinen Wagen ins Wasser gefahren. Oder nicht?«

»Von wem weißt du das?« fragte Alexandra überrascht.

»Ich habe mit Chiron gesprochen. Paidikos führt jetzt übrigens auf dem Hof deines Vaters das große Wort; in Elis prahlt er herum, daß er gewinnen wird. Seinen prunkstrotzenden Siegerwagen wird er dir nie zur Verfügung stellen!«

»Du warst dort?« fragte Alexandra entgeistert.

»Ja«, sagte Antenor grimmig. »Melissa ist verkauft, und Jannina kümmert sich um Glaukias. Dein Vater ist nur noch ein Häufchen Elend, wenn du entschuldigst, daß ich es so drastisch sage. Zum Gut gehören jetzt eine Weide und ein Olivenhain weniger. Paidikos. Er hat hohe Ausgaben, wie man hört.«

Alexandra holte tief Luft. Jetzt konnte sie nicht einmal mehr damit rechnen, daß ihrem Vater der Hinauswurf möglicherweise leid tat. »Dann bleibt mir nur noch der Weg als Straßenhure«, sagte sie mit rauher Kehle. »Hoffentlich blieb Melissa so ein Schicksal erspart! Hast du etwas Näheres über sie erfahren?«

Antenor verzog kaum merkbar die Lippen. Er nickte. »Ja, das habe ich. Du errätst es nie.«

»Nein«, stimmte Alexandra in bitterem Ton zu, »und ich habe auch keine Lust auf Ratespiele.«

»Idaios hat sie gekauft. Er brauchte gerade eine erfahrene Haushälterin für sein neues Haus.«

»Idaios! Ausgerechnet er. Wie seltsam.«

»Ja. Aber wenigstens wissen wir, wo sie ist. Vermutlich sind sie froh, jemanden zu haben, der gut wirtschaften kann, und lassen sie in Ruhe. Und hoffentlich auch die Maultiere.«

»Was haben die denn damit zu tun?«

»Der junge Mann, den Idaios wegen des kranken Maultiers zu dir schickte, ist sein verlängerter Arm für Mordtaten, nicht sein Stallbursche. Dares heißt er.«

»Ich konnte ihn gleich nicht ausstehen. Sein Maultier mochte ihn auch nicht. Aber was mag Idaios nur vorhaben, Antenor? Auf der einen Seite er und der Apollontempel, auf der anderen Seite meine Familie. Ich glaube, er hat viel mehr mit meiner Familie zu tun, als ich anfangs begriffen habe. Und jetzt hat er auch noch Melissa in seiner Gewalt. Auch sie ist ein Teil meiner Familie!«

Antenor nickte.

»Was würde passieren, wenn ich den Apollonpriestern von Idaios' Maske erzählen würde?«

»Das wäre Gotteslästerung. Darauf steht Steinigung. Deine, nicht seine!«

»Und wie würde sich der Zeustempel verhalten?«

Antenor stand breitbeinig vor ihr, die Hände auf dem Rücken, und sah unbewegt auf sie herab. »Steinigung für die Gotteslästerin.«

»Und die Priesterinnen von Hera?«

Jetzt änderte sich seine Miene, und er wiegte den Kopf. »Da bin ich nicht so sicher. Wahrscheinlich würden sie dich im Namen Heras bitten zu schweigen. Zu deiner eigenen Sicherheit. Zu ihrer auch.«

»Du glaubst also nicht, daß ich irgend etwas tun kann?« Alexandra konnte hartnäckig wie eine Pferdebremse sein.

»Doch«, sagte Antenor. »Dich still verhalten. Dann bleibst

du möglicherweise am Leben. Idaios hat die Familie der Klytiden fast ruiniert und deinen Vater auch. Es würde ihm nicht schwerfallen, dich hinwegzufegen. Ich vermute, er hat mit dem Streitwagen begonnen – als Warnung. Aber es wird nicht der letzte Versuch bleiben, wenn du weiterhin seine Pläne durchkreuzt. Nicht, daß ich wüßte, was seine Pläne sind.«

Alexandra sah ihn wütend an. »Ich bin die letzte Melanthios, die handeln kann. Ich werde mich nicht still verhalten. Aber alles der Reihe nach. Erst kümmere ich mich um den Streitwagen, dann um die Olympiade. Dann um Idaios. Die Straßenhure hat noch Zeit, glaube ich.«

»Du beruhigst mich«, versetzte Antenor. »Ich fragte mich schon, was du dir noch alles gefallen lassen willst.«

Timaios, der Oberpriester des Zeustempels, musterte Alexandra eindringlich, als sie am nächsten Tag zu ihm ging, um sich für die Gewährung des Asyls zu bedanken und sich zu verabschieden. Sie sahen sich zum ersten Mal. Offensichtlich gefiel sie ihm nicht, und er ihr auch nicht.

Er war ein gebeugter alter Mann, aber seine Augen hatten etwas Fanatisches an sich. Alexandra hielt es für klug, sich in seiner Gegenwart zurückzuhalten.

Timaios wandte sich dann auch sofort Antenor zu. Für ihn brachte er mehr Anteilnahme auf, obwohl sein Leben nicht gefährdet gewesen war. »Mögen die Götter mit dir sein«, sagte er und hob die Hände, um ihn flüchtig zu segnen.

Antenor verbeugte sich tief, dann gingen sie zu den Ställen. Seinem Alexandros hatte Antenor zusätzlich zu den Töpferwaren das Geschirr beider Pferde aufgepackt, während Alexandra sie an kurzen Zügeln führte.

Sie nahmen dieses Mal die etwas kürzere Bergstrecke nach Elis, statt des längeren Weges an der Küste entlang. An der Stelle, wo beide Straßen sich gabelten, war aus der Entfernung das Bett des Alpheios zu sehen. Dort irgendwo mußte die Furt sein. Alexandra deutete mit dem Kinn dorthin. »Ich habe dich damals am Alpheios gesehen, als du in die Berge wolltest, und ich glaube, du hattest Angst, verfolgt zu werden. Ich sah die beiden Männer, die hinter dir her waren.«

»Sie waren hinter mir her«, bestätigte Antenor überrascht. »Den einen mußte ich in Notwehr erschlagen. Dares entkam ich knapp.«

»Antenor«, sagte Alexandra entsetzt. »Das hast du mir ja gar nicht erzählt! Warum verfolgten sie dich?«

»Es bestand kein Anlaß, es dir zu erzählen. Jetzt auch nicht.«

Alexandra seufzte hörbar. Sie blieb schweigsam, bis in die Berge hinein. Sie waren nicht so hoch wie die von Arkadien, aber steile Strecken und Serpentinen gab es in Hülle und Fülle. Erst am nächsten Tag konnten sie unten im Tal die Tempel von Elis erkennen.

Plötzlich war Alexandra ganz wunderlich zumute. Das Abenteuer Olympia begann. »Ich bin gespannt, wie viele Wagen gemeldet werden«, sagte sie aufgekratzt. »Wenn ich nur einen guten Wagen bekommen könnte! Ich habe hin und her überlegt, wer mir einen leihen würde. Das Schlimme ist: mir ist niemand eingefallen.«

»Wir werden einen kaufen.«

Alexandra sah ihn an und schüttelte den Kopf. Er machte es sich wirklich zu einfach.

»Die Wagen der Stellmacher aus Pylos sind die besten der Welt, ganz gleich, was die Eleer dazu sagen. Du kannst sicher sein, daß mindestens einer am Hippodrom zu finden ist. Und jetzt, vor Beginn der Ausscheidungen, dürfte die Auswahl am größten sein.«

Alexandra lachte gequält. »Dafür, daß du Töpfer bist und nicht Wagenlenker, weißt du gut Bescheid. Du vergißt nur, daß ich kein Geld habe.«

»Aber ich. Und Chiron hat mir viele Ratschläge gegeben.«

»Wußte Chiron etwa, was passieren wird?«

Antenor kaute eine Weile an der Antwort herum. »Sagen wir so«, antwortete er schließlich, »wir haben uns mit verschiedenen Möglichkeiten befaßt, mit denen andere Leute versuchen könnten, deine Teilnahme an der Olympiade zu verhindern. Manipulationen an deinem Wagen gehörten auch dazu. Nur daß er schon vor dem Rennen verschwindet, hatte ich nicht berechnet.«

»Der berühmte Berechner von Kaisern und Streitwagen«, murmelte Alexandra. Inzwischen war sie müde und hungrig, und Hunger machte sie meistens ärgerlich. »Kannst du nicht etwas anderes berechnen? Amphoren, zum Beispiel. Oder noch besser Tintenfischringe.«

Zwischen Hippodrom und der Stadtmauer von Elis waren Buden und Zelte aus dem Boden geschossen. Alexandra lehnte sich schläfrig an das Maultier und überließ es Antenor, ihnen einen Zeltplatz zu suchen.

Sie wachte erst richtig wieder auf, als sie sich im Eingang eines Zeltes sitzend wiederfand. Vor ihr dampften die Speisen, die der Töpfer aus einer der Garküchen geholt hatte. Alexandra warf ihm einen entschuldigenden Blick zu. Mehr als das brachte sie nicht fertig. Zu viel war zwischen ihnen noch nicht ausgesprochen.

Dann widmete sie sich still den Seeigeln, die sie als Vorspeise aßen, beträufelte sie mit Olivenöl und gab sich einfach dem Genuß hin. Antenor hatte anscheinend ebensowenig Lust zu reden wie sie. Aber als sie zu den Tintenfischringen übergingen, versicherte er ihr: »Sie sind gezählt.«

Sie brachen in Lachen aus.

Alexandra fielen die Athleten ein, die für diese letzten dreißig Tage vor Beginn der Spiele in den Gemeinschaftsunterkünften wohnen mußten, alle das gleiche aßen und zur gleichen Zeit schlafen geschickt wurden. Nur die Lenker der Streitwagen, die Trompeter und die Herolde waren von dieser Regelung ausgenommen. Und die Sänger. Welch ein Glück! Sie stellte sich Nero auf einer schmalen Pritsche vor, drapiert in ein goldenes Gewand und mit der Lyra in der Hand. Sie begann zu kichern.

Antenor sah erstaunt auf. »Morgen besorgen wir dir den besten Wagen, der zu haben ist«, verkündete er fröhlich.

Plötzlich sah Alexandra den kommenden Tagen mit Zuversicht entgegen. Irgendwo wartete Idaios. Aber jetzt war erst das Rennen an der Reihe. Jetzt würde sie dem hochnäsigen Adel von Elis zeigen, wie eine Frau zu siegen verstand! Nie würde sie ihnen verzeihen, daß sie ihrem Vater nicht geholfen hatten, als der Pöbel im Namen Apollons auf ihn losgegangen war!

In dem Gewimmel von Verkaufsbuden und Handwerkern am Hippodrom gab es mehrere Stellmacher, aber nur einen, der aus Pylos stammte. Er war ein kleiner schwarzhaariger Mann mit zerknittertem Gesicht. Er sprach sie an, als sie sich die vier ausgestellten Wagen der Reihe nach betrachteten.

»Ich glaube nicht, daß meine Wagen dein Gewicht aushalten«, sagte er und strich sich bekümmert das Kinn, während er Antenor von oben bis unten musterte. »Für dich wäre einer von der römischen Machart besser. Aber die habe ich nicht. Meine Wagen sind für Fliegengewichte gebaut – und schnell wie hellenische Falken auf Jagd.«

»Genau was wir brauchen. Die junge Frau wird fahren.«

»Die junge Frau?« Der Handwerker sah Alexandra nur kurz ins Gesicht, dann auf ihre Hände.

Alexandra drehte sie vor seinen Augen. Sie waren an den Nagelrändern eingerissen und dufteten nach Pferd.

Aber den Stellmacher überzeugten sie. Er nickte bedächtig. »Ist sie Römerin oder Syrerin?« fragte er Antenor.

»Eleerin!« Alexandra preßte die Lippen zusammen, um sich nicht weitere wütende Worte von der Zunge rutschen zu lassen. »Und ich kann sprechen!«

»Aus Elis!« Der Wagenmacher staunte sie offenen Mundes an. »Ich kann mir nicht denken, daß die Eleer wollen, daß du gewinnst, Herrin.«

»Richtig geraten«, warf Antenor ein. »Aber sie will es. Und sie kann es. Sie hat die besten Pferde von Elis. Und sie braucht einen Wagen, weil man ihren gerade zerstört hat.«

Der alte Mann warf den Kopf zurück und stieß ein blechernes Meckern aus. »Damit sie gar nicht erst fährt? Die Eleer konnte ich noch nie leiden. Tragen die Nase zu weit oben, seitdem sie das Rennen um die olympische Leitung gegen Pisa gewonnen haben.«

Ach, ihr Götter, dachte Alexandra mißmutig, während der Händler in nachdenkliches Schweigen fiel. Wäre ich nur still gewesen!

»Kommt mal mit«, befahl der Stellmacher und machte ein geheimnisvolles Gesicht. »Ich glaube, meine *Speerspitze* ist für eine Eleerin, die gewinnen will, das Richtige.«

Er führte sie einige Zeltgassen weiter zu einem besonders großen Zelt, in dessen Mitte ein einzelner Streitwagen prangte. Ein Durcheinander von persönlichen Dingen lag beiseite geschoben an den Zeltwänden. Zweifellos stand der Wagen im Mittelpunkt seines Denkens. »Mein Prachtstück«, sagte er stolz.

Paidikos hätte den Wagen alles andere als prächtig bezeichnet, aber Alexandra wußte, was er meinte. Sie nickte zustimmend und schritt mit Bewunderung in den Augen um ihn herum. Der Wagenkorb war aus feinem Rohr dicht geflochten, außen glänzend lackiert und schien hart wie Stahl. »Warum stehen die Räder schräg zur Achse?«

Der Wagenmacher lächelte zufrieden, und Alexandra wußte, daß sie die richtige Frage gestellt hatte. »Sie laufen besser als herkömmliche Räder. Steine, Baumwurzeln, Matsch in der Fahrspur – nichts wirft meinen Wagen aus der Bahn.«

»Davon habe ich noch nie gehört«, sagte Alexandra ehrlich und ein bißchen beunruhigt. Sie wußte nicht, ob sie diesen Wagen wirklich haben wollte.

»Ich habe mir die Technik selbst ausgedacht und erprobt. Der Wagen ist allerdings noch nie bei heiligen Spielen eingesetzt worden«, gab der Stellmacher zu. »Überhaupt noch nie bei echten Rennen, um ehrlich zu sein.«

»Ich liebe ungewöhnliche Methoden«, sagte Antenor heiter.

»Du mußt mich nicht mahnen! Schließlich habe ich auch deine Hochzeitsschale gekauft«, sagte Alexandra über ihre Schulter hinweg zu Antenor und genießerisch zum Stellmacher: »Ich nehme ihn. Die Eleer werden Schaum vor den Mäulern haben, wenn ich gewinne, und wenn ich das mit den Rädern eines Künstlers aus Pylos tue, werden sie an ihm ersticken.«

Der Stellmacher grinste von einem Ohr bis zum anderen und hielt ihr seine Hand hin.

Von einem der vielen blaugekleideten Ordner erhielten Alexandra und Antenor den Auftrag, sich im Gebäude neben dem Hippodrom bei Charaxos, Hellanodike für die Pferderennen, Phratriarch der Apollonverehrer und Archon der Stadt Elis, registrieren zu lassen.

»Du meine Güte«, sagte Antenor, »muß man ihn mit sämtlichen Titeln ansprechen? Bis man fertig ist, ist das Rennen ja vorbei!«

Der Rhabdouchos kräuselte nur die Oberlippe und winkte sie weiter, damit er sich dem nächsten widmen konnte.

»Man nimmt sich wichtig.« Antenor lachte Alexandra an, während er leichtfüßig neben ihr herlief.

Sie nickte nur und lenkte den Wagen geschickt durch das Getümmel. Hinter zwei anderen Wagen hielt sie an, die schon vor einer mit einem grünen Wimpel gekennzeichneten und durch einen städtischen Alyten bewachten Tür warteten. Die Hengste des Viergespanns ganz vorne schnaubten und traten unruhig auf der Stelle. Sie wurden von Chiron gehalten. Alexandra winkte ihm zu. Bevor sie zu ihm hinlaufen konnte, trat Paidikos in Begleitung eines anderen jungen Mannes aus der Tür.

Sein Blick fiel sofort auf Alexandra. Paidikos richtete seinen Zeigefinger auf sie, warf seine langen Haare zurück und lachte albern. Dann schickte er seinen Begleiter mit einem Schubs zu seinem Gespann und schlenderte zu ihr herüber. »Was hast du denn für einen seltsamen Wagen?« fragte er abfällig.

»Und seit wann interessieren dich Wagen?« hielt Alexandra dagegen und lächelte ihn von oben herab an.

Paidikos' Miene versteinerte. Er trat näher. Seine schmuddeligen Pranken schlossen sich fest um den wulstigen Rand und schüttelten den Kasten. »Werde nicht frech zu mir«, drohte er leise. »Ich könnte dir die Pferde auf der Stelle wegnehmen. Du hast sie vom Hof gestohlen. Ein Siegelstempel von mir, und du bist sie los!«

»Und warum tust du es nicht?« fragte Alexandra aufgebracht. Es stimmte, das war das Schlimme.

»Es wird mehr Spaß machen, deine Niederlage zu erleben«, sagte Paidikos hämisch, umrundete feixend Alexandras Wagen und zog dann davon.

Sie ballte die Faust. Plötzlich lag Antenors Hand auf ihrer. Er schüttelte sacht den Kopf. »Laß dich von deinem Bruder nicht ärgern«, sagte er leise. »Er ist ein dummer Junge. Und du hast ein großes Ziel vor Augen.«

Alexandra entspannte sich. Er hatte ja recht. Einen Augenblick erwog sie, ob sie ihm endlich alles erzählen sollte. Es gab so viel, das er nicht wußte.

Dann sprang sie ab. Es war nicht die Zeit für Geständnisse. »Jetzt zum Registrieren hinein. So wie ich mich auskenne, werden sie mir da drinnen auch Steine in den Weg werfen,« sagte sie grimmig zu Antenor. »Aber jetzt werfe ich zurück!«

Charaxos thronte wie ein fremdartiger Gott auf einem üppig geschnitzten Sessel, der erhöht auf einem Podest stand. Der alte Mann rümpfte in geradezu unverschämter Weise die Nase, als er Alexandra bemerkte, und versenkte sich in die Betrachtung einer Fliege, die über den Tisch seines Schreibers spazierte.

»Ich glaube«, sagte Antenor mit dröhnender Stimme, »wir haben uns in der Tür geirrt. Hier sehe ich keinen unparteiischen Schiedsrichter, der Athleten registriert. Komm, Alexandra!«

Charaxos' Kopf schnellte zu Antenor herum. Er schrak angesichts dessen imponierender Gestalt zusammen, aber es fiel ihm nicht ein zu widersprechen. Der Schreiber schielte zur Seite, um seinen Herrn im Auge zu behalten. Seine Hand schob sich vorsichtig zu einem Holzhämmerchen, das ihm anscheinend zur Verteidigung diente.

»Es würde die Stadträte von Korinth und Athen sicher interessieren, wie abweisend man die Konkurrenz in Elis behandelt«, bemerkte Antenor zu Alexandra.

»Wieso abweisend? Du bist uns willkommen. Wofür möchtest du dich melden? Bist du Korinther? Oder Athener? Habe ich dich nicht schon einmal in Elis gesehen?«

»Korinther. Ja, du hast mich gesehen. Auf dem Markt. Ich verkaufte dir ein Salbgefäß für deine Hetäre.«

Charaxos rutschte nervös auf einem tiefroten Kissen herum. »Dein Name war Antenor. Du bist *der* Antenor? Der Sohn des Archon Phegeus etwa?«

»Eben der.«

Alexandra hatte keine Ahnung, wer Antenors Vater war, aber Charaxos schien tief beeindruckt. »Ich war ganz in Gedanken eben«, redete er sich hastig heraus. »Ich habe dich nicht erkannt.«

»Das macht weiter nichts«, sagte Antenor freundlich. »Ich bin ja nicht der Athlet. Es reicht, wenn du Alexandra erkennst. Sie möchte nämlich für Elis gewinnen, also gewöhnst du dich besser jetzt schon an ihren Anblick. Kaiser Nero fand ihn so erfreulich, daß er wegen ihr das Preisgeld erhöht hat. Du hast sicher schon davon gehört.«

»Ja«, stammelte Charaxos.

»Ohne ihre Teilnahme würde er es bestimmt wieder senken. Oder streichen. Bist du nicht auch Archon Eponymos des Apollontempels mit der besonderen Verantwortung für das Vermögen? Ich könnte mir denken, daß man es als Veruntreuung betrachtet, wenn du sichere Einnahmen des Tempels verspielst...«

Charaxos wischte sich mit den Fingerspitzen Schweißtropfen von der Schläfe. »Es fiele mir nicht ein, mir ein Urteil über die Teilnehmer der heiligen Spiele zu erlauben«, flüsterte er atemlos. »Wer die Bedingungen erfüllt, wird akzeptiert.«

»Dann ist es gut«, sagte Antenor besänftigt. »Mein Eindruck war wohl falsch. Ich bin neuerdings so oft gereizt. Vielleicht bin ich krank. Hoffentlich nehmen meine Kräfte nicht ab.«

Charaxos starrte ungläubig auf die breite Hand, die plötzlich auf das Hämmerchen herunterfuhr und es beinahe zum Verschwinden brachte.

»Du mußt wissen, daß ich mich der kleinen Alexandra angenommen habe, und da brauche ich mitunter Kraft und gute Augen, für den Gebrauch von Schwert und Bogen, du weißt schon.«

Charaxos nickte gehorsam. Alexandra hätte am liebsten schallend gelacht, aber das verschob sie auf später. Befriedigt registrierte sie, daß der Alte ganz allmählich begriff, daß sie diesen Raum als Teilnehmerin an den Olympischen Spielen verlassen würde. Notfalls mit der Hilfe eines Archonten von Korinth oder Waffengewalt.

»Ich grüße dich, Alexandra«, sagte Charaxos höflich, wenn auch verspätet. »Und dich auch, Antenor von Korinth.«

»Dein voller Name«, fiel der Schreiber beflissen ein, leckte an der Gänsefeder und sah sie aufmerksam an. »Wessen Gespann möchtest du melden?«

Selbst der Schreiber wußte also Bescheid. Aber Alexandra blieb über den vielen Fragen, die alle ihren Vater als Besitzer betrafen, keine Zeit, darüber nachzudenken. Charaxos hörte konzentriert zu, ohne sich einzumischen.

Endlich waren sie mit den Formalien fertig.

Der junge Mann, der vor der Meldestelle die Gespanne zu prüfen hatte, glotzte verwundert die Räder an, aber er machte sich nicht einmal die Mühe, die Achsen von unten zu betrachten. Sein Daumen gab Alexandra die Weiterfahrt frei.

»Wir haben es geschafft«, sagte Antenor fröhlich, als sie sich später durch die Erzeugnisse der teuersten Garküche auf dem Platz hindurchaßen, »die schlimmsten Klippen liegen hinter uns. Die schroffen Berge der Ordner und Verwalter, die ihre Existenz nur durch den Erlaß von Vorschriften rechtfertigen, die sie dann mit gewaltigem Aufwand kontrollieren müssen.«

»Jetzt sollte ich vielleicht noch ein bißchen gewinnen«, sagte Alexandra tugendhaft.

Sie sahen sich an und brachen wieder in Gelächter aus. Alexandra hatte das Gefühl, noch nie so glücklich wie im Augenblick gewesen zu sein. Mit ganz winzigen Einschränkungen, vielleicht.

Kapitel 37

»Es wundert mich, daß Charaxos nachgegeben hat«, sagte Alexandra mit vollem Mund. »Eine Griechin darf nicht dürfen, was eine Römerin oder eine Syrerin darf. In Olympia schon gar nicht. Die hoffen bestimmt, daß ich schon hier in den Ausscheidungskämpfen verliere.«

Antenor nickte zustimmend. »Mich wundert es nicht. Nicht jeder Teilnehmer kann sich rühmen, den Kaiser zu kennen. Und beim Hoffen wird es nicht bleiben. Sie werden alles tun, um dich in Elis aus dem Rennen zu werfen. Und das, obwohl du selbst als siegreiche Lenkerin ja nicht in die Siegerliste eingetragen werden würdest. Es geht ums Prinzip.«

»Genau. Dann können sie noch die nächsten Jahrhunderte behaupten, daß Frauen bei den Olympischen Spielen nicht antreten dürfen.« Alexandra krauste die Nase.

»Ja, man muß es nüchtern betrachten.«

Alexandra sprang auf und blickte auffordernd auf Antenor hinunter. »Komm, laß uns den Athleten beim Üben zuschauen. Ich brauche etwas zu tun, sonst werde ich noch nervös.«

»Nervös? Was ist das?« Antenor blinzelte ihr zu und sprang auf.

Im Zelteingang legten sich seine Hände auf Alexandras Schultern. Aber sie tat, als ob sie es nicht bemerkte, während sie sich umsah. Und dann nahm er die Hände wieder fort, die ihr ganz bestimmt Vertrauen eingeflößt hätten, wäre da nicht die Kiste gewesen. »Ich wußte ja gar nicht, daß du aus so vornehmem Haus bist«, sagte sie scheu. »Warum hast du es nicht erzählt?«

»Da gibt es nichts zu erzählen. Mein Vater beißt sich lieber die Zunge ab, als mich zu erwähnen. Gut, daß Charaxos davon nichts wußte. Hingegen will ich hoffen, daß ihm das ausgezeichnete Verhältnis zwischen dem Stadtrat von Korinth und dem Statthalter Neros bekannt ist.«

Alexandra sah ihn mit einer Mischung aus Erschrecken und Neugier an und beschloß darauf zu warten, daß er ihr irgendwann mehr darüber erzählen würde. Sie reichte ihm die Hand. »Komm, laß uns gehen.«

Viele hatten die gleiche Idee gehabt: Die Gänge zwischen den Zelten waren trotz der frühen Morgenstunde schon belebt. Sie mußten sich durch die Leute hindurchdrängen. Bald sahen sie die Übungshallen vor sich, die wegen ihrer Schutzdächer gegen die Sonne beliebt waren.

»Erinnerst du dich an den Allkämpfer, mit dem dein Vater sich in Olympia verabredet hatte?« fragte Antenor plötzlich, nachdem sie den beiden Muskelpaketen, die sich gegenseitig umlauerten, eine Weile zugesehen hatten. »An den ersten Brudersohn aus Pisa.«

»Ja«, antwortete Alexandra gequält.

»Sosias hieß er. Er hat vor den Apollonpriestern ausgesagt, daß er deinen Vater bestochen hat. Danach verschwand er, spurlos, wie mir Freunde von ihm erzählt haben. Wenn er außer Landes gegangen wäre, hätte er sich von ihnen verabschiedet.«

»Hieß er? Was willst du damit sagen?« Wieder etwas Beunruhigendes!

»Nur, daß im Umkreis von Idaios immer Personen verschwinden.«

Alexandra schüttelte sich und warf einen letzten lustlosen Blick auf die Ringer. »Es scheint, als wären Menschen und Pferde gefährdet, wenn sie es mit Idaios zu tun bekommen. Ich kann Leute nicht leiden, die gemein zu Pferden sind.«

»Ich bin ausgesprochen freundlich zu Pferden«, murmelte Antenor. »Auch wenn ich schon mal Ärger mit den Zügeln habe.«

Alexandra lächelte flüchtig. »Und der zweite Brudersohn? Der Lange, den wir mit meinem Vater auf dem Kronos-Hügel in Olympia gesehen haben. Was ist mit dem? Ist er auch verschwunden?«

»Nein. Er ist hier. Er heißt Demylos und hat sich für den Doppellauf gemeldet.« Antenor fiel beim Gehen sichtlich in eine grüblerische Stimmung.

»Ich hoffe, du wirst mir eines Tages erzählen, was dies alles zu bedeuten hat«, sagte Alexandra zornig. »Warum du mich immer mit Andeutungen köderst. Am besten gehen wir und warnen den Mann vor Idaios.«

»Wie du willst. Aber eine gute Idee ist es nicht.«

»Du hast sie herausgefordert.« Alexandra machte sich auf den Weg. Antenor kam hinter ihr her. Schon um mich zu bewachen, dachte sie.

Das Stadion lag in der prallen Sonne, aber die Läufer übten trotzdem. Einige machten Lockerungsübungen neben der Bahn, andere standen in gebückter Haltung auf den hölzernen Startschwellen, rannten los und kehrten wieder um, um aufs neue zu starten. Und obwohl es den Trainern verboten war, bei den Übungen in Elis einzugreifen, taten sie genau dies; man sah überall voll bekleidete Männer, die ihren nackten Schützlingen Ratschläge gaben, sie mit den Händen einwiesen, oder sogar selbst auf den Schwellen den Start mimten.

»Der da könnte es sein, glaube ich«, sagte Alexandra und zeigte auf den Mann, der soeben die Wendesäule umrundet hatte und zurückkam. Als er jenseits des Ziels anhielt und in gebückter Haltung ausruhte, ging sie zu ihm hinüber. Sie musterte ihn genau. Er war lang und dünn und unten herum dem Diskuswerfer auf dem Mosaik sehr ähnlich. Mit dem Unterschied, daß ihm der Schweiß von der Spitze seines Gemächts tropfte. »Bist du Demylos?«

Schnaufend sah er auf. Sein Gesicht verfinsterte sich. »Und wenn ich es wäre?«

»Dann würden wir gerne vertraulich mit dir reden«, sagte Alexandra höflich. Der Mann war mißtrauisch und abweisend, aber dafür hatte er sicherlich seine Gründe.

»Dann rede. Sage mir vorher, wer du bist.«

»Mein Name ist Alexandra Melanthios.«

Demylos richtete sich auf und trat so dicht zu ihr heran, daß er beinahe auf ihren Zehen stand. Seine Haut kochte vor Hitze. »Melanthios aus?«

»Elis«, antwortete Alexandra verwundert.

»Aha. Was willst du?«

Jäh merkte Alexandra, daß es so einfach gar nicht war, wie sie es sich vorgestellt hatte. Schließlich konnte sie ihm nicht ins Gesicht hinein vorwerfen, daß er möglicherweise versucht hatte, ihren Vater zu bestechen. »Du hast mit meinem Vater in Olympia gesprochen«, begann sie vorsichtig. »Zu dem Zeitpunkt war er Schiedsrichter.«

»Weiter.«

»Und vielleicht auch mit Idaios, ehemaliger Phratriarch aus Megalopolis.«

Demylos zuckte mit den Schultern. »Vielleicht. Vielleicht auch nicht.«

Auf Alexandras Schulter lag plötzlich mit festem Griff Antenors Hand. Ihr blieben die Worte in der Kehle stecken.

»Es hat eine Bestrafung wegen eines Bestechungsversuches eines Schiedsrichters gegeben«, sagte Antenor bedächtig. »Und Gerüchte besagen, daß einer der Athleten, der ihn bestochen hat, spurlos verschwunden ist. Sosias heißt er.«

Der Läufer verzog keine Miene, aber er sah Antenor mit großer Wachsamkeit an. »Kenne ich nicht«, behauptete er.

»Macht ja nichts. Dann viel Glück bei deinen Läufen. Komm, Alexandra.« Antenor drehte sie kurzerhand um und schob sie vorwärts. Noch bevor sie Protest erheben konnte, befanden sich schon fremde Menschen zwischen ihr und Demylos.

Sie war gerade dabei, sich mit der Erfolglosigkeit ihres Vorstoßes abzufinden, als der Läufer lautlos neben ihr auftauchte.

»Vor wem hätte man sich in dem Fall in acht zu nehmen?« flüsterte er.

»Vor Idaios«, sagte Alexandra arglos und fühlte zu spät, daß Antenor versuchte, sie aufzuhalten. Verständnislos folgten ihre Augen dem Mann, der ohne ein weiteres Wort davonging.

»Ich traue ihm nicht«, sagte Antenor mit einem Seufzer. »Aber das nützt jetzt auch nichts mehr.«

»Er war merkwürdig«, gab Alexandra zu.

»Vor allem hat er gelogen«, versetzte Antenor. »Er erzählte deinem Vater, daß er einen gewissen Sosias kenne, und der habe Andeutungen über ein Freilos gemacht, das man ihm zuspielen würde...«

Alexandra sah schreckerfüllt zu ihm hoch.

»Dann fragte Demylos, ob Melanthios am Rest der Geschichte interessiert sei... Genauer gesagt, am Verschweigen des Restes dieser Geschichte. Ich kann es nicht ändern, Alexandra«, setzte Antenor lustlos hinzu. »Es war so. Du mußt dich damit abfinden, daß dein Vater in seiner Not bestechlich wurde. Und Demylos hat versucht, ihn zu erpressen.«

»Und warum hast du mich nicht daran gehindert, einen Erpresser zu warnen?«

»Manchmal setzt man durch überraschende Aktionen Dinge in Gang, die einiges klären. Übrigens ließ dein Vater sich nicht erpressen. Er blieb erstaunlich standhaft. Demylos muß dann aufgegeben haben.«

Alexandra verstand nicht, was er meinte. Sein Gesicht war undurchdringlich und härter, als sie es kannte. Außerdem fühlte sie sich in jeder Beziehung hintergangen. Es kränkte sie tief, daß er ihre Bekanntschaft dazu genutzt hatte, ihren Vater auszuspionieren. »Du bist umgekehrt und hast meinen Vater belauscht!«

Antenor nickte. »Ich mußte es tun. Es gehört zu meinen Aufgaben.«

»Aufgaben hast du auch noch? Ich denke, du rechnest!« schnaubte Alexandra und fing an, sich einen Weg durch das Gedränge zu bahnen.

»Beides. Im Augenblick aber denke ich, sollte ich das tun, was von den männlichen Bürgern und Gästen erwartet wird. Eine Aufgabe, deren Ergebnis sich vorher nicht ausrechnen läßt.«

»Und das wäre?«

»In den Tempel gehen und den Göttern huldigen.«

»Huldigen! Natürlich!« Alexandra drehte sich bitterböse zu ihm um. »Jetzt erzähle mir nur noch, du willst Apollon huldigen!«

»Genau das.« Antenor hob die Hand zum Abschied und schlängelte sich davon. Alexandra bebte vor Zorn.

»Apollon ist der größte Gott«, rief Idaios mit seiner klangvollen Stimme, die mühelos die letzten Winkel des Tempels erreichte, auch Antenor, der hinter einer Säule stand. »Er versammelt seine Anhänger zu einem mächtigen Bund auf dem Peloponnes. Die Priester der Apollontempel von Megalopolis und von Bassai warten darauf, daß der Apollontempel von Elis sich ihnen anschließt. Und sie vertrauen darauf, daß Apollons Anhänger in der Ebene eine mächtige Bewegung anfachen werden!«

Das war es also! Antenor fiel es wie Schuppen von den Augen. Idaios wollte die Apollontempel zu einer Einheit zusammenschließen. Er brauchte dazu den Beistand der Apollonanhänger aus ganz Hellas. Deshalb auch der Zeitpunkt der Olympischen Spiele! Verstohlen sah er sich um.

Die Männer in seiner Umgebung rührten sich ein wenig, machten höflich interessierte Gesichter. Sie verstanden nicht, was Idaios, der sich heute wieder als Phratriarch von Megalopolis herausstaffiert hatte, bezweckte. Das konnten sie auch kaum. Sie hatten nicht die Unruhe im Tempel von Bassai miterlebt, die Aufregung der Priester. Es war ein grandioser Plan im Namen Apollons, aber brandgefährlich für alle anderen Tempel; es konnte schlimmstenfalls mit ihrem Erlöschen enden.

Im Hintergrund drängte sich eine Gruppe schwarzgekleideter Männer um einen Vorsänger. Es war das übliche Ritual. Die Männer in Antenors Umgebung senkten ihre Köpfe; er auch, aber er versuchte, alles im Blick zu behalten. Irgendwie hatte er das Gefühl, daß hier heute etwas Entscheidendes geschehen würde.

Über dem monotonen Singsang der Priester sprach Idaios weiter. »In alter Zeit war es der Stamm der Dorer, der sich mit Apollon besonders verbunden fühlte; Griechenland ist längst geeint, aber wir Griechen vom Peloponnes hängen an ihm in besonderer Treue. Es gibt keinen Zweifel, daß Apollon die größte Aufmerksamkeit von allen Göttern für sich fordert und von uns zuerst.«

Antenor lächelte schmal. Idaios stammte nicht vom Peloponnes, eher schon aus der Heimat des Apoll.

Der Chor schwieg, und in der plötzlichen Stille hörte man sogar, wie der aus dem Nichts aufgetauchte Charaxos eine Rolle aufrollte. Die Lampen knisterten; die Geräusche, die von den Menschenmassen am Hippodrom ausgingen, waren ein fernes Rauschen.

»Ich kann es bestätigen«, sagte Charaxos. »Die steigende Frömmigkeit führt Apollon täglich weiteren Besitz zu. Er ist unermeßlich reich und der größte Landbesitzer in dieser Gegend. Er stellt die wahre Macht des Peloponnes dar, nicht die Gutsbesitzer aus den sogenannten großen Familien! Der alte Adel hat abgewirtschaftet! Leute wie die Klytiden, die Iamiden und die Melanthier werden nicht mehr gebraucht. Apollons Anhänger werden zu einer Bewegung werden, die sogar der römische Kaiser respektieren muß!«

»Wen nimmt er denn? Wetten, daß unsereins wieder leer ausgeht!« Der Sprecher war ein kurzbeiniger Kerl in abgerissener Kleidung.

Idaios schüttelte milde seinen Kopf. »Er liebt alle, die ihn lieben! Aber besonders kümmert er sich um die, die bisher wenig Rechte hatten, die armen Bürger der Städte, die Jugend und die Sklaven. «

»Die Charaxiden auch?«

Charaxos ließ seine Rolle mit gekränkter Miene zusammenrauschen. »Mein Großvater war so arm wie jeder von euch. Ich habe Glück gehabt. Nicht ohne Grund hänge ich Apollon an!«

Die Antwort verblüffte nicht nur Antenor, dessen Informationen anders lauteten. Idaios' Augenbrauen schienen hochzuschnellen. Er beeilte sich, die Fragestunde abzubrechen und nickte dem Oberpriester des Tempels zu.

Alkinoos streckte seine Hände in kurzer Andacht zur Apollonstatue aus. Dann sprach er, leise. »Wie der ehrenwerte Idaios, Phratriarch von Megalopolis, bereits erwähnte, nimmt sich Apollon besonders der Jugend an. Der Tempel beabsichtigt, die Jugend zu mehr Frömmigkeit zu erziehen. Wir haben es bisher gerade da an Sorgfalt fehlen lassen. Ich erinnere nur an das allgemeine Entsetzen über das Verbrechen des Egersos aus der Familie der Klytiden.«

Die Männer neben Antenor nickten. Die Geschichte war wochenlang Gesprächsthema gewesen. Aber er zweifelte daran, daß sie stimmte. Sie paßte bestimmten Leuten zu gut, und der Junge hatte den Giftbecher bestürzend schnell nehmen müssen. Wahrscheinlich hatten die Klytiden ihn zum Schluß geopfert, um nicht als ganze Familie zum Opfer zu werden.

»Wir haben uns deshalb«, fuhr Alkinoos fort, »mit den Priestern des Zeustempels einigen können, daß die Knaben ihren Eid erstmals mit der zweihundertelften Olympiade vor Apollon ablegen, während die Männer bei Zeus Horkios bleiben. Damit übernimmt Apollon auch vor der Welt die Verantwortung für die Jugend.«

Die Zeuspriester gaben also Privilegien auf! Hatten sie nachgeben müssen? Es überraschte Antenor, hiervon erstmals in einem Apollontempel zu hören.

Einige Männer klatschten zustimmend in die Hände, wahrscheinlich Väter von Olympiateilnehmern in den Knabenmannschaften. Ablehnung würde von den Vätern kommen, die einem Koinon der Verehrer anderer Götter angehörten. Aber den Beschluß der Priester konnte niemand umstoßen.

Die Versammlung war beendet. Die Männer schoben sich schwatzend nach draußen, und Antenor ließ sich von ihnen mittragen. Er kannte jetzt endlich das Ziel von Idaios. Wenn er zurückblickte, war tatsächlich Apollons Macht jeden Tag ein kleines Stückchen gewachsen.

Und was, bei allen Göttern des griechischen Olymp, konnte Idaios jetzt noch aufhalten?

Zufrieden beobachtete Idaios, daß die Gläubigen in Gruppen beisammenblieben. Die meisten würden zum Stadion wandern und dort die Neuigkeit verbreiten. Bestens! Achtlos schob er sich an einem jungen, auffallend großen Menschen vorbei, der ihn verstohlen betrachtete. Solche Bewunderung war er inzwischen gewöhnt.

»Bist du Idaios aus Megalopolis?« erkundigte der Mann sich mit leiser Stimme.

Idaios drehte sich um. »Jetzt Idaios aus Elis. Wer fragt?«
»Das tut nichts zur Sache«, sagte der Jüngling rasch. »Ich hätte eine Information, die dich möglicherweise interessieren könnte. Und andere nichts angeht.«

Idaios kniff die Augen ein wenig zusammen und sah ihn sich genauer an. Diesen Ausdruck von Habgier und Angespanntheit kannte er. Mit Männern dieser Art hatte er gelegentlich zu tun. Allerdings stellten die meisten es schlauer an.

Gerade jetzt hatte er keine Zeit für eine Lehrstunde in Sachen Erpressung. Er hatte den Töpfer, der das Gold gestohlen hatte, an der Säule lehnen sehen. Ein fürchterlicher Fehler von Dares zu glauben, dem Kerl ginge es nur um den Schatz; er würde es büßen. Später, wenn Antenor ausgeschaltet war.

Idaios lächelte den langen Sportler an. »Ich glaube, ich habe schon von dir gehört«, sagte er bedächtig. »Du mußt Demylos sein. Wieviel soll die Information kosten?«

Das Pflichttraining dieser dreißig Tage vor der Olympiade war hart. Die zehn Hellanodiken walteten unbarmherzig ihres Amtes. Vor allem jetzt, zu Beginn der Prüfungen, gab es täglich Athleten, die als untauglich nach Hause geschickt wurden. Unter den Zuschauern wurden solche Sensationen mit Gier erwartet und heiß diskutiert.

Alexandra beteiligte sich daran nicht. Sie hatte genug damit zu tun, sich in die von den Schiedsrichtern festgelegte Übungsordnung einzufügen. Es gab nicht nur die Zwei- und Viergespanne von ausgewachsenen Pferden, sondern auch von Fohlen, dazu noch die drei Zehngespanne und schließlich die Reiter von Hengsten und Fohlen. Und alle wollten vor Beginn der Ausscheidungskämpfe im Hippodrom trainieren.

Antenor sah sie in diesen Tagen nur morgens und abends. Er saß zwischen anderen Handwerkern und bemalte seine Ware wie ein beliebiger unbekannter Dorftöpfer. Wieder hatte sein Lehrling Rohware geliefert und war wieder gegangen.

Alexandra war die Stille zwischen Antenor und ihr nur recht. Es war kein richtiges Zerwürfnis, aber sie grollte ihm. Und er machte von sich aus keinen Versuch, die Stimmung aufzubessern.

Und dann begegnete sie plötzlich Melissa. Oder vielmehr, Melissa tauchte im Zelteingang auf.

Sie schlüpfte herein und umarmte Alexandra hastig. »Ich muß mich beeilen«, erklärte sie, »damit Idaios nicht merkt, daß ich einen privaten Gang mache.«

Alexandra forschte in ihrem Gesicht. Im Augenblick sah sie etwas abgehetzt aus, aber nicht mißhandelt oder krank. »Es ist schön, dich wiederzusehen«, sagte sie endlich und gab sich keine Mühe, ihre Tränen zurückzuhalten. Melissa war wie eine Mutter zu ihr gewesen. Aber der Vater hatte sie verkauft, ohne sich darüber Gedanken zu machen. »Ist dein neuer Herr zu ertragen?«

Melissa wiegte den Kopf. »Es geht. Er traut niemandem. Seine Sklaven sind kaum länger als ich in seinem Besitz, mit Ausnahme von Dares. Aber Dares ist zwei Tage außer Haus, und daher muß ich eine Botschaft zu Idaios bringen. Es kommen unentwegt Mitteilungen zu Idaios, aus ganz Griechenland, und er will sie sofort haben. Man könnte meinen, er bereite einen Aufstand vor.«

Alexandra lächelte belustigt. »Soviel ich weiß, hält kein Grieche einen Aufstand gegen Nero für nötig. Weißt du, wer die Botschaften sendet?«

»Sie kommen immer aus Apollon-Tempeln.«

»Ach«, sagte Alexandra gedehnt. »Aus den Tempeln. Das ist etwas anderes. Das wird Antenor interessieren.«

»Oh, beschützt er dich noch? Das beruhigt mich.« Melissas Stimme klang weich und erleichtert.

»Ja, das tut er«, antwortete Alexandra plötzlich mürrisch. »In seiner Freizeit. Bei Tage töpfert er oder hält nach Apollon-Anhängern Ausschau.«

»Irgend etwas scheint dir daran nicht zu gefallen, Alexandra?« Melissa sah sie aufmerksam an.

Alexandra schüttelte sich unbehaglich. »Ich weiß nicht, was es ist. Manchmal denke ich, daß die ganze Töpferei Tarnung ist und er unter diesem harmlosen Deckmäntelchen etwas ganz anderes treibt. Aber ich weiß nicht, was, und das beunruhigt mich. Ständig. Verstehst du?«

Melissa nickte gedankenvoll.

»Er ist ausgesprochen gut über Apollon informiert. Und wenn er mich beschützt, gibt er mir das Gefühl, daß es zu seinen Pflichten gehört. Aber ich will nicht die Pflicht von jemandem sein. Außerdem weiß ich beim besten Willen nicht, was ich mit dem Apollontempel zu tun habe! Und es macht mich rasend, daß er den Mund nicht aufmacht.«

»Die meisten Männer sind schwatzhaft wie Singdrosseln«, sagte Melissa. »Aber wo es wirklich ernst und gefährlich wird, können sie den Mund besser halten als wir Frauen.«

»Du meinst, er ist nicht einfach maulfaul? Oder sparsam mit Informationen, damit er immer einen Vorsprung vor mir behält? Ich hasse so etwas!«

»Vielleicht gibt es noch einen dritten Grund. Ich glaube, er ist anders als die meisten Männer. Sehr unabhängig. Er hat eine gute Erziehung, übrigens. Man merkt es an Kleinigkeiten.«

Alexandra lachte leise. »Sein Vater ist Archon in Korinth. Und Baukis sagte auch schon, daß er anders ist. Nur weiß anscheinend keiner, *wie* er ist!«

»Du wirst es herausfinden«, sagte Melissa. »Er hat mir erzählt, daß deine Tante Baukis ihn unterstützt hat, als sein Vater sich weigerte, ihm für seine Töpferei eine Starthilfe zu geben. Anscheinend hat sie ihn geliebt wie einen Sohn.«

»Wirklich?« Alexandra sah Melissa in die Augen. Ja, sie traute Melissa zu, daß sie Antenor beurteilen konnte. Und Baukis natürlich auch.

Melissa stand auf und sah sich unruhig um. »Idaios sollte mich besser hier nicht sehen. Ich muß jetzt weiter. Gaia sei mit dir und deinen Pferden!« Sie eilte davon, und Alexandra sah ihr nachdenklich nach.

Melissa hatte nichts Außergewöhnliches über Idaios gesagt. Aber sie schien Todesangst vor ihm zu haben. Und obwohl sie sich zwang, ruhig zu bleiben, bekam sie selbst auch allmählich Angst. Nur wußte sie nicht, wovor.

Kapitel 38

Der Raum war düster, aber im Licht einer blakenden Fackel glänzte Dares' Schädel, der kahlgeschoren war, wie es sich für einen Sklaven in alten Zeiten gehörte.

Antenor ächzte. Ihm lief der Schweiß in Strömen über das Gesicht, und seine Haare klebten an den Schläfen. Sie hatten ihn hereingelegt. Der einzige Name, bei dem er seine Vorsicht vergessen würde, hatte ihnen dazu gedient, ihn in die Falle zu locken. Alexandra war gar nicht entführt worden. Aber er.

Dares, der Tückische, der für Idaios, den Tückischen, arbeitete, hob das feine, biegsame Rohr.

Antenor keuchte und spannte die Schultern, um sich gegen den Schmerz der Schläge auf seine nackten Fußsohlen zu wappnen.

Zwei Schläge.

Er preßte seine Stirn auf das Holz des Bockes, auf den sie ihn aufgespannt hatten wie einen Stier zum Schlachten. Die Haut seiner Sohlen war längst geplatzt, und der Schmerz sandte feurige Pfeile in sein Gehirn.

»Mein Herr möchte wissen, wo die Kiste mit dem Gold ist.«

Antenor schüttelte den Kopf.

Dares schlug wieder zu, dieses Mal etwas näher zu den Hacken, die bis dahin noch unbeschädigt gewesen waren.

»Mein Herr möchte wissen, wo die Kiste mit dem Gold ist«, wiederholte er.

Dares war blutjung, aber geschickt mit tödlichen Werkzeugen. Die ganze Zeit, in der sich Antenor in diesem Verlies befand und zu reden weigerte, hatte er kein einziges Mal seine Stimme erhoben. Er funktionierte wie eine Kriegsmaschinerie, ein brauchbares Werkzeug seines Herrn.

Wahrscheinlich auch der Liebhaber seines Herrn. Irgendwie sandte der Junge Signale aus, die ihm das Gefühl gaben, daß er seinem Herrn mehr war, als ein verlängerter Arm.

»Wie du willst«, sagte Dares gleichgültig. »Übrigens, damit du Bescheid weißt. Ich würde dich leicht zum Sprechen bringen. Aber mein Herr möchte sich deiner selbst annehmen. Du bist für ihn ein besonderer Fall, sagt er. Du wirst dich noch nach mir sehnen, glaub mir.«

Antenor sah mit einer Mischung aus Erleichterung und Vorahnung zu ihm hoch. Für den Augenblick schien die Quälerei beendet zu sein. Dares hatte offenbar strikte Anweisungen, die er nicht zu übertreten wagte.

»Du hast einen Freund von mir getötet«, fuhr Dares fort. Er leckte sich mit der Zunge über die Oberlippe, als müßte er nachdenken, was noch gewesen war. »Du hast mich durch das Bergland gejagt. Und du hast mich vor meinem Herrn herabgesetzt. Genug Gründe, um dich über den Styx zu jagen. Stimmt's?« Er zauberte ein Messerchen hervor, das nicht breiter war als ein Grashalm, und begann es an einem der herumliegenden Steine zu wetzen.

Antenor hielt den Atem an. Irgendwie hatte er sich in der Einschätzung dieses Mannes geirrt. Wollte er ihn jetzt erstechen und dann verschwinden?

»Mein Herr Idaios ist sehr genau. Übergenau, könnte man sagen. Was manchmal auch ein Vorteil ist. Was er nicht ausdrücklich verboten hat, würde er nicht als Übertretung von Anweisungen bestrafen.« Dares warf den Stein in die Ecke und kam auf Antenor zu.

Seine schmalen Finger schoben sich in Antenors lockige Haare und strichen zärtlich durch sie hindurch. »Schöne Haare hast du«, flüsterte er werbend und riß Antenors Kopf mit einem Ruck in die Höhe.

Antenor war so überrumpelt, daß er aufschrie.

»Aber du brauchst sie nicht«, sagte Dares und begann die Haare grob abzusäbeln. »Man gewöhnt sich an seinen Glatzkopf. Als Sklave muß man sich an alles gewöhnen.«

Tränen rollten Antenor über die Wangen, während Dares mit Genuß weitermachte. Es kostete seine ganze Willenskraft, sich so still wie möglich zu verhalten.

Endlich war Dares fertig und ließ ihn allein mit seinem eigenen keuchenden Atem.

Alexandra brachte ihre Pferde zurück in den Stall, der ein großes Zeltdach war, unter dem alle teilnehmenden Hengste ähnlich sorgfältig betreut und beaufsichtigt wurden wie die Athleten selbst. Sklaven der Stadt Elis misteten aus und putzten auch die Pferde, es sei denn, ihre Besitzer verfügten es anders. Paidikos ließ offenbar Chiron Tag und Nacht bei seinen Hengsten. Sie sah ihn von weitem und winkte ihm zu.

Chiron grinste breit, winkte ebenfalls und trennte sich sofort von seinem Gesprächspartner, um die Stallgasse entlangzuhumpeln.

Alexandra umarmte ihn gerührt. »Wie geht es zu Hause?« fragte sie.

Er zuckte die Schultern. »Wie soll es schon gehen, wenn der Gebieter des Hauses von einem jungen Verschwender verdrängt wird? Schlecht. Und wenn ich dann noch mit ansehen muß, was er aus meinen Pferden macht!« Chiron zog eine Grimasse. »Gewinne wenigstens du!«

»Ich tue, was ich kann«, beteuerte Alexandra betrübt. »Ich bin froh, daß die Ausscheidungen jetzt beginnen. Meine Pferde sind in Höchstform.«

Chiron grinste zufrieden. »Ich weiß. Ich habe sie ständig im Auge.«

»In der Nacht auch?«

»Besonders nachts. Antenor meint, daß die Gefahr für die Pferde dann am größten ist.«

Antenor! Schon wieder Antenor. Aber Alexandra lächelte versonnen. Sie war froh zu wissen, daß er sich auch um Dinge kümmerte, von denen sie gar nichts wußte, und selbst dann, wenn sie ein wenig zerstritten waren. Es gab ihr das Gefühl, gut aufgehoben zu sein. Auf einmal meinte sie, schnell zum Zelt zu müssen und lächelte entschuldigend. »Ich muß los, Chiron. Ich sehe ihn nicht so sehr oft.«

Aber Antenor war nicht im Zelt. Alexandra ging zum Garkoch, vertrödelte bei ihm und seinen Kunden einige Zeit mit Schwatzen und kehrte zurück.

Das Olivenöl erstarrte schon, und er war immer noch nicht da. Es war längst dunkel geworden. Alexandra setzte sich; sie kam sich ein wenig verloren vor, so allein in dem großen Zelt. Und sie war beunruhigt. Er hätte jederzeit einen der Jungen schicken können, die nur darauf warteten, kleine Dienste für die Gäste zu erledigen. Wenn ihn etwas Bestimmtes aufhielt. Und wenn ihm daran lag, sie nicht zu beunruhigen.

Vielleicht lag ihm daran nichts.

Sie entschloß sich, an Antenors Standplatz nachzusehen. »Egal, auch wenn er sich ärgert«, sagte sie trotzig zu dem kalt gewordenen Fischrogen und verließ das Zelt.

Überall saßen die Menschen, schwatzten und lachten, die meisten beim Essen. Es waren beruhigende und angenehme Geräusche. Und trotz der Lampen in allen Zelten konnte sie die Sterne weit über sich blinken sehen.

Alexandra mäßigte ihren Schritt. Antenor würde sie auslachen, wenn sie mit hochrotem Kopf und verschwitzt bei ihm angebraust kam, um Rechenschaft darüber zu fordern, wo er bleibe.

Die Gasse der Handwerker lag still und dunkel. Niemand trieb Kupfer oder meißelte in Stein. Unwillkürlich trat sie leiser auf und fing an zu rennen.

Im Schein der Sterne erkannte sie, daß Antenor seine Töpfe weder ineinandergestellt noch fortgeräumt hatte. Sogar der Pinsel lag noch neben dem Krug, der den schwarzen Schlicker enthielt. Er mußte mitten in seiner Arbeit abgerufen worden sein.

Irgend etwas stimmte nicht. Als Alexandra langsam zu ihrem Zelt zurückging, bemühte sie sich vergeblich, ihr Zittern zu unterdrücken.

Von seinen Füßen war nur noch Brei übrig. Antenor wußte nicht mehr, wie oft Dares hinausgegangen und wiedergekommen war.

Dann kam Idaios. Die Decke war niedrig, und er mußte den Nacken beugen. Die Brettertür schlug von selbst zu.

Idaios ließ sich auf eine Kiste fallen und musterte Antenor ausgiebig. Als er beim Kopf angekommen war, grinste er. »Dares hat manchmal gute Ideen, findest du nicht?« Seine Erheiterung verlor sich sofort. »Du beobachtest mich schon lange. Warum?«

Es gab für ihn keine Chance, mit dem Leben davonzukommen. Es würde sich nichts ändern, ob er sprach oder nicht. Aber Antenor hatte ein tiefes Bedürfnis, Idaios verschiedene Dinge ins Gesicht zu sagen. »Zwei Gründe«, sagte er. »Der erste ist, daß du das Leben einer Frau zerstört hast, allein, weil du sie nicht bekommen konntest. Aber es war noch mehr als das. Sie durchschaute dein Machtstreben, deine Gier; sie wußte, wie gefährlich du bist, weil du die Frömmigkeit von Menschen zu deinem Instrument machen wolltest, um sie zu beherrschen.«

»Nicht schlecht.« Idaios lächelte anerkennend. »Und weiter?«

»Der zweite Grund«, sagte Antenor gedehnt. »Er ist die Ursache für das, was Baukis erkannte. Du atmest Böses. Aus dir spricht der Geist der Unterwelt. Du verkörperst das Recht des Stärkeren, nicht die Ordnung der Vernunft oder gar die Welt der Götter. Du bist ein Rückfall in Zeiten, die schon lange hinter uns liegen. Du bist das menschenfressende Ungeheuer, eine Ausgeburt des falschen Zeus, des Stiertöters, der sich hinter einer Apollonmaske versteckt. Die Welt wird erst eine Welt der Menschen sein, wenn es Männer wie dich nicht mehr gibt.«

»Die Welt wird nie ohne Männer wie mich sein. Wir sind wie der Wind in der Gluthitze, wie die Sonne auf eisigen Bergspitzen. Wir halten die Welt in Bewegung, nicht deinesgleichen.« Idaios rührte sich auf seiner Kiste.

Plötzlich konnte Antenor im Licht des blakenden Lämpchens seine tiefliegenden Augen sehen. Die Pupillen waren größer als die einer geschminkten Frau und glänzten wie eine polierte Waffe. Er drehte seinen Kopf zur Seite. Jetzt kannte er das Geheimnis von Idaios. Aber es war besser, wenn Idaios nicht wußte, wie durchsichtig er geworden war.

»Schläue fehlt dir«, sagte Idaios mit veränderter Stimme. »Das unterscheidet uns beide. Aber du bist klug. Deswegen halte ich es für wahrscheinlich, daß wir mit deiner kleinen Hure nur unsere Zeit verschwenden würden. Oder?«

Antenor nickte. »Ihr Vater teilte ihr mit, daß Baukis' Vermögen von dir als bestalltem Vormund verwaltet wird. Mehr weiß sie nicht.«

»Ich glaube dir, du kluger Schwächling.« Idaios stand auf und zerrte sich seinen Chiton vom Leib. »Schwächlinge wie du werden geboren, um für jemanden nützlich zu sein. Schwache Männer, Weiber, Säuglinge, alle finden ihre Verwendung in dem Getriebe, das Männer wie ich in Bewegung setzen.«

Mit dem Tod hatte er sich abgefunden, aber gegen die Entwürdigung würde er sich bis zum Äußersten wehren. Antenor bäumte sich auf und warf sich in die Fesseln. Die Taue aus Hanf knirschten, aber sie rissen nicht.

Er hätte diesen Mann erschlagen sollen, als er die Möglichkeit gehabt hatte. Jetzt war es zu spät. Idaios kroch auf Antenors Rücken und vergewaltigte ihn langsam und unerbittlich.

»Alexandra«, rief eine Kinderstimme.

Sie sah vorsichtig aus dem Zelt hinaus. Welches Kind trieb sich denn jetzt hier noch herum? An diesem Abend war vieles sonderbar.

»Ich habe eine Botschaft für dich, wenn du Alexandra, die Wagenlenkerin bist«, sagte ein kleines Mädchen, das ein wenig trotzig wirkte, weil es die Hände auf dem Rücken verbarg.

»Ja. Von wem?« fragte Alexandra aufgeregt.

»Von Melissa, die im Haus des Idaios wirtschaftet«, flüsterte die Kleine und reichte Alexandra ein abgerissenes Stückchen Papyros.

Alexandra griff danach und zog die Sklavin herein. »Laß mich lesen«, murmelte sie. »Vielleicht habe ich Fragen an dich.«

Aber es gab keine Fragen, die Botschaft war erschreckend klar. Antenor war in einem unterirdisch gelegenen Raum des Hauses von Idaios eingesperrt. Sie ließ die Nachricht zu Boden fallen und starrte in den düsteren Winkel zwischen Zeltdach und Wand. Antenor, auf den sie sich so verließ, war vom Todfeind ihres Vaters gefangen worden.

Die Wand blähte sich und schlug knatternd zurück.

Wie die Leinwand, hatte auch sie sich in diese und in jene Richtung wehen lassen. Aus lauter Sorge, den Vater zu verletzen, hatte sie ihm Wahrheiten erspart, die er unbedingt hätte wissen müssen, und darüber ihr Elternhaus verloren. Die Lehre war bitter gewesen, aber sie hatte daraus gelernt. Es war ein Fehler, sich zurückzuziehen und auf andere zu warten. »Du gehörst zum Haushalt des Idaios?«

Das Mädchen nickte.

»Wie viele Männer sind im Haus?«

Die Augen der Kleinen blitzten auf. »Der Gebieter hat den zwei Knechten freigegeben, weil in der Stadt so viel los ist.« Ihre Hand wies durch die Zeltbahnen nach draußen. »Dares ist mit einem Auftrag unterwegs. Im Stall ist noch einer, aber der ist ein Dummkopf und schläft meistens, genau wie der alte Mann am Tor.«

Alexandra lächelte unwillkürlich. Die Kleine hatte schnell begriffen, worauf es ihr ankam. Sie beugte sich vor. »Es ist also nur Idaios, mit dem zu rechnen ist?« flüsterte sie.

»Ja. Wenn du ein Zeichen gibst, öffne ich dir die Tür.«

»Er behandelt euch wohl nicht gut.« Obwohl es Alexandra jetzt eilte, fand sie doch, daß sie der Kleinen die Freundlichkeit irgendwie vergelten mußte.

Sie schüttelte den Kopf und wich Alexandras forschendem Blick aus.

»Ist er grausam?«

Das Mädchen sah auf. »Er hält sich für einen Gott. Ein Gott macht, was er will.«

Das hörte sich furchterregend an. Alexandra wurde von Mitleid erfaßt. Sie legte ihr die Hand freundschaftlich auf den Nacken. »Hör zu«, sagte sie, »vielleicht haben wir später die Möglichkeit, darüber zu sprechen. Jetzt muß ich mich dringend um etwas anderes kümmern. Ich werde wie ein Hund an der Pforte von Idaios' Haus kratzen, sobald wir angekommen sind.« Sie sprang auf und schlug die Zeltklappe zurück.

Draußen wehte ihr die Nachtluft entgegen. Sie war abgekühlt, als ob es in den Bergen ein Gewitter gegeben hätte.

Die Kleine stand schon hinter Alexandra. »Wirst du wirklich bei den Rennen starten?« fragte sie, auf einmal schüchtern und voller Bewunderung. »Alle sprechen davon, daß dein Bruder für Elis mit dem Viergespann siegen wird und ein anderer Verwandter von dir im Zweigespann, aber Melissa sagte ...«

»Hoffentlich kann ich überhaupt starten«, unterbrach Alexandra sie. »Sie lauern drauf, daß ich es nicht tue. Und manche belassen es nicht beim Lauern. Aber ich sage dir: Wenn ich nicht starte, wird mein Bruder es auch nicht tun.«

»So sehr liebt er dich?« fragte das Mädchen erstaunt. »Kümmern sich Brüder denn um große Schwestern?.«

Alexandra sah sie belustigt an. »Nein, nein. So meinte ich es nicht. Wahrscheinlich würde Chiron, unser Verwalter, es verhindern. Mein Bruder kann ohne seine Hilfe nicht einmal die Pferde anspannen.«

»Dann sollte vielleicht euer Chiron fahren«, sagte das Mädchen, während Alexandra bereits forteilte.

»Wenn er nicht Sklave wäre, würde er das ganz bestimmt tun«, rief Alexandra zurück. »Er ist der beste Fahrer der Welt! Und der beste Steinschleuderer.«

Idaios drehte Antenor um, Zug um Zug mit genau berechneten Hilfsfesseln. Antenor, der seine Muskeln anspannte und die Fesseln zu zerreißen versuchte, wurde trotz seiner Gegenwehr umgelagert wie ein hilfloser Säugling. Schließlich lag er mit dem Rücken auf dem Brett, auf dem er vorher bäuchlings festgezurrt gewesen war.

Idaios verließ den Raum. Als er zurückkehrte, hatte er ein schmales Messer mit krummer Schneide in der Hand. Kein Messer, wie es in Hellas verwendet wurde. Sein Gesicht verzog sich zu einer Fratze, während er die Schneide mit knappen Bewegungen aus dem Handgelenk heraus wetzte.

Antenors Herz begann zu rasen. Der Mann aus Megalopolis war dabei, die Kontrolle über sich zu verlieren.

Die Klinge war scharf wie ein Opfermesser. Idaios riß die Fetzen von Antenors Gewand mit einem Ruck herunter. »Du wirst sehen, es geht immer noch einen Schritt weiter. Noch ein

Schmerz jenseits von Schmerzen, ein Grauen hinter dem Grauen...«

Als die kalte Schneide Antenors Gemächt berührte, öffnete sich die Tür einen Spaltbreit. Antenor begann zu brüllen. Er konnte nicht anders.

Seine Angst erregte Idaios. Er setzte das Messer erneut an, mit fast zärtlicher Umsicht. Er war jetzt im höchsten Rausch, und er war wie Apollon.

Der faustgroße Stein traf Idaios an der Schläfe. Er ging zu Boden, ohne seinen Angreifer zu sehen.

Alexandra! Antenor brachte nur ein Krächzen zustande. Er spürte ihren Mund auf seinem und ihre Hände in seinen Haarstoppeln. Es fühlte sich köstlich an wie sprudelndes Bergwasser nach einem Tag des Durstens. Aber er drehte seinen Kopf von ihr fort. »Laß mich. Sie haben mich so beschmutzt«, murmelte er.

»Du wirst es überleben«, flüsterte Alexandra.

Antenor antwortete nicht. Er wußte nicht, ob er überleben wollte. Er richtete seine Blicke auf Chiron, der seine Fesseln durchschnitt. Der kleine Mann schaffte es, ihn geschickt herunterzuheben und lehnte ihn dann an die Wand. Sich dort auf seinen tauben Füßen aufrechtzuhalten, war das Äußerste, was Antenor noch schaffte. Alexandras Hilfe lehnte er ab. Sie blieb mit besorgter Miene bei ihm stehen.

Chiron befaßte sich mit Idaios. Er gab sich erst zufrieden, als der Mann wie ein Hengst fürs Brennen gefesselt und geknebelt war. Schließlich streifte er sich die Steinschleuder wieder über die Schulter und nickte Alexandra schweigend zu.

Zwischen ihr und Chiron mehr hängend als gehend, sah Antenor über seine Schulter zurück. Idaios war bewußtlos, aber er atmete. Dann warf Chiron eine Handvoll Schutt vom Boden über die Öllampe; das Licht verlosch, und die Tür schlug hinter ihnen zu.

Das große Tor schwang lautlos auf. Antenor blickte auf die Silhouette des gegenüberliegenden Hauses, eines der wenigen bewohnten in dieser Gegend. Er stolperte bergab, dann roch er die muffige Luft eines steinernen Gewölbes. Er kämpfte seine erneute Panik nieder.

Wenige Schritte später fühlte er die Freiheit. Eine nächtliche Brise wehte um seine nackten Beine. Im schwachen Licht der Sterne erkannte Antenor einen Karren. Sechs Hände halfen ihm auf die Ladefläche, dann wurde eine Decke über ihn geworfen.

Chiron stahl sich durch die Pforte zurück und machte sich zu seinen Pferden auf. Alexandra lauschte seinen unregelmäßigen, hastigen Schritten, dann ruckte der Wagen an.
Der gemietete Fahrer verstand es, mit ihm umzugehen; schon nach kurzer Zeit hatte Alexandra keinen Zweifel, daß er sie gut nach Olympia bringen würde.
Sie konnte sich um Antenor kümmern. Er warf sich auf seinem dürftig gepolsterten Lager umher. Alexandra setzte sich neben ihn, versuchte, Stöße des Wagens von ihm abzuhalten und ihn zu beruhigen, wenn er schreiend in die Höhe fuhr.
Sie fuhren Stunde um Stunde.
Nur beim Bruder des Fuhrwerkbesitzers machten sie so lange Rast, wie nötig war, um die Maultiere zu wechseln. Alexandra fiel ein Stein vom Herzen, als sie endlich unbehelligt vor dem Gästehaus von Olympia ankamen. Das Gelände lag still im letzten Abendlicht, und nur wenige Priester kamen herbei, um zu sehen, was es gab.
Aber die Priester des Zeus kannten Antenor. Sie trugen ihn auf einem Brett davon. Ein schweigsamer Mann führte Alexandra in eines der Gästezimmer und brachte ihr zu essen.
In aller Frühe suchte sie Antenor auf, um sich von ihm zu verabschieden. Er war ohne Bewußtsein, und seine Haut kochend heiß. Aber der Arzt der Priester war bei ihm und würde ihm fachmännischer helfen, als Alexandra es gekonnt hätte.
Kurz danach waren der Fuhrmann und Alexandra schon auf dem Rückweg nach Elis. Am Abend fiel Alexandra wie ein Stein auf ihr Lager im Zelt und schlief bis spät in den nächsten Morgen.

Kapitel 39

Die geflochtenen Schweife der Pferde an der Startlinie des Hippodroms von Elis klopften dumpf an ihre Flanken, und Fliegen stoben auf. Noch zeigten die Opfer und Gebete an Zeus Apomyrios keine Wirkung. Die Pferde schnaubten, während die Fahrer mit erhobenen Peitschen auf das Steigen des Adlers warteten. Trotz der frühen Stunde war es brütend heiß.

Die meisten Zuschauer ballten sich an der östlichen Wendemarke. Dort war die gefährlichste Stelle der Bahn, dort würde es Stürze und aufregende Szenen geben.

Alexandra hatte noch Zeit bis zu ihrem Lauf. Sie stand an der Startlinie, die gleichzeitig auch Ziellinie war, um die Schiedsrichter zu beobachten. Nicht selten waren sie die eigentlichen Gegner, wie sie gehört hatte. Außerdem konnte sie hier Psamenias im Auge behalten, der einen von den vier Wagen lenkte, die auf der Bahn gestaffelt Aufstellung genommen hatten.

Psamenias schaute angestrengt auf das Startzeichen und kam gut los, als erster, denn er fuhr auf der äußeren Bahn. Wenige Augenblicke später donnerten alle zweiunddreißig Hufe über das Hippodrom.

In der zweiten Runde gab es am Pferdeschreck lärmendes Getöse im Publikum. Alexandra konnte nicht erkennen, wodurch es ausgelöst worden war, bis sie sah, daß nur drei Gespanne ihre Fahrt fortsetzten. Ein Wagen wurde in aller Hast durch die Ordner beiseite geschoben.

Einer war ausgeschieden.

Psamenias' Räder schleuderten Alexandra Steine ins Gesicht,

als er vorbeiraste, dicht hinter dem ersten. Runde auf Runde fuhren sie in gleichbleibendem Abstand, während der dritte Wagen abgeschlagen hinterdrein kam.

»Langweilig«, beklagte sich ein Mann neben Alexandra. »Sie fahren ja wie die Gemüsekarren zum Markt! Keine Tücke, keine Zweikämpfe.«

Er wollte natürlich den Zusammenprall der Radnaben hören und Funken springen sehen, vielleicht auch ein bißchen Blut. Aber Alexandra tat ihm nicht den Gefallen zuzustimmen.

In diesem Augenblick begann Psamenias hart auf seine Hengste einzuschlagen. Der Wagen schob sich allmählich vor und lag in der elften Runde in gleicher Höhe mit dem des Gegners.

Die Zuschauer begannen zu brüllen und mit den Füßen zu stampfen. Psamenias' Gegner lag jetzt eine halbe Wagenlänge vorn. Dann kam die letzte Runde.

Psamenias holte wieder auf.

Beinahe hätte er es geschafft. Die gegnerischen Rappen waren seinen Pferden höchstens um eine Nasenlänge voraus, als sie durch das Ziel gingen. Also fast ebenbürtig. Der Jubel der Zuschauer war gewaltig. Das erste Rennen des Tages war zu Ende. Noch waren sie nicht erschöpft und unkritisch.

Als Alexandra ihre Aufmerksamkeit wieder ihrem fetten Verwandten zuwandte, zerbrach Psamenias gerade voller Wut seine Fahrpeitsche und schleuderte die Bruchstücke unter die Menge.

Die Schiedsrichter berieten erstaunlich lange miteinander. Anscheinend waren sie sich nicht ganz einig. Schließlich beendete Charaxos die Diskussion mit einer energischen Handbewegung und trat an den Rand der Bahn. »Ich erkläre das Gespann des Charaxos von Elis zum Sieger, gelenkt durch dessen Sohn Psamenias«, erklärte er in die Stille hinein.

Das Geschrei und das Klatschen erhoben sich erneut. Psamenias sprang auf seinen Wagen zurück, der unter seinem Gewicht heftig schaukelte. Während seine Pferde zum Ausgang trabten, winkte der junge Mann mit der freien Hand zu den Tribünen. Nur wenig Beifall kam zurück.

Alexandra stand wie erstarrt.

»Aber Psamenias ist doch der Fahrer von den braunen Pferden, oder nicht?« Dieses Mal hörte Alexandra dem Mann zu. »Ich habe doch genau gesehen, daß die Rappen mit den weißen Fesseln zuerst im Ziel waren!«

»Ich auch«, pflichtete Alexandra ihm bei.

»Das ist nun mal so«, antwortete ein anderer geringschätzig. »Die Schiedsrichter sind immer auf allen Augen blind, wenn sie ein eigenes Gespann fahren lassen.«

Also stimmt es, dachte Alexandra erbost und stahl sich von der Startlinie fort. Ihre eigenen Chancen sanken damit ins Bodenlose. Nicht einmal drei Gespanne von drei Hellanodiken konnten so viel Blindheit verursachen wie das einer einzigen Frau.

»Pan, mein kleiner Liebling«, sagte Gaia und ließ einen besonders großen Beutel vor seinen Augen hin- und herschwingen, »jetzt mache dich auf. Und wehe, wenn auch nur ein winziges Steinchen auf Alexandras Fahrspur liegenbleibt! Du bist mir verantwortlich, daß ihre Bahn glatt ist wie ein Kinderpopo!«

»Kinderpopo! Süß!« antwortete Pan entzückt und streckte die Hand gierig nach dem Beutel aus. Er roch nach Gebäck und Honigleckereien, die er für sein Leben gern mochte.

»Erst hinterher!« Gaia ließ die Leckereien hinter ihrem Rücken verschwinden.

Pan grinste und sauste los. Die alte Dame gefiel ihm. Er hätte es genauso gemacht.

Ein weiteres Rennen fand statt, während Alexandra zusammen mit Chiron die Pferde einspannte und den Wagen vorbereitete. Danach war es soweit.

Sie galoppierte vor auf die innere Bahn und blieb an der Markierung stehen. Die drei Schiedsrichter warfen ihr böse Blicke zu und flüsterten miteinander, bis Charaxos ihr sogar den Rücken zukehrte.

»Habt ihr etwa gedacht, daß ich aufgebe?« murmelte Alexandra. Gaia, es geht los! dachte sie und ließ die Peitsche knallen. Die Verachtung für die drei parteiischen Greise und die Lust am Fahren, am Wind im Gesicht und am Jubel verliehen ihr eine leichte Hand. Die beiden Hengste jagten dahin, und bald war sie mit ihnen allein. Kein Staub in der Nase, keine Wagentrümmer im Weg. Der Pferdeschreck war nichts als eine hölzerne Säule, die sie elegant nahmen, Runde um Runde.

Alexandra gewann unangefochten mit zwei Gespannlängen vor ihrem Verfolger, die anderen erreichten das Ziel mit noch größerem Abstand.

»Ich erkläre das Gespann des Melanthios von Elis zum Sieger«, sagte ein kleiner Gnom von Schiedsrichter, dessen uraltes Gesicht bis zur Unkenntlichkeit zerknittert war. »Gelenkt durch Alexandros von Elis.«

Das war ja die Höhe! War der Mann schwerhörig, oder einfach nur ungerecht? Alexandra fühlte, wie ihr vor Wut das Blut ins Gesicht schoß. Sie nahm den Helm ab, und ließ ihre längst nachgewachsenen Haare herabfallen.

Am Beifall der Zuschauer änderte sich nichts. Alexandra stülpte den Helm wieder auf den Kopf und fuhr an. Männer und Frauen warfen ihr Kußhände zu.

»*Hab ich das gut gemacht? Haben sie nicht gebrüllt und getrampelt? Wie ich versprochen habe!*«

Pan! Tatsächlich Pan, von dem sie schon lange nichts gehört hatte. »Sprichst du mit vollem Mund, oder hast du Zahnschmerzen?« fragte Alexandra absichtlich nörgelnd.

»*Ich esse. Frische Hefezöpfchen von Ururgroßmutter. Zur Belohnung für meine Fahrkünste.*« Seine Stimme kam von Aethons Kruppe.

Alexandra lachte. »Du bildest dir doch nicht ein, daß du gewonnen hast, oder?«

»*Wir haben gewonnen. Sieh mal, unsere Blumen.*«

Von mehreren Seiten flogen Blumen aus den Zuschauerrängen und landeten zu Alexandras Füßen im Wagenkasten. Alexandra bedankte sich mit Hilfe der Fahrpeitsche. »Meinetwegen. Also wir. Bring Ururgroßmutter welche mit«, flüsterte sie, während sie den Wagen aus dem Tor hinauslenkte.

Mehrere Stunden später begann das Zwischenrennen der Sieger des Vormittags. Psamenias nahm finster zur Kenntnis, daß ausgerechnet Alexandras Gespann auf der Nebenbahn stand, zwei Wagenlängen vor ihm. Dummes Weib! Und ein schlechtes Omen. Aber als er sich umdrehte, machte sein dämlicher Alter mit seliger Miene das Siegeszeichen.

Psamenias schnaubte vor Wut. Losstäbchen! Weder der Alte noch die Götter hatten Pferdeverstand oder Sinn für Realitäten. Aber das unsägliche Weib schien beides zu haben, dazu noch Augen im Rücken.

Sie drehte sich um und winkte ihm mit dem Peitschenstiel zu. »Wie ich sehe, hast du meinen Rat befolgt«, schrie sie ihm zu, und in seinen Ohren hörte sie sich nicht nur besonders laut, sondern auch gehässig an. »Mit geflochtenen Mähnen fährt es sich besser, stimmt's?«

Psamenias antwortete nicht. Als der erste Adler stieg, wirbelte seine Peitsche auf die Pferderücken. Abwechselnd rechts, links, rechts, links.

Er holte auf. Bald fuhr er neben ihr. Ein einziger gezielter Schlag mit der Peitsche ließ sie zucken, brachte sie aber nicht aus dem Gleichgewicht, obwohl er einen blutigen Striemen auf ihrem Handrücken sehen konnte. Und dann schlug er auf sein Gespann ein.

Es sah überraschend gut für ihn aus. Die anderen beiden Gespanne lagen weit hinter ihnen. Nur noch er und sie.

Die letzte Runde brach an. Die Pferde schäumten. Aber der Vorsprung reichte ihm noch nicht. Psamenias holte weit aus. Wenn er jetzt über sie siegte, wäre es fast so, als hätte er das Weib zwischen seinen Schenkeln. Sie hatte gewagt, ihn wegen seines Gespanns zu verspotten, und das würde er ihr heimzahlen.

Seine Hengste wurden müde; der Braune auf der Außenbahn begann unaufmerksam zu werden. Noch die Zielgerade! Und noch ein Mal die Peitsche.

Die alte Mähre außen stolperte, und Psamenias schäumte. Er würde sie lehren! Wieder hob er die Peitsche.

Als der Hengst zu Boden ging, riß er das innen gehende Pferd mit sich. Psamenias schoß wie ein von einer Steinschleuder katapultierter Stein über die Wagenbrüstung, an den Pferden vorbei und schrammte mit dem Kopf und einer Schulter auf der Erde entlang.

Er spürte beißenden Schmerz am Arm, und auf seine rechte Wange schien jemand ein Kohlenbecken gestellt zu haben. Aber er war nicht benommen genug, um Alexandras Triumph unter den bronzenen Delphinen zu versäumen. Er hockte auf seinen Knien und sah ihr nach.

Die Frau, die sich gerade das Startrecht in Olympia erkämpft hatte, streckte die geballte Faust in die Höhe und schüttelte sie. Sie freute sich wie ein Mann! Sie hatte kein Recht dazu. Sie hatte überhaupt kein Recht, hier zu sein.

Psamenias knirschte mit den Zähnen. Er lechzte nach Rache. Sie würde ihm wichtiger sein, als es der Sieg je hätte sein können.

»Das haben wir gut hinbekommen, Pan«, sagte Gaia, als sie die Blumen von ihrem Ururenkel entgegennahm und er ihr dazu noch einen feuchten Kuß auf die Wange drückte. »Sie ist jetzt endlich dreist wie Platon. Ich könnte mir vorstellen, daß es manchen Männern gar nicht behagt...«

Über Charaxos' Gesicht glitt ein nachsichtiges Lächeln, als er spät am Abend seinen Sohn heimkehren hörte, polternd und mit übelster Laune. Wie üblich würde Psamenias sich jetzt besaufen wollen. Er mußte vorher mit ihm sprechen und ihn beruhigen. Idaios hin oder her, er wußte besser, wie man mit Psamenias umzugehen hatte. Er ließ ihn rufen.

»Warum konntest du ihren Start nicht verhindern, Vater?« brüllte Psamenias, kaum, daß er zur Tür hereingekommen war.

Charaxos deutete unbeeindruckt mit seinem vor Alter gekrümmten Zeigefinger auf die Bank ihm gegenüber. »Setz dich und hör zu.«

Psamenias warf sich hin und stützte den Kopf in die Hände.

»Ich weiß, daß du sie haßt. Aber wir haben andere Pläne mit ihr«, sagte der Archon. »Sie will hoch hinaus, wie es keiner Frau zusteht. Sie hat sich nicht gescheut, uns die Zulassung zu den Rennen abzupressen. Sie wird so tief fallen, daß sie sich wünscht, sie hätte nie einen Gedanken auf die Olympiade verwandt.«

»Was?« murrte Psamenias und sah seinen Vater mit mäßigem Interesse an. »Wer ist wir?«

»Wir sind die Priesterschaft und die Anhänger des Apollon«, erläuterte Charaxos. »Wir haben den Gott auf unserer Seite. Er mag keine Frauen. Ich verspreche dir, du wirst dich in Alexandras Wut suhlen können.«

»Erzähle!«

Zufrieden nahm Charaxos zur Kenntnis, daß sein Sohn jetzt endlich ganz Ohr war. »Jawohl«, sagte er. »Du wirst ihren Start bei der Olympiade im letzten Augenblick verhindern, dadurch, daß du mit ihr so gut wie verheiratet bist. Es ist alles in die Wege geleitet.«

Psamenias erbleichte. Auf sein feistes Gesicht traten Schweißperlen. »Heirate sie doch selbst!« stieß er hervor.

»Mit ihrer Mitgift könntest du dir zwanzig neue Pferde leisten. Wenn du das Angebot ausschlägst, nehme ich sie. Dieses Weib würde ich gerne besteigen. Ich dachte nur, weil du dich rächen wolltest... Außerdem hätte sie ja wenig Freude an dir. Also eine Rache, die andauert... Du könntest jeden Tag zusehen, wie sie sich nach einem Mann verzehrt und es ihr verweigern.« Charaxos gluckste hinter seiner vorgehaltenen Hand.

Psamenias gab ein unbestimmtes Grunzen von sich. »Wann bekäme ich die Mitgift in die Hand?«

Apoll sei Dank, dachte Charaxos. »Derzeit hat der ehrenwerte Idaios aus Megalopolis das Vermögen in seiner Obhut. Am Tag deiner Vermählung hast du darauf Anspruch.«

Psamenias ließ seine Augen umherschweifen. »Es wird ein Spaß werden, ihr Gesicht zu sehen, wenn die Schiedsrichter sie an der Startlinie ablehnen«, sagte er bedächtig.

Charaxos nickte erwartungsvoll. Zuweilen war sein Sohn etwas langsam mit dem Kopf, aber wo sein Vorteil lag, hatte er noch immer begriffen.

»Ich hätte das Rennen gewonnen, wenn sie nicht gewesen wäre«, sagte Psamenias mit verkniffener Miene.

Charaxos zog fragend seine grauen Augenbrauen in die Höhe.

»Es ist mein gutes Recht, Alexandras Platz in Olympia einzunehmen, wenn sie nicht an den Start geht, oder?«

»Ja, ich glaube.« Zumindest hoffte Charaxos, daß es so war.
»Dann nehme ich ihre Pferde. Meine Pferde. Wenn ich sie heirate, sind es meine Pferde. Nicht wahr?«
Charaxos nickte.
»Du wirst es bei den Priestern durchsetzen, daß ich an ihrer Stelle starte, Vater!« verlangte Psamenias triumphierend. »Ihr Platz an der Linie und die Mitgift! Dann kannst du auf mich zählen.«
Charaxos war drauf und dran, ihn wegen seiner Dreistigkeit aus dem Zimmer zu weisen. Bis ihm einfiel, daß der Gott seinem Sohn den Sieg versprochen hatte. »Du hast ganz recht«, sagte er. »Du wirst an Alexandras Stelle starten.«

KAPITEL 40

Mit den Ausscheidungen in den Wagenrennen ging die Vorbereitungszeit der Athleten in Elis zu Ende. Am nächsten Morgen ertönte vor den versammelten Olympioniken der heilige Ruf: »Auf nach Olympia! Betretet das Stadion, und zeigt euch als sieghafte Männer. Wer aber nicht vorbereitet ist, der gehe, wohin er will!«

Alexandra, die inmitten der Streitwagen auf das Kommando zum Abmarsch wartete, nahm gelassen hin, wie sich zwei andere Lenker über ihren Kopf hinweg zubrüllten: »Männer sind aufgerufen! Was, Glaukias?«

Von allen Seiten regnete es beziehungsvolle Blicke und Gelächter. »Klar wie herbes Löwenblut!« sagte Glaukias. »Aber diese Idioten von Zuschauern haben überhaupt nicht gemerkt, daß eine Frau fuhr. Kommt von den noch idiotischeren Frisuren der Ausländer.«

Dieser Glaukias fuhr wie Alexandra eine Biga. Er hatte ein spitzes Gesicht mit vorstehenden Zähnen. Sein Peplos sah ausgesprochen teuer aus.

Plötzlich dachte Alexandra sehnsüchtig an den anderen Glaukias und fragte sich, wie es zu Hause aussehen mochte. Paidikos, der seinen Ausscheidungskampf ebenfalls gewonnen hatte, stand mit seiner Quadriga weiter hinten, knapp vor den drei Zehngespannen; Chiron würde im Troß der Trainer und Helfer folgen. Ihr Vater war mit Jannina allein. Ein unbehaglicher Gedanke.

Während die Ordner die Streitwagen zu einer langen Zweierreihe zusammenstellten, kam ein weiterer Bekannter vorbei.

Schon von weitem winkte er dem Rattengesicht. Seiner vornehmen Tracht nach gehörte er zur städtischen Abordnung von Elis, die die Athleten begleitete. Im Festzug von Herakles hatte er noch ziemlich abgerissen ausgesehen. Nicht zu verkennen, daß er im Zuge der Veränderungen in Elis zu Ansehen gelangt war.

»Ich grüße dich, Glaukias! Gut vorbereitet?«

»Sicher. Nur, wenn ich mir meine Umgebung betrachte, tun mir die Eier weh!«

Der Delegierte mit der markanten Hakennase sah sich um und erblickte Alexandra. »Wenn es nach mir gegangen wäre, dürfte das Weib nicht mitfahren. Nero hin, Nero her.«

»Da ist es ja ein Glück, daß du und Herakles hier noch nicht das Sagen haben«, sagte Alexandra spitz und knallte mit der Peitsche. Zu ihrer Genugtuung sprang der Mann zurück. Seine Erinnerung funktionierte noch.

»Aber Apollon!« fauchte er. »Und zwar bald. Mit Weibern wie dir werden wir aufräumen! Du kannst sicher sein, daß du bei den 212. Olympischen Spielen nicht mehr teilnimmst.«

Alexandra wandte sich ab. Die Fanfaren bliesen zum Abschied. Kurz bevor ihre Pferde sich in Bewegung setzten, sah sie, daß Hakennase sich zu Glaukias in den Wagen beugte und vertraulich mit ihm flüsterte. Mit seinem Aufstieg hatte der Mann sich offenbar auch reiche Freunde zugelegt.

Der Marsch begann staubig und heiß. Alexandra war dankbar, daß die Olympioniken mit Pferden an der Spitze der Kolonne gingen. Weiter hinten pflegten die Wolken von Staub und Fliegen noch dichter zu sein, hörte sie, als die Männer noch munter genug waren, um miteinander zu schwatzen.

Niemand unterhielt sich mit Alexandra. Aber mit steigendem Sonnenstand und zuehmender Hitze versiegten auch die Gespräche der Männer. Bald waren nur noch die Schritte und das Schnauben der Pferde zu hören sowie das monotone Rollen der Räder. Und hinter ihnen das Scharren unendlich vieler Sandalen.

»Mach dich bloß fort, Weib«, knurrte Glaukias, als sie weit unterhalb der heiligen Quelle Piera die Pferde im Bach tränkten.

»Ich entschuldige deine Aufregung. Du bist dir sicher nicht

bewußt, daß die Spiele zu Ehren der Götter stattfinden«, sagte Alexandra ruhig. »Die Götter halten nichts von Mißgunst.«
Sie meinte es ehrlich. In der Luft lag still der Rauch des Opferfeuers, das die Helfer bereits vor Eintreffen der Olympioniken entzündet hatten; er roch nach Olivenholz. Alexandra spürte, daß sich über Menschen und Tiere eine ungewohnte Andacht breitete. So mußten sich die Götter Olympia vorgestellt haben, als sie den Menschen die Spiele schenkten.
Glaukias starrte sie mit offenem Mund an.
Alexandra kümmerte sich nicht mehr um ihn. Über ihr schien sich der Himmel zu verdichten. Die Götter waren eingetroffen. Sie blickte ehrfurchtsvoll nach oben.
»Pst, hier bin ich!«
Alexandra winkte Pan unauffällig mit dem kleinen Finger. Wo immer er war, konnte es nicht ganz so fromm zugehen.
Und wo Glaukias war, konnte es offenbar nicht friedlich zugehen.
»Deinen Sieg in den Vorwettkämpfen hast du dir durch Gefälligkeiten gegenüber dem römischen Kaiser erkauft, wie man hört«, zischte er. »Aber bei den Göttern gibt es nichts zu erkaufen, schon gar nicht für Frauen. Die Götter sind gerecht und lassen die Männer gewinnen. Deswegen danke ich ihnen auf Knien, daß griechische Götter die Schirmherrschaft über Olympia haben und nicht der Römer!«
»Auf Knien? Das ist eine wirklich gute Idee von dir!«
Vor Alexandras erstaunten Augen sackte Glaukias trotz des Matsches am Ufer auf ein Knie. Sein blütenweißer Peplos saugte sich mit lehmigem, gelbem Wasser voll, während er sich hin und her drehte und sich bemühte, wieder auf die Füße zu kommen. Seine verblüffte Miene wandelte sich schnell in Furcht.
»Du siehst, ich stehe mich auch gut mit den Göttern«, sagte Alexandra süffisant, gab Pan einen Wink, damit er den Mann gehenließ, und zog ihre nur noch schnobernden Pferde vom Wasser weg.
»Zauberkunst lykischer Weiber!« fluchte Glaukias hinter ihr her.
Alexandra erlaubte sich ein höhnisches Lachen. Es würde

eine Weile dauern, das heilige Wasser aus der teuren Wolle zu wringen. Sie gönnte ihm den peinlichen Waschtag.

Bis sie Chiron gefunden und ihm die Pferde übergeben hatte verging geraume Zeit. Die Athleten mit leichtem Gepäck waren schon am Opferfeuer versammelt, und Alexandra begnügte sich damit, die Opferung des Schweines aus der Ferne mitzuerleben. Sie setzte sich auf den Boden und faßte sich in Geduld, während die Hellanodiken mit dem heiligen Quellwasser gereinigt wurden. Ab jetzt würden die Schiedsrichter im Namen der Götter entscheiden; nichts, auch kein Kaiser, konnte ihr Urteil umstoßen.

Als das Signal zum Aufbruch nach Letrinoi ertönt war, wurde erst einmal die Reihenfolge der Streitwagen umgestellt. Glaukias und sein frauenfeindlicher Gesprächspartner nahmen ab jetzt die Spitzenposition ein. Glaukias ähnelte in bemerkenswerter Weise dem einen der für die Wagenrennen zuständigen Hellanodiken.

Alexandra seufzte leise. Zuweilen hatte es noch mehr Vorteile, mit Schiedsrichtern als mit Göttern befreundet zu sein.

Am nächsten Tag schlängelte sich der Weg in die Hügel hinein; immer öfter trafen sie auf Zelte und Verkaufsschragen am Rand der Straße, und am Abend zogen die Athleten am Kladeos entlang nach Olympia hinein. Die Leute drängten sich an der Straße, riefen in allen möglichen Sprachen und Dialekten Grüße und Glückwünsche und klatschten in die Hände.

Entlang des Flußufers dampften die Garküchen. Lamm, Olivenöl, Minze mischten sich in der Luft. Es war ein überwältigender Empfang unter Ölbäumen, Platanen und Pinien. Alexandra wurde die Kehle eng vor Stolz, während ein nagender Hunger in ihrem Magen wühlte. Unter Herzklopfen fuhr sie zusammen mit den anderen Streitwagen an den Priestern der Tempel vorbei, die sich am Bouleuterion versammelt hatten.

Freundliche Gesichter bei allen Priestern, die sonst meistens so streng wirkten. Nur nicht bei Idaios. Sein kahler Schädel ragte rosig über die anderen hinaus, und sein Drachenblick verfolgte sie, als sei sie Gaias Schlange, während sie ihn passierte. Ihr Hunger löste sich in Luft auf.

Ohne zu essen, fiel sie wenig später auf das Bett im römischen Gästehaus und sank in einen tiefen Schlaf.

Am nächsten Morgen wurde Alexandra durch den Ruf eines Heroldes geweckt. Sie fuhr hoch. Es war höchste Zeit! Sie hatte gehofft, schnell noch zu Antenor hinüberlaufen zu können, aber dazu war es zu spät. Hastig schlüpfte sie in das Lenkergewand.

Am Prytaneion wurde das Gewimmel der offiziellen Teilnehmer am Prozessionszug gerade von den leuchtend blau gekleideten Rhabdouchoi in die vorgeschriebene Ordnung gebracht, als Alexandra heranhetzte. Sie stellte sich zu den anderen Peplosträgern, die ihren Platz zwischen den Läufern und den am Schluß des Zuges von Knechten geführten Pferden erhielten.

Der Prozessionszug war so lang, daß Alexandra nur gelegentlich die purpurnen Roben der Hellanodiken ganz vorne zwischen den Priestern und Opfertieren hindurchschimmern sah. Und dahinter marschierte eine unendliche Zahl von Männern mit Weihegeschenken für die Götter, von Behördenvertretern, von Gesandtschaften aus Städten und fernen Ländern, vom Senat in Rom ... Angeführt wurden sie von den Herolden und den Trompetern.

»Es scheint so, als wären wir Wettkämpfer die unwichtigsten Teilnehmer hier«, murmelte Alexandra.

»Frauen bestimmt«, näselte ihr Nachbar im Zug und rümpfte abfällig die Nase.

Sie passierten etliche Altäre bevor sie ihr Ziel, den Zeusaltar erreichten. Alexandra ließ sich von anderen Athleten schieben und drücken und fand sich schließlich in der äußersten Reihe wieder. Aber das Blöken und Mähen der Opfertiere, die am Fuß des Altars geschlachtet wurden, hörte sie trotzdem, und sie sah auch den Rauch vom Holzfeuer der weißen Pappeln aufsteigen, der die besten Fleischstücke zu Zeus hochtrug.

Es war die langwierigste Prozedur ihres Lebens. Die Andacht von der heiligen Quelle Piera hatte sich verflüchtigt. Hier gab es nur das Ritual, das von den Rhabdouchoi mit Strenge durchgezogen wurde.

Ein gewaltiger Aufschrei aus vielen Kehlen riß Alexandra aus ihren Gedanken. Zeigefinger gingen in die Höhe. Ein Habicht taumelte zwischen den Pinien fort, in seinen Fängen ein Fleischstück, das fast so groß war wie er selbst.

Die Priester stimmten hastig einen Gesang an, der von schrillen Flöten und Trompeten begleitet wurde. Die Sportler in Alexandras Nähe flüsterten beunruhigt. Danach wurden sie entlassen.

Alexandra war nicht die einzige, die gedämpfter Stimmung war. Ein Habicht, der Opferfleisch stahl, bedeutete Unglück.

Zwischen Opfer und Vereidigung der Athleten fand Alexandra endlich Zeit, Antenor zu besuchen. Er war in ein weniger vornehmes Gästehaus verlegt worden, und sie brauchte einige Zeit, um ihn zu finden.

Leise schlüpfte sie in den Raum, den man ihr bezeichnet hatte. Sie erschrak, als sie Antenor sah.

Er lag auf dem Rücken, bis zum Hals in eine dünne Decke eingewickelt. Seine Wangenknochen stachen aus den hohlen weißen Wangen hervor, auf denen der Schatten von Bartstoppeln lag. Die Haare, die ihm noch verblieben waren, waren schmutziggrau. Er atmete oberflächlich und unruhig und schien zu schlafen, obwohl Alexandra sich da nicht sicher war. Auf dem Fußboden neben ihm standen ein Krug und eine Schale mit bräunlicher Flüssigkeit.

»Was ist mit ihm?« flüsterte sie dem Priester beunruhigt zu, der neben Antenors Bett saß. Sie kannte ihn. Heute war er nicht so fröhlich wie damals.

Er zuckte mit den Schultern und schüttelte den Kopf. »Ich weiß nicht. Es geht seit mehreren Tagen so mit ihm. Wir wagen kaum, ihn anzurühren. Er hat starke Schmerzen in den Füßen.«

Alexandra schlug entschlossen die Decke zurück und zuckte entsetzt zurück. Antenors Fußsohlen waren mit Eiterblasen übersät. Zweifellos säuberten die Priester die Wunden, aber offensichtlich waren ihre Mittel zu schwach. Sie beugte sich hinunter und roch an der Schale. Kamille. Nicht das Richtige.

»Habt ihr Knoblauch oder Zwiebeln?« fragte sie.

»In der Küche gibt es alles. Vor allem Eßwaren. Warum?

Glaubst du, er hat Hunger?« Der junge Priester sah erstaunt aus, aber er wirkte hilfsbereit.

»Unsinn! Das ist das stärkste Heilmittel bei Wunden, das ich kenne«, erklärte sie knapp. Sie verschwieg ihm, daß es sich um eine Arznei für Pferde handelte, erprobt von einem wunderlichen Kentauren aus Thessalien. Aber Antenor hatte sich ja bereits als tauglich für Roßkuren erwiesen.

»Wenn du solange bei ihm bleibst, hole ich sie.« Der Zeuspriester sprang auf, anscheinend froh, aus seiner Pflicht für eine Weile entlassen zu werden.

»Du mußt sie schälen und ein feines Mus daraus pressen«, sagte Alexandra hastig. »Und ich brauche den Saft, jeden Tropfen! Und beeile dich, bitte. Ich muß zur Vereidigung der Athleten!«

Der Priester grinste und zwinkerte ihr zu. »Ich verstehe ja, daß du dem Zeus Horkios Ehre erweisen willst, schließlich diene ich ihm. Aber ehrlich gesagt, ist die Hauptsache wohl, daß du deinen Bruder siegen siehst. Oder deinen künftigen Ehemann.«

Alexandra lächelte ihm trübe hinterher. Während sie auf seine Rückkehr wartete, warf sie einen Blick aus dem schmalen Wandschlitz, der sich zum olympischen Gelände öffnete. Die Athleten zogen schon in kleinen Gruppen zum Rathaus, wo die Vereidigung gleich beginnen würde. Hoffentlich kam sie nicht zu spät!

Endlich kam der Priester von der Küche des Leonidaions zurück. Zwischen den Händen trug er eine Schale, die er Alexandra unter die Nase hielt.

»Ja, das ist in Ordnung«, sagte sie erleichtert. »Du hast dir wirklich Mühe gegeben.«

»Mein Name ist Kallias«, sagte er. »Ich habe dich zu Nero gebracht. Vielleicht erinnerst du dich.«

»Natürlich erinnere ich mich. Du bist der freundliche Maulwurf vom Tag.« Alexandra setzte sich neben Antenor. Sie schwenkte das saubere Tuch, das Kallias ebenfalls mitgebracht hatte, im Brei. »Entschuldige, daß ich so unaufmerksam war, aber Antenors Zustand ist wirklich besorgniserregend.«

»Das wußte ich nicht.« Kallias hockte sich neben sie und sah zu. »Während der Olympiade gerät alles ein wenig durcheinander«, sagte er fröhlich. »Da gibt es mehr Aufgaben als Priester, die sie erfüllen könnten. Macht aber nichts. Wir kommen schon zurecht. In gewöhnlichen Zeiten beaufsichtige ich die Sklaven, die den Gemüsegarten pflegen.«

»Oh, deshalb also«, warf Alexandra zerstreut ein, während sie vorsichtig einen von Antenors Füßen in dem zwiebelgetränkten Tuch einschlug. »Deine Zwiebeln sind sehr aromatisch und saftig.«

»Das will ich meinen! Schließlich sind sie mit dem Schweiß von Helden aus acht Jahrhunderten gedüngt.« Kallias grinste stolz und sah ihr genau auf die Finger. »Du gehst geschickter mit ihm um als unser Arzt. Ich glaube, es ist kein Verlust, daß er keine Zeit hat. Der Urkundenarchivar hat heute nämlich alle Hände voll damit zu tun, die eingehenden Schenkungen zu notieren und zu beglaubigen. In seinem Archiv hütet deshalb der Arzt die Urkunden des Tempels. Verstehst du? Er kann lesen und schreiben, und die Urkunden sind für unseren Oberpriester wichtiger als ein verschmutztes Töpferlein. Sagte Timaios. Oberpriester.«

Alexandra warf ihm einen knappen Blick zu. Sie preßte die Lippen zusammen, um nicht ausfällig zu werden.

»Viele Gäste nutzen diese Tage, um wichtige Schriftstücke bei uns einzuliefern, mußt du wissen. Sogar allerhöchststehende Eleer, die dem Apollon dienen, vertrauen lieber Zeus als Apollon ihre allerhöchstwichtigen Geheimnisse an. Sie müssen Apollon für geschwätzig halten.« Kallias gluckste.

Alexandra wurde aufmerksam. »Sprichst du von jemand Besonderem?«

»Sicher!« gab er zu und platzte dann damit heraus. »Vom ehrwürdigen Charaxos, Archon Eponymos aus Elis. Wenn das die Priester des Apollon wüßten! Die würden den Alten gleich mit ins Feuer werfen.«

»Oh, sag das nicht!« Alexandra dachte entsetzt an das Ende seines Vorgängers. Das wußte Kallias natürlich nicht. Aber sie nahm ihm seine lose Zunge nicht übel. Er hatte etwas von einem Spitzbuben an sich, einem liebenswerten. »Dir macht es wohl Spaß, andere zu beobachten?«

»Ja«, gab er ehrlich zu. »Dein Schwarzbrauner hatte gestern etwas Falsches gegessen, stimmt's? Seine Äpfel waren zu weich.

Ich habe sie aber trotzdem eingesammelt. Den Rosen ist es egal.«

»Tatsächlich«, sagte Alexandra beeindruckt. »Es war aber hoffentlich nur der Weg und die Aufregung.« Dann kümmerte sich wieder um Antenor.

Er lag wie betäubt da. Nicht einmal das Tupfen und Wischen an seinen Füßen hatte ihn aufgeweckt. Immerhin murmelte er jetzt etwas, das Alexandra aber nicht verstand.

Kallias nickte zufrieden. »Es kommt doch schon wieder Leben in ihn!«

Alexandra hüllte Leintücher über die Breiumschläge und knotete sie fest. Antenor sah im Gesicht furchtbar schmutzig aus. Anscheinend hatte niemand daran gedacht, ihn zu waschen. Obwohl die Fanfaren den Beginn der Vereidigung bliesen, wischte sie über Antenors Stirn und Haaransatz mit einem nassen Tuch.

Die kräftige Hand von Kallias legte sich auf ihre. »Laß das. Ich mache es schon«, sagte er bestimmt. »Am Ende hast du besondere Gründe, bei der Vereidigung anwesend zu sein.«

Alexandra sah ihn erstaunt an.

»Gärtnerarbeit. Rüben schrubben gehört dazu.«

»Ja.« Alexandra machte ihm erleichtert Platz. »Mit der Vereidigung hast du recht. Ich lege den Eid als Wagenlenkerin ab. Ich hoffe, sie warten auf mich, sonst war alle Vorbereitung vergeblich.«

»Bei allen Göttern! Ich wußte gar nicht, daß sie jetzt auch Frauen zulassen. Ich dachte immer, du trainierst deine Pferde für einen Mann. Aber wer mit Kaisern schwatzt, schafft auch, zugelassen zu werden!« Kallias sah sie bewundernd an. »Ich wünsche dir alles Glück der Welt! Wenn sie mir freigeben, komme ich ins Hippodrom und werde für dich brüllen!«

»Danke. Ich werde auf deine Stimme achten«, sagte Alexandra und hetzte los.

Im Bouleuterion war die Vereidigung fast an ihrem Ende angelangt. Alexandra konnte leider nicht verhindern, daß sie erheblichen Lärm machte, als sie sich durch die dichtgedrängten Athleten hindurchkämpfte, um den Anschluß an den letzten zu erreichen. Die Kerle wollten sie einfach nicht durchlassen. Mit hochrotem Kopf blieb sie schließlich hinter dem Ringer stehen, der zu Füßen des Schwurgottes gerade die vorgeschriebenen Fragen beantwortete. Der Mann hatte Mühe, die Fragen des Priesters zu verstehen, und er stotterte bei den Antworten. Wahrscheinlich hatte sie seinem trägen Kopf zu verdanken, daß ihre Meldung nicht ungültig geworden war.

Strafende Blicke von Priestern trafen sie aus allen Richtungen. Alexandra faßte die beiden Blitze in Zeus' Händen ins Auge und ließ es über sich ergehen. Sie war spät, jawohl, aber es hatte ja noch gereicht.

Endlich hatte der Ringer den Eid über die Zunge gebracht. Er wurde entlassen, und sie war an der Reihe. Der Tonfall des Zeuspriesters wurde schrill. Ganz bestimmt war er der Meinung, daß bereits ihr Schwur vor Zeus einen Verstoß gegen die Regeln darstellte.

Sie dachte gar nicht daran, klein beizugeben. »Ja, ich schwöre vor Zeus Horkios«, sagte sie laut und neigte den Kopf nur knapp. Dann mischte sie sich mit zornsprühenden Augen unter die übrigen Athleten. Wann endlich würde das aufhören?

Anschließend traten die Hellanodiken vor und schworen gemeinsam ihren Eid, daß sie unparteiisch entscheiden würden. Dann war die Zeremonie vorbei, und alle drängten aus dem Rathaus hinaus.

Die jungen Männer flüsterten miteinander und sahen beeindruckt aus. Keine Prahlereien mehr zu diesem Zeitpunkt, wo es ernst wurde, selbst von Paidikos nicht, der vor ihr herging.

Draußen strömten die Männer in alle Richtungen auseinander, einige in die Gästehäuser, vermutlich diejenigen, die ihre Trompeten für den Wettbewerb holen mußten. Eine Menge Jungen rannten schon zum Stadion hinüber; sie sollten gleich zum Laufwettbewerb. Alexandra überlegte, ob sie zuschauen oder sich lieber ausruhen sollte. Bis zum nächsten Tag hatte sie frei.

Immer noch unschlüssig, sah sie Paidikos mit einem mulmigen Gefühl nach. Er schlenderte zusammen mit Psamenias zur Wandelhalle hinüber. Aber warum in aller Welt trug Psamenias den Peplos der Wagenlenker? Er konnte doch nicht vereidigt worden sein? Nein, das war ja völlig unmöglich! Er war in Elis ausgeschieden!

Kapitel 41

Die scharfe Kante des tönernen Loses schnitt in Alexandras verkrampfte Hand, während sie auf das Zeichen des Herolds wartete. Er war schon auf dem Rückweg durch das Hippodrom, durch das er den Wagenlenker geführt hatte, der vor ihr an der Reihe war. Bisher war alles gutgegangen; der Mann durfte starten, wenn er am Ausgangspunkt anlangte, ohne daß jemand Einspruch erhob.

Die Tribünen des Hippodroms hatten sich bis auf den letzten Platz gefüllt, während die Namen der Teilnehmer an den Wagenrennen feierlich bekanntgegeben wurden. Der außergewöhnlichste war der des Kaisers Nero; er stand wie alle anderen Wagenlenker, die schon vorgestellt waren, auf dem Sand.

Immer wieder richtete sich die Aufmerksamkeit der Zuschauer auf ihn. Er war der Kaiser des Reiches, mit dem die Hellenen zwar nicht viel im Sinn hatten, aber neugierig war man doch. Nero würde auch an dem Sängerwettbewerb teilnehmen, den es in Olympia bisher nicht gab; aber er hatte darauf bestanden, ihn einzuführen.

Der Herold kam. Er brachte den Wagenlenker vor die Hellanodiken, die in der ersten Reihe in Marmorsesseln saßen, angetan mit Purpurgewändern und auf dem Kopf den Lorbeerkranz. Die Schiedsrichter nickten dem Mann wohlwollend zu. Alexandra wünschte sich an seine Stelle. Die Prozedur der Vorstellung währte einfach endlos. Als ob sie wichtiger war als der Wettkampf!

Dann entließ der Herold ihn und winkte Alexandra an seine Seite. »Alexandra aus Elis«, rief er mit seiner schönen, ausgebildeten Stimme. »Sie wird den Streitwagen von Melanthios aus Elis fahren.«

Alexandra zitterte, als er ihr feierlich seine Hand auf den Kopf legte. »Möchte jemand sie eines Verbrechens beschuldigen?«

»Sie ist eine Frau!« brüllte einer. »Reicht das nicht?«

Der Herold zuckte zusammen und sah fragend zu den Schiedsrichtern hinüber. Dort gab es einen Augenblick Verwirrung.

Alexandra biß sich auf die Lippen.

Nero, der bis dahin vornehmlich damit beschäftigt war, sein Gewand in dekorative Falten zu legen oder wirkungsvolle Posen auszuprobieren, versteifte sich und starrte die Schiedsrichter aus kurzsichtigen Augen an.

Deren Ältester winkte resignierend zum Herold herüber.

Alexandra ließ die angehaltene Luft hinaus. Der Herold fuhr fort. »Sollte jemandem bekannt sein, daß Alexandra eine Sklavin ist, möge er es auf der Stelle sagen!« Sie lächelte belustigt.

»Ist Alexandras Aufführung ohne Tadel gewesen? Gibt es einen anderen Grund, der ihre Teilnahme verhindert? Wer etwas weiß, soll vortreten und es sagen!«

Alexandra bemerkte zuerst an der Reaktion der Zuschauer, daß etwas Ungewöhnliches vor sich ging. Sie deuteten mit den Fingern auf etwas in ihrem Rücken, und sie drehte sich um.

Paidikos.

Mit ernstem Gesicht trat er aus den Reihen der Sportler heraus. »Es gibt einen Grund«, sagte er und blieb auf halber Distanz zwischen den Schiedsrichtern und dem Herold stehen. »Ich, Paidikos, aus dem Hause Melanthios, gegenwärtig Vormund meiner Schwester Alexandra, sehe mich aus Ehrfurcht den Göttern gegenüber gezwungen, einen Grund zu nennen.«

Du Heuchler, dachte Alexandra aufgebracht. Die Hand des Herolds legte sich auf ihren Mund. »Was hast du einzuwenden?« fragte er.

»Alexandra ist so gut wie verheiratet. In drei Tagen ab heute wird sie es sein.«

Alexandra schüttelte die Hand des Herolds ab. »Das stimmt doch gar nicht!« rief sie mit vor Angst heller Stimme, während sie in Richtung auf die Schiedsrichter losrannte. Sie schlug Haken um Paidikos, der sie wie ein Stück Wild einzufangen versuchte. Er gab auf, als Alexandra die Tribüne erreichte. »Ich habe in keine Heirat eingewilligt!« keuchte sie. »Ich schwöre es vor den Göttern.«

»Wirklich?« fragte Charaxos zweifelnd. Um seine Mundwinkel stahl sich ein zufriedener Zug. Er hob seine altersbraune Hand und winkte dem Rhabdouchos, der seinerseits zwei seiner Männer ein Zeichen gab.

Jäh wußte Alexandra, daß die Männer ihrer Verwandtschaft ein Komplott angezettelt hatten, um sie an der Teilnahme zu hindern.

»Und ich«, fuhr Paidikos' Stimme dicht hinter Alexandra fort, »schwöre bei den Göttern, daß sie noch während der Spiele eine verheiratete Frau sein wird. Wenn man sie starten läßt, wird sie gegen die heiligen Spielregeln verstoßen.«

Charaxos erhob sich und ordnete sein purpurnes Gewand über die Sessellehne. »Die Angelegenheit ist eindeutig. Alexandra aus der Familie Melanthios darf nicht an den Start gehen. Herold, fahre mit dem nächsten Teilnehmer fort!«

Die Bestürzung schärfte Alexandras Wahrnehmung. Im gleichen Augenblick, in dem sie erkannte, daß die beiden anderen Hellanodiken aufgebracht waren, weil Charaxos ihre Meinung nicht eingeholt hatte, sah sie, daß Chiron aus dem Tunnel des Stadioneingangs herbeihumpelte.

»Einen Augenblick, Charaxos! Das war deine persönliche Meinung, nicht unser Entschluß als Hellanodiken. Mir wäre es lieb, wenn der künftige Ehemann der Alexandra die Heiratsabsprache bestätigen würde. Ist der Ehemann anwesend?«

»Ja«, knurrte Paidikos einsilbig.

Charaxos schwieg und trug eine giftige Miene zur Schau.

Psamenias trippelte auf seinen kurzen Beinen herbei. »Ich werde sie heiraten, ehrwürdige Hellanodiken«, sagte er träge. »Die Frucht ist überreif, und jemand muß sie pflücken.«

Ihr künftiger Ehemann. Im Peplos der Wagenlenker! Er beabsichtigte, statt ihrer an den Start zu gehen. Das Blut schoß Alexandra ins Gesicht.

»Dein Sohn, also«, murmelte einer der alten Würdenträger.

»Charaxos, du bist befangen. Und nach allem, was man von deinem Sohn hört, geht es ihm wohl mehr um die Pferde, als um die junge Frau. Aber durch eine Heirat noch auf dem olympischen Gelände Pferde an sich zu bringen, ist dreist!«

»Lauter!« schrien einige Zuschauer.

Alexandra hatte nur Augen für Psamenias. Seine Haare trug er jetzt lang, wie es bei den progressiven römerfeindlichen jungen Leuten üblich war. Trotzdem sah er aus wie ein alternder Trunkenbold. Mehr und mehr begriff sie die Ausmaße des Komplotts. Der Schiedsrichter hatte es erkannt. Psamenias wollte mit ihren Pferden an den Start gehen!

Chiron hatte die Tribüne der Schiedsrichter erreicht. Gelassen wartete er auf die Aufforderung zu sprechen.

»Was willst du?« Charaxos herrschte den alten Verwalter von Melanthios an wie einen neuen Feind.

Chiron sah ihn furchtlos an. »Ich will bezeugen, daß Paidikos, der als Sohn von Melanthios aus Elis gilt, nicht dessen Sohn ist und also nicht Vormund einer leiblichen Tochter des Melanthios sein kann. Jede Abmachung, die er wegen Alexandra trifft, ist unrechtmäßig.«

Charaxos erbleichte. Er griff sich an das Herz und sank auf seinen Sitz.

Paidikos tastete nach seiner Waffe, wurde sich bewußt, daß er im heiligen Bezirk keine trug, und versuchte sich auf den Verwalter zu stürzen. Die Rhabdouchoi packten ihn und schüttelten ihn, um ihn zu sich zu bringen. »Verleumdung!« brüllte Paidikos und versuchte, um sich zu schlagen.

»Paidikos ist der Sohn einer Sklavin des Melanthios und eines Eseltreibers, der sich wenige Tage auf dem Hof von Melanthios aufhielt. Nachdem Melanthios ihn wegen Gewalttätigkeit fortgejagt hatte, hat er sich dort nie wieder blicken lassen«, ergänzte Chiron.

»Niemand hat je angezweifelt, daß ich der Sohn meines Vaters bin«, schrie Paidikos in ohnmächtigem Zorn. »Du bist der Sklave, dessen Aussage ohne jeden Wert ist!«

Chiron zog eine Rolle aus seinem Gewand und übergab sie dem Ältesten der Hellanodiken. »Ich bin ein freier Mann«, sagte er ruhig. »Meine Aussage ist rechtskräftig, und ich bin bereit, sie vor den Göttern zu beschwören.«

Der Hellanodike erhob sich unter Ächzen. Sein kalter Blick streifte Charaxos. »Wir ziehen uns zur Beratung zurück.«

Die Zuschauer murrten. Der Herold gestikulierte mit der freien Hand und schaffte es, daß sie sitzen blieben.

»Schwörst du bei den Göttern, den Frieden zu bewahren?« fragte der Anführer der Ordner, der seinen Leuten inzwischen gefolgt war, Paidikos streng.

Paidikos schwitzte und war vor Wut fleckig im Gesicht. Er nickte, und die Rhabdouchoi ließen ihn los, blieben aber bei ihm stehen.

Dein Kopf ist voll Tücke, wie immer, dachte Chiron düster. Es würde jetzt noch schwieriger werden, Alexandra zu beschützen. Viele Jahre hatte er darüber nachgegrübelt, wo seine Pflicht war und sich entschieden zu schweigen. Vielleicht war es verkehrt gewesen.

Jetzt hatte er Alexandras Teilnahme nur retten können, indem er sein Schweigen brach. Doch stand Aussage gegen Aussage. Und vor allem: Ein Schiedsrichter hatte sein Urteil gefällt.

Schweigen senkte sich über das Stadion, während die Hellanodiken hinauszogen, gefolgt von den Priestern, gefolgt auch von der Priesterin der Demeter Chamyne. Sie war die einzige verheiratete Frau, die zum heiligen Bezirk Zutritt hatte. Sie würde Alexandra weder helfen wollen noch können.

Idaios' violette Schärpe wurde von der Schwärze des Zugangstunnels verschluckt. Er war der letzte. Chiron sah seinem kahlen Schädel mit besonderem Unbehagen nach. Diesen Mann hatte er geschont, und es war falsch gewesen. Er hatte nichts zu suchen in dem Gremium von gewählten Männern, die die Geschicke von Olympia bestimmten. Und doch war er immer dort anzutreffen, wo Entscheidungen getroffen wurden.

Er warf einen Blick zu Alexandra hinüber. Ihre Augen waren weit aufgerissen, und sie zitterte vor Angst.

Die Wagenlenker standen unschlüssig in der gleißenden Sonne mitten im Hippodrom. Niemand traute sich zu gehen; das hätte möglicherweise den Ausschluß bedeutet. Nur der Kaiser zog sich zurück.

Die Sonne rückte höher, und immer noch war vom ehrwürdigen Gremium keine Spur zu sehen. Die Zuschauer tuschelten leise miteinander. Paidikos und Psamenias steckten die Köpfe zusammen und flüsterten. Sie gaben sich wie Gewinner.

Vielleicht haben sie recht, dachte Alexandra beklommen. Irgendwie war es trotzdem tröstlich, daß Nero sich wieder eingefunden hatte. Sie entdeckte ihn unerwartet ganz in ihrer Nähe in der ersten Reihe. Er hatte die Kleidung gewechselt und saß zwischen anderen Römern.

Endlich kamen die Hellanodiken und Priester zurück. Ihre Mienen verhießen in Alexandras Augen nichts Gutes. Paidikos begann bereits siegessicher zu grinsen.

Der Älteste der Hellanodiken blieb vor seinem Platz stehen. »Alexandra Melanthios' wird zum Rennen der Bigen zugelassen«, verkündete er zornig.

Kaiser Nero erhob sich und dankte den Schiedsrichtern mit einer zustimmenden Geste. Einzelne Rufe aus dem Publikum wurden laut, die sich beipflichtend anhörten. Aber insgesamt war der Beifall dünn.

Sie wollen gar nicht, daß ich fahre, dachte Alexandra traurig. Als sie noch dachten, daß ich ein Mann sei, war ich ihnen recht.

»Warum findet meine Aussage keinen Glauben?« schrie Paidikos. Seine Wut und seine Empörung waren echt.

Alexandra erkannte jäh, daß er von dem Geheimnis seiner Kindheit nichts gewußt hatte. Aber wie üblich blieb er dabei, daß ihm Unrecht getan wurde.

»Weil«, sagte der alte Mann schneidend, »sich ein weiterer Zeuge angefunden hat, der bestätigen konnte, daß du Sohn einer Sklavin und also selbst ein Sklave bist. Eine Starterlaubnis kann dir unter diesen Umständen nicht erteilt werden.«

Charaxos schien sich in seinen Sessel zu verkriechen. Psamenias aber plusterte sich auf, setzte Paidikos den Griff seiner Fahrpeitsche auf die Brust und stieß verächtlich zu.

Paidikos taumelte nach hinten und sah sich verständnislos um. »Was bedeutet dies alles?«

»Es stünde dir besser an, dein Los mit der Würde zu tragen, die du im Hause Melanthios gelernt hast«, schnauzte Chiron ihn verhalten an. »Deine Mutter ist Jannina, die Köchin, und dir ist es achtzehn Jahre lang bessergegangen, als du es verdient hast.«

Wer mochte der plötzlich aufgetauchte Zeuge sein? Ein Glöckchen schrillte hartnäckig in Alexandras Kopf. Melissa? Hatte Idaios Informationen aus ihr herausgepreßt? War das für ihn der Grund gewesen, sie zu kaufen? Alexandra überlief es kalt.

Die Verärgerung des Publikums brach sich in Johlen und in Pfeifen Bahn. Paidikos schlich davon. Psamenias stand und malte mit dem Peitschenstiel Figuren in den Sand. Plötzlich wischte er sie mit der Schuhsohle aus und marschierte zum Ausgangstunnel.

Alexandra sah ihm mit leerem Blick nach. Im Augenblick hatte sie nicht einmal den Wunsch, noch zu fahren. Nur fort von hier!

Der Seufzer des alten Hellanodiken weckte sie aus ihrer Lähmung. »Beginne, Herold, noch einmal, als sei nichts gewesen«, forderte er müde. »Die Götter mögen...« Er unterbrach sich und blickte in die Höhe.

Hoch über dem Hippodrom schwebte ein großer Vogel. Der Habicht war wieder da.

Die zitternde Hand des Schiedsrichters forderte den Herold auf, weiterzumachen. An diesem furchterregenden Tag wußte keiner, was die Götter noch bereithalten mochten.

Apollon hielt Idaios bereit.

Der Herold hatte kaum einige Schritte mit Alexandra an seiner Seite durch das Oval des Stadions getan, als Idaios sich erhob. Seine purpurfarbene Schärpe warf das Sonnenlicht zurück und spiegelte sich in unzähligen erschrockenen Augen.

Alexandra war wie versteinert.

»Ob und wann Alexandra Melanthios heiratet, ist völlig nebensächlich angesichts des Frevels, den sie gegen die Götter begangen hat.« Idaios' Stimme füllte das Stadion ohne Mühe. »Sie hat auf dem heiligen Berg Lykaion als Mann verkleidet an den Spielen zu Ehren von Zeus Lykaion teilgenommen. Sie verdient den Tod!«

Alexandras Beine gaben unter ihr nach. Der Herold hielt sie pflichtgemäß aufrecht. Aber seine Hand zitterte.

»Den Tod durch Steinigen!« setzte Idaios fort.

Sie hatte es gewußt. Immer hatte sie irgendwie geahnt, daß es so enden würde. Zuerst Baukis, jetzt sie. Das war die Art, in der Frauen seit uralter Zeit getötet wurden.

»Steinigen!« brüllten die Zuschauer.

Kapitel 42

»Antenor! Wenn sie dich je gebraucht hat, dann jetzt! Idaios will Alexandra steinigen lassen. Genau wie Baukis. Er hat es auf die ganze Familie Melanthios abgesehen!« Chiron stand, die Hände in die Seiten gestemmt, vor Antenors Krankenlager. Er hatte noch nie so viel Angst um Alexandra ausgestanden wie gerade jetzt. Und er war aufgebracht. Dieses Schachern und Feilschen um die Starterlaubnis, diese hinterhältige Tücke von Männern, die angeblich im Namen von Zeus starten wollten. Die Götter hatten sie nicht aus dem heiligen Hain gefegt, und das hatte ihm den Boden unter den Füßen weggezogen. Es gab keine Götter. Jetzt würde er zu jedem Mittel greifen, um Alexandra zu retten.

Antenor war wach. Seine Augen lagen tief in ihren Höhlen, aber sie glänzten nicht mehr fiebrig. Sie folgten dem Verwalter, seitdem er den Raum betreten hatte. »Idaios!« stieß er zwischen den zusammengebissenen Zähnen aus.

Sein Gemütszustand stellte Chiron sehr zufrieden, während seine Nase weniger überzeugt war, daß der Mann schon für die Öffentlichkeit taugte. Unauffällig schnüffelte er an der langen Gestalt von Antenor entlang. »Ob meine Pferde dich in ihren Stall lassen würden, sei dahingestellt, aber für Priester und Kaiser muß es reichen. Ein frischer Chiton, und du bist fast wie neu!«

»Ich kann einen Chiton besorgen und eine würdige Kopfbedeckung«, bot Kallias eifrig an und war auf und davon, bevor Chiron auch nur zustimmen konnte.

Antenor blickte zweifelnd. Er wackelte mit den Füßen.

»Dann werde ich wohl kriechen müssen«, sagte er und unterdrückte ein Stöhnen. »Für Alexandra will ich gern auf Knien vor den Kaiser rutschen. Aber nicht vor den Apollonpriester, das laß dir gesagt sein, Chiron!«

»Gerutscht wird überhaupt nicht«, sagte Chiron beruhigend und half Antenor, sich aufzusetzen. »Schließlich haben wir unsere eigenen Methoden.«

Kallias schoß mit einem Prachtgewand über dem Arm zur Tür herein. In der einen Hand hatte er einen Krug, der Wolken von Lavendelduft verströmte, in der anderen baumelte ein uralter Helm.

»Das ist doch nicht mein Chiton«, wandte Antenor ein und rümpfte die Nase. Das Gewand war schlohweiß und hatte golddurchwirkte Kanten. »Unpassend für einen Töpfer!«

»Nicht der Töpfer ist gefordert, sondern der Mann, der mit Kaisern und Göttern spricht!« Chiron griff nach dem Krug und schüttete den Inhalt über Antenors Kopf aus. Mit seiner rissigen Hand verteilte er patschend die Rinnsale über Antenors nackten Oberkörper. »Wo hast du denn das Metallteil her, Gärtner?«

»Ausgegraben«, sagte Kallias und verfolgte grinsend, wie Antenor sich Chirons Hand erstarrt gefallen ließ. »Das Zeug liegt hier faßweise in der Erde.«

»Und die vornehme Kleidung?«

»Die ist das private Gewand unseres Oberpriesters. Ich konnte kein anderes finden. Timaios wird dankbar sein, daß der Chiton mal Luft schnappen darf.«

Chiron lachte wiehernd und half Antenor, sich anzuziehen. »Und was für welche! Göttliche! In der Luft über dem Stadion drängen sich heute ja angeblich die Götter. Also höchst passend für das Gewand eines Priesters.« Zum Schluß stülpte er Antenor den Helm über den Kopf und stellte ihn behutsam auf die Füße.

Eine frische Brise fuhr durch das Stadion. Alexandra ließ ihr schweißnasses Gesicht abkühlen, indes die Gedanken durch ihren Kopf rasten.

Auswege, Fluchtmöglichkeiten. Es gab keine.

Vor den Menschen hätte sie sich herausreden können, aber nicht vor den Göttern.

Sie hatte einen Frevel begangen.

Als sie die Augen aufschlug, segelte der Habicht gerade mit dem Aufwind am Kronoshügel entlang. Über der Kuppe verschwand er genau dort, wo Gaias Altar liegen mußte. Gaia, die ihr Wohlwollen versprochen hatte.

»Junge, Junge, jetzt eilt es aber!« rief Gaia. Sie war verärgert.

»Ich fliege, Ururgroßmutter«, säuselte Pan und versuchte sich ein letztes Mal am Kuchenteller zu bedienen.

Gaia schlug ihm auf die Finger. »Jetzt nicht! Und später auch nicht, wenn du versagst!«

Zum ersten Mal war Pan wirklich betroffen. Ururgroßmutter meinte es wirklich ernst. Er sah nach unten. »Ich komme, Alexandra!« brüllte er, selber entsetzt, und stürzte sich in die Lüfte. »Gib nicht auf, ich komme!«

Ein feines Sirren erfüllte die Luft und ließ Alexandra ein wenig zittern. Eine Erinnerung an den Lykaion tauchte auf und verschwand, und dann nahm der Kaiser ihre Aufmerksamkeit in Anspruch.

Nero erhob sich. Die purpurfarbene Robe und sein mit glitzernden, goldenen Sternen bestickter Umhang ließen vergessen, daß er klein war. In diesem Augenblick war er der Kaiser.

»Oh, Männer Griechenlands«, sagte er mit seiner hellen Stimme, »ich erweise euch die Gunst meiner Anwesenheit im olympischen Hain. Strapaziert meine Geduld nicht, indem ihr euch in Querelen verrennt, die nur euch etwas angehen. Zeigt euch meines Wohlwollens würdig und fangt an! Was Alexandra Melanthios angeht, kann Zeus Lykaios nicht über etwas beleidigt gewesen sein, das Zeus Olympios gestattet. Er hat sie die Ausscheidungskämpfe von Elis gewinnen lassen, damit sie hier für ihn fährt! Sonst hätte er jemand anders gewinnen lassen! Wollt ihr euch gegen Zeus stemmen? Laßt Alexandra zu seinen Ehren starten!«

Die Zuschauer schwiegen verblüfft. Dann brach Jubel aus.

Der Kaiser kletterte auf ein niedriges Podest, das man in aller

Eile vor ihn stellte. Er breitete die Arme aus und ließ sich lächelnd huldigen.

Er mag Schmeicheleien. Alexandra sah gedankenverloren zu ihm hin. Antenor hätte es gewußt. Er konnte Kaiser ausrechnen. Aber er war nicht da, um ihr zu helfen. Helfen konnte ihr jetzt sowieso niemand mehr. Die Priester des Apollon waren unversöhnlich. Auch ein Kaiser durfte nur bitten, nicht befehlen.

Apollons Priester hatten sich während der Rede des Kaisers erhoben und standen in einer geballten Gruppe zusammen, Idaios in ihrer Mitte. Sie bereiteten sich auf etwas vor.

»Ich«, fuhr Nero feurig fort, »werde Griechenland ein Geschenk machen, wie es noch niemand bekommen hat. Andere Kaiser haben Städte befreit. Ich werde..., nun, das werdet ihr später erfahren. Aber ich weiß jetzt schon, wie ihr mich nennen werdet: Jupiter Liberator, in eurer Sprache *Zeus der Befreier*. Auch mit Apollon werdet ihr mich vergleichen: ich werde Griechenlands *Neue Sonne* sein.«

Alexandra sah verständnislos zu Nero hinüber. Wovon in aller Welt sprach er? Auf jeden Fall nicht von ihr, sondern von sich. Sie schien vergessen.

Apollon dachte wohl ähnlich. Er erschien so plötzlich, daß die Zuschauer entsetzt Luft holten. Sein goldenes Gesicht warf das Sonnenlicht gleißend zurück.

Alexandra schluckte. Idaios wagte es, mit seiner metallenen Maske die Menschen sogar hier zum Narren zu halten. Und die Apollonpriester schirmten ihn ab, sie wußten es und unterstützten ihn.

Aber niemand würde ihr glauben, wenn sie den Mann anklagte. Im Gegenteil.

»Ein Betrüger!« Neros Stimme war schrill. Er war außer sich.

Totenstille legte sich für einen Augenblick über das Hippodrom, dann sprangen die Zuschauer auf und drohten den Priestern mit geballten Fäusten. Ein Gewirr von Stimmen füllte das Stadion; Wut brach sich Bahn.

Die Priester sahen einander furchtsam an.

Alexandra konnte es zuerst kaum glauben, aber dann wurde ihr bewußt, was geschehen war. Apollon konnte nicht ohne Opfer und Gebete erscheinen. Die Priester versicherten es den Gläubigen täglich.

»Betrüger!« schrien die Zuschauer.

Plötzlich schlugen die Türen zum Wageneingang auf. Eine Biga fuhr ein, gezogen von zwei Hengsten. Sie kamen im versammelten Galopp, in wundervoll aufeinander abgestimmten Bewegungen. Ihr Gleichklang war so unglaublich, daß die Zuschauer vor Staunen verstummten.

Alexandra wurde es ganz eng ums Herz, weil das Gespann so schön war. Ihr eigenes, gelenkt von Chiron. Er parierte die Pferde durch und hielt vor dem Kaiser auf dem Podest.

Die Tränen stiegen ihr in die Augen. Chiron hatte Antenor geholt.

»Der Leibwächter«, stieß der Kaiser entzückt aus. »Als antiker Held, der siegreich aus der Schlacht zurückkehrt! Welch ein Schauspiel! Das ist Griechenland!«

Antenor grüßte Nero trotz seiner vornehmen griechischen Kleidung auf römische Art mit der Faust an der Brust. Chiron wickelte behende die Zügel um die aufgesteckte Fahrpeitsche und verstand es dann, ohne Aufsehen zu entschwinden.

Antenor blieb im Wagen. Er streckte den Arm aus und zeigte auf Idaios. Aber er wandte sich an Kaiser und Zuschauer zugleich. »Das ist der Mann, der versucht, sich an des Gottes Stelle zu setzen: Idaios von Megalopolis, der wahre Frevler gegen die Götter! Nimm die Maske ab, Idaios, damit ich mit dir sprechen kann!«

Apollons Priester zögerten nur einen Augenblick. Dann wichen sie von Idaios' Seite und machten sich zwischen den Priestern des Zeustempels unsichtbar.

Plötzlich stand Idaios allein zwischen zwei Sitzreihen. Er nahm die Maske ab und ließ sie mit aufreizender Miene zwischen den Fingern baumeln.

Er hat verloren, dachte Alexandra hoffnungsvoll. Oder nicht? Wie zur Bestätigung hörte sie wieder das Sirren in der Luft. Pan! Er war da. Vielleicht auch seine Ururgroßmutter. Wer war sie eigentlich? Ihre Gedanken verloren sich in den komplizierten Familienverhältnissen der Götter. Aber dann richtete sich ihre Aufmerksamkeit wieder auf Antenor.

Er sprach weiter, bedächtig und mit jedem Wort treffend, als Ankläger, nicht als Eiferer. »Dieser Mann wollte die Tempel Apollons in seine Hand bringen. Er scheute nicht davor zurück, sich der Altäre anderer Götter zu bemächtigen und sie dem Apollon zu unterstellen, dem er selbst dient. Aber dieser Apollon ist nichts als eine Maske aus Bronze, kein Gott, sondern ein Stück gegossenes Metall.«

Die Zuschauer schweigen bedrückt.

»Kennst du den Willen der Götter besser als ich? Was maßt du dir an, Antenor aus Korinth, der du jahrelang von einer Frau ausgehalten wurdest? Brauchst du nach ihrem Tod einen anderen, der dir den Lebensunterhalt finanziert? Brauchst du meine Maske?« Idaios' Stimme war schneidend geworden.

Eine eiserne Faust griff nach Alexandras Magen und preßte ihn so fest, daß ihr übel wurde.

Antenor hob die Hand von der Wagenkante und wies zu den Zeuspriestern hinüber. »Mich, Idaios, hat der ehrenwerte Timaios vom Zeustempel von Olympia gebeten, Nachforschungen zu betreiben, warum das Schlangensymbol von manchen Altären der Urmutter Gaia verschwunden ist. Die Priester bekamen Angst um Gaias Vermächtnis und wollten wissen, warum die Menschen sie vernachlässigen.«

Ein Raunen ging durch das Hippodrom.

Antenor fuhr fort. »Über Nacht wurden Gaias Altäre zu Altären deines Apollon, und du hast die Frauen mit ihrem Entsetzen und ihrer Scham über die Teilnahme an blutigen Säuglingsopfern zum Schweigen gezwungen.«

Alexandra schlug die Hände vor das Gesicht, um ihre Erleichterung zu verbergen. Und ihr Erstaunen. So oft hatte sie an ihm gezweifelt.

Sie erschrak, als der alte Charaxos plötzlich aus seinem Sitz hervorkroch und zu geifern begann. »Lüge! Alles frei erfunden. Der ehrenwerte Idaios hat sich ganz offen dazu bekannt, zum Ruhme des Gottes Apollon dessen in ganz Griechenland verstreute Altäre zu vereinigen. Eine großartige Idee, die Apollons Tempel gestärkt hätte! Du hast sie jetzt zerschlagen!«

schrie er und fuhr abfällig fort: »Und wo ist schon die Frau, die bezeugen würde, daß ein einziger Altar von Gaia zerstört wurde? Es gibt sie nicht.«

»Doch!« widersprach Alexandra. »Ich kann es bezeugen und bei den Göttern beschwören. Und jeder von euch kann zum Gaia-Altar hinter dem Kronoshügel gehen und sehen, daß er nur noch ein Stein ist, nichts weiter, denn Gaias Schlange wurde mit dem Hammer herausgeschlagen. Bald wird er vergessen sein. Auch in Olympia gibt es Gaia nicht mehr.«

Antenor ließ Alexandras Aussage ihre eigene Wirkung entfalten. »Jetzt zu dir, Charaxos. Du hast dich vor den Göttern schuldig gemacht. Idaios hat mehrere Menschen getötet, unter anderem den Mann, dessen Tod du deinen Aufstieg zum Phratriarchen verdankst. Du hast es gewußt, und es gibt darüber eine zwischen dir und Idaios geschlossene Urkunde. Dein Urteil als Hellanodike ist vor den Göttern wertlos, ja es ist sogar ein Frevel.«

»Beweise es!« forderte der alte Mann mit zitternder Stimme.

Antenor holte tief Luft. Er schwieg.

Alexandra sah erwartungsvoll zum Oberpriester des Zeustempels hinüber. Timaios' Gesicht signalisierte nichts als höfliche Anteilnahme.

Sie holte Luft. »Die Urkunde wurde vor einigen Tagen im Archiv des Zeustempels hinterlegt. Charaxos hat sie selbst hergebracht. Du willst es in Gegenwart der Götter Olympias bestimmt nicht bestreiten.« Alexandra klopfte das Herz bis zum Hals. Es war eine unglaubliche Anmaßung, mit dem Oberpriester so zu sprechen. Aber es mußte sein. Ein Archon Eponymos von Apollon brachte nichts Belangloses in einen Zeustempel, und da Timaios es nicht erwähnte, mußte sie es tun.

Der Oberpriester verfärbte sich und schwieg.

Die heiligen Bäume bewegten sich plötzlich heftig, und die Blätter rauschten.

Timaios sah nach oben, dann neigte er seinen Kopf in Demut. »Ja, es gibt eine Urkunde von Charaxos aus Elis in unserem Tempel. Natürlich wissen wir nicht, was sie enthält. Einer von euch soll sie holen.« Resignierend gab er seinen Priestern einen Wink.

Ein junger Mann schoß in die Höhe und machte sich auf den Weg zum Tempel.

Alexandra fiel ein Stein vom Herzen. Kallias. Wenn es die richtige Urkunde war, würde er sie beibringen, da war sie sich sicher.

Kallias war schnell wie der Wind. Der Oberpriester betrachtete erst ihn mißbilligend, dann die Rolle und reichte sie schließlich dem Phratriarchen.

Charaxos zögerte lange, bis er sie entgegennahm. Es würde seine Karriere zerstören, aber er sah wohl keinen Ausweg. Dann brach er das Siegel und gab Timaios die Urkunde zurück.

Timaios rollte sie auf. Viel gab es nicht zu prüfen. Er nickte und ließ sie wieder zusammenschnellen.

Der Älteste der Hellanodiken ließ die Fanfare blasen, danach verkündete er sein Urteil. Charaxos und Idaios wurden für die Dauer der Spiele aus dem olympischen Gelände gewiesen. Ihre Anschuldigungen gegen Alexandra waren gegenstandslos geworden.

Alexandra verfolgte alles wie im Traum und konnte es kaum glauben. Erst als der Hellanodike ihr zunickte, wußte sie, daß sie endgültig und unabänderlich zum Rennen des morgigen Tages zugelassen war. Sie sah Antenor an. Der aber folgte mit finsterer Miene dem Auszug der Zeuspriester. Noch im Tunnel schlossen sich ihnen die Apollonpriester an. Man konnte sie kaum voneinander unterscheiden.

»Alexandra und ihr Leibwächter speisen heute abend mit mir. Göttliches Griechenland, das solche Wagenlenker und Leibwächter hat!«

Beinahe hätte Alexandra den Einwurf des Kaisers überhört. Ihn hatte sie fast vergessen. Glücklicherweise gelang es ihr, die Höflichkeit zu wahren und ihm zu danken. Nero winkte wohlwollend von seinem Podest herunter.

Dann stieg sie zu Antenor auf den Wagen. Erst jetzt sah sie, daß er auf Knien auf einem hohen Polster ruhte. Sie ergriff die Zügel und fuhr behutsam an, während Antenors Gesicht ihr sagte, daß er litt. Aber er lächelte, während Alexandra den Wagen aus dem stillen Stadion lenkte.

Die Allmutter Gaia hing wie eine nasse Wolke in ihrem Thron, zu entsetzt, um ihre Kinder um Hilfe zu rufen. Sie hatte es geahnt. Apollon war nicht gekommen, um die Götter des Olymps als fröhlicher Gesellschafter zu erheitern. Sein Spiel auf der Leier sollte sie täuschen und arglos machen, und sein schönes Gesicht war Maske.

Während sie gefeiert hatten, hatte sein Komplize dort unten unbemerkt sein Zerstörungswerk begonnen. Begonnen mit den Altären der Ältesten unter ihnen, aber er würde mit den Altären ihrer Kinder fortfahren, bis keiner mehr übrig wäre.

Aber wer würde ihr das glauben? Zeus ganz bestimmt nicht, schließlich hatte er Apollon adoptiert.

Oh, diese einfältigen Männer!

Kapitel 43

Selten einmal war Zeus oben auf dem Gipfel bei seiner Großmutter Gaia. Aber sie hatte ihn zitiert, und er hatte kommen müssen. Steif und mit gefalteten Händen saß er mit mißmutiger Miene vor Gaia, sein spitzer Dreizack ruhte glanzlos neben ihm auf dem Felsen.

»Warum hast du mir verheimlicht, daß meine Altäre zerstört werden?« *fragte Gaia erzürnt.*

»*Ich wollte dich nicht beunruhigen*«, *murmelte Zeus.* »*Normalerweise hättest du es gar nicht bemerkt. Und die Menschen hätten sich schon irgendwann besonnen, das tun sie meistens.*«

»*Das tun sie meistens nicht*«, *versetzte Gaia.* »*Genausowenig wie ihr Männer, wenn man euch nicht ständig auf die Finger sieht. Du gehst jetzt und bringst das wieder in Ordnung. Und deinen wilden Adoptivsohn Apollon will ich hier nicht mehr sehen!*«

»*Er ist ein Sohn wie alle anderen*«, *murrte Zeus.* »*Nicht schlechter und nicht besser.*«

»*Eben.*«

»*War's das?*« *Zeus sah seiner Großmutter forschend in das vom Alter zerknitterte Gesicht. Ja, die Unterredung war beendet. Locker sprang er auf, griff nach seinem Dreizack und wienerte ihn liebevoll mit dem Ärmel seines Umhangs blank.*

Auf dem Weg nach unten sah er die orangeroten Hörnchen seines Enkels Pan hinter einem Felsblock verschwinden. Bestimmt hatte der Bengel gelauscht. Das war in Ordnung, aber im übrigen war er etwas aus der Art geschlagen, viel zu

brav, ein Muttersöhnchen. Es wird Zeit, ihm Erziehung zu verpassen, überlegte Zeus. *Großmutter werde ich zeigen, daß sie die Welt nicht allein regiert. Und Pan werde ich zeigen, wie regiert wird. Vor allem ihm.*
»Paan!« rief er drohend.
»Da bin ich schon! Was gibt es, Großvater?«
Aber Zeus ließ sich durch das niedliche Aussehen eines Bengels nicht erweichen. Er packte ihn am Ohr und zog ihn zu sich heran. »Zu wem schickt dich Großmutter immer?«
»Zur Wagenlenkerin Alexandra«, quietschte Pan.
»Mußten wir wegen ihr nach Rom?«
Pan nickte.
»Ist sie noch dort?«
»Sie ist in Olympia. Bei den Wagenrennen«, murmelte Pan düster.
»Aha.« *Zeus ließ ihn los, und Pan entfloh in weiten Sätzen wie ein Hase. Während Zeus von Felsen zu Felsen nach unten sprang, legte er sich einen Plan zurecht. Er würde zwei Fliegen mit einer Klappe schlagen, gewissermaßen. Sehr rationell geplant, fortschrittlich, ja fast menschlich.*
Zeus lachte dröhnend. Großmutter Gaia als Fliege, Enkel Pan als Fliegenklecks... Aber schließlich war er Zeus Apomyrios, der Herr der Fliegen.

Alexandra verfolgte das Rennen mit glänzenden Augen. Dank Neros Einflußnahme hatten sie und Antenor Ehrenplätze in der ersten Reihe zwischen den Römern erhalten. Bequem und weich zu sitzen hatte seine Vorteile; gewöhnlich war sie stehend zwischen größeren Leuten eingeklemmt und mußte zwischen Ellenbogen hindurchspähen. Noch dazu war die Sonne hinter den Wolken verborgen, und es war nicht ganz so heiß. Der Kaiser hatte sich vor seinem Start sogar vergewissert, daß sie wirklich anwesend waren. Alexandra hatte versprochen, zum Dank für ihn zu jubeln. Inzwischen war sie schon heiser.

Sie reckte sich zu Antenors Ohr hoch. »Der Fahrer hinter Nero zügelt seine Pferde«, sagte sie laut, um den frenetischen Lärm im Stadion zu übertönen.

Antenor, der sich auf Neros Zehnspänner konzentriert hatte, blickte zu dessen Gegner, der dichtauf lag. Er nickte. »Er will es sich mit dem Kaiser nicht verderben.«

»Er gibt sich alle Mühe, den Kaiser nicht zu überholen, das stimmt. Aber Nero kann wenigstens einigermaßen mit seinen Pferden umgehen. Sieh mal, der dritte.«

Der dritte Gegner bemühte sich vergeblich, seine zehn Hengste dazu zu bringen, wenigstens gleichzeitig zu galoppieren. »Ein reicher Römer, der sich Pferde leistet«, sagte Antenor trocken. »Aber der Kaiser gewinnt.«

Alexandra wandte sich wieder dem ersten der drei Gespanne zu, das jetzt gleich die Wendesäule erreicht hatte. Letzte Runde.

»Nero! Nero!« brüllten die Zuschauer in ihrer Nähe, meistens Römer, die zum Stab des Kaisers gehörten.

Nero fühlte sich vom Publikum bestätigt. Seine Peitsche knallte über den Rücken der Außenpferde, als sie in die Kurve gingen.

»Weißt du noch, was er gestern beim Gastmahl gesagt hat?« fragte Alexandra.

Antenor legte seine breiten Hände auf die Knie und blickte sinnend in die Luft über dem Hippodrom. »Vom Lenken eines Wagens als Ausdruck künstlerischer Tätigkeit? Vom Zusammenspiel unzähliger Muskeln, deren Kraft allein ein Mann zu einem harmonischen Ganzen zusammenfügt, zu einer Bewegung, die nach vorn zielt?« zitierte er genußvoll. »Und wie ich das weiß. Hört sich an, als hätte ein Dichter ein Lehrbuch über Zugochsen geschrieben. Verrückt.«

Alexandra, die ihn gespannt betrachtet hatte, schüttelte sich vor Lachen. »Beinahe ein neuer Mago.« Dann widmete sie sich wieder der Kunst der Muskeln. Neros Interpretation hatte auch sie nicht wenig verblüfft. In der Bahn ging die Bewegung der Pferde in der Tat sehr harmonisch nach vorn. Und sehr schnell. »Wo ist Nero denn abgeblieben?« fragte sie erschrocken, als der Kaiser aus ihrem Blickfeld verschwand.

Antenor schirmte die Sonne mit der Hand von den Augen ab und spähte in die Ecke. »Die Rappen des Kaisers haben beschlossen, das Rennen in voller Harmonie ohne ihn zu beenden.«

Entsetzte Schreie kamen von der Seite, wo der Kaiser auf den Boden geschleudert worden war, um schließlich von der Brüstung aufgehalten zu werden. An der Unfallstelle tummelten sich plötzlich blau- und grüngewandete Ordner sowie Zuschauer in allen Farben. Bald verstellten römische Tuniken Alexandra die Sicht. Alle Gespanne hielten an, wo sie sich gerade befanden; Neros Pferde wurden eingefangen und ebenfalls aufgehalten.

»Es geht gleich weiter! Zurück auf die Plätze!« Dem Ruf des Herolds war unter allen Umständen zu gehorchen. Die Neugierigen verzogen sich wieder.

»Doch nicht so schlimm«, stellte Alexandra fragend fest, während Nero zu seinen Pferden geleitet und auf den Wagenboden gestellt wurde.

Die Fanfare ließ die beiden hinteren Gespanne aufs Neue losschießen. Die Pferde des Kaisers kamen in Gang, jedoch blieb es bei einem lustlosen Trott. Ihr Lenker hing wie ein Sack über der Wagenbrüstung.

»Er ist benommen. Er kann gar nicht mehr fahren! Wie können sie ihm das zumuten!«

»Mit dem Periodonike ist es auch aus«, fügte Antenor hinzu. Er spitzte die Lippen und fing an zu pfeifen; ein Lied im Takt mit den gemächlichen Schritten von Neros Hengsten. Ein trauriges Lied; es wurde immer langsamer und endete, als die Pferde mit hängenden Köpfen kurz vor dem Ziel stehenblieben.

Nero war im Wagenkasten zusammengesunken, ein Bündel aus weißem Stoff mit goldenen Kanten. Die beiden anderen Gespanne fuhren langsam an ihm vorbei. Die Delphine an der Ziellinie rasteten mit lautem Krachen in ihre Halterungen, ein Geräusch, das sonst im Jubel unterzugehen pflegte. Die Pferdepfleger des kaiserlichen Hofes zogen Neros Pferde über die Ziellinie.

Besorgnis lag auf allen Gesichtern. Im Hippodrom wurde es still.

»Wie kann denn bloß ein Habicht so etwas ahnen?« flüsterte Alexandra. »Ich habe nie daran geglaubt. Aber jetzt ist schon so viel passiert, daß man meinen sollte, hier wären ganze

Scharen von Habichten an der Arbeit, um all dieses Unglück herbeizuschaffen.«

Antenor verzog den Mund. »Keine Ahnung. Vielleicht ist es wie bei Hunden, die riechen, wenn einer Angst vor ihnen hat.«

»Meinetwegen«, sagte Alexandra nach kurzer Überlegung. »Und ob es stimmt, oder nicht, vielleicht ist es für mich ein Glück, daß es Habichte gibt. Wenn sie nicht wären, kämen die Priester womöglich auf die Idee, alle unglücklichen Zufälle der Teilnahme einer bestimmten Wagenlenkerin an der Olympiade anzulasten ...«

»Ja. Das stimmt. Man muß trotzdem die Apollonpriester im Auge behalten. Ich zweifele daran, daß Idaios so schnell aufgibt.«

Alexandra hörte ihm nur unaufmerksam zu. Sie drückte fest Antenors Arm. »Sieh. Die Hellanodiken haben entschieden!«

»Es gab nichts zu entscheiden«, widersprach Antenor spöttisch. »Sie verkünden nur.«

Gleich darauf rief der Sprecher der Schiedsrichter den Sieger des Wettlaufs der Zehngespanne aus: »Nero, Kaiser von Rom, Wohltäter von Hellas!«

»Ist er denn nicht tot?« fragte jemand hinter Alexandra.

Schon als Alexandra auf dem Weg zu ihren Pferden war, sprach sich herum, daß der Kaiser dabei sei, sich zu erholen. Ein Glück! Am Ende hätten wegen der Trauer um Nero noch die folgenden Rennen abgesagt werden müssen.

Einer von Chirons Lehrlingen stand beim Verwalter. Er strahlte über das ganze Gesicht, als er Alexandra sah, und überreichte ihr einen unscheinbaren Fetzen Papyros.

»Kennst du den Inhalt?« fragte Alexandra betroffen, als sie die Botschaft gelesen hatte.

Der Bursche nickte. »Der Gebieter sagte: Für alle Fälle. Ich weiß nicht, warum er das sagte. Aber herzlichen Glückwunsch!«

»Danke«, sagte Alexandra leise. Es war beunruhigend. Das Gespann gehörte jetzt ihr, auch wenn das Siegel ihres Vaters fehlte. Aber es war seine Schrift.

»Eine Million Sesterzen für die Preisrichter!«

Die Neuigkeit ging wie ein Lauffeuer unter den Wagenlenkern um, die am Nachmittag des gleichen Tages mit den Zweigespannen antraten.

Alexandra wischte sich den Schweiß aus dem Gesicht und überprüfte ein letztes Mal die ordnungsgemäße Befestigung und Führung der Zügel ihrer Pferde. Sie hatte schon von Antenor erfahren, daß Nero den Hellanodiken vor dem Rennen für den Fall seines Sieges eine Belohnung in Aussicht gestellt haben sollte. Aber die Höhe der Summe war einfach schamlos.

Dann konzentrierte sie sich auf den eisernen Adler, der jeden Augenblick aufsteigen mußte. Sie wagte nicht einmal mehr, die Fliegen fortzuwedeln, die beständig von den peitschenden Schweifen der Pferde aufgescheucht wurden und in ihr Gesicht gerieten.

Das Opfer an Zeus Apomyrios war eben fehlgeschlagen. Selten war die Luft so drückend gewesen, wie an diesem Nachmittag.

Der Adler flog auf.

Alexandras Pferde schossen wie Pfeile los. Sie kam als erste an der Wendesäule an und umrundete sie ungefährdet. Aber die anderen drei Gespanne waren dicht hinter ihr. Und dann schoben sich die Köpfe von zwei Braunen langsam neben ihrem Ellenbogen vor. Noch vor Ende der ersten Runde sah sie sich als zweite. Sie blieb ihm auf den Fersen, auch als die Donnerschläge eines rasch heranziehenden Gewitters mit den Blitzen zusammenfielen. Über die seidig gestriegelten Felle ihrer Pferde lief ein Zittern, aber sie rannten.

Zu dumm, dachte Alexandra, und dann fiel ihr bestürzend plötzlich ein, daß sie niemals während eines Gewitters trainiert hatte. Sie hatte vergessen, daß es so etwas gab. Ein Gewitter während der olympischen Spiele war einfach nicht normal.

Ein weiteres Gespann überholte ihres; jetzt lag sie an dritter Stelle. Die ersten Tropfen fielen, als das Krachen über ihnen zum fernen Rumpeln geworden war. Mußte das wirklich auch noch sein? Heute hatte sich aber auch alles gegen die Streitwagen verschworen! Beinahe hätte sie vor Wut geheult.

Innerhalb von Sekunden stürzten Wassermassen vom Himmel, die die Tribünen tränkten und dann im Hippodrom zusammenflossen. Aber im Rauschen des Regens hörte Alexandra ihren Namen, immer wieder.

Und Gaia schickte ihr Kraft und plötzliche Zuversicht. Alexandra gelang es, sich wieder vor das nächste Gespann zu setzen. Kurz danach hörte sie Räder rutschen und das Splittern von Holz. Der Taraxippos, der Pferdeschreck von der Wendesäule, hatte zugeschlagen.

Auf der Gegengeraden konnte sie einen Blick auf die Helfer werfen. Sie schoben zwei Wagen beiseite; beide ausgeschaltet.

Und nur noch einer vor ihr. Letzte Bahn. Sie setzte zum Überholen an.

Als sie nebeneinander über die Bahn preschten, lahmte plötzlich das eine Pferd des anderen Gespannes. Alexandra sah dem jungen Mann in das Gesicht und biß sich auf die Lippen. Sie konnte ihm nachfühlen, was er jetzt dachte. Dann hob der Mann seine Fahrpeitsche zum Gruß, lächelte schmal und parierte durch.

Alexandra begriff im gleichen Augenblick, welch großzügiges Geschenk er ihr gemacht hatte. Sie nahm die Zügel an und ließ Aethon und Wanax in mäßigem Tempo über die Ziellinie galoppieren.

Sie hatte den Endlauf erreicht. Ihr Zweigespann gehörte jetzt bereits zu den vier besten der Olympischen Spiele.

Alexandra überließ ihr Gespann Chirons Obhut und ging in Heras verlassenen Tempel, um dort die Zeit bis zum Endlauf zu bleiben, um zu beten, nachzudenken und nichts von den folgenden drei Ausscheidungsrennen zu hören.

Antenor verstand, daß sie das tun mußte. Er sah Alexandra nach, als sie ging.

Die Wagenlenker des ersten Laufs hatten Glück gehabt. Die Bahn weichte mit jeder Runde mehr auf; anscheinend floß immer noch Wasser von den Tribünen und verteilte sich im Oval, bevor es sich in den steinernen Rinnen seinen Abfluß zum Alpheios suchte.

Die Unfälle nahmen zu. Im dritten Lauf kam überhaupt kein Fahrer am Ziel an.

»Pst, Alexandra! Großvater hat beschlossen, uns mit dem Gewitter eins auszuwischen«, wisperte Pan. Weiter als zwischen die Säulen traute er sich nicht, weil Hera ihn garantiert bei Zeus verpetzen würde, aber er war sicher, daß Alexandra ihn hören konnte. »Du wärst schuld, daß seine Verabredung mit Iuno nicht geklappt hat, hat er gesagt.«

Als Alexandra an der Startlinie ankam, starrte sie entsetzt in die Furchen, die unzählige Räder und Hufe inzwischen in den Boden gegraben hatten. Berge, Täler, Klüfte und Erdklumpen, so weit das Auge reichte. Wie sollte man da fahren können?

Antenor humpelte von hinten an ihren Wagen heran. »Paß auf diesen Glaukias auf«, sagte er. »Der ist ein gemeiner Hund. Vermutlich wird er versuchen, dich zu rammen. Oder umzuwerfen.«

Alexandra zog resignierend die Schultern nach oben. »Glaukias, ausgerechnet! Warum hat nicht der freundliche Mensch mit den Stuten eine Chance bekommen? Verdient hätte er sie.«

»Ein Athener!«

»Na, und?« Alexandra überging Antenors plötzliche Empfindlichkeit. »Dieser Matsch läßt Taktik sowieso nicht zu. Wieder einmal ein Rennen, bei dem ich dankbar sein werde, wenn ich überhaupt ans Ziel komme.«

»Vertrau auf den Stellmacher! So einer wie der spricht nicht ins Leere.« Antenor gab ihr einen ermunternden Klaps auf den Rücken, bevor er sich wieder davonmachte.

Alexandra versuchte sich zu erinnern, was der Pyleer gesagt hatte. Es hatte mit den Rädern zu tun. Bisher hatte sie keinen Unterschied zu üblichen Rädern festgestellt. Vielleicht war es nur Hoffnung gewesen. Oder Eitelkeit eines Stellmachers.

Und dann ging es schon los. Zwei andere Wagen und ihrer.

Glaukias warf ihr einen vernichtenden Blick zu, bevor er auf der Außenbahn lospreschte. Der zweite Gegner fuhr innen. Alexandra wartete drei Atemzüge lang und gab dann erst ihren beiden Hengsten die Bahn frei.

Der Schlamm war fürchterlich. Die beiden vor ihr kamen kaum vorwärts. Plötzlich zog Glaukias sein innen laufendes

Pferd in ihre Bahn hinüber. Alexandra konnte nicht auf die Nebenbahn ausweichen, denn dort fuhr der andere.

Glaukias riß an den Zügeln; seine Hengste bäumten sich, schäumend und lehmbespritzt. Sein Wagen blieb in der Spur stecken und fuhr geradeaus. Dann kippte er um. Glaukias rutschte bäuchlings durch den Matsch.

Alexandra reagierte blitzschnell. Aethon und Wanax wichen dem umgestürzten Wagen aus, danach dem Fahrer. Die Räder ihres Wagens zermalmten die aufgeworfenen Wände der tiefen Fahrspuren wie weiches Wachs.

Der Radsturz!

Hinter ihr schrie Glaukias wütend. Aber der Griff seiner Fahrpeitsche traf nur ihren Wagenkasten, und sie kümmerte sich nicht weiter darum.

Danke, Pyleer, dachte sie überwältigt und ließ die Peitsche erstmals knallen. Aethon und Wanax beschleunigten ihr Tempo. Den dritten Gegner hatten sie bald weit hinter sich gelassen.

Am Ende der zwölften Runde klickte der Delphin über Alexandra. Die Zuschauer schienen bis dahin den Atem angehalten zu haben. Aber dann brach ein unglaubliches Getöse los, ein Beifallssturm fegte durch das Hippodrom.

Alexandra war Siegerin im Rennen der Zweigespanne.

Nach der Olympiade

Apollon

Kapitel 44

Idaios blickte vom Hügel des Kronos hinunter über das Tal des Alpheios. Das Hippodrom war voller Menschen. Neben ihm leuchteten die Tupfer von bunten Zelten bis hinunter zum blauen Band des Flusses mit seinen Sandbänken, und dahinter eine Kette grüner Hügel. Und dahinter wiederum die Felsen und schneebedeckten Gipfel Arkadiens. Wo das Gebirge zu Ende war, herrschte Poseidon über die Meeresfluten. Aber was bedeutete schon das Meer gegen Asia, das Reich Apollons?

Sein Gesicht verzog sich zu einer Grimasse, und er ballte die Faust. Er war zu schnell vorgegangen; er hatte übersehen, daß Charaxos trotz seiner Eitelkeit und seiner Gier nach einem Amt mißtrauisch wie eine alte Ratte war. In dem Augenblick, in dem er erfahren hatte, daß das Dokument nicht in der Truhe lag, hatte er sich gedacht, daß es auch nicht in einem Apollontempel liegen würde.

Vom Standpunkt der Gegner war der gegebene Augenblick, es auftauchen zu lassen, selbstverständlich während der heiligen Spiele. Heilige Spiele! Heilige Geschäfte! Idaios stieß ein Schnauben aus. Was war daran schon heilig? Bezahlte Siege, käufliche Schiedsrichter; Losstäbchen, die nach dem Willen von Priestern tanzten und Lebern, die auf Wunsch Blutstropfen aussonderten. Eine Frage des Geldes.

Aber ihn störte es nicht. Im Gegenteil. Die Idee eines zentralen obersten Apollontempels schrie geradezu nach einem Ort wie Olympia. Ein mächtiger Gott, ein reicher Tempel, beständig fließende Opfergaben und dazu alle vier Jahre heilige Spiele, die die Blicke der Welt auf den Tempel lenkten und den Geldstrom einige Wochen konzentrierten – was konnte es Besseres geben?

Alkinoos hatte sofort begriffen, wo die Vorteile lagen. Auf ihn konnte er zählen, auch wenn er selbst jetzt für einige Zeit untertauchen mußte.

Dieser redliche Tölpel Antenor konnte ihn nicht mehr aufhalten.

Der abgelegene kleine Tempel eines unbekannten Gottes war kein angemessener Ort für heilige Handlungen zu Ehren Apollons. Alkinoos' Oberlippe zuckte vor Widerwillen, während er sich in dem kleinen Raum umsah. Ein letztes Mal mußte es gehen. Nach den Olympischen Spielen würden sie in Heras Tempel umziehen.

Dann wandte er sich dem Leberbeschauer zu. »Der Habicht. Die Spitzen seiner Schwingen schlugen sogar aneinander«, sagte er ehrfürchtig. »Ich wußte, daß unerhörte Ereignisse bevorstehen.« Er gab sich keine Mühe, seine Stimme zu dämpfen. Teppiche an den Wänden verhinderten, daß vertrauliche Gespräche nach außen drangen.

Der Spezialist für die Leberschau nickte. Er hatte das Schaf draußen geschlachtet und ausbluten lassen und hob es jetzt, bis zu den Handgelenken in der Wolle vergraben, auf einen kniehohen flachen Altarstein. Er widmete seine uneingeschränkte Aufmerksamkeit der behutsamen Betreuung des Opfertieres, wie einer, der seine Arbeit über alle Maßen liebt.

Alkinoos beobachtete ihn. Der Leberbeschauer war einer der jüngsten Priester des Tempels von Elis, aber in allen Zweigen des Orakelwesens unübertroffen. Eukolion hatte das Zeug zum Oberpriester, sofern er sich weiterhin im Einklang mit den Wünschen des Gottes befand.

»Dann die Verleumdung unseres großen Gönners und Apollonverehrers Idaios!« Alkinoos legte sein feistes Gesicht in sorgenvolle Falten. »Die Zeiten ändern sich, und wir sind machtlos dagegen. Wer weiß, ob nicht das Ende unseres Tempels zu unseren Lebzeiten bevorsteht. Meine ganze Hoffnung lag bei Idaios. Aber sein und mein Traum waren wohl der Wirklichkeit voraus.«

Sauber durchtrennte Eukolion das Vlies an der Bauchnaht und schlug die dünnen, wollebesetzten Häute nach beiden Seiten auseinander. Es blutete kaum, was es dem Oberpriester leichter machte, näher heranzutreten.

»Es ist schlimm genug, daß der Kaiser des Reiches sich auf die Ebene von Spielleuten hinunterbegibt«, fuhr Alkinoos fort. »Aber er ist immerhin der Gebieter des Landes, der uneingeschränkte Herr; was immer er tut, tut er im Einklang mit den Göttern Roms.«

Eukolions Messer zuckte ein wenig und traf ein winziges Äderchen. Gleich darauf arbeiteten seine Hände ruhig wie zuvor.

Alkinoos wußte, daß der junge Mann sich jetzt stark und bereit und offen für den Willen Apollons fühlte. »Die Götter Roms mögen auch gutheißen, daß Römerinnen an römischen Spielen teilnehmen; die Götter Griechenlands aber wünschen, daß Männer und Frauen bei heiligen Spielen getrennt kämpfen.« Er seufzte. »Die Heräischen Spiele für Frauen, die Olympischen Spiele für Männer. Was ist daran so schwierig zu begreifen?«

»Und wo werden die Heräen in Zukunft stattfinden?« fragte Eukolion leise und beugte sich über die Leber. Er fächerte sie vorsichtig auseinander, so daß die einzelnen Leberlappen ihre Oberfläche blaßrot und glänzend darboten.

»Niemand weiß es. Hera wird sich ihren Anhängerinnen mitteilen müssen«, meinte Alkinoos knapp und verschränkte seine Hände in den weiten Falten seines Chitons. »Gibt es etwas Beunruhigendes?«

»Ich sehe Unglück«, murmelte Eukolion. »Die Götter haben beschlossen, diese Olympiade nicht besser enden zu lassen, als sie begonnen hat.« Er tupfte mit der gesäuberten Messerspitze auf einen winzigen dunkelroten Flecken. »Siehst du dieses Blut, Ehrwürdiger?«

Der Oberpriester hielt sich an der Tischkante fest und versuchte, das Unglückszeichen mit seinen kurzsichtigen Augen zu finden.

»Hier und hier«, sagte der junge Priester. »Und hier weiter. Die Blutpunkte folgen den Umrissen eines griechischen Alpha.«

»Und deine Deutung?« fragte Alkinoos ausdruckslos.
»A, wie Alexandra.« Eukolion sah auf. »Die Götter müssen sehr erzürnt sein, wenn sie ihren Unmut so offen kundtun. Eine Frau namens Alexandra ist die Ursache für den unglücklichen Verlauf der Spiele.«
»O Apollon!« rief Alkinoos in tiefer Scham. »Ich wußte, daß es mit der unglückseligen Einmischung von Frauen in die heiligen Spiele zu tun hat!« Er näherte sich mit leisen, behutsamen Schritten der verwitterten Statue des Gottes und warf sich vor ihr der Länge nach auf den Boden. »Wie können wir den Zorn von euch Göttern dämpfen?« murmelte er in die Falten seines weit ausgebreiteten Gewandes hinein. »Gebt uns ein Zeichen, was wir tun sollen!«
Nach einer Weile erhob Alkinoos sich ächzend und begab sich wieder zum Beschaualtar zurück.
Eukolion wartete mit ausdruckslosem Gesicht auf ihn. Er legte die stumpfe Kante seines Messers an die Leberoberfläche und strich behutsam darüber. Die Flecken verschwanden. »Wir müssen einen neuen Anfang machen, sagen die Götter. Das Bisherige hat nicht stattgefunden, ein Irrtum in den Kalendertagen...«
Alkinoos verzog die Lippen zu einem kaum merklichen Lächeln. »Ja, das wäre ein Weg. Wir sollten Apollon für seinen Hinweis danken.«
Im Hinausgehen legte er seine Hand auf Eukolions Arm und drückte ihn zärtlich. »Du sollst wissen, daß dir eine große Zukunft im Tempel bevorsteht«, sagte er.

Am zweiten Tag nach ihrem Sieg ging Alexandra immer noch wie im Traum umher, begleitet von dem gemächlich humpelnden Antenor. Sie hatten beide nicht das Bedürfnis, die Laufwettbewerbe und die Ringkämpfe anzusehen, zumal der Blutgeruch vom Opfer der einhundert Stiere am Vortag noch in allen Bahnen und zwischen den Mauern schwebte.
In regelmäßigen Abständen kehrte Alexandra in den Stall zurück, um nach dem lahmenden Pferd des Atheners zu sehen. Chiron hatte auf ihre Bitte hin das Bein untersucht und seinem Besitzer empfohlen, es noch nicht zu töten, sondern eine

Behandlung zu versuchen. Aber Paidikos, der dank des Siegelrings noch die Vollmacht über den Hof hatte, hatte den alten Mann nach Hause geschickt. Vielleicht war es ganz gut so, dachte Alexandra, der Chiron die Verantwortung für das kranke Pferd übertragen hatte.

Wie immer, wenn sie in den Stall kamen, stand eine ganze Traube von Leuten in gebührendem Abstand von der kranken Stute und besichtigte die Gurte, in denen sie von den Deckenbalken hing. Eine Behandlung, die Chiron erfunden hatte, um edle Rennpferde mit schweren Verletzungen für die Zucht zu retten.

»Chiron ist kein geringerer Erfinder als unser Stellmacher«, sagte Antenor bewundernd. »Ich wünschte, ich könnte auch Neues erfinden.«

»Du erfindest Vergessenes neu, du hast keinen Grund zur Beschwerde«, widersprach Alexandra und winkte dem Stallburschen zu, der die Stute Tag und Nacht zu bedienen hatte, als wäre sie eine syrische Prinzessin.

Es war alles in Ordnung. Alexandra fand keinen Vorwand, um sich lange im Stall aufzuhalten.

»Was wohl mein Vater sagt?« fragte sie Antenor plötzlich, als sie sich wieder mitten im Getümmel des olympischen Geländes befanden. »Er hat sich einen Sieg so gewünscht. Und dann hat er im letzten Augenblick darauf verzichtet. Jetzt ist es mein Sieg...«

»Glaubst du wirklich, daß ausgerechnet Paidikos ihm davon erzählen wird?«

»Ja, Paidikos.« Alexandra verzog ihr Gesicht zu einer Grimasse. »Es wird Zeit, sich um ihn zu kümmern...«

»Aber du kannst jetzt nicht nach Hause«, unterbrach Antenor sie mit einem Anflug von Ärger. »Du mußt bist zur offiziellen Abschlußfeier bleiben, um deine Rechte als Siegerin in Anspruch zu nehmen!«

»Rechte«, sagte Alexandra und rümpfte die Nase, während sie die wollene Siegerbinde auf ihrer Stirn verschob, um sich darunter zu kratzen. »Das Recht juckt hadesmäßig. Die Spiele sollten im Winter stattfinden!«

Antenor lächelte. »Du darfst auch den Kaiser nicht vor den

Kopf stoßen. Ohne ihn hätten sie dich ganz zum Schluß noch hinausgeworfen.«

Alexandra seufzte tief. Sie hatte gesiegt und damit gleichzeitig Paidikos die Möglichkeit in die Hand gegeben, auf dem Hof ihres Vaters zu tun und lassen, was er wollte, bevor sie zurück war. Sie war fest entschlossen, ihre Rechte gegen ihn durchzusetzen. Notfalls würde sie die Archonten von Elis anrufen. »Vielleicht sind die Archonten geneigter, mir zu helfen, jetzt, nach meinem Sieg für Elis ...«, sagte sie.

Antenor schüttelte ernst den Kopf. »Kennst du den Spruch: *Nach dem Sieg binde den Helm fester*? Er gilt auch für Wagenlenkerinnen. Ist bisher auch nur ein einziger offizieller Vertreter von Elis gekommen, um dir zu gratulieren?«

»Mmm«, murmelte Alexandra traurig. Die Delegationen von Athen und Korinth hatten ihre beiden Sieger in den Laufwettbewerben der Knaben zwischen den Buden und Zelten herumgetragen. Die Brieftauben, die die Botschaften in die Heimatstädte bringen sollten, waren vor den Augen einer riesigen Menschenmenge in die Luft entlassen worden. »Vielleicht wollen sie wegen Charaxos keine Aufmerksamkeit erregen. Erst mein Vater, dann Charaxos. Beide in Unehre entlassen. Und ich bin die unehrenhafte Verwandte.«

Antenor nickte und brummelte vor sich hin und interessierte sich mächtig für einen Feuerschlucker, dessen Gesicht braun wie der Ton war, den er zu verwenden pflegte.

Er wollte ihr nicht weh tun. Aber er glaubte keine einzige ihrer Erklärungen. Sie auch nicht.

Jemand bohrte Alexandra von hinten einen Finger in die Rippen. Sie fuhr herum. Aber ihr Protest blieb ihr im Halse stecken. Beinahe hätte sie den Priester des Zeustempels, der Antenor gepflegt hatte, gar nicht erkannt: er trug einen abgetragenen Chiton, der ihn wie einen Bauern aussehen ließ.

»Oh, ich grüße dich«, sagte Kallias in einem breiten ländlichen Dialekt, den sie von ihm noch nicht gehört hatte. »Ich schätze, du bist die Siegerin Alexandra, oder nicht?«

»Ja«, bestätigte sie argwöhnisch und war dankbar, daß Antenor herumschnellte und mit hellwachem Blick zuhörte.

»Dachte ich mir«, schwatzte Kallias, wanderte im Kreis um

Alexandra herum und betrachtete sie bewundernd. »Überall spricht man von dir, in allen Tempeln und Altären, besonders an dem des Apollon, vor dem alle anderen Götter zittern. Ich freue mich, daß ich dich persönlich kennenlernen darf, nicht nur als Name in den Siegerlisten, in denen du ja bald verzeichnet sein wirst. Und ich könnte meinen schäbigen Chiton verwetten, daß dein Begleiter der ist, den unser geliebter römischer Herr als Leibwächter bezeichnet hat. Ich wünsche euch noch schöne Tage bei den Spielen!«

Ehe Alexandra etwas sagen konnte, schlängelte er sich durch die Menge und war fort. »Was sollte das denn?« fragte sie verblüfft. »Kallias kennt uns doch!«

Antenor rieb sich das Kinn. »Die Priester haben ein ungeschriebenes Gesetz: sie mischen sich nicht in die Angelegenheiten anderer Tempel. Kallias auch nicht. Aber seine Mitteilungen waren aufschlußreich.«

Alexandra schüttelte widerspenstig ihren Kopf.

»Doch. Seine Botschaft war ungefähr folgende: Der Apollontempel plant irgendeinen Schurkenstreich im Zusammenhang mit deinem Eintrag in die Siegerlisten. Und ich soll dich bewachen.«

»Tatsächlich?« fragte Alexandra verunsichert.

»Ja«, bestätigte Antenor mit ausdruckslosem Gesicht. »Ein aufmerksamer junger Mann.«

»Er mag uns. Vor allem mag er Rüben.« Alexandra lächelte verschmitzt. »Er ist ein guter Beobachter. Den Hinweis auf die Urkunde von Charaxos verdanken wir ihm.«

»Den Beifall für dich im Hippodrom auch.«

Alexandra breitete die Hände in dramatischer Geste aus. »Und was jetzt? Was fangen wir mit der aufschlußreichen Botschaft eines wachsamen Priesters an? Ich habe einfach keine Lust, mir heute Sorgen zu machen.«

Antenor sah sie von oben herab an. »Wir machen uns keine Sorgen. Wir gehen essen.«

Unerwartet stieg Alexandra ein Lachen in die Kehle. »Gut, gehen wir essen. Vielleicht sind danach alle Spione und Tempel dieser Welt verschwunden.«

Antenor und Alexandra wanderten zu der idyllisch gelegenen Baumgruppe oberhalb des Alpheios, wo die Frösche so laut quakten und wo jetzt ein Garkoch seinen Ofen aufgebaut hatte.

Antenor holte mit Pinienkernen gefüllte, überbackene Tintenfische, während Alexandra Plätze auf einem angeschwemmten Baumstamm belegte.

»Die sind ja gut! Hätte ich einem Garkoch hier in den Hügeln gar nicht zugetraut!« Alexandra war fest entschlossen, alles in einem rosigen Licht zu sehen. Aber die Tintenfische schmeckten tatsächlich köstlich.

»Ja«, sagte Antenor, »du solltest sie still genießen.«

Alexandra runzelte die Stirn und überflog unauffällig die Leute auf dem Platz. Ein Mann, der einige Zeit nach ihnen gekommen war, sprach so laut und mit sichtlicher Aufregung, daß er das Rauschen der Ahornbäume und das Schwatzen der Gäste übertönte. Antenors Aufmerksamkeit konzentrierte sich auf diesen Mann.

Der olympische Rat war einberufen worden. Ein unerhörtes Ereignis. Der Berichterstatter mutmaßte, daß ein bestimmter Läufer, den er gut zu kennen behauptete, falsche Angaben gemacht hätte. »Er ist ruiniert und seit kurzem Sklave. Ich bin ganz sicher, daß er es ist. Bestimmt peitschen sie ihn aus. Verdient hätte er es!«

Alexandra und Antenor sahen sich an. Alexandra hatte das schreckliche Gefühl, daß die Beratung der Boule weniger mit diesem Läufer als mit ihr zu tun haben könnte. Aber sie verschwieg ihre Befürchtungen. Sie waren so frohgestimmt hierhergekommen. Still würgte sie das letzte Stückchen Tintenfisch hinunter.

Antenor holte sich eine zweite Portion. Aber statt zuzugreifen, stellte er die Schüssel mit angewidertem Gesicht auf den Baumstamm. Nach einer Weile warf er die unberührten Delikatessen einem herumstreunenden Hund hin.

Alexandras Befürchtungen steigerten sich zur Angst.

Der Olympische Rat tagte im Bouleuterion. Da der Eingang des Gebäudes außerhalb des heiligen Bezirks lag, durfte es an

Sitzungstagen von bewaffneten Kriegern bewacht werden. Als die elischen Kriegsverpflichteten aufzogen, trotz der Hitze in Kriegsmänteln, sammelten sich beunruhigte Besucher der Spiele im Halbkreis um den Eingang. Manche setzten sich auf die Mauer zum heiligen Bezirk und bereiteten sich auf eine lange Wartezeit vor.

Die Priester der verschiedenen Tempel und die Männer des Hohen Rates von Olympia schritten von allen Seiten herbei. Gelegentlich wurde einer von einem Neugierigen angesprochen, aber außer Kopfschütteln erhielt keiner eine Antwort.

Das ist gut so, dachte Bendiphanes, Archon Basileus des Zeustempels von Elis. Sie wissen noch nichts, jedenfalls nicht viel. Dann ging er in den Sitzungssaal.

Der Sitzungssaal war repräsentativ angelegt, dreiteilig und mit einem verbindenden Säulengang, aber für eine einzige große Versammlung bot er wenig Raum. Bendiphanes begab sich an die kurze Seite, hinter der die Exedra lag, setzte sich auf die Steinbank und schlug die Beine übereinander.

Scheinbar dösend, beobachtete er die Ankommenden. Als zuletzt Timaios, Oberpriester des Zeustempels, eintrat, erhob sich Bendiphanes. Er wartete, bis sich Ruhe einstellte.

»Die vorgeschriebenen Opfer an die Götter sind bereits erbracht worden«, berichtete er knapp. »Wir können uns sofort dem Problem zuwenden, das der Apollontempel von Elis dem Hohen Rat vorgelegt hat. Es geht darum, ob wir die ersten drei Tage der zweihundertelften Olympiade annullieren, oder ob wir sie anerkennen. Die Priesterschaft des Apollontempels von Elis hat Gründe dargelegt, die sie als ausreichend für die Annullierung der Spiele erachtet. Ich bitte sie, diese Gründe für alle zu nennen.«

Während sich die erstaunten Männer des Hohen Rats lautstark Luft machten, trat Alkinoos in die freie Mitte des Ratssaals. Bendiphanes versuchte, unauffällig mit Timaios in Blickkontakt zu treten. Sie mußten sich verständigen, irgendwie. Aber der Zeuspriester sah angestrengt zur Seite, was Bendiphanes befremdlich fand.

»Ich grüße die Götter des Olymp«, begann Alkinoos, »ich grüße euch Männer des Hohen Rats von Olympia. Die heili-

gen Spiele von Olympia machen uns Sorgen. Was wir hier gegenwärtig erleben, ist ein Abbild von Spielen, ein Trugbild, eine Fälschung. Sie sind zwei Jahre zu spät. Einer der Schiedsrichter wurde nicht in Piera gereinigt. Und eine Frau nimmt teil. Vor allem sie ist es, die den Zorn der Götter hervorruft.«
Die Männer des Hohen Rats nickten entschieden.
»Diese Frau«, fuhr der Oberpriester fort, »gehört nicht in diese Spiele! Sie weiß es selbst, welche Griechin wüßte es nicht? Kommt sie vielleicht gar nicht zu Ehren der Götter, sondern weil sie gute Pferde besitzt und zu Hause keine Pflichten hat? Aus Langeweile also? Macht sie vielleicht sogar eine Komödie aus den heiligen Spielen? Wäre ich nicht Priester, sondern Bürger – ich wüßte nicht, ob ich nicht versucht hätte, diese Frau mit meinen eigenen Händen zu hindern...«
Bendiphanes hielt den Atem an. Wenn es Alkinoos gelang, diese Olympischen Spiele für ungültig erklären zu lassen, würde in Zukunft Apollon die Geschicke Olympias diktieren.
Alkinoos breitete seine gepflegten Hände aus und schien jeden einzelnen Mann ins Auge zu fassen. »Wir haben die Götter durch ein Orakel befragt. Sie wollen nicht, daß wir diese verunglückten Ereignisse als Spiele zu ihren Ehren ansehen. Das ist es, was ich dem Hohen Olympischen Rat mitzuteilen habe.«
»Neuanfang!« rief eine Stimme.
Ein durchsichtiger Trick. Bendiphanes suchte mit raschem Blick nach dem Sprecher. Der Ruf war aus einer kleinen Gruppe dichtgedrängter junger Priester des Apollon gekommen, die sich selbst suchend umblickten.
Er begab sich nach vorne zu Alkinoos. »Wer sind wir, daß wir den Göttern trotzen dürften?« sagte er zustimmend. »Abgesehen davon, daß es sich um eine Unsicherheit handeln könnte, einen Fehler der Interpretation. Wie alt ist dein Beschauer, verehrter Alkinoos?«
Die dicken schwarzen Augenbrauen von Alkinoos zogen sich zusammen. »Er hat mehrjährige Erfahrung als Spezialist an der Leber. Sein Vater ist ein bekannter Schafzüchter. Schlachten und Beurteilen hat er von Kindesbeinen an gelernt.«
»Und sein Alter ist...?« fragte Bendiphanes sanft.

»Siebzehn Jahre.« Alkinoos sah sich zu seinem Ärger außerstande, die Antwort zu umgehen.

Bendiphanes lächelte wohlwollend. »Siebzehn Jahre, wie schön! Dann besteht wohl überhaupt kein Zweifel, daß er in einigen Jahren der gesuchteste Beschauer aller Apollontempel sein wird. Zu Recht wird er dann die Verantwortung bei Entscheidungen von großer Tragweite übernehmen. Aber jetzt schon? Wie leicht kann ein junger Mann beim Deuten des Willens der Götter von eigenen Leidenschaften gelenkt werden ... Mußten wir nicht alle die Torheiten der Jugend ablegen, bis wir für würdig angesehen wurden, dem Hohen Rat von Olympia anzugehören?«

Das Murren in der Versammlung gab ihm recht. Mancher dieser Greise in den Sitzreihen hatte nach eigener Meinung viel zu lange warten müssen.

»Es wäre eine Entscheidung von großer Tragweite. Ihr alle wißt, wer seine Zelte am Ufer des Alpheios aufgeschlagen hat und wer in den Gästehäusern zu Gast ist. Vom römischen Kaiser bis zu den Delegationen der Länder und Städte sind es die Mächtigen dieser Welt, die Herrscher im Großen und im Kleinen.

Sie sind nicht alle aus Frömmigkeit hier. Sie sind hier, um Politik zu machen, Meinungen auszutauschen, Abmachungen zu treffen, Bündnisse und Verträge zu schließen, um einander zu verraten und Kriege einzuleiten. Olympia ist alle vier Jahre das politische Zentrum der Welt!«

»Bendiphanes!« rief Alkinoos entrüstet.

»Nero hat im Hippodrom ein Versprechen abgegeben. Vielleicht die Freiheit für Hellas? Ich weiß es nicht. Aber Nero bewundert Griechenland in einer Art und Weise wie kein Kaiser vor ihm. Kurz und gut«, sagte Bendiphanes mit plötzlich stahlharter Stimme, »es wäre geradezu bestürzend unklug von uns, ihm und anderen wichtigen Männern das Gefühl zu geben, sie seien betrogen worden. Das wäre das Ende von Olympia! Das können wir uns nicht leisten.«

Inzwischen hätte man ein Blättchen zu Boden rieseln hören können. Bendiphanes spürte, daß er die Zuhörerschaft jetzt in der Hand hatte. »Wenn Olympia seine Bedeutung verliert, werden die anderen Austragungsorte panhellenischer Spiele sich um die Nachfolge reißen. Ich würde raten, daß es Delphi sein wird. Stimmst du mir zu, ehrenwerter Alkinoos, daß deine priesterlichen Brüder des Pythischen Apollon von Delphi die Kraft besitzen, Ruhm und Ruf von Olympia an sich zu reißen? Ich glaube, von Plänen gehört zu haben, die Apollons Priester für Olympia haben. Damit wäre es dann auch vorbei...«

»Dann müssen wir die Götter eben noch einmal befragen«, rief Alkinoos zornig. »Aber ich bin sicher, daß ihre Antwort genauso ausfallen wird...«

Bendiphanes nickte und unterdrückte einen Seufzer der Erleichterung. »Ja, befragen wir sie erneut. Vielleicht verstehen wir sie heute besser«, sagte er fromm und sah sich unauffällig nach Timaios um. Aber der Oberpriester saß in sich gekehrt auf seinem Platz und machte nicht den Eindruck, als ob er beabsichtigte, sich zu Wort zu melden.

Am Vorabend hatte Bendiphanes mit ihm ein langes Gespräch geführt. Es war bestürzend unergiebig gewesen. Timaios hatte nicht einmal angedeutet, auf welche Seite sich der Zeustempel stellen würde. Es war sehr wohl möglich, daß er sich widerstandslos dem wachsenden Einfluß Apollons beugen würde. Seine eigene Familie hatte ihn als erste zu spüren bekommen. Der Tod seines Neffen war eine unmißverständliche Warnung gewesen.

Timaios schlug die Augen auf und straffte die Schultern. Seine Helfer griffen ihm unter die Arme und brachten ihn nach vorne.

Zeus sei Dank, dachte Bendiphanes ungeheuer erleichtert. Wenigstens will er reden!

Endlich stand Timaios aufrecht vor dem Hohen Rat von Olympia. »Wir kümmern uns nicht um die Herrscher dieser Welt«, sagte er mit zitternder Stimme, »sondern um den Willen der Götter. Wir haben sie heute morgen in Ehrfurcht befragt. Es gibt keinen Zweifel an ihrem Einverständnis mit den zweihundertundelften Olympischen Spielen. Es wäre ein Frevel, sie abzubrechen.«

Kapitel 45

Die Versammlung der Boule löste sich auf, ohne daß irgendwelche Maßnahmen bekanntgemacht wurden. Die Beunruhigung der Zuschauer zerstob, während die sportlichen Wettkämpfe harmonisch weitergingen. Sie endeten am Nachmittag des fünften Tages mit dem Sieg eines Korinthers im Waffenlauf.

»Kennst du ihn?« fragte Alexandra Antenor und machte einem Kalb Platz, das durch die Menge getrieben wurde. Sie wollte sich unbedingt endlich bei ihrem Stellmacher bedanken und ihm von ihren Erfahrungen während des Sturzregens berichten. Darauf hatte er Anspruch, fand sie. »Warum gehst du so langsam? Interessierst du dich jetzt auch für Waffen?«

Sie befanden sich mitten zwischen den Verkaufsbuden der Waffenhändler, die sich in einiger Entfernung vom heiligen Bezirk niedergelassen hatten. Dahinter erst kamen die Stellmacher mit ihren Wagen und die Pferde- und Maultierhändler.

»Nein«, antwortete Antenor unaufmerksam, »weder für Waffenläufe noch für Waffen. Den Korinther kenne ich nicht.«

»Aha.« Alexandra verzog verärgert den Mund. Auch nachdem er zugegeben hatte, im Dienst des Zeustempels zu stehen, verschwieg er immer noch den großen Rest.

Antenor blieb stehen. »Ich interessiere mich auch nicht für Sängerwettbewerbe. Mit Ausnahme desjenigen, der gleich anfangen wird. Und ein Bündnis mit einem Kaiser muß man pflegen. Alexandra, laß uns morgen zum Stellmacher gehen.«

»Wahrscheinlich wird es furchtbar langweilig werden.«

»Ja, aber wir werden die aufmerksamsten Zuhörer sein, die Nero jemals hatte.« Antenor war jetzt sehr bestimmt. Er faßte Alexandra bei der Hand und zog sie hinter sich her. Sie zuckte mürrisch mit den Schultern.

Die Sitzplätze im Bouleuterion waren alle besetzt, als sie abgehetzt ankamen. Der Kaiser hatte seinen Vortrag schon begonnen. Er sah kurz zu den Neuankömmlingen herüber. Alexandra wäre am liebsten im Erdboden versunken, weil sie ihn erkennbar gestört hatten. Sie schmiegte sich an eine kannelierte Säule und versuchte, unsichtbar zu wirken.

Der Kaiser trug an diesem Tag ein Gewand, das ihn bauschig umgab; er schien förmlich in ihm zu schweben wie auf einer weißgrauen Wolke, und auf dem Kopf trug er ein bizarres sternförmiges Gebilde aus Gold, dessen Zacken im Licht der Ölflämmchen blitzten und flimmerten. Dazu schlug er eine Kithara und sang auf eine so melodramatische Weise ein Stück aus den *Pharsalia*, daß die Zuhörer der ersten Reihe Tränen vergossen. Mitten zwischen zwei Strophen schluchzte auch Antenor hörbar in die Stille hinein.

Alexandra drehte sich ungläubig zu ihm um. Antenor trocknete sich mit einem bunten Tuch von Sonnenschirmgröße die Augen. Wieder flog Neros Blick zu ihnen hin, und seine Stimme bekam einen noch tragischeren, noch schmelzenderen Klang.

Als Neros zweites Stück mit seinem Tod inmitten der Wolke endete, brauste der Jubel auf, wie ihn die steinernen Wände des Rathauses vermutlich noch nie gehört hatten.

Wahrscheinlich sind alle erleichtert, weil er nach seinem Tod nicht mehr singen kann, dachte Alexandra und klatschte pflichtschuldig Beifall.

»Nero! Nero!« rief Antenor und riß die Umstehenden in sein rhythmisches Klatschen mit.

Der Kaiser lächelte zufrieden und neigte seinen Kopf zum Dank.

Der zweite Sänger, des Kaisers Lehrmeister Terpnus, war nur ein schwächlicher Abklatsch. Für ihn erhoben sich müde einige Hände.

»Nero Caesar hat diesen Wettbewerb gewonnen und krönt das römische Volk und die bewohnte Welt, die sein ist«, verkündete protokollgemäß der alte Hellanodike.

Alexandra musterte den Sachverständigen für Pferde mit ironischem Lächeln. Für Gesang besaßen die Eleer keine Schiedsrichter. Olympia hatte ja auch keine Sängerwettbewerbe.

Endlich durften sie gehen. »Warum hast du dich so auffällig benommen, Antenor?« fragte sie, als keiner sie mehr hören konnte.

»Der Kaiser ist immer noch der einzige außer mir, der auf deiner Seite ist. Aber er schwankt wie ein Rohr im Wind. Man muß sich sein Wohlwollen erhalten. Gesiegt hast du erst, wenn du als Siegerin gefeiert wirst...«

»Tatsächlich«, sagte Alexandra betroffen. »Es war der letzte Wettbewerb. Die Olympiade ist vorbei.«

Das Ende der Spiele wurde noch feierlicher begangen als ihr Beginn. Es fand im Zeustempel statt. Die riesige Statue des Gottes wirkte derart einschüchternd auf die Sieger, daß sie von den Priesterschülern erst auf ihre Positionen geschubst werden mußten. Alexandras Nerven hörten auf zu flattern, als sie zufällig bemerkte, daß die jungen Männer verstohlen grinsten und sich absichtlich grob benahmen.

Endlich standen die Athleten, wie sie sollten. Der Kampfrichter befahl allen, die wollenen Stirnbinden abzunehmen. Während der Gesang der Priester im Hintergrund die feierliche Handlung untermalte, wurden Name, Vatername und Heimatstadt des ersten Siegers in der Reihe aufgerufen. Der Schiedsrichter drückte ihm einen gewundenen Zweig des wilden Ölbaums auf den Kopf.

Er trat zum nächsten.

Dann war die Reihe an Alexandra. Sie hatte das Schiedsrichterkollegium eigens darauf aufmerksam gemacht, daß sich die Besitzverhältnisse ihres Gespanns geändert hatten. Gespannt wartete sie auf die Ansage des Schiedsrichters.

»Erste im Zweigespann: Alexandra«, sagte er.

Der Knabe, der die Ölbaumzweige mit einem goldenen Messer geschnitten und jeden Kranz einzeln vom Tisch im Adyton holte, starrte sie mit offenem Mund an.

Die Siegerliste hat er jedenfalls nicht gelesen, dachte Alexandra versonnen und beugte den Kopf, um sich den Kranz aufsetzen zu lassen. Trotzdem war sie erleichtert. Der Hellanodike hatte ihren Namen korrekt und gut vernehmlich genannt.

Kurze Zeit später verließen die bekränzten Athleten den Tempel. Die Männer wirkten aufgeblasen wie luftgefüllte Ziegenmägen. Alexandra war selbst nicht wenig stolz. Ihre nächste Zukunft war dank der Geldpreise gesichert.

Unterhalb der Treppe des Tempels standen die Abordnungen der Städte und Verwandte. Sie klatschten schallend Beifall, schrien den Namen ihres Favoriten und wälzten sich plötzlich die Stufen hoch, um sich die Sieger auf die Schultern zu stemmen. Die Rhabdouchoi grinsten und griffen nicht mehr ein.

Die ersten Gruppen zogen schnell ab; sie würden jeden Pfad im olympischen Gelände unsicher machen. Nero schwebte mit der größten Gesellschaft davon; angetrunkene Römer, deren brüllendes Gelächter zwischen den Mauern hallte. Sporus lief nebenher und schob dem Kaiser immer wieder den rutschenden Siegerkranz auf die blonden Haare zurück.

Ein braunhäutiger Ringer aus Ägypten und Alexandra waren die einzigen Sieger, für die sich keine Träger fanden. Und jäh fiel Alexandra etwas ein. Sie starrte Antenor mit großen Augen an.

»Komm«, sagte er und legte seinen Arm fest um Alexandras Schultern. »Wir werden auch feiern.«

»Was denn?« preßte Alexandra heraus. »Ich habe nur zwei Beutel mit Gold bekommen, den Preis der Römer und den Preis der Eleer. Sie haben meine Heimatstadt nicht genannt. Eine Siegerin der Olympiade bin ich nicht.«

Das Prytaneion am Fuß des Kronoshügels war ein letztes Mal festlich erleuchtet, als Alexandra in Begleitung von Antenor abends zum Festmahl erschien. »Nur bis zu den Stufen«, hatte er gesagt. »Wie würde das aussehen, wenn Du hier ohne einen einzigen Verwandten oder Freund ankommst, wenn schon nicht mit der Delegation deiner Stadt. Du bist Siegerin und mußt es ihnen zeigen!«

Sie hatte ihm zustimmen müssen, und jetzt standen sie vor dem Festhaus. Drinnen ging es bereits hoch her.

Der Wachposten hob sein Schwert und stoppte Alexandra. »Frauen sind nicht zugelassen«, sagte er nicht unhöflich, aber fest.

»Ich bin Siegerin«, entgegnete Alexandra, eine scharfe Falte zwischen ihren gerunzelten Augenbrauen. »Ich bin eingeladen.«

»Davon weiß ich nichts. Ich habe nur Männer auf meiner Liste.«

»Alexandra aus Elis, Siegerin in der Biga.« Alexandra begann, wütend zu werden.

Der Wachmann rührte sich unbehaglich. Dann zuckte er mit den Schultern, holte eine Rolle aus einer Mauernische und rollte sie auf. Sein fleischiger Finger rückte langsam von einer Reihe zur anderen. Alexandra wechselte einen ungeduldigen Blick mit Antenor. Ganz am Ende der Rolle tupfte der Alyt mit Nachdruck auf den Papyros. »Hier steht es ja. Alexandros aus Elis. Sieger in der Biga, wie du ganz richtig sagst. Aber zwei Buchstaben sind eine Menge. Es tut mir leid für dich.«

So sah er nicht aus. »Wer erstellt diese Listen?« fragte sie.

»Das machen die Apollonpriester«, antwortete er bereitwillig. »Sie schicken sie am letzten Tag herüber.«

»Gib sie ihnen zum Ändern zurück und teile ihnen mit, daß sie ungenau gearbeitet haben. Du siehst wohl, daß ich eine Frau bin«, sagte Alexandra entschlossen und drückte ihren Zeigefinger gegen die Schneide des Schwerts, während sie über die Schwelle des Prytaneions schritt. »Die Götter würden nicht entschuldigen, daß ein Sieger wegen zwei Buchstaben ausgeschlossen wird. Du würdest ihren Zorn ausbaden müssen. Willst du das?«

Der Wachmann beherrschte sich mühsam. »Irgend jemand wird immer zornig sein. Die Götter sind weit weg. Und dein Zorn interessiert mich wenig. Er ist ungefährlicher als der von Tempelpriestern.«

»Der des römischen Kaisers ist in jedem Fall der gefährlichste«, sagte Nero und stieg gut gelaunt hinter Antenor die Treppe hoch. »Du wirst an meiner Seite sitzen, Alexandra, Siegerin in der Biga. Dein Leibwächter soll für dich vorkosten, meiner für mich. Sie können sich die Arbeit teilen.« Sein Gelächter erfüllte die Vorhalle, in die er Alexandra am Arm hineinzog, ohne daß der Wachmann zu protestieren wagte.

Antenor bedachte den Alyten mit einem breiten Grinsen und schloß sich dem Gefolge des Kaisers an.

Kapitel 46

Der Festsaal war ein großer, von Säulen gestützter Raum, in dem zahlreiche Faltstühle und niedrige Tische standen, die ein zwangloses Beieinander und Miteinander erlaubten. Obwohl das Fest von der Stadt Elis ausgerichtet wurde und es als Ehre galt, eingeladen zu werden, sollten die Gäste anscheinend an diesem Abend frei von allen Formalitäten feiern dürfen. Dunkelhäutige Sklaven liefen umher und boten die verschiedenartigsten Speisen und Getränke an.

Unter den Augen des Kaisers nahmen Alexandra und Antenor in seiner Nähe Platz. Gelegentlich warf Nero Alexandra eine Bemerkung zu. Sie merkte schnell, daß eine Antwort gar nicht erwünscht war.

Alexandras Stimmung wurde immer düsterer. Sie spürte genau, daß auch Antenor ganz andere Dinge beschäftigten als die Speisen. Schweigend nippte er an einer Trinkschale mit stark verdünntem Wein und beobachtete seine Umgebung.

Nero war überraschend schnell betrunken und torkelte am Arm von Sporus davon.

»Der Kaiser und sein Echo ziehen sich in seine Privatgemächer in der Villa zurück«, sagte Alexandra in Antenors Ohr.

Antenors Augen funkelten plötzlich. »Gewiß, Alexandra«, antwortete er.

Wider Willen mußte Alexandra lachen. Sie wurde trotzdem nicht warm in dieser Umgebung. »Eine Siegerin hatten sie hier noch nie«, sagte sie säuerlich. »Dies ist ein Fest für Männer. Wie üblich.«

»Das wußtest du vorher schon. Du bist sicher die erste Frau, die außerhalb der Heräen in Olympia gesiegt hat«, bemerkte Antenor und beschäftigte sich mit der harten Schale eines Krustentieres, die er knackend aufbrach. »Und von noch geringerem Ansehen als die Knaben.«

Er konnte von verletzender Offenheit sein. Alexandra warf einen kurzen Blick hinüber zu der Ecke, in der die Jungen wohl den Wein weniger verdünnten, als man ihnen befohlen hatte. Helle Stimmen und brüllendes Gelächter. Sie probten künftige Männlichkeit. Sie schüttelte sich vor Widerwillen. Der Sieger unter den Pankratiasten war schon genauso massig wie ein erwachsener Allkämpfer.

»Alexandra«, murmelte Antenor zwischen zwei Bissen Langustenfleisch, »ich muß mit dem Oberpriester des Zeustempels etwas besprechen, das keinen Aufschub duldet. Timaios ist so hinfällig, daß er nicht lange bleiben wird. Du verstehst das doch.« Er warf die Schalen auf den Tisch, tauchte seine Finger in ein Wasserschälchen, das ihm ein Sklave unverzüglich reichte, und machte sich davon, ohne sich für ihre Antwort zu interessieren.

Alexandra starrte ihm sprachlos nach. Er war einfach unglaublich! Hatte er von Anfang an vorgehabt, sie als Vorwand zu benutzen, um hier hereinzukommen? Ihr Blick ging wieder zu den jugendlichen Siegern hinüber.

In der Nähe der jungen Aufschneider sammelten sich Männer. Bestimmt keine Sportler. Sie waren ernst und trugen eine aufgesetzte Würde zur Schau. Aufgrund welcher Leistung eigentlich, dachte Alexandra patzig und begann sie zu beobachten. Städtische Offizielle waren sie nicht, aber vielleicht sollten sie inoffiziell mit den Römern in Kontakt treten. Irgend etwas in der Richtung.

Jedenfalls genug, um sie für Alexandra interessanter zu machen als überhebliche Knaben, die sich betranken.

Sie rückte auf Umwegen näher an die Gruppe heran, die derzeit noch von Begrüßungsgeräuschen summte und von gegenseitigem Schulterklopfen in Anspruch genommen war.

Eine stämmige Säule paßte ihr gut. Sie lehnte sich mit versonnenem Gesichtsausdruck an den kühlen Stein und konzentrierte sich auf die Stimmen.

»Zoilos aus Thessaloniki kommt sofort«, meldete jemand.
»Er hat im Theokoleon etwas vergessen.«
»Dann wären wir vollständig.«
Erneut erhob sich allgemeines Geschwätz, das vom Rücken von Stühlen und undefinierbaren Geräuschen überlagert wurde. Alexandra wagte einen kurzen Blick um die Säule herum. Einer der ersten, der ihr ins Auge fiel, war Alkinoos, der jetzt aber weder Priestertracht noch Schärpe trug.
Und noch etwas fiel ihr auf. Zwischen den jugendlichen Siegern hockte mit dem Rücken zu ihr Kallias, ebenfalls im gewöhnlichen Chiton. Alexandra konnte die aufgestellten Ohrmuscheln förmlich sehen. Er war dort um zu lauschen.
»Der Ablauf ist folgendermaßen geplant«, sagte Alkinoos und dämpfte anschließend seine Stimme.
Alexandra hörte nur noch Bruchstücke, die für sie keinen Sinn ergaben. Irgendwann war sie endgültig davon überzeugt, daß die Männer etwas berieten, aber zu vorsichtig waren, um es laut zu tun. Auch Kallias war inzwischen verschwunden. Aber allein aus seiner Anwesenheit folgte, daß es sich bei den Männern um Apollonpriester handeln konnte, zumal sie im Haus der Priester wohnten.
Sie trat den Rückzug zu ihrem Platz an. Während sie trübsinnig auf die Langustenreste starrte, fielen ihr die Botschaften ein, die Melissa erwähnt hatte. Aus ganz Griechenland waren aus den Tempeln Apollons Mitteilungen gekommen. Und der Mann, der noch erwartet wurde, stammte aus Thessaloniki.
Wieder einmal beschlich sie ein ungutes Gefühl. Die Priester planten etwas. Aber Antenor war nicht zu sehen. Er plante anscheinend ebenfalls. Vermutlich hatte er sie sogar mit Absicht auf die Männer aufmerksam gemacht. Aber erfahren würde er von ihr nichts!
Dieses gräßliche Fest! Alexandra erhob sich so heftig, daß der Hocker umfiel. Das ganze Festmahl war nichts weiter als eine Kulisse für Intriganten und Liebhaber. Also ganz bestimmt kein Ort für sie.

Am nächsten Morgen erfuhr Alexandra zu ihrem Entsetzen,

daß sie noch einen weiteren Tag in Olympia bleiben mußte. Antenor ließ ihr durch einen Sklaven übermitteln, daß sie zusammen mit ihm vor die Priesterschaft geladen sei, und es müsse sein, leider. Dabei saß ihr inzwischen die Furcht im Nacken, daß Paidikos den Aufschub, den sie ihm in den Schoß legte, zu weiteren Gaunerstücken nutzen würde.

Antenor holte sie ab. Wie früher beaufsichtigte er sie. Mit einem dicken Kloß in der Kehle ging sie neben ihm her.

Das olympische Gelände hatte sich schnell geleert. Hier zwischen den Tempeln und Sakralgebäuden war alles sehr still. Von den restlichen Buden und Zelten wurden vereinzelte Stimmen herübergetragen. Überall war man beim Abbau und Verpacken.

Antenor betrat ein Haus, in dem sie noch nicht gewesen war, eins von den vielen, die Priestern, Ratsleuten und Schiedsrichtern vorbehalten waren. Alexandra erschrak, als sie plötzlich Timaios vom Zeustempel und Alkinoos vom Apollontempel gegenüberstand, beide in Amtstracht. Und zwischen ihnen Idaios, den sie flankierten wie zwei Tempel einen Altar.

Antenor nagte auf seiner Unterlippe. »Ich bat um eine Unterredung mit beiden Tempeln.«

»Die wurde dir gewährt.«

»Und Idaios? Er gehört nicht zu den Tempeln.«

»Idaios ist Phratriarch in Megalopolis gewesen. Es besteht kein Zweifel, daß er es in Elis werden wird. Du kannst mit einem Kultbeamten reden, aber nicht über ihn.« Alkinoos' Stimme war eiskalt, und er sprach in vollem Einverständnis mit Timaios.

Alexandras Blick flog zwischen den Männern hin und her. Der Megalopoleer war gar nicht verfemt; er stand im Schutz der beiden mächtigsten Götter. Und irgendwie war es den Priestern gelungen, Antenor zu überlisten. Sie war sich ziemlich sicher, daß er etwas anderes vorgehabt hatte. Es war ein Fehler gewesen, ihm nicht unterwegs von ihrer Beobachtung beim Fest zu erzählen. Aber jetzt war es zu spät. Sie hatte das Gefühl, daß sie in einer Falle saßen.

»Sprich, Antenor.« Timaios wirkte sehr erschöpft. Sein Helfer blickte besorgt auf ihn hinunter. Alexandra kannte ihn nicht. Aber es paßte, daß Kallias nicht hier war.

Antenor kreuzte die Arme vor der Brust. »Die Verbannung des Idaios von Megalopolis aus dem olympischen Gelände kann nicht die Strafe für mehrfachen Totschlag bleiben«, sagte er. »Für die Zeit nach dem olympischen Frieden klage ich ihn an und verlange seine Verurteilung.«

Alexandras Herz schlug plötzlich ganz laut, für ihn.

»So«, sagte Timaios einsilbig.

Alexandra betrachtete ihn mißtrauisch. Antenor war ein Mann, den der Oberpriester einmal für eine Dienstleistung bezahlt hatte, mehr nicht. Ganz bestimmt wollte er nicht, daß Antenor aus seinen Beobachtungen selbständig Schlüsse zog und anfing, eigenmächtig zu handeln.

Timaios berührte flüchtig Alkinoos' Ärmel.

»In wessen Namen klagst du ihn an?« fragte Alkinoos. »Ist diese Frau, die du mitgebracht hast, eine Verwandte eines Erschlagenen? Die Ehefrau, etwa?«

Es war blanker Hohn. Sie hatten sich lange genug Mühe gegeben, sie von den Spielen auszuschließen, um zu wissen, wie sie aussah, welche Kleidung sie trug, welchen Wagen sie fuhr, vermutlich kannten sie selbst die Höhe ihrer Siegerprämie.

»Ich kenne die Verwandten der Erschlagenen nicht«, gab Antenor freimütig zu. »Es gibt aber eine Zeugin eines Mordes: Alexandra. Sie hat gesehen, wie Idaios unter der Maske den ehemaligen Archon Eponymos von Elis tötete. Die anderen beiden Männer – ein Allkämpfer und ein Läufer – sind von Idaios als unerwünschte Zeugen beseitigt worden, nachdem er sie für seine Zwecke benutzt hatte.«

»Ich habe Idaios vor den Schatzhäusern beobachtet«, flocht Alexandra ein, während sie gleichzeitig begriff, daß nun auch Demylos tot war. »Er bemerkte mich, aber ich lief vor ihm fort. Erkannt hat er mich wahrscheinlich nicht.«

Timaios nickte knapp in ihre Richtung. Frauen zählten in seinem Tempel nicht. Er sah Antenor bedauernd an. »Um den olympischen Frieden zu bewahren, haben wir Idaios aus dem olympischen Gelände gewiesen, obwohl wir genaugenommen nicht einmal den Beweis haben, daß er unter der Maske steckte. Und alles andere...? Kannst du es beweisen oder vor den Göttern beschwören?«

»Nein«, sagte Antenor.

Timaios machte eine Geste, die eine Andeutung von Bedauern sein konnte. »Du weißt selbst, daß deine Aussage nicht ausreicht, um Idaios nach griechischem oder römischem Recht anzuklagen.«

Idaios grinste aufreizend.

Antenor sah ihn grimmig an. »Ja, der Kreuzigung oder der Verbannung wird er entgehen.«

»Was soll dann diese Komödie?« zischte Alkinoos.

»Timaios weiß, daß ich die Wahrheit spreche. Mein untadeliger Ruf im Einsatz für das Gesetz war seine eigene Begründung dafür, mich mit der Aufklärung der Vorkommnisse an den Gaia-Altären zu beauftragen. Daß die Beweise fehlen, könnt ihr nicht als Ausrede benutzen. Ihr seid verpflichtet, fromme Menschen vor einem Verbrecher wie Idaios zu schützen! Ich verlange deshalb«, sagte Antenor entschlossen, »daß der Apollontempel jede Verbindung mit Idaios aufkündigt, und daß diese Zusicherung schriftlich in allen anderen Tempeln hinterlegt wird.«

Alkinoos zog mokant die Augenbrauen hoch.

Timaios räusperte sich. »Du weißt, daß wir uns nicht in die Angelegenheiten anderer Tempel einmischen, Antenor. Wir werden auf keinen Fall ein Dokument aufbewahren, das sich gegen Apollons Priesterschaft richtet.«

Alexandra schnappte nach Luft. So eine unverschämte Lüge! Was hatten sie denn die ganze Zeit getan?

Alkinoos nickte. »Wir haben Idaios als ehrenwerten Mann und Apollonverehrer kennengelernt. Ich bin sehr glücklich, daß er das Bürgerrecht von Elis erhalten hat. Alle Eleer sind glücklich.«

»Ich bin beiden Tempeln dankbar für die Geduld, die sie für die Klärung dieser Angelegenheit aufgebracht haben«, sagte Idaios glattzüngig. »Die unsinnigen Vorwürfe gegen mich entstammen dem Kopf einer überspannten Frau, deren Familie ja nun in mehrfacher Hinsicht dadurch aufgefallen ist, daß sie sich gegen die Polis gestellt hat. Daß sich hier zwei gefunden haben, die gemeinsam gegen die Tempel und die Götter von Hellas vorgehen, halte ich zumindest für bedenklich. Die

Archonten von Elis werden zu überlegen haben, ob sie es dulden dürfen. Ich bin nicht sehr zuversichtlich. Die Anhänger Apollons werden ein gewichtiges Wort mitsprechen...«

Alexandra wich das Blut aus dem Gesicht. Wenn alle solche Eiferer wären, wie der, dem sie mit der Peitsche eine Lehre erteilt hatte, wäre sie längst tot.

»Du verstehst, Antenor«, sagte Timaios beschwichtigend, »daß die Sache für uns damit erledigt ist. Ich danke dir für deine Gründlichkeit; aber wir sollten den Göttern die letzten Entscheidungen überlassen.« Er streckte einen Arm aus, und sein Helfer führte ihn aus dem Saal.

Kaum war er außer Sicht, drängten von allen Seiten Priester herein. Die meisten waren jung und drahtig und hatten Gesichter, die von Ehrgeiz geprägt waren. Einige von ihnen waren Alexandra am Vorabend aufgefallen.

»Apollonpriester aus ganz Griechenland«, flüsterte sie Antenor entsetzt zu.

»Ganz genau«, dröhnte Idaios' Stimme hinter ihnen. Er stand mit waagerecht ausgestreckten Armen in der Mitte des Raumes und ließ sich von einem Helfer die Amtsschärpe umlegen. »Die Apollontempel von Griechenland werden sich heute zu einem Verband zusammenschließen. Seine Macht wird so groß sein, daß er selbst Kaiser überflüssig macht. Verschwindet jetzt und seid dankbar, wenn ihr mit dem Leben davonkommt!«

Der Helfer trat zurück und bewunderte sein Werk an Idaios. »Ich habe es dir ja prophezeit, daß hier bald ein anderer Wind wehen wird«, sagte der Mann hämisch, der Alexandra die Narbe auf der Wange zu verdanken hatte. »Römerfreunde und Götterfeinde wie die Familie Melanthios wird er hinwegfegen!«

»Glaubst du, daß unser Leben in Gefahr ist? Hat er es wirklich so gemeint?« Alexandra war immer noch aufgewühlt, als sie sich kurz darauf auf den Heimweg nach Elis machten, obwohl es schon später Nachmittag war.

»Er hat es so gemeint«, murmelte Antenor. Er blieb in sich

gekehrt und beobachtete die Umgebung sorgfältig. Alexandra ließ ihn in Ruhe und fuhr mit ihrem Gespann ein Stückchen vor.

Erst als sie die Platanen erreicht hatten, die das Dörfchen Platanos ankündigten, schloß Antenor mit seinem Maultier auf, bis er sich auf gleicher Höhe mit Alexandras Wagenkorb befand.

»Idaios ist die eine Seite«, sagte er. »Die andere sind die Priester. Es ging ihnen nicht um die Götter. Es geht ihnen um die Macht über die Menschen.«

»Und du hast vergessen zu erwähnen, daß die Priester Männer sind.« Alexandra mußte aufpassen, daß nicht die Pferde ihren Zorn im Gaumen zu spüren bekamen. Sie war dankbar, daß Aethon sich damit begnügte, ein Ohr nach hinten zu richten. »Ihre angebliche Sorge um den Altar der Gaia war nur ein Vorwand, um die Apollonpriester überwachen zu können. Dich haben sie mißbraucht.«

»Ja«, sagte Antenor bitter. »Wahrscheinlich haben auch die Zeuspriester inzwischen erkannt, wie gut die Idee mit dem Zusammenschluß der Tempel war. Möglicherweise planen sie jetzt, einen gemeinsamen Tempel zu errichten.«

»Einen Tempel eines männlichen Gottes. Gaia und Hera werden aus den Herzen der Menschen verschwinden.«

Sie hatten Platanos erreicht. Um eine Hausecke wieselte ein Hund mit einem Knochen im Fang. Ein größerer rannte hinter ihm her und nahm dem kleineren die Beute ab.

»Genau so war es«, sagte Antenor. »Die Zeuspriester dachten, mit meiner Hilfe könnten sie sich das größere Knochenstück sichern.«

Alexandra nickte deprimiert. Ihr Sieg in Olympia war nicht das große Ereignis ihres Lebens, wie sie ihn sich vorgestellt hatte. Er war ein Tanz um Macht und Geld, zu dem Männer aufspielten und sich dabei von den Göttern helfen ließen.

Kapitel 47

Melanthios sah seine Tochter mit leeren Augen an, als sie auf ihn zukam. Er saß ungeschützt in der Sonnenhitze, neben sich einen Krug, aus dem es nach Wein duftete. Nach einer Weile erkannte er sie. Ein mattes Lächeln legte sich auf sein Gesicht. »Da ist sie ja endlich. Wir haben lange auf unsere Alexandra gewartet, was, Jannina?« lallte er.

Jannina, die lautlos von irgendwoher aufgetaucht war, nickte mit verbissener Miene.

Alexandra wechselte einen Blick mit Antenor. Ihr Vater wußte anscheinend nicht einmal mehr, daß er sie aus dem Haus gejagt hatte. Sein Gemüt mußte gänzlich zerrüttet sein. »Wo ist Chiron?«

»Auf den Weiden, um die Pferde einzufangen. Einer von diesen untauglichen Sklaven hat das Gatter geöffnet und sie hinausgepeitscht.«

»Seit wann haben wir untaugliche Sklaven!« fragte Alexandra aufgebracht. »Unsere Leute waren immer gutwillig. Außer dir, natürlich.«

»Wie sprichst du denn mit mir?« Jannina sah endlich vom Boden auf, als wäre ihr eben eingefallen, daß Alexandra keine Rechte hier hatte. »Paidikos wird dich fortjagen, wenn er wieder da ist.«

»Zweifellos wird er es versuchen. Wo ist er also?«

»Er verkauft gerade die gutwilligen Leute.« Jannina verzog ihre Lippen zu einem frechen Lächeln.

Alexandra biß sich auf die Lippen. Offensichtlich befanden sich das Gut und das Besitztum ihres Vaters bereits in Auflösung. Möglicherweise war sie noch rechtzeitig gekommen. Vielleicht auch nicht.

Antenor tippte ihr auf die Schulter. »Ich gehe zu den Weiden und suche Chiron. Du wirst mit diesem Weib leicht allein fertig.«

Die Köchin hatte breite Schultern und war vom Alter keineswegs gebeugt. Alexandra war kleiner als sie, aber sie besaß die Autorität der Rechtmäßigkeit. »So, Jannina«, sagte sie scharf. »Ich bin nach Hause gekommen, um das Gut meines Vaters zu leiten. Dein Sohn hat hier nichts mehr zu sagen! Sobald Vater wieder in der Lage ist zu verstehen, werde ich ihm deinen Betrug erklären.«

»Dazu hast du kein Recht«, begehrte die Köchin auf. »Paidikos ist gesetzlicher Erbe. Und nach ihm Glaukias. Und dein Vater wird nichts verstehen, nie mehr.«

Alexandra überging die Frechheit. »Die Priester von Olympia haben bereits Recht gesprochen. Daß Paidikos nicht der Sohn seines angeblichen Vaters ist, weiß inzwischen ganz Hellas. Und der römische Kaiser. Da gibt es nichts mehr zu vertuschen. Chiron hat vor den Göttern von Olympia geschworen. Die Archonten von Elis werden nicht wagen, gegen uraltes Recht zu verstoßen. Wenn es nötig sein sollte, werde ich den römischen Statthalter als Helfer aufbieten.«

Während sie kühl die Wirkung abwartete, die ihre Eröffnung auf die Köchin hatte, ging ihr selbst durch den Kopf, daß sie damals noch an all diese Götter und die Heiligkeit des Schwurs geglaubt hatte. Heute war alles anders. Aber die Hauptsache war, daß Jannina daran glaubte. Oder an die Macht der Römer.

Ja, sie tat es. Jannina griff hinter sich, um sich am Hermespfosten festzuhalten, und ließ sich langsam in den Sand sacken. Sie starrte Alexandra mit offenem Mund an. Ein dünner Speichelfaden löste sich von ihrer Lippe.

»Nachdem das klar ist, werde ich die Archonten von Elis benachrichtigen«, verkündete Alexandra und machte einen Schritt ins Haus hinein.

Plötzlich schien Jannina wieder zum Leben zu erwachen. »Gut, daß du mich an sie erinnerst«, kreischte sie.

Alexandra sah sich bestürzt um und trat einen Schritt zurück, weil die Köchin sich am Türpfosten abstützte und bereit schien, sich auf sie zu werfen.

»Es wird Zeit, daß ich dir erzähle, wer Paidikos' Vater ist«, sagte sie voll Haß. »Damit du merkst, daß mein Sohn einen mächtigen Verbündeten hat. Idaios von Megalopolis! Was sagst du nun?«

»Nein!« Alexandra schüttelte heftig den Kopf. Es konnte nicht sein.

»Idaios war der Mann, den ich einen Nachmittag liebte. Er war stark und hatte einen eisernen Willen. Wie ein Gott.«

»Idaios«, wiederholte Alexandra und versuchte Janninas schmieriges Lachen zu übersehen, »hat mein Vater deshalb Angst vor ihm gehabt? Weil er ihn kannte?«

»Der alte Narr hat ihn damals zwar nur lange genug gesehen, um ihn vom Hof zu jagen, aber Angst hat er trotzdem gehabt, das stimmt. Jeder hat vor Idaios Angst. Außer meinem Sohn Paidikos!« Jannina machte sich mit einem triumphierenden Krächzen davon.

Alexandra starrte ihr nach. Idaios' Haß auf die Familie des Melanthios war älter als sie selbst. Mit den Pferden hatte es nichts zu tun. Einen Augenblick nur empfand sie Erleichterung, dann wuchs ihre Sorge erneut und in ganz anderer Weise. Ihre Zuversicht war voreilig gewesen.

Im düsteren Gang prallte Alexandra beinahe mit einer Haussklavin zusammen, die sie nicht kannte. Das Mädchen versuchte ihr zu widersprechen, als sie ihm befahl, den Vater aus der Sonne hereinzuholen und alle Weinkrüge aus seiner Reichweite zu entfernen. Aber ein Blick in Alexandras Gesicht belehrte sie plötzlich.

Alexandra mußte sich im Arbeitszimmer ihres Vaters das Schreibmaterial selbst zusammensuchen. Auch der Schreibsklave war anscheinend nicht mehr da. Endlich hatte sie die Feder gespitzt, Tinte aufgelöst und ein verwendbares Stückchen Papyros gefunden. Sie überlegte nicht lange, was sie festhalten wollte.

Sie verlangte das Eingreifen der Archonten und flocht ganz bewußt ihre außerordentlich guten Beziehungen zum römischen Kaiser ein. Das ganze Schreiben kam eher einer Drohung gleich als einer Bitte. Außerdem fehlte das Haussiegel.

»Egal«, sagte sie laut. Es mußte schnell gehen; noch war Idaios nicht nach Elis zurückgekehrt.

»Was ist egal?« fragte Chiron und trat über die Schwelle.

»Ach, Chiron«, rief Alexandra und fiel dem alten Mann um den Hals. »Es ist schrecklich hier!«

»Ja. Ich bin froh, daß du endlich nach Hause gekommen bist.«

Während Antenor mit dem Schreiben nach Elis abfuhr, machte es Chiron sich bequem und erzählte Alexandra, was während ihrer Verbannung im Haus geschehen war. Es war so ungeheuerlich, daß Alexandra beinahe in Tränen ausgebrochen wäre.

Die Wertgegenstände des Hauses hatte Paidikos mehr oder minder alle zu Bargeld gemacht, vor allem die kostbaren Statuen, an denen Melanthios so hing, Sklaven gab es kaum mehr, und auch die Schafherden waren beträchtlich verkleinert.

»Hat Vater denn gar nicht gemerkt, was um ihn herum vorging? Ich meine«, sagte Alexandra fast ungläubig, »er kann doch nicht völlig blind geworden sein!«

Chiron schüttelte nachdenklich den Kopf. Alexandra bemerkte jetzt erst, daß seine einstmals schwarzen Haare, die er auf Paidikos' Befehl hatte abschneiden müssen, grau nachwuchsen. »Ich verstehe es auch nicht. Aber selbst, wenn er nicht betrunken war – mit Verlaub, Alexandra, dein Vater hätte in letzter Zeit Dionysos' Bewunderung erweckt –, wirkte er nicht nüchtern. Nein, richtig klar im Kopf habe ich ihn seit deinem Weggang nur noch selten gesehen. Die Ausnahme war der Tag, an dem er mir die Freiheit schenkte.«

Und mir die Pferde, dachte Alexandra. Aber sie hatte keine Zeit, darüber lange nachzudenken. »Chiron, wir bringen alles in Ordnung. Wenn nur die Archonten Paidikos das Recht absprechen würden, sich als Sohn von Melanthios zu bezeichnen.«

»Und zu benehmen. Noch hat er den Siegelring. Und in Elis gebärdet er sich als der große Geschäftsmann.« Chiron machte ein bekümmertes Gesicht.

»Wußtest du eigentlich, daß dieser Idaios der Vater von Paidikos ist?«

Chiron schüttelte den Kopf. »Es gab zu der Zeit auch andere Männer in Janninas Leben. Ich hatte den Verdacht, aber ich hoffte immer, daß er nicht stimmte. Idaios kam mit dem Ruf, daß er einen Mann heimtückisch erschlagen hätte. Und ein junges Mädchen, das oben bei den Weiden Schafwolle von den Büschen sammelte, wurde sein Opfer ...«

»Deshalb, also. Ich habe mich immer über deine Andeutungen gewundert.« Alexandra schwieg einen Augenblick. »Weshalb hast du Vater den Betrug nicht nach seiner Heimkehr aufgedeckt?«

»Dein Vater hielt immer große Stücke auf Jannina. Sie verstand es, sich einzuschmeicheln. Er hätte mich eher verkauft, als mir zu glauben. Aber ich hatte doch deiner Mutter geschworen, auf dich aufzupassen, ich mußte bleiben...«

Alexandra umarmte Chiron nochmals gerührt. »Hätte meine Mutter sich bloß durchgesetzt! Der Familie wäre viel erspart geblieben. Aber wir werden es trotzdem schaffen«, sagte sie zuversichtlich. »Das Recht ist auf meiner Seite. Und ich habe ja die Siegerprämie. Als erstes benötigen wir unsere Leute zurück. Vor allem Melissa.«

»Und eine neue Köchin. Jannina ist immer bösartiger geworden.« Chiron schüttelte sich. »Wenn Paidikos fort war, regierte sie. Wenn du auf meinen Rat Wert legst: ich würde sie nicht mehr kochen lassen.«

Alexandra hob die Augenbrauen. »Du meinst: ab sofort?«

»Ab sofort«, bestätigte Chiron. »Ich vermute, daß sie deinen Vater mit Drogen willenlos gemacht hat. Aber wie hätte ich sie erwischen sollen? Und jetzt bist du gefährdet. Du stehst zwischen Paidikos und seiner Zukunft als Hoferbe.«

Alexandra lehnte schweigend ihren Kopf an die Wand. Würde Jannina es tatsächlich fertigbringen, eine Familie umzubringen, mit der sie zwanzig Jahre gelebt hatte? »Wenn du meinst, sperren wir sie ein«, sagte sie schließlich.

Antenor drang ohne zu zögern in Idaios' Haus ein, als ein alter Mann ihm das Tor öffnete.

»Du kommst zu spät«, murmelte er aus seinem zahnlosen Mund.

Antenor schob den Alten beiseite, um ihn nicht zu gefährden, und zog sein Schwert. Er verstand nicht, wovon der Mann sprach, aber früher oder später mußte Dares auftauchen. Er würde an diesem Tag sterben.

Statt des Meuchelmörders hörte er eine Stimme, die er kannte. Melissa. Zusammen mit der Kleinen, der er sein Leben verdankte, schleppte sie einen Teppich in die Eingangshalle.

»Antenor!« rief Melissa und schlug ihre Hände erschrocken auf der Brust zusammen. Der Teppich prallte mit dumpfem Klang auf den Boden. »Was machst du hier?«

»Ich suche Dares«, sagte er finster. »Was geht hier vor?«

Melissa blickte sich hastig um, dann trat sie zu ihm, um ihm ins Ohr zu flüstern. »Dares hat heute alle Sklaven außer uns dreien verkauft. Den alten Mann wird er nicht los, und uns braucht er noch. Ich glaube, Idaios weiß von all dem nichts.«

Antenor setzte blitzschnell ein Bild aus den Geschehnissen der letzten Tage zusammen. Es ergab, daß Dares sich mit dem Erlös aus dem Verkauf der Sklaven aus dem Staub zu machen beabsichtigte; wahrscheinlich hatte er erfahren, daß sein Herr aus Olympia ausgewiesen worden war.

»Gebieter!« Die zittrige Stimme des Alten drängte sich in Antenors Überlegungen. »Wenn du Melissa kaufst, nimm mich auch! Ich koste nicht viel.«

Antenors wachsame Sinne spürten die Bewegung mehr, als daß er sie hörte. Er sprang beiseite. Während das Messer, das für ihn bestimmt war, sich dem Pförtner in den Brustkorb bohrte, war Antenor im Schutz der Säulen schon auf dem Weg zu Dares. Die Spitze seines Schwertes berührte die Kehle des Mannes, noch bevor dieser ein weiteres Messer in der Hand hatte. »Der Tag der Abrechnung ist gekommen«, sagte er.

Dares brachte es trotz seiner sehr steifen Kopfhaltung fertig zu grinsen. »Ich wußte schon immer, daß es Unglück bringen würde, ausgerechnet dieses Weib ins Haus zu holen. Aber jetzt kann sie wenigstens noch Nutzen bringen. Ich schlage dir einen Handel vor.«

»Ich höre«, sagte Antenor bedächtig.

»Mein Leben gegen ihr Leben. Ich verkaufe sie dir legal; ich habe Vollmacht. Und du läßt mich gehen.«

Das Schwert hatte Dares' Haut geritzt, obwohl Antenor sich nicht gerührt hatte. Ein Tropfen Blut rollte über den Adamsapfel herunter, der sich bewegte, als hätte er ein Eigenleben. Der Mann wußte, daß Antenor sein Leben in der Hand hielt.

»Zu bedenken gebe ich auch, daß ich dich mehrmals geschont habe«, flüsterte Dares. »In den Bergen vor allem. Und bei eurer Heimkehr.«

»Warum?« Antenor verbarg seine Verärgerung darüber, daß er es nicht bemerkt hatte, gut.

»Ich habe das Anwesen deines Vaters in Korinth gesehen. Einer wie du springt nicht wie eine Grille durch Arkadien. Ich wußte, daß du kein Räuber von Goldschätzen sein kannst. Jemand mußte dich beauftragt haben, eine größere Macht vielleicht...«

»Du hast damals schon deine Flucht vorbereitet?« fragte Antenor erstaunt.

»Ein Herr im Rausch ist ein sehr gefährlicher Herr. Ich glaube, du weißt, was ich meine.« Dares zögerte einen Moment, und Antenor nickte. »Ich hatte den Auftrag, euch auf eurer Heimfahrt zu töten.«

»Statt dessen hast du dich geeilt, herzukommen...«

»Ich will nur noch fort!«

Dares würde einen Scherbenhaufen zurücklassen, aber kein Archon der Welt würde seine Urkunden für ungesetzlich erklären können. »Die Kleine als Beigabe«, forderte Antenor und senkte seine Waffe.

»Meinetwegen«, stimmte Dares erleichtert zu.

Antenor bewachte ihn mit gezogenem Schwert und sah ihm auf die Finger, als er schrieb. »An deiner Stelle würde ich mich beeilen. Idaios ist wahrscheinlich schon auf dem Weg hierher...«

Dares' Gesichtsausdruck änderte sich nicht, aber seine Finger zitterten, als er siegelte. Gut, daß sein Interesse, von hier zu verschwinden, genauso groß war wie das von Antenor.

Und von Melissa. Sie wünschte nur, ein einziges persönliches Besitztum zu holen, bevor sie das Haus verließen. Antenor warf einen neugierigen Blick auf das eingewickelte Päckchen, aber Melissa gab keine Auskunft.

Gegen Mittag des nächsten Tages kehrte Antenor auf das Gut zurück. Alexandra beschützte die Augen mit der Hand und versuchte zu erkennen, wer der Mann auf dem Esel war. Hinter beiden schaukelte ein vollbepackter Wagen.

Staunend erkannte Alexandra Paidikos, den sie in ihrem ganzen Leben noch nicht auf einem Esel hatte reiten sehen.

Antenor sprang mit strahlendem Gesicht vom Pferd, ohne das Halfter des Esels loszulassen. »Auf dem Sklavenmarkt gab es ein richtiges Gaunertreffen«, sagte er. »Dares und Paidikos wollten tüchtig Gewinn machen, bevor sie mit dem Eigentum ihrer Herren auf und davon gingen. Eine glückliche Fügung ließ Paidikos in meine Hände laufen.«

Paidikos rührte sich nicht, und sah auch nicht von seinen gefesselten Händen auf, als Alexandra zu ihm trat. »Gib mir den Ring«, befahl sie.

Der Mann, den sie sechzehn Jahre lang für ihren Bruder gehalten hatte, mahlte mit den Kiefern und hob endlich den Kopf. Alexandra beachtete er nicht, statt dessen ging sein finsterer Blick von einem Mann auf dem Hof zum anderen. Zu Chiron. Zu Antenor. Schließlich zu einem von Chirons jungen Burschen, der inzwischen vom Bock des Karrens abgestiegen war. Er überlegte sich seine Chancen zur Flucht.

»Du kommst nicht davon«, sagte Chiron leise drohend. »Jetzt nicht mehr. Nie mehr.«

Paidikos zuckte mit den Schultern und hielt Alexandra widerstrebend die Hände hin. Sie sah ihm in die Augen. Da war nichts, kein Bedauern, keine Erinnerung an die Kindheit, die sie miteinander verbracht hatten.

Alexandra zog ihm den Ring unter Mühe vom Finger und schloß ihn in ihrer Faust ein. »Für den Ring danke ich dir nicht. Du hast ihn Vater abgeschwindelt. Aber als Herrin dieses Hofes achte ich auf gute Sitten. Niemand wird hier Durst leiden.« Auf ihren Wink hin brachte das neue Mädchen einen Krug, füllte einen Becher mit Wein und reichte ihn Paidikos hoch.

Paidikos ergriff ihn gierig. Dann schnupperte er argwöhnisch darüber hin.

»Mißtrauen ist nicht nötig. Den Wein hat deine Mutter für meinen Vater angemischt.«

Paidikos erstarrte einen winzigen Augenblick, dann schleuderte er den Becher an das Wagenrad. Er zerbrach in tausend Stücke. »Was soll das heißen?«

»Wie alle Welt inzwischen weiß, ist dein Vater nicht Melanthios, sondern ein Eseltreiber«, erklärte Alexandra kalt. »Oder bist du wegen des Weins erschrocken? Hast du Angst vor den Giften, die deine Mutter ihm hin und wieder beimischte?«

In Paidikos' Gesicht stritten verschiedene Empfindungen miteinander. »Mein Vater ist kein Eseltreiber, sondern Idaios«, gab er schließlich zurück, hochmütig wie eh und je. »Und an deiner Stelle würde ich bedenken, welche Macht er hat! Es wird recht ungemütlich für dich werden, wenn er zurück in Elis ist. Ich könnte mich allerdings bei ihm für dich verwenden, wenn du mich auf der Stelle freiläßt ...«

»Ganz bestimmt nicht«, sagte Alexandra voll Inbrunst. »Und nach dem Recht bist du Sklave und gehörst Vater. Ich werde dich zusammen mit deiner Mutter auf dem Sklavenmarkt verkaufen. Wenn es Idaios Freude macht, kann er dich ja kaufen. Aber ich bezweifle, daß er der Mann ist, der dich als Sohn anerkennen würde.«

Paidikos wurde fleckig rot und seine Lippen kalkweiß. Er hielt sich mit Mühe auf dem Esel.

»Danke, Antenor«, sagte Alexandra leise und lief zu Melissa, die Chirons Bursche von den mitgebrachten Dingen befreit und heruntergehoben hatte. Sie fielen sich in die Arme.

»Endlich«, sagte Alexandra bewegt. »Vater braucht dich dringend. Ich natürlich auch.«

»Das glaube ich weniger«, antwortete Melissa und blinzelte ihr zu. »Komm, laß uns zu ihm gehen.«

Der Hausherr Melanthios lag in seinem Bett, als sie kamen. Bei geschlossenen Augen fuhren seine Hände unaufhörlich über die dünne Decke, sein Gesicht war grau und verschwitzt, und er murmelte Worte, die sie nicht verstanden.

»So ist er, seitdem ich nach Hause gekommen bin«, berichtete Alexandra sorgenvoll. »Er hat seitdem nur klares Wasser bekommen. Essen verweigert er.«

Melissas Gesicht wurde weich vor Mitleid. Sie setzte sich neben Melanthios und nahm sein Gesicht zwischen beide Hände. »Ich bin wieder hier, Gebieter. Ich werde bei dir wachen, bis es dir wieder gutgeht.«

Er lauschte Melissas ruhiger Stimme, aber dann hetzte die Furie, die in ihm war, ihn wieder weiter.

»Ich habe dir dein Pferdchen mitgebracht, Gebieter.« Unter Alexandras staunenden Augen wickelte Melissa die von Chiron zusammengefügte Statuette aus den Leintüchern und legte sie dem Hausherrn in die Hände. Sie sah zu Alexandra auf. »Ich glaube, wir müssen nur warten, bis die Wirkung der Droge abklingt.«

»Wir warten schon seit gestern«, sagte Alexandra düster, erkannte aber sehr wohl, daß ihr Vater das Pferdchen abtastete und nicht losließ.

»Das ist nicht lange, wenn man bedenkt, wie lange Jannina sie ihm gegeben hat. Vertraue auf die Götter.«

Alexandra ballte die Fäuste, während sie den Kopf langsam schüttelte. »Nein, die Götter, die du meinst, gibt es nicht. Die Olympischen Spiele sind der Beweis. Aber ich vertraue dir.«

Melissa sah sie erschrocken an, bevor sie hinausging.

Alexandra warf sich in die Prüfung der Geschäfte. Nach einigen Tagen hatte sie immerhin eine Übersicht darüber, was von dem einst reichen Gutshof noch übrig war. »Uns fehlen Hände«, sagte sie an dem Abend zu Antenor, als sie erstmals wagte, die Arbeit etwas früher ruhen zu lassen. Sie zog ihn neben sich auf die Bank neben der Tür.

»Kaufe sie. Du kannst es dir leisten«, schlug Antenor vor. »Du bist eine reiche Frau.«

Alexandra lächelte leise. »Die Geldpreise machen mich doch nicht so reich, daß ich die Verluste der letzten Jahre ausgleichen könnte.«

»Mach dir keine Sorgen«, sagte Antenor hartnäckig. »Wenn du den Schatz von Baukis gezählt hast, wirst du wissen, wie reich du bist.«

»Ist er denn noch da?« Alexandra sah ihn ungläubig an.

»Was hältst du denn von mir?« fragte Antenor ungehalten. »Glaubst du, ich hätte Baukis' Geld gestohlen?«

Alexandra schüttelte den Kopf. »Ich dachte, er sei fort, bei

Idaios, in den Tempeln bei den Priestern ... Ach, ich weiß nicht! Ich habe keine Gedanken mehr an ihn verschwendet.«

Antenor sah sie prüfend an. »Du wolltest nicht darüber nachdenken, stimmt es? Du hattest Angst, der logische Schluß wäre, daß ich ihn für mich behalten wollte.« Er schüttelte den Kopf. »Eine der berechenbaren Eigenschaften von Idaios ist, daß er bestimmte Ziele erreichen will. Mit nutzlosen Dingen hält er sich nicht auf. Er wäre nicht davor zurückgeschreckt, dich zu foltern, wenn er vermutet hätte, daß du etwas über das Gold gewußt hättest. Die einzige Chance war, dir nichts zu sagen. Offenbar kann er sich auf seinen Spürsinn verlassen.«

»Ach, Antenor! Dieser Schatz hat mir so viel Kummer bereitet«, bekannte Alexandra. »Aber jetzt ist er für mich fast unwichtig geworden. Erzähl mir von Baukis. Was war zwischen ihr und Idaios?«

»Vermutlich ist das, was ich weiß, immer noch nicht die ganze Wahrheit. Idaios wollte Baukis ihres Geldes wegen heiraten, und sie lehnte ab. Es gelang ihm auch nicht, die Vormundschaft über sie zu bekommen, als ihr Ehemann gestorben war. Daraufhin versuchte er sie bei einem Geschäft zu betrügen, aber Baukis überlistete ihn.«

»War er der Mann, dem sie es zehnfach zurückgab, wie sie sagte?«

»Genau der. Er ruinierte sich in seinem Kampf gegen Baukis. Er war nur ein Schurke, der glaubte, mit einer Witwe leichtes Spiel zu haben, und traf auf eine Frau, die stärker war als er. Danach versuchte er, im Dienst des Apollontempels Macht zu erlangen. Er ist ehrgeizig und völlig skrupellos. Und er hat es geschafft.«

»Ja, er hat es geschafft. Aber meine Tante Baukis hat ihn trotzdem besiegt ...«

»Baukis.« Antenor lächelte versonnen.

»Hast du sie geliebt?«

»Ich verehrte sie wie die Mutter eines Freundes. Du bist ihr sehr ähnlich.«

Einen Augenblick war Alexandra schockiert. Sie wollte nicht verehrt werden.

»Du bist ebenso scharfsichtig wie Baukis ...«

Alexandra schoß ein ärgerlicher Gedanke durch den Kopf. »Hast du mich eigentlich immer absichtlich mit der Nase auf bestimmte Dinge gestoßen, wie den Altar der Gaia und anderes?«

»Aber ja«, sagte Antenor mit entwaffnendem Lächeln. »Ich wußte, ich würde eines Tages einen Zeugen benötigen. Wer wäre besser geeignet gewesen als du? Leider weiß Idaios es auch. Deshalb bist du weiterhin in Gefahr ...«

»Wahrscheinlich. Es gibt nämlich noch etwas, das du nicht weißt«, erklärte Alexandra düster. »Bevor Idaios nach Megalopolis kam, hat mein Vater ihn aus dem Haus gejagt. Die Feindschaft zwischen Idaios und der Familie Melanthios ist uralt.«

»Das ist es also. Dann wird er keine Ruhe geben, bis du tot bist. Ich muß etwas unternehmen. Die Priester werden erst aufwachen, wenn es zu spät ist. Wenn überhaupt.« Antenor erhob sich entschlossen.

»Idaios!« schnaubte Alexandra hinter ihm her. »Willst du mich hier schutzlos zurücklassen, Antenor? Es gibt doch noch mehr Gefahren, die mir drohen ... Baumwurzeln, Pinienäste ...«

Antenor drehte sich um und schüttelte den Kopf. »Du wirst mit Gefahren allein fertig, Alexandra. Und ich beabsichtige nicht, Vormund zu werden.«

»Antenor! Glaubst du im Ernst, ich würde mir einen Vormund suchen? Das hätte ich auch meinem Vater überlassen können. Ich habe einen Ehemann gemeint ...«

Antenor machte einen großen Schritt und nahm sie in seine Arme. »Ich wollte es von dir hören«, flüsterte er ihr ins Ohr.

Ach, sie liebte seine scheckigen Haare und die grünen Augen!

»Ich fürchtete schon, sie würde noch von gefährlichen Ameisen und Fliegen sprechen, um ihn zu bekommen. Dabei wäre er ja dumm gewesen, den Heiratsantrag einer Frau abzulehnen, die einen so schönen Streitwagen besitzt, findest du nicht auch, Pan? Glaubst du, ich würde in einen Streitwagen passen? Mach nicht Augen wie ein Ochsenfrosch, sie stehen einem Halbgott nicht«, fügte Gaia aus erzieherischen Gründen hinzu.

»Ganzgott«, murmelte Pan. »Du bist einfach großartig, Ururgroßmutter! Wir könnten in Rom vorfahren. Ich kenne da eine entzückende kleine Nymphe ...«

Kapitel 48

Auf dem Rückweg von Olympia sprudelte Idaios von Ideen über. Die Arbeit mehrerer Jahre hatte sich gelohnt. Er konnte es kaum erwarten, wieder in Elis zu sein!

Die Vereinigung der Apollontempel Griechenlands war vollzogen. Es würde nur noch einen einzigen Apollontempel geben. Und irgendwann überhaupt nur noch den Tempel!

Er selbst war zum Stellvertreter des Gottes in den Städten und auf dem Land ausgerufen worden. Die Opfergelder würden in Zukunft durch seine Hände gehen, er würde von Tempel zu Tempel reisen und ihnen das Geld zuweisen, nach Bedürfnis, nach Verdienst, nach Nützlichkeit.

Was fehlte, war ein Stab von Helfern, aber zweifellos würden sie ihm ab morgen nur so zuströmen. Und dieses Weib würde seine Rache zu spüren bekommen, irgendwann, wenn er Zeit dazu fand. Am Ende würde die ganze Familie des Melanthios für Schmach und Unrecht gezahlt haben. Aber seine Rache hatte ja schon vor vielen Jahren begonnen, als er ihnen, ohne es zu wissen, einen falschen Vogel ins Nest gelegt hatte. Es hatte ihn nicht viel Mühe gekostet, alle brauchbaren Informationen von Melissa zu erhalten. Gelächter schüttelte ihn derart, daß der Wagenkorb schaukelte.

Er forderte seinen Pferden das Äußerste ab, um schnell zu seinem Haus zu gelangen. Sie waren nicht besonders gut, und er schlug auf sie ein, bis er merkte, daß sie am Rande der Erschöpfung waren. Er zuckte mit den Schultern, duldete, daß sie in einen langsamen Trott fielen und gab sich wieder seinen Träumen hin.

Es dämmerte bereits, aber er würde die Stadt noch erreichen und in seinem eigenen Bett schlafen. Die Mauer der Stadt zeichnete sich gegen den hellen Himmel ab. In Elis gingen allmählich die Lichter an.

Idaios achtete nicht sonderlich auf den Weg. Zu beiden Seiten begrenzten niedrige Steinwälle die Fahrspur; weder Pferd noch Wagen konnten ausscheren. Über ihm breiteten knorrige Olivenbäume ihre Silberblätter aus. Er schaute einen Augenblick hoch, um zwischen ihnen einen hellen Stern blinken zu sehen, bevor er darauf aufmerksam wurde, daß seine Pferde drauf und dran waren zu scheuen. Im gleichen Augenblick hörte er wildes Flattern von Vogelschwingen.

Das rechte Pferd stieg. Idaios fluchte und riß an den Zügeln. Ein großer Vogel hatte sich zwischen die Beine des Pferdes verirrt. Als sein Pferd wieder mit allen vieren auf dem Boden stand, breitete sich unter einem Huf ein Fächer von grauen Federn aus, und der dumme Gaul zitterte vor Angst.

Idaios sprang vom Wagen, rannte nach vorn und zerrte sein Gespann vorwärts. Der Raubvogel stieß ein kreischendes Geschrei aus und rettete sich in die Höhe.

Ein scharfer Schmerz bohrte sich in Idaios' Augen, der sich bis zum Hinterkopf ausbreitete, während er versuchte, sich mit den Händen gegen die Krallen zu schützen. Aber das Ungeheuer wuchs an Größe und an Kraft und bearbeitete ihn mit dem Schnabel und den Klauen, und die ganze Zeit raubte ihm das Schlagen der Flügel fast den Atem.

Mit einer letzten Anstrengung riß Idaios sich von dem Vogel los und tastete sich blind an den Zügeln entlang, bis er in den Wagen fand und die nervösen Pferde losstürmen lassen konnte.

Er sah nichts. Der Wagen rüttelte und sprang, aber er hörte das Knarren der Räder nicht über dem angsteinflößenden Gebrüll, das jemand in seiner Nähe erhob. In seinem dumpfen Schädel wußte er, daß es die Rachegöttinnen sein mußten.

Ihr Geschrei war entsetzlich. Idaios kauerte sich im Wagen zusammen, um ihm zu entgehen.

Irgendwann kamen die Pferde und der Wagen zum Stillstand. Er hörte entsetzte Stimmen von Männern, spürte Hände in den

Achselhöhlen, die ihn packten und heraushoben. Wieder loderte der Schmerz so grell, daß er die Hände vor das Gesicht schlug, um den Brand zu löschen. Zwischen seinen Fingern spürte er eine sulzige Masse aus Blut und Schleim, die aus seinen Augenhöhlen tropfte.

Alexandra ließ sich Zeit und musterte ihren Vater von oben bis unten. Seine Augen waren wieder klar; er war völlig bei Sinnen, so wie Melissa es vorhergesagt hatte. Sie merkte, daß ihm vieles auf der Seele lag.

»Vater«, sagte sie entschlossen, »wir haben dich viele Jahre geschont und dir unangenehme Dinge verschwiegen, weil wir wußten, daß du sie nicht sehen wolltest. Es war falsch.«

Melanthios nickte still.

»Du hast gegen die Gesetze mein Erbe verbraucht und verloren. Ich werde als Entschädigung dafür diesen Hof übernehmen und werde ihn bewirtschaften. Mit Hilfe meiner Siegerprämie und Baukis' Erbe werde ich es schaffen. Vielleicht bleibt genug Geld übrig, daß du den Handel mit Statuen wieder aufnehmen kannst. Der Kaiser Nero ist dir gewogen. Und mit uns wird Antenor leben. Als mein Ehemann.«

Melanthios sah sie nur einen Augenblick verwirrt an. Dann nickte er und zog sie an seine Brust. »Ich dachte, ich hätte es mit meiner Frau schwer gehabt. Sie hatte immer ihre eigene Meinung. Aber in Wirklichkeit war es wohl umgekehrt. Ich wünsche dir Glück.«

»Und danke für das Gespann zur rechten Zeit. Ich finde es nur gerecht, daß ich in die Siegerliste von Olympia eingetragen werde«, sagte Alexandra. »Jedenfalls hoffentlich.« Sie entzog sich ihm und ging hinaus, um frische Luft zu atmen.

Vor dieser Unterredung hatte sie Angst gehabt. Es war ganz unnötig gewesen, wie sie jetzt gemerkt hatte. Wie Chiron gesagt hatte: Männer nahmen sich, was sie haben wollten. Frauen fürchteten sich davor. Sie nicht mehr. Sie lächelte und schüttelte über sich selbst den Kopf. Manches war viel einfacher, als es schien.

Auf dem Hof befand sich eine kleine Abordnung der grüngekleideten Stadtwache, deren Heranreiten sie in der Aufregung nicht gehört hatte. Am liebsten wäre sie umgekehrt, bis ihr einfiel, daß sie eben gerade beschlossen hatte, sich schwierigen Dingen nicht mehr durch Flucht zu entziehen.

Neben dem Anführer der Stadtwache stand Antenor. Als der Mann sie bemerkte, unterbrach er sein Gespräch, sprang ab und kam auf Alexandra zu.

»Ich grüße dich, Alexandra Melanthios«, sagte er knapp, »mein Archon läßt dir Grüße ausrichten und bittet dich im Namen der Stadtgötter, nach Elis zu kommen.«

»Nein«, sagte sie fest. Vorladungen vor den Archonten bedeuteten immer Ärger. Außerdem konnte schon der krummbeinige kleine Kerl kaum sein intensives Interesse für sie verbergen, vielleicht dachte er mit Genuß an künftige Steinigungen und ähnlich unappetitliche Dinge. Und auf dem Hof gab es mehr als genug Dinge, die erst in Ordnung gebracht werden mußten, bevor sie Ausflüge nach Elis unternehmen würde. »Ich kann jetzt nicht. Oder vielmehr: Ich will nicht!«

»Er bittet dich«, bekräftigte der Alytarch. »Sollte das Gut deine Sorge sein, so wird für seinen Schutz durch uns gesorgt werden. Der Archon meinte aufgrund deines Schreibens, daß du darauf Wert legen würdest.«

Nanu, das waren ja ganz neue Töne. Schutz, statt Besetzung. Keine Steinigung. Alexandra blickte Antenor fragend an. Der nickte beruhigend. Keine Falle.

»Also gut«, sagte sie streng, um ihre Unsicherheit zu verbergen. Plötzlich war sie dankbar, daß der Archon die Alyten geschickt hatte. Welcher war es überhaupt, jetzt nach dem schmählichen Abgang von Charaxos? Sie würde es erfahren.

Ohne lange Vorbereitungen stieg sie auf ihren Wagen, an den Chiron schnell die Pferde angeschirrt hatte. Ihre Pferde, die Siegerpferde.

Dann machten sie sich auf den Weg, eskortiert von drei Mann der Stadtwache. Einer war ohne Erklärung vorausgeschickt worden.

Am Stadtrand von Elis war alles schwarz von Menschen. »Ist heute ein Festtag? Habt ihr noch einen neuen Stadtgott?« fragte Alexandra den Wachmann verunsichert. Am liebsten wäre sie umgekehrt. Menschenansammlungen wie in Olympia ertrug sie noch nicht. Was immer der Archon ihr mitzuteilen hatte, konnte er auch später tun.

»Ja, heute ist ein Festtag.« Der Alytarch strahlte sie an. »Elis begrüßt heute seine Olympiasiegerin.«

»Seine Olympiasiegerin?« Alexandra blickte fassungslos zu Antenor.

Antenor nickte gelassen, aber es antwortete der Soldat. »Gestern wurde Idaios von einem wütenden Habicht angefallen und seines Augenlichtes beraubt. Niemand zweifelt daran, daß es der Unglückshabicht von Olympia war, der ihn auf Geheiß der Götter bestraft hat. Die Eleer haben sofort eine Ratsversammlung einberufen und über das Omen beraten. Ihre Meinung war einstimmig.«

»Einstimmig zu welcher Frage?«

»Daß sie dir Unrecht getan haben«, antwortete der Alytarch erstaunt. »Idaios erblindete unter ungeheuren Schmerzen. In der Nacht starb er. Es war kein Unfall.«

Alexandra sah fragend zu Antenor hoch.

»Die Götter haben seine Bestrafung selbst in die Hand genommen«, erklärte er mit fester Stimme.

Sie runzelte die Stirn. Als der Wachmann vorausritt, um die heranstürmenden Eleer aufzuhalten, beugte sie sich zu ihm hinüber. »Hast du etwa mit den Göttern geredet?«

Antenor schüttelte den Kopf. »Wenn es sie geben sollte, reden sie nicht mit uns. Aber mit Raubvögeln kann man reden, wenn man gewisse Kenntnisse hat. In meiner Jugend, die vom Ehrgeiz meines Vaters bestimmt war, lernte ich mit Falken zu jagen...«

Alexandra stieß einen Seufzer aus. »Was die Götter betrifft... Mit Pan habe ich öfter gesprochen. Er hat mir geholfen, und ich habe ihm Blumen für seine Ururgroßmutter mitgegeben.«

»Blumen für Gaia?« fragte Antenor ungläubig.

»Ist Gaia die Ururgroßmutter...?« Alexandra legte ihre Hände an die Wangen und fing an zu lachen. »Deshalb, also... Dann hat Gaia mir die ganze Zeit geholfen, und ich habe es nicht bemerkt.«

»Dieser Pfiff damals im Hippodrom von Elis ...«, sagte Antenor versonnen. »Er kam von Gaia, glaube ich.«

»Vielleicht solltest du es dir unter diesen Umständen nicht zur Gewohnheit werden lassen, in die Geschicke von Menschen einzugreifen, Antenor. Überlaß es Gaia. Wenn sie Lust dazu hat, wird sie es tun.«

Antenor nickte. »Ich werde ausreichend damit beschäftigt sein, alte Töpfertechniken neu zu erfinden.«

Dann wurden sie durch die Menschenmenge getrennt, die sie jetzt erreicht hatte. Die Eleer stürmten auf Alexandra zu, küßten sie und drückten ihre Hände wie Verwandte. Sie fühlte sich hochgehoben. Unversehens saß sie auf zwei Schultern und wurde unter Jubelgeschrei in die Stadtmitte getragen.

Vor dem Zeustempel stand Bendiphanes in Amtstracht. Er stieg die Stufen herab, als Alexandra vor ihnen abgesetzt worden war. »Die Stadt Elis heißt ihre Siegerin Alexandra im olympischen Wettkampf der Bigen willkommen«, sagte er.

Alexandra wollte ihm danken, aber Antenor kam ihr zuvor. »Warum jetzt erst?« fragte er. »Warum vorher nicht?«

»Weißt du es nicht?« Bendiphanes sah ihn verwundert an.

»Doch. Aber ich möchte, daß du selbst Alexandra erklärst, was den Sinneswandel der Eleer bewirkt hat.«

Bendiphanes zuckte die Schultern. »Du warst die Schnellste, ich gebe es zu. Aber gestern haben die Götter von Olympia mit Nachdruck gesprochen. Sie erkennen den Sieg einer Frau an, die für Zeus fährt. Oder Hera? Jedenfalls nicht für Apollon.«

»Für Gaia«, sagte Alexandra fest.

»Für Gaia?« Bendiphanes schien erstaunt. »Ich dachte, sie hätte sich von den Menschen zurückgezogen.«

»Nein, das haben uns nur die Apollonpriester glauben lassen wollen. Und sie schafften es leicht, weil Gaia nur unscheinbare Altäre besitzt. Keine Knochenhaufen, keine Adler, keine Tempel! Und keine Priester mit goldenen Kopfbedeckungen!«

Bendiphanes verzog sein Gesicht. »Du solltest mit deinen Äußerungen vorsichtig sein, Alexandra. Außerdem, scheint mir, hatte Gaia einen recht tüchtigen Habicht. Aber was Apollon betrifft, stimme ich dir zu. Meine Familie hatte schließlich selbst unter ihm zu leiden. Ich danke Zeus, daß Apollon weniger stark ist, als ich dachte.«

»Und als Timaios dachte, vor allem«, ergänzte Antenor.

»Ganz recht. Er wird sein Amt abgeben und sich zurückziehen. Die Eleer werden einen neuen Oberpriester des Zeustempels wählen.«

»Aus der Familie der Klytiden.«

Bendiphanes lächelte freundlich. »Natürlich. Die schmähliche Bestrafung eines Möchtegern-Phratriarchen von Apollon hat unser Ansehen wieder auf die alte Höhe zurückschnellen lassen.«

Antenor wandte sich an Alexandra. »Baukis sprach gelegentlich von ihrer Furcht, daß einmal ein einziger Tempel die Herrschaft über die Frommen begehren könnte. Sie sagte, daß in diesem Fall die Frauen die Leidtragenden wären. Ich habe ihr widersprochen. Jetzt weiß ich, daß sie recht hatte.«

»Aber eben nicht!« sagte Bendiphanes ein wenig gekränkt. »Apollon ist endgültig zurückgeschlagen.«

»Aber die Klytiden nicht. Und die Idee ist geboren«, erwiderte Antenor, ausnahmsweise hitzig. »Irgendwann wird sich ein einziger Tempel durchsetzen, aber bis er seine Macht gefestigt hat, wird es ein fürchterliches Blutvergießen zwischen seinen Anhängern und seinen Gegnern geben.«

Während des Wortwechsels hatte Alexandra sich umgesehen. Der Platz vor den Tempeln füllte sich immer noch. Die Menschen riefen ihr Glückwünsche zu. Alexandra winkte zurück und bedankte sich vernehmlich.

Bendiphanes machte einen nachdenklichen Eindruck. Als Alexandra endlich ihre Hände sinken ließ, hatte er ihr noch etwas mitzuteilen. »Den Eintrag in die Siegerlisten haben wir schon berichtet. Wir würden uns freuen, wenn du wie die anderen Sieger eine Statue im Olympiahain aufstellen würdest, Alexandra. Außerdem haben wir beschlossen, dir die Bürgerrechte von Elis zu verleihen. Der römische Statthalter würde von uns gerne ein Zeichen unserer Verbundenheit mit Rom sehen. Auf den ausdrücklichen Wunsch von Nero ...«

Wieder brach lauter Jubel aus. Nur Bendiphanes und Antenor hörten Alexandras Antwort. »Wenn ich das Bürgerrecht bekomme, würde ich lieber eine Wasseruhr stiften und sie vor dem Hippodrom aufstellen lassen.« Sie hatte es sich schon lange überlegt. Ein Zeitmesser war ihr wichtiger als eine Statue in einem Hain von Olympia. Aber sie gab sich keine Mühe, den Männern einen Grund zu nennen.

Antenor blinzelte ihr zu.

»Nun, ja«, murmelte Bendiphanes und verabschiedete sich. Seine Amtshandlung war beendet.

»Ich glaube, er hat eben begriffen, daß Elis es mit dir nicht leicht haben wird«, sagte Antenor halblaut.

Alexandra atmete durch. Baukis würde sich gefreut haben. Über ihren Sieg und daß sie Gaia zu ihrem Recht verholfen hatte. »Hoffentlich«, sagte sie. »Wie konnte eigentlich Gaias Priesterin auf dem Kronoshügel wissen, daß ich die Maultier-Ärztin genannt worden war?«

Antenor zögerte.

Alexandra griff voll Angst nach seiner Hand. Wenn er jetzt immer noch schwieg, hatte sie sich den verkehrten Ehemann ausgesucht.

»Ich habe es ihr erzählt«, sagte Antenor. »Ich wußte, daß du siegen würdest.«

Epilog: Der Olymp

»Und was ist nun mit Apollon? Hat er versprochen, meine Altäre nie wieder anzurühren?« Gaia versuchte, streng auszusehen, aber es wollte ihr nicht glücken, weil sie gleichzeitig Pan mit Zuckerwerk fütterte und sich köstlich freute, daß es ihm schmeckte.

Zeus winkte großspurig ab, wie es so seine Art war. »Er war es gar nicht, Großmutter. Apollon ist in Ordnung.«

Gaia sah ihn strafend an. »Apollon ist nicht in Ordnung. Er hat diesem Mann, diesem Idaios, die Idee eingegeben.«

»Nicht im geringsten! Idaios war ein skrupelloser Mensch, der Macht über andere Menschen gewinnen wollte. Es wird nicht wieder passieren; er starb durch einen Unfall.« Zeus lächelte gewinnend.

Pan hörte auf zu kauen. Gaias Blicke wanderten von Zeus zu ihrem Ururenkel. Seine Hörnchen legten sich gerade flach auf das rote Haar, und selbst dieses schien seine Locken einzubüßen. »Was hast du angestellt, Pan?« Aber sie war milder als gegenüber Zeus, der Nachsicht nicht verdient hatte.

Pan sah es. Er schluckte schnell die Krümel hinunter. »Alexandra hatte ihre Siegesfeier verdient«, rechtfertigte er sich. »Aber beinahe hätte sie keine bekommen. Antenor, der mindestens so vernünftig ist wie der Wagenlenker Platon, hatte die Idee mit dem Habicht. Ich habe ihm einen tüchtigen ausgesucht und ihm ganz genau erklärt, was er machen muß ... Und hat es nicht gut geklappt?«

Zeus schleuderte vor Wut einige Blitze in die Luft. »Was fällt dir ein, dich in die Geschäfte von Apollon zu mischen?«

»Außerdem, Pan«, warf Gaia erzürnt ein, »greifen Götter nicht in die Schicksale der Menschen ein!«

Pan grinste. »Großvater Zeus besteht aber darauf, daß ich Dinge durcheinanderbringe. Er hat nicht gesagt, wessen Dinge. Und du selbst hast in das Schicksal...«

»Gut, gut, in Ausnahmefällen«, stimmte Gaia hastig zu und vergewisserte sich mit einem Blick, daß Zeus nichts gemerkt hatte. Es schien nicht so. Wahrscheinlich hatte er noch nicht einmal Alexandras Blumen gesehen. Männer! »Aber dabei muß es bleiben! Und jetzt hilf mir in meinen Streitwagen!«

»Und wen willst du heiraten, Ururgroßmutter?«

Gaia machte ein verblüfftes Gesicht und brach in ein Gelächter aus, das von Bergspitze zu Bergspitze sprang. Es scheuchte die übrigen Götter von der Plattform auf. Einer nach dem anderen wanderte nach oben auf die olympische Spitze, wo der goldene, mit Blumengirlanden bekränzte Streitwagen Gaias stand, und die Hengste ungeduldig stampften.

Das Echo ihres Lachens rollte noch, als Apollon mit höchst beleidigtem Gesicht seinen Reisehut auf den Kopf stülpte und sich ins Tal stürzte.

»Du hast meinen Adoptivsohn verjagt!« murrte Zeus.

»Das macht nichts«, sagte Gaia zufrieden. »Wir brauchen ihn nicht. Hinter seiner glänzenden Fassade war er nur eine finstere, schwarze Schlucht.«

Bald sahen sie ihn nur noch als grauen Punkt.

Nachwort

Die 211. Olympiade wurde auf Wunsch des römischen Kaisers Nero um zwei Jahre verschoben und fand daher nicht im Jahr 65, sondern 67 u. Z. statt. Nero »siegte« in sechs Wettbewerben; die Wettbewerbe der Tragöden und Kitharoeden gab es in Olympia nur auf sein Betreiben hin, ebenso wie das Rennen mit dem Zehnerzug, bei dem er vom Wagen stürzte und dennoch zum Sieger erklärt wurde. Aufgrund all dieser Unregelmäßigkeiten wurden die 211. Olympischen Spiele von den Schiedsrichtern später zur Anolympiade, also für ungültig erklärt.

Überhaupt gerieten die Olympischen Spiele in der römischen Kaiserzeit zum »Rummelplatz sportlicher Sensationen« (Schöbel, 1984); aus allen Gebieten des römischen Herrschaftsbereiches kamen Berufsathleten und machten die Olympiade zu einer Art Zirkus. Bestechung von Athleten und Schiedsrichtern war an der Tagesordnung.

Unter der gesellschaftlichen Ordnung des Römischen Reichs, die mit der klassisch griechischen wenig gemein hatte, verfiel natürlich der ursprüngliche Gedanke an heilige Spiele zu Ehren der Götter. Verboten wurden sie jedoch erst nach Erhebung des Christentums zur Staatsreligion des Römischen Reiches (durch Kaiser Theodosius I. im Jahr 394). Der Glaube an andere Götter als den christlichen Gott wurde seitdem mit dem Tode bestraft; die Götterbilder von Olympia wurden von den Sockeln gestürzt, die Tempel ausgeraubt und zerstört, die Statuen aus Erz eingeschmolzen.

Die Frage, ob und ab wann Frauen an den Olympischen

Spielen (zu Ehren von Zeus) teilnehmen durften, ist nicht ausreichend geklärt. Unbestritten ist, daß sie ihre eigenen Spiele, die Heraen, zu Ehren der Göttin Hera, in Olympia austrugen; diese fanden alle vier Jahre zwischen den Olympischen Spielen statt. Es kann daher nicht die Rede davon sein, daß der heilige Hain generell für Frauen verboten war, wie zuweilen behauptet wird.

Ab dem 1. Jahrhundert tauchen allmählich auch Frauen in den Eintragungen der panhellenischen Wettbewerbe auf, z.B. wurde eine Hedea aus Tralles für ein Streitwagenrennen bei den Isthmischen Spielen und für einen Wettlauf bei den Nemeischen Spielen ausgezeichnet (Pomeroy, 1985). Nach meiner Auffassung ist daher sehr zu bezweifeln, daß die Frauennamen in den Siegerlisten vieler Wagenrennen lediglich den Besitzstand kennzeichnen; ich vermute, daß sie auch in Olympia zum Teil selbst gelenkt haben.

Alle diese zwar spärlichen, jedoch schlüssigen Mitteilungen aus dem Altertum haben mich bewogen, meine Wagenlenkerin Alexandra zur Hauptperson eines Romans zu machen.

Was die Menschenopfer betrifft, so geht aus einer Anmerkung des römischen Reisenden Pausanias, der auch vom Hain des Pan auf dem Lykaion berichtet, hervor, daß noch im 2. Jahrhundert gelegentlich Menschen auf dem Berg Lykaion geopfert worden sein müssen.

Für Pausanias ist der Gott Apollon eine lichte Gestalt: Er beschützte die Einwohner von Phigaleia vor der Pest, die ihm zum Dank den Tempel von Bassai bauten. Vermutlich dankten jedoch die Phigaleier eher für die Verschonung von der Pest, denn Apollon gilt als Pestgott; schon Homer berichtet, daß er die Pestpfeile selbst verschießt. Das Bedrohliche des vielschichtigen Gottes Apollon, der aus Vorderasien adaptiert wurde (Abullu ist sein assyrischer Name), wird besonders in seinem Kultbild in Amyklai bei Sparta deutlich.

Wer sich über die beschriebene Zeit, insbesondere auch das antike Olympia weitergehend informieren möchte, sei auf eine kleine Auswahl der verwendeten Quellen hingewiesen:

Hermann Bengtson: Die olympischen Spiele in der Antike, Zürich und München 1983
Gerhard Fink: Who's who in der antiken Mythologie, München 1997
Michael Grant: Nero, München 1978
Spyros Photinos: Olympia, Athen 1989
Sarah B. Pomeroy: Frauenleben im klassischen Altertum, Stuttgart 1985
Ingeborg Scheibler: Griechische Töpferkunst, München 1983
Heinz Schöbel: Olympia und seine Spiele, Gütersloh 1984
Louise Bruit Zaidman, Pauline Schmitt Pantel: Die Religion der Griechen, München 1994

Kari Köster-Lösche

Worterklärungen

Adyton: ein in manchen Tempeln vorhandener, der Öffentlichkeit nicht zugänglicher Raum
Agora: öffentlicher Platz, Marktplatz
Alytarch: Leiter der Ordnungskräfte (eine Art Polizei) in Olympia
Alyten: Ordnungskräfte unter der Leitung des Alytarchen
Apollon Lykeios: Apollon, der Wolfsgebieter
Archon: Beamter einer Stadt, Leiter eines Vereins
Archon Basileos: wichtigster Kultbeamter des (Stadt-)Staates, Träger der ältesten Riten
Archon Eponymos: als Kultbeamter zuständig für später eingeführte Riten
Asyl: Nur manche Heiligtümer hatten das Privileg, Schutz zu gewähren.
Boule: Stadtrat
Bouleuterion: Rathaus
Cella: Tempelraum, in dem sich die Statue des Gottes befand
Chiton, Chlamys: griechische Gewänder
Demos: Volk, Gesamtheit der Bürger
Gaien: fiktiver Name für Spiele zu Ehren von Gaia, analog den Heraen für Hera
Hellanodiken: Schiedsrichter in Olympia
Himation: Mantel
Holokaust: eine Weih- oder Opfergabe, die ganz vom Feuer verzehrt wurde
Horkos: Eid
Kerameus: Töpfer. Sofern er freier Bürger war, gehörte er zur

Gesellschaftsschicht von Bildhauern, Architekten, Schreibern und Ingenieuren.
Kitharoede: Musiker, der auf einer Kithara spielt
Koinon: Kultgemeinschaft
Leonidaion: Gästehaus für Vornehme in Olympia
Metoike: ein Fremder, der in der Stadt einen besonderen Status besaß, jedoch kein Bürgerrecht
Oikos: Verband von Personen und Gütern, verbunden durch gemeinsame Wohnstatt und Arbeit (Familie, Mitarbeiter, Sklaven)
Paian: mehrstimmiger Gesang, der besonders Apollon gewidmet war, auch Kampf- und Siegeslieder
Pankratiast: Allkämpfer. Das Pankration war eine Kombination aus Faust- und Ringkampf, bei dem nur Beißen und Kratzen verboten waren.
Peplos: Gewand aus schwerem Tuch, traditionell für Wagenlenker, spielte in manchen Kultgebräuchen eine Rolle
Periodonike: Sieger in allen aufeinanderfolgenden vier Spielen von Olympia, Nemea, Delphi und Isthmos
Phratriarch: Leiter der Phratrie
Phratrie: Kultgemeinschaft. Mitglieder betrachteten sich als Brüder.
Prytaneion: Ort des gemeinschaftlichen Herdes der Stadt, in Olympia in der Nähe des (alten und heutigen) Eingangs
Rhabdouchoi: Ordnungskräfte unter der Leitung des Alytarchen
Technit: Berufsgruppe der geistig und künstlerisch Tätigen
Thargelion: Monat Mai
Zanes-Statuen: Statuen des Zeus, angeschafft von den Bußgeldern bestechlicher Schiedsrichter und bestechender Athleten